[redacted]

Dans l'ombre du loup

Olivier Merle

DANS L'OMBRE DU LOUP

XO ÉDITIONS

ISBN : 978-2-37448-232-3

Se virent loups parfaits et friands de tuerie

La Fontaine

JANVIER-FÉVRIER

Journal *Libération*

3 janvier

Drame sanglant en Côte d'Ivoire

Hier matin, les policiers d'Abidjan ont effectué une macabre découverte au domicile d'un couple de Français, M. et Mme Lamaury, dont le mari dirige une importante entreprise d'exportation de bois exotique.

La villa des Lamaury, l'une des plus belles de la capitale ivoirienne, a servi de décor à un massacre particulièrement atroce. Les deux fillettes du couple, 6 et 4 ans, ont été retrouvées dans leur lit, tuées d'une balle en pleine tête. L'épouse de l'homme d'affaires, vêtue d'un simple peignoir, gisait dans la salle de bains dans une mare de sang, morte d'un tir dans la nuque à bout portant.

M. Lamaury, dont la société connaissait de graves difficultés depuis une année, est introuvable.

Journal *Le Figaro*

3 janvier

Tuerie à Abidjan

Une famille française, les Lamaury, a été décimée en Côte d'Ivoire de la manière la plus horrible qui soit. Les deux très jeunes enfants ont été assassinés dans leur sommeil d'une balle dans la tête. L'épouse, abattue selon le même mode opératoire, se trouvait dans sa salle de bains. Le triple meurtre aurait eu lieu la dernière semaine de décembre, la date même du jour de Noël n'étant pas exclue par les légistes. Ce sont des voisins, inquiets de ne plus percevoir de signes de vie dans la propriété depuis quelque temps, qui ont alerté la police. Le mari a disparu. Il est activement recherché par la gendarmerie locale.

Selon les premiers éléments de l'enquête délivrés par les autorités du pays, l'homme pourrait avoir été enlevé par un groupe terroriste venu du Mali, dans l'espoir d'obtenir une rançon ou la libération de prisonniers djihadistes.

Journal *Le Monde*

10 janvier

Une nouvelle affaire Dupont de Ligonnès ?

L'enquête sur le drame d'Abidjan révèle que la situation financière de M. Lamaury était catastrophique à la suite de la liquidation judiciaire de son entreprise. Par ailleurs, malgré des dettes d'une ampleur colossale, cet homme aurait intégralement vidé ses comptes et loué une voiture quelques jours avant la tuerie. Son téléphone portable, qui aurait permis de le géolocaliser, a été retrouvé à son domicile, totalement détruit par une balle tirée du même révolver que celui utilisé pour les meurtres. La voiture a été découverte près de la gare routière de Bouaké, ville située à 350 km au nord d'Abidjan. Tous ces éléments convergent vers l'hypothèse d'une fuite minutieusement organisée. Pour cette raison, la piste terroriste est à présent écartée et M. Lamaury est considéré par la police comme le principal suspect du triple assassinat.

Ces meurtres et la disparition du mari ne sont pas sans rappeler l'affaire Dupont de Ligonnès, du nom de ce Nantais soupçonné en 2011 d'avoir abattu sa femme et ses quatre enfants – et qui, malgré toutes les recherches entreprises à ce jour, n'a jamais été retrouvé.

Bialystok

Frontière orientale de la Pologne
23 février

La neige est silence. Elle recouvre sans bruit le paysage, le transformant doucement d'une sublime manière, supprimant les aspérités, arrondissant les formes les plus agressives, amenant la paix et la sérénité.

Frank Laveraud se tenait debout face à sa fenêtre, les mains derrière le dos, et il contemplait avec ravissement les gros flocons qui tombaient en masse sur les bâtiments de son usine, émoussaient les toits, blanchissaient le parking et déposaient une épaisse couche sur les rares voitures encore présentes.

La lumière électrique des projecteurs, qui perçait timidement la nuit, ajoutait à l'atmosphère quasi magique de l'instant, suscitant dans l'esprit de Laveraud de vieux souvenirs d'enfance, plus fantasmés que réels. Semblables aux nuits de Noël dans les anciens dessins animés de Walt Disney.

Paradoxalement, le dernier réveillon avait été dépourvu de neige, absence inhabituelle dans ces confins lointains de l'est de l'Europe. Elle n'était venue qu'en janvier, sans excès, avant de disparaître début février, et elle semblait vouloir soudain se rattraper et montrer qu'elle n'avait rien perdu de son pouvoir ni de son éclat.

Laveraud se sentait bien. À l'abri du froid dans son vaste bureau, il avait le sentiment gratifiant de la réussite professionnelle. Celle d'un homme qui avait bâti avec succès son petit empire personnel, ayant choisi, avant tout le monde ou presque, deux ans après l'écroulement du régime communiste en 1989, l'expatriation dans un pays où la main-d'œuvre ne coûtait rien, ou si peu, qu'il était facile d'être compétitif sur les marchés de l'Europe de l'Ouest.

Bienheureuse mondialisation… Si proche et si tranquille délocalisation… Ah, ces braves Polonais, ces braves Roumains, ces braves Bulgares, qui se contentaient de maigres salaires, loin des grèves et des sempiternelles manifestations et protestations de leurs homologues français ! Pour un peu, Laveraud aurait béni les communistes d'avoir cédé aux capitalistes (capitaliste, ce mot qu'il trouvait désuet le faisait rire) un pays pauvre, mais non misérable, propre et bien ordonné, doté d'un peuple qu'un labeur ingrat n'effrayait point.

Avec les années, Laveraud avait pris du poids, à un rythme qui était allé de pair avec l'augmentation du nombre de ses salariés et de sa fortune. Divorçant de sa première femme au début du nouveau siècle, il s'était remarié avec une jolie Polonaise, d'une quinzaine d'années sa cadette, qui lui avait donné deux enfants – deux blondinets aux yeux bleus – dont il était particulièrement fier. Il aurait presque pu dire qu'il avait réalisé « toutes ses ambitions », et qu'il lui suffisait à présent de jouir sans angoisse des facilités qu'offre l'aisance matérielle.

Depuis peu, cependant, un vague remords, un soupçon de culpabilité, une sorte de mauvaise conscience, troublaient parfois sa sérénité. C'était ténu, pas grand-chose au fond, un minuscule caillou logé à l'extrémité de la chaussure. Pour s'en débarrasser, il sélectionnait soigneusement ses pensées pour n'user que de celles qui lui procuraient du plaisir. Après tout, c'était aussi un art de vivre, qu'il avait toujours pratiqué et qui lui avait permis, tout au long de son existence, de passer outre la misère et les injustices du monde.

Laveraud se retourna et vint se rasseoir à son bureau. Il aimait ce moment où il se retrouvait seul, ou presque, dans son usine. Peu de temps auparavant, un quart d'heure à peine, il avait gratifié d'un sourire sa secrétaire venue comme tous les soirs le saluer avant de rentrer chez elle. Sa collaboratrice était une femme attirante, Laveraud la désirait et ne se le cachait pas. Il était du reste certain que la chose était possible. Mais il n'avait jamais rien tenté, et ne le ferait pas, craignant des ennuis sans fin s'il prenait sa secrétaire pour maîtresse. Simple prudence d'un homme qui, l'âge venant – il avait 55 ans –, préférait le calme aux situations scabreuses.

Il ouvrit le bilan financier du mois de janvier que le comptable lui avait remis en main propre en début d'après-midi. La comptabilité était une discipline qui n'avait cessé de se complexifier avec le temps, truffée de termes obscurs – *Base amortissable, mode et taux d'amortissement, valeur d'origine et valeur résiduelle…* – comme si l'administration fiscale rêvait d'un monde hermétique au profane, où même l'initié tomberait fatalement dans des chausse-trapes dissimulées dans un maquis de textes modifiés sans relâche.

Pour cette raison, le comptable lui préparait un mémo complet qui résumait l'essentiel, ne donnant finalement à son patron que les chiffres nécessaires à la bonne compréhension des résultats du mois. Laveraud s'y plongea avec délice, car son affaire *marchait bien*, et il savourait les termes *bénéfices* ou *plus-values* comme un enfant suce un sucre d'orge.

Il y eut soudain au rez-de-chaussée un grincement inhabituel qui troubla le silence. Était-ce une porte qui venait de s'ouvrir ? Le battant d'une fenêtre mal fermée poussé par le vent ? Laveraud redressa la tête et écouta. Rien. Il se remit à lire le rapport du comptable.

Puis, un nouveau bruit suspect en provenance du rez-de-chaussée l'alarma. Laveraud se leva et jeta un coup d'œil par la fenêtre. La neige redoublait d'intensité et des flocons gros comme des cerises tombaient en flot continu. Laveraud discernait avec peine les trois ateliers disposés en U, plongés dans l'obscurité, qui faisaient face au bâtiment administratif où il se trouvait. Le parking était désert.

Hormis deux vigiles, censés effectuer des rondes régulières pour surveiller les alentours, Laveraud devait être seul dans son usine. Les gardiens étaient peut-être entrés par routine dans le bâtiment administratif ? Les deux hommes avaient certainement aperçu la lumière de son bureau et ne tarderaient pas à frapper pour vérifier que le patron n'était pas parti sans l'éteindre.

Il reprit sa lecture, et le temps s'écoula. Trop long et trop vide. Anormal, pour tout dire. Personne ne montait à l'étage. Et il flottait dans l'air un silence étrange, contenu, retenu, dissimulé ou immobile. Une sensation indéfinissable, que Laveraud attribua à la neige et à sa faculté de dissoudre le réel dans une immatérialité blanche et froide.

Mais, brisant soudain ce silence, deux coups nets, semblant provenir du couloir. Les vigiles ? Des cambrioleurs ? Laveraud sentit monter en lui une tension qui se manifesta par une légère accélération de son rythme cardiaque. Une inquiétude diffuse qui l'empêchait de poursuivre son travail. Il referma la chemise du comptable. *Ou bien ce sont des cambrioleurs et je dois alerter les vigiles ou bien ce sont les vigiles eux-mêmes et je dois m'en assurer.*

Il avait cependant une ultime réticence à se lever. Parce que le faire revenait à avouer qu'il se passait quelque chose d'anormal. Pourtant, au bout d'une minute pendant laquelle il mobilisa tous ses sens pour percer la signification du silence, il quitta son fauteuil douillet et se dirigea vers la porte de son bureau.

Il l'ouvrit lentement et ne vit rien, son regard se perdant dans un noir impénétrable. Les nerfs à vif, car l'obscurité suscite toujours la peur, il appuya sur l'interrupteur. Le couloir était désert. Il le longea lentement jusqu'à la rambarde qui dominait le rez-de-chaussée. Il se pencha en retenant son souffle et, comme la pénombre empêchait de voir quoi que ce soit, il appuya sur l'interrupteur qui, d'en haut, commandait la lumière du hall d'entrée. Rien. Tout était calme.

Des illusions, de fausses perceptions, des peurs enfantines. Voilà tout. Il respira profondément et décida de retourner dans son bureau. Et de ne pas s'attarder. Après tout, il était l'heure de rentrer chez lui et de retrouver sa femme et ses deux enfants.

Il fut surpris en ouvrant de nouveau la porte de son bureau de constater que la lumière y était éteinte. Il n'avait aucun souvenir de l'avoir fermée, mais, peut-être, pendant cette angoisse irrationnelle qui l'avait saisi, avait-il actionné l'interrupteur en sortant. Il entra et, avant même d'allumer, il pivota sur lui-même pour refermer la porte.

C'est au moment où il s'apprêtait à appuyer sur le bouton qu'une voix s'éleva calmement dans son dos :

— Bonjour Frank. Comment vas-tu depuis tout ce temps ?

Ce qui est étonnant avec la voix, c'est qu'elle ne change pas. Contrairement au corps et au visage dont l'évolution, au fil des ans, conduit à d'attristantes comparaisons, la voix, quant à elle, varie étrangement peu, sauf chez les grands fumeurs. Même timbre, même fréquence, même rythme, de l'âge adulte jusqu'à la mort, ou presque.

Et cette voix, Laveraud la reconnut immédiatement. Elle lui glaça le sang et une sueur froide inonda son front.

— Tu n'allumes pas la lumière ? reprit la voix sur le même ton tranquille.

Paralysé, Laveraud ne bougeait pas.

— Allume !

Le ton était devenu autoritaire et menaçant.

D'une main tremblante Laveraud appuya sur le commutateur. Il n'osait pas se retourner. Ce malaise qu'il ressentait depuis plusieurs jours venait de se matérialiser de la plus effroyable des manières. L'homme qui avait toutes les raisons de l'accuser était là, derrière lui, et il venait solder les comptes.

— Retourne-toi, Frank. Un peu de courage, nom de Dieu…

Du courage, Frank n'en avait plus. Il se liquéfiait à mesure et son esprit se diluait dans une peur poisseuse et insurmontable. Titubant, il se retourna, malhabile, et il le vit. L'homme avait toujours ces petits yeux cruels, cette fixité dans le regard et cette manière inquiétante de se pencher sur le côté. Au bout de son bras gauche qui pendait le long du corps, il tenait un révolver.

La gorge de Laveraud s'assécha. Il articula d'une voix quasi inaudible :

— Qu'est-ce que tu veux ?

— Ce que je veux ? Je ne veux plus rien puisque tu me l'as refusé.

— Non, non ! cria Laveraud en panique. Tout peut encore s'arranger ! Je t'aiderai !

L'homme fit un mouvement sec de la main, un pas en avant et lâcha entre ses dents :

— C'est trop tard, pauvre con !

— Non, non ! C'est jamais trop tard ! On s'est mal compris. Je vais réparer !

— Au contraire, on s'est très bien compris et il n'y a plus rien à réparer !

Laveraud cherchait une issue. Derrière son implacable accusateur, il apercevait les gros flocons de neige, poussés par la brise, qui déferlaient et venaient se coller puis mourir contre la vitre de la fenêtre. Il pensa aux vigiles qui devaient se tenir quelque part dans l'usine, bien au chaud, en train de boire un café. Il voulut crier pour les avertir, mais aucun son ne sortit de sa bouche.

— À genoux ! hurla l'homme.

Les yeux exorbités par la terreur, Laveraud questionna si faiblement qu'il semblait se parler à lui-même.

— Que vas-tu faire ?

— À genoux !

— Non…

— À genoux !

Laveraud se laissa tomber en avant. De grosses larmes coulaient le long de ses joues.

— Tu ne peux pas faire une chose pareille…

— Crois-tu ?

— C'est horrible…

Laveraud sanglotait, implorant la pitié, le corps secoué de spasmes d'épouvante. L'homme éclata de rire et ajouta :

— Tu ne vas pas tarder à te pisser dessus, et pire même. Allons, un peu de cran, si tu ne veux pas que ta femme ait honte de toi quand elle te verra à la morgue.

— Je t'en supplie… Ne me tue pas…

L'homme s'avança et posa le canon du révolver sur le front de Laveraud.

— Il faut t'ôter de la tête ce remords qui te mine. Te délivrer du mal. Je fais cela pour ton bien, crois-moi…

Laveraud allait hurler de terreur, mais il ne connut jamais la suite, car sa vie venait soudain de s'interrompre en un fracas assourdissant.

MARS

1

Grimm émergea de la bouche de métro vers 7 h 50. Les mains dans les poches, sans se presser outre mesure, il prit la rue Pont-aux-Foulons, puis il tourna à gauche dans celle du Champ-Jacquet. Bien qu'arrivé de fraîche date dans la ville, le trajet était déjà une routine qui ne sollicitait plus son cerveau. On aurait dit que la moelle épinière seule commandait ses pas.

Il traversa le quai Duguay-Trouin où l'agitation était palpable au niveau des arrêts de bus et s'engagea dans la rue de Nemours. Un itinéraire plein sud à travers les vieilles artères du centre-ville qui allait le conduire à la lisière de celui-ci, au siège du SRPJ[1].

Grimm était d'humeur maussade. Déjà, dans le métro, puis ensuite, parmi les piétons affairés et les voitures impatientes, il n'avait cessé de grogner et de pester, ce qui en disait long sur sa morosité :

« Tous ces gens pressés dont l'esprit est encombré de choses inutiles et vide des choses essentielles… »

Et, en fixant le macadam que ses pieds absorbaient, il répétait obstinément : « vide des choses essentielles… »

Il aurait été bien en peine de répondre, si jamais quelqu'un lui avait demandé à brûle-pourpoint de définir

1. Service régional de la police judiciaire.

ce qu'étaient « ces choses essentielles ». Mais il sentait qu'il avait raison et, en cet instant, il n'y avait personne pour lui porter la contradiction.

Ayant obliqué vers l'ouest dans la rue du Puits-Mauger, il ne tarda pas à franchir les grilles de l'hôtel de police et entra dans le bâtiment. Heureusement pour Grimm, dans ce vaste ensemble, les effectifs étaient trop importants pour que la politesse exigeât de saluer chaque personne que l'on croisait. Il appréciait cette particularité, surtout quand son moral volait à basse altitude.

Il grimpa les étages, longea des corridors et pénétra dans le SRPJ. Il passa devant le bureau du commissaire divisionnaire, parvint au bout du couloir et retrouva sa petite équipe dans l'open space qui leur avait été attribué. Open space... Voilà bien un mot que Grimm n'aimait pas ! L'américanisation de la société lui avait toujours déplu et, dans ce cas précis, la perte d'intimité que signifiait cette expression le révoltait.

Dans l'angle droit de cette vaste pièce, Grimm avait cependant son propre bureau qui se résumait à deux modestes cloisons ajoutées, lesquelles joignaient à la perpendiculaire les deux murs d'angle. La partie inférieure de celles-ci était pleine, mais le haut constitué de baies vitrées, si bien que l'intimité demeurait toute relative, Grimm restant visible des trois membres de son équipe.

Il constata que Jarry et Blanchard s'activaient déjà. Ermeline était absente.

Jarry et Blanchard ! Grimm se rappelait parfaitement le moment où il les avait vus pour la première fois. C'était aussi le jour où il avait découvert le SRPJ de Rennes après sa mutation. Trois mois déjà.

Il se trouvait alors à l'entrée de l'hôtel de police en compagnie du commissaire divisionnaire Babut, qui venait de lui faire visiter les locaux. Quoiqu'en très bonne forme physique, son nouveau supérieur lui avait paru âgé, probablement proche de la retraite, qu'il semblait attendre tranquillement sans vouloir faire d'histoire ou de coup d'éclat.

Il était presque midi et Grimm allait serrer la main du commissaire pour le remercier du temps qu'il lui avait consacré quand celui-ci s'écria :

— Ah, voilà les capitaines Éric Blanchard et Corentin Jarry qui arrivent ! Vous les verrez finalement avant de repartir !

À une distance d'une vingtaine de mètres, Grimm avait vu deux hommes avancer dans leur direction. L'un – Jarry – devait approcher la quarantaine, l'autre – Blanchard – l'avait déjà dépassée. Curieux attelage que ces deux-là, leur différence de taille ne laissait pas indifférent. « Un grand et un nain », avait pensé Grimm.

Mais, face à eux, il avait compris sa méprise. Sa perception avait été faussée par l'immense stature de Blanchard. Celui-ci devait dépasser les deux mètres. Et si Jarry, de loin, avait paru excessivement petit, c'était simplement en raison du gigantisme de son coéquipier. En réalité, Jarry était d'une taille normale, comme lui.

Impressionné, Grimm avait tendu sa main et l'avait vue disparaître dans l'énorme paluche de Blanchard. Ses pieds aussi étaient proprement ahurissants et, de son coup d'œil habitué aux observations, Grimm avait évalué une pointure proche du 50. « Ce gars-là doit avoir du mal à se chausser », songeait-il encore alors qu'il serrait déjà la main de Jarry.

Surprenant aussi, ce dernier avait tout de Buster Keaton. La forme et les traits du visage, mais aussi cette physionomie indéfinissable et absolument inexpressive, propre aux pince-sans-rire, dont on ne sait jamais s'ils plaisantent ou s'ils sont complètement idiots. Au début, Grimm avait eu un peu de difficulté à comprendre par quel bout il fallait le prendre, avant d'accepter de ne jamais savoir exactement ce que pensait ce membre de son équipe.

De ce premier contact, Grimm n'avait pas été déçu. Il n'aimait rien tant que les gens sortant de l'ordinaire et, pour cette raison, ces deux acolytes à l'allure si spéciale lui avaient fait une excellente impression. Il avait pu ensuite constater qu'ils étaient tous les deux de très bons flics.

Grimm s'arrêta au milieu du vaste espace que se partageait son équipe et se força à jouer la convivialité. Quoique sans excès :

— Salut.

Jarry et Blanchard lui répondirent d'une seule voix.

— Salut...

— Ermeline n'est pas là ?

— Non, ce matin, elle devait aller au CMB du boulevard Franklin-Roosevelt pour le piratage du distributeur, répondit Blanchard.

Grimm ne s'en souvenait même pas ! Depuis quelques jours, il n'y était plus. C'était inquiétant. Il fallait qu'il se passe quelque chose ou il allait dérailler.

Depuis sa mutation, il n'avait pas eu grand-chose à se mettre sous la dent. Cette affaire de piratage des distributeurs de billets ne le motivait pas, même si la perspective de démanteler un gang qui sévissait depuis deux mois le maintenait en éveil. Il y avait aussi cette histoire de go-fast, un gros 4×4 à intercepter qui devait monter de Nîmes à Rennes avec 300 kilos de drogue. Les protagonistes étaient sur écoute et, pour l'instant, Grimm et son équipe attendaient. Un peu de sordide aussi avec un viol en réunion d'une jeune fille par des adolescents et deux ou trois autres affaires en cours du même tonneau. Rien de bien folichon.

Bref, c'était l'ennui et, chez Grimm, l'ennui tournait vite à la dépression. Il le savait.

Avoisinant le mètre quatre-vingts, Grimm n'était ni vraiment grand, ni vraiment petit. Le visage anguleux, l'arête du nez tranchante comme une lame de couteau, les yeux bleus, il était mince sans être maigre, vigoureux et résistant sans être puissant. Athlétique, il aimait l'activité sportive, qui libérait son énergie, et manifestait une nette préférence pour les missions de terrain alors que la monotonie du bureau le rebutait. Et la grisaille du moment entamait sérieusement sa volonté de lutter contre une tenace lassitude.

La voix de Jarry le fit presque sursauter.

— Le commissaire veut te voir.

— Maintenant ?

— Oui.

Instinctivement, Grimm consulta sa montre. 8 h 10. Il avait un léger retard. Allait-on le lui reprocher ? Il soupira.

— Il est venu ici lui-même ?

— À l'instant.

Bon, c'était peut-être important. Il entra dans son bureau et enleva son blouson qu'il déposa sur le dossier de son fauteuil. Par les vitres, il s'aperçut que Blanchard et Jarry l'observaient.

Ces deux-là, ils devaient s'en poser des questions sur son compte ! Grimm ne doutait pas qu'il faisait un drôle de commandant. Son caractère lunatique le rendait insaisissable, difficile à cerner et, peut-être même, par moment, désagréable. De plus, ses hommes ne savaient rien de lui et il n'était pas du genre à se confier. Il se dérobait chaque fois que ses adjoints tentaient de connaître son passé ou sa vie privée. L'essentiel à ses yeux était d'avoir avec son équipe de bonnes relations et, jusqu'à présent, c'était le cas. On l'avait accepté tel qu'il était et c'était un bon point pour ces policiers bretons.

Bretons, s'ils l'étaient ? Car Grimm, par une sorte de pudeur ou de respect de la vie privée d'autrui, ne fournissait pas plus d'informations sur lui-même qu'il n'en exigeait des autres.

Il se frappa soudain le front en jurant : « Ah, merde ! » Comme souvent, il avait oublié de prendre ses médicaments au réveil. Trop tard. Il faudrait s'en passer pour la journée entière, à moins qu'il ne rentre chez lui à midi, ce qui n'entrait pas dans ses habitudes puisqu'il déjeunait dans un petit boui-boui du quartier. Qu'importe, pour faire bonne mesure, il ingurgiterait une double dose ce soir, ce que tout médecin désapprouve ! De toute manière, M. Babut l'attendait et il n'avait pas le temps de tergiverser.

Sans un mot, il repassa devant Jarry et Blanchard, reprit le couloir en sens inverse et s'arrêta devant la porte du commissaire divisionnaire. Il frappa.

— Entrez.

M. Babut était assis à son bureau et seule la partie supérieure de son visage dépassait de l'écran de son ordinateur.

— Ah, Hubert Grimm ! Vous tombez bien, j'ai à vous parler.

— C'est ce que m'a dit Jarry.

— Asseyez-vous.

En se levant, le commissaire lui désignait la petite table ronde – quatre chaises, pas plus – où il aimait recevoir les personnes convoquées ou tenir les réunions informelles. Il s'assit face à Grimm, tapota la table avec la paume de ses deux mains, doigts bien écartés, et s'éclaircit la voix avant de parler.

— Voilà, rien de bien important, mais tout de même…

Curieuse entrée en matière qui mit Grimm en alerte.

— J'ai reçu un coup de téléphone d'en haut.

Grimm n'aimait pas cela. Son visage se ferma. Cette expression désignait toute sorte de pression que la hiérarchie exerçait en permanence sur le service. S'agissait-il du procureur ? Du préfet ? D'un homme politique influent ? Mais M. Babut ne désirait pas s'étendre sur la question et enchaîna sans attendre :

— M. Kerdegat demande à être reçu par nos services.
— M. Kerdegat ?
— Ah ? Vous ne le connaissez pas ?
— Non.
L'expression de surprise sur le visage du commissaire s'effaça pour afficher une mine compréhensive.
— Il est vrai que vous n'êtes pas parmi nous depuis longtemps. M. Kerdegat est un homme connu dans la région. Il est le PDG d'une entreprise de télécommunications qui commerce dans toute la France et même dans certains pays européens. Il est chevalier de l'ordre du Mérite. Vous comprenez ?
— Je comprends en effet qu'on nous impose de le recevoir.
C'était dit d'une voix calme et sans agressivité, comme un constat, mais le divisionnaire avait appris au cours de sa longue carrière à ne pas faire de vague. Et la propension de Grimm à relever les entorses à leur indépendance l'indisposait, car elle soulignait en creux sa propre soumission. Il dit d'une voix qui se voulait tout à la fois bienveillante et autoritaire :
— Allons, allons, Grimm... Vous savez bien que...
— Je sais. Excusez-moi, monsieur le divisionnaire.
M. Babut se contenta de cette brève contrition, malgré son manque évident de sincérité.
— Enfin, comme je m'y suis engagé, nous allons recevoir M. Kerdegat et écouter ce qu'il a à nous dire.
Le commissaire se reprit aussitôt :
— Ou plutôt, vous allez recevoir M. Kerdegat et prendre note de ce qu'il veut nous confier.
— Qui est ?
— Je ne sais pas exactement.
— Ah bon ?
— Non, pas vraiment... On m'a parlé d'une lettre anonyme...
— C'est tout ?

Le commissaire eut l'air embarrassé et se gratta le crâne sur lequel ne subsistaient que de rares cheveux.

— Je sais bien, Grimm, je sais bien... Nous avons autre chose à faire, mais que voulez-vous...

Il y eut un court silence, presque une gêne, que le divisionnaire s'empressa de dissiper.

— Il vient ce matin à 9 heures.

— Aujourd'hui !?

— Oui, c'est vrai, c'est un peu *on short notice* comme disent les Anglais, mais on m'a téléphoné hier soir assez tard.

— Bon, lâcha Grimm d'une voix morne.

M. Babut se renversa sur le dossier de la chaise. L'entretien était terminé, mais il n'y mettait pas un terme. Grimm ne bronchait pas. On sentait que le commissaire hésitait. Sur un tout autre ton, celui de la confidence et de l'amitié, il demanda soudain :

— Et vous, Hubert, ça va ces temps-ci ?

Voilà bien ce qui pouvait irriter Grimm ! Surtout en ce moment. Il savait que le commissaire était le seul à connaître son dossier et, même s'il était convaincu que celui-ci était d'une discrétion absolue, il lui en voulait de connaître tant de choses sur lui.

Il répondit très brièvement sur un ton qui contredisait son affirmation :

— Oui, ça va. Merci.

Le divisionnaire se leva.

— Eh bien tant mieux.

Puis, après une courte pause :

— Je pense qu'il vous faudrait peut-être une bonne affaire, quelque chose de juteux qui permettrait à toutes vos qualités de se mettre en action, ce qui, hélas, n'a pas encore été le cas depuis votre arrivée.

— Une histoire de lettre anonyme par exemple ?

M. Babut fit un effort sur lui-même pour ne pas relever cette ironie désabusée qui tutoyait l'insolence.

— Merci, Grimm. Vous me tiendrez au courant de votre entrevue avec M. Kerdegat.

Au moment où Grimm ouvrait la porte, il ajouta :

— S'il vous plaît, Grimm, soyez aimable, poli et attentif avec M. Kerdegat. Je compte sur vous.

2

Quand Grimm se retrouva en présence de Jarry et de Blanchard, il avait les yeux dans le vague et l'esprit aussi vide qu'un poisson rouge, au point que ses collègues s'alarmèrent :

— Une mauvaise nouvelle ?

Cette question eut au moins le mérite de le remettre en selle. Son regard se porta sur le vaste tableau blanc qui couvrait presque un mur entier de la pièce et une soudaine obsession s'imposa à sa conscience. Il s'en saisit aussitôt :

— Il faut qu'on fasse le point sur cette affaire de go-fast.

— Maintenant ?

— Oui, maintenant. Où en est-on ?

Une idée fixe, instantanée, impérieuse, mais une idée qui le raccrochait à la réalité, et Grimm n'allait pas la lâcher.

Blanchard farfouilla parmi plusieurs chemises qui traînaient sur son bureau, en saisit une et l'ouvrit. Jarry avait croisé les bras et attendait, assis sur sa chaise.

— Donc, la dernière note de nos collègues de Nîmes, qui date d'hier, fait état de discussions dans la bande au sujet du véhicule à choisir pour le transport. Ils hésitent entre plusieurs 4×4. Grâce aux écoutes, j'ai ici toutes les transcriptions des conversations téléphoniques.

— Et la marchandise ? demanda Grimm qui s'était adossé contre le tableau, la tête un peu renversée en arrière, les yeux clos.

— Elle serait bien arrivée du Maroc, via l'Espagne, et depuis longtemps, mais on n'a aucune idée de la planque.

— Fais voir les transcriptions.

Grimm saisit une petite liasse de papiers et parcourut quelques extraits au hasard.

— Mais si, enculé de ta mère ! Écoute-moi, bordel ! Ahmed, il a un pote avec une Peugeot qu'est super ! Une vraie caisse, un gros 4×4 qui fait du 200 !

— Pas confiance. Avec lui, c'est toujours des craques et des emmerdes et ça finit au hèbs !

— Mais ça craint pas des keufs, ils sont au courant de rien ! On s'en bat les couilles ! Tu m'rends vénère, tiens !

— T'as r'vu Mohamed ?

— Non.

— Mais qu'est-ce tu glandes, enfoiré de mes deux ! Tu avais promis de voir pour sa bagnole ! Il l'a déjà fait, oui ou merde ?

— Momo ? Garantie ! Et plus qu'une fois ! Jusqu'à 400 kilos !

— Alors !?

— J'te rappelle !

— On va pas garder ça des mois quand même ! Faut la monter ! Et vite !

— Y a la tire à Max ! Nickel ! Toute neuve ! Un bijou !

— Ça va pas la tête ? Avec une caisse pareille et nos gueules de rebeu, on se fait pécho au premier rond-point ! T'en as d'autres des idées de merde comme ça ?

— Tu m'fais chier !

Sur trois pages, la même logorrhée au vocabulaire étendu, sans guère de variations et d'un monotone absolu. Grimm reposa les transcriptions sur le bureau de Blanchard.

— Bizarre…

— Qu'est-ce qui est bizarre ?

— Je sais pas, mais c'est bizarre.

Grimm marcha jusqu'à la fenêtre et regarda passer les voitures sur le boulevard.

— Des 4×4, ça court les rues…

Il se retourna, Blanchard et Jarry le fixaient. À les voir attendre, inactifs, il eut la bonne intuition.

— Et pendant ce temps-là, nous ne faisons rien.

Il avança jusqu'au bureau d'Ermeline et, profitant de son absence, s'assit à sa place.

— Bon. On va dissiper ce brouillard, les gars. Les go-fasts, ces gros 4×4 qui remontent d'énormes quantités de drogue, c'est fini depuis quelques années. Maintenant, on fait dans le léger, des petites Clio par exemple qui transportent une vingtaine de kilos, pas plus. S'ils ont acheté la marchandise, ils sont pressés de la refourguer pour payer leur fournisseur. Ils doivent sans doute un paquet de pognon à des gros bonnets de la filière Maroc, nos petits revendeurs. Donc, primo : le go-fast est anachronique et secundo : leurs tergiversations ridicules n'ont aucun sens. Conclusion ?

Blanchard fut le plus vif.

— Ils nous baladent.

— Exactement ! Ils se savent sur écoute. Probablement, ils ne se servent plus de leur portable pour le business. Ils ont été rancardés, par qui, on ne sait pas, mais ça s'est passé à Nîmes, pas chez nous. D'ailleurs, ils ne parlent jamais de ceux qui doivent prendre ici livraison de la came. C'est un signe.

Sans ciller, imperturbable, Jarry suggéra :

— Il faut demander l'autorisation d'intercepter toutes les Clio qui rentrent dans notre département.

Et Grimm, le temps de comprendre ce que Jarry signifiait par cette plaisanterie, reprit la phrase au bond :

— C'est aussi ce que je pense, Corentin ! Nous sommes marron ! La livraison, elle a commencé depuis sans doute quelques semaines et elle se fait à notre insu.

Il se leva d'un bond et se mit à arpenter la pièce.

— Qu'on est cons quand même !

Curieusement, cet aveu le mettait presque de bonne humeur. Développer point par point un raisonnement débouchant sur une conclusion imparable avait toujours produit chez Grimm cet effet bénéfique.

— Qu'est-ce qu'on fait ? demanda Blanchard.

— Je vais appeler le commandant Pujol à Nîmes pour l'informer de nos conclusions. Ce sera à lui de jouer après.

— Et qu'est-ce qu'il va faire Pujol ?

— Il faut un homme de son service qui infiltre la bande et qui découvre les jours de livraison et la manière dont ils s'y prennent. Un vrai travail de flic, quoi !

Grimm tira son portable de la poche de son pantalon et ouvrit son répertoire. Il cherchait le numéro de Pujol quand une voix féminine s'éleva derrière lui :

— Commandant Grimm, M. Kerdegat est là pour son rendez-vous.

Il se retourna. À côté de la secrétaire du commissaire Babut, un homme l'observait avec attention.

M. Kerdegat ! Mince, il l'avait oublié celui-là. Tout en éteignant son portable, il dit machinalement :

— Bonjour, monsieur Kerdegat, veuillez me suivre, s'il vous plaît.

Grimm désigna à Kerdegat la chaise qui faisait face à son bureau. Le visiteur parut d'abord contrarié par les baies vitrées qui ne le cachait pas des personnes extérieures, au point d'hésiter à s'asseoir. Du regard, il s'assura que la porte était bien fermée et que ce qu'il dirait resterait confidentiel.

Grimm s'installa à son tour et procéda immédiatement à un examen rapide mais complet de son interlocuteur. C'était devenu une déformation professionnelle. Il faisait de même partout où il allait, quelle que soit la personne rencontrée.

M. Kerdegat devait avoir entre cinquante et soixante ans. Il était de taille moyenne, de complexion robuste et doté d'un visage énergique, à la mâchoire carrée. L'ensemble renvoyait une indéniable impression de force, si ce n'est de brutalité.

Il avait croisé les jambes en biais par rapport à l'axe du bureau sur lequel il avait négligemment posé ses gants en cuir noir. Il s'était légèrement enfoncé dans la chaise, le dos bien calé en arrière. Une attitude décontractée qui reflétait la confiance d'un homme accoutumé à diriger et à dominer ses semblables.

M. Kerdegat était de ces gens qui ne doutent jamais, et surtout pas d'eux-mêmes, de leurs capacités et de leur supériorité. Tout l'inverse de Grimm, dont la personnalité, traversée en permanence par des incertitudes, lui faisait subir parfois des chutes abyssales de confiance en lui-même. Le tempérament que ce chef d'entreprise « bien né » exhibait avec ostentation constituait tout ce qu'il exécrait et méprisait au plus haut point.

Mais ce qui le frappa avant tout, ce fut le luxe des vêtements portés par son visiteur. Du superbe trenchcoat en cuir qu'il avait ôté et posé sur ses genoux, au costume Prada, à la montre Rolex et aux gants Hermès, sans compter – le clou du dispositif – des chaussures Berluti en peau de crocodile, Grimm se fit la réflexion que le prix total de ces habits devait avoisiner cinq fois son salaire mensuel.

— Vous avez souhaité nous rencontrer, monsieur Kerdegat, je vous écoute.

L'homme posa sur lui des yeux bleus inquisiteurs et assez glacials.

— Rappelez-moi votre nom, s'il vous plaît, il m'a échappé.

Cette entrée en matière agaça Grimm.

— Mon nom est Grimm... Hubert Grimm.

Et, prenant soudain conscience qu'il venait de se présenter comme l'espion 007, il ne put s'empêcher de sourire. Mais devant le masque de M. Kerdegat, il ajouta aussitôt avec le plus grand sérieux :

— Commandant Grimm.

Le titre sembla rassurer M. Kerdegat de ne pas avoir affaire à un sous-fifre.

— Donc, vous avez désiré notre concours ?

— Oui, c'est une affaire délicate pour laquelle je vous demanderai la plus grande discrétion.

La police judiciaire avait-elle l'habitude de mettre sur la place publique les affaires dont elle s'occupait ? Le visage fermé, Grimm fit un petit signe affirmatif de la tête.

— C'est que je ne voudrais pas que cette information s'ébruite...

— Vous avez ma parole, coupa Grimm.

Cette réplique provoqua un moment d'hésitation quasi imperceptible chez M. Kerdegat. Pour ce notable à qui l'on ne refusait rien, l'attitude de ce petit fonctionnaire manquait par trop de servilité pour qu'une confiance absolue puisse lui être accordée. Cependant, il était *commandant* et ce statut plaidait en sa faveur.

M. Kerdegat en prit son parti, même s'il eût sans doute préféré s'adresser au commissaire.

Il tira une enveloppe de la poche extérieure de son costume et la brandit devant lui.

— J'ai reçu une lettre anonyme.

C'était d'une banalité si affligeante que cette simple phrase eut un effet néfaste sur le moral de Grimm, provoquant une désespérante rechute après le sursaut qu'il avait connu avec l'histoire des go-fasts.

— Que dit-elle ?

— Des horreurs assez incompréhensibles.

— C'est souvent le cas avec les lettres anonymes…

— Peut-être, mais moi, commandant Grimm, je n'en ai jamais reçu et ça m'a fait un petit choc.

— Je n'en doute pas.

M. Kerdegat avait toujours la lettre en main et ne semblait pas disposé à la transmettre à Grimm.

— Je vais vous la lire.

— Non, monsieur Kerdegat, vous allez me la donner.

— Plaît-il ?

Il avait relevé le front et pointait son menton en avant, surpris et même offusqué qu'un ordre puisse lui être adressé. Grimm prenait sur lui en se rappelant l'injonction de Babut de rester courtois avec Kerdegat. Il aurait bien du mérite s'il le demeurait jusqu'au bout.

— Si nous voulons retrouver l'auteur de la lettre, il faut la manipuler le moins possible. Les empreintes, l'ADN, vous comprenez ? Vous serez aimable de la poser devant moi. Merci.

M. Kerdegat s'exécuta de mauvaise grâce. Il n'avait pas imaginé s'en séparer et ressentait la désagréable impression de perdre le contrôle de la situation.

Grimm ouvrit un tiroir de son bureau et saisit deux pinces à épiler. S'aidant de l'une et de l'autre, il tira la feuille, la déplia et la maintint ouverte sous ses yeux.

Sur du papier de couleur marbrée beige, manuscrite, mais d'une écriture très enfantine, la missive était brève :

Vous êtes un assassin.
Et un assassin finit toujours par payer ses crimes.

Grimm la relut trois fois, attentivement, puis il saisit son carnet et la recopia. Ensuite, il s'intéressa à l'enveloppe. L'adresse était écrite de la même écriture grossière.

— Elle a été envoyée par la poste... Il y a un cachet... Avec son numéro, on devrait pouvoir retrouver le lieu d'expédition.

— Ai-je vraiment besoin de la police pour ce genre de déduction ? s'agaça M. Kerdegat.

Grimm ne répondit pas. Il remit la lettre dans l'enveloppe et, saisissant un sac plastique d'un autre tiroir de son bureau, il la glissa à l'intérieur.

— Vous la gardez ? protesta Kerdegat.

— Oui, pour effectuer éventuellement des analyses. Le labo pourrait en tirer quelque chose. Qui l'a manipulée à part vous ?

— Personne.

Grimm avait noté l'alliance à la main gauche de Kerdegat. Il insista.

— Même pas votre femme ?

— Non, non... Mon épouse ne lit pas mon courrier.

— Et vous ne lui en avez pas parlé ?

— Non.

— Pourquoi ?

C'était peu dire que Kerdegat réprouvait la tournure de la conversation qui virait à l'interrogatoire. Il fronçait les sourcils et s'agitait sur sa chaise. Grimm le sentait parfaitement et, non sans perversité, en jouait avec plaisir. Il appuyait sans délicatesse sur l'abcès qu'il croyait avoir décelé.

— Vous avez une raison particulière de ne pas lui en parler ?

— Mais, enfin, pas du tout ! Qu'est-ce que vous allez chercher ?

— Alors, dans ce cas, pourquoi ne pas l'en avoir informée ?

— Mais... Tout simplement pour ne pas l'inquiéter !

— Elle est d'une nature inquiète ?

— Tout à fait, d'une nature très inquiète ! Et puis, monsieur Grimm, j'aimerais qu'on cesse de parler de mon épouse et qu'on revienne à la raison qui m'amène ici !

Au bord de l'explosion, Kerdegat semblait faire un effort considérable pour contenir sa colère, si bien que Grimm décida de relâcher l'étreinte.

— Vous avez raison. Revenons à cette lettre.

La pièce s'obscurcit tout à coup et Grimm se retourna sur sa chaise pour regarder par la fenêtre. De gros nuages noirs s'assemblaient au-dessus de la ville. Grimm se leva et alluma la lumière au moment où les premières gouttes frappaient les carreaux.

— Bien, donc, cette lettre... dit-il en se rasseyant. Quand l'avez-vous reçue ?

— Avant-hier.

— Et c'est la seule que vous ayez reçue ?

— Oui.

— Et vous ne voyez absolument pas à quoi son contenu pourrait se rapporter ?

Kerdegat se fit cinglant.

— Non, monsieur Grimm, absolument pas ! Je n'ai jamais assassiné personne, comme vous vous en doutez !

— Bien sûr, bien sûr, je n'en doute pas.

Grimm laissa passer un long silence. Derrière lui, la pluie redoublait.

— Vous avez des ennemis ?

Déployant soudain les bras comme s'il voulait toucher le plafond, Kerdegat les laissa retomber lourdement sur ses genoux.

— Des ennemis qui pourraient me traiter d'assassin, certainement pas ! Dans les affaires, on se crée parfois de sérieuses inimitiés, mais tout de même…

— Alors, dans ce cas, qu'est-ce qui vous inquiète ? Pourquoi ne pas penser à une mauvaise plaisanterie ?

Kerdegat se tut. Il se passa la main dans les cheveux, qu'il avait très drus, coiffés en brosse, et réajusta sa veste. Grimm l'observait. Cet homme ne disait pas tout, il en avait la certitude.

— Il y a autre chose ? lâcha-t-il sur un ton à la limite de la désinvolture. Parce qu'autrement, je ne vois pas pourquoi mes hommes mèneraient des investigations pour une lettre anonyme aussi ridicule.

La gêne fut palpable. Kerdegat décroisa puis recroisa les jambes. Et, dans un souffle, il avoua :

— Oui, il y a autre chose.

— Quoi ?

— Nous avons reçu une série de coups de téléphone.

— Ah !

Grimm n'avait pu cacher l'intérêt soudain que cette information avait suscité en lui.

— À votre domicile ?

— Oui, et c'était très étrange, très perturbant…

— Pourquoi ?

— Parce que ces appels se produisaient toujours à la même heure tardive.

— C'est-à-dire ?

— Minuit onze.

Grimm attrapa de nouveau son carnet et nota l'heure.

— La nuit, donc, sur votre fixe ?

— Oui.

— Et on vous appelait pour vous dire quoi ?

— Rien. Silence radio. Juste une respiration.

La pluie avait cessé et les nuages se disloquaient. Le soleil perça et un rayon éclaira la pièce. Grimm se leva et éteignit la lumière.

— Vous parlez de ces appels au passé. Pourquoi ? Ils ont cessé ?

— Mon épouse et moi-même avons décidé de changer de numéro et de nous mettre sur liste rouge pour faire cesser ce harcèlement.

— Si je comprends bien, et vous m'arrêtez si je me trompe, les appels ont précédé la lettre anonyme. De combien de temps ?

— Les appels ont duré une dizaine de jours et notre nouveau numéro fonctionne depuis une semaine.

— Je vois… Et vous pensez qu'il y a un lien entre la lettre anonyme et ces appels qui le sont tout autant ?

— Je ne sais pas. C'est possible.

— C'est même plus que probable.

Grimm se renversa en arrière et posa ses deux mains derrière la nuque, les yeux levés au plafond. Il tentait de réfléchir, mais le regard de Kerdegat posé sur lui l'empêchait de se concentrer. Il bascula en avant et se pencha vers son interlocuteur.

— Bon ! Il y a des choses que nous pouvons faire, mais j'ai besoin de votre autorisation.

Kerdegat fut aussitôt sur la réserve.

— Je vous écoute.

— Il faut que vous m'autorisiez à contacter l'opérateur de votre fixe. Et j'ai aussi besoin de votre ancien numéro pour obtenir celui de la personne qui vous appelait à cette heure incongrue, dit Grimm en lui mettant son carnet sous le nez.

— De mon fixe ?

— Oui, de votre fixe uniquement.

Ce fut presque avec soulagement que Kerdegat obtempéra et griffonna le numéro sur le carnet. En le récupérant, Grimm songea qu'une foule d'informations utiles à l'enquête se trouvait sans doute sur le portable de cet homme.

— Nous allons commencer par cela et je vous tiendrai au courant du résultat.

— Et la lettre anonyme ?

— Elle partira au labo en fonction de la réponse que nous fournira votre opérateur téléphonique.

Kerdegat ouvrit son portefeuille et en tira une carte de visite qu'il tendit à Grimm.

— Vous trouverez ici l'adresse du siège social de ma société et le fixe de mon bureau. Appelez-moi sur cette ligne directe si vous avez du nouveau.

Sans rien dire, Grimm la glissa dans sa poche-révolver.

Au moment de partir, Kerdegat se retourna vers lui.

— Encore une fois, commandant...

Grimm le coupa en levant l'index à la hauteur de son front :

— Oui, la plus grande discrétion !

Kerdegat le considéra d'un œil noir et fit volte-face sans rien répliquer.

3

Kerdegat traversa l'open space sans un regard pour Blanchard et Jarry qui, pour cette raison, l'ignorèrent royalement en poursuivant leur discussion. Debout derrière la vitre de son bureau, les mains dans les poches, Grimm le suivit des yeux jusqu'à ce qu'il soit happé par le couloir.

Puis, il s'assit, s'enfonça dans son fauteuil, recula celui-ci et, décollant les jambes, posa les pieds sur sa table de travail. Il fourragea dans la poche de son blouson suspendu au dossier du fauteuil, en tira un paquet de cigarettes et en prit une qu'il alluma avec son briquet. Ses yeux bleus fixant le plafond, il souffla une longue bouffée.

Jarry donna un coup de coude à Blanchard en pointant son menton vers le bureau et lâcha à voix basse :

— Il est incorrigible… Si Babut vient ici, il va encore se faire engueuler…

Mais Grimm ne s'en souciait pas. Il estimait qu'il était dans son bureau et qu'il avait le droit d'y faire ce qu'il voulait. Du reste, le jour où le divisionnaire l'avait surpris, il n'avait écopé que d'un rappel au règlement et d'une réprimande qui ressemblait presque à une autorisation :

— Vous savez qu'il est interdit de fumer dans le bâtiment ?

— Oui, excusez-moi, avait répondu Grimm sans éteindre sa cigarette.

— Vous pourriez au moins ouvrir la fenêtre ! Ça pue là-dedans !

Grimm avait alors ouvert la fenêtre et Babut était reparti mécontent. Le commandant avait compris que son supérieur le ménageait en raison de ses antécédents et il avait décidé d'en profiter.

À présent, tout en tirant sur sa cigarette, il décortiquait les déclarations de M. Kerdegat. Il admettait qu'il y avait là quelques détails qui n'étaient pas totalement dénués d'intérêt. Et qui mériteraient même d'être éclaircis, si le commissaire divisionnaire y voyait matière à mener une enquête préliminaire. À ce stade, cependant, vu le peu d'éléments de l'affaire, il serait sans doute inapproprié de mettre le procureur dans la boucle.

Soudain, il aperçut Ermeline, de retour de sa mission au CMB. Elle plaisantait avec ses deux collègues. Quand il parvint à capter son regard, il lui fit signe de le rejoindre.

Grimm aimait beaucoup Ermeline. À son arrivée dans le service, il avait d'abord été étonné par son prénom, peu fréquent, et qui, dans son esprit, dégageait un parfum désuet, presque moyenâgeux.

Il ne pouvait nier non plus qu'il avait été séduit par son physique. Ermeline était une fine jeune femme d'une trentaine d'années, aux cheveux courts, au visage avenant et au sourire charmeur, dont les yeux pétillaient de malice. Elle était vive, active, et excellait dans de nombreux sports pour lesquels elle montrait des dispositions et une dextérité qui auraient fait pâlir d'envie la plupart des hommes. Malgré un corps somme toute assez menu, elle avait un buste bien découpé, aux épaules saillantes, et une petite poitrine sur laquelle le regard de Grimm s'attardait parfois. Toute sa personne

– son caractère et son physique – dégageait un charme indiscutable.

Dès son arrivée dans le service, chaque apparition d'Ermeline était devenue pour lui le rayon de soleil qui éclairait ses journées. Il aimait sa compagnie, qu'il pensait sans équivoque, et elle était bien la seule à pouvoir se vanter d'amener de temps à autre un sourire sur ses lèvres.

Grimm s'était redressé, il avait reposé les pieds sur le sol et il écoutait Ermeline résumer le résultat de ses investigations sur le piratage du distributeur.

— Comme d'hab, c'est du jackpotting... Ça s'est passé vers 4 heures du matin. Sur les caméras de surveillance, on voit un homme masqué qui démonte la façade de l'automate et branche un ordinateur sur les circuits internes de la machine. Ensuite, l'extraction de la thune est permise grâce à l'intervention d'un hacker qui doit sans doute opérer de l'étranger. On les voit sortir tout seuls, les billets, il suffit de les ramasser.

— Ils ont retiré combien cette fois-ci ?

— Environ 20 000 euros. Ils en ont laissé car une alarme se déclenche automatiquement quand le distributeur est entièrement vidé. Le gus est reparti tranquillement avec une petite sacoche à la main.

— La vidéo ne donnera rien ?

— Non, un mec masqué... A priori, rien à gratter, mais j'ai les bandes et j'analyserai cela en détail.

— La PTS[1] a fait son travail ?

— Oui, ils étaient là. Ils m'enverront les résultats, mais côté ADN, empreintes, etc., ce serait un miracle.

— Bien sûr... Bien sûr...

Grimm se leva tout à coup en ajoutant :

1. La police technique et scientifique.

— Bon, tu restes en contact avec l'Office central[1] et tu me tiens au courant.

— Ça marche !

— Viens, j'ai des choses à vous dire.

Et Grimm sortit de son bureau suivi d'Ermeline. Il claqua dans ses mains. C'était une habitude qu'il avait prise quand il souhaitait réunir ses adjoints.

Il improvisait souvent ce que le divisionnaire Babut appelait pompeusement des brainstormings. Grimm n'aimait pas ce terme. Dans son esprit, il s'agissait plutôt d'une version moderne et collective de la maïeutique de Socrate.

— On se rassemble ! Faut que je vous informe de la visite de ce matin, et qu'on en discute.

— Ah oui ! C'était qui ce mec ? demanda Blanchard.

Intriguée, Ermeline s'assit à son bureau tandis que Blanchard et Jarry observaient Grimm attentivement. En quelques phrases, il résuma la situation : une lettre anonyme et des coups de téléphone à heure fixe. Se cachait-il derrière cette affaire autre chose qu'une plaisanterie de mauvais goût d'un ennemi de Kerdegat ? Là était toute la question.

— D'abord, conclut Grimm, il nous faudrait savoir si l'auteur de la lettre est le même que celui des appels téléphoniques. Qu'en pensez-vous ?

— C'est évident, affirma Blanchard.

— Pourquoi ?

— Parce que la lettre est arrivée peu de temps après que les Kerdegat changent de numéro. C'est le nouveau moyen qu'il ou elle a trouvé pour continuer à les harceler.

— À le harceler, plutôt, vu que la lettre a été adressée à Kerdegat seul et non pas au couple, compléta Jarry.

— Très juste.

1. L'OCLCTIC : l'Office central de lutte contre la criminalité liée aux technologies de l'information et de la communication.

Par réflexe, Ermeline leva la main comme à l'école.

— Ça veut dire autre chose aussi.

— Je t'écoute.

— Ça veut dire que cette personne ne connaît pas le numéro de portable de Kerdegat. Ce n'est donc pas un intime.

— Exactement ! Je pense la même chose.

Grimm saisit un feutre et écrivit sur le tableau blanc le contenu de la lettre anonyme.

Vous êtes un assassin.
Et un assassin finit toujours par payer ses crimes.

— Et ça, qu'est-ce que ça vous inspire ?

— C'est une accusation et une menace, déclara Jarry sur un ton imperturbable.

Grimm sourit.

— Certes, mais encore ?

Cette fois-ci, les trois coéquipiers de Grimm restèrent muets. Ils regardaient Grimm qui marchait de long en large dans la pièce. Puis, celui-ci s'arrêta derrière Ermeline, posa ses deux mains sur le dossier de sa chaise et se pencha en avant.

— Le vouvoiement confirme ce que disait Ermeline. Ce n'est pas un intime. Mais c'est surtout quelqu'un qui se sent un inférieur ou, du moins, quelqu'un qui reste impressionné par Kerdegat, et ceci malgré sa terrible accusation et son ton menaçant. Mais ça peut être aussi quelqu'un qui a reçu une bonne éducation et qui est incapable de tutoyer quiconque ne serait pas de sa famille ou de ses amis proches. Quoi qu'il en soit, le vouvoiement est un élément important à prendre en compte.

Grimm retourna près du tableau et, de l'index, désigna les deux phrases.

— Par ailleurs, l'original, que vous n'avez pas vu, paraît avoir été rédigé par un enfant. Il est beaucoup plus vraisemblable, évidemment, que la lettre ait été écrite de la main gauche par souci de dissimulation. C'est assez classique. (Ses trois équipiers approuvaient en silence.) Passons aux coups de téléphone anonymes. Le point crucial, c'est qu'ils se soient tous produits à la même heure.

— Quelle heure déjà ? demanda Ermeline.

— Minuit onze. Ce n'est évidemment pas anodin. Mais ça va être difficile de comprendre pourquoi.

Jarry surprit tout le monde en lançant :

— C'est peut-être une allusion à Judas.

— À Judas ?

— Oui. Minuit onze, c'est aussi 12 h 11 sur une montre à aiguille. 12 puis 11. Judas est un assassin puisqu'il a livré Jésus, et les douze apôtres ne sont plus que onze après la trahison du renégat.

Grimm balaya cette extrapolation d'un revers de main. Il n'aimait pas bâtir des théories à partir de supputations invérifiables, surtout sur de telles hypothèses hasardeuses.

— Hé bé ! Je me demande où tu vas chercher des trucs pareils. Pour avancer et être un peu plus prosaïque que notre ami Corentin, il faudrait peut-être fouiller dans le passé de Kerdegat, mais, ça, nous n'en avons pas le droit.

Il claqua de nouveau dans ses mains pour mettre fin à cette séance de débriefing.

— J'informe Babut de tout cela. Il prendra la décision : laisser tomber ou enquêter.

* * *

Le soir, Grimm était assis dans le métro qui le ramenait chez lui. Les bras croisés, le dos droit bien calé contre le dossier, il observait les passagers qui se trouvaient dans son champ de vision.

Un homme et une femme lui faisaient face, la tête penchée sur leur portable avec cette attention respectueuse que des croyants portent à un livre saint. Sur sa gauche, au-delà de la rangée centrale, c'était le même spectacle édifiant. Un couple de jeunes qui, en s'asseyant, avaient échangé deux phrases, pas plus, mais qui, depuis, ne se parlaient plus et tapotaient frénétiquement sur leur précieux mobile. En biais, vers l'arrière de la rame, ce n'étaient que des fronts inclinés sur le minuscule écran.

Grimm avait l'impression d'être seul. Pas un visage relevé, pas un regard dans sa direction, ni ailleurs. Que des yeux fixant la petite machine extra-plate, qui semblait avoir été greffée sur la paume de leur main.

Ces gens étaient absents, indifférents à ce qui les entourait, coupés du monde réel qu'ils ne voyaient même plus. C'était cela le paradoxe ! Ces individus, on les disait connectés, mais, en réalité, la machine les débranchait du monde sensible, celui qui se regarde, se touche et se respire.

C'était si vrai qu'en certains coins du globe, les autorités avaient dû sévir pour éviter que ces zombies ne se fassent écraser en traversant la rue. L'esprit enfermé dans un ailleurs sans consistance, leur corps trompé se croyait lui aussi immatériel et se lançait au milieu des voitures, lesquelles, niant soudain leur inexistence, les percutaient sans détour.

Grimm soupira. L'intérêt qu'il portait à la vie, qui s'était réveillé par deux fois aujourd'hui, s'effondrait à nouveau.

Quand le métro freina à l'approche de sa station, il se leva et, près de la porte, il bouscula par mégarde un de ces individus aspirés par son écran qui ne s'en aperçut même pas.

Arrivé dans son appartement, il jeta les clés sur la table du salon. Il s'approcha du frigo, l'ouvrit et s'empara d'une bouteille de bière de 25 cl qu'il décapsula. Il la porta à sa bouche et, renversant la tête, il en but la moitié en une seule gorgée.

Puis, il se rendit dans sa chambre et saisit sur sa table de nuit la plaquette de comprimés. Comme il l'avait décidé, il avala une double dose pour rattraper celle omise le matin.

Il ouvrit une boîte de sardines, s'assit à la table de la cuisine et, sans prendre d'assiette, il coupait en deux à même la boîte les petits poissons avec la fourchette avant de les enfourner dans sa bouche. Il mordait ensuite dans une baguette de pain pour donner de la consistance à l'ensemble. Il mâchonnait, l'esprit vide.

Il se vit soudain seul dans sa cuisine, d'une solitude sans limite qu'elle en était effrayante. La tristesse l'accabla et, dans une tentative désespérée d'y mettre un terme, il rassembla les lambeaux de sa conscience pour s'accrocher aux éléments concrets de sa journée.

Babut avait écouté avec attention le compte-rendu de sa rencontre avec Kerdegat et n'avait pas hésité sur la suite à lui donner :

— C'est délicat de laisser tomber alors que M. Kerdegat sollicite notre aide. Je vais ouvrir une enquête préliminaire et je vous en charge.

Grimm n'aurait su dire s'il en avait été content ou déçu. Malgré quelques particularités intéressantes, l'affaire n'était pas très excitante. La lettre n'était pas des plus menaçantes et, même si elle prophétisait une justice immanente, son auteur ne semblait pas revendiquer en être le bras armé. Kerdegat avait-il vraiment à craindre pour sa sécurité ?

Babut l'avait ensuite mis en garde, comme à son habitude :

— Attention, Grimm, du doigté, de la discrétion. Je ne veux pas de vague. Surtout, pas de recherche sur la vie privée de M. Kerdegat. Pour l'instant, contentez-vous de découvrir l'auteur de la lettre et des appels téléphoniques. Nous aviserons ensuite, en concertation avec M. Kerdegat, dont on ne sait pas s'il voudra porter plainte.

De retour dans son bureau, il avait lancé les opérations. Jarry apporterait la lettre au labo pour une recherche d'empreintes ou d'ADN. Blanchard contacterait l'opérateur téléphonique pour connaître l'identité de la personne qui avait appelé à plusieurs reprises à minuit onze.

Et puis – sait-on jamais ? – il avait demandé à Ermeline de faire une planque le lendemain matin devant le domicile des Kerdegat. Une initiative qui outrepassait clairement la mission que Babut lui avait confiée et que ce dernier aurait désapprouvée.

Ermeline s'en était étonnée, mais Grimm ne l'avait pas laissée discuter.

— Il faut s'assurer que tout est normal et que Kerdegat ne nous cache pas quelque chose. Tu surveilles, tu observes et, quand il quitte son domicile, tu le suis. Tu notes où il va, le temps qu'il y reste, et ainsi toute la journée. OK ?

— Avec une voiture de service banalisée ?

— Non, la tienne.

— C'est pas très…

— J'en prends la responsabilité.

Pauvre Ermeline, elle n'avait pas encore l'habitude des libertés que Grimm se permettait parfois avec les règlements. Après coup, il avait eu honte de lui avoir imposé de se servir de sa propre voiture mais, de cette manière, il n'y aurait aucune trace de cette planque pas très légale.

Grimm repoussa les restes de son festin et se saisit de la bouteille de bière. Qu'il termina d'un trait.

Le portable frémit dans sa poche. Sa respiration s'interrompit et son ventre se noua instantanément. Bien qu'il n'eût guère de doute, il regarda sur l'écran le nom du correspondant.

Amandine.

C'était elle. Comme tous les soirs, elle appelait. Et, comme tous les soirs, il ne répondrait pas.

Il posa le téléphone sur la table. À chaque vibration, le mobile se déplaçait d'un petit centimètre vers la gauche dans le sens de la pente pourtant très légère. Sans réagir, il le laissait dériver peu à peu vers le rebord de la table. Il l'attrapa *in extremis* au moment où le téléphone allait basculer dans le vide.

L'appel cessa. Alors, Grimm éteignit l'appareil. Il se sentit soudain si fatigué, si creux et mou, qu'un seul désir surnageait dans ce naufrage de la volonté.

Dormir.

Dormir immédiatement.

Dormir profondément.

Il se leva, laissa sur la table la boîte de sardines dégoulinante d'huile, la fourchette, la baguette entamée, la bouteille vide et, d'un pas lourd, se dirigea vers sa chambre.

4

Ermeline avait garé sa voiture boulevard de la Duchesse-Anne, une dizaine de mètres avant la maison bourgeoise des Kerdegat. C'était une bâtisse de la fin du XIXe qui avait belle allure et évoquait, en modèle réduit, le château de Moulinsart dessiné par Hergé.

Levée très tôt, car elle ignorait tout des habitudes de Kerdegat, elle n'avait pas eu le temps de prendre son petit déjeuner et, en catastrophe, avait acheté une petite bouteille d'eau et deux croissants en bas de son immeuble.

À 7 heures, assise dans sa voiture, elle les avait mangés lentement, faisant durer le plaisir, gardant un œil tranquille sur la grille du jardin de la maison.

C'était le calme plat dans ce quartier rupin et résidentiel situé non loin du centre-ville. Les volets de la maison étaient fermés, quelques rares passants matinaux allaient et venaient, certains promenant leur chien, et la circulation se révélait très réduite. La journée s'annonçait longue et ennuyeuse.

Ermeline avait apporté un roman pour passer le temps. Elle n'aimait pas les planques, car la plupart qu'elle avait faites s'étaient révélées infructueuses. Elle en revenait fourbue, littéralement cassée d'être restée assise toute la journée sans bouger. Un supplice pour une jeune femme sportive et dynamique.

Elle avait choisi ce métier particulier par goût. Celui de l'aventure – elle ne pouvait le nier –, mais aussi par empathie pour les victimes en général, quelles qu'elles soient, et le désir profond de mettre les coupables hors d'état de nuire.

Pour entrer dans la police judiciaire, elle avait d'abord passé une licence de droit, sésame minimal et indispensable pour tenter le concours de l'ENSOP[1] qu'elle avait réussi avec brio. Ce succès lui avait permis, après dix-huit mois de stage en région parisienne, d'obtenir à Rennes sa première affectation avec le grade de lieutenant. Elle avait choisi la capitale bretonne parmi d'autres villes possibles, car ce poste la rapprochait de Saint-Nazaire, ville où elle était née et avait vécu toute sa jeunesse. C'était il y a deux ans seulement.

Elle savait qu'elle manquait d'expérience, mais elle apprenait vite, ayant le don d'observation et d'analyse, ainsi que l'intelligence de s'approprier le savoir-faire et les méthodes de tous les officiers chevronnés avec lesquels elle avait travaillé depuis son intégration.

Ermeline vit une femme pousser la grille et entrer dans le jardin. Une employée de maison, supposa-t-elle à son allure, d'autant plus qu'une visite à 8 heures du matin s'avérait peu probable.

Peu de temps après, les volets du rez-de-chaussée de la maison s'ouvrirent un à un. Dans l'encadrement d'une des fenêtres, Ermeline reconnut le visage de la personne qui venait d'arriver, confirmant son statut de domestique. C'était elle qui devait préparer le petit déjeuner de M. et Mme Kerdegat. Ermeline pensa soudain qu'elle ne connaissait même pas la composition de la famille de l'entrepreneur. Avait-il des enfants ?

1. École nationale supérieure des officiers de police.

Peu à peu, il y eut davantage de mouvements dans la rue : d'aucuns tiraient des chariots de courses, d'autres, plus jeunes, sac au dos, se rendaient au collège ou au lycée, des sportifs accomplissaient leur jogging matinal, trottinant le long de la chaussée. Le trafic aussi s'accrut quelque peu, sans excès, et seuls quelques cyclomoteurs parfois bruyants troublaient l'atmosphère paisible du quartier.

Un scooter passa sur le trottoir et s'arrêta une dizaine de mètres après la demeure des Kerdegat. Ermeline était trop loin, trop mal placée, et ne voyait le conducteur que de dos. Assis sur son engin, gardant son casque, cette personne, qui avait la corpulence d'un homme, se mit à tapoter sur son portable sans plus s'occuper du reste. Du portail d'une propriété voisine, émergea une grosse cylindrée, conduite par une personne assez âgée, qui s'éloigna doucement. Derrière le véhicule d'Ermeline, une camionnette resta en double file. Un homme s'en éjecta, le temps d'aller sonner à une maison et de livrer un colis. Ce fut bref, mais ce qui semblait être un événement dans cette rue si calme provoqua cependant quelques coups de klaxon d'automobilistes impatients.

La maison des Kerdegat s'éveilla aussi tranquillement. Pas grand-chose. Les volets d'une chambre de l'étage s'ouvrirent à leur tour. Était-ce celle du couple ? Sans doute, car la femme qu'Emerline aperçut dans l'encadrement de la fenêtre n'était pas la domestique.

Puis la relative agitation retomba. L'attente, longue et ennuyeuse, reprit. Ermeline saisit son roman à la page où elle l'avait laissé la veille. Une lecture hachée, désagréable, car Ermeline ne cessait de relever les yeux et d'observer les alentours.

Ce fut vers 9 h 30 qu'elle ferma brutalement son livre et se redressa sur son siège. Le portail de la maison s'ouvrait automatiquement. Le capot d'une Mercedes noire apparut au ralenti, puis la voiture s'engagea doucement dans la rue.

Ermeline mit précipitamment le contact et déboîta. Le scooter fit de même. Il glissa avec vivacité du trottoir sur la rue, et se retrouva derrière la voiture de Kerdegat. Ermeline avait été surprise. D'instinct, elle ralentit et laissa un peu d'avance à la Mercedes et au scooter.

Était-ce une coïncidence ? Les mains d'Ermeline se crispaient sur le volant. Elle se reprochait de n'avoir pas mieux observé ce deux-roues auquel elle n'avait pas prêté attention, au point de l'avoir oublié. Elle avait commencé sa journée trop insouciante, persuadée que cette planque serait une pure routine.

Au premier feu rouge, elle fut bloquée juste à la suite du scooter. Ermeline saisit son portable et prit discrètement plusieurs photos. Au feu vert, la Mercedes tourna à gauche, toujours suivie par le scooter, qui ralentit quand le trafic se densifia, obligeant Ermeline à le doubler. Dans son rétroviseur, elle le voyait toujours, trois voitures en arrière, quand brusquement il rattrapa son retard et se positionna derechef derrière la Mercedes.

Plus aucun doute désormais. C'était une filature dans les règles de l'art. Le scooter décrochait à intervalles pour éviter de se faire repérer par Kerdegat, mais il était aussi obligé d'accélérer régulièrement pour ne pas prendre le risque de le perdre.

Dès lors, Ermeline n'eut plus qu'une crainte : que le scooter s'aperçoive qu'elle aussi suivait l'homme d'affaires. En voiture, impossible d'adopter la même tactique. Si elle ne gardait pas le contact, il suffisait d'un seul véhicule entre elle et sa cible pour qu'un obstacle – un feu par exemple – l'oblige à laisser filer la Mercedes.

Celle-ci, à petite allure, traversa le quartier Jeanne d'Arc en direction de Rennes Atalante, la technopole de la ville. C'était là que se trouvait le siège de l'entreprise de Kerdegat. Il allait donc naturellement à son bureau. Rien d'anormal.

Pourquoi était-il suivi ? Le conducteur du scooter était-il l'auteur de la lettre anonyme ? Des coups de téléphone ? Ces questions tournaient en boucle dans la tête d'Ermeline quand la Mercedes s'engagea sur un petit parking d'un bâtiment ultramoderne, de dimension assez modeste.

Ermeline poursuivit sa route, le scooter aussi. Elle tourna à gauche dès que possible, laissant le deux-roues continuer tout droit.

* * *

Grimm venait de glisser mollement quelques pièces dans la machine à café et il se penchait en avant pour regarder tomber le gobelet. Tout ce plastique, encore une catastrophe pour l'environnement, se disait-il quand son portable vibra. Un SMS d'Ermeline.

> *Suis au siège social de l'entreprise*
> *de Kerdegat. Un scooter l'a suivi*
> *depuis son domicile.*
> *Qu'est-ce que je fais ?*

— Nom de Dieu !

Grimm ne prit pas le temps d'attendre que le récipient se remplisse. Il retourna précipitamment dans l'open space et héla Jarry qui tapait consciencieusement sur le clavier de son ordinateur :

— Viens avec moi ! Prends ton arme !

Disant cela, il entra en trombe dans son bureau, attrapa son blouson, son arme de service et ressortit aussitôt. Jarry avait été étonné, inquiet même de voir son supérieur dans un état qui frisait la panique, mais, en bon flic, il avait obtempéré et se tenait déjà prêt quand Grimm, sans un regard, repassa devant lui. Ils filèrent ensemble, dévalant l'escalier et courant sur le parking.

Ce ne fut qu'au moment où la voiture de service banalisée démarrait que Jarry questionna :

— Qu'est-ce qui se passe ?

— Ermeline m'a appelé. Kerdegat est suivi ! Il n'y a peut-être pas de danger, mais on n'en sait rien !

Il tapa violemment à plusieurs reprises sur le volant.

— Et merde de merde ! J'aurais dû te demander d'y aller avec elle ! Envoie-lui un SMS pour lui dire qu'on arrive !

Jarry s'exécuta et garda son portable à la main. Grimm roulait vite. Il avait pris les quais et pestait à chaque feu. Il insultait les automobilistes qui tous, à ses yeux, le retardaient.

— Mais pousse-toi, pauv'con !

— Allez, tourne plus vite, toi ! Dégage !

— Putain, c'est pas vrai, le vélo !

Jarry restait impassible. Il dit seulement, au bout d'un moment :

— On n'a peut-être pas pris la meilleure route.

— Si, si ! C'est la plus rapide ! Mais avec tous ces cons qui dorment au volant !

Profitant d'un feu rouge, Grimm tira de sa poche la carte de visite de Kerdegat et la tendit à Jarry.

— Y a l'adresse de son entreprise à Rennes Atalante sur cette carte ! Mets le GPS !

La carte dans la main gauche, Jarry alluma le GPS et tapa l'adresse. Il consulta l'heure d'arrivée, puis sa montre.

— Faut dix minutes encore.

— Mouais, si on n'a pas trop d'embouteillages !

Après les quais, la circulation se fluidifia. Grimm faisait crisser les pneus à chaque virage. Surpris par ce comportement, Jarry tenait fermement la poignée de la portière, jetait des regards furtifs vers son chef, mais se taisait. Il se contentait d'annoncer, à chaque intersection :

— À droite… À droite encore… À gauche…

La voiture filait à présent dans les rues de la technopole. Tous flanqués d'un petit parking propret, les blocs cubiques à grandes baies vitrées, dont les lignes se voulaient modernes, s'alignaient, monotones.

— Ralentis ! C'est là, au 243…

Grimm freina, passa la seconde et, à petite allure, jeta sur le bâtiment un coup d'œil sans s'arrêter.

— Où est-elle, bon Dieu !?

Au premier carrefour, sur la gauche, il vit la voiture d'Ermeline sur le bas-côté. Elle attendait, les mains sur le volant. Grimm tourna, passa doucement devant elle et lui fit un clin d'œil.

— Bon, ça va ! Tout va bien. On va se garer un peu plus loin dès qu'on ne la verra plus.

— C'était bien la peine de rouler si vite… lâcha Jarry à mi-voix.

À peine avait-il éteint le moteur de la voiture que Grimm attrapait son portable et appelait Ermeline, qui décrocha aussitôt.

— Alors ? Ce scooter ?

— Il n'est pas resté. Je l'ai vu repasser dans l'autre sens et repartir vers le centre-ville.

— Il t'a vu ?

— Non, je ne crois pas. Quand on est occupé comme ça à filer quelqu'un, on s'aperçoit rarement qu'on est suivi soi-même.

— Mouais… Mais tu n'en es pas certaine ?

— On n'est jamais sûr de rien.

Grimm croyait la voir hausser les épaules en répondant. Il sourit.

— Bon, on ne va prendre aucun risque. Jarry va te rejoindre et vous allez planquer tous les deux. Même consigne, vous suivez Kerdegat et vous me tenez au courant. OK ?

— OK.

Il allait raccrocher quand il eut un sursaut et cria presque dans le téléphone :

— Tu as pris des photos du scooter ?

— Oui.

— Très bien ! Envoie-les-nous par WhatsApp, on va les analyser avec Blanchard.

Jarry ouvrait sa portière et descendait.

— Bon courage et à ce soir, lui lança Grimm en remettant son véhicule en marche.

* * *

Quand Grimm débarqua à la PJ, il croisa Blanchard qui, dans le couloir, revenait à son bureau un gobelet de café à la main. Grimm était rassuré que ce soit Jarry qui seconde Ermeline, car celui-ci était plus vif et plus réactif dans les situations délicates. Par ailleurs, il visait mieux que Blanchard, nettement mieux même. Au stand de tir, la réputation de Blanchard était d'arroser les bâches comme on dit au tennis. Une exagération, bien entendu, mais qui signifiait bien que Blanchard ne s'illustrait pas dans cette discipline.

Si Jarry était capable de contrôler parfaitement ses émotions, aptitude essentielle pour un flic, il n'en dissimulait pas moins une réelle nervosité qu'un observateur perspicace pouvait remarquer. Blanchard, lui, était un vrai calme – c'est rare – et possédait un flegme à toute épreuve. Du haut de son double mètre, il prenait tout avec une indifférence et une placidité sans égale. Il avait d'autres qualités. Lors des interpellations, son impressionnante stature refroidissait les plus belliqueux. Ensuite, il était doté d'une force peu commune. Quand il chopait quelqu'un, il le bloquait en moins de temps qu'il ne faut pour le dire. Seul défaut, si l'individu prenait la poudre d'escampette, il ne fallait pas compter sur lui pour le rattraper. À la course, il était d'une exaspérante lenteur, incapable de donner de l'impulsion à son grand corps.

Grimm le mit au courant des derniers développements de l'affaire Kerdegat. Blanchard manifesta une surprise toute relative :

— Ah ? Donc, il est suivi, notre bonhomme…

— Oui. J'ai les photos du scooter. On va zieuter ça en détail.

Ce n'est qu'en pénétrant dans l'open space que Blanchard ajouta :

— J'ai eu la réponse de l'opérateur du fixe de Kerdegat.

— Ah, super ! On va commencer par ça !

Grimm sentait la passion de l'enquête l'emporter sur toute autre considération. L'irruption de ce scooter avait déjà produit un effet positif sur son humeur. Il avait besoin de ces moments – qu'il appelait des *accélérateurs de vie* – pour remonter la pente.

Intrinsèquement, Grimm était un chasseur. Les criminels ou les délinquants constituaient le gibier, parfois dangereux, qu'il traquait. Et, aujourd'hui, la chasse était ouverte !

— Ne t'emballe pas trop. Tu vas être déçu, déclara Blanchard.

— Pourquoi ?

— J'ai le numéro, mais on ne peut pas connaître la personne qui possède cette ligne.

— Ah, zut !

Avec sa lenteur habituelle, Blanchard saisit une pochette qui traînait sur son bureau, l'ouvrit et en sortit une feuille.

— C'est un portable qui a dû être acheté dans une grande surface il y a deux ou trois ans, ou plus, en tout cas avant la loi qui oblige à faire enregistrer son identité pour acheter un mobile. Ensuite, pas de forfait, donc le mec fonctionne avec des cartes prépayées qu'il achète dans des bureaux de tabac. On ne peut rien faire.

Les choses se corsaient. Ils avaient affaire à quelqu'un de malin et cette constatation renforça l'excitation de Grimm.

— On peut le localiser quand même, non ?

— Faut voir. On peut essayer avec nos spécialistes de la téléphonie.

— Vas-y tout de suite et vois ce que ça donne.

Tandis que Blanchard s'éloignait à son rythme, c'est-à-dire sans presse excessive, Grimm s'enferma dans son bureau et transféra sur son ordinateur les photos envoyées par Ermeline.

Il cliqua sur la première et, sur son écran, vit un homme de dos, juché sur un scooter et portant un casque intégral blanc. On ne pouvait discerner son visage. Grimm cliqua aussitôt sur les trois autres, espérant en apprendre davantage. Peine perdue. Même sur celle où le scooter était pris de profil, le casque intégral ainsi que la visière empêchaient toute indentification.

Par ailleurs, le blouson était quelconque, de même que le pantalon et les chaussures. L'individu était vêtu d'une manière tellement banale que rien ne pouvait servir à le repérer.

Grimm revint sur le premier cliché et l'examina plus en détail. Il ne fut pas long à s'apercevoir d'une anomalie. Il zooma, regarda mieux, et lâcha avec un sourire :

— Ah, le petit salaud…

Le scooter n'avait pas de plaque d'immatriculation. Non, cet homme n'était pas un débutant et connaissait son affaire, mais il prenait des risques, car n'importe quel gendarme ou policier pouvait l'arrêter pour cette infraction. Il est vrai qu'en ville, où le trafic est dense et l'agitation certaine, la probabilité de se faire épingler par la maréchaussée était moindre que sur route.

Il fallait se rendre à l'évidence, ces photos présentaient un intérêt limité. L'homme n'était pas identifiable, le propriétaire du scooter non plus. Restait tout de même la marque de l'engin, la référence du modèle ainsi que le casque intégral blanc assez frappant. Peu de choses tout de même.

Blanchard frappa à son bureau. Il entra et, comme chaque fois, Grimm fut impressionné de voir son crâne frôler le montant supérieur de l'encadrement de la porte.

— Tu vas encore être déçu, dit-il sans ambages.

— Je t'écoute.

— Soit le portable est éteint, soit l'appareil est en mode avion. En tout cas, il ne borne nulle part en ce moment.

— Je vois. Et quand il a borné les fois précédentes, c'était où ?

Blanchard eut un sourire ironique.

— Ces dernières semaines, le mec ne s'est servi de ce portable que pour les appels à Kerdegat. L'appareil a borné à minuit onze et à Rennes centre. Toujours Rennes centre. Le gars habite à Rennes en centre-ville. À deux pas d'ici peut-être…

— Peut-être.

Grimm n'aimait pas les conclusions hâtives. L'homme pouvait très bien venir à Rennes pour passer ses coups de fil anonymes et repartir ensuite.

— OK, merci Éric.

* * *

La chasse était ouverte, et elle s'annonçait plus longue que prévu. Non, contrairement à l'opinion de Blanchard, Grimm n'était pas déçu. Au contraire. Ce n'était pas encore une affaire « juteuse », comme aurait dit Babut, mais elle était cependant susceptible de le maintenir à flot quelque temps. Dans le marasme de son existence, c'était tout ce qu'il espérait. Rien de plus.

5

Grimm passa l'après-midi à s'occuper de paperasses administratives, activité qu'il jugeait débilitante et qui l'énervait profondément. Utiliser des logiciels récalcitrants imposés par l'administration pour rédiger des procédures, écrire des comptes-rendus à sa hiérarchie, annexer des tickets d'essence ou de restaurant aux formulaires « adéquats » après les avoir préalablement remplis… Tout cela avait sans doute une quelconque utilité, mais finissait par grignoter sérieusement ce qu'il considérait comme son véritable travail, à savoir enquêter.

De plus, d'une nature sportive, mince et sec, agile et résistant à défaut d'être puissant, il redoutait ces longs moments qui l'obligeaient à rester immobile devant son écran alors que sa nervosité intrinsèque le disposait plus à participer aux entraînements collectifs pour parfaire sa condition physique.

Ce jour-là, il se distrayait de ces tâches fastidieuses en envoyant frénétiquement des SMS à Ermeline et à Jarry pour leur demander où en était la filature de Kerdegat. Il utilisait pour cela le groupe WhatsApp qu'il avait créé avec sa petite équipe. Il apprit ainsi que Kerdegat était rentré chez lui pour le déjeuner. Ermeline et Jarry s'étaient garés dans la rue de son domicile et avaient attendu patiemment.

Et le scooter ?

Pas revu.

Puis, Kerdegat était ressorti plutôt tardivement, vers 15 heures – avait-il l'habitude de faire une sieste ? – pour retourner au siège social de son entreprise. La technopole n'étant pas un endroit particulièrement fréquenté, Jarry et Ermeline commençaient à craindre d'être repérés. S'ils devaient continuer à le surveiller plusieurs jours durant, il faudrait changer de véhicule régulièrement. Quoi qu'il en soit, l'attente et surtout l'ennui qui l'accompagnait s'étaient poursuivis et les SMS avaient cessé.

Il devait être environ 17 heures quand le portable de Grimm se manifesta à nouveau. Il se jeta dessus. C'était Jarry.

Le scooter est revenu.

Grimm eut une petite montée d'adrénaline.

Qu'est-ce qu'il fait ?

Rien. Il attend, comme nous.

Il peut vous voir ?

Oui, puisqu'on le voit.
Mais nous sommes assez loin
l'un de l'autre et il ne s'occupe pas
de nous. Qu'est-ce qu'on fait ?

Rien pour l'instant. Mais quand
Kerdegat quittera les lieux,
suivez en priorité le scooter.
Tentez de l'interpeller chez lui.
Téléphonez-moi
quand vous avez du nouveau.

Ce ne fut qu'à 19 heures que Jarry le rappela. Il décrocha aussitôt. La voix de son équipier montrait de la nervosité.

— On l'a perdu !

— Qui ?

— Le scooter ! Kerdegat est parti vers 18 h 30. Le scooter l'a suivi jusqu'à son domicile puis il a continué sans s'arrêter. Il est remonté vers le centre-ville, mais il allait vite et se faufilait entre les voitures. Avec les embouteillages, on l'a paumé rue Saint-Michel.

— Eh merde !

— Oui ! Mais c'est pas jouable en pleine ville de suivre un deux-roues en voiture !

Un silence. Grimm songeait qu'il fallait cesser de tergiverser avec ce satané scooter et y aller franco, au moment où il attendrait Kerdegat.

— Demain, vous reprenez la planque chez Kerdegat à 8 heures.

Puis, il abrégea la conversation :

— Bon, il est tard. Je rentre chez moi. On se voit demain. Salut.

À quoi bon discuter de toute façon ! C'était foutu pour aujourd'hui et il devait, avant d'aller plus loin dans cette affaire, s'entretenir avec Babut. Par cette filature non officielle, Grimm avait déjà outrepassé les directives du commissaire divisionnaire. Il le lui avouerait tout en lui montrant que cette initiative, fondée sur une intuition, avait été payante : cette simple histoire de lettre anonyme cachait bien quelque chose de plus complexe.

Blanchard était parti depuis longtemps. Grimm saisit son blouson et traversa des couloirs quasi déserts avant de sortir et de prendre la direction de la station de métro.

* * *

Dans son appartement, Grimm retrouva sur la table de la cuisine la boîte de sardines, la bouteille de bière, la fourchette sale et le reste rassis de baguette, le tout baignant dans des taches d'huile luisantes et les miettes de pain. C'était si répugnant qu'il fut presque tenté d'aller directement se coucher.

Il prit pourtant conscience de son incurie, qui se traduisit par un véritable dégoût de lui-même. Alors, non sans brutalité et colère, il empoigna la poubelle et, à grands coups d'éponge, balança le tout dans le sac plastique. Il dégraissa la table comme il put et jeta la fourchette dans l'évier.

Il ouvrit le réfrigérateur, constata qu'il était vide, et décapsula une bière en attendant de prendre une décision. Vautré sur le canapé, il alluma une cigarette tandis que son esprit hésitait entre ressortir pour faire quelques courses, mais il était bien tard pour trouver un magasin ouvert dans son quartier, ou boire deux ou trois autres bières d'affilée pour faire passer la faim.

Il en était là de ses réflexions quand son téléphone vibra. Amandine encore. C'était son heure. Elle avait renoncé à appeler et envoyait un SMS. Grimm savait que la lecture du message ne ferait que le torturer davantage, mais il ne put s'empêcher d'y jeter un coup d'œil.

Hubert, on pourrait quand même se parler. Par Skype, on pourrait même se voir. Ton silence est insupportable...

S'il n'y avait que son silence qui fût insupportable... Pauvre Amandine ! Malgré son refus de lui parler, il la plaignait. À quoi bon s'acharner puisque, de toute façon, ils étaient désormais à plus de huit cents kilomètres à vol d'oiseau l'un de l'autre et qu'elle était la cause de sa mutation à Rennes.

Il effaça le message pour se donner l'illusion que ce dernier n'avait jamais existé.

La petite affaire Kerdegat lui parut soudain dérisoire. De quelle illusion s'était-il bercé dans la journée pour y trouver un quelconque intérêt ? Un pauvre gars minable suivait en scooter une grosse Mercedes. Et alors ! Il le harcelait de coups de téléphone et de lettres anonymes ? La belle affaire, vraiment ! Dès demain, on intercepterait ce crétin, Kerdegat porterait plainte et on n'en parlerait plus.

Il finit la bouteille, écrasa sa cigarette dans le cendrier et ouvrit de nouveau le réfrigérateur pour compter les bières restantes. Quatre. Cela suffirait, il avait trop la flemme pour sortir dehors à la recherche improbable d'une épicerie ouverte.

Quand tout allait mal, Grimm avait une parade relativement efficace qu'il décida de mettre en œuvre.

Il alluma son ordinateur, lança le logiciel de jeu d'échecs et reprit la partie inachevée. Préférant le relief et le réel à la platitude de l'écran, il se permettait de tenter quelques variantes sur un véritable échiquier posé à côté de lui, avant de se décider pour un coup définitif. Grimm n'avait guère de répit, car son « adversaire » ne prenait, quant à lui, que quelques secondes pour jouer. Il fallait donc recommencer à réfléchir aussitôt. Cette gymnastique de l'esprit empêchait de gamberger et de penser à soi-même. Résultat garanti jusqu'à ce que la fatigue l'emporte sur l'intérêt du jeu. Hélas, dès que Grimm éteignait l'ordinateur, il n'y avait plus aucun effet thérapeutique, même à court terme.

Quand il décida d'arrêter, il avait bu les quatre bières et fumé une dizaine de cigarettes. L'atmosphère dans le salon était devenue irrespirable. Il ouvrit la fenêtre et partit se coucher sans oublier de prendre son médicament.

Se regardant dans le miroir de la salle de bains, il se trouva amaigri, les yeux brillants, les joues creuses et le visage taillé à la serpe. Une barbe de trois jours lui mangeait le visage. Il eut des velléités de se raser, mais renonça par paresse.

Une fois dans son lit, il consulta son portable pour relire le message d'Amandine. Il fut surpris de constater qu'il l'avait effacé… Sa tristesse n'en fut que plus grande.

⋆ ⋆ ⋆

Le lendemain, dès la première heure, Grimm frappait au bureau du commissaire Babut. En quelques phrases, il relata les événements de la veille. Le commissaire se rembrunit. Il laissa passer un silence éloquent avant de prendre la parole.

— Vous êtes en train de me dire que vous avez effectué une filature sur M. Kerdegat ?

— Oui.

— Mais qui vous a autorisé à faire cela, bon sang ! Grimm, vous êtes incorrigible ! On ne peut donc jamais vous faire confiance !

Un orage était inévitable et Grimm espérait seulement qu'il serait de courte durée. Le commissaire ne décolérait pas. Il tapa à plusieurs reprises du plat de la main sur la petite table ronde où le commandant lui faisait face.

— C'est incroyable. On vous donne des ordres clairs et vous n'en tenez aucun compte ! Un jour, vous serez viré ! Je pourrais déjà vous faire passer en commission de discipline !

Grimm décida de faire cesser cette indignation inutile et déclara calmement :

— Mais vous ne le ferez pas.

— Et pourquoi, je vous prie ?

— Parce que nous savons maintenant que Kerdegat est suivi et que nous avons des décisions plus urgentes à prendre.

C'était parfaitement exact et le commissaire ne l'ignorait pas. Il soupira, baissa d'un ton, mais se crut obligé de faire une mise au point solennelle :

— Écoutez-moi bien, Grimm. Quand votre mutation de Montpellier à Rennes a été décidée par la hiérarchie, nous vous avons accueilli ici le mieux possible. Vous ne pouvez pas le nier. Par égard pour vos états de service, excellents, mais tenant compte aussi de vos problèmes, j'ai détaché pour vous trois membres du groupe du commandant Bouexière qui comptait jusqu'alors seize personnes. Ces trois membres – Blanchard, Jarry et Gasquet – sont sous vos ordres. Mais vous, n'est-ce pas...

Grimm savait ce que Babut allait dire. Il attendait patiemment.

— Mais vous, vous êtes toujours sous les miens. Vous n'êtes pas un petit chef hors sol qui peut faire ce que bon lui semble. Vous le comprenez cela ?

— Oui.

Grimm baissait les yeux, mais c'était plus par ennui que par remords. Par ailleurs, Ermeline ne lui avait pas caché les dissensions qui minaient le groupe pléthorique du commandant Bouexière. Éric Blanchard, Corentin Jarry et Ermeline Gasquet, bien que ne le connaissant pas, s'étaient portés volontaires pour le rejoindre. Une décision risquée, mais qui soulignait à quel point les conflits et les antagonismes devaient être irréductibles dans l'autre équipe.

Ermeline ne s'était pas étendue sur le sujet, mais lui avait glissé en guise d'explication :

— Dans ce groupe, il y a quatre à cinq beaufs, machos, vulgaires et racistes, que je ne supportais plus.

Grimm n'avait pas su quelles étaient les raisons de Blanchard et de Jarry pour le rejoindre, mais il fallait supposer que les personnes incriminées par leur coéquipière n'étaient pas non plus leur tasse de thé. Ou alors étaient-ils en conflit avec le commandant Bouexière lui-même ?

— Vous m'écoutez, Grimm ?

— Oui, commissaire, je vous écoute.

Il releva la tête, comme pour montrer qu'il était attentif à la réprimande.

— À la bonne heure ! Vous allez me promettre de ne plus vous permettre ce genre d'incartades.

— Je vous le promets.

Grimm avait hâte que ces remontrances cessent et qu'on revienne à l'affaire Kerdegat. Heureusement, Babut avait vidé son sac et, après une courte pause, montrait à présent une mine embarrassée.

— Quelqu'un suit Kerdegat... Ah, si je m'attendais à cela !

Il se leva et se triturait le menton.

— Nous allons bien être obligés de le lui apprendre et d'intercepter l'individu. À moins qu'on arrête cet homme sans le dire à Kerdegat. On le met en garde à vue, on le cuisine, et on éclaircit l'affaire.

Grimm trouvait étrange cette seconde proposition.

— De toute façon, quel que soit le résultat de cette GAV[1], que l'homme parle ou pas, il faudra en informer Kerdegat tôt ou tard.

— Oui, vous avez raison. Et l'analyse de la lettre anonyme, des résultats ?

— Elle est au labo. On verra, mais il ne faut rien en espérer. Vu les précautions prises par notre bonhomme. Il n'a pas de plaque d'immatriculation sur son scooter et utilise un téléphone mobile avec carte prépayée.

1. Garde à vue.

Babut se tournait vers la fenêtre, se rongeait les ongles et soupirait d'agacement. Il en revenait à son seul souci.

— Et comment va-t-on faire pour expliquer à Kerdegat qu'on a découvert qu'il était suivi ? Ah, vous pouvez vous vanter de nous avoir mis dans une sacrée merde !

— J'en assume la responsabilité.

— Encore heureux !

Puis, le commissaire annonça soudain, en le toisant d'un air sévère :

— Après tout, c'est votre enquête. Vous êtes le seul pilote. À vous de le lui annoncer et de lui expliquer pourquoi vous avez pris la décision de le prendre en filature. Il va certainement beaucoup apprécier. Moi, je n'étais pas au courant et je ne vous ai jamais donné cette autorisation.

Même en rêve, Grimm n'aurait osé imaginer une telle issue à la discussion.

— Ce qui est vrai d'ailleurs, confirma-t-il avec une componction feinte.

— En revanche, je vous autorise à interpeller l'homme au scooter et à le mettre en garde à vue. Il faut mettre fin à cette affaire.

— Ce sera fait, dit Grimm en se levant à son tour. Dès aujourd'hui, si possible.

Il sortait quand il entendit derrière lui la voix du commissaire qui lui lançait sur un ton de reproche :

— Et allez vous raser, bon sang, on dirait Gainsbourg !

* * *

Tandis que Grimm regagnait son bureau, cette remarque le faisait sourire. Être comparé à un tel génie de la chanson, quel honneur ! Pourtant, il ne ressemblait guère à Serge Gainsbourg. Il n'en avait ni les traits du visage, ni les oreilles décollées, ni les yeux gonflés, ni le visage empâté.

En somme, il suffisait pour le commissaire d'avoir une barbe de trois jours et il vous assimilait à celui qui avait lancé cette mode toujours très en vogue de nos jours. Bien, ceci dit, il devait quand même se décider à se raser… Le message était clair.

Il pénétra dans l'open space et découvrit Blanchard assis à son bureau. Celui-ci avait tout du cancre qui, triplant son CM2, avait tant grandi que la chaise et la table paraissaient provenir d'une maison de lilliputiens.

— Salut, Éric.

— Salut, Hubert. Normalement, pour la lettre, j'ai les résultats du labo demain.

— Très bien, tu me les amèneras.

Il était déjà 9 heures. Grimm envoya un SMS à Ermeline et à Jarry pour savoir ce que donnait la planque chez Kerdegat. Ce fut Ermeline qui répondit.

Rien. Aujourd'hui, pour l'instant,
il reste chez lui.

Et le scooter ?

Pas là.

Ce n'était pas bon signe. Si, la veille, l'homme au scooter avait repéré la voiture d'Ermeline, il serait très difficile de lui mettre le grappin dessus.

À 13 heures, Ermeline envoya un message :

Toujours rien. Il doit manger
chez lui.

La domestique
est venue ce matin ?

Oui, à 8 heures, comme hier.

Toujours pas de scooter ?

Non.

La cible avait disparu. C'était rageant. La planque tournait à l'échec, mais que faire d'autre, sinon la poursuivre en espérant une réapparition du suspect. Grimm passa le début de l'après-midi sans parvenir à se concentrer sur son travail.

Vers 15 h 30, le fixe de son bureau sonna. Il décrocha et eut immédiatement la sensation de recevoir un coup de poing dans la poitrine.

— Je voudrais parler au commandant Grimm de la part de M. Kerdegat.

— C'est lui-même. Bonjour, monsieur Kerdegat.

— Je vous appelle pour vous prévenir que, depuis hier, je suis espionné et suivi.

— Vous êtes sûr ?

— Certain. Et ça fout la trouille, je ne vous le cache pas. Elle est encore là, je la vois de ma fenêtre.

— Elle ? Qui ça ?

— Une petite voiture blanche. Une Polo, je crois.

C'était la voiture d'Ermeline.

6

Grimm se trouvait au pied du mur. Il n'y avait plus de faux-fuyant.

— Monsieur Kerdegat, je souhaiterais m'entretenir avec vous le plus rapidement possible. Chez vous, pour vous éviter un déplacement, si vous n'y voyez pas d'inconvénients.

— Quand ?

— Quand vous voulez. Maintenant, si c'est possible.

— Maintenant ?

Au-delà de la surprise, Grimm percevait l'hésitation de Kerdegat.

— Eh bien... Écoutez... Pourquoi pas... Mais, pour cette voiture, qu'est-ce que je fais ?

— Rien. Ne faites rien. Je suis chez vous dans une demi-heure.

Grimm raccrocha et s'empara de son portable.

— Ermeline ?

— Oui ?

— Levez la planque tout de suite ! Kerdegat vous a repérés !

— C'est vrai ? Ah, merde ! Bon, on se tire.

Saisissant son blouson, sans prendre son arme de service, Grimm traversa l'open space sous les yeux étonnés de Blanchard.

— Je vais chez Kerdegat ! Corentin et Ermeline vont rentrer. Je pars avec la Peugeot.

Il était déjà dans le couloir que Blanchard n'avait pas encore pleinement pris conscience de ce qui se passait. Dans l'ascenseur, il se passa plusieurs fois la main sur les joues.

— J'aurais dû me raser, nom de Dieu de nom de Dieu… Je ne vais pas faire bonne impression…

Il se ressaisit aussitôt.

— Oui, mais bon ! Je suis flic ! Pas banquier ou PDG d'une grosse boîte !

Grimm tenait beaucoup à ce qualificatif de flic. Il n'y voyait rien de péjoratif. Au contraire. Pour lui, un flic de la police judiciaire, c'était quelqu'un qui avait du flair, du pif, du nez, de l'instinct – appelez cela comme vous voulez –, qui mixait l'intuition et la déduction et qui, selon la métaphore du chasseur qui lui était chère, était capable de renifler à son profit aussi bien sur une plate-bande fleurie que dans une poubelle.

Sur le parking, il ouvrit précipitamment la portière de la Peugeot, s'installa au volant et démarra immédiatement. Un quart d'heure plus tard, il garait la voiture boulevard de la Duchesse-Anne, non loin de la demeure des Kerdegat.

En longeant la grille de la propriété pour atteindre le portillon d'entrée, Grimm ne put s'empêcher de se sentir un peu écrasé par son apparence royale. Avec sa partie centrale et ses deux ailes latérales, sa symétrie parfaite imitait les châteaux du XVIIIe siècle. Grimm s'attendait à y trouver une horde de serviteurs en livrée, raides et adeptes de la courbette servile, le visage impassible.

Il sonna et attendit. Après un déclic, l'interphone l'interrogea. Une voix de femme.

— Qui est là ?

— M. Grimm…

Il n'osa pas décliner son statut de commandant de la police judiciaire, ignorant s'il devait rester discret sur ce point. Il s'apprêtait à expliquer qu'il avait rendez-vous avec M. Kerdegat quand il y eut un second déclic plus long, d'une tonalité plus basse, et la grille se déverrouilla. Il n'eut plus qu'à la pousser.

Grimm remonta la courte allée en gravier qui menait au perron de l'énorme porte d'entrée. Ce ne fut pas un serviteur en livrée qui lui ouvrit, mais l'employée de maison repérée par Ermeline, celle-là même qui prenait son travail tous les matins à 8 heures. Entre deux âges, d'allure impersonnelle, elle s'efforçait de conformer sa physionomie à la dignité et à la retenue qui seyaient à la classe sociale qu'elle servait. Grimm se présenta de nouveau.

— Je suis M. Grimm et…

La femme le coupa aussitôt, en inclinant la tête en signe de respect et en parlant presque à voix basse :

— Oui, je suis au courant, monsieur. M. Kerdegat m'a prévenue de votre visite. Si vous voulez bien me suivre…

Dans le large hall, et bien qu'il s'y attendît, il fut impressionné par ce vertigineux plongeon dans le passé et par la majesté des lieux. Plafonds hauts de trois mètres au moins, moulures richement ouvragées, splendides rosaces d'où pendaient des lustres imposants, boiseries, parquets de chêne en chevron, tableaux style grand siècle accrochés aux murs, sans compter de splendides meubles d'antiquaires, des confituriers et des guéridons, supportant des objets d'art, type statuettes, candélabres ou horloge en bronze, dont chaque exemplaire devait à lui seul coûter une petite fortune.

Et Grimm, au milieu de cette richesse, avec sa chemise froissée, son blouson défraîchi et sa barbe de trois jours… Gainsbourg mène l'enquête, songea-t-il dans un accès d'autodérision.

L'employée de maison l'engageait à la suivre dans l'escalier de pierre, si large que trois personnes auraient pu l'emprunter de front, qui menait au premier étage. Grimm cachait sa surprise, car il avait imaginé être reçu dans un salon du rez-de-chaussée, et non à l'étage dans les appartements plus intimes des Kerdegat.

Au bout d'un long couloir, dans l'aile droite de la maison, Grimm fut introduit dans un petit salon, presque un boudoir, où la femme l'invita à s'asseoir dans l'un des fauteuils crapaud disposés autour d'une table basse et le pria d'attendre. Elle referma derrière elle. Grimm resta debout.

Il s'approcha de la fenêtre. C'était côté rue. Grimm n'entendait pas les voitures lors de leur passage et il constata que les vitres étaient en double vitrage. L'âge ancien de la maison n'avait pas empêché sa modernisation. Il se mit à penser que les salles de bain affichaient sans doute un luxe qui ne devait rien envier à celui des quelques rares hôtels cinq étoiles où il avait eu l'occasion d'enquêter dans sa carrière.

La porte s'ouvrit soudain et Kerdegat apparut. Il s'approcha de Grimm, lui tendit une main distraite, et asséna aussitôt avec une inflexion lourde de reproche :

— Vous arrivez trop tard, la Polo est partie.

— Oui, je sais, monsieur Kerdegat.

— Vous savez ? Comment cela ?

Kerdegat conservait cet air sûr de lui, distant, un tantinet méprisant et condescendant, que Grimm avait souvent observé chez les hommes appartenant à la même classe sociale.

— Si j'ai désiré vous parler, monsieur Kerdegat, c'est que j'ai beaucoup de choses à vous dire.

— Ah bon ? Eh bien, asseyons-nous dans ce cas.

Et sans attendre que Grimm obtempère, il s'installa dans un fauteuil, se cala en arrière et croisa les jambes. Tandis que le commandant s'asseyait à son tour en face de lui, jambes écartées, le buste incliné et les coudes posés sur les cuisses, Kerdegat déclara sur un ton impérieux qui ne souffrait pas la contradiction :

— Avant toute chose, monsieur Grimm, souvenez-vous que si vous croisez mon épouse en quittant les lieux, vous êtes venu me voir pour affaire. Rien de plus.

— Bien sûr.

— Bon, je vous écoute.

Le moment délicat était arrivé. Grimm n'était pas pris au dépourvu. Il avait eu le temps d'y réfléchir en conduisant. Il n'y avait qu'un seul moyen de s'en sortir sans prendre la foudre.

Mentir.

Mentir effrontément et avec aplomb.

— Monsieur Kerdegat, quand vous êtes venu me voir avant-hier, j'ai pris votre affaire extrêmement au sérieux.

— Vraiment ?

— Tout à fait. Me basant sur mon expérience, plusieurs éléments m'ont immédiatement inquiété.

— Lesquels ?

Grimm avait l'impression de ferrer un poisson. Il fallait du doigté, du temps et de la patience, avant de relever la canne d'un coup sec.

— Vous savez, monsieur Kerdegat, il est rare, très rare, exceptionnellement rare même, qu'un plaisantin passe des coups de fil anonymes toujours à la même heure en pleine nuit.

— Sans doute…

— Cela dénote un esprit maniaque, obsessionnel, mû par une rancœur ou une haine mille fois recuite dans le vide de sa solitude. Un pervers incapable de lâcher prise, accroché à sa hantise, engagé dans un processus mental pernicieux qui peut mener au pire.

— Vous m'inquiétez…

— Ce n'est pas mon but, monsieur Kerdegat. Je vous fais part du fruit de mon expérience qui, hélas, est grande en la matière, c'est pourquoi d'ailleurs on m'a confié votre affaire.

— Ah ?

— Et, justement, justifiant mes craintes, quand vous avez changé de numéro, il n'a pas pu le supporter, et il vous a envoyé une lettre.

— C'est juste.

Kerdegat acquiesçait. Il était entré dans les arguments et la rhétorique de Grimm sans même s'en rendre compte. Celui-ci avança le pion suivant.

— Ce type d'obsession pathologique entraîne le plus souvent le désir impérieux, absolument irrépressible, de voir sa victime, de la côtoyer, de juger si le harcèlement entrepris porte ses fruits.

Attentif, Kerdegat ne bougeait plus d'un pouce. Il écoutait comme un élève face à un professeur.

— J'ai donc acquis la certitude que cet individu devait vous suivre sans que vous en ayez conscience. Car ces gens-là sont d'une intelligence souvent supérieure et d'une grande habileté dans leur perversion.

— Sauf que je m'en suis aperçu !

— Non, répondit Grimm calmement.

Kerdegat sursauta, se redressa et protesta :

— Si, je m'en suis aperçu ! La preuve, je vous ai appelé pour vous le dire !

Grimm laissa passer quelques secondes, puis articula lentement :

— Ce n'est pas une Polo blanche qui vous suit, monsieur Kerdegat, mais un scooter.

— Quoi !? Mais, enfin, la Polo blanche ?

— La Polo blanche, elle vous protège. Hier matin, craignant le pire, j'ai demandé à deux de mes collègues de surveiller les abords de votre maison pour vérifier que je ne me trompais pas. Et je ne me suis pas trompé : un scooter attendait devant chez vous, vous a suivi jusqu'au siège social de votre entreprise puis, de nouveau, en fin d'après-midi, de votre entreprise à votre domicile.

Kerdegat secouait la tête en signe de dénégation.

— Je n'arrive pas à y croire…

Grimm sortit son portable de la poche de son blouson, afficha la photo du scooter et, tendant le bras par-dessus la table basse, la montra à Kerdegat. Celui-ci saisit lui-même l'appareil pour voir de plus près.

— C'est lui ?

— Passez à la suivante, il y en a d'autres.

Sidéré, Kerdegat regardait sans un mot. À la fin, il posa le portable sur la table et releva vers Grimm des yeux un peu perdus.

— C'est qui, ce type ?

— Bonne question !

— Il faut l'arrêter !

— C'est notre intention.

— Et pourquoi ne l'avez-vous pas encore interpellé ?

Kerdegat reprenait ce ton supérieur où pointait toujours une nuance de jugement dépréciatif, ou de soupçon, dont il devait user avec ses employés. Et peut-être en tout lieu et toutes circonstances.

— Nous comptions le faire aujourd'hui, c'était le rôle de la Polo blanche, mais il n'est pas venu.

— Ah…

Il n'y avait aucun doute à avoir sur la déception exprimée par Kerdegat. Elle était réelle. Grimm avait l'habitude de déceler le mensonge chez les personnes qu'il interrogeait.

— Je voudrais vous poser une question, monsieur Kerdegat ?

— Oui…

— Nous sommes mercredi. D'habitude, allez-vous à votre travail, le mercredi ?

— Non. C'est une très vieille habitude du temps où les enfants étaient petits et vivaient encore à la maison.

Mon épouse me l'avait demandé et j'avais accepté. Je travaille, cependant, mais dans mon bureau. J'étais ainsi disponible pour le déjeuner, le goûter et le dîner. Pour jouer aussi un peu avec les enfants. Vous comprenez ?

Grimm aurait compris parfaitement et cette déclaration aurait presque rendu cet individu sympathique à ses yeux, si celui-ci n'avait ajouté :

— Une concession pour la paix du ménage. Vous voyez ce que je veux dire ?

— Pas très bien, non…

Grimm regretta aussitôt de s'être laissé aller à cette réaction de sincérité. N'avait-il pas promis au commissaire Babut d'être poli et aimable avec Kerdegat ?

La porte s'ouvrit soudain et une femme apparut. Elle resta sur le seuil, la main sur la poignée. Grimm n'eut aucune peine à deviner qu'il s'agissait de Mme Kerdegat.

Elle était assez grande, vêtue d'une tenue très classique – chemisier, jupe droite et escarpins à talon aiguille –, un collier de perles autour du cou et une chaînette en or au poignet. Ses cheveux ondulés, permanentés, d'un blond artificiel, étaient rejetés en arrière, dégageant le front en une coiffure bourgeoise très respectable. Un léger fond de teint masquait des rides naissantes sans pour autant dissimuler son âge. Comme son mari, elle avait dépassé la cinquantaine.

Elle devait chercher son époux, car elle eut un sursaut de satisfaction en l'apercevant. Elle ouvrit la bouche pour lui parler, mais, découvrant Grimm dans un second temps, elle eut un réflexe dicté par son éducation et les convenances.

— Bonjour, monsieur.

— Madame… ânonna Grimm en soulevant une fesse de son fauteuil.

Ce fut tout. Elle s'adressa ensuite directement à son mari :

— Clémentine a servi le thé, Yann.

Par réflexe, Kerdegat jeta un coup d'œil à sa montre avant de répondre.

— Je descends tout de suite, ma chérie. J'en ai presque terminé avec monsieur.

Fermant consciencieusement la porte derrière elle, Mme Kerdegat se retira sans rien ajouter.

— Où en étions-nous, monsieur Grimm ?

— Au fait que vous en aviez presque terminé avec moi.

La saillie fit rire Kerdegat. Cette petite insolence, lancée à la volée par son interlocuteur, lui parut sans doute de bon aloi, assez fine en tout cas pour ne pas susciter chez lui de réprobation.

— C'est ma foi vrai… Y a-t-il autre chose que nous n'aurions pas évoqué ?

— Non. Mais je vous donne mon numéro de portable en cas de besoin.

Kerdegat se leva, Grimm aussi. Mais alors que le maître de maison venait d'ouvrir la porte, il la referma aussitôt et se retourna vers le commandant. Instinctivement, il baissa la voix.

— Demain matin, qu'est-ce que je fais ? Il me faut aller au siège de mon entreprise.

— Nous serons là, monsieur Kerdegat, je vous le promets.

— La Polo blanche ?

— Non. Nous changerons de véhicule pour ne pas attirer l'attention. Ce sera une Peugeot. Si le même individu se présente, nous l'arrêterons.

— Vous le *cravaterez*, comme on dit dans votre milieu ? susurra Kerdegat en arborant le sourire de l'ignorant qui désire montrer qu'il connaît la question.

« C'est ça, on le cravatera, pauv'con », pensa Grimm, et il ressentit une forte animosité envers cet homme. C'était violent, incontrôlable, irrationnel, et Grimm le savait parfaitement. Mais pas surprenant non plus, puisqu'il était parfois sujet à ce type de pulsion agressive.

Pourtant, c'était bien là le paradoxe, Kerdegat paraissait avoir désormais une bonne opinion du « commandant Grimm ». Au moment de lui serrer la main sur le perron, il lui glissa avec des accents de confidence, presque d'amitié :

— Je vous ai mal jugé l'autre jour. Vous êtes quelqu'un de compétent, qui connaît son métier.

Cette remarque, qui avouait implicitement que Kerdegat l'avait pris pour un imbécile lors de leur première rencontre, eut le don de mettre Grimm hors de lui. Il fit un bref signe de tête, ébaucha un sourire contraint, et dévala les marches du perron sans se retourner.

* * *

De retour à la PJ, Grimm vit Blanchard brandir une feuille de papier et l'agiter à son intention. Jarry et Ermeline étaient à ses côtés.

— Qu'est-ce que c'est ? demanda Grimm en ôtant son blouson et en le jetant sur une chaise.

— Les résultats du labo pour la lettre anonyme.

Du concret. L'affaire allait peut-être se débloquer. Cet espoir fut de courte durée, douché sans délai par Blanchard.

— Tu avais raison. On ne peut rien en tirer.

— C'est-à-dire ?

— Sur l'enveloppe, il y a plusieurs ADN identifiables. Probablement ceux de Kerdegat et des postiers.

— Et sur la lettre elle-même ?

— Un seul ADN.

— Donc, celui de Kerdegat.

— Sûrement.

L'auteur du harcèlement était donc excessivement prudent, tout autant pour donner des coups de téléphone que pour écrire une lettre. Sans doute avait-il acheté du papier à lettre uniquement pour cet usage et ne le manipulait-il qu'avec des gants ?

Pourtant, Ermeline sema le trouble en affirmant soudain :

— Rien n'interdit de penser qu'il ait pu s'envoyer la lettre lui-même.

— Non, rien.

Était-ce une supputation dont il fallait tenir compte ? Des regards incrédules furent échangés. Grimm détendit l'atmosphère en s'écriant :

— Ermeline, t'en as d'autres des réflexions comme ça !

On préféra oublier l'hypothèse, ou du moins la garder en réserve, car elle ne reposait sur aucun indice.

— Et le cachet ? poursuivit Grimm. Il a donné quelque chose ?

— Oui et non. La lettre a été affranchie à la poste centrale de Rennes. Ce qui est conforme à la géolocalisation du téléphone et donc, en première approximation, confirmerait que le suspect habite à Rennes.

Grimm s'approcha de la fenêtre et, rêveur, laissa son regard errer sur les toits et les façades des immeubles.

— Il est peut-être là, à quelques pas de nous, dans son trou, en train de préparer on ne sait quoi…

Il se secoua et se retourna d'une seule pièce. Blanchard, Jarry et Ermeline l'observaient, attendant la décision finale.

— Demain matin, j'irai avec Corentin et Ermeline. Le scooter sera là et on l'interpellera.

— Et s'il ne vient pas ? demanda Ermeline.

— Il viendra. J'en suis sûr.

— Pourquoi ? Il n'était pas là aujourd'hui.

— Tout à l'heure, j'ai appris que le mercredi Kerdegat ne quitte jamais la maison. Il bosse chez lui. C'est un arrangement avec sa femme. Demain est un jour normal, il retourne à son travail.

— Tu veux dire que l'homme au scooter connaît parfaitement l'emploi du temps de Kerdegat ?

— Oui, Ermeline, c'est exactement ce que je pense. Je crois qu'il le surveille depuis longtemps.

— Mais pourquoi ? Dans quel but ?

— Ça, ma chère, nous le saurons demain !

* * *

Tant qu'il se trouva assis dans le métro, le cerveau de Grimm fut accaparé par l'affaire Kerdegat. Et par rien d'autre.

Il y avait une certaine excitation à penser que le lendemain, on pourrait coffrer cet individu et lui tirer les vers du nez. Ce qu'il cachait n'aurait peut-être rien de bien exaltant, se révélerait à la fois sordide et banal, bref sans intérêt, mais tant qu'on ignorait les dessous de l'histoire, on pouvait encore imaginer des péripéties inattendues aux débordements stimulants.

Mais dès qu'il pénétra dans son appartement, une chape de tristesse et de mélancolie lui tomba sur le crâne face à l'aspect poisseux des lieux qu'on aurait dit inhabités, si ce n'était par un visiteur qui venait chaque soir saloper la cuisine en laissant tout en vrac dans l'évier.

Pourtant, à quoi bon ranger et laver pour garder autour de soi un petit univers propret, puisque l'humanité était condamnée ? Au regard de ce que subissait la planète, c'était simplement dérisoire et ridicule de passer l'aspirateur ou de manier la serpillière.

La planète Terre. On la lavait, elle ? On la nettoyait ? Non, bien au contraire, on la souillait, et on la souillerait jusqu'à sa destruction finale.

Grimm sentit que ses obsessions le reprenaient avec une force nouvelle et dévastatrice. Pendant la journée, elles étaient restées tapies au fond de lui, grâce à ce bon Kerdegat et à ses petits ennuis. À présent, loin de cette influence bénéfique, elles ressurgissaient, submergeant tout sur leur passage.

Il but une bière. Sans manger, car dès que son regard se posait sur l'évier et la table de la cuisine, il avait un haut-le-cœur de dégoût.

Il renonça à allumer l'ordinateur pour lancer le logiciel d'échecs. Cette activité exigeait une concentration et une créativité qu'il n'avait plus ce soir.

Il avala ses médicaments dans un état d'angoisse extrême et se coucha.

Au lit, il resta sur le dos, les yeux ouverts. À penser. À penser en boucle, interminablement, sans issue.

Ressasser, ruminer, remâcher, rabâcher.

N'étaient-ce pas des criminels ces puissants qui dirigeaient le monde et qui ne faisaient rien ?

Qui ne faisaient rien ? Allons donc ! Au contraire. Aveuglés par des gains faramineux au profit de leur seule petite existence minable, ils décidaient de poursuivre comme avant, d'aggraver les dégâts et de précipiter la chute. En toute béatitude, à leur mort, ils remettraient dans les mains de nos enfants le résultat de leur saccage irréversible. Et la mort, au milieu des soubresauts d'une planète agonisante, frappera partout de la manière la plus atroce, n'épargnant personne.

Y avait-il quelques efforts entrepris ici et là ? Sans concession, Grimm les balayait d'un revers de main. C'était négligeable, insignifiant, à la marge, sans s'attaquer à l'essentiel. Ça ne servait à rien !

Soudain, il s'aperçut qu'Amandine n'avait pas appelé. Cette constatation se cristallisa dans son cerveau et occupa une place démesurée. Comme chaque soir, il n'aurait pas répondu, mais il lui en voulut de l'abandonner.

* * *

Le lendemain, rien ne se passa comme prévu. Pour procéder à l'interpellation du suspect, Grimm, Jarry et Ermeline s'étaient garés très tôt devant le domicile des Kerdegat. Ils virent arriver l'employée de maison à l'heure habituelle. Le scooter était absent.

— Finalement, il vous a peut-être repérés avant-hier, lâcha Grimm qui s'impatientait.

À 9 heures, le portail de la propriété s'ouvrit et la grosse Mercedes de Kerdegat apparut. Laissant deux ou trois voitures entre lui et eux, puisqu'il savait que Kerdegat se rendait au siège social de son entreprise, Grimm, qui conduisait la Peugeot, le suivit à distance. Nulle trace du scooter.

À 11 h 30, ils firent le trajet en sens inverse alors que Kerdegat rentrait chez lui pour le déjeuner. N'ayant pas prévu de sandwich, ils attendaient dans la voiture, la faim au ventre, en se morfondant, quand le téléphone de Grimm vibra.

C'était Kerdegat. Sa voix trahissait la plus vive inquiétude.

— Monsieur Grimm ?

— Oui ?

— Au courrier, chez moi, ce midi, il y a une nouvelle lettre anonyme.

7

Ermeline étais assise à l'avant de la voiture à la place du passager. Elle fixait Grimm avec intensité, consciente que quelque chose de nouveau venait de se produire. À l'arrière, Jarry restait impassible, en apparence indifférent.

Grimm raccrocha.

— Kerdegat a reçu une nouvelle lettre anonyme.

Et, consultant sa montre :

— Il me demande de passer à 12 h 30 après son déjeuner, pour prendre un café.

— Un café… c'est un bon petit repas dont on aurait besoin, rétorqua Jarry.

— De toute façon, j'y vais seul. Désolé.

— Elle dit quoi, cette lettre anonyme ? demanda Ermeline.

— Je ne sais pas. Il ne me l'a pas dit. Il veut me la montrer.

Il fallut attendre une interminable demi-heure avant que Grimm ne mette dans la poche de son blouson une paire de gants en latex poudré et ne descende enfin de la voiture. Il sourit en se penchant vers l'habitacle avant de refermer la portière.

— Ermeline, prends la place du conducteur et, au cas où le scooter passerait, suivez-le.

Aussitôt, sa coéquipière se glissa du siège passager à celui du conducteur avec une habileté de contorsionniste.

— OK, patron…

Grimm admira sa souplesse et sa légèreté, puis se dirigea vers la maison. Il sonna à la grille et une impatience qui l'excitait montait en lui. Une seconde lettre anonyme ! C'était du nouveau, forcément instructif, et qui estompait un peu la déception de ne pas avoir pu appréhender l'homme au scooter.

Comme la veille, ce fut l'employée de maison qui, à distance, déverrouilla le mécanisme d'ouverture de la grille. Grimm remonta l'allée de gravier jusqu'au perron. Kerdegat l'attendait dans le hall. Sans prendre la peine de le saluer, il l'entraîna dans le salon et, dès que la domestique fut hors de portée de voix, il demanda à brûle-pourpoint :

— Et le scooter, monsieur Grimm ?

— Il ne s'est pas montré.

Kerdagat reprit aussitôt le ton exaspérant qu'il devait adopter avec ses subordonnés :

— Il va falloir mettre la main dessus au plus vite, parce que je commence à en avoir par-dessus la tête de ses coups de téléphone et de ses lettres anonymes !

— Nous faisons le maximum.

En émettant un soupir d'exaspération, Kerdegat ferma la porte du salon.

— Ma femme fait une sieste, nous serons au calme ici pour discuter. Clémentine va nous servir le café. Asseyez-vous.

En harmonie avec le reste de la maison, le salon était spacieux, richement décoré de bibelots de grande valeur. Un magnifique tapis oriental recouvrait le parquet dans la partie où se trouvaient disposés en cercle plusieurs fauteuils Voltaire. Par rapport à la veille, l'humeur de

Kerdegat avait changé du tout au tout. Dès qu'il fut assis face à Grimm, il se permit d'affirmer :

— Si je vous ai confié cette enquête, c'est pour qu'il y ait des résultats. Or, depuis le début, nous piétinons.

Quelle impudence, ce bonhomme… Grimm en fut si estomaqué qu'il resta sans voix pendant plusieurs secondes. Il faillit exploser, de colère, mais se retint à temps, songeant encore une fois aux recommandations de Babut.

Il répondit assez froidement :

— Monsieur Kerdegat, vous parlez à un officier de police judiciaire à qui le commissaire divisionnaire Babut a confié une enquête. Croyez bien que nous faisons tout notre possible pour la résoudre. Cependant, même si je vous remercie pour votre collaboration, que j'apprécie, je n'ai de comptes à rendre qu'à mon supérieur et à lui seul.

C'était dit. Kerdegat prit un air pincé et se renfrogna :

— Bien sûr… Je me suis mal exprimé.

On frappa, ce qui, fort opportunément, mit fin à l'incident.

— Entrez, Clémentine… Posez cela ici, s'il vous plaît… Merci.

Aucun mot ne fut échangé tant que ladite Clémentine se trouvait dans la pièce. En sortant, elle referma soigneusement derrière elle.

— Vous avez donc reçu une nouvelle lettre anonyme. C'est bien cela ?

— Oui, tout à fait.

— Que dit cette lettre ?

— Je n'en sais rien.

— Pardon ?

— Je n'en sais foutrement rien parce que c'est rédigé dans une langue incompréhensible !

Kerdegat tira de la poche de sa veste une enveloppe, exactement du même type que celle contenant le premier courrier. Il ne faisait aucun doute qu'il s'agissait du même expéditeur. Kerdegat s'apprêtait à la lui donner quand Grimm l'arrêta.

— Un instant, s'il vous plaît.

Il enfila avec soin les gants en latex qu'il avait apportés.

— Que faites-vous ?

— Cette lettre, comme la précédente, va être analysée au laboratoire. Il faut donc qu'elle soit polluée par le moins de personnes possible. Vous l'avez déjà tenue entre vos mains, inutile que j'y ajoute mes propres empreintes ou mon ADN.

Kerdegat manifesta soudain un intérêt prononcé.

— Et alors, cette première lettre, ça a donné quoi ?

— Rien. Il n'y avait dessus que vos propres empreintes. Notre homme prend des précautions.

— Comme vous…

— En quelque sorte, oui. Bien, donnez-moi la lettre à présent.

Kerdegat la lui tendit. Il but ensuite une gorgée de café pendant que Grimm sortait avec précaution la lettre de l'enveloppe.

Il la déplia.

— Ah oui, en effet, c'est surprenant…

— Je vous l'avais dit. Pour moi, c'est de l'hébreu !

L'esprit de Grimm s'activa. Il aimait ce type de problème et son expérience était sa meilleure arme. Soudain, son visage s'éclaira. Il ouvrit la bouche pour parler, puis la referma, effaça le léger sourire qui avait étiré ses lèvres un court instant et fronça les sourcils d'un air perplexe. Ce fut de sa part une décision instantanée, presque instinctive, motivée par le désir de prendre un coup d'avance sur Kerdegat.

Comme le silence se prolongeait, ce dernier le brisa d'un ton abrupt :

— Vous y comprenez quelque chose ?

Grimm mentit.

— Non. J'avoue que non.

Avec son portable, Grimm photographia le message. Son regard fut soudain attiré par une petite tache sombre en bas à droite de la feuille.

C'était un rond, un ovale plutôt, qui n'excédait pas un demi-centimètre de diamètre. Comme une goutte d'eau qui aurait séché.

— Curieux cela aussi…

— Qu'est-ce qui est curieux ?

— Peut-être rien, je ne sais pas.

Kerdegat ne put empêcher sa vraie nature de s'exprimer à nouveau :

— Décidément, vous ne savez pas grand-chose.

Piqué au vif, Grimm en oublia les conseils du divisionnaire :

— Un enquêteur, ce n'est pas une voyante extralucide ni un devin, monsieur Kerdegat ! Ce message, nous allons l'étudier et tenter de percer sa signification. Champollion a pris plus de cinq minutes pour comprendre la signification des hiéroglyphes !

Non sans nervosité, il plia la lettre, la remit dans son enveloppe et la glissa dans le sac plastique qui avait contenu les gants. Il retira ceux-ci, but d'un trait sa tasse de café et se leva.

— Je vous tiens au courant, monsieur Kerdegat.

* * *

Dans la rue, à grands pas nerveux, Grimm se précipita aussitôt vers la Peugeot et ouvrit la portière du passager avec brusquerie. Il s'assit en la claquant violemment.

— Alors ? demanda Ermeline.

Grimm expira violemment et laissa éclater sa colère :

— Ce Kerdegat, il me sort par les trous de nez !

— Mais encore ?

— Il est impossible, ce mec ! D'une suffisance, d'une prétention, d'un mépris ! J'ai jamais vu ça !

— Et la lettre ?

— C'est un vrai con !

Ermeline se retourna et jeta un coup d'œil à Jarry qui ne se départait pas de son impassibilité. Elle lâcha :

— Bon, tant pis, on ne saura pas.

Grimm la regarda, surpris, puis, d'un coup, il expira bruyamment :

— Oui, tu as raison, je me calme. Quant à la lettre, la voici !

Il avait sorti son portable et montrait la photo. Ermeline prit le téléphone et resta un moment les yeux fixés sur l'écran. Soudain détendu, Grimm l'observait en souriant. Ermeline fit une moue expressive pour signifier son incompréhension. Puis, elle passa le portable à Jarry, qui regarda à son tour, hocha la tête et rendit l'appareil à Grimm en disant :

— Vu comme ça, c'est aussi clair que du tamoul. Mais je serais assis à l'avant, à la place d'Ermeline, je crois que je serais capable de déchiffrer ce charabia.

Ermeline se retourna vivement.

— Pourquoi à ma place ? Qu'est-ce que ça change ?

— Tout.

Grimm éclata de rire. De l'index, il tapota le rétroviseur.

— C'est à ça que tu penses, Corentin ?

— Oui, bien sûr !

— De quoi vous parlez ? s'énervait Ermeline.

— Tu vas voir… répondit Grimm, mais Jarry le coupa :

— Attention ! Il sort de chez lui !

La grosse Mercedes émergeait du portail ouvert et s'engageait sur la route.

— Allez, contact, Ermeline ! On le suit ! s'écria Grimm.

À distance, ils roulaient derrière Kerdegat qui prenait tranquillement la direction du siège de son entreprise. Grimm empoigna le rétroviseur et l'orienta vers son visage. Il tint son portable à la hauteur de la glace et resta un moment silencieux. Puis, il annonça sur un ton définitif :

— Laisse tomber la filature, Ermeline, on rentre à la PJ. On a mieux à faire.

— Ah bon, quoi ?

— Tourne à gauche, là, tout de suite, et hop, à l'écurie !

Ermeline s'exécuta et prit la direction de l'hôtel de police. Pendant le trajet, Grimm, impatient, demanda à Ermeline de rouler plus vite, mais celle-ci refusa, arguant que ce n'était pas parce qu'elle était flic qu'elle s'autorisait à faire des excès de vitesse.

— Ça dit quoi ? demanda Jarry au bout d'un moment.

— Tu verras bien ! lança Grimm par-dessus son épaule.

— Pas très sympa… marmonna Jarry sans insister.

Dès que la voiture fut garée au parking, Grimm s'en éjecta comme un diable à ressort, suivi à contretemps par Jarry et Ermeline, très étonnés par l'énergie soudaine de leur patron. Il escalada l'escalier quatre à quatre, les obligeant à accélérer la cadence.

Essoufflé, Grimm débarqua dans l'open space, ses deux coéquipiers à ses basques. Blanchard le vit tourner en rond frénétiquement à la recherche de quelque chose qu'il ne trouvait pas. Il inspectait les murs de la pièce, regardait sur toutes les étagères, fouillait nerveusement dans les tiroirs…

— On peut t'aider ? interrogea Blanchard, flegmatique.

— Y a rien ici ! pesta-t-il. Suivez-moi aux toilettes !

— Aux toilettes ? s'étonna Ermeline.

Mais le ton de Grimm ne semblait pas souffrir la contradiction. Il s'était mis à courir et ses acolytes furent obligés de se ruer derrière lui pour le rattraper.

Au bout du couloir, Grimm ouvrit la porte des toilettes si violemment qu'il bouscula quelqu'un qui en sortait.

— Oh là ! Doucement quand même !

— Pardon ! Je m'excuse !

Il se précipita près d'un des lavabos, Jarry, Blanchard et Ermeline faisant cercle autour de lui.

— Qui a son portable ?

— J'ai mon smartphone, dit Ermeline en le sortant de sa poche.

Alors, Grimm afficha la photo du message envoyé à Kerdegat sur son propre téléphone et tint son écran face au miroir accroché au-dessus du lavabo.

— Prends le reflet de la lettre en photo.

En s'approchant du miroir, Ermeline vit la lettre de plus près.

— C'est pas vrai…

— Si c'est vrai, Ermeline ! Dépêche s'il te plaît, prends la photo !

— C'est fait.

Grimm ressortit aussi vite qu'il était entré et rejoignit le bureau d'un pas pressé et nerveux. Il était au comble de l'excitation.

— Ermeline, tu mets les deux photos de la lettre ensemble et tu les projettes avec le vidéoprojecteur, dit-il en effaçant le large tableau blanc. Corentin, baisse les stores, s'il te plaît, qu'on ait un peu moins de lumière. Ermeline, il te faut une connexion filaire ?

— Non, je vais faire ça par Bluetooth, ça marche très bien.

Blanchard et Jarry tournèrent leur chaise en direction du tableau faisant office d'écran. Assise près du vidéoprojecteur, Ermeline s'affairait sur son portable. Grimm faisait les cent pas dans la pièce.

— C'est prêt ?

— Voilà.

Les deux lettres disposées l'une sous l'autre apparurent soudain sur le tableau.

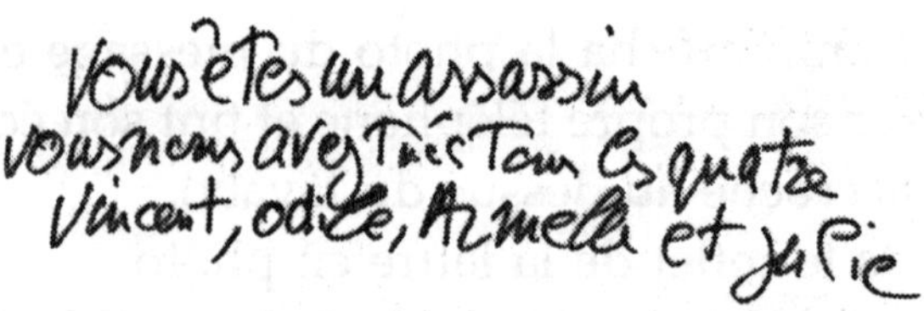

Vous êtes un assassin
vous nous avez tués tous les quatre
Vincent, odile, Armelle et Julie

— Oh, j'avais bien raison ! lâcha Jarry spontanément.

— De l'écriture en miroir, constata Blanchard.

Grimm, resté debout, s'approcha du tableau.

— Oui, écriture en miroir ou spéculaire. C'était simple à deviner ! Je l'ai compris immédiatement, mais Kerdegat, qui se croit pourtant si malin, est resté sec. Comme quoi, être flic, ça procure de bons réflexes.

Se sentant un peu humiliée de n'avoir pas pensé à cette solution, Ermeline gardait le visage fermé. Elle voulait se rattraper.

Puis, il y eut un grand silence. Chacun essayait de comprendre le message. Celui-ci était loin d'éclairer l'affaire. Au contraire, il l'obscurcissait sensiblement.

Avec son humour habituel, Jarry fut le premier à lancer la discussion :

— Finalement, ce n'est pas une lettre anonyme…

— En effet, on peut voir les choses comme ça ! s'écria Grimm que la remarque avait amusé. À condition que les morts aient encore la capacité d'écrire. Bon, plus sérieusement : Vincent, Odile, Armelle et Julie, ça vous dit quelque chose ?

Blanchard tapa aussitôt les quatre prénoms sur son clavier dans un moteur de recherche.

— Ça ne donne rien.

— Ça ne donne rien… répéta Grimm, déçu. Tant pis. Qu'est-ce qu'on peut dire de plus ?

— L'auteur de la lettre se met à la place de quatre personnes pour accuser Kerdegat de les avoir tuées, avança Ermeline.

— Oui, c'est bien cela le nœud central de l'affaire. Et c'est vraiment curieux…

Grimm marqua une petite pause et reprit :

— La première phrase de la lettre est identique à celle de la précédente. Étrange aussi cela…

— Kerdegat serait-il un serial killer ? Un homme et trois femmes, c'est déjà un joli tableau de chasse, glissa Jarry en souriant, ce qui était rare chez lui.

Personne ne fit attention à cette remarque tant l'hypothèse paraissait invraisemblable. Comme à son habitude, Ermeline leva la main tout en précisant :

— Cependant, on comprend mieux maintenant le pluriel de la première lettre.

— Le pluriel ?

— Oui : *ses crimes*. Un assassin finit toujours par payer *ses crimes*.

— Très juste ! Ce détail nous avait échappé dans la première lettre. Bien vu !

Grimm lui fit un clin d'œil qui la surprit. Ermeline n'avait jamais vu son chef user avec elle d'une telle familiarité, ni manifester autant d'entrain devant le groupe. Lui, d'ordinaire si fermé et soucieux, paraissait revivre. Du reste, Grimm continuait à mener la discussion avec enthousiasme :

— Et qu'est-ce que vous pensez de l'écriture ? D'un point de vue graphologique ?

Blanchard, très calé dans ce domaine qu'il affectionnait particulièrement, dégaina le premier :

— C'est une écriture irrégulière, agitée, instable. Quelqu'un de nerveux ou en proie à une forte émotion. Déprimé aussi.

— Déprimé ?

— Oui, en écrivant la première ligne, il a fait un effort considérable pour écrire droit, mais il n'a pas réussi à le faire pour les deux phrases suivantes, qui sont légèrement descendantes vers la droite. C'est un signe de pessimisme, de tristesse, de dépression. Mais, on sent quand même un acharnement pour redresser la barre, qui échoue cependant. À coup sûr, c'est quelqu'un qui se surveille.

— J'aime les gens savants. Merci, Éric.

Grimm se tourna vers le tableau qu'il pointa de l'index.

— Et pourquoi donc la lettre a-t-elle été écrite avec cette écriture en miroir ?

— Normal, fit Jarry. Les auteurs sont morts, c'est donc un message d'outre-tombe.

— Sûrement... Et c'est difficile d'écrire comme ça ?

— Certains le font naturellement depuis l'enfance, affirma Blanchard. Des gauchers le plus souvent. Parce qu'en écrivant de droite à gauche, leur main ne masque pas ce qu'ils sont en train d'écrire, ils voient comme nous la phrase se dérouler.

— Intéressant... Ce serait un gaucher ?

— Pas forcément.

— Mouais...

Grimm jeta un regard circulaire à ses équipiers et tendit les bras dans leur direction.

— Vous voyez autre chose ?

Tous les trois secouèrent la tête en silence, négativement. Grimm consulta sa montre.

— Avec tout ça, on n'a même pas encore mangé ! Où déjeunez-vous d'habitude ?

Ermeline, Jarry et Blanchard échangèrent des regards presque inquiets. Depuis trois mois que Grimm avait pris la tête de leur petit groupe, jamais il ne s'était soucié de l'endroit où ses adjoints mangeaient le midi. Grimm déjeunait sans eux, dans un petit boui-boui au coin de la rue et, du trottoir, ils l'avaient parfois aperçu à l'intérieur, seul à une table, en train de lire un livre.

— Dans une brasserie, pas loin d'ici.

— Ils vont nous servir à cette heure-là ?

— Sans problème.

— Eh bien, allons-y !

C'était une rupture avec les habitudes tellement surprenante qu'il y eut un moment de gêne. Ermeline, Jarry et Blanchard saisirent leur manteau sans un mot et, mollement, sortirent dans le couloir accompagnés par Grimm qui ne semblait pas s'apercevoir de l'embarras occasionné.

* * *

À table, Grimm, particulièrement disert, ne cessait de parler de l'enquête :

— Il faut montrer au plus vite cette lettre à Kerdegat. Sa réaction sera très intéressante. Car quoi ! Ou bien il n'a rien à voir avec ces accusations, ni de près ni de loin, et l'auteur de la lettre se trompe de cible, ou bien, au contraire, il a été associé à une vilenie et il aura du mal à le cacher. Je lui téléphonerai demain.

Tout en coupant son steak en petits morceaux, Jarry lança une simple phrase qui fit que, dans un bel ensemble, tous se tournèrent vers lui :

— Il y a peut-être une explication.

— Laquelle ?

— Kerdegat est un chef d'entreprise qui ne fait pas dans le sentiment, n'est-ce pas ?

— Oui…

— Imaginons qu'il ait procédé à des licenciements. Un plan social ou une restructuration comme on dit maintenant dans les médias pour que ça fasse moins dégueulasse, et qu'il ait viré plusieurs employés de sa boîte.

— Oui ?

— Et que quatre d'entre eux se soient suicidés.

— Tu crois ?

— Eh ! Pourquoi pas ? C'est bien arrivé à France Télécom et dans d'autres grosses entreprises.

Grimm était dubitatif, mais il écoutait.

— Et ?

— Des suicides, ça fait des malheureux : ceux qui restent. L'auteur de la lettre est peut-être un proche, une épouse, un enfant, ou un autre salarié de la boîte – que sais-je ? – qui a développé une forte haine contre Kerdegat. C'est possible, non ?

— Oui, c'est possible et c'est pas con.

Jarry en tenait pour son hypothèse. Il insista :

— Alors, on cherche dans cette direction ?

— Le problème, c'est que, pour l'instant, nous n'avons pas le droit de fouiller dans le passé de Kerdegat.

— Même discrètement ?

— Très discrètement alors. Tu veux t'en charger ?

— J'pense bien, oui !

— OK, Corentin, mais que Kerdegat ne s'en aperçoive pas, hein ?

— Compris, chef !

Au retour du déjeuner, Grimm avait conservé son optimisme. Il consulta sa montre :

— 15 heures ! Ermeline et Corentin, on retourne à l'entreprise de Kerdegat et on va coffrer l'homme au scooter. Il doit avoir bien des choses à nous raconter celui-là !

Hélas, l'après-midi ne tint pas ses promesses. Il fallut attendre trois longues heures d'ennui, à papoter sur tout et rien, avant que Kerdegat ne retourne chez lui.

À aucun moment, le scooter ne pointa son nez.

— Je ne comprends pas, répéta Grimm à plusieurs reprises. Il y a quelque chose qui nous échappe. Je suis déçu. Vraiment déçu.

En fin de journée, laissant la Mercedes pénétrer dans le jardin de la propriété des Kerdegat, Grimm ordonna le retour à la PJ. Sur le parking de l'hôtel de police, en éteignant le moteur, Ermeline interrogea Grimm :

— Et demain, on recommence ?

L'enthousiasme de Grimm était retombé comme un soufflé. Il paraissait de nouveau abattu et n'hésita qu'une demi-seconde à répondre.

— Non, on ne va pas mobiliser tous les jours trois personnes pour planquer devant la maison de Kerdegat dans l'espoir d'attraper un individu qui ne vient plus depuis deux jours. Pendant ce temps-là, les autres affaires n'avancent pas. Donc, demain matin, on envoie la lettre anonyme au labo et ensuite on oublie un moment cette histoire et on rattrape le travail perdu aujourd'hui.

Et tandis que Grimm prenait les devants, Jarry glissa à Ermeline à voix basse :

— Oui, enfin, quand il dit « on rattrape le temps perdu ». ON, c'est NOUS.

— Qu'est-ce que tu veux dire ?

— Que demain, on est vendredi. Et que le vendredi matin, notre chef bien-aimé ne vient pas au boulot, qu'on ne sait pas où il est, ni où il va, et qu'on n'a jamais osé le lui demander.

* * *

Le déjeuner, cependant, avait permis à l'équipe de Grimm de voir leur chef sous un jour différent. Ce dernier était finalement capable de convivialité, ce qu'il n'avait pas montré depuis son arrivée dans le service. Il n'était pas que cet être secret, peu causant, souvent taciturne et n'entretenant avec eux que des relations strictement professionnelles.

Jusqu'à présent, Ermeline, Blanchard et Jarry lui avaient cependant reconnu des qualités, pas des moindres et qui étaient très appréciées. Par exemple, Grimm n'accordait qu'une importance relative aux rapports hiérarchiques qui restaient fluides, presque invisibles et, en tout cas, peu prégnants. Il n'était pas de ces chefs qui veulent imposer leur point de vue, pensent avoir raison sur tout, s'attribuent les idées et les découvertes de leurs subalternes et aiment qu'on leur fasse sentir qu'ils sont meilleurs que les autres.

Au contraire, pendant les réunions, Grimm distribuait la parole sans filtre, écoutait, réfléchissait aux propositions et aux hypothèses des uns et des autres. Jamais non plus il n'avait rejeté une idée qui n'était pas la sienne pour cette seule raison, ou critiqué une opinion en usant de mépris plus que d'arguments. Enfin, et c'était bien rare pour une personne en position de pouvoir, il savait reconnaître ses erreurs.

Ces qualités expliquaient pourquoi Ermeline, Blanchard et Jarry n'avaient jamais regretté de s'être portés volontaires pour constituer la petite équipe autour de lui. Au contraire, ils s'en félicitaient tous les jours.

Malgré cela, l'absence de gaîté de leur nouveau patron, son apparente indifférence à la vie de ses subordonnés, sa solitude que personne n'osait bousculer, empêchaient une totale décontraction en sa présence. Ces failles constituaient un frein à l'émancipation du groupe. Ils ne savaient pas ce que Grimm pensait, d'eux en particulier, ce qui modifiait leur manière de se comporter et brimait leur naturel. Fatalistes, ils avaient accepté cette situation, parce que rien n'est jamais parfait et que le plateau de la balance penchait nettement en faveur du changement qu'ils avaient voulu et obtenu.

Or, aujourd'hui, à table, ils l'avaient même vu rire, se frotter les mains quand la serveuse amenait les plats et, du début à la fin, manifester une exaltation peu commune. Ses yeux pétillaient d'entrain tandis qu'il mangeait avec appétit. Il s'était aussi esclaffé sans retenue aux plaisanteries parfois hermétiques de Jarry.

Bref, Grimm s'était comporté d'une façon très spontanée, comme s'il mangeait avec des collègues qu'il côtoyait depuis des années et avec lesquels il aurait toujours entretenu les meilleures relations d'estime et d'amitié. En découvrant ce Grimm insoupçonné, inconnu jusqu'alors, Ermeline, Jarry et Blanchard étaient heureux de la transformation.

Évidemment, ils se demandaient aussi si cette nouvelle attitude ne serait qu'un feu de paille. À cet égard, l'échec de la filature en fin de journée était de mauvais augure. Grimm s'était montré soudain accablé et de nouveau morose, confirmant cette crainte.

8

Grimm avait une vue romantique de ses insomnies. Il s'identifiait à la chèvre de M. Seguin qui s'était battue toute la nuit contre le loup pour ne céder qu'au petit matin, épuisée par le combat. De fait, il s'endormait souvent à l'aube, lessivé par cette lutte incompréhensible et paradoxale contre le sommeil, et, pour cette raison, n'était guère matinal.

La nuit du jeudi au vendredi était propice à une insomnie sévère. Grimm mettait toujours son réveil à sonner à 9 heures pour être sûr de ne pas manquer son rendez-vous. Pourtant dès 7 heures, il ne dormait plus.

Ce jour-là, il s'était levé avec le sentiment que ce qu'il allait faire et qu'il faisait tous les vendredis matin était inutile. Depuis sa mutation, il s'en était fait une obligation, mais sa volonté à ce sujet commençait à fléchir sérieusement.

Grimm aimait bien les preuves ou, tout au moins, les indices concordants. Or, il ne détenait aucun indice, et encore moins une preuve, que ces visites du vendredi amélioraient sa situation. En fait, elles n'avaient, semblait-il, aucune influence concrète sur son existence et ses soubresauts.

Il prit sa douche, descendit dans la rue pour acheter une baguette à la boulangerie, remonta dans l'appartement et étala consciencieusement du beurre, malheureusement un peu rance, sur les tartines de pain frais. Il mâcha avec application, le regard fixé sur la fenêtre, tandis que l'idée qu'il pourrait ne pas y aller s'insinuait doucement dans son esprit.

À vrai dire, tous les vendredis, l'envie de renoncer le prenait. Pour l'instant, il n'y avait pas cédé. Au départ, ces visites résultaient d'un conseil qu'on lui avait donné. Qui ? Il chercha dans sa mémoire, preuve que son cerveau se moquait de lui ou qu'il faisait exprès d'oublier.

Amandine. C'était Amandine qui le lui avait conseillé avant qu'il ne quitte Montpellier… et Amandine.

C'était l'unique lien qu'il conservait avec elle et sans doute la raison pour laquelle il n'avait pas encore abandonné ces rendez-vous dont il ne parlait à personne. Seul le commissaire Babut était au courant. On ne peut pas s'absenter comme cela de son travail. Il faut bien une autorisation. Et Grimm s'était surpris lui-même à aller la demander au divisionnaire dès son arrivée à Rennes. Tenant compte du dossier pour le moins compliqué du commandant, celui-ci avait accepté.

Une visite… C'est le terme qu'il utilisait. *Je vais à ma visite.* C'était neutre, vague, rassurant. Une visite, c'est du temporaire. On l'effectue, on en ressort – indemne *a priori* – et on passe à autre chose. Et c'était bien ainsi que Grimm vivait ce moment. Une parenthèse hebdomadaire, qui n'existait plus dès qu'elle était refermée.

Il fuma une cigarette, assis sur le divan, puis il se rasa. Il se rasait toujours avant la visite du vendredi. Après en avoir fumé une seconde, il consulta sa montre, soupira, et mit son blouson à contrecœur. Il fallait y aller. C'était l'heure. Qu'allait-il donc bien pouvoir raconter cette fois-ci ?

Grimm avait pris l'habitude de s'y rendre à pied. C'était assez loin – il lui fallait une bonne demi-heure et pourtant il marchait vite –, mais il se sentait actif pendant ce moment alors que, pendant la « visite », à l'inverse, il avait une grande impression de passivité, qui lui déplaisait, et qui ne s'effaçait que pour des accès de colère, qu'il regrettait ensuite.

Bref, pendant les « visites », il devait se méfier de lui-même. D'autant plus qu'on l'écoutait et qu'on n'hésitait pas à interpréter ses paroles. Parfois d'une manière qu'il jugeait non seulement fausse, mais surtout très désagréable.

Il s'approcha de l'immeuble moderne dont l'entrée était une large baie vitrée. Il appuya sur l'interphone, entendit le déclic et poussa la porte pour pénétrer dans le hall.

Comme chaque vendredi, il délaissa l'ascenseur pour emprunter l'escalier qu'il montait quatre à quatre. Le dernier effort qu'il s'imposait avant la « visite ». Il parvenait sur le palier du cinquième étage un peu essoufflé et pendant qu'il prenait une pleine minute pour récupérer, ses yeux glissaient sur la plaque en cuivre (ou en imitation cuivre), qui recouvrait la partie supérieure de la porte.

Dr Gwenaëlle Lipsky
Psychiatre

Sur la gauche, une autre inscription indiquait : « Sonnez et entrez ». Tel un code qui signalait qu'il était bien arrivé et qu'il attendrait sagement à sa place. Ainsi, comme d'habitude, il avait sonné et il était entré.

Les lieux étaient parfaitement organisés. On arrivait par un côté, mais on ressortait par un autre, ce qui évitait aux patients de se croiser, donc de se voir. Et donc aussi, éventuellement, de se reconnaître. Qu'y aurait-il eu de véritablement fâcheux à être reconnu par une connaissance ? Rien, sauf pour ceux qui avaient honte d'avoir recours à un psychiatre et désiraient le cacher.

Ce n'était pas le cas de Grimm. Pourtant, il aurait pu, puisqu'il ne parlait jamais de sa vie intime à personne. Sauf au Dr Lipsky. Bien obligé. Sinon, pourquoi venir ?

Le Dr Lipsky était une personne que Grimm trouvait très étrange. Elle était petite, les cheveux mi-longs d'un noir de jais qui attirait le regard. Mince, très vive, dynamique même, elle marchait en sautillant comme si elle venait de se jeter d'un train en marche et vous serrait la main avec une force étonnante.

Plus jeune que Grimm, la trentaine, guère plus, des expressions presque enfantines subsistaient encore sur son visage. Il ne fallait cependant pas s'y tromper ; elle avait une pensée tranchante comme une lame de couteau.

Elle avait de l'écoute – Grimm ne pouvait le nier – et des jugements pertinents. Elle donnait son point de vue en argumentant, et c'était convaincant, mais parfois aussi refusait de fournir des explications et glissait une petite phrase sibylline, dont Grimm cherchait ensuite la signification pendant des heures.

Si Grimm supportait ce jeu où il devait se découvrir et être deviné ou interprété, c'était parce qu'il l'analysait également. Le savait-elle ? Grimm vivait leur rencontre comme un face-à-face, durant lequel il notait tous les détails qui lui semblaient importants pour définir la personnalité de cette femme.

Le flic face à la psychiatre. À leur manière, dans leur quotidien, les deux enquêtaient et cherchaient une vérité dissimulée.

Grimm croyait avoir détecté chez le Dr Lipsky un fond de tristesse ou de mélancolie. Et cet aspect l'intéressait, parce qu'il faisait écho à ses propres faiblesses. À chaque visite, quand elle lui laissait du répit, son attention se fixait sur les failles qu'il sentait dans certains de ses propos. Et, à vrai dire, il l'admirait car, malgré cette fêlure dont Grimm ignorait l'origine, elle était d'une maîtrise de ses émotions qu'il aurait bien aimé posséder en toutes circonstances.

Il s'assit dans la minuscule salle d'attente. Il patientait seul, comme d'habitude, dans une quiétude hors du temps et un silence de cathédrale.

La porte s'ouvrit et le Dr Lipsky, avec un sourire, lui fit signe de venir. Les murs de son bureau étaient peints dans une couleur apaisante, un bleu très pâle, et des plantes vertes tropicales de grande taille, des cannas, des palmiers bleus du Mexique ou des tulipes de Siam, atténuaient la dureté des angles de la pièce.

Il y avait un divan sur lequel Grimm ne s'était jamais allongé. Elle ne le lui avait pas proposé, supposant à juste titre qu'il aurait refusé. Il était tout simplement assis dans un fauteuil séparé du Dr Lipsky par sa vaste table de travail.

— Alors, monsieur Grimm, où en êtes-vous ?

La question de départ n'était pas si différente de celle que le commandant Babut lui avait posée quelques jours auparavant. La différence, une différence de taille, était que Grimm mentait beaucoup moins, ou très rarement, avec le Dr Lipsky.

— Ça va moyen.

— Ah ? Moyen, ça veut dire très mal. Je me trompe ?

— Pas de beaucoup.

— Donc mal. Vous allez mal.

Grimm se voulait précis. Il n'était pas question, s'il jouait la franchise, d'induire la psychiatre en erreur.

— C'est surtout le soir. Dans la journée, j'arrive à m'intéresser à l'écume qui nous entoure.

Le Dr Lipsky rit.

— Voilà qui est joli ! Seriez-vous poète à vos heures perdues, monsieur Grimm ?

— Je ne crois pas... C'est juste que j'ai un esprit curieux, capable donc de s'intéresser à l'inutile.

— Oui, certes, mais le fond de votre pensée, en ce moment, n'est-il pas que votre vie est inutile ?

— Possible.

— Et moi, je vous réponds : certainement.

Le silence se fit. Grimm demanda soudain :

— Et vous, votre vie, elle est utile ?

— Possible.

— Et moi je vous réponds : certainement.

Le Dr Lipsky rit de nouveau.

— Vraiment, vous êtes un patient peu ordinaire…

Elle avait toujours une chemise ouverte sur son bureau dans laquelle se trouvaient les fiches correspondant au patient qu'elle avait en face d'elle. Souvent, elle prenait un stylo et marquait deux ou trois mots sur une feuille blanche.

— Eh bien, parlez-moi donc de cette écume qui vous occupe ? ajouta-t-elle.

— Rien de bien folichon. Un notable de la ville est harcelé par des lettres et des coups de téléphone anonymes et est suivi par un homme en scooter.

— Vraiment ?

— Oui, un certain M. Kerdegat. Vous connaissez ?

— Ça ne me dit rien.

Elle rassembla les papiers éparpillés sur le bureau et releva soudain la tête.

— Vous prenez vos médicaments ?

— Oui, mais j'aimerais bien m'en passer.

— Le paradoxe serait de diminuer les doses alors que vous m'annoncez que vous allez mal.

— Je comprends. Mais servent-ils vraiment à quelque chose ?

— C'est une question qu'on peut toujours se poser, mais je vous assure que certains patients plongent totalement quand ils en sont privés. Vous, peut-être pas, mais qui peut l'affirmer avec certitude ? J'ai peur que les soirées, que vous redoutez, soient pires encore si je diminue les doses. C'est un risque.

— Que je peux décider de prendre ?

— Je ne vous ai jamais forcé à rien.

— C'est vrai.

Le regard du Dr Lispky se fit plus incisif.

— Vos obsessions, elles perdurent ?

Grimm démarra au quart de tour, haussant le ton et avec une tension perceptible dans la voix :

— Vous appelez cela des obsessions, mais elles n'en sont pas ! Vous ne vous rendez pas compte que nous sommes déjà au-dessus du précipice et que nous ne faisons toujours rien ! Ça me tue, si vous saviez...

— Si, je le sais parfaitement, puisque cette hantise est au cœur de votre dépression. Au départ, il y a trois mois, quand vous avez débarqué dans mon cabinet, j'avais diagnostiqué un état maniaco-dépressif. Un trouble bipolaire, comme on dit maintenant. Depuis, nous avons mieux cerné le symptôme et vous avez reconnu que j'avais touché juste.

— Oui. Je n'avais pas envisagé les choses de cette manière, mais je dois reconnaître...

Le Dr Lipsky sourit d'une manière encourageante.

— C'est bien. Vous savez que c'est un grand pas de ne pas être dans le déni.

— Sûrement.

— En fait, votre nature, par essence dépressive, a trouvé un point central de fixation – la destruction de la planète – et ne parvient plus à retrouver l'équilibre. Votre mal-être est l'illustration parfaite de ce que la chercheuse belgo-canadienne, Véronique Lapaige, a dénommé l'éco-anxiété ou anxiété climatique. La psychiatre américaine Lise Van Susteren a aussi très bien défini ce stress permanent, avec des pensées intrusives et obsessionnelles, pour les gens qui, comme vous, sont convaincus de l'imminence d'une grande catastrophe écologique.

— Ça m'est tombé dessus d'un coup, sans raison.

— Pas du tout, voyons ! Ça a commencé quand vous avez lu le bouquin intitulé *Comment tout peut s'effondrer* de Servigne et Stevens. C'est vous qui m'en avez parlé ! Vous oubliez un peu vite le travail que nous avons fait ensemble pour comprendre l'origine de vos problèmes.

— C'est vrai.

Le Dr Lipsky fit une pause pour écrire une phrase entière sur la feuille posée devant elle. Fixant Grimm, elle précisa :

— Personnellement, en raison de vos tendances dépressives qui ne datent pas d'hier, je préfère utiliser le terme de climato-dépressif.

Elle répéta en appuyant sur chaque syllabe :

— Vous êtes un climato-dépressif.

— Merci, docteur, je vous dois combien ? fit Grimm sur un ton lugubre et le regard inexpressif.

— Je constate avec plaisir que vous conservez le sens de l'humour malgré vos tourments.

— Faut bien…

— En fait, vous en voulez aux êtres humains de polluer et de détruire notre planète. Vous en voulez à la terre entière, si vous permettez que je fasse à mon tour une petite plaisanterie…

Grimm la coupa aussitôt avec force.

— Non, ce n'est pas vrai, docteur, que j'en veux à la terre entière ! Sur cette planète, il y a ceux qui polluent et ceux qui ne polluent pas, ou presque pas. Il n'y a que les pays riches qui polluent, pas les pauvres ! Et plus on est riche, plus on pollue ! Savez-vous que le taux d'émission annuel par personne en tonne de carbone est de 10,94 pour un Qatari, 4,71 pour un Américain, 1,57 pour un Français et 0,01 pour un Tchadien ? Et ce n'est pas tout !

Le Dr Lipsky leva les deux bras en l'air en s'écriant :

— Stop ! Stop ! Stop ! C'est ça que je ne veux pas ici ! Pas ici et pas avec moi ! Vous n'êtes pas dans mon cabinet pour alimenter vos obsessions !

— N'est-ce pas votre rôle de m'écouter ?

— Décidément, vous êtes très malin ! En m'attirant sur un terrain purement scientifique, bourré de chiffres, vous tentez de détourner l'entretien de son véritable but. Car quand bien même vos obsessions reposeraient sur une réalité concrète, vous utilisez celle-ci comme un bouclier pour éviter de parler de vos problèmes ! Et c'est bien mon rôle de vous signaler toute obstruction à notre travail.

Le silence qui suivit fut éloquent. Grimm se taisait, contrarié. Il était également très étonné de voir le Dr Lipsky se mettre en colère de cette manière.

— Je vous avais demandé de cesser de lire tous ces bouquins sur le changement climatique ! Et vous osez m'en ressortir des passages entiers avec des chiffres appris par cœur ! Vous continuez à en lire, n'est-ce pas ?

— Moins…

— Ne me mentez pas ! J'ai horreur quand vous me mentez !

— Pardon, madame, je ne le ferai plus… répondit Grimm sur le ton de l'écolier soumis.

Le Dr Lipsky se passa les mains sur le visage en soupirant.

— Vous me fatiguez aussi, parfois, savez-vous ?

— Désolé.

Saisissant son stylo, le Dr Lipsky écrivit quelques mots sur sa feuille tout en observant Grimm du coin de l'œil.

— Vous avez maigri, non ?

— Peut-être…

— Vous mangez régulièrement ? Suffisamment ?

— L'autre jour, j'ai mangé des sardines. Je n'aurais pas dû.

— Pourquoi ?

— Même les sardines sont bourrées de mercure ! En cent ans, le mercure a doublé dans les cent premiers mètres de l'océan. Sans compter les nanoparticules de plastique dans l'estomac des poissons...

— Stoooooop ! Vous tournez en rond, monsieur Grimm ! Cessez cette posture qui ne vous mènera nulle part !

— Excusez-moi. Mais c'est parce que je vois que vous n'avez pas pris conscience de la gravité du problème.

— Si, si ! En fait, je suis très écolo.

— Ah bon ?

— Oui ! Ça vous étonne ?

— Un peu, vu votre manque d'intérêt pour la question.

Le Dr Lipsky secoua la tête de droite à gauche et mima le découragement. Puis, elle se pencha en avant en croisant les bras sur le bureau.

— Ce n'est pas pour sauver la planète que vous êtes en face de moi, monsieur Grimm. C'est pour vous soigner.

— Oui.

— Bien, nous sommes d'accord !

Elle le regardait d'un air sévère.

— Et qu'est-ce que vous aviez mangé avec vos sardines l'autre jour ?

— Rien.

— Bravo, voilà un repas équilibré... Et vous fumez toujours, n'est-ce pas ?

— Quel rapport ?

— Je suis certaine par ailleurs que vous buvez de l'alcool alors que la prise de vos médicaments vous l'interdit !

— Très peu. Une ou deux bières le soir et un verre de rouge à midi...

Le Dr Lipsky se redressa sur son siège en claquant fortement ses mains l'une contre l'autre.

— Bien entendu !

Puis elle laissa passer un silence avant de lâcher :

— Vous êtes un homme bourré de contradictions !

— Moi ?

— Oui, vous ! C'est à vous que je parle !

— Quelles contradictions ?

Avant de répondre, le Dr Lipsky griffonna quelques lignes sur la feuille posée devant elle. Enfin, elle se cala en arrière dans son fauteuil et sourit à Grimm.

— Êtes-vous prêt à m'écouter sans m'interrompre ?

Levant la main droite, la paume tournée vers son interlocutrice, Grimm dit avec gravité :

— Je le jure.

Sans s'attarder sur cette nouvelle pitrerie, le Dr Lipsky commença son explication d'une voix calme et assurée.

— Vous vous désespérez de l'état de notre planète qui se dégrade chaque jour un peu plus. Votre souhait le plus sincère serait une Terre propre, sans pollution, sans dégradation d'aucune sorte. Pour cette raison, on s'attendrait à ce que votre comportement soit en harmonie avec ce souhait. Il ne l'est pas. Bien au contraire. Étant finalement plus déprimé que révolté, vous laissez votre corps se dégrader à l'image de la planète. Voilà le nœud de vos contradictions, monsieur Grimm. Vous mangez mal, vous fumez trop, vous buvez – pas trop, j'espère – alors que la conscience écologique dont vous vous réclamez exigerait une exemplarité non seulement vis-à-vis de l'environnement, mais aussi de soi-même.

Immobile sur sa chaise, Grimm avait baissé les yeux. Quand le Dr Lipsky cessa de parler, le silence dura d'une étrange manière. Grimm ne réagissait pas.

— Cela vous attriste ce que je vous dis ?

Grimm s'ébroua.

— Non, non, j'y réfléchis…

Puis, il se fit plus combatif.

— C'est presque un cours de morale que vous me donnez ! Est-ce bien raisonnable pour une psychiatre ?

— Allons, ne le prenez pas comme ça ! En tant que psychiatre, je mets le doigt sur certaines aspérités de votre personnalité qui sont nécessairement sensibles. Et je pense sincèrement qu'il faudrait résoudre vos contradictions.

— Mouais…

— D'ailleurs, cette réflexion ouvre des perspectives et procure des pistes pour agir et vous aider à vous sortir de là. Alors, voilà ce que je vous propose de faire avant votre prochaine consultation.

Grimm dressait l'oreille. Le Dr Lipsky allait annoncer des mesures qui auraient peut-être des effets positifs. Hélas, le téléphone sonna.

— Excusez-moi.

Elle décrocha.

— Allo ?… Oui, c'est moi, Dr Lipsky… Ah ?… Oui… C'est grave ?… D'accord… Tout de suite ?… Bon, je viens… Il me faut dix minutes, pas plus… À tout de suite… Au revoir, madame la directrice.

Le Dr Lipsky reposa le combiné.

— C'est la directrice de l'école maternelle de ma petite fille. Elle est souffrante. Rien de grave, un peu de fièvre, mais ils préfèrent que je vienne la chercher. Je suis désolée, je vais devoir y aller.

Grimm se leva aussitôt.

— Pas de problème docteur, je comprends.

— Je ne vous fais pas payer cette séance car ça m'embête beaucoup de l'interrompre. Vous aviez encore beaucoup de choses à me dire.

— Ah ? Mais c'est vous qui étiez sur le point de me proposer quelque chose ?

Peut-être troublée par l'appel de l'école, elle parut ne pas avoir entendu.

— Si, si, je le sais. Beaucoup de choses à me dire. Et c'est intéressant la manière dont vous fonctionnez. La prochaine fois, je vous prescrirai un traitement.

— De nouveaux médicaments ?

— Vous verrez. Venez, je vous raccompagne.

Elle l'entraînait dans l'autre couloir jusqu'à la seconde porte. En lui serrant la main, Grimm demanda :

— Elle a quel âge, votre fille ?

— Quatre ans...

— Vous n'aviez pas un autre patient après moi ?

— Si. Je vais me débrouiller...

— C'est compliqué.

Alors, le Dr Lipsky, avec un sourire un peu forcé, ajouta en refermant la porte :

— Oui, c'est exact, c'est compliqué la vie des femmes qui travaillent et qui ont des enfants.

9

Dans la rue, Grimm se reprochait de s'être emporté à plusieurs reprises pendant la séance, ou d'avoir été à la limite du désagréable. Il venait toujours à reculons, certes, mais avec les meilleures intentions du monde, et pourtant il ne parvenait pas à se contrôler. Rageant. D'autant plus que le Dr Lipsky lui manifestait un réel intérêt et qu'il lui en était reconnaissant.

Mais, cette fois-ci, il était perturbé par le constat qu'elle avait dressé à son propos. N'avait-elle pas affirmé qu'il était « un homme bourré de contradictions » ! Outre qu'il trouvait ce jugement bien singulier pour une psychiatre, il ressentait cette affirmation comme une accusation et sa contrariété était telle qu'il refusait d'y penser plus longtemps. Pour détourner son attention, il s'attacha à rassembler les nouvelles informations qu'il avait glanées sur sa thérapeute. « Car moi aussi je vous analyse et je vous juge, chère docteur ! » lâcha-t-il entre les dents.

Le temps lui avait manqué pour mettre en évidence la faille qu'il croyait avoir décelée chez elle au cours des séances précédentes. Pourtant, il avait appris deux choses importantes.

Le Dr Lipsky avait un enfant. Au moins un, mais il avait l'intuition qu'elle n'en avait pas d'autre. Un mari ? Peut-être. Elle ne portait pas d'alliance, ce dont on ne pouvait tirer aucune conclusion, car elle pouvait tout aussi bien être séparée ou divorcée que vivre avec un compagnon sans être mariée.

Et puis – ça, c'était le bouquet ! – le Dr Lipsky se prétendait écolo. Elle faisait sans doute partie de ces gens qui pensaient qu'en triant leurs déchets ou en isolant leurs fenêtres, ils allaient sauver le « Monde » !

Niaiserie ! Naïveté ! Foutaise ! Bonne conscience acquise à bas prix ! Comme ces tartuffes qui plantent un arbuste à chaque fois qu'ils prennent l'avion. Il s'énervait à nouveau, tout seul, rien qu'en pensant à la situation dramatique, déjà irréversible, de la planète.

Et puis sa rage tomba soudain et il s'effondra moralement en murmurant :

— C'est foutu de toute façon, on ne peut plus rien faire…

Les êtres humains, même ceux qui savaient, restaient passifs. Inactifs. Désespérément inactifs. Comme lui d'ailleurs, un peu à l'image de cette grenouille dont on réchauffe si lentement l'eau de son bocal qu'elle ne songe pas à sauter dehors et se laisse finalement ébouillanter sans réaction.

À son arrivée à la PJ, il se sentait aussi plat qu'un pneu crevé. Accablé et découragé. Il eut presque envie de prendre l'ascenseur, ce qui était contraire à ses habitudes, tant il se sentait fatigué. Au dernier moment, il se reprit, mais il grimpa les marches avec lenteur et cette ascension lui fut pénible.

Dans l'open space, il retrouva Ermeline, Jarry et Blanchard, tous les trois assis à leur bureau respectif, face à leur écran d'ordinateur, travaillant studieusement.

Il faillit se rendre directement dans son bureau, mais Blanchard l'arrêta. Grimm attrapa le dossier d'une chaise, la tira à lui et se laissa tomber dessus.

— La lettre, elle est partie au labo. On devrait en apprendre plus dans quelques jours.

— Bien. C'est déjà ça… répondit Grimm d'une voix morne.

Il se leva.

— Bon, je vous laisse, j'ai du boulot.

Il gagna son bureau et s'assit sur son fauteuil. À vrai dire, Grimm ne se sentait pas d'humeur à travailler. Il cherchait surtout à s'isoler. Il posa les pieds sur la table, jambes tendues, renversa la tête en arrière en fermant les yeux, les deux bras retombant de part et d'autre des accoudoirs.

À travers la vitre, ses trois équipiers le voyaient affalé sur son fauteuil, dans une immobilité parfaite. Sa position était presque inquiétante, évoquant le malaise.

Jarry chuchota :

— Qu'est-ce qu'il fait ?

— Sais pas. Il dort ? répondit Blanchard.

— Tu crois ?

Grimm ne se doutait pas de ces conciliabules, trop absorbé par ses réflexions déprimantes qui tournaient autour de lui comme des vautours, le dépeçant morceaux par morceaux.

Le téléphone sonna soudain. Grimm sursauta, replia brutalement ses jambes dans un mouvement réflexe, bascula le buste en avant et reposa les pieds par terre, toutes ses pensées brisées en une fraction de seconde. L'esprit vide, il se dressa d'un bond, comme s'il se mettait au garde-à-vous, et décrocha. C'était le commandant Pujol de la PJ de Nîmes. Debout à côté de son bureau, Grimm parlait peu et finit par s'asseoir pour prendre quelques notes.

Après avoir raccroché, il remercia en son for intérieur le commissaire Pujol qui, par son coup de téléphone inopiné, lui permettait de se jeter sur une action tangible et de tenter par ce biais de sortir la tête de l'eau. Il retourna auprès de ses équipiers.

— Il y a de nouveaux développements dans l'affaire des go-fasts nîmois ! On va enfin pouvoir entrer en action.

Il prit une chaise et s'assit dessus à califourchon.

— Je vous mets au parfum.

Pujol avait réussi à infiltrer un indic dans le petit groupe de dealers. Ce dernier n'avait guère eu de mal à récolter les informations. Confirmant l'hypothèse de Grimm, les dealers se savaient sur écoute et leurs conversations téléphoniques n'étaient qu'un leurre pour endormir la police.

Depuis plus d'un mois, des chargements de drogue qui n'excédaient jamais vingt kilogrammes remontaient dans des petites voitures pour rejoindre Rennes et Nantes.

Nantes n'était pas de leur ressort, d'autant plus que cette ville se situait plus au sud que Rennes. Il fallait avertir le service de la police judiciaire de Nantes, plus à même d'intercepter une voiture allant livrer dans cette ville. Cependant, la prochaine livraison était prévue à Rennes, le quartier Le Blosne étant la destination finale. Pujol connaissait le jour de la livraison et il donnerait bientôt le numéro de la voiture. Il fallait donc se préparer.

— C'est où Le Blosne ? demanda Grimm.

— En fait, c'est ce qu'on appelle la « ZUP sud » ici.

— Ah, d'accord... Je vois.

Un flagrant délit permettrait d'arrêter le ou les convoyeurs et conduirait à Nîmes à l'arrestation de toute la bande.

— Bon, on va travailler d'abord là-dessus. Vous avez une carte du quartier ? Vous allez me montrer les lieux sensibles que vous connaissez. Mais d'abord, c'est l'heure, on va aller manger.

Grimm se forçait car, dans le fond, il avait envie de déjeuner seul. Mais sa volonté de lutter contre son humeur dépressive en s'accrochant à cette histoire nîmoise l'emporta. Ses équipiers échangèrent quelques regards dubitatifs. Ils n'étaient pas sans avoir remarqué l'affliction de leur patron – une rechute qu'ils avaient redoutée et qui hélas se concrétisait – et cette convivialité imposée les gênait.

Après le repas, la séance fut plus longue que prévue. Grimm voulait tout savoir sur cette « ZUP sud » qu'il ne connaissait guère, prenait des notes et demandait les détails des récentes affaires qui s'y étaient produites. Il en oublia de téléphoner à Kerdegat comme il l'avait promis la veille.

Il devait être environ 17 h 30 quand son téléphone portable sonna. Il le tira de sa poche tout en continuant à parler à ses équipiers.

Une voix furieuse l'arracha soudain à l'affaire nîmoise :

— Monsieur Kerdegat à l'appareil ! Qu'est-ce que vous foutez aujourd'hui, bon Dieu ! Vous êtes où ?

Sidéré par le ton employé, Grimm répondit sans réfléchir :

— À mon bureau…

— À votre bureau ! Vous deviez surveiller mon domicile !

— Pas tous les jours, monsieur Kerdegat, vous n'êtes pas la seule affaire que nous avons à traiter.

Ce n'était certainement pas la bonne réponse pour un homme comme Kerdegat.

— Ah, oui, vraiment ! Eh bien, je vais vous dire ce que je pense ! Pendant que vous dormez dans votre bureau, en bon fonctionnaire que vous êtes, il se passe des choses ailleurs !

Pris d'une rage soudaine face à l'accusation, Grimm eut envie de raccrocher au nez de son interlocuteur. Il se retint à temps et dit sèchement :

— Je ne dors pas, je travaille.

— Et pendant ce temps-là, vous savez quoi ?

— Quoi ?

— Le scooter est revenu ! Et il m'a suivi pendant tout le trajet du retour, de mon entreprise jusqu'à mon domicile ! Bravo la surveillance !

10

Pour Grimm, ce fut comme un coup de fouet reçu en pleine figure. Et puis, un fol espoir :

— Il est toujours là ? Devant chez vous ?

— Qu'est-ce que vous croyez, bon sang ? Qu'il vous a attendu ! Non, monsieur Grimm, il n'est plus là ! Il m'a suivi jusque chez moi et dès qu'il a vu que j'actionnais l'ouverture automatique de mon portail, il est parti !

C'était trop tard et Grimm s'en voulait d'avoir manqué cette opportunité. Il aurait été si simple de coincer cet individu aujourd'hui et de boucler cette affaire. Mais ce qui était réellement insupportable, parce qu'humiliant, c'était le ton accusateur de Kerdegat. Et ce sentiment, justifié ou non, d'avoir été pris en défaut et de s'être montré incompétent.

— Vous êtes toujours là, monsieur Grimm ?

— Oui, je suis là !

Un seul moyen pour dépasser son malaise : contre-attaquer aussitôt.

— Oui, je suis là et il faut que je vous voie de suite !

— Tout de suite ? Est-ce bien nécessaire tant de célérité après ce qui s'est passé ?

Kerdegat ne changeait pas de registre, comme s'il cherchait à rabaisser Grimm plus bas que terre, au point que celui-ci songeait qu'il finirait bien, un jour, par lui balancer son poing en pleine figure.

— Il faut que je vous voie maintenant parce que nous avons réussi à déchiffrer la seconde lettre anonyme.

Il y eut un silence, assez long, et quand Kerdegat reprit la parole, il avait soudain changé de ton et montrait un intérêt manifeste :

— Ah bon ? Et que raconte-t-elle cette lettre ?

— Il faut que je vous la montre.

— Vous ne pouvez pas me la lire au téléphone ?

— Je préfère vous la montrer.

En même temps, Grimm posait sa main sur son téléphone et lançait à l'adresse d'Ermeline :

— Prépare-moi une copie papier des deux messages, l'envers et l'endroit, l'un en dessous de l'autre, comme ce matin sur l'écran du vidéoprojecteur !

Ermeline brancha immédiatement son smartphone sur son ordinateur. Grimm reprenait sa conversation :

— Je suis disponible pour venir chez vous avec la lettre. Est-ce possible ?

— Je ne comprends pas pourquoi vous ne voulez pas me la lire par téléphone.

— Parce qu'elle contient des éléments nouveaux dont je veux discuter avec vous au plus vite.

— Des éléments nouveaux ?

— Oui. Je ne peux pas vous en dire plus, mais je peux être chez vous en vingt minutes.

À l'évidence, Kerdegat était réticent à l'idée de voir débarquer Grimm chez lui presque à l'improviste, mais sa curiosité, réelle, l'emporta.

— Bon, si vous insistez… Mais faites vite, je dois sortir ce soir.

Grimm raccrocha et se tourna vers ses adjoints.

— Vous l'avez compris : le scooter est revenu ! On joue de malchance, bordel ! Tant pis, on l'aura une autre fois ! Ermeline, elle est prête, cette copie papier ?

Ermeline lui tendit une feuille et Grimm la plia en quatre avant de la glisser dans la poche de son blouson.

— Je file chez Kerdegat.

Et sans attendre de réponse, Grimm se rua vers le couloir et descendit l'escalier à toute vitesse.

* * *

Moins de vingt minutes plus tard, il sonnait chez les Kerdegat. Un déclic déclencha aussitôt l'ouverture du portillon. Il était attendu.

À grands pas, il remonta la courte allée de gravier, gravit les marches du vaste perron et atteignait la porte d'entrée au moment où celle-ci s'ouvrait. L'employée de maison le fit entrer.

— Si vous voulez bien me suivre…

Grimm commençait à connaître les lieux qui lui devenaient presque familiers. Le hall majestueux, l'escalier en marbre, les parquets de chêne en chevron, les moulures et les boiseries, les tableaux au mur… Un décor qui suintait la richesse et la réussite.

L'employée de maison le fit pénétrer dans le petit salon où Grimm avait patienté lors de sa première visite. Il n'eut pas longtemps à attendre. Kerdegat ouvrit bientôt la porte et marcha vers lui d'un pas pressé en lui tendant la main.

— J'ai peu de temps à vous consacrer, monsieur Grimm, annonça-t-il d'emblée. Je sors ce soir.

— Ce ne sera pas long.

Kerdegat ne put cependant s'empêcher de lancer un ultime reproche :

— Tout de même, vous auriez été là aujourd'hui, cet individu serait coffré !

— Coffré, peut-être pas, mais en garde à vue, sûrement.

— En tout cas, il ne serait plus en état de nuire. Bon, cette lettre !

Grimm la sortit de sa poche et, tout en la tenant à la main sans la déplier, donna d'abord, à dessein, quelques informations inutiles qui impatientèrent Kerdegat :

— L'enveloppe était exactement la même que la précédente ainsi que la feuille qu'elle contenait. Un papier à lettre ordinaire qui peut s'acheter dans n'importe quelle papeterie. L'écriture sur l'enveloppe était en tout point semblable à celle de la première lettre : une écriture d'apparence enfantine parce qu'écrite très vraisemblablement de la main gauche.

— Ça, je le savais que c'était de la même personne, coupa Kerdegat.

— On n'est jamais sûr de rien, répondit Grimm imperturbablement. Quant au message lui-même, que vous avez jugé incompréhensible, je l'ai déchiffré de la plus simple des manières.

— Ah bon ? fit Kerdegat, soupçonneux, et goûtant peu l'insinuation sur son manque de perspicacité.

— Il suffit de mettre la lettre devant une glace, c'est de l'écriture spéculaire. En miroir, si vous préférez.

Kerdegat faisait des yeux ronds et fronçait les sourcils.

— Pourquoi ? Dans quel but ?

— Aucune idée, mais c'est ainsi.

Revenu de sa surprise, Kerdegat manifestait de nouveau sa curiosité.

— Et alors ? Que dit-elle, cette lettre ?

Grimm la déplia et, se positionnant face à M. Kerdegat pour scruter sa réaction, la lui donna.

— Lisez vous-même.

Kerdegat la saisit. Son regard glissa d'abord sur le haut de la feuille où le message était en écriture spéculaire, puis se fixa sur la partie inférieure.

Bien que Kerdegat ne bougeât pas d'un pouce, Grimm sentit soudain une crispation dans ses muscles et une tension dans tout son corps. Son visage se contracta imperceptiblement, il pinça les lèvres, et les fentes de ses yeux se rétrécirent.

Pendant de longues secondes qui parurent à Grimm interminables, Kerdegat ne bronchait pas et continuait à fixer le document. Grimm tenta de profiter de ce moment de flottement :

— Les prénoms indiqués…

Et il les égrena lentement pour tenter de produire un choc :

— Vincent, Odile, Armelle et Julie… Ça vous rappelle quelque chose ?

Kerdegat eut comme un frisson, redressa la tête et répondit avec un aplomb déconcertant :

— Non, pas du tout. Cela ne me dit rien du tout.

— Vous êtes sûr ?

— Certain.

Il mentait. Grimm en avait la conviction. Sans penser vraiment y parvenir, il tenta de le pousser dans ses retranchements :

— Quelqu'un vous accuse d'avoir tué quatre personnes : un homme et trois femmes.

Kerdergat fit un brusque écart en arrière d'un violent mouvement de bras comme s'il repoussait un assaillant. Sous le coup de l'émotion, il ne maîtrisait plus ses nerfs. Le visage empourpré, il hurla presque :

— Vous vous rendez compte de ce que vous dites ? Quatre personnes ! Moi, j'aurais tué quatre personnes ? Trois femmes en plus ! C'est une accusation si grotesque qu'il est inconcevable que vous la preniez au sérieux !

— C'est mon métier de prendre en compte les éléments d'une enquête…

— Votre métier ! Vous vous foutez de moi ? Nous avons affaire à un fou, un affabulateur, qui écrit n'importe quoi, qui suit les gens en scooter et, vous, vous perdez votre temps à vous pencher sur la signification de ses délires épistolaires !

Il consulta sa montre nerveusement et pour mettre fin à l'entrevue, il tendit vers Grimm une main agressive.

— Je vous avais prévenu, je n'ai guère de temps à vous consacrer. Je dois m'absenter. Au revoir, monsieur Grimm. Je ne vous raccompagne pas, vous connaissez le chemin.

Une main dans le dos du commandant, Kerdegat le poussa presque hors du petit salon et, dans le couloir, désignant de l'index la direction opposée à celle qu'il allait prendre :

— L'escalier, c'est par là…

⋆ ⋆ ⋆

Au volant de la voiture qui le ramenait au siège de la PJ, Grimm réfléchissait.

Il y avait une nette différence entre la colère manifestée par Kerdegat quand il lui avait reproché de ne pas avoir arrêté l'homme au scooter, et celle qu'il avait montrée après la lecture de la lettre. Une différence de degré et de nature.

La première était celle d'un homme habitué à commander, à houspiller et à mépriser ses collaborateurs, qu'il devait tous jeter dans le même sac d'incapables. Travailler sous les ordres de Kerdegat devait être une épreuve morale et il fallait pour y résister avoir le cuir très épais. Grimm avait subi cette foudre. *Il dormait à son bureau en bon fonctionnaire qu'il était,* tandis que les criminels circulaient librement. Soit.

La seconde colère était tout autre. Elle avait été précédée d'un court état de sidération à la lecture des quatre prénoms. Kerdegat s'était repris aussitôt, avec une maîtrise tout aussi admirable que suspecte, pour mentir effrontément. Puis, parce que Grimm donnait l'impression d'accorder de l'importance au contenu de la lettre, il s'était emporté, mais cette fois-ci en perdant clairement son sang-froid et en réclamant avec la dernière énergie que cette lettre ne soit pas prise au sérieux et qu'on l'oublie.

Il y avait là matière à réflexion. Si l'accusation était aussi grotesque que l'affirmait Kerdegat, elle ne méritait pas qu'on s'en offusque et, plutôt que de la négliger, elle devait être considérée comme une faille du mythomane susceptible d'être exploitée pour retrouver sa trace. Ces quatre prénoms ne pouvaient pas provenir de la simple imagination d'un esprit malade, mais devaient être liés d'une manière ou d'une autre à une affaire réelle. C'était une piste à creuser que Kerdegat aurait dû approuver. Il ne l'avait pas fait, bien au contraire.

Grimm allait plus loin encore. Si Kerdegat avait manifesté jusqu'à présent le réel désir que l'homme au scooter, auteur de la première lettre anonyme, soit arrêté, il n'avait plus évoqué ce point, pourtant crucial, après avoir pris connaissance de la seconde lettre. Craignait-il désormais que l'homme au scooter, parce qu'il avait enfin découvert l'identité de ce dernier, ne fasse des révélations embarrassantes ? Embarrassantes, ou pire…

Mettre la main sur cet individu se révélait indispensable pour éclaircir le mystère de cette curieuse affaire. Il fallait dès lundi prochain en faire la priorité absolue.

Voilà en substance les hypothèses que Grimm développa devant ses coéquipiers quand il les retrouva à l'hôtel de police. La réunion fut courte. Il y avait peu à ajouter aux déductions de Grimm et il était tard. Ermeline, Blanchard et Jarry avaient attendu que Grimm revienne, mais il était 19 heures et chacun avait envie de rentrer chez soi.

Sauf Grimm.

Sauf Grimm qui craignait, une fois seul, de faire face à lui-même. L'après-midi avait été longue, fertile en activité, et l'avait maintenu éloigné de ses obsessions.

De fait, quand il pénétra dans son appartement, il en retrouva l'univers cafardeux et, malgré des efforts désespérés pour réfléchir encore aux curieux détails de l'affaire Kerdegat, sa pensée tourna en boucle, incapable d'avancer plus loin que ce qu'il avait déjà déduit.

Alors, il alluma l'ordinateur et reprit sa partie d'échecs. Mais il eut du mal à se concentrer, commit plusieurs erreurs successives, et perdit rapidement. De dépit, il éteignit l'ordinateur.

Il eut un flash soudain. Ce midi, alors qu'il déjeunait avec ses équipiers dans la brasserie, il avait, comme la veille, commandé une assiette végétarienne.

Très spontanément, Ermeline lui avait posé la question suivante :

— Tu es végétarien ?

— Non, pas vraiment… Enfin, si… Par nécessité…

— Par nécessité ? Qu'est-ce que ça veut dire ?

Ce fut le seul moment où il avait vécu un trou d'air pendant le repas. Il avait répondu :

— J'aime la viande, mais je n'en mange plus depuis que je sais que la production d'un seul kilo de viande de veau équivaut à un trajet en voiture de 220 kilomètres, un kilo d'agneau équivaut à 180 kilomètres, un kilo de bœuf 70 kilomètres, et pour le porc c'est 30 kilomètres. Un kilo seulement de bidoche, c'est effrayant ! Alors que la production d'un kilo de blé ou de pommes de terre équivaut à un simple créneau pour se garer. Quand vous mangez de la viande, vous participez activement au réchauffement climatique.

Ermeline, Blanchard et Jarry avaient échangé des regards étonnés et perplexes. Ce qui les avait stupéfiés, c'était la manière dont Grimm avait parlé, comme s'il avait soudain récité le bréviaire d'une nouvelle religion.

Et c'était aussi cela qu'il se reprochait ! En donnant avec complaisance cette avalanche de précisions, il était plutôt apparu comme un illuminé et non comme une personne consciente du triste état de la planète. En fait, ses obsessions étaient brusquement remontées à la surface et avaient jailli sous une forme inappropriée, symptomatique de sa dépression chronique. Il s'en voulait.

Et parce qu'il s'en voulait, son moral s'affaissait de minute en minute.

Il se leva et allait passer dans la salle de bains, quand son téléphone sonna.

Amandine.

C'était paradoxal. Grimm était content qu'elle appelle. Pourtant, son pouce hésita à toucher l'écran de son smartphone pour décrocher, hésita longtemps, trop longtemps, et la sonnerie cessa avant qu'il ait pris une décision. Encore une fois, il n'avait pas répondu. Il balança tristement son portable sur le canapé.

À droite de son lit se trouvait une pile de livres qu'il avait lus, à gauche ceux qu'il n'avait pas lus. Il se coucha et ne put s'empêcher de se pencher à gauche pour saisir celui qui se trouvait sur le dessus. *Pourquoi tout va s'effondrer* de Julien Wosnitza.

Il l'ouvrit à la première page. Il en savait tout autant que ce qui était décrit : les glaciers qui fondent, les océans qui se meurent, la biodiversité qui disparaît, le CO2 qui augmente continûment dans l'atmosphère… Pourtant, il lisait et lisait encore, et pendant qu'il lisait toujours, un sentiment de désespérance le submergeait.

Au bout d'une heure, épuisé, il lâcha le livre qui lui glissait des mains. Il fit l'effort ultime d'éteindre la lumière. Il se tourna sur le côté. Le week-end serait long… et son estomac se noua sous le poids de l'angoisse.

11

Il faisait nuit. Un vent frais filait en rasant les rues et les ruelles du centre-ville, se faufilant le long des murs, s'engouffrant et accélérant dans les artères orientées est-ouest où il soulevait et emportait les papiers et les sacs plastique qui traînaient dans les caniveaux.

La jeune femme marchait d'un pas mal assuré se reprochant d'avoir trop bu. Elle sortait du club où elle avait passé la soirée. Demain serait un autre jour qui lui ferait oublier la dispute. Car elle s'était disputée, pour un rien, une broutille, à laquelle l'alcool avait conféré une importance qu'elle n'avait certainement pas. Mais des mots blessants avaient été échangés sur lesquels personne n'avait voulu revenir, les enfermant tous les deux dans la colère et le ressentiment.

Elle revivait la scène. Mue par une réaction incontrôlée, elle s'était levée soudain de sa banquette, renversant dans le même mouvement et sans le vouloir son verre posé sur la table basse et, après un dernier regard furieux, elle s'était précipitée à l'accueil pour récupérer son manteau. Elle avait remonté les marches en courant, car le club se trouvait dans l'ancienne cave aménagée d'un vieil immeuble, et avait jailli dans la rue sans se retourner.

Elle regrettait déjà. C'était ridicule. Mais faire demi-tour l'aurait été encore plus. Alors, elle avançait face au vent, le buste légèrement penché, pressée d'arriver chez elle et de se coucher.

Elle jeta un coup d'œil à sa montre : 2 h 10. Il était tard. Malgré cela, elle eut l'espoir que ce funeste épilogue pouvait encore être corrigé. Fouillant dans son sac à main tout en marchant, elle saisit son portable et pianota nerveusement pour envoyer un SMS :

Chez toi ou chez moi ?

Une tentative tout à fait désespérée qui effaçait l'altercation en la niant comme si celle-ci n'avait pas eu lieu. Les amants procèdent ainsi parfois. Mais il faut de la bonne volonté de part et d'autre…

Son portable vibra. Elle alluma l'écran et lut :

Va te faire foutre !

Elle ressentit aussitôt l'humiliation de s'être abaissée, d'avoir tendu une main généreuse dans laquelle, pour toute réponse, on avait craché sans vergogne. L'alcool exacerbait ses émotions et elle sentit des larmes de rage qui affluaient à la surface de ses yeux. Pour les bloquer, elle se mordit l'intérieur des joues jusqu'au sang.

— Va te faire foutre toi-même !

Elle reprit sa marche en accélérant. Les rues étaient désertes et une petite pluie fine, oblique et persistante commença à tomber, l'obligeant à baisser les paupières. Elle eut un frisson et remonta le col de son manteau pour protéger son cou et empêcher la pluie de couler dans son dos.

Il y eut un bruit qui l'alerta. Elle se retourna. Quelque vingt mètres en arrière, elle aperçut une silhouette qui progressait sur le même trottoir. Elle eut peur. La pluie, le vent et la nuit se conjuguaient pour évoquer le décor fantasmagorique et effrayant d'une agression.

Elle pressa le pas et, fouillant dans son sac, sa main se referma puis resta crispée sur la bombe lacrymogène qu'elle emportait toujours avec elle lors de ses sorties nocturnes. C'était efficace. Elle n'avait eu qu'une fois à s'en servir, mais elle avait pu se libérer de l'étreinte de l'homme saoul qui l'avait brutalement saisie et poussée contre un mur en l'embrassant de force.

Le bruit de pas se rapprochait. L'homme, car elle ne doutait pas que c'en fût un, avait accéléré. Ses semelles frappaient en cadence le macadam. Elle n'osait plus se retourner. Sa main enserrait avec force la rassurante bombe de défense. Son seul salut en cas d'agression. Il fallait être prêt à la sortir instantanément et à l'actionner en pleine figure si nécessaire.

Son rythme cardiaque était monté d'un cran et sa respiration devenait heurtée et irrégulière. La panique la gagnait peu à peu. Son immeuble n'était plus très loin. Il fallait l'atteindre avant que l'individu ne la rattrape. Elle tenta de forcer l'allure, mais ses talons l'en empêchaient. Et cette fatigue liée à l'alcool… Elle trébucha, se rattrapa tant bien que mal et jeta un bref regard affolé derrière elle.

L'homme était tout proche. Il avançait d'une démarche élastique, rapide, silencieuse. Son souffle était déjà sur elle. Au moment où il l'atteignait, elle se retourna et sortit sa bombe. Elle n'eut pas le temps de s'en servir. L'individu la frôla et passa sans s'arrêter, indifférent. Elle ne distingua même pas son visage, déjà elle voyait son dos devant elle. Il n'avait pas ralenti un seul instant.

Paralysée par l'émotion, la respiration coupée, elle sentit ses jambes flageoler, si bien qu'elle s'appuya contre le mur et eut du mal à repartir. Elle le fit, cependant, d'autant plus que cet individu qui s'éloignait devenait à présent le seul élément rassurant dans une rue totalement déserte. Paradoxe, elle pressait désormais le pas pour ne pas se faire distancer par une silhouette qui l'épouvantait encore quelques secondes auparavant.

Elle aperçut son immeuble. Sauvée ! Trente mètres encore. Elle expira bruyamment et le soulagement se diffusait dans ses veines, insufflant une douce chaleur réconfortante.

La silhouette qui la précédait parvenait à la hauteur de l'immeuble. Il s'arrêta, leva la main au niveau du digicode, tapota tranquillement et, après le déclic de la porte, poussa celle-ci et disparut de son champ de vision. Il était entré. Stupéfaction. Était-ce possible qu'il fût tout simplement un habitant de l'immeuble qu'elle n'avait pas reconnu ?

Une crainte nouvelle surgissait. L'homme avait disparu dans l'immeuble où elle allait devoir pénétrer. C'était chez elle pourtant. Le bâtiment était un de ces cubes blancs modernes de cinq étages, construit à la va-vite par assemblage de panneaux de béton, propres et fonctionnels, à défaut d'assurer une réelle pérennité. Un hall carrelé, large et rationnel, une rangée de boîtes aux lettres en bon état, un ascenseur qui fonctionnait sans accroc.

Elle se secoua. L'homme connaissait le code. Il l'avait tapé sans hésitation. C'était donc un habitué, peut-être un ami d'un locataire ou d'un propriétaire qu'elle n'avait jamais eu l'occasion de croiser. Il était inutile, après la frayeur qu'elle venait de subir, d'ajouter encore un stress inutile et épuisant.

Elle tapa le code, entra et fut surprise de constater que la lumière n'était pas allumée. L'homme l'avait précédée de très peu, trente secondes au maximum. En toute logique, elle aurait dû, elle aussi, bénéficier de la minuterie. Pourtant, elle était plongée dans le noir.

L'angoisse refit surface. Bien sûr, l'homme avait pu traverser le hall sans allumer et décider de passer par l'escalier. C'était possible, peu fréquent, mais possible.

La minuterie se signalait par un point lumineux. Elle retint son souffle et marcha droit dessus, pressée d'atteindre le bouton. D'un coup, le hall s'éclaira d'une lumière blanche et crue. Personne. L'espace était désert et silencieux.

Elle s'approcha de l'ascenseur, appuya sur la touche d'appel et la porte s'ouvrit aussitôt. L'ascenseur était là. Il ne venait donc pas d'être utilisé, sinon la cage aurait dû redescendre de l'étage où l'homme était monté. Elle y vit la confirmation de son interprétation. L'homme avait bien emprunté l'escalier et n'avait même pas pris le temps d'allumer la lumière. Tout s'expliquait simplement. Ses peurs et ses angoisses n'étaient que le produit de cette triste soirée, de la dispute et de l'alcool.

Elle pénétra avec soulagement dans l'ascenseur et appuya sur le numéro trois. Dans quelques secondes, elle serait dans son appartement dont elle fermerait la porte à double tour. Elle prépara son trousseau de clés.

L'ascenseur s'immobilisa, la porte s'ouvrit. Elle devait encore actionner la minuterie de son étage, ce qu'elle fit. Les lieux étaient tellement familiers qu'elle ne ressentait plus aucune peur.

Face à sa porte d'entrée, elle introduisit la plus petite clé dans la serrure. Elle déverrouilla, retira la clé, saisit la poignée et ouvrit. Elle fit un pas en avant pour franchir le seuil.

Violemment poussée dans le dos, elle aurait basculé si des bras puissants ne l'avaient pas entourée et retenue dans le même mouvement.

Elle voulut crier, mais une main se colla contre sa bouche, étouffant le son qui mourut au fond de sa gorge. Elle entendit claquer la porte, que l'agresseur, sans la lâcher, venait de refermer brutalement d'un coup de pied.

La portant presque devant lui, l'assaillant l'écrasa contre le mur de la pièce. Le front de la jeune femme heurta de plein fouet le cadre de l'estampe rapportée de son voyage au Japon. Il explosa sous le choc, et des morceaux de verre pointus s'enfoncèrent jusqu'à l'os du crâne, déchirant sa peau et inondant de sang son visage.

Malgré la douleur atroce, une pensée lucide la traversa. La bombe lacrymogène ! Mais celle-ci se trouvait dans le sac à main qui était renversé sur le sol au moment où l'agresseur avait sauté sur elle.

Violée ! Elle allait être violée ! Ce fut sa seconde pensée. Toujours plaquée contre le mur, elle tenta de se débattre, mais son bras droit fut violemment retourné dans le dos et remonté jusqu'à son cou en un craquement horrible. La souffrance fut si aiguë qu'elle provoqua une chute instantanée de sa pression artérielle et les brumes de la syncope envahirent un instant son cerveau, la laissant aussi inerte et molle qu'une poupée de chiffon.

L'agresseur l'empêcha de s'écrouler. Il écarta la main qui bâillonnait la bouche de la jeune femme. Elle n'était plus en état de crier. Peu à peu, cependant, elle reprenait ses esprits. Elle ne sentait plus la pression du corps de l'homme appuyant contre elle. Elle crut à un répit.

Au sommet de son crâne, elle sentit quelque chose qui la touchait, puis qui glissait sur les côtés de son visage ensanglanté et tombait sur ses épaules. Qu'était-ce ?

La chose s'enroula autour de son cou et elle prit soudain conscience de l'étreinte mortelle qu'elle subissait. Ce fut un flash aveuglant, une pensée affreuse où se condensèrent toute l'épouvante et les terreurs de la proie qui ne peut plus échapper à son prédateur.

De nouveau, désespérément, elle voulut se débattre. C'était trop tard. Elle ne put que soulever mécaniquement son bras valide et porter la main sur la cordelette qui l'étouffait.

Un râle affreux sortit de sa gorge. Sa langue était lentement projetée en avant et cherchait à sortir de la bouche. L'espace se rétrécissait et son cerveau distilla des pensées sous forme d'images incohérentes et cristallisées.

Elle vit un cercle blanc devant elle, une assiette plate entourée de noir qui se craquelait, se fendillait, se séparant en morceaux de plus en plus petits. Le noir gagnait.

Puis, elle visualisa son cou. Sa circonférence avait tant rétréci qu'il était réduit à une simple paille. Une paille surmontée d'une tête d'épingle qui devait être sa tête.

Dans cette chute vertigineuse, elle eut une dernière pensée concrète qui la rattacha pendant deux secondes à l'horrible réalité. Dans sa situation, c'était grotesque, décalé, chimérique. *Les couilles. Il faut que je lui donne un coup de genoux dans les couilles.* Mais cette pensée que son cerveau, malgré sa situation désespérée, avait élaborée avec la meilleure rationalité, ne pouvait pas être suivie d'effet et s'effaça rapidement.

Enfin, elle ressentit l'ultime sensation que ses jambes ne la portaient plus, que ses pieds ne touchaient pratiquement plus le sol, alors qu'elle se tenait toujours debout. Puis sa vie s'éteignit soudain comme la flamme d'une bougie soufflée par le vent.

12

Grimm s'était réveillé aux alentours de 8 h 15. Rien ne le pressait, bien au contraire. Il avait d'abord attendu plus d'un quart d'heure, sur le dos, les yeux ouverts, avant de se lever à regret. Il s'était dirigé à pas lents vers la salle de bains qui jouxtait sa chambre.

Cinq minutes plus tard, il sortait de la douche, les pieds mouillés qui trempaient le tapis de bain. Se baissant vers le porte-serviettes, il avait tiré et ramené vers lui la plus grande d'entre elles et se séchait les cheveux sans énergie. En même temps, il soulevait et agitait ses pieds pour s'égoutter.

Le téléphone portable qui se trouvait sur la table de nuit de la chambre vibra, fait très inhabituel pour un samedi matin.

À vrai dire, depuis trois mois qu'il vivait dans cet appartement, ce n'était jamais arrivé. Une chose était certaine, cela ne pouvait pas être Amandine, qui n'appelait que le soir et presque toujours à la même heure.

Le corps encore ruisselant, Grimm eut un moment d'agitation désordonnée et, jetant enfin sa serviette par terre sans cesser de pester et de jurer, il se précipita dans la chambre nu comme un ver.

D'un geste vif de la main, il retourna l'appareil pour voir l'écran. Babut ! Babut l'appelait, un samedi, à 8 h 47 précises, comme l'indiquait l'heure du portable. Il se passait un événement important.

— Ah ! Enfin ! Grimm, c'est bien vous ?

— Oui.

— Il s'est produit une chose horrible chez Kerdegat !

— Quoi ?

Le commissaire ne répondit pas. Grimm perçut une autre voix non loin de lui, une voix féminine, sa femme peut-être, puis Babut de nouveau, mais plus lointain et s'adressant à cette autre personne :

— Si, si, fais-moi un café, un expresso vite fait, mais je ne déjeunerai pas.

Le ton du commissaire reprit de la puissance :

— Allo, Grimm ! Je n'ai pas le temps de vous expliquer. Je file chez Kerdegat ! Prenez votre voiture et rejoignez-moi !

— Je n'ai plus de voiture.

— Plus de voiture ? Mais pourquoi ?

Était-ce le moment d'expliquer qu'il avait vendu sa voiture dès son arrivée à Rennes pour limiter son empreinte carbone sur la planète ? Il biaisa.

— Elle est en panne.

— Ah, nom d'un chien ! Ça, c'est pas de chance ! Et juste aujourd'hui ! Appelez Blanchard ou Jarry, que l'un des deux passe vous prendre et rendez-vous chez Kerdegat. La PTS est déjà en route et on y retrouvera aussi le procureur.

La police technique et scientifique, plus le procureur en personne, même pas son substitut… Mince, c'était sérieux. Très sérieux. Il y avait eu mort d'homme. Un frisson le parcourut.

— Vous m'entendez, Grimm ?

— Oui !

— Donc vous appelez Jarry et vous rappliquez. Ah ! Parfait ! Merci Chérie… Excusez-moi, Grimm, je parlais à ma femme qui m'apportait un café. Bon, on se retrouve là-bas dans une demi-heure au plus tard !

Babut raccrocha. Grimm courut dans la salle de bains, reprit la serviette et finit de se sécher en quelques secondes. Il s'habilla précipitamment. Son esprit s'affolait et les idées se bousculaient dans sa tête en un tohu-bohu inefficace.

Une chose horrible, avait dit Babut. Kerdegat était-il mort ? L'homme au scooter l'avait-il assassiné ?

C'était affreux de penser cela, car si Grimm avait ordonné une planque le vendredi chez Kerdegat, ils auraient pu appréhender l'individu !

Il avait son portable à la main et, de l'index, il faisait défiler sous ses yeux le carnet d'adresses. Il descendit jusqu'à Jarry… Mais, au moment d'appuyer pour appeler, il remonta la liste et s'arrêta à Ermeline.

Ermeline, c'était mieux ! Et Grimm se donna une bonne raison : elle était la plus jeune et il était temps de la lancer dans le grand bain. Fini le crime d'un clochard pour un tas de cartons, ou le meurtre d'un dealer dans une guerre de clans. Non ! Il lui apportait un assassinat chez un particulier, à l'ancienne, avec un motif inconnu et à découvrir, un coupable entrevu, mais insaisissable. Bref, tous les ingrédients d'une véritable enquête qui permettrait à Ermeline d'en apprendre beaucoup sur le métier.

— Ermeline ? Hubert Grimm à l'appareil. Je te dérange ?

— Euh… Non… non, non…

Si, il la dérangeait, c'était assez clair. Elle devait avoir une vie privée, dont il ignorait tout, mais qu'il aurait pu connaître s'il avait cherché à le faire. Mais voilà : il n'avait jamais voulu savoir.

— Il y a eu un crime chez Kerdegat cette nuit. Babut veut qu'on soit là-bas dans une demi-heure.

— Une demi-heure !?

Évidemment, c'était le plan du week-end qui tombait à l'eau. Les inconvénients du job de flic. Grimm entendit soudain une voix en retrait, une voix d'homme cette fois-ci.

Puis, Ermeline :

— Attends une seconde, Hubert…

Grimm imaginait des conciliabules, l'incompréhension, le copain mécontent, les reproches, Ermeline qui s'excusait et culpabilisait… Il patienta.

— OK, Hubert, c'est bon. Qu'est-ce que je dois faire ?

— Je n'ai pas de voiture. Donc, tu viens me prendre chez moi avec la tienne.

— Chez toi ? T'habites où ?

C'est vrai qu'elle ne savait même pas où il vivait.

— Tu viens d'où, Ermeline ?

— J'habite pas à Rennes, mais à Noyal-sur-Seiche. C'est à la sortie de la ville, au sud.

— Bon, je suis au nord, à l'opposé quoi ! Je prendrai le métro pour ne pas te faire perdre de temps et je m'arrêterai à la station *Gares*. Tu peux être là dans combien de temps ?

— La gare ? En me grouillant, une petite demi-heure environ.

— Une demi-heure ! À ce rythme-là, on n'est pas près d'arriver chez Kerdegat !

— C'est pas loin, mais il faut que je m'habille, puis le temps de rentrer dans la ville quand même.

Ils étaient au lit… Finalement, il aurait peut-être mieux fait d'appeler Jarry.

— OK, d'accord ! Bipe-moi quand tu approcheras de la gare.

Non, il avait eu raison, pas Jarry ! Ermeline, c'était mieux. Il expliquerait à Babut qu'il n'avait pas été possible de venir plus vite. Qu'est-ce que ça changeait de toute façon ? Le mort ne disparaîtrait pas.

* * *

Dès qu'il aperçut la petite Polo blanche d'Ermeline, Grimm leva le bras. Il sauta dans la voiture alors que celle-ci freinait à sa hauteur.

— Allons-y !

Ermeline redémarra aussitôt.

— Qu'est-ce qui se passe exactement ?

— Je n'en sais rien. Mais il y a eu du grabuge. Babut m'a téléphoné, il m'a rien dit, mais je crains que Kerdegat n'ait été assassiné.

— Assassiné !?

Ermeline n'en revenait pas. Horrifiée, mais obligée de rester concentrée sur sa conduite, elle se tut jusqu'au domicile des Kerdegat. Devant la grille, plusieurs voitures de police étaient garées, certaines à moitié sur les trottoirs, gyrophares en action, et elle dut poursuivre sa route pour trouver une place plus loin.

— La PTS est déjà sur site ! dit Grimm en claquant la portière.

Il montra sa carte pour franchir les policiers en faction qui interdisaient l'accès à la propriété.

— Commandant Grimm…

Ermeline le suivait sans un mot. Sur le perron, ils virent les agents de la police scientifique, revêtus de leur combinaison blanche, qui s'affairaient en silence. Le périmètre était entouré de rubalises pour protéger la scène. C'était donc sur le vaste perron, hors de la maison, que le drame s'était produit.

Non loin des marches, Grimm aperçut soudain le commissaire divisionnaire Babut qui parlait avec un homme en costume cravate qu'il ne connaissait pas. Il fit signe à Ermeline de rester à ses côtés et s'approcha.

— Commissaire Babut, à vos ordres…

— Ah, commandant Grimm ! Que je vous présente à monsieur le procureur Lestanger. Monsieur le procureur, voici le commandant Grimm et le lieutenant Gasquet.

Les mains se serrèrent. Le procureur était un homme de très petite taille, sec, le nez droit, les tempes grisonnantes, les yeux sombres et le regard acéré. Il donnait une apparence de rigueur et de clarté.

— Quelle horrible affaire… glissa-t-il à mi-voix.

Grimm lorgna vers Babut et comme celui-ci opinait du chef, mais sans en dire plus, il ne put qu'avouer son ignorance :

— Excusez-moi, monsieur le divisionnaire, mais je ne sais encore rien de l'affaire.

Le commissaire manifesta d'abord sa surprise, puis s'écria :

— Ah, mon Dieu ! C'est vrai ! Tout à l'heure au téléphone, je n'ai pas eu le temps…

— Il s'agit de M. Kerdegat ?

Seconde surprise de Babut :

— Ah non, pas du tout ! M. Kerdegat va très bien, Dieu merci !

— Mme Kerdegat ?

— Non, non, M. et Mme Kerdegat n'ont rien, rassurez-vous. Il s'agit d'une découverte macabre, sur le perron, ce matin, par l'employée de maison quand elle est arrivée à 8 heures pour prendre son service.

— Une découverte macabre ? C'est-à-dire ?

Instinctivement, le divisionnaire se tourna vers le perron et fit un geste dans sa direction.

— Un grand sac poubelle, là, posé devant la porte. Et, comment dire… dépassant du… enfin… dépassant par l'ouverture, verticalement… un pied…

— Un pied de quoi ?

Le procureur résuma en une phrase ce que Babut peinait à décrire :

— Une jambe d'homme, nue, coupée net au niveau du genou, et plantée verticalement dans le sac, le pied dépassant par l'ouverture.

— Voilà ! conclut le commissaire. Vous imaginez le choc reçu par l'employée de maison. Elle a failli s'évanouir et elle s'est précipitée dans la maison pour avertir ses patrons qui dormaient encore.

Ils durent se déplacer sur le côté, car ils gênaient les nombreux passages des hommes et des femmes de la police scientifique. Babut poursuivait :

— M. Kerdegat est venu voir par lui-même. Dès qu'il a constaté que l'employée de maison n'avait pas eu une hallucination, il a appelé la police sans toucher à rien. La PTS s'est mise au travail et, en fait, c'est pire que ça...

— En effet ! confirma le procureur.

Grimm fronça les sourcils et échangea un regard avec Ermeline, à qui ni Babut, ni le procureur, ne portaient la moindre attention.

— Après le premier travail consistant à tout photographier, à rechercher des traces de sang, de pas, de cheveux, et tout le toutim, il a bien fallu ouvrir le sac poubelle.

— Oui...

— Et là, il y avait tout le reste !

— Le reste de quoi ?

— Le reste du corps, Grimm ! Le reste du corps ! Découpé en morceaux, comme la jambe qui ressortait, et entassé en vrac dans le sac.

Ermeline avait pâli. Grimm était resté impassible.

— Le buste aussi ?

— Oui.

— C'est au moins un sac de deux cents litres dans ce cas, non ?

— Exactement, Grimm, vous avez raison, un sac de deux cents litres. En fait, trois sacs de deux cents litres enfilés les uns dans les autres.

Grimm n'avait plus qu'une envie, se rendre sur la scène de crime et discuter avec le médecin légiste. Mais comme Babut ne le libérait pas, il posa une dernière question :

— On peut identifier le cadavre ? C'est quelqu'un de connu ?

Le commissaire leva les deux bras en l'air comme s'il implorait le ciel.

— Ah ça ! Sans la tête, c'est difficile.

— Il manque la tête ?

— Hélas, oui.

Pardi ! C'eût été trop facile ! Un cadavre sans tête, dont l'identification serait peut-être impossible… Du boulot en perspective. Peut-être, par chance, son ADN se trouverait dans le fichier national. Qui sait ?

Babut interrompit cette amorce de réflexion.

— Allez-y, Grimm, ne perdez pas de temps.

Grimm salua de la tête le procureur et s'apprêtait à gagner le perron quand le commissaire Babut le rappela :

— Grimm, toujours la même consigne. Du doigté avec M. Kerdegat, n'est-ce pas ?

L'intéressé ne répondit pas. Il fit signe à Ermeline et tous deux marchèrent en direction du perron tandis que le commissaire souriait au procureur :

— Je lui dis cela parce que le commandant Grimm est parfois un peu rude…

⋆ ⋆ ⋆

Grimm et Ermeline gravirent les quatre marches du perron et s'arrêtèrent derrière les rubalises interdisant l'accès à la scène de crime. Les fonctionnaires de la police scientifique étaient en action. Accroupis ou à genoux, ils inspectaient le sol et ramassaient parfois, pour les glisser dans de petits sacs plastique, ce qui ressemblait à un cheveu, un bout d'ongle ou des particules de terre tombées d'une semelle de chaussure.

Au pied de la porte se trouvait un énorme sac poubelle de couleur noire, largement ouvert, d'où débordaient un pied et une main d'être humain. Penchée au-dessus du sac, une personne semblait en examiner l'intérieur.

Ermeline eut soudain un haut-le-cœur. Son ventre fut secoué d'un spasme violent et, croyant vomir, elle porta la main à sa bouche. Elle parvint à bloquer le processus et finit par déglutir. Mais, très pâle, elle se sentait molle et faible.

Grimm lui saisit doucement le poignet. Il chuchota de sorte à ce que personne n'entende :

— C'est ton premier cadavre ?

— Non. Mais là, je dois dire… C'est quand même…

En parlant, elle soufflait de manière significative.

— Si tu ne te sens pas bien, fais un tour dans le parc. Il n'y a pas de mal à cela et je n'en parlerai à personne.

Ermeline se raidit et respira profondément.

— Non. C'est gentil, mais je dois rester, ou bien changer de métier.

— Comme tu veux.

Grimm lâcha son poignet et, face à la porte d'entrée, interpella à haute voix l'équipe en plein travail :

— Bonjour, je suis le commandant Grimm de la PJ et je souhaiterais parler au médecin légiste s'il est présent.

La personne penchée au-dessus du sac poubelle se redressa et le regarda. Puis, elle s'approcha. Elle portait la même combinaison blanche à capuche que les autres, si bien que les traits de son visage étaient en partie dissimulés. Il n'y avait cependant aucun doute sur le fait qu'il s'agissait d'une femme. Grande et forte par ailleurs, elle avait presque la même taille que Grimm. « Celle-là, elle doit scier les crânes avec énergie », pensa-t-il en lui serrant la main.

— Je suis le docteur Pointcarré. Avec un t et deux r.

— Un t et deux r ?

— Eh oui, un t et deux r. Cruelle orthographe… Je ne suis pas une descendante de Raymond, l'homme politique, ni non plus, hélas, et c'est encore plus regrettable, du mathématicien, Henri.

— C'est noté, docteur Pointcarré. Je me présente : commandant Grimm.

Plissant soudain les yeux, le Dr Pointcarré lui lança un regard aigu.

— Oui, vous l'avez déjà dit. Et puis, j'ai déjà entendu parler de vous.

Bigre ! Qui avait donc pu parler de lui au Dr Pointcarré ? Il n'avait encore jamais eu l'occasion de collaborer avec elle, n'ayant eu aucune affaire de meurtre à résoudre depuis son arrivée dans la ville. Grimm renonça à en apprendre davantage. De la main, il désigna Ermeline.

— Le lieutenant Gasquet.

— Oui, nous nous connaissons. Bonjour Ermeline.

— Bonjour Irène.

Irène Pointcarré. Voilà. Grimm avait l'impression de savoir l'essentiel sur la légiste. Celle-ci sourit avec ironie.

— Je suppose que vous voulez voir de plus près ce joli travail de boucherie ?

— Oui, et vous nous direz en même temps ce qu'on peut en déduire.

— Avant toute autre chose, je vous apporte de quoi vous chausser.

Ils enfilèrent des surchaussures en plastique et Grimm enjamba le ruban tandis qu'Ermeline passait en dessous. Ils s'approchèrent du sac poubelle.

— Eh bé, pas joli-joli… C'est à gerber, murmura Grimm.

— En effet. Je vous fais un petit topo ?

— Je vous en prie, docteur, répondit-il pendant qu'Ermeline, prenant sur elle-même avec courage et détermination, mitraillait le sac et son contenu avec son smartphone.

— Comme vous n'avez pas de gants, je vais vous demander de ne toucher à rien.

— Évidemment…

Le Dr Pointcarré fit silence quelques secondes, le temps de rassembler les éléments importants de ses premières observations et de les présenter de manière rigoureuse.

— D'abord, un pied ressortait verticalement du sac.

— Oui, c'est-à-dire que l'on a voulu éviter que ce sac ne soit jeté dans une poubelle sans connaître son horrible contenu. Ce qui est déjà inhabituel, car, généralement, quand les criminels découpent en petits morceaux leurs victimes, c'est dans le but de les faire disparaître.

— Tout juste. Par ailleurs, il y a trois sacs poubelle enfilés les uns dans les autres.

— Ça, c'est pour transporter le corps sans que le sac ne se déchire. Le crime n'a donc pas eu lieu ici.

Le Dr Pointcarré approuvait le raisonnement en hochant la tête.

— Absolument. Du reste, si la découpe avait eu lieu sur place, il subsisterait partout les traces d'un océan de sang. Or, il n'y a rien, le perron et les marches sont nickel.

Le Dr Pointcarré soupira avant de poursuivre :

— Passons au contenu maintenant. Chaque membre a été coupé en deux au niveau du genou, du coude, de l'épaule et de la hanche. Le buste est entier. Manque la tête.

— Ça fait donc neuf morceaux ! dit Grimm aussitôt.

— Exact ! Vous comptez vite…

— Et je ne descends pas du mathématicien Henri Poincaré !

À cette petite plaisanterie, la légiste ne put s'empêcher de rire brièvement.

— Donc, comme je vous le disais, il manque la tête.

— Ce qui est très contradictoire.

— Avec quoi ?

— Tout a été fait pour que le corps soit découvert, mais le criminel ne veut pas qu'on sache qui est la victime. Vous ne trouvez pas cela contradictoire ?

— Si, de fait.

Ermeline écoutait la conversation en prenant des notes, mais elle évitait de regarder le sac poubelle. Elle s'était d'ailleurs tournée de sorte à ne pas l'avoir dans son champ de vision.

— Et la mort remonte à quand ? interrogea Grimm.

— Difficile à déterminer avec précision, parce qu'elle est relativement ancienne. Enfin, quand je dis ancienne…

— Quelques jours ?

— Non, quand même pas ! Quelques heures… J'espère pouvoir vous répondre plus précisément quand on aura rapatrié tous ces débris à l'institut médico-légal.

Un auxiliaire de la police scientifique s'approcha.

— Excusez-moi, docteur, pour le transport du cadavre, on vous emballe chaque fragment du corps séparément ?

— Non, emmenez le sac poubelle tel qu'il est. Je préfère le déballer moi-même, morceau par morceau.

Outre l'horreur intrinsèque du propos, cette interruption provoqua un silence prolongé pendant lequel se produisait une scène insolite : deux hommes se saisissant par en dessous d'un sac poubelle rempli de débris humains pour le porter vers un fourgon.

— Attendez ! s'écria Grimm.

En quelques pas, il les rattrapa et inspecta la partie extérieure du sac. De loin, le commissaire Babut et le procureur l'observaient. Puis, il revint auprès d'Ermeline et de la légiste qui leva vers Grimm des yeux interrogateurs.

— Sur un côté, expliqua-t-il, la partie inférieure du sac est très abîmée, prête à se déchirer. Le sac a été traîné sur le sol.

— Donc le criminel était seul et a tiré le sac pour l'amener jusqu'ici en remontant l'allée de gravier.

— Exact, Ermeline ! C'est une personne seule qui a tracté le sac. C'est en voyant ces deux gaillards unir leurs efforts pour soulever le sac que j'ai voulu vérifier ce point.

Grimm se tourna vers le Dr Pointcarré.

— On en était où ?

— J'allais vous donner une information que vous n'avez même pas pensé à me demander.

— Ah ? Laquelle ?

— Le sexe de la victime.

— Parce que vous le connaissez déjà ?

Cette réaction fit rire aux éclats le Dr Pointcarré.

— Je n'ai certes pas sorti les morceaux du sac, mais je les ai quand même répertoriés et, parmi eux, je vous rappelle qu'il y a le buste.

Grimm se frappa le front du plat de la main.

— C'est vrai, où ai-je donc la tête ?

— Pas dans le sac, en tout cas… lança la légiste, reprenant au bond l'expression de Grimm.

Cette fois-ci, même Ermeline, quelque peu nerveusement il est vrai, rit à cette blague morbide. Le fait que le sac ait été enlevé y était aussi pour beaucoup et un grand besoin de détente après cette vision de cauchemar se faisait sentir.

— Eh bien… lâcha la légiste comme si elle donnait le résultat d'un concours, c'est une femme.

— Une femme ?

— Aucun doute.

— Quel âge environ ?

— Il est trop tôt pour le dire. Il va me falloir un examen plus poussé. Mais ce n'est clairement pas une vieille personne. À l'apparence de la peau, c'est quelqu'un de plutôt jeune. Je vous préciserai cela.

Grimm ne voyait plus de questions à poser et il s'apprêtait à remercier le Dr Pointcarré quand celle-ci leva l'index d'un geste vif, l'empêchant de parler.

— Il y a autre chose qui n'est pas de mon ressort, mais qui va bougrement vous intéresser.

Grimm et Ermeline furent soudain suspendus aux lèvres de la légiste, laquelle, au lieu de poursuivre, fit brusquement volte-face et se dirigea droit vers une des extrémités du perron où se trouvaient entassés en vrac divers appareils utiles aux investigations de la police scientifique.

Courbée en deux, elle fouillait au milieu des appareils et on l'entendit qui s'agaçait :

— Eh bien… Eh bien… C'est pas possible… Où est-ce qu'ils l'ont mis ?

Puis, soudain, elle se redressa tenant un petit sac plastique à la main. L'un de ces sacs habituels à l'intérieur desquels on recueille et conserve les indices.

— Le voilà !

Elle revint vers Ermeline et Grimm en arborant un grand sourire.

— Ça, c'est pour vous ! Cadeau !

— Qu'est-ce que c'est ?

— Dans le sac poubelle, posé en évidence sur le dessus pour qu'il soit bien visible, il y avait un carton rigide, genre carte de vœux ou d'invitation – vous voyez ? – avec un message écrit dessus.

Débordé par son excitation, Grimm s'exclama :

— Rédigé en écriture spéculaire !

— Non, pas du tout. Pourquoi dites-vous cela ?

C'était une déception. La légiste poursuivait :

— Non, un message classique composé de lettres et de mots découpés sans doute dans un magazine. Tenez, regardez vous-même.

Grimm saisit le pochon qui contenait le bristol. Ermeline se colla à lui pour voir aussi.

Effectivement réalisé à partir de mots et de lettres tirés d'un journal, le court texte les laissa sans voix.

Tu la veux ?
J'te la donne !
S

Grimm et Ermeline échangèrent un regard effaré et Grimm murmura :

— Qu'est-ce que c'est que cette horreur ?

— Comme vous dites ! s'exclama la légiste. Si on prend le message au pied de la lettre – et pourquoi ne le ferait-on pas ? – c'est absolument dégueulasse.

Derrière eux, les fonctionnaires de la police scientifique commençaient à ranger leurs affaires. Le Dr Pointcarré les observa un moment puis fit face de nouveau à Grimm qui venait de glisser le petit sac dans sa poche.

— Ils ont apparemment terminé. Moi aussi d'ailleurs. Je vais rentrer et je vous passerai un coup de fil le plus tôt possible, dès que j'aurai fini d'examiner le cadavre.

Elle retira sa capuche, dézippa la combinaison et s'en débarrassa prestement. Grimm put mieux détailler ses traits. Le teint rosé, elle avait un large visage, des cheveux blonds bouclés, un grand front, un nez aquilin assez proéminent surmontant des lèvres charnues.

Tout à coup, elle sortit une tablette de chocolat déjà entamée et la présenta à Grimm.

— Un petit carré de chocolat ? C'est mon péché mignon…

Un court instant, le temps fut comme suspendu. Le Dr Pointcarré restait le bras tendu, la tablette de chocolat sous le nez de Grimm. Celui-ci ne bougeait pas, les yeux fixes. Il articula soudain avec difficulté :

— Non, merci.

— Vous n'aimez pas le chocolat ?

— Si… Mais il faut dix-sept mille litres d'eau pour produire seulement un kilo de chocolat. Et on va manquer d'eau d'ici quelques années.

La légiste lança un regard en biais vers Ermeline, puis considéra Grimm l'air perplexe. Elle prit le parti de ne pas insister et tendit la tablette vers Ermeline, qui se servit en remerciant.

Le Dr Pointcarré dégustait lentement son morceau, en fermant presque les yeux.

— Ah, que c'est bon… C'est du noir… Et c'est du bio, vous savez ?

— Ça ne change rien, lâcha-t-il tristement.

Par bonheur, l'accablement de Grimm ne gâchait pas le plaisir de la légiste qui continuait à prendre tout son temps.

Quand elle eut terminé son carré de chocolat – à vrai dire, elle ne put s'empêcher d'en manger un second –, elle serra la main de Grimm d'une façon si vigoureuse qu'il en fut surpris, puis elle fit la bise à Ermeline, avant de s'éclipser.

Grimm et Ermeline retournèrent auprès du commissaire Babut et du procureur Lestanger.

— Alors ? fit ce dernier en les accueillant.

— Une sale affaire, répondit Grimm.

À ce moment précis, un bruit familier alerta Ermeline. Un bourdonnement de moteur caractéristique. Elle se tourna instinctivement vers la grille et cria soudain avec force :

— Là, le scooter !

13

Parce qu'elle était celle qui avait déjà vu et identifié le scooter, Ermeline fut la première à s'élancer. Elle courut en direction de la grille à une vitesse qui stupéfia Grimm. Pourtant sportif et réactif, il la suivit avec un temps de retard.

Arrivé du côté droit, le scooter avait ralenti devant la grille et son conducteur avait regardé vers le jardin. Au moment où Ermeline franchissait la grille, il avait brutalement accéléré et poursuivi sa course.

Au milieu de la rue, elle le vit s'éloigner si vite qu'il était vain de songer à sauter dans une voiture et à le prendre en chasse. L'instant d'après, au premier carrefour, il tournait à gauche et disparaissait.

Essoufflé, Grimm rejoignit Ermeline sur la chaussée.

— Eh merde !

Ils restèrent un moment silencieux, digérant et la surprise et l'échec qui s'étaient succédé quasiment dans le même mouvement.

— Que c'est bête ! Si on avait su, bon Dieu…

Effectivement, si les policiers, qui stationnaient devant la grille, avaient été avertis du possible passage d'un scooter qu'il fallait arrêter, les choses auraient pu se passer différemment. Il était trop tard pour avoir des regrets.

— Qu'est-ce qu'il est venu faire ici ? s'exclama Ermeline. Surtout après ce qui s'est produit cette nuit ! Contempler l'effet de son œuvre ? Vérifier que le sac poubelle et son contenu ont bien été découverts ?

Ils revenaient à pas lents dans le jardin, tête basse. D'une voix hésitante, sans s'adresser vraiment à Ermeline, Grimm lança une hypothèse :

— Peut-être que, justement, il ignore ce qui s'est passé cette nuit ?

— Tu crois ?

— Je n'en sais rien, Ermeline. Mais j'ai de plus en plus l'impression que nous avons affaire à une histoire très complexe et que cela, hélas, nous ne l'avons pas compris au début.

Ils rejoignirent Babut et le procureur Lestanger, qui n'avaient pas bougé d'une semelle, mais avaient cependant suivi, de loin mais non sans fébrilité, la tentative malheureuse d'intercepter le deux-roues.

— C'était le fameux scooter dont vous m'aviez parlé ? interrogea Babut.

— Oui.

— J'ai mis monsieur le procureur au courant de tous les détails depuis la première visite de M. Kerdegat dans nos locaux. Je dois avouer que ça prend une sale tournure… Vous en pensez quoi, Grimm ?

— Rien.

C'était une réponse catégorique, et si inhabituelle de la part d'un enquêteur en présence du procureur, que celui-ci s'en étonna :

— Tout de même, commandant, il faudra bien en penser quelque chose et, si possible, assez vite. J'en informais à l'instant le commissaire Babut, je vais procéder à l'ouverture officielle d'une enquête préliminaire qui restera sous mon autorité.

Cette décision surprit Grimm. En effet, ouvrir une information judiciaire et confier l'instruction à un juge était une option qui lui paraissait plus en relation avec l'horreur du meurtre. Face au silence de son interlocuteur, le procureur crut bon de se justifier :

— Il faut d'abord considérer que l'identité de la victime est pour l'instant inconnue. De ce fait, à ce stade de l'enquête, on ne peut pas encore affirmer que ce crime affreux a un lien quelconque avec M. Kerdegat. N'importe qui peut venir déposer un cadavre dans votre jardin sans vous en avertir au préalable, n'est-ce pas ? La première chose à faire est donc de savoir s'il y a une relation, même lointaine, entre cet assassinat et M. Kerdegat. Si ce n'était pas le cas, ce que j'espère, nous pourrions ainsi scinder l'affaire en deux : confier l'assassinat proprement dit à un juge d'instruction et conserver par-devers nous une autorité plus discrète sur le harcèlement dont est victime actuellement M. Kerdegat. Eu égard à sa personnalité et à sa notoriété, je pense que c'est mieux ainsi.

Comme Grimm restait muet malgré ces explications, il chercha l'approbation de Babut :

— N'est-ce pas, commissaire ?

— Certainement.

— Il faut donc, commandant Grimm, que vous puissiez répondre à cette question et, pour cela, vous devez identifier la victime et interroger M. Kerdegat et son entourage.

— C'était mon intention.

— À la bonne heure. Nous sommes donc en phase et je tiens à ce que vous me teniez au courant quasiment en temps réel du résultat de vos investigations.

— Vous pouvez compter sur moi, monsieur le procureur.

Lestanger se tourna vers le commissaire Babut.

— Je vais prendre congé de M. Kerdegat et de son épouse. Vous m'accompagnez ?

— Volontiers.

Grimm et Ermeline les regardèrent gravir ensemble les marches du perron autour duquel les rubalises avaient été retirées. La police scientifique avait quitté les lieux. Il ne restait plus qu'un fourgon de police devant l'entrée de la propriété.

* * *

— Bon, je vais fumer une petite clope sur le trottoir en attendant qu'ils aient terminé leurs salamalecs.

Et, souriant à pleines dents, Grimm ajouta en imitant la voix du procureur :

— Vous m'accompagnez ?

— Volontiers ! répondit Ermeline, entrant dans son jeu.

Dans la rue, Grimm fit d'abord les cent pas en portant plusieurs fois la cigarette à la bouche et en inspirant profondément avant de lâcher :

— Ça m'a pompé tout ça.

— C'est pour ça que tu fumes !

— Très drôle, petite persifleuse.

Ermeline n'avait jamais vu son chef surfer sur ce registre léger. Elle s'en réjouissait et s'enhardit. Se souvenant de l'histoire du kilo de viande au restaurant et de sa tirade du jour à propos du chocolat, elle osa :

— Tu as la fibre très écolo, non ?

Grimm lui lança un regard indéfinissable, puis recommença à fixer le trottoir opposé.

— Pour moi, il est évident que Kerdegat a quelque chose à voir avec le meurtre. D'abord, venir déposer ce sac poubelle sur son perron, faire en sorte qu'on en découvre l'horrible contenu, et puis, bien sûr, ce mot, qui paraît lui être adressé. Sinon, à qui d'autre ?

— C'est aussi mon avis. Alors, pourquoi le procureur en doute-t-il ?

— Je crois qu'il n'en doute pas. Il l'espère, c'est tout, et de manière assez irrationnelle. Kerdegat est un homme connu sur la place publique de la ville. Qu'il soit mêlé de près ou de loin à une affaire de meurtre troublerait ce petit microcosme bourgeois. Ceci dit, c'est à nous de prouver la relation, et surtout de la comprendre.

Puis, tout à coup, Grimm posa cette question surprenante :

— Ça perturbe ta vie privée quand ce métier t'oblige à tout abandonner un samedi matin ?

Ermeline en sursauta presque. C'était la première fois que son supérieur abordait un sujet de cet ordre, éloigné des préoccupations purement professionnelles.

— Oui. Avec mon copain… Il l'accepte rarement sans râler.

— Avec ton copain…, répéta Grimm, pensif.

Du talon, il écrasa sa cigarette sur le macadam, la ramassa aussitôt, avisa une poubelle rangée contre la grille, entrouvrit le couvercle et balança le mégot à l'intérieur.

Derrière eux s'éleva la voix du procureur, qui franchissait la grille, flanqué du commissaire Babut :

— Commandant Grimm, M. Kerdegat est un peu fatigué. Son épouse aussi. C'est très éprouvant pour eux, vous comprenez ?

Grimm attendait patiemment la suite.

— Ce serait mieux d'attendre un peu avant de les interroger. Lundi matin, par exemple. Je lui ai dit que je vous en parlerai.

— Lundi ? C'est loin… On est samedi.

— Je sais, mais cela ne changera pas grand-chose. De toute façon, les analyses du sac et l'autopsie du corps ne seront effectuées ni aujourd'hui ni demain. Par conséquent, nous n'aurons rien de nouveau avant lundi. Il faudrait seulement laisser quelques policiers qui surveilleront discrètement la maison pendant le week-end. Je ne crois pas qu'il y ait à craindre un danger quelconque pour M. Kerdegat et son épouse, mais on n'est jamais trop prudent. Vous avez deux hommes en civil qui pourraient faire l'affaire ?

— Oui.

— Très bien ! Eh bien, voilà ! Donc, vous l'interrogerez lundi, n'est-ce pas ?

Grimm parut se résigner.

— Oui.

— Au revoir, commandant. Et n'oubliez pas de me tenir au courant de tout nouveau développement de l'affaire.

Le procureur et le commissaire Babut s'éloignèrent à pied pour rejoindre leurs voitures qu'ils avaient garées pratiquement au même endroit un peu plus loin dans la rue.

Grimm ne bougeait pas. Il les regardait partir, puis monter dans leur véhicule respectif, mettre le moteur en marche, déboîter et prendre la direction du centre-ville.

— Bon, je te redépose chez toi ? proposa Ermeline.

Grimm éclata alors d'une colère froide.

— Qu'est-ce que c'est que ce cirque ! On se fout de nous ! On retrouve une jeune femme, coupée en petits morceaux dans un sac poubelle, et il faudrait attendre deux jours pour interroger les témoins potentiels !? Je n'ai jamais vu ça ! Je veux bien être quelqu'un d'aimable, respectueux de la hiérarchie, mais il ne faudrait quand même pas pousser le bouchon trop loin !

— On n'a pas le choix.

— Tu crois ça ? Allons-y ! Monsieur Kerdegat, à nous deux !

Et d'un pas décidé, suivi par une Ermeline impressionnée par ce coup d'éclat mais inquiète des conséquences, il remonta l'allée de gravier.

* * *

Grimm sonna. Peu de temps après, l'employée de maison ouvrit la porte. Elle avait les traits tirés, un visage dévasté, le teint livide. On devinait qu'elle avait pleuré.

— Nous voudrions parler à M. Kerdegat, s'il vous plaît.

— Ah, monsieur, je vous reconnais, mais ce ne sera pas possible. Il s'est passé une chose horrible ce matin. M. Kerdegat ne recevra personne.

Grimm exhiba sa carte de la police judiciaire et la leva près de son visage.

— Nous sommes au courant et nous sommes là pour ça, madame. Je dois interroger M. Kerdegat aujourd'hui, et vous aussi.

— Moi aussi ?

À cette perspective, elle se décomposa et ânonna d'une voix faible :

— Je n'ai rien fait, monsieur…

— Je n'en doute pas une seconde, mais il faut que je sache tout ce que vous avez vu ce matin, exactement, dans les moindres détails.

— J'ai déjà tout raconté à vos collègues ce matin.

— Certes, mais c'est nous qui sommes en charge de l'enquête.

L'employée de maison restait là, passive et désorientée, plantée sur le seuil de la maison, une main accrochée à la poignée de la porte comme à une canne.

— Pourriez-vous vous écarter, madame, nous aimerions entrer.

— Excusez-moi…

Dans le hall, elle ne prenait aucune initiative, si bien que Grimm pensa que le mieux serait de l'interroger d'abord, avant de s'occuper de Kerdegat. Il l'invita à s'asseoir sur l'une des deux chaises qui se faisaient face dans le hall.

— Vous êtes très fatiguée, madame, et je crois que vous seriez mieux assise pour répondre à nos questions.

— Merci, monsieur.

Ermeline avait sorti son carnet et son stylo. Discrètement, avec son portable, elle avait aussi pris une photo de l'employée de maison.

Grimm commença l'interrogatoire. Il y mettait les formes, sans élever la voix, avec des intonations douces et compréhensives.

— C'est vous qui avez découvert le sac, n'est-ce pas ?

— Oui, monsieur, c'était affreux.

— Je n'en doute pas. Quelle heure était-il ?

— 8 heures. J'arrive toujours à mon travail à 8 heures.

— Vous n'avez vu personne dans le jardin.

— Non, monsieur.

— Et la veille vous étiez partie à quelle heure ?

— 18 heures, comme tous les soirs.

— Votre jour de repos, c'est le dimanche, n'est-ce pas ?

— Oui.

— Quand vous avez quitté la maison hier soir, M. Kerdegat était-il présent ?

— Non, monsieur, il était sorti.

— Avec son épouse ?

— Non, seul. Son épouse est restée à la maison.

Évoquer des choses si simples semblait apaiser l'employée de maison. Mais Grimm savait qu'il allait de nouveau la perturber.

— Le sac était au milieu du perron, c'est ça ?

— Non, il était posé contre la porte.

— Ah bon ? Obstruant le passage ?

— Oui…

— Comment avez-vous fait pour entrer ?

— J'ai dû l'enjamber, monsieur.

À l'évocation de cet horrible souvenir, elle éclata soudain en sanglots. Ermeline lui tendit un mouchoir en papier.

— Merci.

— Et après, qu'avez-vous fait ?

— Je suis montée dans la chambre de madame. Et j'ai frappé pour la réveiller.

— La chambre de madame ? M. et Mme Kerdegat font chambre à part ?

— Oui, monsieur.

— Et qu'est-ce qu'elle a fait ?

— Elle ne voulait pas me croire et elle est descendue voir. Je l'ai suivie et quand elle a aperçu le sac, elle a failli s'évanouir.

— Et ensuite, qu'a-t-elle fait ?

— Elle est partie à toute vitesse pour réveiller son mari. Il est venu à son tour, en robe de chambre, et dès qu'il a vu le sac, il a crié « Ne touchez à rien ! ». Et il appelé la police. Puis, il est remonté s'habiller, sa femme aussi. Et j'ai attendu seule dans le hall...

La domestique se remit à pleurer, se tamponnant les yeux avec le mouchoir.

Grimm, qui, le temps de l'interrogatoire, était resté penché au-dessus de l'employée de maison assise sur la chaise, se redressa.

— Bien, je vous remercie, madame.

Soudain une voix furieuse retentit derrière eux. C'était Kerdegat qui venait de descendre l'escalier et se tenait au niveau de la dernière marche, raide comme un piquet.

— Qu'est-ce que vous faites là ?

— Mon métier, monsieur Kerdegat.

— J'ai demandé à monsieur le procureur que ce pénible interrogatoire n'ait lieu que lundi. Il m'a promis que ce serait le cas. Ma femme et moi-même avons besoin de repos.

— Désolé, il ne m'a rien dit. Mais, de toute façon, ce ne sera pas possible. L'affaire est trop grave pour qu'on perde du temps et attende jusqu'à lundi. Nous, fonctionnaires, quand il y a un meurtre, nous travaillons le week-end.

L'assurance de Grimm, qui faisait fi de sa volonté, déstabilisa Kerdegat. Il avait pris aussi en pleine face son allusion. N'avait-il pas, la veille, accusé le commandant d'être un fonctionnaire qui dormait dans son bureau ?

Il se renfrogna et Grimm poussa son avantage :

— Par ailleurs, je n'ai besoin que d'un quart d'heure. Pas plus. Juste quelques questions à vous poser. Vous verrez, ce sera très vite fait. Dans vingt minutes, vous pourrez vous délasser de nouveau.

À contrecœur, Kerdegat fit signe à Grimm et à Ermeline de le suivre. Contrairement aux deux entrevues précédentes, il les fit pénétrer dans un vaste salon situé au rez-de-chaussée, leur indiqua deux sièges et se laissa tomber lui-même dans un fauteuil, les jambes écartées, le buste penché en avant, les coudes sur les genoux. Par cette position, il montrait que l'entretien serait de courte durée.

— Je vous écoute. Que voulez-vous savoir que nous n'ayons pas déjà dit aux policiers qui sont arrivés sur place les premiers ?

Sans doute, par cette phrase, Kerdegat voulait-il signaler à Grimm qu'il n'avait pas été le plus rapide pour se déplacer ce matin, histoire de commencer l'interrogatoire par un procès en incompétence. Grimm n'en tint pas compte et, par sa première question, tout à fait inattendue, le prit à revers :

— Êtes-vous sorti hier soir ?

Kerdegat démarra au quart de tour. Il était d'autant plus surpris par la question que, la veille, il avait clos l'entretien avec Grimm au prétexte qu'il devait sortir.

— Quel rapport avec ce que nous avons découvert ce matin sur notre perron ?

— Si vous ne répondez pas simplement à mes questions, cela risque de durer plus d'un quart d'heure.

— Oui, je suis sorti ! Vous le savez bien, puisque je vous l'ai moi-même annoncé hier !

— Certes. Mais entre une intention affichée et ce qu'on fait vraiment ensuite, il y a parfois une différence.

— Pas pour moi. Je fais ce que je dis.

— Tant mieux.

Et Grimm ajouta, non sans une certaine perfidie :

— De toute façon, votre employée de maison a confirmé votre absence d'hier soir.

— Ah… Parce que vous avez interrogé Clémentine à ce sujet ?

— Oui, nous venions de terminer ce premier interrogatoire quand vous êtes descendu de l'étage.

Kerdegat pinça les lèvres. En plus, on contrôlait ses réponses pour s'assurer qu'il ne mentait pas ! Il lança un regard noir à Grimm, mais resta silencieux.

— Pourriez-vous nous dire où vous êtes allé hier soir et ce que vous avez fait ?

— Pourquoi ? Il n'y a aucune raison que je réponde à cette question. Je fais ce que je veux ! Je vais où je veux et quand je veux. C'est la liberté de tous les citoyens de ce pays !

— Je vous conseille de répondre, dit Grimm sur un ton glacial.

— Attention, monsieur Grimm, à ne pas aller trop loin. Cela ressemble à une menace.

— Pas du tout. *Je vous conseille*, de *conseiller*, verbe du premier groupe.

— Décidément, vous êtes très insolent…

— Écoutez-moi, monsieur Kerdegat. C'est une enquête au sujet d'un meurtre et nous sommes en charge de cette enquête. Vous devez répondre à toutes les questions qui vous sont posées, au risque autrement d'être accusé *d'entrave à l'exercice de la justice dans la recherche de la vérité.* On peut être condamné pour cela. Le savez-vous ?

— Épargnez-moi ces discours de feuilleton télé !

— Je vous repose la question : où êtes-vous allé hier soir ?

Après un soupir qui en disait long sur ce qu'il pensait, Kerdegat répondit en baissant les yeux :

— Au siège social de mon entreprise. Très souvent, le soir, je retourne y travailler un petit moment. Ce n'est pas très loin en voiture et j'aime bien me retrouver à mon bureau, sans employés pour me casser la tête, afin de réfléchir aux questions stratégiques qui ne cessent de se poser à ma société. Nous sommes dans un monde qui bouge, qui change. Il faut s'adapter, et ceci exige beaucoup de réactivité. Il faut pour cela des règles managériales évolutives et une gouvernance adaptée. C'est un rôle particulièrement difficile et sensible à notre époque que d'être patron. Vous avez de très lourdes responsabilités, qui font de vous le garant de l'emploi de vos salariés, si bien qu'on ne peut se permettre de prendre les choses à la légère et qu'une attention soutenue, journalière, même le dimanche, s'impose à tous les chefs d'entreprise dignes de ce nom. Par ailleurs…

Kerdegat était lancé et paraissait inarrêtable. Grimm le regardait dévider sa pelote. « Belle entreprise de diversion », pensait-il en souriant.

Kerdegat mentait. C'était évident. En soi, c'était une donnée intéressante. Il avait réellement des choses à cacher. Le plus dur restait de savoir quoi et cet interrogatoire n'y parviendrait pas, puisqu'il avait fait le choix de la dissimulation.

Lassé de cette litanie qui n'en finissait pas, Grimm l'interrompit :

— À quelle heure êtes-vous rentré ?

— Je ne sais pas… 9 heures, 9 h 30… peut-être plus. Dans ces eaux-là en tout cas, pas vraiment tard.

— Donc, à cette heure-là, il n'y avait encore rien sur le perron.

— Non, absolument rien.

— Et aucun signe suspect.

— Aucun.

Du coin de l'œil, Grimm vit Ermeline manipuler un peu bizarrement son téléphone. Il y prêta peu attention, désirant garder sa concentration, tandis que M. Kerdegat, trop tendu et fixant Grimm d'un regard irrité, ne s'en aperçut pas.

— Que pensez-vous du message qui se trouvait dans le sac ?

— Quoi ? Quel message ? De quoi parlez-vous ?

La surprise n'était pas feinte, au point que Kergedat pensa que Grimm lui tendait un piège. Il poursuivit sur un ton indigné :

— Qu'est-ce que c'est que ces méthodes ? Un truc de flic ? Vous faites un coup de bluff pour me faire dire n'importe quoi ? Je n'ai rien vu puisque je n'ai pas touché au sac poubelle ! C'était assez dégueulasse comme ça, ce pied sanguinolent qui en ressortait, pour qu'on n'ait pas envie de regarder à l'intérieur !

— C'est juste. D'ailleurs, votre employée de maison a confirmé ce point.

— Encore heureux !

Grimm sortit de sa poche le sac plastique contenant le bristol.

— Dans le sac poubelle, outre le reste du corps comme vous l'a dit le procureur, il y avait ceci. Je ne peux pas vous laisser le manipuler, car c'est une pièce appartenant à la justice, mais, par transparence, on peut parfaitement lire le message.

Kerdegat saisit le sachet et lut le message. Sa réaction et son émotion alertèrent Grimm qui le fixait avec attention. Kerdegat avait fortement pâli et ses lèvres, un court instant, avaient été parcourues d'un tremblement.

Il bredouilla d'abord une phrase quasi inaudible, puis, très faiblement :

— Mon Dieu, c'est abject… C'est horrible…

— Dites-moi exactement ce qui est abject ?

— Comment… Quoi ?

Kerdegat levait vers Grimm des yeux perdus. Il perdait pied. Grimm voulut porter l'estocade :

— Vous savez ce que signifie ce message et à qui il s'adresse, n'est-ce pas ?

Grimm avait l'impression d'avoir jeté une pièce de monnaie. Elle tournait dans les airs. Et ces longues secondes furent un moment d'incertitude pendant lequel il espérait qu'elle retombe du bon côté. Il n'en fut rien, hélas. Kerdegat se reprit peu à peu et finit par dire sur un ton encore peu assuré :

— Non, pas du tout. Je n'en ai aucune idée.

— Aucune idée, vraiment ?

La voix de Kerdegat se faisait plus ferme.

— Non, aucune.

— Alors, pourquoi cette émotion ?

Non seulement Kerdegat retrouvait de l'assurance, mais aussi de la combativité.

— N'importe qui serait bouleversé par un tel message ! Ce message ne parle pas d'un objet, mais d'une femme coupée en morceaux, non ?

— Comment savez-vous qu'il s'agit d'une femme ?

Les traits soudain figés, Kerdegat parut interloqué, si bien que Grimm crut qu'il allait remporter la partie. Ce fut au contraire une défaite en rase campagne, brutale, humiliante et définitive.

Kerdegat haussa les épaules.

— *Tu LA veux ! J'te LA donne !* Il s'agit bien d'une femme, vous ne croyez pas ? À moins que vos compétences en grammaire s'arrêtent à la connaissance des verbes du premier groupe…

Grimm tendit la main pour récupérer la pièce à conviction. Sans un mot, il la remit dans sa poche. Il se leva.

— Je voudrais poser quelques questions à votre épouse.

D'un bond, Kerdegat se leva à son tour.

— Ah non, cela suffit maintenant ! Vous n'allez pas harceler mon épouse qui est très bouleversée par cette affaire !

Profondément contrarié par la fin de cet entretien, Grimm restait droit comme un « i », les bras le long du corps, le regard fixe, inflexible.

— Je suis désolé mais il le faut. C'est absolument indispensable.

— Monsieur Grimm, il faut que vous compreniez…

— Comprendre justement. Je mène une enquête et j'ai tout à comprendre. Vous souhaitez qu'on découvre le coupable de cet horrible meurtre, oui ou non ?

— Oui…

— Dans ce cas, vous n'avez aucune raison de nous empêcher de faire notre travail. Monsieur Kerdegat, s'il vous plaît, allez chercher votre épouse.

⋆ ⋆ ⋆

Quand Kerdegat revint dans le salon, son épouse le suivait les yeux baissés. Grimm prit aussitôt les devants :

— Pardonnez-moi, monsieur Kerdegat, mais je désire interroger votre épouse seule.

— Il vaut mieux que je sois présent, ma femme est très éprouvée. Je suis certain qu'elle souhaiterait aussi…

— Ce n'est pas ce que l'un ou l'autre souhaite qui importe, mais ce qui doit se faire selon la procédure. Madame Kerdegat, vous êtes témoin dans cette affaire, et nous devons donc vous interroger sans la présence d'un tiers, fût-il votre époux. Merci de vous retirer, monsieur Kerdegat.

Kerdegat n'appréciait guère d'avoir à se plier aux injonctions de Grimm, mais ce dernier invoquait systématiquement la loi, qui lui servait à la fois de lance et de bouclier, et il ne voulait pas apparaître comme celui qui entravait l'enquête. Il quitta la pièce, le visage fermé, sans insister davantage.

Ermeline, qui s'était levée brièvement à l'apparition de Mme Kerdegat, s'était rassise aussitôt et continuait à manipuler son portable. Grimm trouva cette attitude étrange, voire désinvolte, mais se concentra sur l'interrogatoire à mener.

Comme lors de leur première rencontre, Mme Kerdegat était habillée d'une manière très classique, très propre sur elle, avec le même collier autour du cou, mais elle ne portait pas son bracelet en or. Elle s'assit avec une évidente retenue et, de fait – on ne pouvait donner tort à Kerdegat –, elle avait l'air épuisé.

— Excusez-moi, madame, de vous interroger dans ces circonstances pénibles, mais je vous assure que cela ne prendra que quelques minutes.

— Je vous en prie, dit-elle d'une voix lasse.

— Hier soir, votre mari est sorti. Puis-je vous demander si vous savez où il est allé ?

Mme Kerdegat releva la tête. À l'évidence, elle ne s'attendait pas à une telle question. Elle répondit sobrement :

— Non.

— Sort-il souvent le soir sans vous prévenir ?

— Je n'ai pas dit qu'il ne m'avait pas prévenue, mais qu'il ne m'a pas précisé où il allait.

— C'est fréquent de sa part ?

Au-delà de la fatigue liée aux émotions de la matinée, Grimm devinait dans le regard de Mme Kerdegat une tristesse indéfinissable.

— Vous savez, nous sommes mariés depuis très longtemps. Nous n'avons plus, ni l'un ni l'autre, à connaître l'emploi du temps journalier de notre conjoint dans les détails. Je ne suis pas sa mère et il n'est pas mon père. Hier, il m'a informée qu'il ne dînerait pas là, c'est tout.

Grimm sentit qu'il marchait sur des œufs. L'approche se révélait délicate.

— Mais, quand même, vous devez bien avoir une idée de ce qu'il fait quand il s'absente ainsi, non ?

Elle changea de ton, consciente peut-être qu'on pouvait surinterpréter ses propos précédents :

— Bien sûr. C'est très variable. Il a souvent des dîners d'affaires, des cérémonies diverses et ennuyeuses où je n'ai pas envie d'aller, ou encore il va travailler à son bureau.

— Bien. Et à quelle heure est-il rentré ?

— Je ne sais pas exactement. Minuit peut-être ?

— Vous ne l'avez pas entendu rentrer ?

— Non, je vous avoue que non.

Grimm biaisa pour l'amener à dire ce qu'il avait appris par l'employée de maison :

— Vous avez le sommeil profond, à moins que vous ne dormiez pas dans la même chambre ?

— Si, si, bien sûr, dans la même chambre ! affirma-t-elle, se cabrant soudain.

Elle mentait aussi, mais pas pour les mêmes raisons que son mari. À l'évocation de la pauvre réalité, les conventions sociales s'étaient sûrement imposées à elle avec force et avaient primé toute autre considération.

Grimm se tourna vers Ermeline.

— As-tu aussi une question à poser ?

— Non.

Il se leva.

— Je vous remercie, madame, pour votre compréhension.

Deux minutes plus tard, après des adieux expéditifs à Kerdegat, ils se retrouvaient sur le trottoir. Grimm jeta un regard bref à Ermeline.

— Qu'est-ce que tu foutais avec ton portable, bon sang ? Tu n'as pas arrêté de le tripoter pendant les interrogatoires ?

— Je les ai filmés.

Grimm éclata de rire.

— Ah bon ? Tu es culottée, toi ! C'est formellement interdit de filmer des témoins sans autorisation !

— C'est peut-être interdit mais ça peut se révéler utile. On peut disséquer leurs réactions, leurs émotions, leurs hésitations à répondre, les lapsus qui nous auraient échappé. Enfin, plein de choses parfois très instructives !

— Tu as sûrement raison.

En montant dans la voiture à la place du passager, Grimm se cala profondément dans le siège et tira sa ceinture pour l'attacher.

— Ce qui apparaît clairement, c'est que Kerdegat sort certains soirs, qu'il ne veut pas nous dire où il va, ni ce qu'il fait, et que sa femme l'ignore.

— Et aussi qu'il comprend la signification du message glissé dans le sac poubelle.

— Très juste ! C'est même le plus important. J'ai senti de l'effroi chez lui quand il l'a lu, une réaction d'épouvante même.

— Moi aussi.

Et Grimm, avec un clin d'œil, complice :

— On devrait bien le voir sur ton film.

Aussitôt, Ermeline sortit son portable et sélectionna ce passage qu'ils scrutèrent avec attention. Ermeline se lança dans une analyse psychologique de la réaction :

— Quand il lit le carton, son visage exprime à la fois de la surprise, de l'horreur et de l'incompréhension.

— Oui, je dirais un mélange de tout cela. Tu peux monter le son et nous repasser ça.

Ermeline s'exécuta. L'attention de Grimm était telle qu'il était aussi immobile qu'une statue.

— Stop ! cria Grimm. Qu'est-ce qu'il dit au tout début, juste après avoir lu le message ?

— Il dit : « Mon Dieu, c'est abject… C'est horrible ».

— Non, avant ! Avant cette phrase ! Il bredouille quelque chose. Mais quoi ?

— On comprend pas très bien ce qu'il dit à ce moment-là.

— Parce qu'on n'écoute pas ! s'exclama Grimm au comble de l'excitation. Remets-nous ça et pousse le son à fond !

Ermeline manipula de nouveau son portable.

— Bon, OK, à fond, ça va cracher ! Hop, c'est parti !

Ils virent encore une fois Kerdegat saisir le sac plastique et incliner la tête pour lire par transparence le mot écrit sur le carton.

La stupeur décomposait son visage. Il était proche d'un état de sidération. Non seulement ses lèvres tremblaient légèrement, mais ses mains aussi, ce qui fait qu'elles se crispaient sur le sachet. Enfin, ils entendirent ces mots que, sous l'effet de la surprise, Kerdegat semblait prononcer malgré lui :

« Elle a fait ça… »

Grimm exultait. Il hurla à l'oreille d'Ermeline :

— T'as entendu ?

— Oui ! Il a dit : « Elle a fait ça… »

— Exactement ! « Elle a fait ça. » C'est dingue ! Super, ton idée, Ermeline ! Chapeau ! Envoie-moi cet interrogatoire et garde-le précieusement.

Ermeline était fière et heureuse de son coup. Elle souriait en remettant son portable dans la poche. Grimm tapait du plat de la main sur le tableau de bord.

— Il y a une femme derrière tout cela !

— Qui ? Mme Kerdegat ?

— Mme Kerdegat… répéta Grimm songeur.

Ermeline mettait le moteur en route.

— On va à la PJ ?

Hésita-t-il ? Il y avait d'un côté le plaisir de rester avec Ermeline, de visionner avec elle les trois interrogatoires pour chercher à en découvrir plus et, de l'autre, l'inquiétude de se retrouver seul chez lui pour le reste du week-end.

Mais Grimm n'était pas du genre à profiter de sa position hiérarchique. Il tourna vers Ermeline un visage un peu triste et déclara sur un ton presque paternel :

— Non. Dépose-moi chez moi et va rejoindre ton mec. Il doit t'attendre.

14

Alors qu'Ermeline traversait le centre-ville, Grimm s'écria soudain :

— Arrête-moi là ! Je vais marcher un peu.

Elle freina et se gara à l'emporte-pièce sur une place interdite. Grimm descendit aussitôt. Une fois sur le macadam, il se pencha pour jeter un rapide coup d'œil à Ermeline et, tout en claquant la porte, il lui lança :

— À lundi !

Elle n'eut même pas le temps de répondre qu'il s'éloignait à grands pas. Désorientée et perplexe, elle regarda dans son rétroviseur extérieur et, la voie étant libre, elle redémarra, ne sachant comment interpréter le comportement de Grimm qu'elle jugeait aussi erratique qu'énigmatique.

Parfois, il était très présent, comme un ami, bienveillant, prévenant même. Ainsi l'avait-il été face au cadavre découpé en morceaux quand il lui avait saisi le poignet pour la réconforter. Il n'était pas avare non plus d'encouragements et de compliments, la félicitant chaudement par exemple pour son initiative d'avoir filmé incognito l'interrogatoire des Kerdegat.

Mais ces moments n'imprimaient aucune marque sur l'instant suivant et il pouvait se fermer et disparaître sans explication, quasiment sans un mot, sauf un bref et impersonnel « À lundi ! », comme s'il désirait se débarrasser d'elle. Et pourtant, malgré ses étranges sautes d'humeur, elle ne pouvait s'empêcher de le trouver attachant.

Alors qu'il marchait sur le trottoir, Grimm avait vu la Polo blanche le dépasser et disparaître au loin. Il avait alors obliqué dans une petite rue latérale et était entré dans le premier kebab venu.

Il avait commandé un kebbie, unique spécialité végétarienne de l'endroit. Pendant qu'il patientait, l'odeur de la viande lui avait fait envie, mais il s'était interdit cet ancien plaisir. Il était ensuite reparti aussitôt vers son domicile, à pied, mordant dans le pain rond pita à pleines dents, maculant ses lèvres et ses joues de sauce blanche. On aurait pu le suivre à la trace, tant il faisait tomber par terre des morceaux de carottes râpées, de concombre, d'aubergine et de feuilles de basilic.

Une fois chez lui, il se mit à tourner en rond comme un lion en cage. Il tentait d'assembler tous les éléments nouveaux de cette folle matinée, mais il manquait encore trop de pièces pour reconstituer le puzzle.

Tout à l'inverse, la seule conclusion à laquelle il parvenait était que cette affaire s'avérait soudainement horriblement compliquée, au point de devenir incompréhensible. Il n'avait plus de point d'appui pour amorcer la réflexion, car il ne réussissait pas à relier les lettres ou les coups de fil anonymes à la filature exercée par le scooter, ni au meurtre épouvantable ou au message déposé dans le sac poubelle.

Il ne voyait dans tout cela qu'un seul point positif. Son esprit était occupé par autre chose que ses habituelles pensées morbides. Celles-ci restaient en arrière-plan, prêtes à ressurgir, mais elles étaient temporairement supplantées par sa volonté exacerbée de résoudre l'énigme.

Babut avait finalement raison. Ce qu'il lui fallait était une « affaire juteuse » qui lui permette de remplir son cerveau d'une autre matière intellectuelle, qui l'exciterait plutôt que de le déprimer. Pour une affaire juteuse, c'était juteux ! Au-delà même de toute espérance.

L'après-midi passa ainsi, Grimm allant d'une pièce à une autre, allumant cigarette sur cigarette, creusant des pistes ou des hypothèses improbables, reprenant toute l'affaire à son début pour traquer le fait oublié qui apporterait la lumière.

À 18 heures, alors que le kebab était depuis longtemps digéré, il ressentit les premiers symptômes de la faim. Il ouvrit le réfrigérateur. Vide, ou presque ! Et, entre autres, plus que deux bières. Déçu, il claqua la porte si violemment que l'appareil en fut ébranlé sur sa base. Il saisit son blouson et descendit pour effectuer quelques courses à la supérette la plus proche.

De retour, il décapsula d'abord une bière pour se désaltérer, en but une longue gorgée et la reposa sur la table. Il avait acheté des nouilles et du fromage râpé. Ce serait suffisant.

Il allait empoigner une casserole quand on sonna à sa porte. Il fut comme tétanisé. Jamais depuis sa récente installation, personne n'était venu lui rendre visite, et cette éventualité était d'autant plus inattendue qu'il n'avait communiqué son adresse à personne.

Sans aucune raison, il pensa à des mormons ou à des témoins de Jéhovah venus porter la bonne parole au mécréant qu'il était.

— Allez vous faire foutre ! marmonna-t-il.

Un second coup de sonnette se fit entendre, plus appuyé, lui sembla-t-il. Ils insistaient, ces mormons... Aucun respect de la vie privée, ni des croyances de leurs prochains.

— Au troisième coup de sonnette, je me fâche, jura-t-il.

Il y eut un troisième coup de sonnette.

— C'est pas vrai, nom de Dieu ! Je m'en vais te les soigner !

Il lâcha dans l'évier la casserole à moitié remplie d'eau et, furieux, se précipita vers la porte. Il l'ouvrit en grand avec une violence inquiétante et resta totalement interdit.

Amandine.

En raison de la brutalité de son geste, elle eut peur que Grimm ne l'empoigne et ne la jette dans l'escalier.

Mais Grimm ne bougeait pas. Il avait été si surpris qu'il en avait perdu tous ses moyens. Au bout de quelques interminables secondes, il demanda d'une voix éteinte :

— Qu'est-ce que tu fais là ?

— Je suis venue te voir.

— De Montpellier ?

— Oui, bien sûr, j'habite toujours à Montpellier.

— Ah…

Il y eut alors un long face-à-face silencieux et incertain. Grimm constata que le ventre d'Amandine s'était alourdi. Elle devait en être à six ou sept mois de grossesse. Son visage s'était un peu arrondi, mais pas trop, et elle était aussi jolie qu'auparavant. Ses longs cheveux châtains tombaient dans son dos et son regard exprimait toujours la même petite volonté farouche, qu'on ne devinait pas de prime abord, mais à laquelle on se heurtait dès lors qu'on se risquait à l'affronter.

Revenue de sa crainte initiale et constatant que Grimm ne manifestait pas d'agressivité, elle demanda d'une voix ferme :

— Laisse-moi entrer, Hubert, s'il te plaît.

Grimm s'effaça lentement pour la laisser pénétrer dans l'appartement et il referma derrière elle. Elle s'avança timidement jusqu'au seuil du salon.

— Donc, c'est chez toi ici.

— Oui.

Amandine fit quelques pas et, au milieu de la pièce, jeta un coup d'œil circonspect à la cuisine.

— Ouh là là… Dis donc, c'est bien en désordre tout ça.

— Tu es venue pour faire le ménage ?

Fouettée par la remarque, elle se retourna et fit face à Grimm.

— Non, je n'ai pas fait huit cents kilomètres pour faire la femme de ménage.

— Alors, pourquoi tu es venue ?

Amandine ne répondit pas. Elle retira son manteau et le posa sur le divan. Puis, elle s'étira et se massa le dos.

— En voiture, ça fait long.

— En train aussi…

Grimm tournait en rond, contrarié par cette intrusion, et ne sachant que faire exactement. Il dit abruptement :

— Ton mari sait que tu es ici ?

— Non. Officiellement, je suis chez ma mère.

— À Toulouse ?

— Oui.

— Et elle est au courant, ta mère ?

— Oui.

— C'est du propre, à ton âge…

Agacée par cette réflexion, la voix d'Amandine monta un peu dans les aigus.

— On fait ce qu'on peut, Hubert ! Je voulais absolument te voir et te parler, et c'est le seul moyen que j'ai trouvé.

— Bon, bon, OK, on va pas se fâcher…

— J'espère *surtout* – Amandine appuya lourdement sur ce mot – qu'on ne va pas se fâcher.

Cette réflexion, qui sous-entendait que sa visite avait un but caché pouvant provoquer entre eux un affrontement, alerta Grimm. Il devint méfiant.

— Comment as-tu eu mon adresse ?

— Baaah, ça n'a pas été très difficile. Je suis allée à la poste centrale de Montpellier, pas très loin de ton ancien domicile, et j'ai demandé si le sieur Grimm, en quittant la ville, avait effectué un changement d'adresse pour faire suivre son courrier. Ensuite, j'ai raconté des salades pour qu'on me la donne. Une femme enceinte, qui revient d'un long voyage et qui cherche à revoir un vieil ami d'enfance... Le postier a cédé.

— Tu veux une place à la PJ de Rennes et tu veux que je te pistonne, c'est ça ?

Pour la première fois, Grimm la vit rire. Et c'était toujours le même rire éclatant et communicatif.

— Moi, flic ? Dieu m'en préserve !

Amandine crut qu'elle avait suffisamment détendu l'atmosphère pour tenter une proposition :

— Tu as mangé ?

— Non.

— Je t'offre le restau, si ça te fait plaisir de sortir.

— Non. J'ai acheté des nouilles et du fromage râpé.

— Charmant repas en perspective...

— Je n'attendais pas ta visite.

— Oui, je sais ! Mais si tu répondais au téléphone, je n'aurais pas décidé de faire un tel trajet en voiture pour aller sonner à une porte sans aucune garantie qu'elle s'ouvre ! Au moins, je suis contente que tu sois là ! Tu aurais pu être en congé, en mission, que sais-je ?

— Ou avec une autre femme ? Qu'est-ce que tu aurais fait si je m'étais déjà trouvé une copine et qu'elle habitait ici avec moi ? Hein ? Tu y as pensé à ça ?

— Oui, j'y ai songé, figure-toi !

— Et alors ?

— J'espérais qu'elle aurait été assez intelligente pour comprendre qu'on avait des choses à se dire en tête-à-tête, toi et moi !

Grimm haussa les épaules et finit de remplir la casserole avant de la mettre sur le feu. Puis, il saisit machinalement le paquet de cigarettes qui traînait sur la commode.

— Je suis enceinte, Hubert.

— Ah, c'est vrai.

— Ça n'a pas l'air de te préoccuper...

Il ouvrit la porte-fenêtre et posa un pied sur le balcon, l'autre restant dans le salon.

— Comme ça, ça va ?

Amandine, résignée :

— Ça va.

Et d'ajouter :

— Je peux prendre une douche ?

Il fuma en silence tandis qu'Amandine se trouvait dans la salle de bains. Puis, il jeta les pâtes dans l'eau bouillante et installa le couvert dans la cuisine. Quand Amandine réapparut, la casserole de nouilles fumantes se trouvait sur la table et le fromage que Grimm avait dispersé dessus fondait mollement.

— Quel raffinement ! s'exclama Amandine.

— Asseyez-vous très chère, c'est prêt. Je n'ai pas de vin rouge, que des bières…

— Hubert, je te rappelle que je suis enceinte.

— Excuse-moi.

Ils mangèrent d'abord en silence. Malgré les apparences, Grimm n'était pas mécontent de la revoir, même s'il prévoyait d'évidentes complications. Elle eut bientôt terminé son assiette.

— Tu en veux d'autres ?

— Non, ça suffira.

Grimm se resservit et quand il attaqua sa deuxième portion de pâtes, Amandine mit ses coudes sur la table.

— Tu comprends bien, Hubert, que je n'ai pas fait huit cents kilomètres en voiture pour manger un plat de nouilles.

— Je m'en doute.

— Après ce qui s'est passé et les deux coups de poing que tu as balancés dans la figure de mon mari, notre séparation était inévitable.

Grimm resta la fourchette en l'air.

— Faut pas réécrire l'histoire non plus ! C'est quand même lui qui m'a cogné le premier. Je n'ai fait que me défendre. D'ailleurs, il n'a pas porté plainte. Et pour cause ! Il y en avait des témoins de son agression quand il a surgi un matin à la PJ comme un fou, m'a empoigné et bousculé devant tous les collègues présents, me hurlant des injures dans les trous de nez avant de me frapper !

Grimm dut reprendre son souffle avant de poursuivre :

— Et puis, qu'est-ce que ça veut dire « notre séparation était inévitable » ? Elle l'était surtout parce que tu ne voulais pas quitter ton mari et que je ne voulais pas vivre en couple. Cela fait deux bonnes raisons pour que je me barre. Et ne me ressors pas cette fable que tu aimes deux hommes à la fois, je n'y crois pas !

— C'est pourtant vrai. Et puis aussi, j'aime mes deux enfants et je ne veux pas les séparer de leur père.

— Qu'est-ce que tu aurais souhaité : un ménage à trois ?

— Ne sois pas ridicule.

— Bon ! Alors, tout est parfait ! Ce ne sont que les aléas de la vie tordue que nous menons à notre époque, grogna Grimm en enfournant la fourchette dans sa bouche.

Amandine baissa les yeux.

— Tu oublies quelque chose qui fait que la situation n'est pas si simple.

— Non, non, j'oublie pas ! dit Grimm, la bouche pleine, en agitant la main devant son visage comme s'il chassait une mouche. Je n'oublie pas du tout ! Tu attends un enfant et tu ne sais pas de qui il est. Je le sais très bien ! C'est la troisième raison qui m'a fait déguerpir de Montpellier. Quand je pense que tu m'assurais que tout était sous contrôle parce que tu portais un stérilet !

— Oui, mais voilà, ce n'est pas efficace à cent pour cent et, même si c'est très rare, c'est tombé sur moi.

— Et sur moi aussi. C'est bien ma veine !

Grimm se leva et ouvrit un tiroir dans la cuisine, il revint avec un bout de baguette à moitié rassis qu'il posa sur la table.

— C'est pour saucer le fond de ton assiette.

Amandine ne toucha pas au pain dur. Elle fixait Grimm droit dans les yeux alors qu'il venait de se rasseoir en face d'elle.

— Tu n'as pas envie de savoir ?

Grimm se cabra aussitôt et haussa le ton.

— Ah non ! Pas du tout ! Je ne veux pas savoir !

— Pourquoi ?

— Parce que, s'il est de ton mari, OK, très bien, pas de problème. Vous continuerez votre petite vie de couple plan-plan avec vos deux enfants plus ce nouveau chiard. Mais si jamais il est de moi, c'est bien pire que de ne pas savoir !

— Pourquoi ?

— Comment pourquoi ? Tu te moques de moi ! Comment vivre en sachant que j'ai un môme ailleurs, un môme que je ne connais pas, que je ne vois pas, que je n'élève pas et qui ne saura pas que je suis son père ! Et tu me demandes pourquoi je ne veux pas savoir ? D'ailleurs, je voulais que tu avortes et tu as refusé.

— Il n'en était pas question.

— Bon ! Eh bien, assume ta décision !

Grimm ramassa les assiettes et les couverts et les déposa dans l'évier. Amandine restait assise sur sa chaise. Elle désigna le saladier qui se trouvait sur la table.

— Je peux manger l'unique petite pomme ridée qui se trouve là ?

— Bien sûr. Elle est un peu vieille, cette pomme, mais elle est bio. Moi, je vais prendre une bière, répondit Grimm en l'attrapant dans le réfrigérateur. Ah, c'est la dernière en plus. Dernière pomme, dernière bière…

— Tu as l'air de vivre comme un reclus ici.

— Un peu, oui.

Grimm ouvrit de nouveau la porte-fenêtre et, la bière à la main, il sortit entièrement sur le balcon, posa la bière sur le sol et alluma une cigarette. Accoudé au garde-corps, dos au salon, il tirait mollement sur sa cigarette en regardant les lumières de la ville.

Amandine croquait la pomme en l'observant. Elle fut patiente, attendant que Grimm finisse sa cigarette et sa bière et que, poussé par la fraîcheur du soir, il revienne dans le salon et ferme la porte-fenêtre.

Il se planta debout face à elle, les mains dans les poches. Bien qu'il ait parfaitement compris le but de sa visite, il demanda :

— Au fait, tu es venue pour quoi exactement ?

Amandine regarda sur sa droite avant de lever les yeux vers Grimm. Il y eut un silence assez long avant qu'elle affirme avec une sourde détermination dans la voix :

— Moi, je veux savoir.

— Et donc tu as besoin de moi…

— Oui. Sans toi, je ne pourrai jamais savoir.

— Tu voudrais, à la naissance de l'enfant, qu'on compare son ADN au mien, c'est cela ?

— Oui.

Grimm hocha longuement la tête et s'assit de nouveau face à elle.

— Je te l'ai dit. Moi, je ne veux pas savoir.

— Je voudrais que tu changes d'avis.

— C'est non.

— Je voudrais te convaincre.

Grimm leva les bras en l'air et les laissa retomber sur la table en signe de découragement.

— Qu'est-ce qui pourrait me convaincre ? Imagine que ce soit moi le père. Tu le diras à ton mari ?

— Je ne sais pas encore.

— Et à l'enfant, tu le lui diras un jour ?

— Je ne sais pas.

— En fait, tu ne sais rien. Même à moi, tu n'es pas sûre de le dire si c'est toi qui reçois les résultats de ces analyses.

Amandine se redressa vivement et s'écria avec un accent de sincérité qui ne pouvait pas tromper :

— Non ! À toi, je le dirai !

— Et pourquoi tu me le dirais à moi, alors que tu n'es pas sûre de le dire ni à ton mari ni à l'enfant ?

— Je ne sais pas, mais c'est comme ça. Je veux que tu saches.

— C'est vraiment bizarre…

Soupirant à la manière de celui qui se trouve devant une impasse, Grimm désigna le sac de voyage d'Amandine qui se trouvait sur le divan.

— Tu sais où dormir ?

— Si ton canapé fait aussi clic-clac, alors oui.

— Il fait clic-clac… Je vais l'installer.

À peine avait-il achevé sa phrase que Grimm tentait de transformer en lit ce qui se révéla un véritable Meccano sans queue ni tête.

— C'est pénible, ce machin… c'est la première fois que je le déplie… pas facile de comprendre comment ça marche vraiment ni par quel bout il faut le prendre… Ah, ça y est, voilà !

Il dut pousser la table basse pour déplier totalement le divan qui prenait ainsi la majeure partie du salon. Grimm fouilla dans la commode.

— J'ai une paire de draps et une couverture qui doivent traîner là-dedans.

Quelques secondes plus tard, il s'activait autour du lit, tirant sur les draps et les bordant.

— Une couverture par là-dessus. Et hop ! C'est de la laine, t'auras pas froid.

— Merci, Hubert. C'est gentil.

— Je ne vais quand même pas laisser à la rue une pauvre femme enceinte.

Amandine passa dans la salle de bains. Un quart d'heure plus tard, elle revenait revêtue d'une chemise de nuit. Grimm eut une réaction spontanée :

— Je ne t'avais jamais vue en chemise de nuit.

— Ben non, puisqu'on n'a jamais vécu ensemble.

Il se brossa les dents à son tour en se regardant dans la glace. Avec la barbe de trois jours et les joues creusées, il avait l'air d'un vieux loup de mer.

Au moment où il sortait de la salle de bains, sur l'étroit palier qui donnait sur sa chambre et sur le salon, il se heurta à Amandine qui cherchait une prise pour recharger la batterie de son portable.

— C'est vrai qu'il n'y en a pas beaucoup dans cet appart, mais tu en as une de libre dans le salon.

— Je ne l'ai pas trouvée.

— Si, si, viens voir.

Elle était bien cachée, dissimulée derrière le pied de la commode. Amandine brancha son téléphone et se releva. Ils étaient face à face, très proches l'un de l'autre. Leurs regards se croisèrent. L'instant dura. Jusqu'au moment où Grimm murmura :

— J'ai envie de t'embrasser. C'est idiot, non ?

Amandine s'avança vers Grimm et, passant doucement la main derrière son cou, elle l'attira à lui et colla ses lèvres contre les siennes. Ils s'embrassèrent longuement et ne se détachèrent l'un de l'autre qu'à regret. Elle souriait.

— Tu vois ? C'est pas idiot du tout…

Puis, Amandine trottina jusqu'au divan déplié et se glissa sous les couvertures.

— Dors bien, Hubert.

— Bonne nuit, Amandine.

Et, la gorge serrée, Grimm se retira dans sa chambre.

* * *

Grimm dormit d'un sommeil agité. Quand il se leva, il était tard et il passa immédiatement dans la salle de bains pour prendre une douche. Il entendait des bruits de vaisselle dans la cuisine. Il se sécha énergiquement, enfila un pantalon et une chemise propre. Entrant dans la pièce principale, il vit Amandine qui, dans le coin cuisine, finissait de ranger des assiettes sur l'étagère *ad hoc*.

Dès qu'elle le vit, elle lui adressa un clin d'œil.

— Bien dormi ?

— Pas terrible.

— Moi non plus.

Cette constatation les fit rire. Elle osa ·

— On aurait peut-être mieux fait de dormir ensemble ?

— Oh non ! Ça aurait été pire.

Elle s'immobilisa, gardant dans ses mains plusieurs plats qu'elle s'apprêtait à poser à côté de la pile d'assiettes.

— Qu'est-ce que tu veux dire exactement ? Que tu exclus totalement qu'on refasse l'amour un jour ?

— C'est sans doute ça que j'ai voulu dire en effet.

— Eh bien ça, pour le coup, c'est vraiment idiot. Qu'est-ce que ça changerait ?

— Je ne sais pas...

L'eau bouillait pour le café et Grimm aperçut sur la table deux croissants et une baguette. Amandine avait déjà eu le temps de descendre à la boulangerie et de revenir, puis, et c'était cela le plus frappant, de faire toute la vaisselle et de ranger entièrement la cuisine.

— Tu n'étais pas obligée de faire tout ça. Je me débrouille très bien tout seul...

— Qu'est-ce qu'il ne faut pas entendre ! s'exclama-t-elle en riant. Non, honnêtement, ça manque un peu de femme cet appartement.

— Tant de combats féministes depuis un siècle pour en arriver à une telle conclusion ! plaisanta-t-il à son tour.

Ils prirent leur petit déjeuner face à face en n'abordant que des sujets légers et consensuels. Ce n'est qu'au moment de ramasser les tasses qu'Amandine demanda :

— Et tes soucis de santé ?

— Quels soucis de santé ?

— Ta déprime... Quand tu as quitté Montpellier, tu étais dans un sale état.

— Ça va mieux, lâcha Grimm d'une voix sèche.

Amandine n'insista pas. Après le petit déjeuner, elle rassembla ses affaires et boucla son sac.

— Tu pars ?

— Huit cents kilomètres, cela ne se fait pas en dix minutes.

Il tourna en rond autour d'elle pendant qu'elle se préparait. À un moment, elle le fixa brièvement et affirma :

— Tu sais, je serais bien restée plus longtemps.

Il ne répondit pas.

Finalement, elle empoigna son sac.

— Je suis prête.

Il l'accompagna jusqu'à la porte d'entrée sans dire un mot. Elle ouvrit elle-même et, en se retournant pour lui faire face, elle s'adossa contre le chambranle.

— Quand je t'appelle au téléphone, je voudrais que tu répondes.

Il fit un signe affirmatif de la tête.

— Je voudrais revenir aussi, même si bientôt il me sera sans doute difficile de conduire seule si longtemps. Il faudra que je revienne de toute façon. Hubert, tu ne peux pas affirmer que tu ne changeras jamais d'avis. Laisse-moi au moins cet espoir.

Elle chercha ses yeux, mais Grimm regardait ses chaussures.

Alors elle s'approcha et, lui saisissant le menton, elle lui releva lentement la tête. Elle posa sur ses lèvres un triste et furtif baiser.

Puis, elle s'écarta, comme si elle allait partir, mais, soudainement, elle se ravisa, revint près de lui et lui attrapa le bras.

Elle s'écria d'une voix anxieuse et précipitée :

— J'ai beaucoup réfléchi cette nuit. Si cet enfant est de toi, je le lui dirai ! Tu entends ? Je le lui dirai dès qu'il sera en âge de comprendre !

Elle recula alors que Grimm, surpris, la fixait dans les yeux et, dès qu'elle fut sur le palier, elle referma précipitamment la porte.

15

Le lundi matin, dès que Grimm arriva à la PJ, il rassembla sa petite équipe afin de mettre Jarry et Blanchard au courant des événements dramatiques du samedi.

Assis sur ce qui paraissait une table d'écolier en raison de sa grande taille, Blanchard écouta attentivement sans piper mot. Seul Jarry, dans son style caractéristique, fit une réflexion quand Grimm révéla l'horrible contenu du sac poubelle :

— En un sens, coupé de la sorte en petits morceaux, c'est du pain bénit pour la légiste. L'autopsie est déjà faite, non ?

Remarque qui n'amena pas l'ombre d'un sourire sur le visage d'Ermeline que cette vision d'horreur hantait depuis deux jours.

Une discussion s'engagea sur la signification du S qui achevait le message glissé dans le sac poubelle. L'opinion générale fut qu'il s'agissait de l'initiale d'un nom ou d'un prénom. Cependant, le doute subsistait, surtout parce que signer un tel message, pour un assassin, paraissait des plus stupides.

Cette incertitude se renforça quand Ermeline, qui pianotait sur son portable depuis que l'on évoquait cette question, déclara :

— Ce S, c'est peut-être aussi bien un signe, un symbole ou une référence à quelque chose ? Tu vois, sur

Internet, je lis : *Le S est la lettre du parcours sinueux du serpent. Elle signale par sa géométrie les déformations nécessaires pour arriver au but.* Plus loin : *Le S est le symbole de l'imprégnation totale de la pensée.*

— Mouais… Bon, on va pas non plus tomber dans l'ésotérisme… OK, Ermeline, en l'état, on ne peut être sûr de rien, c'est vrai. Ce S, c'est pas clair.

La phrase lâchée par Kerdegat – « Elle a fait ça » – fut aussi abondamment commentée. C'était clairement une accusation et elle visait une femme. Qui ? Bien sûr, la première personne à laquelle chacun pensait était Mme Kerdegat. Mais pour Grimm et Ermeline, qui l'avaient rencontrée, sa personnalité collait mal avec cet horrible meurtre.

— Franchement, Ermeline, tu vois Mme Kerdegat scier en petits morceaux le corps d'une femme ?

— Pas bien, non.

Quand Grimm fit la synthèse de la discussion, sa conclusion fut sans appel :

— L'une des premières priorités est de mettre la main sur l'homme en scooter. Quelle que soit son implication dans le meurtre, ce type, de toute façon, nous en apprendra beaucoup. Ermeline a pris de bonnes photos du deux-roues qui devraient permettre de l'identifier. Ermeline, peux-tu faire une recherche sur le scooter, la marque, l'âge du modèle, etc. ? Et, ensuite, te procurer la liste de toutes les personnes qui ont acheté ce type de scooter dans le département ?

— Tout le département ? Ça va être long.

— Tu peux commencer par la ville de Rennes, si tu veux. Mais si ça ne paye pas, il faudra élargir. En tout cas, notre bonhomme devrait se trouver dans la liste que tu vas obtenir.

Blanchard prit la parole :

— J'attends les résultats de l'analyse de la seconde lettre anonyme. Le labo me les a promis pour ce matin.

— Il tient ses promesses, le labo ?

— La plupart du temps, oui.

— Bon, on verra les résultats, mais à mon avis il y a peu d'espoir d'apprendre du nouveau de ce côté. Et toi, Corentin, as-tu des infos sur la boîte de Kerdegat, ses difficultés, les licenciements possibles, etc. ?

— Non. Je n'ai pas encore eu le temps de m'en occuper. Mais je vais m'y mettre.

Parce que Grimm semblait clore la réunion, Ermeline agita le journal qui se trouvait sur son bureau.

— On parle de l'affaire dans le *Ouest-France* de dimanche.

Installé depuis peu de temps dans la ville, Grimm ne lisait pas le grand quotidien régional.

— Zut ! On ne pourra pas empêcher les journalistes de s'en mêler. Comment ont-ils fait pour être au courant si vite ?

— Ah ça, les journalistes, affirma Jarry, c'est un peu comme les papillons de nuit. Dès qu'il y a de la lumière quelque part, ils surgissent de partout.

— Qu'est-ce qu'il raconte, le journal ?

Ermeline fit la lecture à haute voix.

Macabre découverte boulevard de la Duchesse-Anne

Samedi matin, alors qu'elle prenait son service à 8 heures du matin, l'employée de maison d'une propriété cossue du boulevard de la Duchesse-Anne a découvert dans le jardin un sac poubelle rempli de restes humains. Selon le procureur de la République, le meurtre daterait de la veille et l'assassin aurait choisi au hasard un jardin de la rue pour se débarrasser du corps de sa victime. De fait, il n'y aurait aucun lien entre ce crime abominable et les propriétaires de la maison, dont on imagine la stupeur. C'est en tout cas l'hypothèse privilégiée pour le moment par le SRPJ de Rennes qui mène l'enquête.

— Aucun lien, c'est parfait ! s'exclama Grimm. En fait, c'est la version du procureur. C'est lui qui a dû informer la presse. Mais c'est bien qu'il ait fait ça. Les journaleux vont peut-être laisser les Kerdegat tranquilles et, nous, on pourra faire notre job sans interférence. OK, allez, tout le monde au boulot, c'est pas ça qui manque !

Grimm passa dans son bureau et alluma son ordinateur. En une seconde, il balaya l'affaire Kerdegat de ses préoccupations, car une question urgente l'agitait depuis ce matin. Le rongeait même. Elle s'était imposée à lui, d'un seul coup, alors qu'il était assis dans le métro. Depuis, il n'avait pas réussi à l'évacuer de son cerveau.

Après un coup d'œil par la baie vitrée pour vérifier que ses adjoints travaillaient sans s'occuper de lui, il tapa fébrilement dans le moteur de recherche :

Recherche – paternité – ADN – loi

Il cliqua d'abord sur les sites du gouvernement et parcourut leur contenu. Au début, il trouva les informations plutôt rassurantes. La démarche officielle consistait à saisir le juge du tribunal de grande instance dans le cadre d'une procédure judiciaire. Le consentement de la personne concernée était absolument obligatoire. Rien ne pourrait donc être entrepris s'il s'y opposait.

Cependant, Amandine n'avait jamais affirmé qu'elle cherchait à connaître la vérité dans le but éventuel de modifier la paternité de l'enfant, avec le cortège implicite de changements allant de pair avec la filiation : nom de famille, héritage, etc. Non, le désir d'Amandine était tout autre. Elle semblait ne pas supporter l'idée d'élever un gamin dont elle ne connaîtrait pas le véritable père. Grimm ou son mari ? Et puis, après une nuit d'insomnie, elle avait même eu le sentiment qu'il était impératif que l'enfant sache aussi un jour la vérité. Qu'une vie ne pouvait bien démarrer adossée à un si gros mensonge.

Alerté par cette réflexion, il cliqua sur d'autres sites. Et là, il découvrit avec stupéfaction que des laboratoires privés offraient ce service – la recherche de paternité – pour une somme dérisoire : 75 euros pour une personne, 150 euros pour deux. Tout paraissait si simple qu'il en frémit. On recevait chez soi un kit de prélèvement, on le renvoyait et le laboratoire vous transmettait le résultat sous pli confidentiel à votre adresse personnelle trois jours plus tard. Fiable à 99,9999 % était-il même précisé.

En fait, rien n'empêchait Amandine de passer outre sa volonté, et de ramasser chez lui un cheveu, un mouchoir, un verre dans lequel il aurait bu, ou tout autre objet de cette nature afin de connaître son ADN et de le comparer à celui du petit.

Il avait ainsi les yeux fixés sur son écran d'ordinateur quand on frappa à la porte du bureau. C'était Blanchard qui agitait une feuille à moitié enfouie dans son énorme paluche.

— Je les ai ! Et y a du nouveau !

— C'est pas vrai !?

— Si ! répondit Blanchard avec un immense sourire de satisfaction.

* * *

Quelques secondes plus tard, Grimm, Ermeline et Jarry faisaient cercle autour de Blanchard qui, une fesse posée sur son bureau, s'apprêtait à dévoiler les résultats des analyses. Jarry, de retour du distributeur un café à la main, le sirotait tranquillement, indifférent à l'excitation de Grimm.

— Sur l'enveloppe, commença Blanchard, comme d'habitude, plusieurs ADN et empreintes qui doivent être ceux de Kerdegat et des postiers. Et de l'employée de maison qui lui porte sans doute son courrier.

— OK, et la lettre elle-même ? s'impatientait Grimm.

— J'y viens ! répondit Blanchard sur un ton gourmand, ménageant le suspense. Vous allez être étonnés !

— Allez, Éric, fais pas chier ! Va au fait, maintenant !

— Il n'y a pas plus d'éléments que la première fois sur la lettre elle-même, vierge de toute trace, à part sans doute l'ADN de Kerdegat. Sauf un point remarquable.

— Quoi ?

— Vous vous souvenez de cette petite tache plus ou moins circulaire en bas de la feuille. Eh bien, on sait ce que c'est !

Le silence se fit. Grimm le rompit d'une voix tendue :

— C'est quoi ?

— Une larme.

— Une larme ?

— Oui, une larme. L'auteur de cette lettre a pleuré en l'écrivant et il n'a pas pu empêcher qu'une larme tombe sur la feuille.

Le temps de digérer cette information, Grimm en tirait aussitôt la conséquence majeure :

— Donc, on a l'ADN de cette personne !

— On l'a. Et il est différent de l'autre ADN qui est probablement celui de Kerdegat.

Grimm tapa de joie dans les mains.

— Ça avance, les enfants ! Ça avance ! Tu as vérifié sur le fichier national si cet ADN était répertorié ?

— Patron, je viens juste d'avoir les résultats.

— Fais-le tout de suite, bordel ! Qu'on sache !

Blanchard s'assit à son ordinateur.

— Ça va prendre un petit moment, il y a plein de chiffres à rentrer.

Jarry terminait son café et jetait son gobelet dans une poubelle. Grimm arpentait la pièce de long en large. Il se parlait à lui-même.

— Une larme… Une larme… Qu'est-ce que ça nous apprend sur ce corbeau ?

— Que cette personne est intimement liée à l'accusation qu'elle porte, proposa Ermeline.

— C'est ça ! s'exclama Grimm en pointant Ermeline de l'index. Très liée ! Émotionnellement liée ! Et que donc, ce n'est pas une accusation en l'air ! Pas pour elle en tout cas ! Elle y croit et elle en souffre !

— C'est parti ! dit Blanchard en appuyant sur la touche *Entrée* de son ordinateur.

Grimm et Ermeline se tenaient debout derrière Blanchard et regardaient défiler sur l'ordinateur les milliers de personnes fichées, comparées en moins d'une seconde aux données ADN inscrites par Blanchard.

Hélas, en peu de temps, l'écran afficha un résultat négatif.

— Eh merde, c'est raté… murmura Grimm qui n'avait caché ni son enthousiasme initial, ni sa soudaine déception.

— En même temps, ce n'est pas très étonnant, affirma Jarry. C'est un fichier de délinquants qu'on ne s'attend pas à voir pleurer en écrivant une lettre anonyme.

— Alors là, excuse-moi, mais c'est complètement idiot ce que tu dis, contesta Ermeline. S'il s'agit de ses parents ou de ses enfants, par exemple, pourquoi lui refuses-tu le droit d'en souffrir ? Parce que c'est un criminel ? C'est un peu plus compliqué que cela la psychologie des êtres humains, non ?

— Oui, tu as raison… disons que j'ai dit une connerie.

Ce qui était appréciable avec Jarry, c'est qu'il ne s'offusquait jamais des critiques et les encaissait toujours avec un flegme imperturbable.

Le téléphone sonna dans le bureau de Grimm. Il s'y rendit et décrocha. Moins d'une minute plus tard, il revenait dans l'open space.

— C'était Pointcarré. Elle a fini l'autopsie et nous invite à passer à l'institut médico-légal. Je vais y aller tout de suite avec Ermeline pendant que, vous deux, vous filez surveiller le domicile de Kerdegat au cas où le scooter reviendrait.

Sans attendre, Grimm retourna dans son bureau pour empoigner son blouson. Il entendit Jarry qui, s'adressant sans doute à Blanchard, disait à mi-voix :

— Toujours pour nous deux les tâches exaltantes…

Grimm ressortit en finissant d'enfiler son cuir et lâcha tout de go sans regarder Jarry :

— Je t'entends, Corentin, je suis pas sourd.

— Enfer et putréfaction, je suis démasqué !

Grimm fit un signe de la main à Ermeline et, l'instant d'après, ils dévalaient ensemble l'escalier jusqu'au parking.

* * *

Dans le couloir qui menait à la salle de travail du Dr Pointcarré, Grimm jeta un coup d'œil inquiet à Ermeline.

— Ça va aller ?

— Oui, je crois, répondit Ermeline qui prenait sur elle pour ne pas paraître affectée par l'atmosphère sordide des lieux.

Encore qu'ils ne l'étaient pas réellement, mais le simple fait de savoir ce qui se passait derrière la porte vitrée au verre dépoli glaçait un peu le sang. Ici, on sciait, on tranchait, on éviscérait des cadavres. C'était difficile de faire semblant de l'ignorer et d'écarter les images glauques qui envahissaient l'esprit.

Ermeline tentait de justifier son trouble :

— Je suis déjà venue deux fois, mais ça reste pour moi un endroit assez pénible à supporter.

— Il faut du temps pour s'y habituer. Même moi, tu sais, et j'en ai vu des cadavres, quand je ressors dans la rue, j'aspire l'air frais, profondément, ouvrant tout grand mes poumons, et je suis bien content d'être en vie et de pouvoir tranquillement m'asseoir à une terrasse pour boire un café.

— On en boira un après ?

— Entendu.

Et, tout en faisant un petit clin d'œil amical à Ermeline, Grimm frappa à la porte vitrée et entra.

Vêtue d'une blouse blanche, le Dr Pointcarré portait des gants, un masque aussi, retenu par des élastiques, qui couvrait le bas de son visage. Elle le retira dès qu'elle reconnut Grimm et Ermeline.

— Entrez, entrez… Je suis contente que vous arriviez parce qu'il faut que je remballe *tout cela* au plus vite. Il y a un nouveau client qui s'impatiente dans la chambre froide. « Place aux jeunes », comme dirait Brassens.

Tout cela. Prononçant ces mots, elle désignait l'immonde puzzle humain étalé sur la table. Le regard d'Ermeline erra de morceaux en morceaux. Ils étaient plus nombreux qu'à l'origine, la légiste en ayant recoupé certains pour mener ses investigations.

— Figurez-vous, monsieur le président de la ligue anti-chocolat, que j'ai appris beaucoup de choses. En tout cas, plus que je ne l'imaginais au départ.

— Je ne dirais pas, vu l'endroit, que vous me mettez l'eau à la bouche, docteur Pointcarré, mais j'ai hâte de savoir.

— Irène, si cela ne vous dérange pas ? Ce sera mieux que docteur Pointcarré, d'autant plus que nous sommes appelés à travailler régulièrement ensemble.

— D'accord, Irène. Pas de problème. Moi, c'est Hubert…

— Parfait, ces nouvelles présentations étant faites, voici les conclusions de l'autopsie. Je n'ai pas encore eu le temps de rédiger mon rapport officiel, mais j'ai pris des notes assez complètes que je pourrai vous envoyer avec les résultats préliminaires.

Le Dr Pointcarré s'était retournée pour désigner du menton un ordinateur posé sur un bureau accolé au mur derrière elle. Puis, elle avait fait face de nouveau à

Grimm et Ermeline qui se trouvaient de l'autre côté de la table d'autopsie.

— D'abord, c'est bien une jeune femme. C'est toujours un peu difficile de donner un âge exact, mais je dirais que le sujet avait entre vingt-cinq et trente-cinq ans.

— Et de quoi est-elle morte ?

— Très bonne question, que j'attendais…

Le Dr Pointcarré s'approcha du buste qui reposait sur le dos et désigna l'endroit où la tête avait été tranchée. Ermeline détourna le regard.

— La tête est absente et la moitié du cou manque. Par ailleurs, il y a des lésions importantes, liées à la découpe, qui masquent et gênent l'observation. Cependant, vous voyez ces marques bleues, ici ? Avancez, vous verrez mieux.

Grimm fut le seul à se pencher au-dessus du buste. Du doigt, la légiste désignait une zone bleutée irrégulière qui faisait le tour du cou.

— Vous voyez ?

— Oui, je vois.

— L'observation attentive montre que ces marques sont antérieures au sciage de la tête. Par ailleurs, elles ne peuvent pas avoir été provoquées par la découpe. Cette femme a été étranglée avant d'être dépecée.

Grimm se redressa.

— Étranglée comment ? Avec les mains ?

— Non, avec une cordelette.

— Comment pouvez-vous en être certaine ?

— J'en suis sûre parce que j'ai l'arme du crime.

— Quoi ! Comment ça ?

Le Dr Pointcarré était heureuse de son petit effet. Elle souriait.

— Le sac poubelle, quand on l'a trouvé, était fermé avec une cordelette. Celle-ci entourait l'extrémité supérieure du sac en enserrant et tenant bien verticale la jambe enfoncée à l'envers avec le pied qui ressortait.

— J'ignorais cela !

— Oui, quand vous êtes arrivés tous les deux samedi matin, je l'avais déjà enlevée. Mais il n'y a aucun doute. Certaines marques correspondent parfaitement à son diamètre.

— Elle est où cette cordelette ?

La légiste se déplaça vers une seconde table poussée aussi contre le mur et sur laquelle étaient disposés de nombreux instruments servant à l'autopsie, tous plus inquiétants les uns que les autres. Elle revint avec un sac plastique contenant l'objet.

— Là voilà, elle est à votre disposition.

Grimm s'en saisit et, levant le sachet à la hauteur de ses yeux, il le retournait en tous sens.

— Et voici également les sacs poubelle. Il y en a trois enfilés les uns dans les autres, comme vous le savez. Dans mon rapport, il y aura des photos de tout cela.

— Des photos ?

— Oui, du sac poubelle avant que je l'ouvre. Tel qu'on l'a trouvé. Parce que les photos prises par Ermeline ne correspondent pas à la découverte initiale.

— Très bien. J'ai hâte de les voir.

Ermeline inspectait à son tour avec attention la cordelette à travers le sac.

— Faudra l'envoyer au labo, dit-elle.

— Tu t'en occupes ?

— OK.

Grimm observa de nouveau les misérables morceaux d'être humain qui traînaient sur la table.

— Et vous dites, Irène, qu'elle a été sciée. C'est le terme que vous avez employé plusieurs fois.

— Aucun doute. Une petite égoïne. Du travail énergique, bien fait. Et très probablement aussi, un sécateur, pour couper quelques tendons récalcitrants.

— Ça prend du temps de faire ça ?

— Pour un homme gaillard, en bonne santé, qui met du cœur à l'ouvrage, pas beaucoup. Faut moins d'une heure pour couper tout ça. Moi, top chrono, mais il est vrai que j'ai l'habitude, je vous coupe tout ça en vingt minutes si j'ai de bons instruments et l'environnement adéquat.

— Mais le sang ? Il doit y en avoir beaucoup, non ?

— Pour sûr ! De très grandes quantités, des flots impétueux, mon bon monsieur... Sans lieu approprié type abattoir, chez soi par exemple, ça laisse des traces, et pas qu'un peu.

La légiste fixa Grimm dans les yeux et sourit de manière énigmatique.

— Je vous ai laissé le meilleur pour la fin.

— Ah ?

S'approchant du buste, le légiste l'empoigna par le côté et, avec quelques difficultés, le souleva jusqu'à ce qu'il bascule d'un coup sur le ventre. Le dos de la victime apparaissait, zébré de traces. Grimm se pencha pour mieux regarder. C'étaient des marques longues et étroites, plutôt droites quoique certaines étaient légèrement sinueuses, certaines assez parallèles entre elles, d'autres se recoupaient.

— Qu'est-ce que c'est ?

— Ce sont des traces de coups de fouet !

— C'est pas vrai... Des coups de fouet ? Elle a été fouettée !?

— Indubitablement.

Même Ermeline, qui depuis le début de la séance évitait de se trouver trop près de la table, fit un pas en avant pour se faire une idée de la nature des stigmates. Grimm restait perplexe.

— Elle aurait donc été fouettée avant d'être étranglée.

— Pas vraiment ou pas précisément. Certaines de ces marques ne sont pas récentes. Elles sont très atténuées, cicatrisées. D'autres ont presque disparu, et sont recoupées par des plus récentes.

— Vous voulez dire que cette jeune femme a été fouettée pendant plusieurs semaines.

— Oui, sûrement, peut-être même plusieurs mois, si on considère les traces les plus anciennes. Mais pas de manière ultraviolente. Jusqu'au sang parfois, c'est vrai, mais rarement, et donc pas aussi férocement qu'on pourrait le penser.

— Pas férocement, mais très longtemps. C'est dur à comprendre…

— Ça, Hubert, c'est votre boulot, pas le mien.

Grimm se tourna vers Ermeline.

— Tu peux prendre quelques photos, s'il te plaît ?

Bien que ce travail la répugnât, Ermeline sortit son appareil et mitrailla le dos, rapidement, sans faire aucun commentaire. Pendant ce temps-là, le Dr Pointcarré s'emparait d'une plaquette de chocolat qui traînait à côté de son ordinateur et, après en avoir proposé à Grimm qui refusa avec ostentation, elle en mangea deux carrés en souriant de cette provocation, faisant signe à Ermeline qu'elle pouvait se servir.

Grimm la regardait déguster son péché mignon quand il claqua soudain les doigts en secouant la tête.

— Au fait, une question classique, tellement évidente que j'ai oublié de la poser… A-t-elle été violée ?

— Je m'étonnais en effet que vous ne la posiez pas.

— Et alors ?

— Autant que je puisse en juger, la réponse est non.

* * *

Quelques minutes plus tard, Ermeline et Grimm étaient assis à la terrasse d'un café. Il faisait chaud en ce dernier jour du mois de mars et Grimm avait ôté son blouson.

— Plutôt inhabituel ce temps, constata Ermeline.

— Ce sont les effets du réchauffement climatique et ça ira de mal en pis dans les années qui viennent.

Ermeline regretta d'avoir fait cette remarque, anodine en apparence, mais elle avait compris la nature des obsessions de Grimm et elle ne souhaitait pas les activer. Elle laissa tomber un morceau de sucre dans son café et touilla avec la petite cuillère. Grimm buvait une gorgée du demi qu'il avait commandé, puis il alluma une cigarette.

— Tu y comprends quelque chose, toi, Ermeline, à cette histoire ?

— Non.

— Eh bien, moi non plus ! déclara-t-il en un grand éclat de rire.

Voilà. C'était de l'affaire qu'il fallait parler, exclusivement de l'affaire, et alors son patron allait beaucoup mieux, pensa Ermeline.

D'ailleurs, tirant sur sa cigarette, Grimm tentait de percer le mystère que les derniers éléments avaient singulièrement épaissi.

— Voici une jeune femme, étranglée, puis découpée en morceaux et déposée chez Kerdegat pour que celui-ci la découvre. La tête manque pour que la police n'identifie pas le cadavre, mais un mot, destiné à Kerdegat, se trouve dans le sac poubelle pour que ce dernier n'ait aucun doute sur l'identité de la victime et de l'assassin. Kerdegat ment quand il prétend ne rien savoir, car il sait de quoi il retourne. Sa réaction, que tu as filmée, est sans équivoque sur ce point. Tu es d'accord jusque-là ?

— Tout à fait.

— On apprend à présent que cette pauvre malheureuse a été fouettée pendant des semaines, peut-être même des mois, selon Pointcarré. Comment a-t-on pu la battre ainsi pendant des semaines ?

— En la séquestrant ?

— Eh oui, Ermeline, séquestrée ! Conclusion logique. La victime a été fouettée pendant une longue période avant d'être étranglée. C'est en soi assez atroce et évoque envers cette pauvre fille une épouvantable vengeance. Si on l'a torturée de cette manière, en prenant son temps pour qu'elle en souffre sur la durée, c'est pour qu'elle paye au prix le plus fort quelque chose. Mais quoi ?

— Ce qui t'incite à penser à une vengeance, ce sont les lettres anonymes ?

— Oui, les deux lettres, qui sont des accusations. Mais que vient faire la victime dans ces accusations ? Dans les lettres, seul Kerdegat est en cause.

— Si la victime est une personne à laquelle Kerdegat tient beaucoup, on a pu chercher à l'atteindre en tuant celle-ci.

En écrasant son mégot dans le cendrier, Grimm secouait la tête.

— Non, c'est bancal comme hypothèse. Parce que, si la jeune femme est une victime collatérale d'un conflit entre l'assassin et Kerdegat, il n'y a aucune raison de la séquestrer et encore moins de la fouetter pendant des semaines avant de la tuer.

— C'est juste.

— Tu prends un autre café ?

— Non, ça ira, merci.

Grimm pivota sur sa chaise et leva le bras en hélant le serveur.

— Un autre demi, s'il vous plaît.

Dans la foulée, il alluma une seconde cigarette.

— Enfin, le mot trouvé dans le sac poubelle peut s'interpréter comme le terme final d'un atroce combat de coqs entre deux hommes qui se disputent une femme. L'un finissant par tuer l'objet du litige, si je puis m'exprimer ainsi, et le jeter à la face de l'autre. Il perd la partie, donc il casse le jouet.

— Je ne l'aurais certainement pas formulé ainsi, mais c'est effectivement ce que le message suggère.

— Et là, alors qu'on croit tenir quelque chose, Kerdegat, sous le coup de l'émotion, déclare : « Elle a fait ça… » Patatras, c'est une femme qui aurait fait le coup. Et là, je conclus…

Grimm restait en suspens, le regard fixe, la bouche ouverte, incitant Ermeline à intervenir :

— Tu conclus ?

— Je conclus que je n'y comprends plus rien !

AVRIL

1

Le beau temps et une inhabituelle chaleur se poursuivirent pendant les premiers jours du mois d'avril. Dans le même temps, l'enquête piétinait.

La surveillance du domicile de M. Kerdegat effectuée par Blanchard et Jarry ne donnait rien. Dans un morne ennui, les deux flics, assis toute la journée à l'avant de la voiture, attendaient la venue du scooter qui ne se montrait plus. Quand Kerdegat allait à son travail, ils le suivaient à distance au cas où le deux-roues apparaîtrait au cours du trajet ou au siège de l'entreprise. Peine perdue et, le soir, ils rapportaient le véhicule administratif à la PJ avec le sentiment que l'homme au scooter ne donnerait plus jamais signe de vie.

Grimm avait auparavant prévenu Kerdegat de cette surveillance et de cette filature. Il avait insisté sur l'aspect « protection » du dispositif. Tant que l'affaire n'était pas éclaircie, on ne pouvait pas écarter l'hypothèse qu'une menace planait sur lui. Celui-ci le niait, et il le niait avec une certaine assurance, affirmant qu'il ne courait absolument aucun danger, ce qui confortait Grimm dans son opinion : Kerdegat en savait plus sur les tenants et les aboutissants de l'histoire qu'il ne l'avait dit.

Par ailleurs, Grimm eut le procureur au téléphone à plusieurs reprises. Celui-ci voulait connaître tous les développements de l'affaire « en temps réel » selon son expression favorite. Sa préoccupation principale était de savoir s'il existait un lien entre la victime et Kerdegat. Or ce lien, dont Grimm était convaincu, ne pouvait pas être mis en évidence, d'autant plus qu'il n'avait pas révélé la vidéo prise clandestinement par Ermeline. Un tel film n'avait pas de valeur juridique puisqu'il est interdit de filmer un témoin sans son consentement. Quant à la séquence cruciale – « Elle a fait ça » –, elle pouvait toujours s'expliquer par une phrase déconnectée du réel résultant du choc émotionnel.

Cette situation satisfaisait le procureur puisque son but était de séparer les deux affaires, celle du meurtre et celle des lettres anonymes, qui, dans son esprit, ne pouvaient se réunir, car elle supposait l'impensable, à savoir l'implication de Kerdegat dans une sale histoire. C'était d'ailleurs cette petite musique que le procureur serinait à l'oreille du commissaire Babut quand il l'avait au téléphone.

Si bien que, lorsque Grimm fit état de la difficulté d'affecter en permanence deux hommes de sa petite équipe pour assurer la surveillance du domicile de Kerdegat, et sollicita auprès du commissaire de mettre à sa disposition des effectifs supplémentaires, libérant ainsi Blanchard et Jarry, le commissaire Babut répondit :

— Il est délicat d'enlever, même temporairement, deux hommes au commandant Bouexière, d'autant plus que cette surveillance en continu n'est pas supposée durer puisqu'il n'y a sans doute aucun rapport entre Kerdegat et ce sac poubelle déposé dans son jardin.

Peu à peu se dessinait une version officielle entretenue par le procureur Lestanger et le commissaire Babut. Version absurde, selon Grimm, et dangereuse aussi, car scinder cette affaire en deux enquêtes distinctes nuirait grandement à la recherche de la vérité. Surtout si celle du meurtre était confiée au commandant Bouexière, lequel ne portait pas Grimm dans son cœur depuis que trois personnes de son équipe l'avaient quitté pour constituer celle de son homologue.

La seule avancée à se mettre sous la dent fut la recherche que Jarry avait secrètement menée sur l'entreprise de Kerdegat. Jarry avait du mérite puisqu'il passait le plus clair de ses journées dans une voiture à papoter avec Blanchard en attendant l'improbable venue de l'homme au scooter. Grimm en avait d'ailleurs été étonné.

— Quand as-tu eu le temps de faire ça ?

— Le matin très tôt et le soir très tard.

— Et alors, qu'est-ce que ça donne ?

— Des choses intéressantes.

Aussitôt, Grimm avait fait signe à Blanchard et à Ermeline de cesser leurs activités et d'écouter Jarry. Tous les deux avaient levé les doigts du clavier de leur ordinateur et tourné la tête en direction de leur collègue.

— Kerdegat dirige une entreprise de télécommunications qui marche actuellement très bien et compte plus d'une centaine de salariés. Elle est en pleine expansion, présente dans toutes les grandes villes de France et a réussi depuis peu la conquête de l'étranger, s'implantant à Bruxelles, Barcelone et Milan. Kerdegat a fait HEC Paris qui est située sur le campus de Jouy-en-Josas. Cette école de commerce est considérée comme la meilleure de France. C'est aussi la plus chère. Il faut payer plus de 15 000 euros par an pour…

— On s'en fout, Corentin.

— OK, pardon. Mais j'ai trouvé ça bien cher quand même, cette école… Ensuite, Kerdegat a créé sa propre entreprise en 1995 après avoir travaillé à des postes de direction dans d'autres sociétés du même secteur. Au début, elle s'est développée normalement jusqu'à compter dix-huit salariés. Puis, il y a vingt ans, elle a connu un trou d'air qui a conduit Kerdegat tout près de la banqueroute. À cette époque, il a dû réduire la voilure comme on dit pudiquement dans les médias, c'est-à-dire licencier.

— Combien ?

— Onze personnes d'un coup.

— Ah, quand même !

— Mais ce n'était pas suffisant pour redresser la barre et, d'après le tribunal de commerce de Rennes, Kerdegat a frisé le dépôt de bilan. La faillite quoi ! Pourtant, au dernier moment, il a reçu des fonds dont l'origine n'est pas vraiment connue. Ce serait un don, si j'ai bien compris. Un don anonyme.

— Un don anonyme ? Fichtre ! Il a des amis, notre Kerdegat.

— Apparemment. L'entreprise a redémarré à partir de ce moment-là pour ne plus jamais connaître de difficultés.

— Et les salariés licenciés, que sont-ils devenus puisque c'était ton idée que l'un deux, peut-être, pourrait…

— Je suis en train d'en établir la liste complète. Après, il faudra que je cherche ce qu'ils sont devenus. Un par un.

— T'as encore du pain sur la planche…

— Je ne te le fais pas dire.

Ce soir-là, Grimm était rentré chez lui assez découragé. Le manque d'éléments nouveaux empêchait de combler les lacunes de l'énigme. De même, l'interpellation de l'homme au scooter, sur laquelle il comptait pour relancer l'affaire, sinon pour la résoudre, devenait incertaine. Après son passage surprise le jour de la découverte du sac poubelle, on ne l'avait pas revu. Ce n'était sans doute pas une coïncidence.

Par ailleurs, Grimm ne comprenait pas qu'on puisse séquestrer une femme pendant des semaines, en la fouettant journellement, comme pour faire durer un plaisir sadique, et cela sans jamais la violer, pour finalement l'étrangler, la découper et utiliser les morceaux sanguinolents dans une mise en scène macabre. C'était unique dans les annales criminelles, ou du moins n'avait-il jamais eu connaissance d'une telle affaire.

Enfin, il n'oubliait pas les prémices de l'enquête, les deux lettres anonymes et, plus mystérieux encore, les coups de téléphone toujours à la même heure : minuit onze.

Il sentait monter en lui un sentiment d'échec. Le doute à nouveau s'insinuait sur ses capacités à déduire et à interpréter. Il en était à se demander si son grade de commandant de la police judiciaire n'était pas usurpé et s'il ne ferait pas mieux d'arrêter ce métier, finalement trop exigeant pour ses facultés intellectuelles.

Et, comme souvent en pareil cas, l'esprit de Grimm se déporta vers ses obsessions qui, tel le phœnix, renaissaient de leurs cendres et venaient à nouveau le parasiter, provoquant une baisse substantielle de son moral.

Il en était à compulser avec un abattement sans limite des bouquins sur la catastrophe climatique en cours, recherchant des chiffres plus terrifiants les uns que les autres qu'il avait partiellement oubliés et qu'il souhaitait vérifier. Les jours se succédèrent, mornes et désespérants, lorsqu'un soir, son portable vibra sur la table.

Le téléphone l'arrachait à la prison où il se sentait enfermé. Pourtant, il hésita à le saisir, méfiant, surpris qu'une fenêtre puisse s'ouvrir ainsi au cœur de sa solitude. Il le fit néanmoins.

Amandine.

Il décrocha et attendit qu'elle parle la première.

— Hubert ? Tu m'entends ?

— Oui.

Premier silence.

— Je voulais te dire que ça m'a fait plaisir de te revoir l'autre jour.

— Moi aussi.

Deuxième silence.
— Tu n'es pas bavard…
— Non.
Troisième silence. Peut-être, à ce moment-là, Amandine comprit-elle qu'elle téléphonait le mauvais jour à la mauvaise heure. Malgré un pressentiment négatif, elle décida de poursuivre.

— Je voulais savoir si tu avais réfléchi à ce dont nous avons discuté ensemble.

— Oui.

— Et alors ?

Quatrième silence.

— Et alors ? insista-t-elle.

— Tu affirmes que tu diras la vérité à l'enfant quand il ou elle sera en âge de comprendre. C'est une façon d'évacuer le problème, car celui-ci se posera bien en amont.

— Quand ?

— À la naissance. Si le résultat des analyses me désignait comme étant le père, le révéleras-tu à ton mari ?

Ce cinquième silence fut plus long que les précédents. Il s'éternisait au point que Grimm reprit la parole :

— Le laisseras-tu élever cet enfant sans lui avouer qu'il n'est pas le père ? Ou, si tu lui dis de suite, crois-tu que ton mari va élever ce gamin, qui lui rappellera sans cesse l'adultère, avec le même amour que ses deux premiers enfants ?

Amandine répondit d'une voix hésitante :

— Je crois que je lui dirai dès que je le saurai moi-même.

— Tu crois, mais tu n'en es pas sûre. Moi, je te dis que j'accepterai les tests uniquement quand ton mari sera au courant de la situation.

— Tu ne peux pas imposer cela, Hubert.

— Pourquoi ?

— Parce que c'est d'abord une histoire entre toi et moi.

— Non, justement. Paradoxalement, ce n'est une histoire entre toi et moi que dans l'hypothèse où je ne suis pas le père. Car, à ce moment-là, effectivement, ton mari n'a pas besoin de savoir que la question de la paternité s'est posée. Mais, si c'est moi le père, cela devient une affaire entre toi, moi et ton mari, puisque tu ne veux pas le quitter.

Sixième silence. Grimm entendit distinctement Amandine soupirer à l'autre bout du fil. De découragement ? D'exaspération ? Il y avait sans doute de l'un et de l'autre.

C'est à cet instant que Grimm, sous l'emprise de sa climato-dépression, crut exprimer le fond de sa pensée :

— De plus, c'est irresponsable à notre époque de faire des enfants.

— Qu'est-ce que tu racontes ?

— Dans quel monde horrible vivront-ils alors que rien ne peut arrêter la catastrophe climatique et biologique qui va nous tomber dessus.

— Arrête avec ces conneries !

— Ce ne sont pas des conneries.

— Tu fais chier, Hubert ! Vraiment !

Sur ce, Amandine raccrocha. Grimm resta quelques secondes l'appareil collé à son oreille avant de s'en rendre compte. Il reposa le portable sur la table. Contrarié par la conversation dont il n'avait pas anticipé la fin brutale, il se replongea dans le livre qui traînait encore sur ses genoux.

— Des conneries… Eh bien non, ma chère, ce ne sont pas des conneries tout ça, que tu le veuilles ou non…

* * *

Le lendemain, il sonna et entra dans le cabinet du Dr Lipsky. À peine était-il assis que celle-ci devina l'humeur désastreuse de son patient.

— Quelle tête faites-vous aujourd'hui ! La semaine dernière, tout semblait aller pour le mieux, vous étiez même survolté, et voilà que je vous retrouve aussi plat que le jour de votre première visite dans mon cabinet. Ça ne va plus ?

— J'espère que ce n'est qu'un trou d'air.

— La dernière fois, vous me parliez de cette affaire qui vous passionnait. Vous ne pensiez qu'à cela, même en dormant ! Elle est déjà terminée ?

— Au contraire, elle n'avance plus. Nous n'obtenons rien de nouveau, ça stagne, les faits ne se relient pas l'un l'autre, tout est nappé d'un épais mystère…

— C'est toujours cette horrible histoire de sac poubelle que j'ai lue dans *Ouest-France* ?

— Oui.

— Et ça n'avance plus ?

— Non.

La semaine précédente, en narrant quelques détails, Grimm avait confié au Dr Lipsky qu'il travaillait sur cette affaire et qu'il en tirait une satisfaction bénéfique. Le Dr Lipsky s'était montrée particulièrement intéressée et l'avait encouragé à poursuivre ses investigations sans penser à rien d'autre.

Elle avait affirmé :

— Si votre pensée est entièrement prise par cette affaire, si la moindre parcelle de votre cerveau s'y consacre jour et nuit, vous n'aurez pas le temps de déprimer.

Aujourd'hui, elle lui répétait la même chose d'une autre manière :

— Dommage. Cette absence de faits nouveaux libère chez vous du temps de cerveau que vous consacrez à déprimer.

— Eh bien, docteur, donnez-moi des faits nouveaux.

— Ce n'est pas, hélas, en mon pouvoir. Moi, je vous donne des médicaments, qui vous maintiennent la tête hors de l'eau, mais qui ne vous guérissent pas. Or, dites-moi la vérité, cette semaine, vous avez recommencé à verser dans la collapsologie et l'effondrement planétaire, n'est-ce pas ?

— Oui.

— Je vais donc vous donner un nouveau traitement, dont je vous avais parlé il y a quinze jours, mais que je n'avais pas jugé nécessaire de mettre en œuvre la semaine dernière, car vous ne sembliez plus en avoir besoin.

Tassé dans le fond du fauteuil, Grimm fit l'effort de se redresser quelque peu afin de montrer son intérêt. Le Dr Lipsky fouilla dans le dossier de Grimm, qui était grand ouvert sur son bureau, pour en extraire une feuille écrite de sa main. Elle lui sourit en le considérant avec bienveillance.

— D'abord, il faut me promettre de suivre le traitement, sinon cela ne sert à rien.

— Je vous le promets.

— Bien. Lisez vous-même.

Le Dr Lipsky avait posé sur le bureau, sous les yeux de Grimm, la feuille qu'elle tenait en main. Il se pencha en avant tandis qu'elle lui demandait :

— Vous parvenez à lire mon écriture ?

— Oui.

Traitement Hubert Grimm

Se conformer rigoureusement aux indications ci-dessous

Préconisations formelles

1. Ranger dans un endroit inaccessible (la cave de votre immeuble ou votre garage) tous les livres en votre possession concernant l'écologie et l'environnement.

2. Renoncer à regarder les émissions sur ARTE consacrées au réchauffement climatique, à la pollution, la production porcine, la fonte des glaces, l'agro-industrie, les pesticides, la mort des abeilles, la disparition de la

biodiversité, la fabrication du lait, la fin de l'efficacité des antibiotiques, les mines d'uranium, les déchets nucléaires, la sécurité des centrales, la montée des eaux, la disparition du sable, le dégel du permafrost, les algues vertes, l'assèchement des réserves en eau, etc. (liste non exhaustive).

3. Bannir absolument sur France 2 les deux émissions d'Élise Lucet : *Cash investigation* et *Envoyé spécial*.

4. Changer instantanément de station de radio ou de chaîne de télévision dès qu'une émission aborde le sujet, même superficiellement.

5. Ne pas développer de haine inutile envers les gouvernements successifs de notre pays qui n'ont pas agi pour l'environnement et qui montrent à chaque fois par les faits qu'ils n'ont pas l'intention de changer les choses. Cette haine est énergivore et, parce qu'associée à un sentiment d'impuissance, renforce très fortement la spirale dépressive.

6. S'interdire de discuter de la question écologique avec quiconque n'est pas déjà convaincu de la réalité de l'effondrement planétaire. En toutes circonstances, s'abstenir d'y faire des allusions, même discrètes.

Incitations (en fonction de vos possibilités)

1. Aller une fois par semaine au marché pour acheter des légumes bio ou adhérer à une AMAP.

2. Intégrer une association qui, sur le terrain, se bat pour la protection de l'environnement, type Greenpeace, France Nature Environnement, les Amis de la Terre, Agir pour l'environnement, Eaux et Rivières de Bretagne, Ligue de Protection des Oiseaux, etc. (liste non exhaustive).

Grimm lut attentivement et, interrogateur, eut une première réaction :

— C'est quoi une AMAP ?

— Ah, mon Dieu, il ne connaît pas les AMAP ! Cette ignorance est très révélatrice de votre état et même le symbole de votre inaction. AMAP : *Association pour le Maintien d'une Agriculture Paysanne*. C'est une entente entre paysans et consommateurs pour ne produire dans l'année que ce qui sera consommé, dans la diversité et le respect des saisons. Du bio évidemment. En circuit court, évidemment aussi.

— Ah ?

Grimm relut une seconde fois la prescription.

— C'est dur ce que vous me demandez là. Heureusement, ma télé a lâché et je n'en ai pas encore racheté une autre.

— Parfait ! N'en rachetez surtout pas, vous avez déjà le point 2 et 3. Mais vous écoutez la radio, n'est-ce pas ?

— Oui.

— Faudra faire un effort de ce côté-là.

— Et les livres ?

— C'est un point crucial.

Grimm restait silencieux, la tête penchée au-dessus du document. Tapotant le bureau de ses doigts fins, le Dr Lipsky insista :

— Vous dites que c'est dur... Naturellement, c'est dur ! Vous croyez que vous allez guérir de votre dépression sans effort de votre part.

— Il y a quand même des choses un peu absurdes dans ce traitement.

— Pardon ?

— Oui, demander à un commandant de la police judiciaire d'adhérer à Greenpeace, excusez-moi, mais c'est quand même assez délicat...

Un peu agacée, le Dr Lipsky le coupa :

— Ce n'est qu'un exemple. J'ai indiqué d'autres associations.

— Pourquoi me demandez-vous cela ?

— Pourquoi ? C'est très simple.

Le Dr Lipsky croisa ses mains devant son menton et prit une grande inspiration.

— Connaissez-vous les trois réactions classiques face à une agression ?

— Non.

— En anglais, on les appelle les trois F : *Fight*, *Flight* et *Freeze*. *Fight* est une première réaction, c'est le combat. On se défend contre l'agression. *Flight*, c'est la fuite. On se met hors de portée et hors de danger. *Freeze*, c'est l'inhibition, la peur, la paralysie, donc l'incapacité de combattre ou de fuir. Si je fais une analogie avec l'agression que représentent la dégradation de l'environnement et l'urgence climatique et biologique, nous observons dans la population ces trois réactions.

— Vraiment ?

— Absolument. *Flight* regroupe les gens qui sont dans le déni. Ils ont déserté la réalité, ne la voient pas, ne veulent pas y croire, ils la fuient et continuent leur petite vie tranquille. *Fight* regroupe ceux qui se battent pour que ça change, des combatifs qui conservent l'espoir de sauver le monde. Enfin, *Freeze* regroupe ceux qui sont envahis par la peur, l'angoisse, la paralysie et donc la dépression. Pour vous, je résume : les climato-négationistes sont dans le *Flight*, les écolos militants sont dans le *Fight* et les climato-dépressifs dans le *Freeze*.

Elle le fixa dans les yeux.

— Vous êtes dans le *Freeze*.

— Si vous le dites, je suis dans le *Freeze*…

— Vous devez bien en avoir conscience, non ?

— Oui, certes. Mais vous n'avez pas répondu à la question que je vous ai posée.

— Bien sûr que si, j'y ai répondu, mais votre volonté refuse de comprendre. On dirait un brennig accroché à son rocher.

— Un quoi ?

— Une bernique ou une patelle, si vous préférez. Ce sont ces petits coquillages en forme de chapeau chinois qui adhèrent tellement à la roche qu'on ne peut pas les décoller à la main.

Peu à peu, Grimm sentait l'énervement le gagner. Il s'agitait dans son fauteuil, changeant de position à chaque instant.

— Bon, OK, et à part un cours de sciences naturelles, vous répondez à la question ?

— Puisqu'il faut mettre les points sur les i, mettons-les. Les incitations du traitement visent à vous faire passer de la catégorie des *Freeze* à celle des *Fight*. Vous en savez trop sur la question, hélas, et il est trop tard à présent pour revenir dans la catégorie des *Flight* qui est, remarquez-le, la meilleure catégorie. C'est celle des bienheureux...

— Bienheureux sont les pauvres d'esprit.

— Exactement, je ne vous le fais pas dire. La connaissance n'a jamais apporté le bonheur. Bien au contraire. Ceux qui ignorent les turpitudes et les horreurs de ce pauvre monde ne se posent pas de questions. Ils s'épargnent l'indignation, la révolte, la défaite et l'impuissance.

Le Dr Lipsky pointait du doigt la feuille qui se trouvait toujours sous le nez de Grimm.

— Les incitations du traitement – et ce sera à vous de trouver la forme adéquate, celle qui vous convient – visent à vous faire passer de l'inactivité à l'activité. J'ai déjà eu l'occasion de vous le dire mille fois : l'inactif déprime, alors que l'actif est en action, en mouvement, et la dépression ne parvient pas à l'agripper. Vous comprenez ?

— Oui, je vois l'idée.

— Du reste, vous le savez très bien, quand une affaire criminelle vous prend, la dépression s'éloigne de vous.

— C'est juste.

— Allez, monsieur Grimm, prenez cette feuille et tâchez de suivre les indications que j'ai écrites pour vous.

2

Assis à son bureau, Jarry venait de finir son café et de jeter le gobelet dans la corbeille. Le bureau de Blanchard se trouvait sur sa droite, à deux mètres du sien, alors que celui d'Ermeline lui faisait face. Il jeta un coup d'œil à ses équipiers qui, tête baissée, tapaient sur le clavier de leur ordinateur.

Il consulta sa montre et lâcha à la cantonade :

— Qu'est-ce qu'il fout, notre cher patron, ce matin ? Il est 9 h 20.

— Sais pas… Peut-être une grève ou un incident de métro ? répondit Ermeline.

Blanchard, par réflexe, regarda l'heure inscrite sur son ordinateur comme pour vérifier la pertinence de l'intervention de Jarry.

— Exact, 9 h 21. Bizarre.

— Alors, comme ça, Ermeline, tu m'as dit l'autre jour qu'il n'avait pas de voiture ? interrogea Jarry.

— Apparemment non, puisque j'ai dû aller le chercher et le conduire chez les Kerdegat.

— Tu crois que c'est en rapport avec ses lubies d'écolo ?

— Y a des chances, oui.

— Drôle de mec quand même… Faut supporter ses hauts et ses bas, mais faut avouer qu'il est beaucoup plus sympa que Bouexière !

— Y a pas photo ! renchérit Blanchard.

Ermeline posa les coudes sur son bureau.

— Moi aussi, je l'aime bien. Je sais pas pourquoi, mais je l'aime bien.

Puis, croisant les bras :

— Au fait, Éric, t'as reçu les analyses du labo pour le sac poubelle et la cordelette ?

— Oui, c'est pourquoi j'aimerais bien qu'il ne tarde pas trop.

— Moi, j'ai le rapport complet d'Irène sur la victime. On en tirera peut-être quelque chose.

— Espérons, parce que les analyses du labo, ça ne donne rien.

— Comme on pouvait s'y attendre, affirma Jarry.

À ce moment, Grimm pénétra dans la pièce. Il avait la tête de celui qui fait des efforts sur lui-même pour ne pas s'effondrer. Une allure contradictoire, combative mais fatiguée.

Tout en traversant la pièce, il reprit au bond la fin de la conversation dont il avait saisi le sens :

— Ça n'a rien donné, les analyses des sacs et de la cordelette ?

Alors que Jarry et Ermeline avaient sursauté, Blanchard, par nature peu sujet à l'émotion, ne tressaillit même pas, comme si cette soudaine intrusion au milieu de leur discussion était normale.

— Les trois sacs poubelle sont maculés de sang, dont on a réussi à isoler l'ADN évidemment, mais celui-ci est totalement inconnu du fichier national.

— On pouvait s'en douter, dit Grimm.

— Par ailleurs, il n'y a aucun rapport entre l'ADN de la larme sur la lettre anonyme et celui du sac poubelle, reprit Blanchard.

— Ce qui prouve que l'assassin et la victime sont deux personnes différentes, affirma Jarry sentencieusement.

— Bravo, Corentin, subtile conclusion. L'affaire vient de faire un pas décisif vers sa résolution.

Sans rien ajouter et sans qu'on sache s'il avait vraiment goûté la plaisanterie de Jarry, Grimm marcha vers la porte de son bureau. Il avait la main sur la poignée quand Ermeline prit la parole :

— J'ai le rapport d'Irène avec les photos du sac poubelle tel qu'il a été découvert.

Grimm fit aussitôt volte-face.

— Ah, très bien ! Montre-les-nous tout de suite sur écran.

— C'est déjà prêt, il n'y a plus qu'à allumer le vidéoprojecteur.

— Eh bien, dans ce cas, allume-le, Ermeline.

Grimm se débarrassa de son blouson et le jeta sur le dossier d'une chaise sur laquelle il s'assit, face à l'écran.

Pour lui, cette opportunité immédiate de travail tombait à point. Il n'avait pas à fournir une explication à son retard. Du reste, comment pouvait-il raconter que, pris de remords face à sa passivité du week-end, il avait ce matin entassé à la hâte, dans deux cartons, tous les livres de collapsologie qu'il avait déjà lus et les avait descendus dans la cave de son immeuble ? Il ne s'était pas résolu, cependant, à retirer de sa chambre ceux qu'il n'avait pas encore ouverts. Une faiblesse dont il se sentait coupable.

— Voilà le premier cliché, annonça Ermeline.

Les regards se fixèrent sur l'écran. On voyait le sac poubelle poussé contre la porte d'entrée et le pied sanguinolent en dépasser verticalement. Une vision d'horreur et, en même temps, grotesque, ou d'un comique morbide.

Il y eut un moment de silence pendant lequel Grimm pensa que Jarry allait fatalement dire une de ces bêtises dont il était friand. Ce fut le cas.

— Eh bé, c'est pas le pied…

La plaisanterie ne provoqua aucune réaction. Ermeline fut la plus prompte à commencer les observations :

— Le sac obstrue vraiment l'entrée. L'employée de maison a eu du mérite de franchir cet obstacle pour courir alerter sa patronne.

— Oui, pauvre femme… On comprend le traumatisme, approuva Grimm.

Cependant, à part ce premier élément de réflexion, la photo ne suscitait aucune conclusion intéressante.

— Passe les autres, qu'on les voie toutes, demanda Grimm avec un geste impatient de la main.

Elles étaient au nombre de trois. L'une sur un plan élargi permettait de voir d'un même coup d'œil, le perron, la porte d'entrée et le sac. Deux autres, plus rapprochées, étaient prises de côté, gauche et droite, donnant une vision latérale du sac. Ermeline laissa chaque photo à l'écran pendant une minute avant de passer à la suivante. Personne ne pipa mot.

— Bon, remets la première, dit Grimm.

C'était une vue de face. Le pied était positionné de profil, de sorte qu'il apparaissait comme une espèce de drapeau flottant au vent. La jambe était maintenue en position verticale par la cordelette qui fermait le sac.

— Zoome sur la cordelette, s'il te plaît.

Ermeline s'exécuta et le nœud apparut en plein écran. Il ne paraissait pas avoir été effectué à la va-vite. Ni sans méthode. Bien au contraire. Les deux boucles enlacées d'une manière si claire ne pouvaient correspondre qu'à un nœud répertorié et bien connu. Grimm s'agita sur sa chaise et se tourna vers ses adjoints.

— C'est quoi ce nœud ? Moi, j'y connais rien. Vous savez faire des nœuds, vous ?

— Ça, c'est une question pour Ermeline ! affirma Jarry. Elle fait de la voile depuis toute petite. C'est la reine du catamaran.

— C'est vrai ? fit Grimm en pointant son nez vers elle.

— Oui, j'ai grandi à Saint-Nazaire. Mon père travaille à l'arsenal. J'ai été mise à l'eau toute petite sur des optimistes, et puis toutes sortes de dériveurs, et des catamarans aussi.

— Et alors, ce nœud, tu connais ?

Ermeline fixait l'écran et son visage exprimait plus de perplexité que de certitude. Elle hésitait.

— Oui, je le connais, c'est un grand classique, mais il est un peu bizarre.

— C'est-à-dire ?

— C'est un nœud de chaise, y a aucun doute là-dessus.

— Ben alors, qu'est-ce qui est bizarre si c'est un nœud de chaise ?

Ermeline fit des gestes avec ses mains en murmurant pour elle-même :

— Le puits, le serpent sort du puits, il fait le tour de l'arbre et rentre dans le puits. Ah oui, je vois ! C'est vraiment curieux…

— Quoi !? Qu'est-ce qui est curieux, Ermeline ?

— Le nœud est fait à l'envers. Regarde, quand elle entre dans la boucle du bas, la cordelette tourne vers la droite alors qu'elle devrait tourner vers la gauche. Au final, le brin court est positionné à droite, au lieu d'être à gauche.

— Et ça peut se faire comme ça aussi ?

— Oui, si on veut, c'est le même nœud, mais c'est pas un geste naturel.

Jarry éclata de rire.

— Pas naturel pour toi ! Mais pour un gaucher ?

— Un gaucher le fait en général comme moi, c'est-à-dire comme on lui a appris.

— Et si la personne qui vous apprend à faire le nœud de chaise tient compte du fait que vous êtes gaucher ?

— Pourquoi pas ? C'est possible, évidemment. De toute façon, le symétrique qu'on voit à l'écran ne change rien à la solidité du nœud ni à la facilité de le défaire.

Grimm se leva et arpenta la pièce de long en large.

— Attendez, si je vous suis bien, ce nœud de chaise effectué à l'envers aurait de forte chance d'avoir été réalisé par un gaucher. C'est bien ça ?

— Sans doute, concéda Ermeline. En tout cas, je ne vois pas un droitier le faire de cette manière.

— Bingo ! s'écria Grimm.

Il s'était arrêté au milieu de la pièce et tous les regards convergeaient vers lui.

— Donc, on tient un argument pour dire que l'auteur du nœud et l'auteur de la lettre en écriture spéculaire sont bien une seule et même personne ! Et ce type est un gaucher !

— C'est vrai, constata Blanchard. Même si, je l'ai déjà dit, il n'y a pas que des gauchers qui sont capables d'écrire en miroir.

— Certes ! Mais c'est une coïncidence trop forte, vous ne trouvez pas ? Et, moi, ce genre de coïncidence, je n'y crois pas !

Grimm fit encore deux allers-retours d'un mur à l'autre. Puis, stoppant net, il s'écria :

— Ah, putain de merde ! Il faut absolument qu'on mette la main sur ce type en scooter et on bouclera cette affaire ! Que c'est con qu'il nous ait filé entre les pattes l'autre jour ! Ermeline, tu en es où de ta liste des propriétaires de scooter ?

— C'est un scooter assez ancien qui ne se fait plus depuis une quinzaine d'années. Je ne me souviens plus de la marque, tu la veux ?

Déjà, Ermeline ouvrait un tiroir de son bureau, mais Grimm l'arrêta.

— Non, non, c'est pas la peine. C'est comme pour les nœuds, je n'y connais rien en scooter. Donc, un modèle ancien ?

— Oui, pas très vendu à l'époque, ce qui facilite les recherches. Mais, quand même, je commence à avoir une liste assez longue pour l'ensemble du département. Plus d'hommes que de femmes. Pour l'instant, je m'intéresse aux hommes. Le problème, c'est qu'il y a un marché d'occasions, assez actif, et on ne sait pas non plus où finissent les scooters revendus à la sauvette après avoir été volés. Parce qu'il y a beaucoup de vols.

— Je m'en doute. Tu fais là un travail fastidieux mais primordial, Ermeline. Dès que tu auras une liste à peu près complète, on s'y mettra tous les quatre pour l'éplucher et chercher des suspects. OK ?

Il y eut un acquiescement général. Grimm restait planté au milieu de la pièce face à ses adjoints.

— Et, en fin d'après-midi, c'est le rodéo du go-fast. Personne n'a oublié, j'espère. Rendez-vous à 15 heures dans la grande salle de réunion.

⋆ ⋆ ⋆

L'épilogue de l'affaire dite du go-fast était en vue depuis que le commandant Pujol de la brigade de Nîmes avait enfin pu donner à son homologue rennais, non seulement une date et un lieu de livraison, mais aussi la plaque d'immatriculation de la voiture qui assurerait le transport de la drogue.

Du reste, l'intitulé de l'enquête – go-fast – était impropre, car le véhicule utilisé était une petite cylindrée et l'itinéraire, que Pujol n'avait pas réussi à définir parfaitement, emprunterait les routes secondaires, évitant soigneusement les grands axes. Loin du go-fast, il s'agissait au contraire d'un go-slow, comme se dénommait cette technique de livraison plus récente. À priori, selon Pujol, il n'y avait pas de voiture ouvreuse signalant au véhicule transportant la drogue la présence d'un éventuel barrage ou d'un contrôle routier.

Parce que l'arrestation des dealers en raison de leur nombre s'avérait délicate – trois hommes dans la voiture des pourvoyeurs d'après Pujol et certainement autant à la réception (peut-être plus ?) –, la petite équipe de Grimm ne pouvait suffire. Il fallait du personnel de police supplémentaire, si bien que Babut avait affecté des hommes de la brigade du commandant Bouexière à l'opération. Et après bien des hésitations, car il craignait d'indisposer Grimm, il avait décidé de confier l'opération à ce même Bouexière qui connaissait bien son équipe et le lieu de livraison.

Contrairement à ses craintes, quand Babut l'avait annoncé à Grimm, ce dernier ne sembla pas en prendre ombrage.

— De toute façon, cette histoire de dealers ne m'intéresse pas, avait-il répondu brièvement.

— Rassurez-vous, vous restez en charge de l'affaire, ce n'est que l'opération de police pour les arrestations que je confie à Bouexière car ses hommes y seront plus nombreux. Vous comprenez ? Ceci est bien clair, n'est-ce pas ? Ne le prenez pas mal.

Ce fut cette insistance et cette dernière phrase maladroite qui, en définitive, avaient énervé Grimm.

— Mais je ne le prends pas mal ! Où voyez-vous que je le prends mal !? s'était-il écrié.

Babut avait battu en retraite, ne sachant comment interpréter la réaction de son subordonné.

À 15 heures, Bouexière avait organisé une réunion pour rappeler le rôle de chacun dans l'opération. Tandis qu'il parlait, se posant en patron de ses hommes, mais aussi de ceux de Grimm, ce dernier était assis au premier rang, morose mais attentif, et bien décidé à ne pas intervenir quoi qu'il lui en coûte.

À Montpellier, il était à la tête d'une brigade de quinze hommes. S'il n'avait jamais vécu sa mutation à Rennes comme une sanction, l'idée l'effleura à cet instant en se sentant reléguer au second plan d'une affaire dont il restait pourtant en charge, selon les propres termes de Babut.

À 15 h 45, toutes les questions avaient été abordées, chacun connaissait parfaitement sa place et son rôle, et Bouexière fit sonner le départ.

Cinq voitures banalisées firent route vers le quartier Le Blosne et se garèrent très en retrait aux quatre coins du lieu de livraison. Les hommes, tous en civil, se dispersèrent, soit par deux soit en solitaire, pour rejoindre leur poste, les communications entre eux étant assurées par de minuscules micros dissimulés dans leurs vêtements.

Le rendez-vous des trafiquants était prévu à 18 heures, à l'heure où le trafic est le plus dense, l'agitation la plus intense, pour que l'activité illicite passe inaperçue. Grimm et Jarry prirent place sur un banc au milieu d'un square où de très jeunes enfants surveillés par leur mère jouaient dans un bac à sable. Bouexière les avait placés à une centaine de mètres du futur théâtre des opérations, montrant ainsi clairement qu'il ne souhaitait pas que Grimm intervienne. De même, Blanchard avait été relégué à l'angle d'une rue voisine, Ermeline plus loin encore, et aucun des deux n'était censé participer à l'arrestation. C'était l'opération de Bouexière et pas celle de Grimm.

Affalé sur un banc, celui-ci portait une casquette dont la visière cachait le haut de son visage. Les jambes allongées droit devant lui, le journal ouvert posé sur ses cuisses, les deux bras passés derrière le dossier et la tête renversée en arrière, il fumait une cigarette, les yeux mi-clos, dans une attitude la plus nonchalante possible.

Il restait une heure encore à attendre et Jarry, jambes croisées, consultait tranquillement son portable. Puis, il le mit dans sa poche et semblait somnoler en regardant les enfants qui jouaient dans le bac à sable. Son regard fut ensuite accroché par les hautes tours d'immeuble, de bien laids HLM des années soixante-dix, qui les dominaient de partout.

— Tu vois ces enfants de deux-trois ans qui jouent dans le bac à sable ? dit-il soudain à mi-voix.

— Oui.

— Ce sont nos futurs clients.

— Pourquoi dis-tu ça ?

— Simple déterminisme social, c'est ainsi.

Grimm n'exprima pas son opinion sur la question, mais cette intervention lui donna matière à réfléchir. Pas sur le fond, mais sur Jarry lui-même qui, réfugié derrière ses plaisanteries depuis que Grimm dirigeait l'équipe, venait pour la première fois de révéler une parcelle de lui-même.

Cette réflexion sociologique était inhabituelle de la part d'un flic. Grimm y décela, ou crut y déceler, la raison qui avait poussé Jarry à se porter volontaire pour quitter le groupe de Bouexière. Des dissensions existaient au sein de l'équipe, avait-il appris par Ermeline qui elle-même était en butte à quelques beaufs au cerveau étroit, cause avouée de son propre ralliement à Grimm.

Il est certain qu'évoquer le déterminisme social devait être considéré par ces primitifs au front bas comme une manière d'excuser les délinquants. Une vraie position de gaucho ! C'était impardonnable et, tel que Grimm appréhendait Bouexière lui-même, ce type de raisonnements ne devait pas entrer non plus dans sa vision du monde ni ses schémas de pensée.

Plus encore peut-être qu'Ermeline qui, si Grimm avait bien compris, devait s'attirer surtout des remarques sexistes, Jarry devait susciter la méfiance par ses opinions minoritaires. La méfiance, mais très certainement aussi la raillerie, le mépris et donc le rejet.

Peut-être Grimm allait-il trop loin dans ses déductions, mais il sentait cependant qu'il touchait juste pour l'essentiel. Il fut à ce moment frappé par la confiance que Jarry venait de lui témoigner. Il lui en fut reconnaissant, presque ému, même s'il restait totalement immobile sur son banc. Des liens se créaient entre lui et ses adjoints, des liens de sincérité, assurément les plus importants entre les êtres humains.

Grimm désira montrer qu'il méritait cette confiance. Parce qu'il avait à ce moment-là la tête levée vers le ciel, son regard se porta aussi sur les hauts immeubles, condensés verticaux et vertigineux de la pauvreté du quartier.

Et, bien que le silence durât depuis plus de vingt minutes entre eux deux, il lâcha soudain sans détourner la tête :

— Tu dois avoir raison.

Alors Jarry, avec un demi-sourire sur les lèvres :

— On gagnerait du temps en les arrêtant tout de suite.

— Effectivement.

Les deux hommes échangèrent un coup d'œil amusé. Mais soudain Jarry se redressa.

— La voiture là-bas, c'est pas eux ?

Grimm se retourna. Une Citroën blanche de modèle C4 tournait à l'angle de la place.

— Je ne distingue pas la plaque, mais avec trois mecs à l'intérieur à… – il consulta sa montre – 17 h 56, c'est sûrement eux.

Il redressa le col de son blouson pour rapprocher le micro de sa bouche.

— Attention, la cible est en vue !

— Reçu. Dispositif d'interception bien en place.

C'était Bouexière, quant à lui posté au lieu exact de la livraison. Grimm et Jarry suivirent du regard le véhicule des dealers qui disparut dans une rue adjacente après avoir atteint l'angle opposé de la place.

— Et voilà, fit Jarry. C'est fini pour nous. Dans une minute, ils vont leur mettre le grappin dessus.

Grimm ne répondit pas. Il resta silencieux une bonne minute, puis se leva d'un bond.

— Bon, on va voir ce qui se passe. Ça a assez duré cette comédie.

— On nous a demandé de rester là jusqu'à nouvel ordre, protesta très mollement Jarry.

— Ben oui, mais on y va quand même !

Sans attendre, Grimm se mit en marche. Jarry n'eut aucune hésitation. En quelques pas rapides, il rattrapa son supérieur. Ils traversèrent la place, s'engagèrent dans la rue où la Citroën s'était engagée et, cinquante mètres plus loin, s'arrêtèrent sur le seuil du petit parking où la livraison devait s'opérer.

Tout paraissait terminé. Les hommes de Bouexière maintenaient fermement six individus autour de la voiture et leur passaient les menottes. Aucun coup n'avait été échangé et, si deux d'entre eux déployaient inutilement une résistance de principe à base d'insultes et de coups d'épaule, la plupart des dealers avaient la tête basse.

Grimm s'approcha, Jarry sur les talons.

— Qu'est-ce que vous foutez là, Grimm !? aboya Bouexière dès qu'il l'aperçut. Les ordres étaient de ne pas bouger de votre poste.

— C'est fini, alors je bouge, répondit Grimm.

— Eh bien non, justement, c'est pas fini ! Il y en a un qui nous a échappé.

— Nous ne l'avons pas croisé.

Bouexière était furieux. Il criait dans son micro pour donner aux policiers dissimulés dans des rues latérales le signalement de celui qui était parvenu à s'enfuir. Puis, il se retourna vers ses hommes.

— Bon, on embarque tout ce bétail ! Direct à la PJ !

Jarry allongea le bras et pointa l'index vers l'extrémité de la rue. Il eut un petit rire bref et sur un ton gouailleur s'écria avec gourmandise :

— Ce serait pas lui, votre fuyard, là-bas, par hasard ?

Tous les regards se portèrent vers la direction indiquée. Au bout de la rue, un homme solidement tenu au collet et le bras retourné dans le dos avançait en cahotant. Derrière lui, un géant le poussait pour qu'il progresse plus vite. C'était Blanchard.

Quand il parvint sur le parking, Blanchard marcha droit sur Bouexière et, d'un mouvement du bras, projeta le dealer au pied de son ancien chef.

— Le dernier poisson… dit-il sobrement.

Et tandis que trois hommes relevaient le dealer pour lui passer les menottes, Bouexière marmonna, les dents serrées :

— Bon, OK, c'est bon. Celui-là avec les autres et on rentre.

* * *

Grimm conduisait, Ermeline à ses côtés, tandis que Jarry et Blanchard occupaient les places à l'arrière. Le transfert des dealers à l'hôtel de police ne les concernait pas puisque l'équipe de Bouexière s'en occupait.

Dès que Grimm avait mis le moteur de la voiture en marche, il avait lancé par-dessus son épaule :

— Et alors, Éric ? Raconte-nous comment t'as fait ?

Car c'était bien l'événement réjouissant de cette fin d'après-midi de voir Blanchard ramener le fuyard et le balancer comme un paquet de linge sale aux pieds de Bouexière, comme une preuve que sans Grimm et ses adjoints, pourtant maintenus délibérément à l'écart, l'opération n'aurait été que partiellement réussie.

— C'est pas bien compliqué. J'attendais à mon poste, à l'angle de la rue, quand j'ai vu un mec courir dans ma direction comme un dératé. Bouexière nous gueulait dans le micro qu'un des dealers s'était échappé. C'était pas sorcier de comprendre que c'était lui. Au moment où il passait à côté de moi, je n'ai eu qu'à allonger le bras pour le choper d'une main au niveau de l'épaule. Je l'ai immobilisé, une clé derrière le dos, et, hop, retour au bercail !

— En tout cas, chapeau ! J'ai apprécié la tête de Bouexière !

— Moi aussi ! déclara Jarry.

Le véhicule piétinait derrière les files de voitures et Grimm tentait des raccourcis pour éviter les embouteillages. Sans grand succès puisqu'il retombait à chaque fois sur des axes totalement bouchés.

— Quand même, Bouexière, c'est un putain d'enfoiré, explosa soudain Ermerline. J'étais celle placée le plus à l'écart, loin de tout, comme une bonne à rien. Il a toujours procédé comme ça avec moi !

Elle en avait gros sur la patate et ne digérait pas ce nouvel épisode de dévalorisation qui lui rappelait ce qu'elle avait subi pendant deux ans dans son ancien groupe. Grimm l'observa deux pleines secondes et, attendri par cette juste protestation, fit une promesse solennelle :

— Je te jure, Ermeline, qu'à la première opération importante que je dirigerai, tu seras en première ligne avec moi ou Jarry.

— Merci, Hubert. Tu verras, j'en vaux bien d'autres.

— J'en doute pas.

Grimm déboîtait de nouveau pour tourner sur la gauche dans une rue moins passante.

— On va essayer par là…

Il roula au pas pendant une cinquantaine de mètres et fut bloqué par un feu rouge.

— Et pourquoi pas avec moi ? demanda soudain Blanchard.

— Parce que, pour les opérations auxquelles je pense, tu es trop lent. Tu es le plus costaud, mais pas le plus rapide, et parfois il faut vraiment de la vitesse. Ermeline est vive et je l'ai déjà vue démarrer au quart de tour dans le jardin de Kerdegat quand le scooter est passé sous notre nez.

Blanchard hochait la tête en silence. Ermeline était heureuse que Grimm rappelle cet épisode, même si le scooter leur avait échappé.

— Ça vous dérange, demanda Grimm, si on fait un détour par le centre-ville ? J'ai rien à bouffer chez moi et, comme ça, je pourrai rentrer direct avec un kebab végétarien que j'aime bien.

— Pas de problème.

À vrai dire, tant Ermeline que Jarry et Blanchard trouvaient que ce n'était pas une bonne idée vu les embouteillages, mais aucun n'osa s'opposer à cette requête. Grimm mit son clignotant et, quelques minutes plus tard, il s'engageait dans les rues étroites du centre-ville.

Ermeline patientait sans rien dire, songeant que son copain allait encore lui reprocher de rentrer bien tard de son travail. Son regard glissait le long des trottoirs, observant par la vitre les nombreux passants qui arpentaient la chaussée, la plupart pressés de revenir chez eux après leur journée de labeur.

Tout à coup, elle bondit en avant comme si elle avait reçu une décharge électrique et son front heurta le plafond de la voiture.

Elle hurla :

— Hubert ! Arrête-toi !

— Quoi ? Qu'est-ce qu'il y a ?

— Ici ! là ! Posé contre le mur !

— Oh, Ermeline ! Quoi, posé contre le mur !?

Ermeline se retournait sur son siège et pointait du doigt quelques mètres en arrière.

— Tu viens de le dépasser !

— Qu'est-ce que je viens de dépasser, Ermeline, bon Dieu !

— Le scooter !!

3

Grimm pila net, si bien que la voiture qui le suivait de très près, surprise par ce freinage brutal, faillit le tamponner. Les coups de klaxon agressifs et les mouvements de mains du conducteur derrière son pare-brise, sans compter les insultes qu'on ne pouvait heureusement entendre, l'obligèrent à redémarrer.

— Bon Dieu, qu'est-ce que je fais maintenant ? s'écria-t-il.

— Je connais bien le quartier, dit Jarry. Prends à droite tout de suite ici ! On va faire le tour du pâté d'immeubles !

Grimm s'exécuta aussitôt, longea une petite rue à sens unique envahie elle aussi de voitures, puis à droite encore, visualisant mentalement la boucle qu'il était en train d'accomplir. En même temps, il réfléchissait à la stratégie à mettre en œuvre.

— Je vais essayer de me garer. Ce sera pas facile avec tout ce monde…

— Il y a une place handicapée juste avant, dit Ermeline.

— OK, parfait.

La voiture déboucha à nouveau sur l'étroit boulevard où Ermeline avait repéré le scooter. Grimm s'y engagea en forçant le passage, mais le conducteur stoppé par sa manœuvre un peu rude ne parut pas s'en alarmer, bien au contraire puisqu'il y répondit par un geste aimable de la main et même un sourire.

— Ah, enfin un mec sympa ! réagit Grimm.

Ermeline, tendant le bras, désignait un emplacement vide entre deux voitures garées sur le bas-côté.

— Attention, la place handicapée, on y est presque !

Grimm s'y glissa en marche avant et, pour cette raison, grimpa sur le trottoir dans le mouvement circulaire de la voiture, pour en retomber lourdement, à peu près correctement garé. Le scooter était visible, dix mètres plus loin, rangé le long du mur.

— Il est toujours là ! s'exclama Ermeline.

— Tu es sûre que c'est le bon ?

— Certaine ! Un scooter de ce type, de cette couleur et sans plaque d'immatriculation, il ne peut pas y en avoir deux dans la ville !

Grimm s'apprêtait à descendre quand il se ravisa.

— On a un traceur GPS ?

— Dans la boîte à gants, répondit Ermeline en ouvrant celle-ci. Un miniature qui se colle sur n'importe quoi.

— Parfait ! Ermeline, tu vas aller le placer sur le scooter à un endroit invisible. Sous le garde-boue avant par exemple.

— OK !

— Éric, tu l'accompagnes discrètement.

— Je croyais que j'étais trop lent ?

Grimm sourit. L'avait-il vexé ?

— Non, pas pour ça. En garde du corps, tu seras parfait. Allez, go, vous y allez !

Ermeline était déjà sur le trottoir alors que Blanchard ne faisait qu'ouvrir la portière. Elle piaffait d'impatience en le regardant extraire son grand corps de la voiture.

— Grouille, Éric !

— Peux pas, je suis lent…

Grimm soupira, se jurant de ne plus parler à Blanchard de sa lenteur, pourtant proverbiale, s'il voulait à l'avenir éviter ce type de réactions. Cependant, il savait qu'il pouvait lui faire confiance et qu'Ermeline serait bien protégée si le propriétaire du scooter rappliquait au moment où elle serait en train de coller le GPS.

Grimm et Jarry regardaient Ermeline et Blanchard s'approcher du scooter. Ce dernier était aligné contre un mur entre la vitrine d'un magasin de chaussures et la porte d'un immeuble, et la roue avant était immobilisée par un antivol.

— Tu l'as vexé, je crois, dit soudain Jarry.

— Oui, je m'en suis rendu compte.

— C'est que c'est une grosse bête sensible, Éric, en fin de compte…

— Effectivement. J'aurais pas cru.

Ermeline s'arrêta à cinq mètres du scooter et inspecta attentivement les alentours, tandis que Blanchard poursuivait sa marche nonchalante, dépassant le deux-roues et stoppant peu après face à la vitrine d'un horloger qu'il fit mine de regarder, les mains derrière le dos. Ermeline tenait le traceur GPS dans la main droite.

D'un coup, elle entra en action, marcha droit sur le scooter comme si celui-ci lui appartenait, s'accroupit au niveau de la roue avant et, d'un geste précis, sans hésitation aucune, colla le GPS sous le garde-boue. Puis, elle se releva et, sans attendre, retourna dans la voiture.

Refermant la portière sur elle, elle s'écria :

— C'est fait !

— Très bien, Ermeline.

Peu après, la porte arrière s'ouvrait et Blanchard pliait son corps immense pour pénétrer dans l'habitacle. Une fois assis, il tira à lui la poignée pour refermer. Quand Blanchard effectuait ce geste, on avait toujours l'impression que la portière allait se briser en mille morceaux ou se disloquer au niveau des gonds et retomber dans la rue.

— Merci, Éric.

— Y pas de quoi, chef.

Grimm laissa passer un silence tandis que tous les regards étaient braqués sur le scooter.

— Maintenant, il n'y a plus qu'à attendre que notre homme vienne récupérer son engin.

Utilisant son portable, Ermeline profita de ce moment de répit pour inscrire sur le logiciel du GPS les codes de la puce placée sous le garde-boue du scooter. Sur son écran, le plan des rues apparut et un point lumineux, pour l'instant immobile, était visible à l'emplacement du scooter.

— Voilà ! Vous le voyez ? demanda Ermeline en montrant l'écran à Grimm, puis, en se retournant, à Jarry et Blanchard. Si le scooter bouge, on suivra son déplacement sur le plan.

— C'est quand même incroyable ces nouvelles technologies ! s'exclama Grimm.

Face à cet enthousiasme naïf de son patron qui signait leur différence d'âge, Ermeline ne put réprimer un sourire amusé. De son côté, Jarry affichait lui aussi la position du deux-roues sur l'écran de son portable pour suivre son déplacement sans avoir à se pencher pardessus l'épaule d'Ermeline.

* * *

Chaque passant qui s'approchait du scooter provoquait chez eux une tension, gestes en suspens, bustes redressés, regards fixes et respirations interrompues. À plusieurs reprises, ils crurent que la personne qui le frôlait allait s'arrêter et le saisir. Moments tendus, suivis de déception et de relâchement.

Il était 19 heures passées et le jour commençait à décliner. Le ciel étonnamment bleu, surtout en cette période de l'année, prenait une teinte plus sombre, plus profonde, et la luminosité dans la rue s'affaiblissait peu à peu. L'attente qui s'annonçait longue et pénible fut en réalité assez brève.

La gérante du magasin de chaussures et son employée avaient fermé leur enseigne depuis une demi-heure. Sur le trottoir, elles s'étaient aussitôt séparées et chacune était partie de son côté. À présent, les passants se raréfiaient, le trafic de voitures se fluidifiait, l'agitation liée à la fin de la journée de travail s'achevait, et le scooter demeurait comme abandonné, adossé contre le mur.

La porte de l'immeuble s'ouvrit soudain et un homme apparut sur le seuil. Il jeta un coup d'œil prudent autour de lui et, constatant sans doute que rien ne menaçait, il s'approcha naturellement du scooter, se baissa et déverrouilla l'antivol.

C'était un homme de petite taille, mais du genre râblé, costaud, assez large d'épaules, aux membres courts qu'on devinait puissants. Il avait le haut du crâne dégarni et les rares cheveux qu'il conservait au sommet du front étaient plaqués en arrière formant quelques lignes sinueuses destinées à dissimuler sa calvitie. Sur la nuque, les cheveux redevenaient abondants, recouvrant le cou, à l'inverse des tempes, coupées à ras.

Le nez était large et long, si proéminent qu'il déterminait toute la physionomie du visage. Car ni les lèvres minces, comme absentes, ni le menton fuyant, ni les yeux allongés en deux fentes oblongues, ne pouvaient rivaliser avec un tel appendice qui lui mangeait presque le visage.

Il était difficile de lui donner un âge, mais l'absence de cheveux blancs, en particulier sur la nuque où ils étaient d'une couleur noir de jais, quelques rides naissantes cependant, sur le front et les joues, ainsi que des cernes sous les yeux, incitaient à le situer dans une tranche d'âge située entre quarante et cinquante ans.

Il tenait un casque blanc à la main, qu'il posa calmement sur sa tête, et dont il attacha la sangle consciencieusement. Puis, il s'assit sur le scooter et démarra aussitôt, quittant le trottoir en se faufilant entre deux voitures à l'arrêt, et accélérant brusquement dès qu'il fut sur le boulevard.

— Ah merde ! s'exclama Grimm en tournant précipitamment la clé de contact, il m'a pris de vitesse !

— Coooool, s'écria Ermeline en mettant l'écran de son smartphone sous le nez de Grimm, on n'a pas besoin d'être derrière lui. Si on veut, on a même le temps de prendre un café.

De fait, grâce au point lumineux correspondant au scooter, on suivait parfaitement le déplacement de celui-ci sur l'écran. Prenant conscience de sa bévue, Grimm prit le parti d'en rire.

— C'est juste, je m'affole pour rien. Vous devez me trouver un peu flic à l'ancienne, non ?

— Un peu, mais c'est un honneur d'être dirigé par Vidocq en personne… osa Jarry.

Sans relever cette petite insolence proférée sur un ton amical, Grimm déboîta et s'engagea sur le boulevard.

— Guide-moi, Ermeline, je ne le vois plus.

— Au prochain feu, à gauche.

— OK. Où va-t-il ?

— Vers le sud…

En suivant les indications données par Ermeline, ils franchirent les quais, puis prirent la rue Saint-Hélier et celle de Vern. De temps à autre, loin devant eux, ils apercevaient le casque blanc qui filait imperturbablement.

— Depuis les quais, on se dirige vers le sud-est, précisa Ermeline.

— Ça va vers où ? demanda Grimm dont la connaissance de la périphérie de la ville restait très parcellaire.

— Vers le quartier de la Poterie. Ou peut-être Chantepie ?

— Chantepie ?

— C'est le nom d'un bled qui touche Rennes.

— Joli nom…

— Prends à gauche, rue de la Poterie.

Une rue peu animée constituée de petites maisons éparses.

— Plutôt calme comme coin…

— Encore à gauche… à droite maintenant dans l'avenue de Cork…

— Cork est une ville irlandaise où j'ai passé des vacances il y a quelques années, annonça Jarry qui s'était redressé et accrochait des deux mains le siège d'Ermeline. Mais vous vous en foutez…

— Absolument, on s'en fout, dit Grimm calmement, concentré sur sa conduite.

Ils se trouvaient à présent dans un lotissement de pavillons assez petits dont beaucoup étaient quasiment identiques. Même architecture, un seul étage sous les toits, une haie, un jardinet.

D'un coup, les réverbères de la rue s'allumèrent tous ensemble.

— Attention, il s'est arrêté ! s'écria soudain Ermeline.

— Où ?

— Dans la même rue, deux cents mètres plus loin.

Grimm freina instinctivement, mais continua à rouler.

— Sur la droite ou sur la gauche ?

— Sur la gauche, dans cinquante mètres.

À vitesse réduite, la voiture passa devant une maison semblable à ses voisines : crépi blanc, un seul étage avec deux fenêtres de type chien-assis au niveau de la toiture, une haie de troènes bien taillée, une étroite pelouse et, à la droite de celle-ci, une allée cimentée descendant vers un sous-sol qui faisait office de garage, dont l'homme tirait la porte coulissante afin d'y ranger le deux-roues.

Il effectuait ce geste avec naturel, sans se cacher ni se soucier des regards.

— On dirait que c'est chez lui, suggéra Jarry.

— Apparemment oui, et c'est assez étrange de banalité, répondit Grimm qui stoppait la voiture sans arrêter le moteur une centaine de mètres plus loin.

Il garda les mains sur le volant, les yeux dans le vide, et resta silencieux une pleine minute. Personne n'osa perturber sa réflexion. Puis, il éteignit le moteur et pivota le buste de trois quarts pour pouvoir s'adresser à toute son équipe.

— Ce mec, c'est notre principal suspect. On a eu beaucoup de bol de tomber dessus par hasard. Il ne faut pas rater son interpellation.

La tension monta d'un cran dans la voiture.

— Nous savons qu'il espionnait Kerdegat. Si on se réfère aux lettres et aux coups de téléphone anonymes, il est malin et sait agir sans laisser de traces. Enfin, nous le soupçonnons fortement de meurtre. Bref, il est probablement dangereux et le terme est faible.

Les regards étaient graves. Chacun savait que ce genre d'interpellations pouvait mal tourner. Blanchard, un peu plus âgé que Jarry et Ermeline, avait déjà vécu une situation de ce type qui avait tourné au drame. Six ans auparavant, un jeune policier, tout juste recruté, avait été tué d'un coup de couteau au cours d'une arrestation.

— Par ailleurs, poursuivait Grimm, nous ne savons pas qui habite dans cette maison, si commune qu'elle ressemble à une couverture. Peut-être sont-ils plusieurs ? Et tous armés… Il nous faut minimiser les risques. Vous avez tous votre arme de service ?

Réponse affirmative et unanime par des mouvements secs de la tête.

— Nous allons nous séparer en deux groupes. Moi et Éric, nous sonnons à la porte, en espérant qu'on puisse l'appréhender en douceur. Ermeline et Corentin, vous irez dans le jardin de derrière pour l'intercepter au cas où il essayerait de fuir par l'arrière. L'intercepter ou les intercepter ? Nous n'en savons rien pour l'instant.

Grimm les fixa un à un.

— Est-ce que c'est clair pour tout le monde ?

De nouveau, il y eut un acquiescement muet et unanime.

— Et, je vous le rappelle, nous ne tirons qu'en cas de légitime défense, si notre vie ou celle de l'un d'entre nous est en jeu. C'est pourquoi il faut être hyper-attentif et hyper-prudent.

Là encore, l'approbation se lisait sur les visages.

— Très bien. Alors, allons-y ! dit Grimm en ouvrant sa portière et en sortant de la voiture.

⋆ ⋆ ⋆

La nuit était tombée, mais les lampadaires disposés à intervalles réguliers éclairaient suffisamment la rue calme, déserte, où ne passaient à présent que de rares voitures.

Ils parcoururent en silence les cent mètres qui les séparaient de la maison. De la lumière était visible non seulement au rez-de-chaussée mais aussi à l'étage.

— Il est pas tout seul, conclut Grimm à voix basse. Va falloir être vigilant.

Au moment où ils parvenaient au niveau du jardinet, Grimm fit un mouvement de tête à Ermeline et Jarry pour leur indiquer l'étroite allée qui longeait la maison et menait au jardin de derrière. Aussitôt, Jarry et Ermeline s'y coulèrent sans bruit et disparurent.

Grimm et Blanchard s'avancèrent vers la porte d'entrée de la maison. La sonnette se trouvait sur la gauche. Grimm se pencha en plissant les yeux pour lire le nom inscrit à la main. Ne parvenant toujours pas à le déchiffrer en raison de la semi-obscurité, il sortit son briquet de sa poche et éclaira la petite feuille de papier rectangulaire glissée sous le cache plastique.

Monsieur et madame Koprotkieff

Un couple. Ce n'était pas ce à quoi il s'attendait. Il jeta un regard dubitatif à Blanchard.

— Je sonne. Sois prêt à toutes les éventualités.

Il appuya sur la sonnette. L'attente fut brève. Un bruit de pas se rapprocha de la porte. Puis le silence. On devait les observer par le judas. Il est certain que la stature de Blanchard, dans la pénombre relative et projetée à contre-jour par la lumière du lampadaire situé dans la rue, n'avait rien de rassurant.

Une voix d'homme, étouffée par l'épaisseur de la porte, se fit entendre.

— Qui est-ce ?

— Police judiciaire. Veuillez ouvrir, s'il vous plaît.

Il y eut un nouveau temps d'attente et, soudain, le volet roulant de la pièce principale située sur leur gauche s'abaissa avec son bruit caractéristique.

— Ouvrez, police judiciaire ! répéta Grimm en haussant le ton.

Grimm crut percevoir un échange de paroles, une sorte de conciliabule inaudible. Il donna deux coups du plat de la main sur le battant supérieur de la porte.

— Ouvrez, police ! cria-t-il encore. C'est une obligation de la loi.

Il s'attira en retour cette surprenante réponse, lancée à la volée d'une voix rageuse :

— Police, mon cul ! Foutez le camp ou j'appelle les flics !

Désarçonné, Grimm resta muet de surprise pendant de longues secondes. Il sortit sa carte de police de la poche et la positionna face au judas.

— Je suis le commandant Grimm du Service régional de la police judiciaire de Rennes. Avec moi, le capitaine Blanchard, du même service.

— Je vois rien dans le noir et faut pas me prendre pour un con ! Ça pourrait être n'importe quoi ! Une carte de piscine ou de métro ! Dégagez !

L'homme s'obstinait. À moins de défoncer la porte, ce qui, même pour Blanchard, s'avérait délicat tant elle paraissait massive, la situation de blocage menaçait de durer.

Grimm empoigna son portable et envoya un SMS à Ermeline.

Il refuse d'ouvrir la porte.
Comment ça se présente
de l'autre côté ?

Une baie vitrée
donnant sur le jardin.

Vous voyez combien il y a
de personnes dans la maison ?

Non. J'ai vu une femme au début.

Vous pouvez entrer ?

Je sais pas.

Vérifie.

OK.

Grimm rangea son portable. Puis, il cria :

— Vous avez tort de ne pas ouvrir, je vais appeler des renforts.

— C'est ça, appelez-les ! Les gendarmes vont bientôt vous embarquer ! Rira bien qui rira le dernier !

— Putain, il se fout de nous ! lâcha Grimm entre les dents.

Il attendait un nouvel SMS d'Ermeline avant de prendre une décision. Appeler des renforts était une solution simple, mais il fallait d'abord passer un coup de fil à Babut et il était 9 heures passées. Ensuite, avant de trouver les hommes disponibles dans l'équipe du commandant Bouexière et que ces derniers rappliquent, il allait falloir patienter au moins une heure et faire le pied de grue devant la porte.

La voix d'Ermeline le tira soudain brutalement de ses réflexions. Elle provenait de la maison. C'était fort et sans détour.

— Lâchez votre arme ! Pas de conneries ! Posez-la par terre. Bien, comme ça. Maintenant, à genoux, les mains derrière la tête. Parfait. Vous aussi, madame !

Grimm échangea un regard sidéré avec Blanchard.

— Nom de Dieu, elle est entrée…

Quelques secondes plus tard, la porte se déverrouillait et Jarry, l'arme au poing, leur faisait signe d'entrer. Dans le hall de la maison, au pied de l'escalier, Grimm et Blanchard découvraient un étrange spectacle. À genoux, l'homme au scooter, les mains menottées derrière le dos, et une femme assise à côté de lui, tous les deux face à Ermeline, le bras droit le long du corps, tenant encore son pistolet.

— On se calme. Ermeline, tu ranges ton feu. C'était quoi son arme ?

Jarry tendit à Grimm un shocker.

— Mouais… Une arme de défense assez efficace, mais pas létale.

Puis, Grimm s'approcha du suspect et lui mit sa carte sous le nez.

— Commandant Hubert Grimm de la PJ. Vous la voyez mieux maintenant, la carte de piscine ou de métro ?

L'homme ne répondit pas. Grimm enchaîna :

— Je regrette qu'on en soit arrivé là, mais vous ne nous avez pas laissé le choix. Il y a du monde à l'étage ?

— Nos deux enfants, articula la femme, blanche comme un linge.

— Ermeline et Corentin, montez vérifier.

— Ils vont avoir peur ! Laissez-moi y aller avec eux ! s'écria la femme.

Grimm hésita, mais elle paraissait vraiment affolée et ne semblait pas présenter une quelconque menace.

— OK, allez-y avec eux.

Elle se leva aussitôt, jetant un regard reconnaissant à Grimm, et s'engagea dans l'escalier entre Jarry et Ermeline.

— Quant à vous, monsieur, levez-vous s'il vous plaît, nous allons vous interroger au salon. Ce sera beaucoup plus confortable. Éric, enlève-lui les menottes.

Toujours silencieux, l'homme se leva. Grimm lui demanda de s'asseoir dans le canapé en cuir qu'il trouvait de très mauvais goût comme tout le reste de l'ameublement et Blanchard, dont la simple présence générait un calme pesant, se posta à côté de lui.

Grimm s'installa dans un fauteuil face au conducteur du scooter et le regarda qui se massait les poignets, le visage fermé et les yeux fixant obstinément le tapis du salon.

Il allait commencer l'interrogatoire quand une sirène se fit entendre. Puis, le bruit d'une voiture qui s'arrêtait brutalement devant la maison, des portières qui claquaient. Enfin, dans la foulée, la sonnette retentit.

— Ah, parce que vous avez vraiment appelé les gendarmes !?

— Oui…

— Mauvaise idée. Je sens qu'on va avoir du mal à se dépêtrer de ces oiseaux-là…

Grimm ne se trompait pas. Le capitaine de gendarmerie Beaulieu, face rubiconde dans un visage carré, suspicieux de nature, trouva plus que curieux que l'homme qui les avait appelés fût en train d'être interpellé par la police judiciaire. Il est vrai qu'un suspect qui cherche protection auprès des gendarmes est chose peu courante.

Grimm ainsi que ses équipiers durent prouver leur identité. Puis, il fallut se mettre d'accord sur le compte-rendu d'opération que le capitaine Beaulieu aurait à faire de l'incident auprès de ses supérieurs.

Trois quarts d'heure furent nécessaires avant que les gendarmes ne repartent et que Grimm pût enfin se rasseoir dans le fauteuil et démarrer l'interrogatoire de l'homme au scooter.

4

Grimm avait une longue habitude des interrogatoires. Selon la tactique classique, il commençait par mettre le suspect en confiance, démarrant par des questions périphériques qui ne prêtaient pas à conséquence. Puis, comme un animal qui se rapproche de sa proie par cercles concentriques de plus en plus serrés, il orientait les questions vers le nœud de l'affaire, l'effleurant seulement au début pour entrer peu à peu dans le vif du sujet en tentant de dégager les éventuelles contradictions ou incohérences des réponses.

L'homme au scooter avait le visage fermé, mais son expression reflétait davantage la contrariété que l'accablement. Or, accablés – Grimm en avait l'expérience –, les coupables le sont le plus souvent, regrettant d'avoir commis les erreurs qui ont conduit à leur arrestation. Dans leur tête, quand ils sont menottes aux mains, ils refont souvent le film, se reprochant d'avoir agi à telle ou telle occasion d'une manière qui les a en définitive trahis.

Cette observation mettait Grimm mal à l'aise et peut-être prévoyait-il déjà que l'interrogatoire révélerait des surprises qui allaient orienter l'enquête dans une direction inattendue. Peut-être aussi fallait-il considérer que le suspect se trouvait non seulement démenotté, mais aussi encore sur son territoire – son horrible canapé en cuir – et que cette situation pouvait l'inciter à penser que son cas n'était pas désespéré, que les charges pesant contre lui étaient floues puisqu'il n'était pas embarqué sur-le-champ vers les locaux de la PJ.

Quoi qu'il en soit, Grimm décida de lancer l'interrogatoire comme à son habitude et, après un long silence pendant lequel il jaugea le comportement du suspect, il toussa, s'éclaircit la voix et attaqua de la manière la plus neutre possible :

— Quels sont votre nom et prénom ?

— Parce que vous l'ignorez ?

— Répondez aux questions, s'il vous plaît, sans faire de commentaires.

L'homme au scooter leva les yeux au plafond pour montrer son agacement.

— Comme indiqué sur le bouton de la sonnette, je suis M. Koprotkieff.

— Pouvez-vous me montrer votre carte d'identité ?

— Elle se trouve dans mon blouson sur le portemanteau dans l'entrée.

— Allez la chercher, mon collègue va vous accompagner.

M. Koprotkieff se rendit dans le vestibule, suivi comme son ombre par Blanchard dont la masse démesurée dissuadait de toute velléité de rébellion. L'impressionnante différence de taille entre les deux hommes possédait par ailleurs une force comique indéniable.

Le couple improbable revint dans le salon et M. Koprotkieff tendit sa carte d'identité à Grimm.

— Merci.

Croisant les jambes, Grimm la consulta attentivement. Il lisait à haute voix, assez lentement.

— Alain Koprotkieff… né à Amiens… le 26 août 1978… 43 ans… 1,65 m… signe particulier : néant.

Grimm releva la tête.

— Et la femme qui est avec vous est Mme Koprotkieff.

— Oui.
— Et les deux enfants à l'étage sont les vôtres ?
— Oui.
— Quel âge ?
— 12 et 14 ans.
— Bien. Il me faudra les cartes d'identité de toute la famille.
M. Koprotkieff hocha la tête sans répondre.
— Vous êtes propriétaire ou locataire de la maison ?
— Propriétaire. Nous y vivons depuis une quinzaine d'années environ.
— Il me faudra l'acte de propriété.
— Vous l'aurez.
Les Koprotkieff vivaient donc une vie sans histoire dans une rue paisible. L'achat du pavillon était sans doute survenu quand la perspective d'une famille agrandie avait nécessité un lieu plus adapté. Le tableau dégagé peu à peu était d'une banalité consternante qui semblait peu en rapport avec l'affaire Kerdegat.
— Vous avez une voiture ?
— Oui.
— Où est-elle ?
— Dans le garage.
— Vous vous en servez souvent ?
— Plutôt ma femme…
— Et pourquoi pas vous ? Vous êtes un grand marcheur ?
Grimm avait lancé à M. Koprotkieff un regard aigu et celui-ci avait baissé les yeux. Sa gêne était palpable.
— Non… J'utilise le plus souvent un scooter.
— Pourquoi ?
Le suspect se tortillait sur le canapé, changeant de position et lissant avec la main les maigres cheveux qui ne parvenaient guère à masquer sa calvitie.
— J'attends votre réponse, monsieur Koprotkieff.
— Écoutez…

— J'écoute.

M. Koprotkieff souffla bruyamment et haussa soudain la voix :

— Je voudrais qu'on cesse de tourner autour du pot. Êtes-vous là parce que je n'ai pas de plaque d'immatriculation à mon scooter ?

— Pourquoi n'en avez-vous pas ?

— En raison de ma profession.

— Et quelle est votre profession, monsieur Koprotkieff ?

— Je suis détective privé.

Silence. Grimm restait interloqué. Il échangea un bref regard avec Blanchard. Décidément, cet interrogatoire prenait une tournure imprévisible.

— Vous êtes détective privé… Vous avez une carte pour prouver cette affirmation ?

M. Koprotkieff tira de la poche arrière de son pantalon un portefeuille, l'ouvrit et en sortit une carte qu'il donna à Blanchard.

— Lis-moi ça, Éric.

— *Alain Koprotkieff – Détective privé – Surveillance, filature, recherche de personnes, enquêtes diverses*. Il y a un numéro de téléphone mais pas d'adresse.

— C'est un numéro de portable ?

— Un 06, oui.

Et Grimm, s'adressant aussitôt à M. Koprotkieff :

— C'est une carte prépayée votre portable ?

— Non, pourquoi ?

— Pour rien.

Des bruits de pas dans l'escalier firent diversion. Ermeline revenait dans le salon. Elle fit un signe de tête à Grimm pour lui signifier qu'il n'y avait rien de particulier à l'étage. À l'évidence, par simple précaution, Jarry était demeuré avec la mère et les enfants. Ermeline resta debout, adossée contre un mur de la pièce de manière à observer M. Koprotkieff. Grimm la vit sortir son portable et le manipuler. Une initiative qui s'était révélée payante avec Kerdegat.

Grimm dévisagea de nouveau M. Koprotkieff.

— Et en quoi le fait d'être détective privé vous autorise-t-il à rouler sans plaque d'immatriculation sur votre scooter ?

— Cela ne m'y autorise pas.

— Et alors, pourquoi le faites-vous ?

— Peut-être vous, qui êtes officier de police judiciaire, le comprendrez-vous mieux que d'autres ? Il y a des points communs entre mon métier et le vôtre.

C'était étonnant. La discussion devenait surréaliste. Koprotkieff semblait faire appel à une sorte de solidarité professionnelle ou même de corporatisme. Flic et privé, même combat… Grimm haussa les sourcils.

— C'est une plaisanterie ?

— Pas du tout.

— Allez-y toujours.

— La filature est partie intégrante de notre job. Et ceux que nous pistons ont de bonnes raisons de se cacher, n'est-ce pas ? Dans mon cas, ce sont le plus souvent des maris adultères dont l'épouse veut démasquer l'infidélité. Ou l'inverse, même si c'est moins fréquent. Qu'importe ! Car, de toute façon, je risque gros quand, par maladresse ou par malchance, je suis découvert. Le mari infidèle veut parfois se venger des ennuis que je lui crée. Se venger, ça veut dire me donner une bonne leçon. Me casser la gueule en d'autres termes, seul ou à plusieurs. Ça m'est déjà arrivé. Deux fois même. Et j'étais pas beau à voir après ces passages à tabac, croyez-moi…

— Vous avez porté plainte ?

— Ça s'est toujours passé la nuit et les mecs portaient des cagoules. Est-ce que vous ne risquez pas la même chose et même bien pire avec les criminels que vous traquez ?

Le parallèle était audacieux, mais Grimm devait reconnaître que Koprotkieff n'était pas complètement hors sujet. Flic de la PJ n'était pas un métier sans risque, loin de là, et une vengeance était toujours à redouter. Cependant, les flics avaient affaire à des malfrats beaucoup plus dangereux que des maris infidèles. Koprotkieff poussait le bouchon trop loin en mettant les deux activités sur le même plan. C'était agaçant, voire désagréable, mais on ne pouvait nier que sa démonstration recélait une petite part de vérité.

Refusant de perdre le contrôle de l'interrogatoire, Grimm n'entra pas dans le jeu de son interlocuteur.

— Et alors, le scooter ?

— De même que je ne mets pas d'adresse sur ma carte professionnelle, seulement le numéro de mon portable, j'ai enlevé la plaque d'immatriculation de mon scooter pour qu'on ne puisse pas me retrouver. C'est illégal, mais je me protège. Par ailleurs, un scooter est beaucoup plus rapide et mobile en ville qu'une voiture, c'est pourquoi je l'utilise pour les filatures.

Koprotkieff marqua une courte pause, puis reprit un tantinet provocateur :

— Si je comprends bien, vous avez fait cette intrusion musclée dans ma maison pour me coller une contredanse ?

— Vous avez refusé de nous ouvrir. Pourquoi ?

— Toujours pour la même raison. Quand j'ai vu par le judas deux hommes dont l'un – il pointa l'index vers Blanchard – était une armoire à glace plus haute encore que celles de nos grands-mères, j'ai cru qu'on venait me casser la gueule à mon domicile. Je n'ai pas ouvert, j'ai pris mon shocker pour me défendre et j'ai appelé la gendarmerie. Qui a pris mon appel au sérieux et a débarqué dans d'assez brefs délais. Je ne peux que les féliciter de leur diligence.

Force était d'avouer que Koprotkieff avait l'art de détourner l'interrogatoire en une conversation d'égal à égal. « Une conversation de salon », n'aurait pas manqué de dire Jarry avec son humour habituel s'il avait été présent. Grimm décida d'être beaucoup plus direct et d'aller désormais droit au but.

— Monsieur Koprotkieff, nous avons la preuve que vous avez espionné M. Kerdegat sur votre scooter plusieurs jours durant. Dans quel but ?

— Ah, c'est pour cela que vous êtes là... J'aurais dû m'en douter.

Il hochait la tête comme s'il comprenait enfin la raison de la présence de la PJ à son domicile. Grimm s'impatientait.

— J'attends votre réponse.

— Je vais vous la donner, mais elle ne pourra être que partielle.

— C'est-à-dire ?

— J'espionne Kerdegat, j'espionnais devrais-je plutôt dire, parce que l'un de mes clients m'a demandé de le faire.

— Quel client ?

— Secret professionnel.

Devant tant d'outrecuidance, Grimm resta un moment interdit, puis, il explosa d'un coup :

— Ne jouez pas ce jeu avec moi, monsieur Koprotkieff ! Vous allez vous attirer des ennuis que vous regretterez. Nous sommes venus ici pour vous mettre en garde à vue dans une affaire de meurtre. Vous ne devez qu'à ma bienveillance d'être encore chez vous assis sur le canapé de votre salon ! Si vous ne répondez pas sur-le-champ à ma question, je vous fais embarquer direct et nous poursuivons cet interrogatoire à la PJ !

Koprotkieff reçut cette rafale sans broncher, mais la crispation de sa mâchoire et sa subite immobilité montraient qu'elle avait produit son effet. Il tenta de lutter, mais c'était de pure forme et le ton de sa voix indiquait qu'il allait abdiquer.

— Vraiment, ça me gêne, c'est contraire à tous les usages de la profession…

Grimm le coupa :

— Le nom du client, vite !

— C'est une cliente…

— Son nom !

— Mme Kerdegat.

⋆ ⋆ ⋆

Grimm se renversa brutalement contre le dossier de son fauteuil.

— Ah !!

Il y eut ensuite un long silence. Blanchard était impassible comme si cette révélation le laissait indifférent. Ermeline avait décollé son dos du mur et sa respiration s'était accélérée. En une fraction de seconde, l'enquête venait de franchir une nouvelle étape et elle ressentait fortement l'excitation due à cette découverte.

Grimm étendit les jambes, les replia, inspira puis souffla bruyamment, et pencha son buste en avant, fixant Koprotkieff d'un regard insistant.

— Nous y voilà enfin. Mme Kerdegat… Expliquez-moi pourquoi celle-ci a fait appel à vos services pour espionner son mari.

Koprotkieff leva les bras en l'air dans un geste qui suggérait que la question était si banale qu'il n'était même pas nécessaire d'y répondre.

— Qu'est-ce que vous voulez que je vous dise ! Le truc classique. Mme Kerdegat soupçonnait son mari de la tromper. À vrai dire, elle en était convaincue. Mais elle voulait des preuves et connaître l'identité de la maîtresse. C'est tout.

— Non, ce n'est pas tout. Qu'est-ce que vous avez découvert ?

— Eh bien, qu'elle avait raison. M. Kerdegat, de fait, a une liaison. Une jeune femme, dans les trente ans.

— Dont vous avez l'identité.

— Oui.

— L'adresse aussi ?

— Oui.

— Il faudra nous donner tout ça.

Koprotkieff acquiesça d'un mouvement de tête résigné. Grimm accélérait désormais l'interrogatoire sachant que toute résistance était brisée chez son interlocuteur. La perspective de se retrouver en garde à vue pendant vingt-quatre heures l'avait passablement refroidi.

— Vous avez informé Mme Kerdegat des résultats de votre enquête ?

— Oui.

— Elle connaît donc l'identité et l'adresse de cette jeune femme ?

— Oui.

— Quelle a été sa réaction ?

— J'avais des photos de son mari et de sa maîtresse ensemble dans la rue, mais elle voulait des clichés, comment dire, plus compromettants.

— C'est-à-dire ?

— Où ils seraient enlacés et s'embrasseraient. J'en avais bien une, mais prise de trop loin et un peu floue. Elle m'a demandé d'en avoir des meilleures.

— Dans quel but ?

— Toujours pareil dans ces cas-là ! Pour prouver l'adultère de leur mari. C'est ce que font toutes les épouses quand elles pensent au divorce.

— Mme Kerdegat souhaiterait divorcer ?

— Je suppose. Les femmes qui viennent me voir ne me prennent pas pour une assistante sociale et elles restent discrètes sur leur motivation, mais, neuf fois sur dix, c'est pour obtenir un divorce à leur avantage.

— Et vous avez pris de meilleures photos ?

— Pas eu le temps. Il y a eu cette horreur de sac poubelle et j'ai tout arrêté.

— Comment l'avez-vous appris ?

— Je l'ai lu dans le *Ouest-France*.

— Il n'y a eu que le journal pour vous faire découvrir cette histoire ?

Koprotkieff se troubla. Grimm l'observait avec un air faussement indifférent qui sentait le piège. Il préféra dire la vérité.

— En fait, ce jour-là, j'avais décidé de filer Kerdegat à midi seulement, quand il quitterait son travail. J'ai été étonné de ne pas voir sa voiture au siège de son entreprise, alors je suis passé devant son domicile pour vérifier s'il s'y trouvait encore. C'est là que j'ai vu toutes ces voitures de flics, gyrophares et compagnie. Sur le coup, je n'ai pas compris ce qui se passait, mais j'ai décampé dare-dare. Après, avec le journal, j'ai compris qu'il y avait du grabuge et que je devais me tenir à l'écart de tout cela.

Le récit des événements tels que Koprotkieff venait de les relater avait l'apparence de la vraisemblance. On n'y décelait aucune incohérence ni zone d'ombre. Sur le fond, Grimm ne doutait pas de son authenticité. Il était de toute façon assez facile de s'en assurer sur-le-champ.

— Monsieur Koprotkieff, j'ai besoin d'une copie des photos de M. Kerdegat en compagnie de sa maîtresse, du nom et de l'adresse de celle-ci.

— Les photos ne sont pas ici. Elles sont stockées dans l'ordinateur de mon local professionnel.

— Qui se trouve ?

— En centre-ville.

Grimm se leva en se frottant les mains.

— Si vous le voulez bien, nous allons y aller maintenant.

— Ce soir !?

— Oui, ce soir. Autrement, je vous l'ai déjà dit et j'aimerais ne plus avoir à me répéter, je serais obligé de vous mettre en garde à vue toute la nuit et nous irions ensemble demain matin. C'est ce que vous préférez ?

Koprotkieff se renfrogna et se leva de mauvaise grâce.

⋆ ⋆ ⋆

Grimm appela Jarry qui descendit les rejoindre au rez-de-chaussée. Quand ils furent tous dehors, passant devant le garage, Grimm s'arrêta et leva la main.

— Ne partons pas sans récupérer notre bien.

Et, s'adressant à Koprotkieff :

— Votre scooter se trouve bien dans le garage ?

— Oui. Vous voulez l'embarquer comme pièce à conviction ?

Négligeant cette riposte ironique, Grimm fit un signe à Ermeline.

— Vas-y, c'est toi qui l'as posé !

Ermeline marqua un temps d'arrêt avant de comprendre. Puis, elle disparut à l'intérieur du garage. Elle en ressortit bien vite, la main droite refermée sur un petit objet.

— Donne, s'il te plaît, que je montre au monsieur.

Grimm saisit le traceur GPS entre le pouce et l'index et l'exhiba devant les yeux de Koprotkieff.

— Voilà, c'est en posant cette puce sous le pare-chocs de votre scooter que nous avons trouvé votre domicile. C'est beau la technologie, n'est-ce pas ?

Koprotkieff haussa les épaules et détourna la tête, avec une moue sur le visage qui marquait un mélange de mépris et d'indifférence. Alors, à la surprise de ses collègues, Grimm ouvrit la fermeture éclair d'une petite poche intérieure de son blouson et y laissa tomber la puce en disant :

— Pour l'instant, je vais la garder comme porte-bonheur, parce que vous nous avez donné du mal, monsieur Koprotkieff, avec votre satané scooter sans immatriculation.

* * *

Dans la voiture qui les menait à son bureau, Koprotkieff était assis à l'arrière entre Jarry et Blanchard. Il gardait l'air maussade, presque bougon, de celui à qui on fait perdre son temps. De son côté, Grimm brûlait d'envie de discuter avec son équipe et de tirer les premières conclusions de ce qu'ils venaient d'apprendre. La présence du détective privé l'empêchait de le faire et il avait hâte de s'en débarrasser.

Pour agacer celui-ci, par une nouvelle petite provocation un peu mesquine, Grimm annonça le nom de la rue où ils avaient découvert le scooter comme étant le lieu du bureau de Koprotkieff. C'était du bluff, mais il tomba juste. Et Koprotkieff en parut contrarié. Il eut la désagréable impression que ce flic en savait beaucoup plus sur lui qu'il n'en avait laissé paraître au début de l'interrogatoire.

Il dut ruminer la chose car, et ce fut d'ailleurs sa seule intervention pendant tout le trajet, il demanda soudain :

— Comment avez-vous fait pour trouver mon scooter ?

Ce fut pour Grimm un moment de plaisante jubilation. Il tourna la tête vers l'arrière et jeta un regard moqueur à Koprotkieff.

— Vous l'avez dit vous-même, nos métiers ont des points communs.

Le bureau de Koprotkieff se trouvait au quatrième et dernier étage du vieil immeuble d'où il était sorti deux heures auparavant pour récupérer son scooter. Il s'agissait d'un local un peu vétuste, mais propre, un ancien appartement de deux pièces que Koprotkieff avait aménagé au mieux.

On pénétrait dans un étroit couloir latéral qui desservait à gauche une ancienne chambre où d'innombrables dossiers s'entassaient sur des étagères – les archives de Koprotkieff – et à droite le bureau proprement dit, un ancien salon où le détective privé devait recevoir ses clients. Surtout des clientes à ce qu'il avait laissé entendre.

Dans la salle aux archives, Koprotkieff prit un classeur rigide sur lequel était écrit au feutre noir : *Affaire Kerdegat*. Il le posa sur la table qui se trouvait au centre de la pièce.

Ébahi devant les rangées de classeurs qui garnissaient les étagères, Jarry ne put s'empêcher de siffler et de s'exclamer :

— Mazette ! Vous avez là de quoi faire chanter la moitié de la ville !

Le détective ne goûta pas la plaisanterie et lui lança un regard sévère. Grimm s'empara du classeur.

— Je crois que je vais vous emprunter ce dossier.

— Non ! Vous n'avez pas le droit de faire ça !

— Vous croyez ?

Koprotkieff comprit qu'il allait une fois de plus être menacé de garde à vue et il nuança immédiatement son propos :

— Vous pouvez emporter mes notes, les lieux, les adresses, les photos, tout ce que vous voulez, mais vous n'avez pas le droit de garder le contrat que j'ai signé avec Mme Kerdegat. C'est un contrat de droit privé et il ne présente pour vous aucun intérêt.

— En fait, vous ne souhaitez pas que nous connaissions vos tarifs pour ce type de travail ?

— Surtout qu'elle ne m'a pas encore payé !

— Vous comptez donc la recontacter.

— Bien sûr, mais j'attends que ça se tasse, cette histoire.

— Vous faites bien…

Et, soudain très conciliant dans le but de conserver son précieux contrat et de détourner l'attention, Koprotkieff ajouta précipitamment :

— Les photos sont rangées dans mon ordinateur.

Ermeline les téléchargea sur son portable. Au total, il y en avait une trentaine dont certaines prises de trop loin pour être exploitables, mais d'autres d'excellente facture où Kerdegat et sa maîtresse étaient d'une netteté hallucinante, ce qui réjouit Grimm.

Avec cette découverte capitale, il sentait que l'enquête, au point mort depuis trop longtemps, allait enfin recevoir une nouvelle impulsion.

5

Le lendemain matin, dès son arrivée au bureau, alors que Blanchard, Jarry et Ermeline papotaient à la machine à café, Grimm alluma son ordinateur pour vérifier ses mails. La journée précédente avait été si mouvementée, depuis l'arrestation de la bande de dealers jusqu'à la découverte de l'homme au scooter, qu'il n'en avait pas eu le temps.

Le plus souvent sa boîte mail était inondée par des messages administratifs dont il n'avait cure, qu'il ne lisait même pas, ce qui lui avait valu plusieurs remontrances du commissaire Babut. C'était un méli-mélo d'informations en provenance du ministère sur des règles ou des décrets nouveaux relégués par les services centraux de l'hôtel de police, auxquelles s'ajoutaient toutes sortes d'annonces aussi inintéressantes que la mise à jour du serveur informatique, le fonctionnement de la barrière du parking, le renouvellement des autorisations de conduite des véhicules administratifs ou les modifications des horaires d'ouverture du commissariat au public.

Les mails qui défilaient sur son écran et qu'il consultait d'un regard distrait ne sortaient pas de l'ordinaire. Pourtant, l'un d'eux attira soudain son attention. Il s'arrêta perplexe sur le nom de l'expéditeur : Charles Perrault.

Il sourit sur le fait qu'un homonyme du célèbre conteur puisse envoyer un message à Grimm. C'était amusant.

Intrigué, il cliqua sur le message pour lire son contenu. Sur le coup, il resta bouche bée, interdit, et il dut le relire trois fois pour se convaincre qu'il n'était pas victime d'une hallucination.

Hé Grimm !
Tu patauges ?
Demande à Koprotkieff de t'aider
Il a des tuyaux pour toi

De qui provenait donc ce message insensé ? Koprotkieff, qu'il avait appréhendé et interrogé la veille, n'avait-il pas dit toute la vérité ? Était-ce cela que l'expéditeur inconnu voulait lui dire ? Et pourquoi ? Dans quel but ?

Il regarda l'adresse mail : *Perrault1628@gmail.com*. Le type d'adresse que n'importe qui peut créer sur Internet en deux minutes. Perplexe, il se leva lentement et demeura debout devant son écran.

Ermeline, Blanchard et Jarry revenaient de la machine à café, un gobelet à la main. D'un geste, il leur fit signe de le rejoindre dans son bureau et leur montra le message. Penchés au-dessus de l'écran, ils le lurent en silence.

— Qu'est-ce que c'est que ce truc ? murmura Ermeline en se redressant.

— Si je savais… répondit Grimm.

— Charles Perrault… notait Jarry. Manque pas d'humour, le mec.

— Et t'as reçu ça quand ? demanda Blanchard.

— Ce matin.

Ermeline se pencha de nouveau sur l'écran et fronça les sourcils.

— Pas du tout ! Regarde la date et l'heure ! Ça date d'hier à 16 h 24.

— Hier !? Mais alors, ça a été écrit…

Il y eut un court silence que Jarry brisa d'une voix calme.

— … avant qu'on ne découvre, tout à fait par hasard, le scooter et qu'on ne mette la main sur Koprotkieff.

— Exact, Corentin. Au moment d'envoyer son message, ce pseudo-monsieur Perrault ne savait pas que nous allions mettre le grappin sur Koprotkieff. Son but était que nous le démasquions. Pourquoi ?

Des regards perplexes furent échangés. Si les informations données la veille par Koprotkieff étaient évidemment de nature à faire avancer l'enquête, le fait qu'une personne inconnue non seulement semblait en connaître plus qu'eux mais paraissait aussi souhaiter les aider, rajoutait du mystère à une scène qui commençait à peine à s'éclairer.

Pour Grimm, c'était une impression pénible. Quelqu'un, dissimulé dans l'ombre, savait qu'il s'occupait de l'affaire, s'était procuré son adresse mail, et lui livrait Koprotkieff en pâture, le trouvant sans doute trop peu perspicace pour y parvenir sans aide. Ce qui n'était pas faux, puisque seul le hasard avait permis d'identifier l'homme au scooter.

— Bon, allons dans la salle à côté, nous y serons plus à l'aise pour faire le point, dit-il sur un ton qui cachait mal sa contrariété.

* * *

Ermeline avait préparé le vidéoprojecteur pour visionner sur le tableau blanc les photos de Kerdegat et de sa maîtresse. Elle les avait fait défiler rapidement sous le regard attentif de Grimm qui effectuait une première sélection pour afficher la meilleure.

— Suivante… attends… non, continue… suivante… reviens à celle d'avant… non pas celle-là, encore avant… oui… allez suivante… stop ! Celle-ci, elle est vraiment bien.

Le cliché était particulièrement net. Il permettait de bien détailler les traits des deux personnes photographiées à leur insu. On voyait une jeune femme qui se tenait très proche de Kerdegat, trop proche pourrait-on dire, à une distance sensiblement inférieure à celle conservée naturellement par les êtres humains dans leurs relations sociales.

Côte à côte, épaule contre épaule, ils se regardaient et se souriaient. Ils allaient se donner un baiser sur la bouche ou ils venaient de le faire, à la manière d'un couple sur le point de se séparer. De même, la main de la jeune femme touchait le revers du manteau de Kerdegat sans qu'on puisse affirmer si elle le saisissait ou si elle était en train de le lâcher. Une évidente complicité ressortait de la scène.

Ils se trouvaient tous les deux sur le seuil d'un immeuble dont on devinait en arrière-plan la forme cubique et la couleur blanche. Très concentré, debout, Grimm s'attardait sur les traits de la jeune femme quand Jarry toussa :

— Il faudrait qu'on y aille.

Surpris, Grimm se retourna et lui lança un regard interrogatif.

— Aller où ?

— À la GAV des dealers arrêtés hier. Bouexière la mène, alors que ça devrait être nous, mais il est vrai qu'hier soir on n'est pas rentrés ici vu qu'on a découvert le scooter. Bouexière a pris les choses en main, on n'a que quarante-huit heures.

— Qui nous a demandé d'y aller ?

— C'était prévu comme ça à la réunion avant qu'on les arrête.

— Ah oui, j'avais oublié. Euh... Eh bien, allez-y.

— Tu ne viens pas ?

Grimm montrait des signes d'impatience ou d'agacement. Il affirma soudain :

— J'en ai rien à foutre de cette histoire de dealers et de go-fast. Et si Bouexière veut reprendre cette affaire, qu'il le fasse !

— Ça veut dire qu'on n'y va pas ?

— Je sais pas...

Puis, se reprenant :

— Si, si, sinon ça va faire des histoires. Allez-y tous les deux, Éric et Corentin. Ermeline et moi, on va examiner les photos et faire le point sur l'enquête.

Après un temps d'hésitation, Jarry et Blanchard s'éclipsèrent. Grimm se tourna de nouveau vers l'écran.

— C'est assurément une jolie jeune femme...

Elle avait des cheveux bouclés châtains, de grands yeux, un nez un peu long mais très fin et pointu, une bouche gourmande et un teint frais, légèrement ambré.

— Tu as le dossier de Koprotkieff ?

Question inutile puisque celui-ci était ouvert sur la table du vidéoprojecteur où Ermeline était assise.

— Lis-moi tout ce que cet animal a pu récolter sur elle.

Ermeline se pencha sur le classeur dont elle tournait les pages en donnant les informations en vrac au fur et à mesure de sa lecture.

— Elle s'appelle Rebecca Hoppman... 32 ans... célibataire... Il y a son adresse... Apparemment sans profession... Fréquente le Dragomira club où elle a ses entrées...

— Le quoi ?

— Le Dragomira club, ça doit être une boîte de nuit, j'imagine.

— Bon. Ensuite ?

— Reçoit Kerdegat chez elle de manière très irrégulière, parfois le midi, mais rarement... plutôt certains mardis ou vendredis soir vers 18 heures. Kerdegat s'attarde rarement longtemps, exceptionnellement jusqu'à minuit, et n'a jamais passé la nuit complète avec elle.

— Mouais... Quoi d'autre ?

— C'est tout.

Grimm alla s'asseoir sur la chaise du bureau de Corentin, les pieds sur la table, dans une attitude qu'il affectionnait. Il renversa le buste en arrière, les bras ballants, les yeux fixant le plafond.

— Bien ! Essayons de mettre un peu d'ordre dans tout cela. 1. Kerdegat a une maîtresse, 2. Sa femme le sait et a engagé un privé pour obtenir un max d'infos sur celle-ci, 3. Quelqu'un, dont on ignore l'identité, veut que la police le sache, et qu'elle enquête dans cette direction. Ce dernier point me paraît le plus troublant. Qui est, bon Dieu !, ce type qui me nargue : *Hé Grimm, tu patauges ?* Que sait-il exactement qu'il ne veut pas nous dire directement ?

— Ne veut pas ou ne peut pas ?

— Ne peut pas, ne peut pas... Ça m'étonnerait ! Il peut créer une adresse mail et nous écrire. Il sait que je m'appelle Grimm, donc il est bien informé, il a l'esprit suffisamment dispos pour s'amuser de mon nom en choisissant Perrault comme pseudo, et il se moque de moi en m'écrivant que je *patauge* !

Tout en l'écoutant, le front baissé, le portable à la main, Ermeline surfait sur Internet.

— Tu sais pourquoi *Perrault1628* ?

— Parce qu'il y a déjà beaucoup de Perrault qui ont une adresse gmail, je suppose ?

— Oui, sans doute, mais pourquoi 1628 ?

— Je sais pas.

— Parce que c'est l'année de naissance de Charles Perrault.

— Instructif, mais qui ne nous aide guère... Bon, je crois, Ermeline, qu'il faut interroger Kerdegat et son épouse au sujet de cette maîtresse. On va être obligés de mettre les pieds dans le plat, une méthode que va désapprouver notre cher commissaire Babut. On va le faire sans le mettre au courant, ça va sans dire. Mais, avant, on va rendre une petite visite à Rebecca Hoppman pour l'interroger également.

— Avant de voir les Kerdegat ?

— Ah oui ! Sinon Kerdegat, dès qu'on aura fini de l'interroger, entrera en contact avec sa maîtresse et nous perdrons non seulement tout effet de surprise auprès de cette jeune femme, mais nous risquons aussi que son amant lui souffle les réponses à nos questions.

— On y va tout de suite ?

— Ah oui, tout de suite !

Grimm se leva d'un bond et s'écria d'une voix forte où pointaient tout à la fois l'irritation et l'impuissance :

— Ce que je ne comprends pas, c'est la relation entre d'un côté la maîtresse de Kerdegat et, de l'autre côté, les lettres et les coups de téléphone anonymes reçus par celui-ci ! Quel rapport entre tout cela, nom d'un chien !

— Et le rapport avec le sac poubelle, tu le vois ?

Grimm fixa Ermeline en silence, le visage grave, et il dit d'une voix tristement calme :

— Ça oui, hélas, j'ai trop peur de le voir.

* * *

Ermeline avait pris le volant et Grimm, assis à la place du passager, tripotait son portable.

— J'envoie un message à Éric et à Corentin pour leur demander de voir avec le labo informatique si on ne pourrait pas remonter à l'adresse IP de l'ordinateur qui a envoyé le mail de Perrault.

— Peine perdue, à mon avis.

— Sûrement, mais il ne faut rien négliger.

— Dis-leur aussi où on est partis pendant que tu y es…

— C'est déjà fait.

Le domicile de Rebecca Hoppman se trouvait à la lisière du centre-ville. Dès qu'elle fut descendue de voiture, Ermeline n'eut même pas besoin de vérifier le numéro.

— Regarde, c'est l'immeuble de la photo !

— Que c'est moche…

— Ah ? Tu n'aimes pas ?

— Non, moi, les habitations en forme de cube, ça me débecte !

Face à la porte d'entrée, ils hésitèrent devant le digicode avant de constater que l'accès à l'immeuble était libre dans la journée.

— Une chance… Rappelle-moi le numéro de l'étage, Ermeline.

— Le troisième.

Le hall était propre, clair et spacieux. Grimm s'approcha des boîtes aux lettres. L'une d'entre elles regorgeait de prospectus qui dépassaient de la fente.

— Rebecca Hoppman ! Et voilà, j'ai trouvé, c'est sa boîte aux lettres.

Il lut l'étiquette :

— Troisième étage. Bien, jusqu'à présent, du bon travail de notre ami Koprotkieff. Rien à dire…

Grimm appuya sur le bouton pour appeler l'ascenseur. Pendant la courte ascension, Ermeline nota qu'il changeait d'attitude. Il devenait tendu, presque nerveux et il se massait le cou en silence.

Le palier était à l'image du reste de l'immeuble. Très propre, des murs blancs impeccables, une moquette grise sans taches.

— C'est la porte de gauche…

Grimm sonna. Il n'y eut pas de réponse. Il sonna de nouveau. Ils attendaient et Grimm avait le visage de plus en plus fermé. Il sonna une troisième et dernière fois, attendit une pleine minute et se tourna vers Ermeline.

— Nous n'avons pas le choix.

— De quoi ?

— Tu as déjà participé à une mexicaine[1] ?

Ermeline fit la grimace.

1. Perquisition illégale (argot de la police judiciaire).

— OK, je vois que tu n'en as jamais fait. Écoute, j'ai envie de rentrer. J'ai l'intuition que c'est urgent. Tu fais comme tu veux : ou tu viens avec moi, ou tu retournes au bureau. Dans ce second cas, tu n'es au courant de rien.

Grimm regardait Ermeline qui se mordait les joues, très réticente face à la perspective de commettre une illégalité.

— Alors ?

— Je viens avec toi, murmura-t-elle en faisant un bref signe de tête affirmatif.

— C'est sûr ?

— Oui, répondit-elle d'une voix plus ferme.

Sans insister, Grimm sortit un kit de crochetage de la poche de son blouson sous les yeux étonnés d'Ermeline. Il se baissa devant le cylindre de la serrure pour l'examiner.

— Tu l'avais prévu ? chuchota Ermeline.

— On ne peut rien te cacher.

— Et tu sais faire ?

— Oui.

— Où est-ce que tu as appris ?

Grimm jeta un regard à Ermeline et lui fit un clin d'œil en souriant. Puis, il se remit à sa besogne.

— Ça devrait pas poser trop de problème… goupille par goupille, technique du palpage, ça devrait le faire…

— Goupille par goupille ?

— Je te donnerai un petit cours plus tard si tu veux, glissa Grimm tout en lâchant le diamant et le serpent qu'il avait d'abord sélectionnés dans le kit pour saisir le petit tenseur et un palpeur.

Il introduisit le tenseur dans la serrure en exerçant une pression vers la droite. Puis, avec le palpeur, il aligna une à une les goupilles jusqu'à ce que le tenseur puisse faire tourner le barillet. Il se redressa.

— Voilà, c'est ouvert.

— Ah bon, c'est si rapide que ça ?

— Eh oui, ma brave dame.

Grimm se forçait à une fausse décontraction pour masquer son inquiétude. Il abaissa la poignée et poussa la porte. Jetant un dernier regard à Ermeline, qui retenait son souffle, il pénétra dans l'appartement. Ermeline referma précipitamment la porte derrière eux. Le silence engendrait une angoisse tangible.

C'était un petit logement de deux pièces, un salon avec un coin cuisine et une chambre. Sur la gauche, à l'extrémité d'un couloir, on apercevait une porte fermée derrière laquelle devait se trouver la salle de bains. L'ameublement du salon était sobre avec quelques cadres fixés aux murs, des photos sur une commode, une table basse, un canapé blanc crème et deux fauteuils en rotin.

Dès l'entrée – un petit dégagement avec un perroquet pour accrocher les manteaux –, ils furent saisis par une odeur âcre, puissante et écœurante, qui montait à la tête. C'était proprement irrespirable et Ermeline, qui suffoquait presque, ouvrit aussitôt la grande baie vitrée du salon. Sur le balcon, elle resta un moment sans bouger à aspirer l'air frais du dehors.

Le visage de Grimm s'était assombri. Il connaissait cette odeur qui donnait de la consistance à ses pires craintes. Il remarqua contre le mur de droite un cadre à moitié décroché dont le verre était brisé. Il s'approcha. Des taches de sang séché, sur les morceaux de verre et sur la moquette. Des traces de lutte, d'une bagarre ? Mais du sang, il y en avait peu en définitive, pas assez en tout cas pour expliquer l'odeur insupportable dans laquelle baignait l'appartement tout entier.

Circonspect, se déplaçant lentement avec une vision circulaire pour noter les moindres détails, il ouvrit ensuite la porte de la chambre. Un lit non défait avec des coussins bien disposés, une penderie, des vêtements de femme, dont une petite culotte et un soutien-gorge qui traînaient sur le dossier d'une chaise, une moquette d'une propreté impeccable. Aucune trace de sang, tous les objets à leur place naturelle. Rien n'indiquait que quelque chose se fût passé dans cette chambre, où l'odeur était du reste moins prégnante que dans le salon.

Il y retourna et retrouva Ermeline qui, sans les toucher, inspectait les morceaux de verre du cadre brisé.

— Avec le sang, il y a aussi des cheveux collés, dit-elle. Le choc a été violent.

— Rien dans la chambre. Tout y est en ordre. Je ne comprends pas d'où vient l'odeur…

Au même moment, son regard croisa celui d'Ermeline. Ils venaient d'avoir la même idée. La salle de bains ! Cette porte fermée au fond du couloir !

— Tu veux que j'y aille seul ? proposa Grimm.

— Non, je viens avec toi.

Ils s'engagèrent dans l'étroit couloir. Face à la porte, ils firent une courte pause, échangèrent un dernier regard et Grimm, d'un mouvement brutal, abaissa la poignée et poussa le battant.

Ils eurent l'impression que l'odeur jaillissait de la salle de bains et les enveloppait comme un gaz toxique. Ermeline toussa, sortit précipitamment un mouchoir en papier de sa poche et le plaqua contre son nez. La pièce était plongée dans l'obscurité. S'attendant au pire, Grimm alluma la lumière.

On aurait dit que du sang avait été déversé par seaux entiers sur le carrelage. Séché, il tapissait presque les carreaux avec par endroits des pellicules, des grumeaux et des plaques qui dépassaient le centimètre d'épaisseur. Il y en avait sur les murs, partout, et en particulier dans la baignoire. C'était une vision d'horreur que l'absence de corps amplifiait paradoxalement car elle obligeait à imaginer la boucherie qui s'était produite dans la salle de bains.

Grimm sortit aussitôt le téléphone de sa poche.

— J'appelle la PTS.

— Hubert, on est rentrés illégalement…

En attendant qu'un interlocuteur décroche à son appel, Grimm levait les sourcils, mimant l'étonnement.

— Ah bon ? Non, c'était ouvert.

Ermeline n'insista pas. Il est vrai que la serrure n'avait pas été forcée, elle était intacte, aucune trace d'effraction n'était visible, Grimm avait effectué un travail propre et indétectable.

Quand il remit le portable dans sa poche, il hocha tristement la tête.

— L'analyse ADN nous le confirmera, mais il n'y a guère de doute. C'est donc ici que Rebecca Hoppman a été découpée en morceaux avant d'être transportée jusqu'au jardin des Kerdegat dans un sac poubelle. Pauvre fille…

— Et puisque c'était la maîtresse de M. Kerdegat, on en revient à la phrase accusatrice qui lui avait échappé : « Elle a fait ça », et donc, peut-être, à Mme Kerdegat.

Grimm jeta à Ermeline un regard sceptique.

— Peut-être… Physiquement, ça paraît quand même difficile à faire pour une femme.

— Et avec un complice ?

— Ah ! Un complice, évidemment, ça change tout. Mais quel complice ?

— Koprotkieff ?

Haussant les épaules, Grimm leva les yeux au plafond.

— Pourquoi Koprotkieff ? Lui, il me paraît vraiment hors du coup.

— Charles Perrault ?

Frappé par l'hypothèse, Grimm marqua un temps d'arrêt.

— Perrault ? Perrault… Ce serait une sorte de Barbe bleue en fin de compte celui-là ?

6

Le Dr Lipsky le fixait depuis près d'une minute, le buste droit, les mains croisées posées sur le bureau, dans une attitude patiente où elle semblait mettre un point d'honneur à montrer qu'elle avait tout son temps et qu'elle ne renoncerait pas.

— J'attends, monsieur Grimm. J'attends que vous me répondiez.

Il avait les yeux baissés, les sourcils froncés tel un gosse buté, et il effectuait des mouvements réguliers de mâchoire comme s'il ruminait de l'herbe.

— Monsieur Grimm, vous êtes là ? Je vous ai posé une question…

Il se redressa et son regard croisa celui du Dr Lipsky.

— Quoi ? Pardon… Laquelle ?

— Allons, à quoi jouez-vous ? Vous m'avez parfaitement entendue.

— Non…

— Mais si ! Bon… Eh bien, écoutez de nouveau ! Et soyez attentif ! Vous m'avez affirmé que vous alliez mieux, ce que j'ai d'ailleurs constaté, non pas parce que vous aviez suivi au pied de la lettre mon traitement, mais parce que vous êtes sur une affaire criminelle qui vous occupe l'esprit à presque cent pour cent. Vous y pensez le jour, vous y pensez la nuit. Très bien ! Je ne peux que me réjouir de cette salutaire activité cérébrale. Mais voilà, presque cent pour cent n'est pas cent pour cent. Et je vous ai fait remarquer que, malgré un état globalement très encourageant, il semblait y avoir chez vous un petit caillou dans la chaussure. Et que ce caillou vous préoccupait. Vous n'avez pas nié, ce qui validait mon observation. C'est à ce moment-là que je vous ai demandé de me dire de quoi il s'agissait. Depuis, vous vous taisez obstinément, allant jusqu'à prétendre que vous n'avez pas entendu la question.

Le Dr Lipsky marqua une courte pause en souriant.

— Qu'est-ce qui vous préoccupe, monsieur Grimm ?

Grimm montra tous les signes de l'embarras et finit par murmurer :

— C'est-à-dire que c'est assez personnel, je ne sais pas si je dois me confier à vous.

— À moi ? Vous ne savez pas si vous devez vous confier ? Parce que, bien entendu, je ne suis qu'une passante rencontrée par hasard dans la rue ? C'est bien cela ?

— Excusez-moi. Il ne faut pas le prendre mal…

— Je vous rappelle que je suis psychiatre et que vous êtes venu à moi de votre plein gré pour me confier vos problèmes afin que je vous aide à les résoudre. Si vous ne me jugez pas apte à les entendre, il faudra peut-être songer à changer de médecin.

L'embarras de Grimm virait à la culpabilité. Il mordillait ses ongles et s'agitait sur sa chaise.

— Non, non… Je vous aime bien et, franchement…

— Je suis heureuse d'apprendre que vous m'aimez bien. Mais je ne suis pas sûre que ce soit le sujet. Alors, désirez-vous me parler ou interrompre la séance ? Parce que, si vous ne me parlez pas, il vaut mieux arrêter là, la suite n'aurait strictement aucun intérêt.

Il y eut un assez long silence pendant lequel Grimm hésitait tandis que le Dr Lipsky l'encourageait du regard.

— Bien… Je vais essayer de vous en parler.

— Voilà ! Essayez, ce sera déjà ça.

— Comme vous le savez, je viens de Montpellier et je ne suis à Rennes que depuis peu.

— Oui.

— À Montpellier, j'ai eu une relation avec une femme mariée…

— Oui.

— Qui s'est mal terminée.

— C'est-à-dire ?

— Son mari et moi, on en est venus aux mains.

— Hum…

— Ce n'est pas le plus grave en fin de compte.

— Ah ?

— Non, en fait, après cette bagarre, j'ai mis fin à notre relation, mais elle était enceinte.

— De vous ?

— De moi ou de son mari.

— Ah… On est en plein vaudeville.

— Si vous voulez… Je lui avais demandé d'avorter, mais elle a refusé.

— Je vois…

— Elle est venue me rendre visite à Rennes et me demande, à la naissance de l'enfant, d'accepter de faire un test ADN pour savoir qui est le père.

— Elle a déjà des enfants ?

— Oui.

— De son mari ?

— Oui.

— Continuez.

— J'ai refusé.

Grimm se taisait à présent et se redressait sur sa chaise, finalement soulagé d'avoir évoqué cette histoire. Le Dr Lipsky semblait réfléchir en triturant son stylo entre les mains. Elle secoua la tête à plusieurs reprises.

— Et vous ne savez plus si c'est la bonne réponse à la situation.

— Non, de fait, je ne sais pas. Il faut savoir aussi que, quelle que soit la paternité de l'enfant, il n'est pas question qu'elle quitte son mari de toute façon.

— Elle le dirait à son mari si l'enfant était de vous ?

— Elle dit qu'elle ne le sait pas encore. Moi, je ne le crois pas.

— Et, à l'enfant, quand il sera en âge de comprendre ?

— Maintenant, elle dit que oui.

— Donc, tôt ou tard, dans ce cas, le mari sera au courant. C'est bien hasardeux tout cela. Je comprends que ça vous perturbe.

Et, après un temps d'arrêt :

— Merci de m'avoir raconté cela, mais, en définitive, je ne vois pas très bien en quoi je peux vous aider.

Grimm plongea aussitôt son regard dans les yeux du Dr Lipsky.

— Que feriez-vous à ma place ?

— À votre place !? Mais je n'y suis pas ! En plus, je suis une femme !

— Avec un petit effort intellectuel, on doit pouvoir surmonter ce handicap.

Le Dr Lipsky éclata de rire.

— Vous savez qu'à notre époque votre humour ne passe plus le filtre du politiquement correct !

— Franchement, vous feriez quoi à ma place ? insista Grimm.

Le Dr Lipsky se renversa dans son fauteuil. Puis, elle referma soudain le dossier de Grimm pour signaler qu'elle ne noterait rien concernant cette conversation. Elle le confirma en disant :

— C'est un peu *off record* tout ça...

Puis elle posa à Grimm une première question qui lui sembla hors sujet :

— Vous avez des enfants ?

— Non.

— Vous n'avez jamais souhaité en avoir ?

— Honnêtement, je n'en sais rien. Je n'ai pas mené la vie qui me permettait d'en avoir.

— Un peu faible comme réponse. Quand on veut vraiment un enfant, à moins d'être stérile, on en a un.

Grimm eut une petite saute d'humeur.

— Si vous voulez ! Bon, alors disons que je n'en voulais pas !

Le Dr Lipsky pointa soudain son index en direction de Grimm.

— *Que je n'en voulais pas !!*

— Oui, quoi !?

— Le passé, vous avez utilisé le passé. Ce n'est pas anodin d'utiliser le passé à ce sujet.

— Vous croyez ? Non ! À mon avis, il ne faut pas porter d'importance à ce genre de détail.

— Il révèle au contraire très souvent beaucoup de choses.

— Oui, bon, et alors ? Si on revenait à la question que je vous ai posée.

— En effet, je crois qu'on peut y revenir. Votre problème, monsieur Grimm, c'est que je crois que vous souhaitez avoir un enfant.

— C'est ridicule !

— Et que votre refus de faire un test ADN vient de votre crainte de ne pas être le père.

— Quoi !? Voilà qui est fort de café !

— Je pense que, vous concernant, la conséquence sur votre moral serait plus grande si vous n'étiez pas le père que si vous l'étiez.

— C'est un peu du grand n'importe quoi !

— Et la véhémence de votre réaction me le confirme.

— Ah ça, de toute façon, avec les psys, on a toujours tort, quoi qu'on dise, quoi qu'on fasse ! Cette propension à retourner les éléments logiques à l'inverse de ce qu'ils indiquent, c'est incroyable ! Bravo la capacité d'analyse ! J'en suis renversé !

Le Dr Lipsky leva les deux mains en l'air puis les abaissa et les releva en cadence comme un piéton qui tenterait de faire ralentir un automobiliste.

— Vous vous calmez ou j'appelle la police ?

Grimm reçut ce trait d'humour en pleine figure et se tut d'un seul coup. Puis, retrouvant ses esprits, il dit en souriant :

— Elle est déjà là, la police. Inutile de l'appeler. Excusez-moi.

— Vous êtes tout excusé. C'est une question très sensible pour vous, je le comprends.

Le Dr Lipsky consulta sa montre et se leva.

— Ce sera tout pour aujourd'hui. Intéressant tout cela, très intéressant... Cette fin de séance m'a donné un éclairage nouveau sur un aspect central de votre climatodépression. Il faudra que j'y réfléchisse.

Aussitôt, Grimm fronça les sourcils et pointa son nez en avant comme si le Dr Lipsky tentait, par une manœuvre sournoise, de lui tendre un piège.

— Quel éclairage ?

— Il est un peu tôt pour le formaliser explicitement. Surtout que je n'ai pas l'impression que vous soyez prêt à l'entendre. Mais le temps va faire son œuvre, j'en suis certaine.

À la porte du cabinet, serrant la main de Grimm, le Dr Lipsky ajouta :

— En tout cas, avec cette enquête criminelle et cette angoisse de paternité, j'ai constaté que vous aviez moins de cerveau disponible pour ressasser la destruction de la planète. Vos problèmes non résolus ont au moins cet avantage !

⋆ ⋆ ⋆

Le labo, sous la pression du commissaire Babut qui comprit l'urgence du moment, rendit son verdict dès le lundi suivant. Le sang de la jeune femme retrouvée dans le sac poubelle était bien celui de Rebecca Hoppman. Cette confirmation était indispensable pour mener l'interrogatoire des Kerdegat en toute connaissance de cause.

Par ailleurs, les spécialistes en informatique avaient recherché l'adresse IP de l'ordinateur qui avait envoyé le mail de la personne cachée derrière le pseudonyme de Charles Perrault. C'était un cybercafé du centre-ville et l'adresse gmail avait été créée quelques minutes avant d'écrire et d'expédier le message. De ce côté-là, il n'y avait rien à espérer.

Dans l'équation des protagonistes de l'affaire jusque-là identifiés – M. et Mme Kerdegat, Koprotkieff, Rebecca Hoppman –, subsistait donc une inconnue – l'intrigant Charles Perrault – qui résistait à l'identification. Ce dernier, qui s'était manifesté de manière surprenante en écrivant à Grimm, comblait peut-être une pièce manquante du puzzle, à savoir celle correspondant à l'auteur des lettres et des coups de téléphone anonymes qui avaient été le point de départ de toute l'affaire. Faute de mieux et parce qu'il ne voyait pas d'autres hypothèses, c'était l'opinion de Grimm.

Pour éviter une concertation toujours possible entre M. et Mme Kerdegat, il fut décidé de les interroger séparément, le même jour et à la suite l'un de l'autre, l'épouse à son domicile et le mari à son travail. Il fallait jouer serré.

À 9 heures, Grimm et Ermeline, dissimulés dans la voiture garée une vingtaine de mètres en amont de la propriété des Kerdegat, attendirent de voir la grosse Mercedes du chef d'entreprise quitter le domicile.

Aussitôt, Grimm appela le fixe des Kerdegat. Il tomba sur l'employée de maison. Il demanda à parler à Mme Kerdegat et insista auprès de celle-ci pour une entrevue dans la matinée, arguant qu'il y avait des détails à vérifier dans le cadre de l'enquête, détails qu'elle seule pouvait éclairer. Malgré sa réticence liée sans doute à la surprise d'être sollicitée de manière si pressante, Mme Kerdegat finit par accepter. Mentant effrontément, Grimm lui annonça alors son arrivée dans un quart d'heure, le temps du trajet depuis l'hôtel de police.

Et ce fut bien le plus dur pour Grimm et Ermeline que de rester dans la voiture à attendre la fin de ce quart d'heure fatidique ! Si difficile, tant l'impatience était grande, qu'au bout de dix minutes, Grimm ouvrit la portière et s'éjecta de la voiture en s'exclamant :

— Ça n'a que trop duré, on y va !

Ermeline sur ses talons, Grimm sonna à l'interphone, se présenta et poussa le battant du portillon de la grille dès qu'il entendit le déclic de l'ouverture automatique.

L'employée de maison les fit patienter dans le salon – « Madame descend dans un instant » – et Grimm faisait les cent pas dans la vaste pièce tandis qu'Ermeline patientait près de la porte restée entrouverte.

Mme Kerdegat apparut bientôt. Elle serra la main d'Ermeline puis celle de Grimm et les invita à s'asseoir sur les fauteuils du salon. Elle était comme à l'habitude habillée de manière très classique, très bourgeoise dans ses gestes et ses attitudes. Elle croisa les jambes, tirant sur sa jupe droite afin de ne pas se découvrir les genoux et, s'orientant de profil, inclinant légèrement le buste, elle posa les mains sur ses cuisses.

— Vous avez évoqué, monsieur Grimm, des détails que je connaîtrais au sujet de cette affaire ? J'espère pouvoir vous aider. Puis-je d'ailleurs savoir où vous en êtes de votre enquête ? Vous comprendrez que la découverte de cet horrible sac poubelle fut une épreuve d'autant plus pénible qu'elle reste absolument incompréhensible…

Grimm hésitait à entrer dans le vif du sujet. Il était parfaitement conscient que ce dont il allait parler ferait exploser en un instant les codes et les usages bourgeois que Mme Kerdegat s'appliquait à respecter de son mieux.

— Ce qui m'amène est assez délicat et je voudrais d'abord vous assurer que cette conversation ne fera l'objet d'aucun procès-verbal et restera strictement confidentielle.

Il n'y eut aucune réaction de sa part, mais les traits de Mme Kerdegat se figèrent et Grimm nota, dans le regard qu'elle lui lança, une évidente appréhension.

— Je suis obligé d'aller droit au but et j'en suis vraiment désolé par avance.

Tendue à l'extrême, Mme Kerdegat fit un bref signe de tête.

— Nous avons appris que votre mari avait une maîtresse.

Mme Kerdegat sursauta et s'écria :

— Qu'est-ce que ceci a à voir avec votre enquête !? Il s'agit de notre vie privée qui n'a aucun rapport avec vos recherches !

— Hélas si, madame Kerdegat. Cette donnée est même au cœur de l'enquête que nous menons et croyez bien que si ce n'était pas le cas, je ne vous en parlerais pas.

Elle se tut, serrant les dents et baissant les yeux. Ermeline suivant son habitude se mit à manipuler son portable. Grimm laissa passer un temps et reprit :

— J'aurais une question très simple à vous poser. Étiez-vous au courant ?

— Moi ?

Mme Kerdegat hésitait, mais elle dut sentir le piège. Elle redressa la tête, le front haut, fixa Grimm, et laissa tomber avec dignité :

— Oui, j'étais au courant.

— Je vous suis reconnaissant, madame, de votre franchise et j'imagine à quel point cette entrevue doit vous être pénible.

— Poursuivez, dit-elle assez sèchement.

— Connaissez-vous l'identité de la maîtresse de votre mari ?

Nouvelle hésitation de la part de Mme Kerdegat, mais elle ne devait manquer ni de finesse ni d'intuition puisqu'elle le reconnut finalement du bout des lèvres.

— Oui...

— Puis-je vous demander comment vous l'avez appris ?

— Que mon mari me trompait ?

— Non, l'identité de sa maîtresse.

— Ah, l'identité de sa...

Mme Kerdegat avait le regard fuyant. Il devait se dérouler sous son crâne une véritable tempête. Elle craignait d'être prise en flagrant délit de mensonge et elle comprenait les manœuvres de ce flic pour la faire trébucher. Dans le même temps, avouer la vérité était humiliant. Elle devait trancher ce dilemme, mais elle ne trouvait pas les arguments le lui permettant dans un sens ni dans l'autre.

Non sans amertume et colère, elle comprenait aussi, un peu tardivement, que ce flic n'était pas venu pour éclaircir des détails comme il l'avait fait croire, mais pour procéder à un véritable interrogatoire de sa personne. Où rien ne lui serait épargné. L'impression d'avoir été manipulée l'indignait au plus profond d'elle-même.

— Oui, l'identité de sa maîtresse, insista calmement Grimm face au silence qui se prolongeait.

Les yeux fermés, Mme Kerdegat appuya fortement avec ses deux majeurs sur ses orbites au niveau de la racine du nez. Elle resta dans cette position quelques secondes avant de lâcher sur le ton de quelqu'un qui se résigne enfin à avouer l'inavouable :

— J'ai fait appel à un détective privé.

— Pouvez-vous me donner son nom ?

— M. Koprotkieff. Vous trouverez ses coordonnées sur Internet.

Saisissant son blouson qu'il avait posé sur le dossier du fauteuil, Grimm sortit un carnet de la poche extérieure et fit semblant de noter le nom.

— Vous dites… Koprotkieff ?

— Oui, Koprotkieff. Comme ça se prononce, avec deux k. Et deux f à la fin.

Grimm ferma son carnet et le garda dans les mains.

— Donc, vous connaissez l'identité de cette jeune femme. Son adresse également ?

Pour la première fois, Mme Kerdegat manifesta ouvertement son mécontentement en haussant subitement la voix :

— Oui ! Son nom ! Son adresse ! Je sais tout ! M. Koprotkieff m'a donné tous les éléments dont j'avais besoin.

Grimm marqua un silence et rebondit insidieusement sur la dernière phrase de Mme Kerdegat :

— Besoin pour quoi, exactement ?

— Besoin de… besoin de… besoin de savoir !

— Êtes-vous mariée sous le régime de la séparation des biens ?

Mme Kerdegat était assez fine pour comprendre immédiatement le sens de la question. Pourtant, elle tenta de s'opposer au tour que prenait la discussion en se cabrant avec autorité :

— Vous êtes odieux ! Cela suffit ! Ce type de données est strictement confidentiel. Je ne vous autorise pas…

Grimm la coupa aussitôt :

— Un divorce pour faute, l'adultère par exemple, permet de bénéficier de certains avantages pour celui ou celle qui réussit à l'obtenir.

— Pas du tout ! Vous n'y êtes pas du tout ! Ce fut le cas par le passé, mais les lois ont changé ! Il n'y a pratiquement aucun avantage financier à obtenir le divorce pour faute si ce n'est un intérêt moral, car cela permet de faire constater par la justice que vous n'avez aucun tort dans la séparation.

Grimm l'observa avec étonnement. Certes, il venait de faire preuve d'une certaine ignorance dans le domaine, mais Mme Kerdegat, emportée par son indignation, venait surtout de révéler qu'elle s'était bien renseignée sur la question. Ce qui laissait penser que l'obtention d'avantages financiers dans une procédure de divorce était son projet initial.

— C'est votre but ?

— Quoi ?

— Faire constater par la justice que vous n'aurez aucun tort dans la séparation ?

— Croyez ce que vous voudrez ! Je n'ai pas à répondre à cette question.

Soudain hautaine, les lèvres pincées, Mme Kerdegat se rejeta en arrière, cala son dos dans le fauteuil, et elle scruta un point lointain au-dessus de la tête de Grimm, comme si ce dernier n'était qu'un être méprisable qui ne méritait aucune considération.

Grimm n'avait pas pour autant l'intention de la laisser reprendre ses esprits. Il attaqua sans aucune précaution :

— Avez-vous un amant ?

— Non, monsieur, je n'ai pas d'amant ! répondit-elle, outrée, sans cesser de fixer le même point imaginaire situé au-dessus de la tête de son interlocuteur. J'ai un sens élevé de la morale qui me garde de tomber dans ces sortes de turpitude et de déchéance.

Si cette affirmation était sincère, Mme Kerdegat devait beaucoup souffrir de l'infidélité de son mari. Le regard de Grimm s'égara et tomba sur le portable d'Ermeline qu'elle tenait bien serré dans ses mains. Au moins, le visionnage de la vidéo permettrait de jauger l'authenticité des réponses.

Grimm avait fait le tour des questions préliminaires qu'il avait décidé de poser avant d'entamer la partie qui pouvait, avec de la chance, se révéler décisive.

Il inspira profondément et envoya soudain une phrase qui se voulait aussi tranchante que la lame d'un couteau :

— Madame Kerdegat, le corps découpé en morceaux et retrouvé sur le seuil de votre maison est celui de la maîtresse de votre mari, Mlle Rebecca Hoppman.

Grimm s'attendait à une vive réaction de Mme Kerdegat. Il n'y en eut pas. Elle resta immobile, et ses yeux se fixèrent sur son interlocuteur. Étonné par tant d'impassibilité, Grimm lança :

— Vous le saviez ?

— Non... dit-elle d'une manière assez peu convaincante.

— Vraiment ?

— C'est-à-dire que je m'en doutais.

— Pourquoi ?

Elle soupira et haussa les épaules, affichant tous les signes d'une personne harcelée sans raison.

— Depuis cette histoire, mon mari rentre plus tôt et ne sort plus le soir. J'en ai conclu qu'il ne la voyait plus, et j'ai fait le rapprochement.

— En fait, vous avez pensé dès le début qu'il y avait un rapport entre votre mari et la découverte du sac poubelle.

— Oui.

— Pourquoi ?

— Cette horreur est intervenue comme pour clore la période pendant laquelle mon mari recevait des lettres anonymes et que nous subissions ces appels téléphoniques le soir à heure fixe.

— Et quelle est votre explication ?

— Je n'en ai pas.

Grimm fixa Mme Kerdegat dans les yeux, y mettant toute l'intensité voulue.

— Madame Kerdegat, avez-vous assassiné Mlle Rebecca Hoppman ?

Mme Kerdegat tressaillit de tout son être et se leva d'un bond.

— Vous êtes fou !? Moi ? Qu'est-ce que… comment… comment aurais-je fait une chose pareille ? C'est affreux ! C'est horrible de penser que ça puisse être moi l'assassin ! Comment pouvez-vous…

Elle marchait de long en large dans le salon, le visage rouge, congestionné et les mains tremblantes.

— Calmez-vous, madame Kerdegat. C'est une question que je devais vous poser. Elle ne veut pas dire que je crois que vous êtes l'assassin.

Puis, comme elle continuait à tourner en rond tel un animal désorienté, Grimm lui ordonna de se rasseoir. Surprise, elle retourna docilement à son fauteuil et se tut, les yeux absents.

— Je vais vous demander de nous dire tout ce que vous savez et qui pourrait nous aider à démasquer l'auteur de cette barbarie. Tout ! Même ce qui pourrait vous paraître anecdotique, insignifiant ou sans rapport avec l'affaire.

Elle répéta avec une curieuse intonation dans la voix :

— Anecdotique, insignifiant ou sans rapport avec l'affaire.

— Oui.

Grimm eut aussitôt l'intuition qu'il y avait quelque chose, mais qu'il était délicat pour Mme Kerdegat de le dire. Elle remodelait sa coiffure en la tapotant de la main, hésitante et embarrassée. Grimm tenta un coup de bluff :

— Dites-le-moi, c'est peut-être important.

— Mon mari… commença-t-elle.

— Oui, votre mari ?

— Il a reçu une étrange lettre…

— Que vous avez découverte par hasard.

— Oui, c'est cela, tout à fait par hasard.

En lançant cette perche, Grimm dédouanait Mme Kerdegat du fait qu'elle avouait implicitement fouiller parfois dans les affaires de son mari.

— Et alors, cette lettre ?

— C'est une lettre étrange, je vous l'ai dit, qui ne veut rien dire et que je n'ai pas comprise.

— Vous pouvez me la montrer ?

— Elle se trouve dans un tiroir du bureau de mon mari et je…

— S'il vous plaît, allez me la chercher, nous la remettrons ensuite à sa place.

Après une ultime réticence, Mme Kerdegat se leva et sortit du salon. Grimm chuchota :

— Tu filmes tout ?

— Oui.

— On étudiera ses réactions après. Je l'ai un peu secouée quand même.

Ils se turent jusqu'au retour de Mme Kerdegat. Quand elle réapparut, elle tenait une enveloppe dans sa main droite qu'elle donna à Grimm. La lettre ne portait pas le cachet de la poste.

— Elle a été glissée directement dans la boîte aux lettres ?

— Sans doute. C'est Clémentine qui l'a trouvée avec le courrier et qui l'a ensuite posée sur le bureau de mon mari. Du moins, c'est ce que je suppose.

Grimm ouvrit l'enveloppe sur laquelle était griffonné « Pour M. Kerdegat, personnel ». Il sortit une feuille pliée en quatre qu'il déplia. Il n'y avait pas une ligne écrite, pas de signature, juste une figure dessinée à la main que Grimm considéra avec étonnement.

Il montra la feuille à Ermeline. Puis, il sortit son portable et la photographia avant de la remettre dans son enveloppe et de la rendre à Mme Kerdegat.

— Vous savez ce que cela signifie ?

— Absolument pas. Mais depuis que mon mari a reçu cette lettre, il est devenu très nerveux, agressif, et pour être franche, invivable.

Si Mme Kerdegat ne se trompait pas dans la relation de cause à effet, cette croix qui s'inscrivait à l'intérieur d'un cercle devait avoir pour son mari une signification précise et inquiétante.

— Une dernière question, s'il vous plaît, madame Kerdegat : croyez-vous que votre mari ait pu assassiner sa maîtresse ?

Mme Kerdegat allongea le cou de surprise et ses pupilles se dilatèrent au point de devenir inexpressives.

— C'est une hypothèse absurde, monsieur. Totalement absurde.

7

— Alors, qu'est-ce que tu en penses ?

Grimm conduisait tandis qu'Ermeline, assise à ses côtés, visionnait la vidéo de l'interrogatoire de Mme Kerdegat.

— Franchement, elle a l'air sincère. Ses réactions sonnent juste. Si elle est coupable ou nous cache quelque chose, c'est une sacrée menteuse et une sacrée comédienne.

— C'est ce que je pense aussi, mais je me méfie quand même, parce que j'en ai vu des mystificateurs professionnels dans ma vie.

Ils se turent un moment alors que Grimm devait ralentir derrière une file de voitures qui se tassait peu à peu comme un accordéon.

— Et ce signe bizarre, cette croix et ce cercle, c'est quoi ? demanda soudain Grimm.

— Je sais pas. Jamais vu ça en tout cas. On dirait une sorte de croix celtique. Tu vois comment c'est fait, la croix celtique ?

— Non.

— En tout cas, d'après sa femme, ça a bien perturbé Kerdegat de recevoir ce dessin.

Lorsque la voiture dut s'arrêter à un feu rouge, Ermeline remonta prestement la vitre ouverte de son côté.

— Oh là là ! Ça pue ! Il nous enfume celui-là devant, avec la fumée de son pot d'échappement !

Grimm croisa les bras.

— Tu sais combien il y a de morts par an en France directement liés à la pollution atmosphérique, à toutes ces particules fines et tous ces gaz qu'on respire ?

— Non.

— Quarante-huit mille !

— Quarante-huit mille !?

— Oui, tu te rends compte ! Ce sont des chiffres officiels, ceux de Santé publique France. Quarante-huit mille ! C'est treize à quatorze fois plus que le nombre de tués par an sur les routes de France : trois mille cinq cents ! Ce qui fait déjà dix morts par jour dans les accidents de voiture ! Épouvantable, non ? Un carnage, un massacre ! Mais là, on parle de quarante-huit mille morts ! Ça dépasse l'entendement ! Et presque personne n'en parle de cette pollution atmosphérique ! Hop, sous le tapis ! La pollution tue, mais c'est silence radio ! Il faudrait tous porter des masques à gaz en réalité !

Ermeline jeta un regard en coin vers Grimm. Surtout ne pas donner prise, glisser sur cette vague sans se laisser emporter. Elle laissa passer quelques secondes et dit calmement :

— On va à l'entreprise de Kerdegat sans le prévenir ?

— Ah oui ! Finies les précautions du commissaire Babut ! C'est une enquête criminelle, nous n'avons pas de gants à prendre avec les suspects !

— Tu vas lui parler de la lettre qu'il a reçue ?

— Non, mauvaise idée. Ce serait lui révéler que sa femme fouille dans son bureau en son absence. Or, elle peut encore nous aider, Mme Kerdegat. Finalement, c'est pas si mal qu'elle fouine dans les affaires de son mari…

Grimm gara la voiture dans le petit parking qui jouxtait le siège ultramoderne de la société de Kerdegat. La grosse Mercedes signalait sa présence. Après avoir claqué la portière du véhicule, Grimm resta un moment à considérer le bâtiment.

— Encore un cube ! Que des cubes, toujours des cubes, que c'est laid… Franchement, tu trouves ça beau ? Une vraie boîte à chaussures ! C'est aussi laid qu'un hangar de supermarché Auchan, Leroy Merlin, Décathlon ou je ne sais quoi.

Ermeline préféra ne rien répondre. Déjà, à propos de l'immeuble où habitait Rebecca Hoppman, Grimm avait montré son aversion pour les cubes.

Ils poussèrent la baie vitrée et se retrouvèrent dans un hall d'une froideur sans égale, quasi vide – à l'exception d'une machine à café –, où l'espace semblait avoir été conçu pour supprimer toute intimité. Sur la droite, se trouvait un bureau dont trois des quatre cloisons étaient en verre si bien que la pauvre secrétaire qui y travaillait était visible de toutes parts.

Grimm frappa et entra. La secrétaire leva la tête. C'était une jeune femme, ni jolie ni laide, mais au visage avenant et dont les yeux verts étaient si grands qu'ils lui mangeaient un peu le visage.

— Bonjour madame.

— Bonjour monsieur.

— Nous souhaiterions parler à M. Kerdegat.

La secrétaire manifesta sa surprise et, presque inquiète d'avoir été prise en défaut, jeta instinctivement un œil sur l'agenda ouvert sur son bureau.

— Vous aviez rendez-vous ?

— Non. Commandant Grimm de la police judiciaire et lieutenant Ermeline Gasquet. Veuillez nous annoncer, s'il vous plaît.

Impressionnée, elle saisit son téléphone.

— Monsieur Kerdegat, j'ai un visiteur, le commandant Crime…

— Grimm, pas Crime.

— Pardon… Grimm, de la police judiciaire, qui voudrait vous parler.

Elle raccrocha.

— M. Kerdegat vous attend. Prenez la porte au fond, là-bas, et ensuite au fond du couloir, sur la droite, la porte capitonnée.

* * *

Kerdegat avait ouvert la porte de son bureau et avait serré froidement la main de Grimm, puis celle d'Ermeline, sans un sourire ni un mot aimable pour les accueillir.

— Asseyez-vous.

C'était un ordre, donné sur un ton autoritaire. Ils s'exécutèrent tandis que Kerdegat contournait rapidement son bureau et s'asseyait face à eux. Il avait le visage fermé et ne cachait pas sa contrariété. Son impatience non plus. Il consulta ostensiblement sa montre.

— Bon, faites vite, je suis très pressé. De quoi s'agit-il ?

— Cela prendra le temps que ça prendra, répondit Grimm, impassible.

— Allez droit au but, s'il vous plaît.

Grimm sembla contempler un moment ses mains puis, relevant soudain la tête, annonça posément :

— Nous avons identifié le cadavre de la jeune femme découvert à votre domicile.

— Bravo ! Alors, qui c'est ?

C'était dit avec une telle désinvolture ironique que Grimm eut presque l'impression que Kerdegat se payait sa tête.

— C'est quelqu'un que vous connaissez très bien.

— Diable, vous m'en direz tant !

— Il s'agit de Rebecca Hoppman.

— Connais pas !

Et, en lâchant cette énormité, Kerdegat fixa Grimm avec insolence, au point que celui-ci faillit en être déstabilisé. Décidément, Kerdegat était un homme pour qui le mensonge ne posait pas de problème et qui savait parfaitement contrôler ses nerfs. Le temps s'étira, seconde après seconde. Grimm décida de mettre un peu de pression.

— Vous maintenez cette affirmation ?

Kerdegat dut se demander s'il s'agissait d'un coup de bluff ou si Grimm en savait plus, car, cette fois-ci, il hésita imperceptiblement avant de répondre.

— Oui, je la maintiens.

— Vous avez donc l'intention de nier que Rebecca Hoppman était votre maîtresse ?

Les traits de Kerdegat se contractèrent durement. Une lueur de haine passa dans son regard.

— Je vois. On fouille dans les poubelles à présent. Joli métier que le vôtre…

L'analogie, alors que Rebecca Hoppman avait été retrouvée dans un sac poubelle, révélait un humour sordide et un esprit cynique. Quel homme était donc ce Kerdegat, capable de mentir sans vergogne, puis de se permettre ce genre de plaisanterie ignoble à propos d'une jeune femme qui avait été sa maîtresse ? Ermeline était effarée. À cet instant, Kerdegat lui fit peur et elle sentit une sueur froide recouvrir son dos.

Même Grimm était impressionné et éprouvait au fond de lui malaise et écœurement.

— Pourquoi avez-vous nié que Rebecca Hoppman était votre maîtresse ?

— Je n'ai jamais nié qu'elle était ma maîtresse.

— Vous avez dit que vous ne la connaissiez pas, c'est tout comme. Pourquoi ?

Kerdegat s'écria avec force :

— Parce que je ne souhaite pas que ma vie privée soit étalée au grand jour ! Ça vous ferait plaisir à vous, monsieur Grimm, que je divulgue partout le nom de votre maîtresse !

— Je n'en ai pas.

Alors, Kerdegat, non sans mépris, eut un petit sourire en coin.

— Cela ne m'étonne pas !

Grimm eut un brusque accès de violence. Il était à deux doigts de bondir et de gifler cet odieux personnage. Il se contrôla *in extremis* et reprit ses esprits. Kerdegat cherchait à le faire craquer, à ce que cet interrogatoire tourne à la foire d'empoigne, noyant ainsi son mensonge initial dans une querelle dont on ne saurait plus comment ni pourquoi elle avait débuté. Grimm prenait conscience qu'il faisait face à un adversaire redoutable, difficile à manœuvrer et encore moins à manipuler.

Il inspira longuement deux à trois fois pour faire retomber la tension qui avait failli l'emporter. D'une voix qui s'efforçait d'être calme, il reprit l'interrogatoire :

— Une autre question et faites attention à votre réponse parce que c'est une très mauvaise idée de mentir dans le cadre d'une enquête criminelle : aviez-vous deviné que la femme trouvée dans le sac poubelle était votre maîtresse ?

— Non, autrement, je vous l'aurais dit.

— Et ensuite, quand vous vous êtes aperçu qu'elle avait disparu ?

— Je n'ai pas pu m'en apercevoir parce que j'avais rompu avant sa mort.

Décidément, Kerdegat avait réponse à tout. En définitive, il ne voyait plus Rebecca Hoppman quand on a tué celle-ci, ce qui fait qu'il ne pouvait ni supposer qu'elle était la femme du sac poubelle ni s'apercevoir de sa disparition. Ce scénario, plausible en soi, contredisait celui de sa femme. L'un des deux mentait. Et le comportement de Kerdegat incitait fortement à penser que c'était lui.

Par ailleurs, un autre argument signait son mensonge. C'était la fameuse phrase « Elle a fait ça... », lâchée dans un moment d'intense émotion. Grimm aurait aimé confronter Kerdegat à sa propre réaction ce jour-là, mais le procédé consistant à filmer un témoin à son domicile sans son consentement était illégal. Et Kerdegat était fort capable, par l'intermédiaire d'un avocat, de se servir de ce motif afin que Grimm soit dessaisi de l'enquête. Et ce dernier nc voulait pas prendre un tel risque.

Renonçant à lui mettre la vidéo sous le nez, Grimm tenta néanmoins d'utiliser l'argument.

— Quand nous vous avons montré le message du meurtrier glissé dans le sac poubelle, vous avez dit : « Elle a fait ça… » À qui pensiez-vous ?

— Moi, j'ai dit ça ? Vous délirez.

— Vous l'avez dit et ma collègue s'en souvient aussi fort bien. N'est-ce pas, lieutenant Gasquet ?

Ermeline confirma d'un mouvement de tête convaincu. Cessant l'arrogance dont il abusait depuis le début de l'interrogatoire, Kerdegat devint soudain circonspect. Son regard alla de Grimm à Ermeline, puis d'Ermeline à Grimm. Il semblait chercher dans sa mémoire s'il avait effectivement pu dire une chose pareille. De fait, Grimm était convaincu qu'il ne devait pas se rappeler avoir prononcé ces paroles. En revanche, il ne pouvait pas avoir oublié la pensée qui lui était venue à l'esprit à ce moment-là.

— À qui pensiez-vous ? insista Grimm.

— Si jamais j'ai dit ça, mais vraiment je ne crois pas l'avoir dit, c'est que j'ai dû penser à… sans doute… sûrement… je ne vois que ça… à ma femme.

— À votre femme ?

— Oui, qu'elle avait peut-être découvert ma liaison et que la jalousie l'avait amenée à commettre…

Kerdegat n'en était pas à une contradiction près : l'instant auparavant, il soutenait n'avoir pas pensé que la victime puisse être sa maîtresse.

— Vraiment ? Comment, ignorant l'identité de la morte, vous auriez pu penser cela ?

— Il est possible néanmoins que je l'aie pensé, ce qui expliquerait alors cette phrase insensée que, vraiment, je ne crois pas avoir prononcée. Mais il ne faut pas y voir une contradiction avec mon affirmation précédente. Si jamais j'ai eu cette pensée, elle fut tout autant aberrante que fugitive, comme on peut en avoir parfois quand on est soumis à un violent choc émotionnel. Elle n'a pas imprimé mon cerveau. Du reste, je vous le répète, je ne m'en souviens même pas !

Voilà ! Encore une fois, Kerdegat retombait sur ses pattes. Il avait peut-être songé à sa femme, mais c'était absurde, et, donc, nul besoin d'accorder de l'importance à cette malheureuse phrase lâchée dans un moment de confusion mentale.

— Et de savoir qui a pu tuer votre maîtresse et déposer son cadavre chez vous, cela ne vous intéresse pas ?

— Soyons clair : mon ancienne maîtresse, ne l'oubliez pas.

Puis, Kerdegat s'énerva à nouveau :

— Bien sûr que si, j'aimerais bien le savoir ! Mais comment voulez-vous que je le sache ? Je ne suis pas commandant de la police judiciaire, moi ! C'est vous qui menez cette enquête, non ?

Il fit ensuite un large geste du bras balayant toute l'étendue de son bureau.

— Je vous l'ai dit, j'ai du travail. Donc, si vous n'avez plus de questions, je ne vous retiens pas.

Pour clore cet interrogatoire, il donnait congé de la manière la plus grossière. Grimm se leva, mais loin de faire demi-tour, il s'approcha jusqu'à ce que ses cuisses touchent le rebord de la table.

— Rebecca Hoppman, vous la payiez pour ses services ?

Kerdegat éclata d'un rire gras en se renversant en arrière.

— Dites donc, vous la prenez pour une pute ! C'était juste une jeune femme désœuvrée qui avait besoin qu'on s'occupe d'elle.

— Gratuitement ?

— Oui, gratuitement ! Je lui faisais des cadeaux, c'est bien naturel. Rien de plus. Pas de pension, si c'est cela que vous cherchez à savoir.

⋆ ⋆ ⋆

— Ce mec ment comme il respire !

Grimm venait de claquer la portière de la voiture. Il démarra en trombe, faisant crisser les pneus sur l'asphalte du parking. Ermeline attacha précipitamment sa ceinture.

— Il n'a pas pensé que la victime était sa maîtresse, mais il a pensé que c'était sa femme la coupable ! Il se fout de nous ! Et cette arrogance, cette insolence, ce mépris ! Ah, ça, c'est sûr, comme dit son épouse, il est invivable !

— Moi, il me fait peur ! Tu te rends compte sur quel ton il parle de sa maîtresse, alors qu'on vient de trucider la pauvre fille en la découpant en morceaux ! C'est un monstre, ce type, oui !

Une bicyclette fit un brusque écart devant lui, Grimm freina brutalement, obligeant Ermeline, projetée en avant, à tendre ses bras pour se retenir à la boîte à gants.

— Va moins vite, s'il te plaît, Hubert. Tu me secoues un peu…

— Excuse-moi.

Grimm ralentit et resta silencieux pendant plusieurs minutes. Ermeline visionnait la vidéo qu'elle venait de tourner. Mais le personnage de Kerdegat lui faisait tellement horreur qu'elle finit par éteindre son portable. Elle observa Grimm, étonnée par son mutisme.

— Tu penses à quoi ?

— Quoi ? Pardon ?

— Tu penses à quoi ?

— Ah ? Euh… Je pense qu'il faut chercher dans l'entourage de Rebecca Hoppman. À l'évidence, il nous manque une pièce essentielle du puzzle. Cette pièce, c'est Charles Perrault. Il est intervenu pour nous mettre sur sa piste. Je pense qu'il la connaissait. Et sans doute aussi connaît-il le coupable. Tant qu'on n'aura pas mis la main sur ce Perrault, on aura du mal à avancer. Cette Rebecca, elle avait bien des amis ? Elle fréquentait des gens, elle voyait du monde, non ?

Et, brusquement, Grimm gara la voiture à l'emporte-pièce en montant sur le trottoir.

— Qu'est-ce que tu fais ?

— J'appelle Koprotkieff. Il va falloir aller à la pêche de toutes les infos qu'on peut trouver sur Rebecca Hoppman. Et peut-être que ce détective sait des choses qu'il n'a pas mentionnées dans son dossier.

— Tu crois ?

— Qui n'essaie pas, n'obtient rien ! répliqua Grimm en composant le numéro de Koprotkieff sur son portable.

Les yeux fixés sur Ermeline, il écoutait la sonnerie qui devait faire vibrer le portable de Koprotkieff.

— Réponds, Koprotkieff, bon sang, ne nous fais pas perdre de temps… Ah ! Allo ? Monsieur Koprotkieff ?

— Oui.

— Hubert Grimm de la PJ.

— …

— Vous avez cinq minutes ?

— Je suis à l'arrêt, assis sur mon scooter, et j'attends qu'un couple illégitime sorte d'un hôtel de passe. Je suis donc disponible, mais j'arrêterai peut-être la communication sans préavis si je les vois.

— OK, ça marche ! J'ai une question à propos de Rebecca Hoppman. Connaissez-vous un peu les amis qu'elle fréquentait, son entourage, etc. ?

— Non. Ça ne faisait pas partie de ma mission.

— Mais, par hasard, vous avez peut-être aperçu quelqu'un avec qui elle prenait un pot ou mangeait dans un restaurant ? Je ne sais pas, moi ! Elle ne vivait pas comme une nonne ?

Cette dernière phrase fit rire Koprotkieff.

— Non, ça, elle ne vivait pas comme une nonne ! C'est écrit dans mon dossier, elle fréquentait un club privé : le Dragomira. Vous l'avez lu, le dossier ?

— Bien sûr ! Oui, le Dragomira, je m'en souviens. Qu'est-ce que c'est exactement ?

— C'est une boîte pour sadomasochistes.

— Ah bon !

— Oui. Je n'y suis jamais entré. Mais, un soir, je l'ai attendue à la sortie parce que je pensais que Kerdegat lui donnait rendez-vous à cet endroit. En fait, je me trompais. Elle en est partie, très tard, avec une femme.

— Une femme !

— Je les ai suivies pendant une centaine de mètres et puis j'ai pensé que je perdais mon temps. Alors, j'ai accéléré et je les ai dépassées.

— Vous avez vu son visage ?

— Non. Quand on dépasse quelqu'un, à moins de se retourner, on ne voit pas son visage, n'est-ce pas ? Par contre, en y repensant, j'ai peut-être quelque chose qui pourrait vous intéresser.

— Ah oui ! Quoi ?

— C'est Rebecca qui parlait et je l'ai entendue dire : « Non, Sabine, je suis un peu fatiguée et je voudrais qu'on aille chez moi directement. »

Grimm fit presque un bond sur son siège.

— Sabine ? Vous êtes sûr ?

— Oui, Sabine. Je ne suis pas sûr de la phrase exacte, je ne l'ai pas notée, mais je suis certain du prénom que j'ai entendu.

— Vraiment merci, monsieur Koprotkieff, ça nous aide beaucoup. Au plaisir.

Grimm raccrocha. Il exultait.

— Tu te rends compte, Ermeline ! Rebecca fréquentait une femme ! Voilà enfin celle à qui Kerdegat pensait quand il a dit « Elle a fait ça » ! Il faut retrouver cette fille ! Et vite !

Il remit le moteur en marche, déboîta et, frappant frénétiquement le volant de sa main droite, il roulait vite de nouveau.

— Le Dragomira, c'est un club sado-maso ! Renseigne-toi dessus, s'il te plaît.

Pendant une trentaine de secondes, Ermeline, la tête penchée sur son portable, surfa sur Internet.

— Tu sais qui c'est Dragomira ?

— Non.

— C'est l'héroïne d'un roman de Leopold von Sacher-Masoch, celui dont le nom a servi pour définir le masochisme. Le roman, c'est *La Pêcheuse d'âmes*. Je te lis : « c'est un roman gothique allemand paru en 1886… »

— OK, OK, Ermeline… Mais la boîte de nuit, ici, à Rennes, t'as des infos dessus ?

— Attends… Et roule moins vite, s'il te plaît, t'es incorrigible ! Pense à la planète, bordel ! Tu te prétends écolo et tu roules comme un fou dès que tu as un volant entre les mains, déchargeant dans l'atmosphère tout le CO2 que tu peux, comme si tu voulais ajouter des victimes supplémentaires aux quarante-huit mille morts que tu évoquais tout à l'heure ! C'est complètement contradictoire !

Ce fut comme si la foudre lui était tombée dessus. Grimm freina d'un coup et roula au pas, la mine déconfite. Il lâcha d'une voix morne :

— Oui, je sais. Je suis « un homme bourré de contradictions ».

— Ah ! Eh bien, si tu t'en rends compte, c'est déjà ça !

— Non seulement je m'en rends compte, mais en plus je me soigne.

Ermeline rit à ce qu'elle prit pour une plaisanterie.

— Et des infos sur la boîte de nuit, t'en as ou t'en as pas ? dit-il doucement.

Il se tut jusqu'à ce qu'Ermeline lui réponde :

— Non, mis à part l'adresse, je n'ai pas grand-chose.

Ils arrivaient à l'hôtel de police et Grimm pénétrait dans le parking. Quand il éteignit le moteur, il se tourna vers Ermeline.

— Tu veux accomplir une mission que Bouexière ne t'aurait jamais confiée ?

— Présentée comme ça, je ne peux pas dire non… fit Ermeline en souriant.

— Va ce soir, ou demain soir, au Dragomira, et essaie d'y identifier la dénommée Sabine et, si possible, de dégoter son nom de famille et son adresse afin qu'on puisse ensuite aller l'interroger chez elle en douceur.

— J'accepte bien sûr. Mais pourquoi moi ?

— Parce que tu as envie de prouver qu'on peut te faire confiance pour les tâches délicates. Et aussi, plus précisément, parce que Sabine est une femme et que tu en es une aussi. Ce sera plus facile pour toi d'entrer en contact avec elle, que pour moi, pour Corentin, ou pour Éric.

Imaginant tout à coup Éric dans un club privé sadomasochiste, ils éclatèrent de rire.

Sans rien ajouter, ils sortirent de voiture. Sur le parking, Grimm qui ruminait la confrontation avec Kerdegat explosa tout à coup :

— Je repense à Kerdegat ! Tu te rends compte de ce qu'il a répondu quand j'ai dit que je n'avais pas de maîtresse : « cela ne m'étonne pas ». C'est incroyable ! Pour ce type, ne pas avoir de maîtresse, c'est un peu comme le mec qui disait qu'on avait raté sa vie si, à cinquante ans, on n'avait pas de Rolex !

— Oui, c'est dingue !

— Eh bien, moi, je n'ai ni femme, ni maîtresse, monsieur Kerdegat !

Et puis, il ajouta soudain :

— Mais je vais peut-être avoir un enfant !

Stupéfaite par cette surprenante confidence, Ermeline ne sut quoi répondre, et se tut. Elle restait perplexe. En définitive, Grimm, qui ne parlait jamais de sa vie privée, en certaines circonstances cependant, quand il était outré par une personne ou une situation, pouvait fendre l'armure et s'ouvrir à quelqu'un. Était-ce un hasard si c'était à elle qu'il avait confié ce secret ?

Au moment d'ouvrir la porte de l'hôtel de police, Grimm demeura la main sur la poignée et regarda Ermeline avec gravité :

— Évidemment, tu ne prends aucun risque dans ce club sado-maso. Et, s'il y a le moindre problème, tu m'envoies un SMS ou tu m'appelles. Quelle que soit l'heure. Tu entends ? Quelle que soit l'heure ! Même au milieu de la nuit. Je viendrai tout de suite. Tu as compris ?

Elle fit signe qu'elle avait compris. Puis, à son grand étonnement, Grimm lui posa la main sur l'épaule.

— Tu sais, je ne t'en ai pas parlé, mais je n'ai pas du tout, mais pas du tout apprécié que tu t'introduises sans mon ordre et sans me prévenir chez Koprotkieff l'autre jour. Tu vas me dire que ça a bien débloqué la situation, ce qui n'est pas faux, mais c'est comme ça qu'arrivent les conneries. Imagine, s'ils avaient été deux ou trois, armés jusqu'aux dents, ça aurait pu très mal tourner. On est une équipe, on bosse en équipe et, dans une équipe, c'est comme ça, il y a un chef et il faut suivre les instructions.

Ermeline baissait les yeux, mortifiée par cette remontrance soudaine et inattendue. Puis, comme s'il était face à une enfant qui vient d'être grondée, Grimm lui tapota la joue.

— Allons, allons… C'est une histoire passée, oubliée, enterrée. Mais, avec d'autres, tu aurais pu écoper d'une sanction disciplinaire. Ermeline, tu as tout pour être un excellent flic, avec, en particulier, le courage et la détermination. Tu souhaites le montrer et je le comprends, surtout après les humiliations que tu as subies avec ce con de Bouexière. Mais ne fais jamais d'imprudences qui peuvent mettre ta vie et celles de tes équipiers en danger, c'est tout ce que je te demande et je serai toujours à te soutenir. OK ?

Après un petit clin d'œil bienveillant, Grimm poussa la porte et pénétra dans le hall de l'hôtel de police.

8

Ermeline avait longtemps hésité sur la manière dont elle devait s'habiller. Au travail, dans la rue, par souci de discrétion, elle évitait toujours de revêtir les uniformes officiels, surtout ceux marqués d'un énorme *Police Judiciaire* dans le dos et bardés d'écussons, qu'elle portait uniquement lors de certaines interventions. Elle se contentait d'une tenue simple : pantalon, chemisier, pull, blouson et, aux pieds, des chaussures basses et souples, dans le but de pouvoir courir si nécessaire. Et Ermeline, très sportive, démarrait et courait vite, comme Grimm avait pu s'en apercevoir le jour où le scooter était passé devant la demeure des Kerdegat.

Mais comment s'accoutrer pour se rendre dans un club sado-maso ? Comme dans une simple boîte de nuit, c'était peu probable, ou fallait-il plutôt arborer une sorte de costume *ad hoc* qui signalait extérieurement ses penchants BDSM ? Ermeline se voyait mal revêtir une tenue cuir-vinyle-latex, dans laquelle elle se serait sentie trop mal à l'aise. Un effort vestimentaire était pourtant de mise pour montrer son appartenance à cette communauté, au risque autrement de se voir refuser l'entrée du Dragomira.

Surfant sur Internet, elle trouva que la tâche était plus facile pour les hommes, dont la tenue *a minima* pouvait être constituée d'un simple tee-shirt noir et d'un pantalon de la même couleur. Mais, pour une femme, ce n'était pas si aisé.

Elle se posa une première question. Si Rebecca et Sabine s'adonnaient entre elles à des pratiques sadomasochistes, ce qui d'ailleurs n'était pas démontré, qui était la dominatrice et qui était la soumise ? De cette information découleraient les vêtements qu'elle choisirait. Or, comment savoir ?

Refermant momentanément la penderie devant laquelle elle tergiversait depuis dix bonnes minutes, elle s'assit sur le lit et regarda par la fenêtre. La nuit était tombée et un petit bruit irrégulier l'alertait qu'une pluie oblique frappait les carreaux. Une pluie fine, qui ne durerait sans doute pas, et qui de toute façon ne l'empêcherait pas de sortir. Elle souhaitait d'ailleurs se rendre impérativement au club ce soir même, car son compagnon était en déplacement professionnel, ce qui lui épargnait une longue discussion pour expliquer et marchander son absence.

La pluie. Elle frappait les carreaux, peu violemment, mais de manière continue. Cette observation déclencha en elle un signal. Mais quoi exactement ? La réminiscence d'une parole qui s'était inscrite dans les tréfonds de sa mémoire. Une information obscure mais importante.

On avait frappé quelque chose, pendant longtemps, des semaines, des mois peut-être. Une personne avait prononcé une phrase analogue et elle entendait presque le son de sa voix. Qui ? Quand ?

Elle se figea au moment où le souvenir lui revint, puis elle s'éjecta du lit comme mue par un ressort. Irène ! Le Dr Pointcarré ! C'était la légiste qui avait dit cela à propos de Rebecca Hoppman. Celle-ci avait été fouettée ! Sur son dos, des marques anciennes et récentes se mêlaient, les plus vieilles datant de quelques mois ! Non, Rebecca Hoppman n'avait pas été séquestrée, comme Grimm l'avait supposé : ces traces révélaient simplement son rôle de soumise dans des pratiques sado-masochistes !

— Nous sommes stupides ! s'écria-t-elle. Dès que nous avons su ce qu'était le Dragomira, nous aurions dû faire ce rapprochement !

Elle n'en revenait pas d'avoir soudain, et si facilement, levé le voile sur un point aussi énigmatique. Si énigmatique que personne dans l'équipe n'en avait reparlé, incapables de le placer dans le puzzle incomplet de l'affaire.

Aussitôt, elle saisit son téléphone et appela Grimm. Celui-ci siffla d'admiration et de satisfaction.

— Bravo, Ermeline ! On a vraiment été cons ! Comme quoi, il est toujours difficile de mettre en relation deux éléments d'une enquête quand on les découvre à plusieurs jours d'écart.

Puis, après un temps de silence :

— Tu y vas ce soir ?

— Oui.

— Si tu trouves Sabine, faudra faire attention. Jouer la soumise, pour l'attirer et la faire parler, mais pas trop quand même. Je ne voudrais pas qu'il t'arrive des bricoles. Je ne sais pas jusqu'où ça va, ces affaires-là ! Sois prudente et reste sur tes gardes.

Après avoir raccroché, Ermeline ouvrit de nouveau sa penderie. Il n'était pas question qu'elle s'habille comme une suppliciée, une victime expiatoire prête à s'humilier à la moindre sollicitation, avec un harnais et un collier. Elle se voulait soft, douce et assujettie, offerte, avec une allure qui excluait toute idée de domination et qui ferait comprendre, en toute discrétion, de quel côté elle se situait.

Elle mit des bas résille noirs et une jupe de cuir, noire également, et assez courte. C'étaient des vêtements qu'elle ne portait plus et qui dataient de sa période un peu gothique du temps où elle était étudiante. Retirant son soutien-gorge, elle choisit un tee-shirt sombre qui moulait les seins, très échancré aussi, et une veste noire en toile, si petite – elle était moins musclée à l'époque –, qu'elle la serrait aux épaules d'une manière inattendue, mais finalement assez adaptée à l'effet qu'elle recherchait. Enfin, des chaussures à talons aiguilles, noires encore, complétaient la tenue.

Elle modifia aussi sa coiffure, supprimant la frange qui cachait une partie de son front en rejetant ses cheveux courts en arrière, les lissant et les fixant avec du gel. Enfin, elle se maquilla forçant sur le noir au niveau des cils et des paupières et dessinant ses lèvres avec un rouge très sombre, cadeau d'un ex qu'elle n'utilisait jamais.

Elle se regarda dans le miroir en pied et se trouva à son goût. C'était à la limite de la vulgarité sans y tomber complètement, jugea-t-elle, et elle passerait certainement inaperçue dans le club.

Il n'était pas question qu'elle marche dans la rue dans cette tenue, si bien qu'elle choisit un manteau fin et long qui tombait droit jusqu'aux mollets, serré à la taille par une cordelette, et qui lui avait toujours donné une silhouette longiligne et d'apparence fragile.

Elle était prête. Il était 11 heures du soir. La pluie avait cessé.

Elle n'avait jamais mis les pieds dans ce type d'endroit et elle en ignorait les codes et les usages. Ainsi, ce fut le cœur serré par l'angoisse qu'elle sortit de chez elle et prit sa voiture pour aller à Rennes.

* * *

Elle se gara dans le centre-ville, vérifia sur son portable l'adresse du Dragomira et se mit en chemin d'un pas mal assuré, en raison des talons aiguilles dont elle n'avait pas l'habitude. Elle avait réfléchi à la meilleure stratégie pour se faire accepter dans le club, mais elle craignait que son inquiétude ne la rende suspecte. Dans le même temps, elle se disait qu'une jeune femme un peu effarouchée qui se rendait pour la première fois dans un tel lieu pouvait au contraire s'attirer la sympathie ou du moins la convoitise des habitués.

L'entrée était si discrète qu'elle passa devant sans s'en apercevoir. Elle dut revenir en arrière, troublée par sa cécité et ne sachant si elle devait l'attribuer à sa fébrilité.

De fait, il n'y avait pas d'enseigne lumineuse, mais un simple panneau au-dessus de l'entrée sur lequel était écrit : *Le Dragomira* et, dessous, en petites lettres gothiques : *club privé*. Le moins que l'on puisse dire était que les propriétaires ne faisaient pas de publicité tapageuse. Les clients connaissaient l'endroit et n'avaient pas besoin qu'on leur tienne la main. Ils devaient aussi se connaître entre eux et tout nouveau venu, ou nouvelle comme elle, devait sans doute être testé dès son arrivée. C'était ce qu'Ermeline redoutait : être importunée et entraînée malgré elle dans des jeux de rôle qui lui faisaient peur.

Retenant son souffle, elle fit face à l'entrée. On ne voyait pas de porte, mais un vieil escalier de granit qui descendait latéralement le long de la façade et qui, au-delà des quatre premières marches, marquait vite un tournant, si bien qu'on ne pouvait voir où il menait. Une cave. La cave d'un vieil immeuble du centre-ville. Craignant que le lieu ne se révèle sordide, Ermeline déglutit, ayant même un brusque accès de colère contre Grimm qui l'avait expédiée dans cette galère.

Elle s'engagea prudemment – les marches étaient hautes et ses talons aiguilles ne facilitaient pas la descente –, effectua le tournant en redoublant de précaution car déjà la lumière manquait, et se trouva aussitôt nez à nez avec une lourde porte en bois, piquetée de gros clous à tête ronde qui lui donnaient une allure médiévale.

Il n'y avait d'ailleurs pas de sonnette, mais un heurtoir comme dans les vieilles maisons. À l'évidence, tout était conçu pour que les clients aient l'impression de quitter le siècle pour se sentir projetés à l'époque de Gilles de Rais ou d'Élisabeth Báthory. Une petite grille à hauteur du visage protégeait une plaque métallique, laquelle devait servir de judas.

Ermeline dénoua la cordelette de son manteau et en écarta les deux pans pour mettre sa tenue en évidence. Puis, elle souleva le heurtoir et le laissa retomber deux fois. Elle n'eut pas longtemps à attendre. La plaque métallique glissa latéralement et deux yeux la scrutèrent. Ermeline sentit l'hésitation du portier. La plaque se referma.

La porte s'ouvrit néanmoins. Un homme apparut, grand et baraqué, dans un tee-shirt noir qui lui moulait le buste et les épaules.

— Bonjour, dit-il simplement, sans agressivité et même assez gentiment, mais sa large carrure barrait l'entrée du club.

— Bonjour.

— Je ne crois pas vous reconnaître…

Tout allait se jouer maintenant. Il fallait se jeter à l'eau sans plus réfléchir et passer ce premier obstacle sans éveiller de soupçon.

— Non, c'est vrai, je ne suis jamais venue… avoua-t-elle en tentant un sourire timide qui révélait en réalité sa tension et ses craintes. Je suis une amie de Rebecca. C'est elle qui m'a dit de venir ici, parce que je saurais y trouver ce que je recherche.

Disant cela, elle baissa les yeux, pour indiquer qu'elle était inexpérimentée.

— Rebecca ? Ça fait quelque temps qu'on ne l'a pas vue. Comment se porte-t-elle ?

Dès cette première question, Ermeline sentit le danger qu'elle courait. La question était certes anodine, et reflétait peut-être simplement l'ignorance du portier et une demande légitime de savoir pourquoi une cliente ne venait plus. Mais Rebecca avait été assassinée et Ermeline se trouvait en un lieu qui n'était peut-être pas sans rapport avec ce meurtre. Toute personne rencontrée désormais était suspecte et susceptible de revêtir un danger.

— Je ne l'ai pas vue depuis deux semaines, mais elle allait bien. J'ai hésité à venir ici… Je n'osais pas… Ce n'est pas facile, je suis un peu novice… Et ça fait un peu peur…

— Il ne faut pas avoir peur. Tout le monde est très bienveillant ici et saura vous mettre en confiance.

— Rebecca m'a dit… que Sabine saurait… avec moi… mais je ne la connais pas… Elle est là ?

— Sabine ?

— Oui…

— Oui, elle est là. Mais, détendez-vous, je vous sens toute crispée. Vous allez la faire rire… Allez, entrez, vous allez découvrir un autre univers.

Il s'effaça et Ermeline pénétra dans une première pièce où une lumière diffuse et jaune donnait une impression d'irréalité et de rêve. Il faisait chaud. L'homme referma la porte derrière elle.

— Votre manteau, s'il vous plaît.

Ermeline retira son manteau et le confia au portier qui l'accrocha à un cintre avant de le remettre sur une très longue tringle où d'autres vêtements se trouvaient déjà suspendus. Il y avait un pupitre en bois, d'apparence très ancienne, derrière lequel l'homme se glissa.

— C'est trente euros, dit-il en ouvrant l'unique tiroir du pupitre.

Alors qu'Ermeline cherchait dans son sac, son regard fut attiré par les tarifs affichés au mur. Il y avait un tarif *couple*, plus du double du sien ; un tarif *homme seul*, qu'elle trouva exorbitant ; et un tarif *femme seule*, le sien, très raisonnable. Elle en conclut que ce type de club manquait peut-être de clientes femmes et que, pour les attirer, un tarif préférentiel leur était réservé.

En bas de la pancarte, elle lut à deux reprises une phrase qui l'amusa : *Les personnes du troisième sexe sont les bienvenues et s'acquittent du tarif couple.*

Puis, décidément très rassurant, l'homme lui désigna un passage assez étroit.

— Je m'appelle Pascal. Venez, je vais vous faire visiter.

On la prenait en charge. Avec prévenance et gentillesse. Ermeline s'étonnait, mais appréciait l'accueil, surtout après l'appréhension qui l'avait assaillie à son arrivée.

Ils entrèrent dans une vaste salle qui baignait dans la même atmosphère étrange et mystérieuse. De petites appliques au mur, disposées à hauteur d'homme aux angles de la pièce, venaient rehausser la faible lumière distillée par les lampes posées sur les tables autour desquelles étaient disposés des fauteuils rouges assez bas et profonds. Non loin du bar – un long comptoir noir en bois laqué –, sur un pan de mur, Ermeline fut étonnée de voir une étagère remplie de livres anciens dont les reliures cuir procuraient à la salle une impression de calme et de sérénité. De plénitude presque. Dénotait, toutefois, de la musique metal un peu hard pour Ermeline, mais heureusement discrète. Quelques couples étaient assis et chuchotaient comme dans un club anglais huppé.

Ermeline allait de surprise en surprise. Elle s'attendait à un endroit trash, violent, malsain, et elle tombait dans ce qui, au premier abord, paraissait plus un havre de paix.

— C'est le bar, lui souffla Pascal à l'oreille. Avec votre entrée, vous avez droit à une consommation gratuite. Ensuite, c'est dix euros par consommation supplémentaire. Ici, on se détend, on discute. Et, au-delà – disant cela il désignait un nouveau passage dans le mur – il y a cinq autres salles dédiées. C'est assez grand, vous verrez.

Dédiées ? Dédiées à quoi ? Il n'eut pas le temps de le préciser, car le heurtoir de la porte d'entrée retentit.

— Excusez-moi… Prenez un verre au bar, faites connaissance, je reviens si je peux.

Il s'éclipsa si soudainement qu'Ermeline eut l'impression d'être abandonnée. La salle était à moitié vide – 23 h 40, peut-être était-il un peu trop tôt ? – et personne ne semblait l'avoir encore remarquée. Elle alla au bar, s'installa sur un tabouret et commanda un gin tonic.

Personne au comptoir sauf, sur sa droite, deux hommes qui discutaient en buvant un whiskey. Elle ne voyait que le dos de celui qui était à ses côtés, mais elle eut l'impression que le second, qui lui faisait face, l'observait tout en poursuivant sa conversation. De nouveau, ses craintes d'être importunée, harcelée ou entraînée lui nouèrent la gorge. Il ne fallait pas qu'elle reste seule à ne rien faire.

Quand le serveur déposa le gin tonic devant elle, saisie par la nécessité d'agir, elle se pencha aussitôt vers lui.

— Je dois voir Sabine, mais je ne la connais pas. Vous savez où je peux la trouver ?

— Sabine ?

Il parut amusé par la question et Ermeline crut même l'entendre rire avec discrétion. Il s'inclina à son tour et murmura :

— Elle est dans cette salle. À la table du fond, sur la gauche.

Ermeline n'osa pas se retourner immédiatement. D'autant plus que le serveur restait la bouche près de son oreille et ajoutait :

— À vos risques et périls. Attention, elle mord…

Ermeline eut un léger sursaut, rejeta la tête en arrière et son regard croisa celui du serveur. Par réflexe, souriant aussi, elle répondit :

— Je saurai me défendre !

— C'est ce qu'on dit toujours... Pourtant, personne ne résiste aux pouvoirs de Sabine...

— Devient-on son esclave ?

— De Sabine ? Oh oui, certainement. Nous sommes tous un peu ses esclaves...

C'était un jeu, agrémenté de sourires et de clins d'œil complices, et Ermeline trouvait cela plutôt drôle. Elle y prenait du plaisir. Mais le serveur dut la laisser pour servir un couple qui venait de s'accouder à l'autre extrémité du bar.

Après un court instant d'hésitation, elle osa se retourner. Elle le fit assez lentement, balayant la totalité de la salle d'un regard indifférent, désirant donner l'impression de ne chercher rien ni personne, comme une personne guidée par son seul ennui.

Elle ne s'attarda sur la table indiquée par le serveur que deux secondes supplémentaires, le temps d'enregistrer le maximum d'informations. De nouveau face au bar, elle saisit son verre et en but une gorgée. Elle avait vu.

À cette table, deux femmes étaient assises.

L'une était blonde, les cheveux très longs et, de loin, lui avait paru un peu ronde. Charnue, pour tout dire. Ermeline avait eu le temps de remarquer son corset en cuir noir, qui la serrait, et dont l'échancrure permettait un panorama avantageux sur ses seins abondants.

Tout à l'inverse, l'autre femme était très émaciée de visage, les joues creusées, les lèvres minces, les yeux enfoncés dans les orbites, le nez droit. Un visage aux lignes nettes, fines et sinueuses comme une statue de bronze. Elle avait les cheveux raides, noirs, coupés au bol et qui s'arrêtaient brutalement au-dessus des épaules. Sa véritable tenue était partiellement dissimulée sous une étole légère en cachemire qui lui couvrait le buste. Elle se tenait très droite et dominait sa vis-à-vis d'une tête.

La seconde femme lui fit si forte impression qu'elle ne doutait pas que ce fût Sabine. À l'insignifiance du visage poupin de la première répondait le maintien altier et tranchant de la seconde. Oui, c'était elle, parce qu'elle avait ce supplément de mystère et cet isolement princier des êtres différents qui attirent et fascinent. Oui, c'était elle parce qu'on ne pouvait imaginer cette femme ni soumise ni dominée par quiconque.

Ermeline se demandait comment l'aborder sans se trahir, sans être percée à jour, alors que dans ce club privé elle se sentait aussi perdue qu'un chaton tombé à l'eau. Et puis, il y avait l'autre, dont la présence ne facilitait pas une intervention. Elle décida d'attendre, buvant son verre lentement, gorgée par gorgée, pour gagner du temps.

Au milieu des chuchotements ambiants, elle tressaillit soudain, car une voix calme disait sur un ton définitif :

— Assez. Cela suffit maintenant.

Puis, elle perçut le bruit net d'une gifle. Elle se retourna et vit Sabine, l'index levé comme on admoneste un enfant, qui fusillait du regard la pauvre fille blonde, laquelle levait vers elle des yeux de chien battu.

Il y eut une seconde gifle, sèche, décochée si vite qu'Ermeline n'eut même pas le temps de voir le geste s'ébaucher que déjà Sabine avait repris sa position, l'index levé. Elle l'abaissa ensuite jusqu'à le poser sur le nez de la blonde qu'elle caressa du bout du doigt. Elle vit celle-ci frémir de tout son être.

Sabine désigna l'angle opposé de la pièce et dit simplement :

— Là-bas est ta place.

Avec humilité, l'autre l'implorait, mais Sabine restait inflexible.

— Là-bas, à genoux, et que je sente ton regard fixé sur moi qui me veille et m'admire.

L'autre se leva, pliée en deux, et marcha jusqu'à l'angle de la pièce où elle s'aplatit et se recroquevilla. Sabine l'observa quelques secondes en souriant, puis sembla s'en désintéresser. Dans la pièce que le silence avait gagnée, le chuchotement des conversations reprit.

Sabine était seule à sa place. Combien de temps cette comédie de l'humiliation durerait-elle ? Était-ce le moment pour Ermeline d'entrer en contact avec elle ? Après ce qu'elle venait de voir et qui, malgré le côté théâtral, l'avait troublée, elle sentait le désarroi de son hésitation qui l'inhibait. Jamais, sans doute, elle ne retrouverait une telle opportunité. Par la suite, Sabine entraînerait certainement la fille blonde dans les autres pièces – *dédiées*, avait annoncé le portier et où Ermeline imaginait toutes sortes d'instruments de torture – pour passer aux choses sérieuses dont cette petite scène n'était que le prélude. Il serait beaucoup plus difficile d'intervenir à ce moment-là.

Ermeline se leva. Son verre était presque vide, mais elle l'emporta quand même pour se donner une contenance. Elle se faufila entre les tables jusqu'à celle de Sabine. Elle s'arrêta debout, face à elle.

Sabine leva la tête et la dévisagea, impassible. Ermeline en perdit ses moyens. Elle ânonna, sur un ton qu'elle trouva stupide :

— Bonjour, Sabine.

Elle n'obtint pas de réponse et Sabine ne manifesta aucune surprise de voir une inconnue l'appeler par son prénom. En revanche, son regard se fit aigu et elle fixa Ermeline avec une intensité gênante. Celle-ci se sentit transpercée, évaluée, jaugée et jugée, et même déshabillée, par cette créature froide et lointaine. L'instant dura et Ermeline sentit la sueur qui mouillait son front et coulait sous ses aisselles.

Du menton, Sabine désigna la chaise en face d'elle.

— Assieds-toi.

Le tutoiement immédiat. Il établissait une proximité trompeuse, car il signait aussi un abaissement. Ermeline était tout de suite ramenée à son statut potentiel, celui d'une soumise, d'une esclave, qu'il serait ridicule de vouvoyer.

Ermeline s'exécuta et, ne sachant comment démarrer la conversation, elle avala la dernière gorgée de son verre.

Sabine dit soudain :

— Es-tu sûre, petite colombe, de savoir ce que tu cherches ?

C'était très direct comme entrée en matière et Ermeline devait immédiatement choisir la meilleure stratégie, car il n'y aurait pas de retour en arrière. Parler de Rebecca lui parut hautement risqué. Tant que les fils de cette histoire ne seraient pas démêlés, le danger était diffus et pouvait surgir à tout moment, de n'importe où et de n'importe qui.

— Je suis novice… commença-t-elle, ce qui provoqua le rire dédaigneux de Sabine.

— Au moins, tu ne t'en caches pas. Et tu as raison, parce que ça se voit.

Ermeline allait reprendre la parole, mais Sabine ajoutait :

— La franchise, tu me la dois. Sans franchise, je te casse. Tu comprends ce que je te dis ?

— Oui.

— Bien…

La manière dont Sabine, dès les premiers mots échangés, avait distribué les rôles provoquait chez Ermeline un malaise indéfinissable. Elle était à ce point rabaissée qu'elle ne voyait plus comment obtenir les informations qu'elle désirait. Pourtant, sortir de ce piège dans lequel elle était peu à peu enfermée briserait à coup sûr le contact qu'elle avait établi. Elle n'avait d'autre choix que de continuer.

Sabine eut un curieux sourire. Elle désigna la fille blonde qui, tassée dans son coin comme un animal puni, les observait.

— Tu vois cette pauvre esclave, là-bas ?

— Oui.

— Elle est malheureuse loin de moi, mais son bonheur est de m'obéir.

Ermeline ne tenta pas de disséquer l'aspect paradoxal et illogique de la phrase. Elle acquiesça et ne vit pas le coup venir.

— Tu irais la remplacer pour me faire plaisir ?

Muette de stupeur, Ermeline jeta un regard angoissé vers la fille blonde. Sabine reprenait :

— Après, si tu le souhaites toujours, je te parlerai.

C'était une mise à l'épreuve. Et le piège se refermait. Soit elle refusait, serait rejetée et c'était l'échec de sa mission, soit elle acceptait de s'humilier en public et elle pouvait espérer en apprendre davantage.

— Déjà ? dit-elle d'une voix un peu perdue.

— Il n'est jamais trop tôt pour me satisfaire.

Sabine se tut et cessa ostensiblement de s'intéresser à son interlocutrice, son regard la traversant comme un objet inutile. Ermeline prit sur elle. Elle se leva et se dirigea vers l'angle de la pièce. La fille blonde la fixait, attentive et circonspecte.

— Lève-toi, je prends ta place.

Étonnée, la fille se mit debout et, sans un mot, retourna auprès de Sabine tandis qu'Ermeline s'agenouillait et les épiait à son tour. Elle avait surpris quelques sourires amusés dans la salle et cette inversion des places la mortifiait. Elle se sentait à la fois ridicule et humiliée.

Elle vit Sabine saisir le menton de son esclave, relever sa tête, lui sourire et lui parler. Elle n'entendait pas ce que Sabine racontait, mais elle eut l'impression qu'elle la félicitait. Reconnaissante, la fille blonde baisait amoureusement la main de Sabine comme si celle-ci était une déesse. Elle semblait heureuse.

Il se passa alors un phénomène si inattendu qu'il bouleversa Ermeline. Elle eut la douloureuse et effrayante impression, qu'à cet instant précis, elle aurait voulu prendre la place de la fille blonde et bénéficier des faveurs de Sabine.

Le temps s'écoulait, s'égrenait avec une lenteur insupportable, et Ermeline bouillait de rage et d'impuissance. Au bout d'un quart d'heure, elle vit la soumise revenir vers elle.

— La Maîtresse veut te voir.

D'un bond, Ermeline se remit sur ses pieds et, traversant la salle, reprit possession de sa chaise.

— C'est bien, petite colombe, lui dit Sabine. Tu es une fille obéissante. C'est bien, mais c'est peu. Il faudra apporter d'autres preuves autrement plus brûlantes de l'amour que tu me portes.

— Je le ferai…

— Tu veux vraiment devenir mon objet, mon instrument, mon plaisir ?

— Je le veux.

Ermeline avait la sensation de ne plus savoir ce qu'elle disait. Dans cet abandon d'elle-même que Sabine lui imposait, il y avait un doux relâchement, un plaisir étrange, le désir de satisfaire, de se montrer digne et de gagner la confiance et l'amour de Sabine.

« Je deviens folle », pensa-t-elle. « Cette femme m'envoûte. »

La question que lui posa alors Sabine la stupéfia :

— As-tu un téléphone portable ?

— Oui.

— Montre-le-moi.

Ermeline le tira de la poche intérieure de sa petite veste où elle l'avait glissé. Sabine hochait la tête.

— Éteins-le.

— Mon portable ?

— Oui, ton portable, éteins-le.

— Pourquoi ?

— Parce que, quand tu es avec moi, le monde extérieur n'existe plus. Rien ne doit t'atteindre. Il n'y a plus que moi.

D'un geste machinal, sans en mesurer les conséquences, Ermeline éteignit son portable.

* * *

Grimm s'était couché peu après 23 heures. Il s'était endormi assez vite, mais des rêves obscurs troublaient son sommeil.

Il y avait une atmosphère de violence et des séquences successives où des gens riaient tandis que d'autres semblaient souffrir atrocement. Ceux-là hurlaient leur détresse. Menottés, suspendus à des barres métalliques horizontales en d'horribles rangées, on les frappait jusqu'au sang avec de longs fouets qui claquaient en cadence. Et les rires des bourreaux se mêlaient aux cris de douleur dans une cacophonie atroce.

Grimm cherchait à fuir. Il sentait des regards qui l'accrochaient, qui le désignaient, et il tentait vainement de se dissimuler. En pure perte, quel que soit le lieu où il se précipitait, il était découvert, menacé, et il savait qu'on allait l'attraper et l'aligner avec les autres.

Au moment où il crut trouver la sortie de cet enfer, une femme se dressa devant lui et hurla : « Tu la veux, j'te la donne ! »

Il se réveilla en sursaut, assis sur son lit, en sueur. La dernière phrase de son rêve résonnait encore dans sa tête. Il bascula au bord du lit, les pieds sur la moquette.

— Ce n'est pas possible, ce n'est pas vrai ! s'écria-t-il.

Il se prit la tête entre les mains.

— S, nom de Dieu ! S ! C'était signé S et je n'ai même pas réagi ! Sabine !

Il alluma la lumière et saisit son portable. Il fallait absolument qu'il prévienne Ermeline qu'elle était en danger et qu'elle devait impérativement éviter de se trouver seule avec Sabine.

Elle ne répondait pas. Pourquoi ? Il fit plusieurs tentatives, sans succès. Son portable semblait éteint. De rage, il balança le sien à travers la pièce.

9

Sabine souriait et, par-dessus la table, étendit son bras pour caresser le visage d'Ermeline. Sa main glissait sans heurt et s'enroulait sur la figure de la jeune femme comme un serpent. Elle effleurait les cheveux, l'oreille, la joue, le cou et ses doigts redessinèrent délicatement le pourtour de ses lèvres. Puis, elle introduisit son index dans la bouche d'Ermeline.

— Suce mon doigt.

Ermeline ne comprit pas pourquoi elle accepta avec tant de facilité de lécher le doigt, jusqu'à saisir la main de Sabine pour l'enfoncer plus profondément dans sa gorge et lui donner un mouvement de va-et-vient lent et sensuel.

Brusquement, Sabine retira son doigt. Elle murmura :

— Je te veux obéissante, soumise, toujours prête à répondre à mes attentes.

Et, avec un nouveau sourire, trouble et équivoque :

— Acceptant et supportant le pire pour mon seul plaisir.

Enfin :

— Je veux t'entendre le dire.

Ermeline leva ses yeux vers Sabine, mais le regard de celle-ci était si souverain et dominateur qu'elle les rabaissa aussitôt.

— Je serai obéissante, soumise, toujours prête à répondre à tes attentes…

— Vos attentes ! la coupa Sabine avec une autorité farouche.

— Toujours prête à répondre à vos attentes, acceptant et supportant le pire pour votre seul plaisir.

— Maîtresse.

— … pour votre seul plaisir, Maîtresse.

Sabine ne souriait plus. Elle semblait peser le pour et le contre.

— Va me chercher un mojito, je te dirai ensuite ce que je pense de toi.

Ermeline alla au bar où elle retrouva le serveur, lequel n'avait rien raté de toute la scène, en particulier quand Ermeline était allée prendre la place de la fille blonde dans le recoin obscur de la salle.

Sans rien dire, il lui prépara un cocktail. Au moment où il le posait sur le comptoir, il lui demanda :

— Alors, Sabine te plaît-elle ? Est-elle comme tu l'avais souhaitée ?

Ermeline fut surprise par la question. Elle suggérait une inversion des rôles qui l'étonnait. Elle fit un signe de tête affirmatif.

— Pas plus que ça ? insista-t-il.

— Si, si…

— Bon… Tu verras mieux tout à l'heure quand tu iras à côté avec elle.

Il ajouta à cette remarque un clin d'œil encourageant. Troublée, Ermeline retourna auprès de Sabine et posa le mojito devant elle. Sans remercier, celle-ci s'en empara et en but une longue gorgée.

Sabine était-elle comme Ermeline le souhaitait ? Quelle étrange question. Ensuite, son cœur se serra à l'idée que le programme semblait établi et qu'elle passerait dans les salles *dédiées* avec Sabine qui exercerait sa pratique sur elle.

Sabine reposait son verre à moitié vide sur la table. Elle jeta à Ermeline un regard incisif où brillait un éclat cruel.

— Tu es faible et sans caractère. Dénuée d'attrait, tant physique que moral. Inutile en somme. Ta juste place est dans une cave obscure, loin des yeux et du cœur, abandonnée et délaissée. Tu es venue à moi trop tard pour que je puisse t'élever. Je regrette, mais je ne vois aucune raison de m'encombrer d'un être aussi insignifiant et méprisable.

Puis, d'un geste de la main comme si elle chassait une mouche importune, Sabine lâcha avec désinvolture :

— Allez ! Va-t'en ! Ne me force pas à sévir. Disparais de ma vue et ne reparais jamais devant moi.

Ermeline fut déstabilisée. Alors que Sabine avait montré sa satisfaction, voilà que désormais elle la rejetait comme une moins que rien avec une dureté incroyable. C'était inexplicable et insupportable.

Elle se sentait soudain perdue. Comme si ces paroles venaient de la meurtrir profondément. Où était-elle ? Qui était-elle vraiment ? Pourquoi ressentait-elle une telle angoisse ?

Crut-elle que c'était pour sauver sa mission qu'elle agissait ainsi ? Quoi qu'il en soit, sans vraiment comprendre ce qu'elle faisait, ni pourquoi elle le faisait, elle se jeta aux pieds de Sabine.

— Ne me rejetez pas, Maîtresse ! Je vous en supplie ! Je ferai tout ce que vous voulez, tout ce que vous désirez ! Tout, absolument tout ! Je serai votre esclave, votre ombre, votre éventail, votre marchepied…

Sabine ne la regardait même pas. Et Ermeline vivait une telle émotion que des larmes jaillirent et que ses lèvres se mirent à trembler.

— Pitié… gémit-elle en s'allongeant sur le sol.

Au terme de secondes interminables, elle sentit la main de Sabine qui lui touchait les cheveux.

— Tu me fais de la peine à t'avilir ainsi. Le fais-tu pour me contenter ?

— Oui.

— Pour me séduire ?

— Non, personne ne peut vous séduire !

— J'aime te l'entendre dire et ne crois pas que tu puisses un jour y parvenir.

— Vous êtes inaccessible…

— Inaccessible, mais je m'abaisse pourtant à te parler.

La voix de Sabine n'avait plus la même dureté. Il y eut un silence. Ermeline devina que Sabine saisissait son verre, le vidait et le reposait sur la table.

— Tu en aurais voulu ?

— Oui.

— Il n'y en a plus.

Soudain, Ermeline sentit que la main de Sabine l'empoignait par les cheveux et soulevait sa tête, la forçant à la contempler. Elle vit son visage au-dessus du sien et ses yeux brillants qui la fixaient.

— Je vais faire quelque chose pour toi que ta bassesse ne mérite pas.

— Oui…

— Je vais te garder auprès de moi ce soir. Un soir, un seul. Après, je te jetterai comme un vieux chiffon usagé.

— Merci, Maîtresse.

Se baissant ensuite jusqu'à elle, Sabine posa ses lèvres sur celles d'Ermeline et l'embrassa.

⋆ ⋆ ⋆

D'une poigne de fer, Sabine releva Ermeline. Puis, elle fit signe à la fille blonde qui, de loin, avait assisté à toute la scène, de revenir à leur table. Quand celle-ci fut debout devant elle à côté d'Ermeline, Sabine lui dit :

— Je ne pourrai pas te garder ce soir.

Le visage de la soumise devint très pâle. Elle tomba à genoux. Sabine eut un rire méprisant.

— Mais rassure-toi, tu auras quand même, brièvement, ce pour quoi tu es venue.

Sabine se leva. Ermeline fut saisie. Sabine était si grande qu'elle devait lever la tête pour la regarder. Certes, elle avait des talons hauts, mais, même pieds nus, elle devait déjà mesurer plus d'un mètre quatre-vingts. Ermeline se sentit petite comme une enfant.

Sabine était plus âgée qu'elle. En dépit du maquillage qui tentait de masquer son âge, on devinait qu'elle avait dépassé la quarantaine. Elle dégagea son étole et Ermeline découvrit le corset noir. Fine, presque maigre, elle avait cependant de belles épaules, saillantes et musclées. Une impression de force et de vigueur émanait de sa personne.

Elle posa sur Ermeline un regard dédaigneux.

— Toi, suis-nous et apprends.

Sabine se dirigea résolument vers le passage qui permettait d'accéder à la pièce suivante. La fille blonde la suivait à la toucher, tandis qu'Ermeline, en retrait, fermait la marche. Elle eut un frisson quand elle découvrit les scènes qui se déroulaient dans la salle voisine.

L'ambiance jaune et feutrée du bar avait cédé la place à une atmosphère plus hard où la couleur rouge sang dominait, dispensée par des tentures recouvrant les murs de pierre. La musique metal avait gagné en intensité et en brutalité.

Au centre de la pièce, sur une petite estrade, se trouvait une chaise de torture assez complexe, bardée de lanières et de bracelets en cuir. Chaise ou courte banquette – Ermeline n'aurait su la désigner précisément – qui permettait plusieurs positions, assises ou couchées.

Un homme y était attaché, le cou enserré dans un collier qui lui maintenait la tête en arrière, plaquée contre le dossier. Ses avant-bras, entravés également, reposaient à plat sur les accoudoirs. Des chaînes entouraient ses jambes qui, pliées au niveau du genou, disparaissaient en arrière dans une posture qui devait être très pénible. Il était nu, à l'exception d'un maillot noir, court et moulant.

À côté de lui, une femme tenait un martinet dans sa main droite. Elle portait un corset qui lui serrait la taille, montait à l'avant pour couvrir les seins et se refermer au niveau du cou, laissant le dos entièrement découvert. Ce corset se prolongeait vers le bas par un pan de tissu noir qui tombait entre les deux cuisses jusqu'à terre. Les longues jambes étaient recouvertes de bas résille et se terminaient par des bottines à hauts talons.

Elle avait enfourné son poing gauche dans la bouche de l'homme et elle effectuait des mouvements rotatifs violents qui déformaient les joues et ouvraient la mâchoire à la décrocher. L'homme geignait par intermittence et la dominatrice, à chaque fois que l'homme se plaignait de la sorte, le frappait avec son martinet au niveau des parties génitales. Quelques personnes faisaient cercle autour de la chaise de torture et semblaient goûter le spectacle.

Sur la droite, contre le mur, une femme était menottée bras en l'air, en culotte et les seins nus, et un homme la fouettait énergiquement. Elle protestait par des râles, mais Ermeline ne sentait aucune crispation de son corps. Au contraire, elle semblait relâchée, s'abandonnant à cette torture. Une autre femme se trouvait agenouillée au pied de l'homme et lui caressait l'entrejambe tandis qu'il poursuivait sa besogne. Là encore, des couples les entouraient et appréciaient le spectacle.

Ermeline ne pouvait nier qu'il y avait quelque chose de fascinant dans ces deux scènes puisqu'elle ne pouvait en détourner le regard. Elle avait peur cependant de subir des châtiments du même ordre.

Sabine ne s'attarda pas. Elle passa dans la pièce voisine où régnait la même ambiance. Là, une femme était assise sur une banquette et ses hauts talons reposaient sur le ventre d'un homme aux yeux bandés et allongé sur le dos. Elle appuyait, enfonçant profondément les talons aiguilles dans la peau, sous les ordres d'un autre homme, debout face à eux et qui désignait les endroits du corps du soumis où elle devait insister. Deux femmes étaient étendues de part et d'autre de la première et léchaient son corps avec application.

Non loin de là, une femme était étroitement ligotée, si serrée que les cordes s'enfonçaient dans sa peau. Elle se trouvait nue sur le ventre, les bras allongés dans le dos, les mains au niveau des fesses et les jambes repliées de sorte à ce que mains et pieds soient attachés ensemble. Son visage était recouvert d'un masque qui laissait voir les yeux et la bouche. Une corde tirait sur sa tête, en arrière, pour maintenir celle-ci relevée. Un homme était assis sur elle et la frappait dans le cou avec une badine. La position de cette fille paraissait si affreuse et si douloureuse qu'Ermeline sentit son cœur se serrer.

S'arrêtant un instant pour contempler la scène, Sabine saisit soudain la fille blonde et l'amena au mur opposé de la salle, leva ses bras et les attacha par les poignets à des menottes fixées au plafond. Puis, elle lui banda les yeux. La fille blonde se laissait faire sans résister.

Armée d'une cravache flexible qu'elle choisit sur une étagère, Sabine commença à la frapper. Elle posait l'instrument sur les fesses, puis d'un geste précis et rapide, elle portait le coup. Ensuite, elle se penchait comme pour constater le résultat, et elle recommençait, posant sa cravache, caressant une ou deux secondes les fesses de sa soumise, et frappant à nouveau. À chaque coup, la fille blonde poussait un cri bref, mais aigu.

Au bout de cinq minutes, Sabine empoigna un fouet. Sa longueur impressionna Ermeline. Sabine le leva en l'air et dit, d'une voix douce, à l'adresse de la fille blonde :

— Fouet, pour continuer.

Et elle se mit à frapper. Fascinée, Ermeline fixait intensément un spectacle qu'elle n'avait jamais eu l'occasion de voir dans sa vie. Car il s'agissait presque d'une sorte de ballet entre la gestuelle étudiée de Sabine, le mouvement libre du fouet qui s'abattait à chaque fois sur des endroits différents et l'ondulation du corps qui se rectifiait à chaque impact. Le corps de la fille paraissait enveloppé par le fouet qui virevoltait en tous sens et qui, matériellement, reliait les deux femmes et exprimait entre elles un lien puissant.

La fille râlait d'une manière lascive, se balançant et ondoyant sous la douleur de façon troublante, au point qu'Ermeline – elle en eut honte – sentait monter en elle une excitation qu'elle avait du mal à réfréner.

Sabine s'arrêta tout à coup et, avec sa main, caressa le corps de la blonde en murmurant :

— J'aime quand ton corps est chaud des coups qu'il a reçus.

Elle retira le bandeau qui masquait les yeux et la fille soupira aussitôt :

— Merci, Maîtresse, pour ce fouet, pour ces caresses… Je vous aime…

Alors, Ermeline vit Sabine s'emparer sur l'étagère d'un shocker à impulsion électrique. Une arme de défense dont la jeune policière connaissait la terrible efficacité. Sabine dit :

— Shocker, pour t'achever.

— Non, Maîtresse, je vous en supplie, pas ça !

— Il le faut, tu le sais bien.

La fille blonde se débattait, tirant sur les poignets, vers la droite ou vers la gauche comme si les attaches qui reliaient ses bras au plafond pouvaient céder.

Sabine s'approcha et demanda :

— Au ventre, sur la cuisse ou sur l'épaule ?

— Pas au ventre ! Jamais au ventre ! cria la fille.

Sabine baissa le bâton électrique et toucha le ventre. Une seule fois. La fille eut un soubresaut affreux, son corps se tordit sous le choc électrique et elle retomba inerte, se laissant pendre au bout des bras.

Sabine la contemplait.

— Tu es belle comme ça. Détruite. Morte sous mes yeux.

Ermeline s'effrayait des paroles prononcées, mais elle vit, chose qui la stupéfia, la soumise rouvrir les yeux, respirer fortement pendant quelques secondes pour récupérer de la douleur subie, et sourire. Oui, elle souriait, tandis que Sabine la détachait. Elle se laissa tomber dans les bras de sa Maîtresse qui l'allongea sur le sol.

Alors, Sabine s'agenouilla et saisissant sa tête au niveau de la nuque, l'approcha de la sienne et l'embrassa longuement. Puis, de la main, elle la repoussa au sol en souriant, se releva et posa son talon aiguille sur son buste.

— Tu n'es rien sans moi. À demain soir.

Se tournant brusquement vers Ermeline, elle lança d'une voix impérieuse :

— Toi, maintenant, tu viens avec moi.

Ermeline eut peur de subir le même sort, mais Sabine lui tourna le dos, marcha à grands pas, traversa la première salle, puis le bar, jusqu'au vestiaire.

— Mon manteau, Pascal, j'emmène la petite colombe.

Pascal jeta un coup d'œil étonné à Ermeline. Il lui donna son manteau sans rien dire, et les deux femmes remontèrent l'étroit escalier de granit pour se retrouver dans la rue.

* * *

L'air vif du dehors frappa Ermeline au visage et la fit émerger du rêve qu'elle avait l'impression d'avoir vécu. Ces salles dans cette cave voûtée et ce qui s'y déroulait revêtaient à présent pour elle un caractère fictif. Comme des scènes hors du temps, dans un espace inconnu, un univers lointain et fantasmagorique séparé du réel par une cloison étanche ou des années-lumière.

À quel jeu s'était-elle abandonnée là-bas sans qu'elle y soit obligée par personne, sous la houlette de la mystérieuse et inquiétante Sabine qui marchait à ses côtés. Celle-ci allait vite, revêtue de son long manteau de cuir, au col relevé, qui ne laissait apparaître que ses chaussures à talons et son visage impénétrable.

En sortant du Dragomira, Sabine avait simplement dit :

— C'est par là, j'habite à deux pas.

Puis, plus rien. Elle se taisait et Ermeline n'osait prononcer une parole. De peur de dire une bêtise qui la ferait échouer, car Ermeline avait un but, un seul : connaître l'adresse de cette femme excessivement mince, à la haute silhouette et aux larges épaules.

Pourtant, convaincue qu'elle devait poursuivre le jeu pour conserver sa crédibilité, elle s'aventura à avouer :

— J'ai un peu peur.

Sabine lui jeta un coup d'œil par-dessus son épaule et Ermeline surprit un sourire protecteur qui n'avait rien de méprisant. Sa voix aussi n'eut plus sa dureté habituelle :

— C'est normal. Ne t'en fais pas.

Y avait-il deux Sabine ? Ermeline l'aurait juré à cet instant où toute forme de domination paraissait avoir subitement disparu chez son interlocutrice. Quoi qu'il en soit, Ermeline ne mentait pas vraiment. Elle avait peur. Peur de ce qui allait se passer chez Sabine qui l'entraînait sans un mot.

Le trajet ne dura pas plus de cinq minutes. Toujours muette, Sabine poussa soudain la porte d'un immeuble. C'était un vieux bâtiment, mais en excellent état, avec un parquet en chêne dans le hall et un large escalier en bois. Celui-ci était solide et ne craquait pas sous les pas.

Au deuxième étage, Sabine sortit une clé de son sac et ouvrit la porte. Ermeline eut juste le temps de regarder et d'enregistrer le nom écrit au-dessus de la sonnette – *Sabine Mourot* – que déjà celle-ci la prenait par la main et l'obligeait à entrer chez elle.

Autant l'appartement de Rebecca Hoppman avait paru froid à Ermeline – indépendamment de l'horrible découverte qu'elle y avait faite avec Grimm –, autant celui de Sabine apparaissait chaud et douillet.

Les murs du salon étaient recouverts de tentures. De lourds rideaux couleur lie-de-vin tombaient noblement encadrant la fenêtre. Le mobilier – tables, fauteuils, commodes – exhibait des formes douces avec des courbes, des arrondis, sans le moindre angle aigu. Un épais tapis persan recouvrait le parquet et devait être agréable à fouler pieds nus. Aux murs, des appliques étranges, tarabiscotées, évoquant les Années folles, ajoutaient un discret parfum de nostalgie. Cette touche art-déco se vérifiait d'ailleurs dans le coin cuisine, où des carrelages muraux en céramique mariaient les motifs géométriques avec un festival de couleurs dans les bleus pâles et les rouges foncés.

Au premier abord, on se sentait bien, prêt à s'asseoir dans un fauteuil, un verre à la main, à profiter de l'intimité du lieu. Mais Ermeline en savait trop désormais sur Sabine pour ignorer que ce salon n'était probablement que l'équivalent du Dragomira, endroit somme toute plaisant, et que derrière les deux portes fermées sur lesquelles s'attardait à présent son regard se dissimulait un tout autre univers.

En toute logique, Ermeline aurait dû partir. Elle était désormais en possession de tout ce qu'elle désirait : elle connaissait le nom de famille et l'adresse de Sabine. Pourtant, quand cette dernière lui commanda de s'asseoir, elle le fit docilement. Pliant en deux son corps long et mince, Sabine ouvrit une commode basse et sortit une bouteille et deux verres.

— Un whiskey ?

— Je ne sais pas, il est déjà tard…

Cette réaction fit éclater de rire Sabine.

— Ah ça ! Mais tu me donnes l'impression d'être une mangeuse d'enfants !

Sabine leva les yeux vers la cheminée sur laquelle une horloge trônait en bonne place. Celle-ci était aussi un pur produit de l'art-déco, avec un petit socle en marbre surmonté d'un disque plat cerclé d'un métal ayant la couleur de l'or, où les chiffres étaient absents, remplacés par douze étoiles de la même couleur or sur un fond blanc. Marquée sans doute par les émotions de la soirée, Ermeline constatait avec étonnement qu'il était à peine 1 heure du matin.

Sans se soucier de la réticence qu'Ermeline venait d'exprimer, Sabine remplissait les verres de whiskey, en disant :

— Eh bien non, justement, il n'est pas tard.

Elle s'approcha d'Ermeline et lui tendit un des deux verres, si plein qu'Ermeline était effrayée par la dose d'alcool qu'il représentait.

Alors, Sabine se pencha et posa ses lèvres sur celles d'Ermeline.

Se relevant, avec un sourire triomphant, elle murmura d'une voix chaude et inquiétante :

— Eh non, petite colombe, il n'est pas tard. Tu es dans la cage et la soirée ne fait que commencer.

⋆ ⋆ ⋆

Grimm courait à perdre haleine dans les rues du centre-ville de Rennes. Il avait manqué de peu le dernier métro qui s'interrompait le mardi à minuit moins le quart. Pour la première fois, il regrettait de ne plus avoir de voiture. Jusqu'à présent, habitant en ville, il avait réussi à s'en passer sans problème. Mais, dans un cas d'urgence absolu comme aujourd'hui, elle lui faisait cruellement défaut.

Tout en courant, il ne pouvait s'empêcher de penser qu'il serait responsable si quelque chose arrivait à Ermeline. Il avait tardé, avec une inexplicable lenteur, à mettre en relation des éléments connus. Placés sous ses yeux, en toute clarté, en évidence. Merde ! C'était d'une incompétence inexcusable. Avait-il perdu la main depuis sa mutation à Rennes ? Était-ce sa dépression ? Ses difficultés avec Amandine ? Cette histoire d'enfant ? Tout cela avait dû se conjuguer pour l'empêcher de consacrer toute son énergie et ses facultés mentales à l'enquête.

Il s'essoufflait de surcroît et, malgré toute sa volonté, il devait ralentir, au risque autrement de devoir s'arrêter pour récupérer, perdant encore plus de temps. Épuisé, haletant, il finit en trottinant. Il trouva le numéro de la rue, dégringola l'escalier de granit et actionna le heurtoir du Dragomira comme un possédé.

Le judas s'ouvrit et Grimm plaqua sa carte de police contre la petite grille sous les yeux de l'homme dont il ne distinguait même pas le visage.

— Ouvrez ! Police judiciaire ! Commandant Grimm !

Pascal devait hésiter, mais la carte paraissait vraie. C'était toujours très ennuyeux, désastreux même, une descente de police dans un club privé où la discrétion était de mise. À regret, il ouvrit la porte. Grimm s'y engouffra. Il saisit Pascal par les épaules, le secoua et lui cria à la figure :

— Est-ce qu'une jeune femme seule, cheveux courts, la trentaine, taille moyenne, assez mince, est venue chez vous ce soir ?

Ce n'était pas une question difficile car les nouvelles têtes étaient finalement assez rares dans le club, surtout une femme seule, et Pascal se souvenait très bien d'Ermeline. Il rechignait à répondre, cependant, dominé par un dernier réflexe de protection de l'identité des clients.

Grimm le secoua comme un prunier.

— Tu réponds ou je te fais embarquer !

La menace, pourtant étrange puisque lancée par un flic solitaire, dut porter, car Pascal répondit aussitôt :

— Oui, oui ! Il y a eu une femme seule ressemblant à ce que vous dites.

— Est-ce qu'elle est toujours là ?

— Non, elle est partie.

— Il y a longtemps ?

— Non, un quart d'heure, pas beaucoup plus.

— Elle est partie seule ?

— Non.

— Avec qui ?

Pascal se taisait, saisi de nouveau par sa volonté de protéger ses clients et ses clientes, surtout les habituées comme Sabine.

— Je te demande avec qui, nom de Dieu ! gronda Grimm qui avait empoigné le tee-shirt du portier au niveau du col et qui tirait dessus si fort que des craquements commençaient à se faire entendre.

— Avec une cliente.

— Son nom ?

— Sabine.

Grimm le lâcha et le repoussa en arrière. Il serra les poings et tourna deux fois sur lui-même en hurlant :

— Merde de merde ! Bordel ! C'est pas vrai !

Pascal était figé, immobile contre le mur où Grimm l'avait projeté. Il observait avec inquiétude le désespoir de ce policier qui avait tout du forcené. S'il allait dans les salles du club, et gueulait sur tout le monde de cette manière, ce serait une catastrophe.

Cessant de hurler, Grimm le regarda de nouveau.

— Elle habite où, Sabine ?

— Je ne sais pas.

— Comment tu ne sais pas ?

— Non, je n'ai aucune adresse de clients.

— Et son nom de famille ?

— Pas plus.

— Tu te fous de moi !?

— Non, je vous assure. La discrétion est une règle ici. C'est un club privé, des clients se connaissent, se voient peut-être en dehors, mais moi je ne sais absolument rien sur eux. Je ne connais pas le nom de famille de Sabine et je ne suis même pas sûr que ce soit son vrai prénom. Beaucoup ici prennent des pseudos dans le cadre de leur… leur… enfin, de ce qu'ils font ici, quoi !

À l'évidence, Pascal était sincère. Grimm n'en doutait pas. Il se sentit désespéré. Tournant le dos à son interlocuteur, il remonta lentement l'escalier.

Dehors, il s'adossa à un mur, se laissa glisser jusqu'à terre et se prit la tête entre les mains.

— Putain… Plus con que moi, on fait pas…

10

Quand Sabine avait retiré son manteau, Ermeline avait été saisie par la beauté étrange de son corps. Le corset noir ne différait guère de ceux portés par d'autres femmes au Dragomira, mais il enserrait des hanches étroites et un buste mince et souple, élancé, presque flexible, qui s'étirait comme une aérienne branche d'arbuste. Le corset se terminait assez haut, au niveau du cou, ne laissant rien voir des seins qu'Ermeline devinait assez menus. Les jambes nues, sans bas résille, étaient fines, infiniment longues, fuselées et galbées, si bien que les aiguilles des talons en semblaient le prolongement.

Il n'y avait pas une once de graisse sur ce corps sec, si bien que les muscles longs saillaient à chaque sollicitation. Les bras arachnéens se mouvaient avec une grâce et une indépendance inquiétantes, comme les tentacules d'une anémone de mer, prêtes à s'enrouler autour de leur proie.

Surmontant ce corps singulier, le visage anguleux, creusé, aux profondes orbites, avec un nez droit et court et des lèvres minces mais admirablement dessinées, conférait un profil de reine d'Égypte, que renforçait la coiffure antique, cheveux lisses et noirs, frange horizontale barrant le front et coupe droite au niveau du cou. Ses yeux verts fixaient les êtres et les choses avec la froideur et l'immobilité du reptile.

Elle avait glissé un CD dans le lecteur et, sans forcer le volume sonore, avait laissé la musique imposer ses rythmes et ses mélodies. Puis, elle s'était assise face à Ermeline, son verre à la main et depuis, sans dire un mot, elle l'observait d'une manière gênante.

Ermeline reconnut plusieurs morceaux de l'album *Love on the beat* de Gainsbourg qui électrisaient l'atmosphère par leurs paroles ambiguës, leurs sons underground et les cris de jouissance de Bambou. Il y eut aussi des morceaux qu'elle connaissait peu, comme *Flesh for fantasy* par Billy Idol, et d'autres titres, plus heavy metal, qu'elle n'avait jamais entendus.

Ermeline avait du mal à boire son whiskey. Elle avait déjà vidé la moitié du verre, et bloquait désormais, peu habituée à absorber en une fois une telle dose. La tête lui tournait un peu. Elle ne savait plus si c'était la musique qui finissait par provoquer en elle une ivresse trouble et inquiétante, ou véritablement l'alcool. Mais elle comprenait bien que cet intermède musical et arrosé était une mise en condition qui amoindrirait ses capacités de résistance au moment voulu.

Il fallait à tout prix s'extraire de cette torpeur et de cette passivité qui la gagnaient peu à peu. Devait-elle se lever brutalement et fuir sans discuter ? Ou, au contraire, trouver un prétexte et tenter de faire reporter la séance au lendemain ? Son cerveau perdant en lucidité et donc en décision énergique, elle hésitait entre les deux options, quand l'intervention autoritaire de Sabine la prit au dépourvu :

— Bois !

— C'est beaucoup pour moi…

— Bois, je te dis. Je te sens nerveuse, inquiète, et ça va t'aider pour cette première expérience.

Disant cela, et comme pour montrer l'exemple, Sabine terminait son verre presque vide en une dernière gorgée cul-sec et le reposait sur la table.

— Fais comme moi. Après, tu n'auras qu'à te laisser faire. Nous irons dans la pièce à côté et je te ferai vivre ce dont tu rêves. Tu en as envie.

— J'ai peur d'avoir mal...

— Idiote ! répondit Sabine en haussant les épaules.

Ermeline trempa ses lèvres et but un peu, pas beaucoup. Soudain agacée, Sabine se leva. Elle s'empara du verre d'Ermeline, lui enfourna de force le rebord dans la bouche et le renversa lentement. Le whiskey coulait abondamment dans sa gorge. Son regard croisa celui de Sabine qui la fixait avec intensité. Soudain hypnotisée, elle ne se défendit pas et ingurgita tout le liquide, supportant la brûlure de l'alcool dans sa poitrine.

Sabine reposa le verre sur la table.

— Allez, lève-toi !

Ermeline se leva avec difficulté.

— À partir de maintenant, tu m'obéis au doigt et à l'œil. Je suis ta Maîtresse.

— Oui...

— Tu verras, tu ne le regretteras pas.

Tout à coup, Sabine saisit brutalement Ermeline par la taille et la colla contre elle. Puis, en trois pas, elle l'emmena vers le mur, la forçant à reculer. Quand le corps d'Ermeline heurta le mur, Sabine la plaqua contre la paroi. Elle la saisit par les cheveux et renversa sa tête en arrière. Ermeline eut mal, mais la douleur était supportable. Elle ne tentait même pas de se débattre ; l'intention lui manquait.

Sabine était si grande que son visage, penché en avant, surplombait le sien. Il y eut un long silence pendant lequel Sabine la tenait fermement, comme une lionne cloue au sol sa proie encore vivante, et patiente avant de l'égorger. La prise était si puissante qu'Ermeline se sentait aussi immobilisée que si elle était ligotée.

La main au niveau de la nuque, Sabine tira encore sur les cheveux, renversant encore plus sa tête en arrière. Au moment où Ermeline crut que son cou allait céder, Sabine cessa de tirer tout en maintenant la pression.

Puis, les yeux dans les yeux, à mi-voix, presque lèvres contre lèvres, Sabine lui parla d'une voix chaude et brûlante qu'Ermeline n'avait jamais entendue chez une femme :

— Tu vas être à moi… à moi et à personne d'autre… tu n'auras plus d'autre volonté que la mienne… de désir que le mien… de plaisir que le mien… je vais absorber ton âme et la dissoudre… la détruire et m'en repaître… avec toi, petite colombe innocente, je vais aller loin, très loin… beaucoup plus loin qu'on ne peut le faire au Dragomira…

Ermeline sentit qu'un genou de Sabine écartait ses jambes et remontait le long de ses cuisses jusqu'à se coller contre son sexe et amorcer de lents mouvements de va-et-vient. Elle gémit. Au même moment, Sabine l'embrassa, entrelaçant puissamment sa langue avec la sienne. Et d'un coup, Ermeline sentit la morsure ! Une douleur vive, instantanée, comme une aiguille enfoncée soudain dans sa langue !

Sabine aussitôt rejetait la tête en arrière, ouvrait la bouche et lui tirait la langue, rougie par quelques gouttes de sang. Puis, elle plongeait sur son cou, soulevant et tirant sur la peau en une morsure lente et progressive.

Ermeline commença à se débattre, mais elle était trop fermement tenue pour s'échapper. Sabine cessa de mordre et redressa la tête. Elle dit d'une voix étrange :

— C'est trop ? Trop vite peut-être…

— Lâchez-moi ! s'écria Ermeline.

Sabine eut l'air étonnée.

— Que je te lâche ?

— Oui, lâchez-moi !

Sabine éclata d'un nouveau rire bizarre et ses yeux brillèrent d'un éclat singulier.

— Une petite soumise qui veut résister… Continue, j'aime ça. Tu vas voir comment je vais te briser, pauvre petite inconsciente…

Il y eut à ce moment-là un relâchement chez Sabine qu'Ermeline sentit parfaitement. Libérant ses bras, elle repoussa Sabine de toutes ses forces. Celle-ci fut rejetée en arrière, trébucha et tomba sur l'épais tapis. Éberluée, elle semblait regarder Ermeline sans comprendre.

Puis, elle s'exclama, furieuse :

— Ne va pas trop loin ! Ça, je vais te le faire payer cher !

Mais Ermeline, vive comme un félin, traversa la pièce, attrapa son manteau sur le dossier d'une chaise et se précipita vers la porte d'entrée.

Prenant conscience qu'Ermeline fuyait, Sabine se releva prestement, mais Ermeline ouvrait la porte, bondissait sur le palier et se jetait dans l'escalier. Dévalant les marches quatre à quatre, elle entendit Sabine, sur le seuil de son appartement, qui hurlait dans sa direction au risque de réveiller tout l'immeuble :

— Salle conne ! Petite allumeuse ! Que je te revoie jamais au Dragomira ou tu t'en souviendras !

Puis la porte de l'appartement claqua violemment. Déjà dans la rue, Ermeline se plaqua contre la façade de l'immeuble pour reprendre sa respiration. Sauvée ! C'était l'impression qu'elle avait en cet instant. Ce qu'elle ne comprenait pas, c'était le temps qu'il lui avait fallu pour mettre un terme à ce jeu insensé.

— Quelle sotte ! Qu'est-ce que j'avais à me laisser faire comme ça ! Tu débloques, ma pauvre Ermeline ! Putain, un peu plus je me retrouvais ligotée ou menottée !

Elle secouait la tête en soufflant.

— Le plus dingue, c'est qu'à certains moments, j'y ai presque pris du plaisir à ces conneries ! Va falloir aller voir un psy, ma pauvre !

Soudain, tous ses sens furent mis en alerte. Sur le trottoir d'en face, elle crut voir une ombre bouger. Un mouvement, un battement, quelque chose dissimulé sous une porte cochère plongée dans la pénombre. Elle décolla son dos du mur et fléchit légèrement les jambes, prête à bondir.

Du regard, elle fixait l'endroit, mais tout semblait à nouveau immobile. Pourtant, elle en était persuadée : un homme attendait là, caché. Il l'observait d'autant plus facilement qu'elle se trouvait en pleine lumière sous un lampadaire.

— J'ai rien pour me défendre… dit-elle à voix basse.

Ni son arme de service qu'elle avait laissée chez elle, ni même une bombe lacrymogène, un shocker électrique ou un Taser. Rien !

Elle crut percevoir un léger bruissement. L'homme s'était déplacé imperceptiblement. Elle croyait deviner sa silhouette et la peur s'empara d'elle. Elle n'avait pas d'autre choix que de compter sur sa propre vitesse. Elle s'élança d'un coup.

Elle courut comme une folle sur le trottoir, sans se retourner, avec un seul but en tête, rejoindre sa voiture. En quelques minutes, elle repassa devant le Dragomira. Là, elle se trompa de rue et dut revenir en arrière, ce qui lui fit battre le cœur si violemment qu'elle crut défaillir. Enfin, elle aperçut son véhicule, cliqua pour l'ouvrir sans s'arrêter de courir et se réfugia à l'intérieur. Elle mit aussitôt le moteur en marche et déboîta sans regarder.

Sa voiture faillit heurter un cycliste qui fit un écart brutal pour l'éviter alors qu'elle appuyait trop tard et de toutes ses forces sur la pédale de frein.

— Mais, putain, c'est pas vrai ! Il a pas de lumière, cet abruti !

Elle redémarra et accéléra dans la rue déserte. Elle avait chaud et les idées se bousculaient dans sa tête sans qu'elle pût en saisir aucune. Puis, soudain, l'une s'imposa, et elle se gara brutalement à l'emporte-pièce, à moitié au milieu de la chaussée.

Tout en cherchant son portable dans les poches de sa veste, elle répétait :

— C'est à peine croyable… à peine croyable…

Elle se demandait comment elle avait pu l'éteindre, comme ça, sans protester, sans ruser, uniquement parce que Sabine le lui avait ordonné. Elle le trouva et l'alluma. Il y avait de nombreux SMS, dont quatre de Grimm. Il avait aussi tenté de l'appeler à plusieurs reprises. Malgré l'heure tardive, elle composa son numéro. Elle n'eut pas le temps d'ouvrir la bouche que la voix paniquée de Grimm la coupa :

— Ermeline, nom de Dieu ! C'est toi, Ermeline ??

— Oui, c'est moi.

— Tu es où, bordel !?

— Dans ma voiture, je rentre chez moi.

Un silence. Ermeline entendait Grimm qui soufflait de soulagement. Elle reprit :

— Excuse-moi, j'ai dû couper mon portable…

Silence toujours.

— J'ai passé une soirée assez spéciale. Tu t'es inquiété ?

Alors, après quelques interminables secondes :

— Un peu.

— Je suis désolée… Mais j'ai l'adresse et le nom de Sabine.

— Ah ! Ça s'est bien passé alors ?

— Si on veut, oui.

— Raconte !

— Demain, Hubert. Demain matin, à la PJ. Je suis épuisée, faut que je rentre chez moi, que je me couche et que je dorme. Je t'appelais juste pour te rassurer…

Silence encore. Grimm ne devait pas avoir sommeil. Il dit à contrecœur :

— OK, comme tu veux.

— Merci. Bonne nuit, Hubert.

Grimm, avec un peu de retard :

— Bonne nuit, Ermeline.

Il raccrocha et rangea son portable dans son blouson. Il respira profondément. Son errance dans le dédale des petites rues du centre-ville de Rennes, à la recherche d'Ermeline, s'achevait. Il n'avait plus qu'à rentrer chez lui.

D'un pas lourd, il traversa la rue. Il fourra ses mains dans les poches de son blouson et rentra la tête dans les épaules parce que la pluie commençait à tomber. Un fêtard, qui le croisait en titubant, l'entendit marmonner :

— Heureusement qu'elle m'a appelé quand même…

L'homme s'arrêta et dut s'accrocher à un lampadaire pour ne pas tomber. Il déclara sentencieusement d'une voix pâteuse :

— Eh bien, moi, elle m'a même pas appelé.

Grimm ne se retourna pas et continua son chemin.

* * *

Le lendemain matin, Ermeline avait les traits tirés. Assise à son bureau, elle venait de résumer sa soirée à Jarry, Blanchard et Grimm, qui lui aussi avait des cernes sous les yeux.

Ermeline avait omis de nombreux détails, en particulier tout ce dont elle se souvenait avec horreur, comme le fait d'avoir accepté de se coucher comme une chienne obéissante dans un recoin obscur du Dragomira, ou de s'être laissé embrasser très complaisamment et à plusieurs reprises par Sabine et, d'une manière plus générale, tous ces moments troubles où, niant ses émotions et expliquant son comportement par l'impératif de sa mission, elle avait joué la soumise en y prenant du plaisir. Rien que d'y penser, elle sentait la chaleur de la honte rosir ses joues.

L'important aux yeux de ses interlocuteurs était que sa mission ait été couronnée de succès : elle livrait le nom de famille et l'adresse de Sabine. Grimm la félicita, puis l'interrogea :

— Avez-vous parlé de Rebecca ?

— Non, j'ai trouvé cela risqué et de nature à éveiller ses soupçons.

— Tu as bien eu raison. Donc, tu ne peux pas affirmer que Sabine sait que Rebecca a été assassinée ?

— Non.

— Ni même qu'elle sait qu'elle est morte ?

— Non.

Grimm laissa passer un temps avant de déclarer, à la stupéfaction de ses équipiers :

— Elle est pourtant notre suspect numéro 1 parce que le mot retrouvé dans le sac poubelle est signé S, soit l'initiale de son prénom.

Comme souvent dans ce genre de situation, une fois l'évidence énoncée, il devient impossible de comprendre comment on a pu passer à côté. Jarry se tapa théâtralement le front avec la main.

— Pffff… On est des buses !

— Je ne vous le fais pas dire, mais moi le premier.

Il y eut un moment de contrition générale où chacun battait sa coulpe et se reprochait son manque de perspicacité. Grimm y mit un terme :

— Ce qui est fait est fait ! Il n'y a pas eu de conséquences fâcheuses, Dieu merci ! Mais, hier soir, c'est vrai que savoir Ermeline entre les griffes de cette Sabine… Ceci dit, si c'est elle la coupable, elle n'assassine pas tous les jours ni sans bonne raison, je suppose. Nous n'avons pas affaire à une serial killeuse !

Puis il s'approcha du tableau blanc et saisit un feutre.

— Résumons tout cela parce que ça commence quand même à prendre forme.

Rapidement, Grimm dessina un schéma synoptique des protagonistes de l'affaire et de leurs interactions supposées.

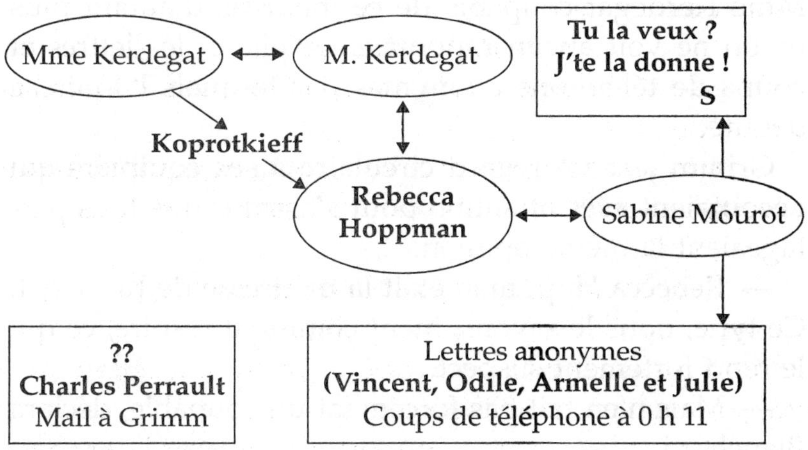

Debout près du tableau, il pointait en parlant les noms qu'il avait inscrits dans les cases.

— Rebecca Hoppman est assassinée dans des conditions atroces et les morceaux de son corps sont jetés dans un sac poubelle qui est déposé la nuit dans le jardin des Kerdegat. Nous nous sommes égarés sur une fausse piste au début de l'affaire en nous polarisant sur l'homme au scooter. Celui-ci s'est révélé être un détective privé, M. Koprotkieff, au service de Mme Kerdegat qui cherchait à identifier la maîtresse de son mari. Nous aurions pu penser – nous avons pensé d'ailleurs – que Mme Kerdegat, agissant par jalousie, avait assassiné sa rivale et déposé son corps sur le perron de son domicile pour donner une… comment dire… le mot paraît absurde… pour donner une leçon à son mari.

— Ça, pour une leçon, c'eût été une bonne leçon, lança Jarry, l'air convaincu.

— Oui, Corentin, hypothèse en effet peu crédible. D'abord, parce que l'intention de Mme Kerdegat, selon ses dires, est de divorcer. Ensuite, parce qu'on voit mal cette bourgeoise bon teint se lancer dans une telle boucherie. Enfin, parce que son prénom, Geneviève, ne correspond pas à la lettre S. Bref, je ne crois pas Mme Kerdegat coupable de ce meurtre, d'autant plus qu'on ne voit aucun rapport entre elle et les lettres et coups de téléphone anonymes par lesquels l'affaire a débuté.

Grimm jeta un regard circulaire à ses équipiers qui l'écoutaient avec attention pour s'assurer que tous partageaient la même opinion.

— Rebecca Hoppman était la maîtresse de Kerdegat. Ce type, nous le savons, ment comme il respire, ce qui le rend fortement suspect.

— Mais n'en fait pas forcément un coupable, déclara Blanchard.

— Non, c'est vrai. Mais on aimerait savoir ce qu'il nous cache et pourquoi. Il est visé par des lettres anonymes qui l'accusent du meurtre de quatre personnes : Vincent, Odile, Armelle et Julie. Rien que ça ! Mais on ne comprend pas bien l'intérêt pour Kerdegat de tuer sa maîtresse et de déposer son corps dans son propre jardin.

Ermeline, selon son réflexe, leva la main en prenant la parole.

— Et si c'était une diversion pour orienter l'enquête vers une fausse piste ?

— Les lettres anonymes ?

— Non, le meurtre.

— Pourquoi pas, mais ça fait cher la diversion… Dans ce cas, tu considères que les lettres et les coups de fil sont le cœur de l'enquête.

— Peut-être… D'autant plus que Kerdegat a reçu une lettre contenant un dessin, une croix inscrite dans un cercle, qui est plus qu'obscur.

— C'est le moins qu'on puisse dire. Malgré tout, si ces éléments sont troublants, on les relie mal au meurtre de Rebecca. Bon, on va mettre ton hypothèse de côté, sans l'oublier, parce que, par ailleurs, il y a du très lourd à examiner.

À ces mots, l'attention de l'auditoire se renforça.

— Rebecca est l'amante d'une certaine Sabine, adepte de pratiques sadomasos, qui la fouette allégrement, jusqu'au sang parfois. Cette Sabine, telle que tu nous l'as décrite, Ermeline, n'est pas une enfant de chœur. Elle a un profil psychologique plutôt inquiétant. Et le message *Tu la veux ? J'te la donne !* est signé d'un S qui se trouve être la première lettre de son prénom. Il semble donc logique de penser que ce soit à elle que Kerdegat ait pensé quand il a lâché « Elle a fait ça », et non à sa femme comme il l'a prétendu. Enfin, j'ai une donnée supplémentaire…

Grimm ne termina pas sa phrase et s'éclipsa quelques secondes dans son bureau. Intrigués, ses équipiers le suivaient des yeux. Grimm revint en tenant un papier à la main. Il reprit sa place debout à côté du tableau.

— Vous vous rappelez que la larme découverte sur la seconde lettre anonyme a fourni un ADN qui, malheureusement, n'a pas son équivalent dans le FNAEG[1]. Mais, j'ai demandé de tirer un portrait-robot génétique à partir de cet ADN. J'ai reçu le résultat ce matin. La larme a parlé, si je puis dire ! À 98 % – oui, il y a toujours une petite incertitude dans ces analyses ADN – la larme provient d'une femme de type européen qui a des cheveux noirs. Ce ne sont que trois éléments, le labo n'a pas pu faire mieux, mais trois éléments qui correspondent exactement à Sabine Mourot. Bref, nous avons donc aussi des indices forts pour penser qu'elle est l'auteure des lettres anonymes.

1. Fichier national automatisé des empreintes génétiques.

Avec l'un des feutres, Grimm tapait sur le cercle à l'intérieur duquel il avait inscrit le nom de Sabine Mourot. Corentin hochait la tête.

— Évidemment, présenté comme ça…

— Et le mobile ? demanda Blanchard.

— La jalousie. Une jalousie délirante et morbide. En jouant sur la signification du mot maîtresse, je dirais que Sabine était la Maîtresse de Rebecca qui était la maîtresse de Kerdegat. Peut-être que Rebecca a annoncé à Sabine qu'elle ne voulait plus d'elle, qu'elle préférait sa relation avec Kerdegat, et que Sabine ne l'a pas supporté. Ça colle très bien avec l'épouvantable *Tu la veux ? J'te la donne !*

Si Blanchard et Jarry semblaient convaincus par l'argumentation de Grimm, Ermeline gardait le silence.

— Ermeline, tu ne dis rien ? interrogea Grimm.

— Non… enfin, si… C'est logique tout ça. Très logique même… Mais je ne comprends toujours pas à quoi riment les lettres anonymes avec l'accusation d'assassinat de quatre personnes. Vincent, Odile, Armelle et Julie. Ces prénoms ne sont tout de même pas inventés. Il ne faut pas oublier non plus les coups de téléphone à minuit onze, ni ce Perrault qui t'a envoyé un mail. Et puis, je me trompe peut-être, mais il y avait un homme caché en face de chez elle quand je suis ressortie de son appartement cette nuit.

Grimm se gratta la tête et jeta le feutre dans la rainure au bas du tableau.

— Je ne prétends pas avoir tout compris. Ce dont je suis convaincu, c'est que Sabine Mourot détient la réponse aux questions que tu te poses – et que je me pose aussi d'ailleurs. Il est urgent de la mettre en garde à vue et de l'interroger.

Sur ce point, tout le monde était d'accord. Grimm reprit :

— On pourrait y aller tout de suite, mais elle est peut-être à son travail et on ne sait même pas où c'est. Et puis, je pense qu'il faut au préalable alerter Babut qui préviendra le proc. Cette garde à vue pourrait déboucher sur une mise en examen. C'est même probable. Donc, pendant que je vais voir Babut, vous me sortez tout le CV de Sabine Mourot : âge, profession, lieu de travail, etc.

* * *

Grimm voulait aller vite. Hélas, il s'enlisa dans les lenteurs administratives. Le commissaire divisionnaire Babut était absent toute la matinée, ce qui l'obligea à patienter jusqu'à l'après-midi. En attendant, il tournait en rond, ne sachant que faire, et s'agaçait de ce retard. D'autant plus que ses équipiers avaient de leur côté rassemblé rapidement les informations sur la suspecte.

Blanchard les avait résumées et en avait préparé la lecture pour Grimm qui, malgré son énervement, parvint à s'asseoir un instant pour les écouter.

— Vas-y, Éric !

— Sabine Mourot est née au Havre. Célibataire sans enfant, elle a quarante-trois ans. Elle est secrétaire de direction à l'entreprise Tiptop-Zip. L'entreprise Tiptop-Zip est une entreprise de…

— Je m'en fous, Éric. Tu as leur adresse ?

— Oui.

— Bon, ça nous suffit pour l'instant. Quoi d'autre ?

— Aucune condamnation. Inconnue de nos services. C'est tout.

— OK, merci. Dès que j'ai le feu vert de Babut, on fonce la cueillir à son boulot.

— C'est un peu trash sur le lieu de travail. On pourrait attendre qu'elle rentre chez elle.

— OK d'accord ! De toute façon, faut attendre que Babut revienne et que je le voie.

En début d'après-midi, Grimm eut un long entretien avec Babut. Celui-ci tenait à ce que les dernières avancées de l'affaire lui soient exposées en détail. Au bout d'une heure, il se rangea à l'avis de Grimm, mais lui demanda, avant de procéder à l'interpellation de la suspecte, d'attendre que le procureur, qui pourrait en prendre ombrage, soit lui aussi dans la boucle.

— Il est au tribunal en ce moment. Je lui téléphone en fin d'après-midi. Promis, Grimm ! Et je vous préviens dans la foulée.

De retour dans son bureau, Grimm s'emportait. À ce stade de l'enquête, alors que de multiples indices convergeaient vers la même personne, il enrageait de ne pouvoir passer à l'action.

Il aurait pu le faire, car, en tant qu'officier de police judiciaire, il avait autorité pour interpeller un suspect et le mettre en garde à vue. Il avait voulu jouer la loyauté avec sa hiérarchie et il le regrettait maintenant amèrement.

Le soir, vers 18 h 30, il retourna au bureau de Babut. Fermé. Babut était rentré chez lui ! De rage, il donna un coup de pied dans la porte.

Puis, il regagna l'open space où ses équipiers attendaient aussi.

— Bon, c'est pas la peine ! Babut est parti ! Chacun rentre chez soi ! On procédera à l'interpellation demain.

Et, sans un mot, les dents serrées, il quitta l'hôtel de police et prit la direction de son domicile.

* * *

Dès qu'il fut chez lui, Grimm tira une bouteille de bière de son frigo et la décapsula. Buvant au goulot, il en vida la moitié. Il se rappelait que depuis quelques jours il avait pris une décision, mais il hésitait à la mettre en œuvre. Une ultime réticence, comme s'il devait avouer un échec, le retenait encore.

Il gagnait du temps, s'activant à des choses inutiles qui n'avaient aucun caractère d'urgence. De temps en temps, il s'écriait :

— Fait chier !

Mais il continuait ses besognes accessoires, le cerveau pollué d'idées hypocrites, honteux de cette petite musique désagréable et sournoise qui trottait dans sa tête et qui insinuait qu'il allait encore remettre cette question au lendemain.

Puis soudain, il s'écria :

— Bon allez ! Faut en finir avec cette histoire !

Il saisit son téléphone et composa le numéro d'Amandine. Elle décrocha presque immédiatement.

— Amandine, c'est Hubert.

Comme Grimm ne lui téléphonait jamais, elle se taisait, muette d'étonnement.

— Je te dérange ? Tu es seule ?

— Mon mari n'est pas là, si c'est ça que tu veux dire.

— Oui, en effet, c'est ça que je veux dire.

— Attends, je vais aller dans ma chambre pour que les enfants n'entendent pas.

Sage précaution, en effet. Grimm patienta.

— Hubert, tu es toujours là ?

— Oui.

— Alors, qu'est-ce que tu as à me dire ?

Grimm respira profondément et lâcha :

— Je suis d'accord pour faire une analyse ADN et la comparer avec celle du bébé.

Il y eut un silence si long que Grimm crut que la communication avait été coupée.

— Répète lentement, Hubert.

— Je suis d'accord pour faire une analyse ADN et la comparer avec celle du bébé.

— Je suis… enfin… c'est un peu… je suis vraiment contente, Hubert, vraiment contente. Je peux savoir qui t'a fait changer d'avis ?

— Personne.

Grimm n'était pas dupe de son propre mensonge et il ne tenait pas à s'y attarder. Il enchaîna :

— Je propose de t'envoyer dans un petit sachet plastique bien hermétique un de mes cheveux.

— Un cheveu ?

— Oui. Ça te va comme ça ?

— Euh… peut-être…

Puis Amandine se tut, obligeant Grimm à la relancer :

— Alors, on fait comme ça ?

— C'est-à-dire… je préfère venir chez toi.

— Pourquoi ?

— Pour prendre le cheveu moi-même.

Grimm fixa un moment la fenêtre, le temps de comprendre.

— Ah, d'accord ! La confiance règne !

— Écoute, Hubert, faut pas te fâcher, mais je préfère arracher le cheveu moi-même. Je suis heureuse que tu aies compris que c'était important pour moi, pour le bébé, et pour toi aussi. Mais je veux être absolument certaine que l'ADN analysé soit le tien. Sinon, il me restera toujours un doute.

— Eh bien non, Amandine, tu n'auras aucun doute, parce qu'il te suffira de faire une analyse d'un cheveu de ton mari pour vérifier si je t'en ai envoyé un piqué un soir à un poivrot dans un bar ! Et puis d'ailleurs, si tu fais une analyse discrète d'un cheveu de ton mari et que ça ne correspond pas à l'ADN du bébé, ça voudra dire que c'est moi le père ! En fait, je n'ai même pas besoin de faire une analyse !

Le raisonnement était imparable, mais Grimm sentit tout de suite qu'il était inutile. Amandine avait quitté le domaine du rationnel et s'accrochait à sa première idée.

— Si tu es le père, je veux voir une analyse de ton ADN qui le confirme.

— Avec ton mari, t'auras une preuve indirecte.

— Non, j'aurai pas la preuve que c'est vraiment toi.

Rien à faire. Il connaissait cet état dans lequel Amandine se mettait parfois, soudain imperméable à toute logique, qui glissait sur elle comme l'eau sur les plumes du canard. Il soupira.

— Bon, OK. Comme tu veux.

— Hubert, mon mari ne va pas tarder à rentrer. Je vais te laisser. Je te remercie beaucoup d'avoir pris cette décision. C'est la meilleure, j'en suis sûre. Je te rappelle très vite pour te dire quand je pourrai venir à Rennes un week-end prochain. Je t'embrasse.

Grimm n'eut pas le temps de répondre. Amandine avait déjà raccroché.

11

Assis à son bureau, Kerdegat resta un moment à regarder le contenu de la mallette ouverte posée devant lui. Puis, il abaissa lentement la partie supérieure et, avec les pouces, actionna les deux petites serrures situées sur le devant. Il caressa machinalement l'attaché-case, les yeux absents.

Avec une clé, il déverrouilla un tiroir de son bureau et en tira un petit révolver. Il vérifia le cran de sûreté et s'assura que l'arme était chargée. Il la tint longtemps dans les mains, la soupesant et la manipulant sans but.

Enfin, il se leva, glissa le révolver dans la poche de son veston, empoigna la mallette et quitta son bureau. Dans le couloir, il marchait avec précaution sur le parquet pour éviter de le faire craquer. Il fit une courte pause en passant devant la chambre de sa femme, écouta à la porte et, rassuré par le silence, il descendit doucement l'escalier.

Dans le hall, il saisit son manteau, l'endossa et sortit le révolver pour le mettre dans la poche droite de son manteau. Il n'avait pas allumé la lumière, si bien qu'en se dirigeant vers la porte d'entrée, il buta contre un confiturier, se rattrapa *in extremis* en s'accrochant à une pendule, heureusement en bronze, donc lourde, que le choc ne déplaça pas d'un centimètre.

Il eut peur d'avoir réveillé sa femme. Mais rien ne bougea aux étages. Il ouvrit très délicatement la porte d'entrée, se glissa au-dehors, et la referma soigneusement en évitant de la faire claquer.

Une fois dans le jardin, il avança d'un pas plus vif vers le garage, l'ouvrit et s'installa au volant de sa voiture après avoir jeté la mallette sur les sièges arrière. Il manipula le GPS et consulta le temps nécessaire pour se rendre au lieu indiqué.

Il eut une hésitation avant de mettre le contact, car le bruit du moteur pouvait alerter sa femme. Cependant, le garage, situé sur un côté de la maison, était à l'exact opposé de la chambre de son épouse, il savait par expérience qu'elle ne percevait pas le bruit du véhicule quand il entrait ou sortait de la propriété. Malgré tout, il roula le plus doucement possible sur l'allée en gravier, s'arrêta devant la grille et ouvrit celle-ci avec la télécommande.

Une fois sur la chaussée, il accéléra progressivement. À cette heure-là, les rues étaient quasi désertes et le trafic inexistant. Cependant, il croisait quelques voitures, peu, mais dont certaines roulaient vite dans la nuit, conduites par des jeunes en bordée sans doute alcoolisés. Pour cette raison, il se méfiait et surveillait sa vitesse, redémarrait prudemment au feu vert en regardant à droite et à gauche. Un accident aurait été particulièrement malvenu. Les circonstances imposaient un parcours sans faute, tout grain de sable pouvant avoir des conséquences fâcheuses.

Il avait les mains moites et, à plusieurs reprises, il les passa à plat sur son manteau pour les assécher. Sans succès. Cette fébrilité, confirmée par un rythme cardiaque plus élevé qu'à l'ordinaire, l'agaçait. Elle ne coïncidait pas avec sa nature et son comportement habituel. Kerdegat était un homme énergique, déterminé, aux états d'âme réduits, qui prenait des décisions brutales, sans se soucier des autres. Depuis toujours, il avait balayé les obstacles et tous ceux qui avaient tenté jusque-là de contrecarrer ses projets l'avaient regretté. Il avait placé son ambition personnelle au centre de son univers mental et chaque action, chaque pensée gravitaient autour pour la servir.

Fort de sa réussite et grisé par elle, Kerdegat s'était forgé une image du monde d'où émergeaient seulement trois catégories d'êtres humains. Il y avait des êtres supérieurs, dotés de capacités hors normes, qui ne connaissaient pas l'échec, ni même le doute. Puis, ceux qui n'avaient pas les moyens de leurs ambitions, tentaient cependant de voler à la même altitude que les premiers, explosaient sous la pression et les coups et, en définitive, s'écrasaient lamentablement. Enfin, la masse informe de la population, recroquevillée sur des petites vies minables, dépourvue d'appétit et de volonté, et qui ne méritait que le mépris le plus absolu.

Kerdegat avait très tôt choisi son camp. Il était convaincu que son intelligence, ses décisions et sa clairvoyance naturelle l'avaient placé dans le premier groupe. C'était inné et, pour cette raison, la société n'avait à déplorer aucune injustice, chacun étant à la place que la nature lui désignait dès sa naissance.

C'est pourquoi les circonstances actuelles provoquaient en lui un malaise nouveau. Et il se le reprochait comme un signe de faiblesse inadmissible. Il fallait en finir et il en finirait ce soir.

Le quartier était vraiment désert. Il circula à petite vitesse au milieu de rues nouvelles dont certaines n'avaient pas encore de trottoirs et dévoilaient une chaussée encore encombrée de gravier et de boue séchée. Avec une rigueur imperturbable, le GPS montrait qu'il était à jour, et traçait en rouge le chemin à suivre. Un œil sur l'écran, l'autre sur la route, Kerdegat progressait en déployant toute son attention, jusqu'au moment où le GPS, d'une voix qui ne souffrait pas la contradiction, assura qu'il était arrivé.

Il freina et découvrit l'entrée du chantier. Sans hésitation, il y pénétra au ralenti et sa voiture, surprise par le sol en terre irrégulier, cahota, se soulevant par vagues pour retomber en douceur dans les trous et les ornières.

Il roula sur un sol défoncé jusqu'aux fondations d'un bâtiment en construction dont la silhouette lugubre, mal éclairée par le lampadaire de la rue, n'était qu'une masse de béton et de tiges de ferraille, aussi trouée qu'un gruyère.

Il effectua un demi-tour pour diriger l'avant de sa Mercedes vers l'entrée du chantier. Puis, il éteignit le moteur. Le silence retomba autour de sa voiture, qui se confondit rapidement avec d'autres engins de chantier éparpillés le long du bâtiment en construction.

Les mains sur le volant, Kerdegat, qui ne parvenait pas à éliminer une sourde angoisse, soupira, regarda l'heure et murmura :

— Dans une heure, tout sera terminé.

12

Quand Grimm pénétra le lendemain matin dans l'hôtel de police, le commissaire Babut n'était pas encore arrivé. De quoi le mettre hors de ses gonds dès le début de la matinée ! Heureusement, Ermeline parvint à détourner son attention. Elle avait recherché la signification du dessin envoyé à Kerdegat, qui avait profondément détérioré son humeur au point de le rendre invivable, selon le témoignage de sa femme.

Amandine le projeta sur le tableau blanc qui, mal effacé, conservait la trace du schéma synoptique de l'affaire dessiné la veille par Grimm.

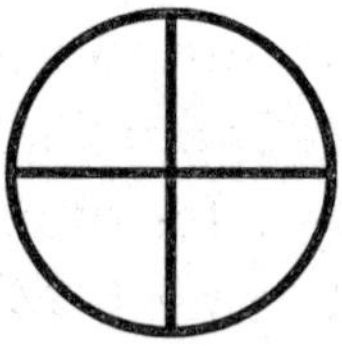

Grimm le regarda un moment et demanda :

— Tu m'avais dit que c'était une croix celtique, c'est ça ?

— Non, j'avais dit que ça y ressemblait. C'est pas faux d'ailleurs, mais, dans la croix celtique, les quatre extrémités de la croix dépassent du cercle, alors qu'ici la croix est totalement inscrite à l'intérieur du cercle. Rien n'en dépasse.

— Alors, c'est quoi ?

— C'est la croix solaire. On l'appelle aussi la roue solaire. C'est un très vieux symbole qu'on retrouve partout en Europe dès l'âge du bronze.

— Voilà qui donne un coup de vieux à l'enquête... affirma Jarry avec flegme.

Un Jarry dont la tête était cachée derrière son écran d'ordinateur et qui avait donné jusque-là l'impression de ne pas écouter.

— Oui, au moins trois mille ans avant Jésus-Christ.

— Ah, belle époque, reprit Jarry sur le même ton posé, mais avec une pointe de nostalgie. On ne massacrait pas encore ses semblables au nom d'un Dieu unique. On était encore capables d'en adorer plusieurs. Et éventuellement d'adopter ceux du voisin, belle preuve d'entraide et de fraternité religieuse.

— Tu peux te taire, Éric, s'il te plaît, qu'on écoute Ermeline, s'agaça Grimm.

— Et voilà, je l'évoquais, l'intolérance de notre époque, qui frappe chaque jour encore plus durement les innocents, murmura Jarry, mais il n'ajouta rien de plus et se tut.

En souriant, Grimm fit signe à Ermeline de poursuivre.

— Le cercle symbolise le Soleil. La croix est une représentation de l'espace avec les quatre points cardinaux : le nord, le sud, l'est et l'ouest. Mais la croix n'est pas seulement une représentation de l'espace, elle symbolise aussi le temps. Ses quatre branches correspondent au cycle des saisons et découpent donc parfaitement le cercle, qui représente une année solaire, en quatre étapes successives : les solstices d'été et d'hiver et les équinoxes du printemps et de l'automne. Enfin, les branches de la croix révèlent aussi le chiffre quatre qui est traditionnellement rattaché à la Terre. La croix solaire représente donc ainsi l'union parfaite de la Terre et du Soleil.

Ermeline semblait avoir dit tout ce qu'elle savait sur le sujet. Du reste, elle éteignit le vidéoprojecteur.

— Bon, fit Grimm. Je ne vois vraiment pas ce qu'on peut tirer de ça.

Il allait poursuivre quand le téléphone sonna dans son bureau. Il s'y rendit et décrocha. C'était le commissaire Babut.

Dès les premiers mots de son supérieur, le visage de Grimm devint blême et sa mâchoire sembla se décrocher. Les yeux fixes, il répondait par des phrases si courtes qu'elles ne permettaient pas à ses équipiers de deviner le sens de la conversation. Pourtant, tous devinaient, à la réaction et au comportement de Grimm, qu'il se passait quelque chose de grave.

Grimm raccrocha. Il resta durant des secondes interminables sans bouger, penché en avant, les doigts effleurant le combiné du téléphone. Puis, comme un automate ou une personne qui a reçu un vrai choc, il revint lentement dans l'open space.

Il avait les yeux baissés et ne se souciait pas des regards qui convergeaient anxieusement vers lui. Ce n'est qu'au bout d'une très longue minute qu'il sembla s'apercevoir de l'attente angoissée que son silence suscitait.

Il releva la tête et dit d'une voix atone :

— Kerdegat a été assassiné.

* * *

Dans un silence général, des regards accablés furent échangés. Le coup était si inattendu et si terrible que sa compréhension en était retardée. C'était une véritable catastrophe, et à plus d'un titre.

Dans une enquête criminelle où un meurtre s'est produit, la recherche du coupable avance de pair avec la résolution de l'énigme. Dans le cas présent, la solution entrevue la veille aurait dû conduire à la rapide arrestation de l'assassin ou, du moins, de la suspecte. Non seulement, pour des lenteurs hiérarchiques dont Grimm aurait pu s'affranchir, cette interpellation n'avait pu avoir lieu, mais l'équipe n'avait pu prévenir un nouveau meurtre. Si celui-ci était l'œuvre de Sabine Mourot, le simple retard lié à la chaîne hiérarchique - Grimm/Babut/le procureur - était responsable d'un drame qui aurait pu, qui aurait dû, être évité.

Et, pendant que l'irréparable se produisait, Grimm téléphonait à Amandine pour régler ses affaires personnelles et, ce matin encore, ils discutaient tous ensemble très tranquillement de la signification de la croix solaire. Un peu comme les religieux de Constantinople qui péroraient encore sur le sexe des anges pendant la prise de leur ville par les Turcs.

D'une voix faible, Grimm donna les premières informations :

— Ça s'est passé cette nuit dans un chantier à la périphérie de la ville. Tout le monde est en route, la PTS, le procureur, Pointcarré, et Babut qui a été prévenu par la gendarmerie avant même d'arriver ici. J'ai l'adresse. On y va tous.

Grimm semblait soudain écrasé par cet échec, son dos se voûtait et ses gestes devenaient incertains. Ermeline en était navrée et souffrait pour lui.

Elle tenta de le réconforter :

— Ce n'est pas de ta faute. Personne ne pouvait deviner ce qui est arrivé.

Grimm haussa les épaules.

— Ben si, justement, c'est notre métier d'anticiper ce genre de saloperies. On a été mauvais, voilà. Très mauvais. J'AI été mauvais. J'AI été nul. Nul à chier.

Face à cette autoflagellation qui portait les stigmates d'une dépression subite, Jarry sentit qu'il fallait réagir au plus vite. Il prit momentanément le commandement de l'opération. Il se surprit lui-même à claquer dans les mains à la manière de Grimm.

— Allez ! On prend la Peugeot et on y va ! Je vais conduire, parce que j'en ai marre d'être toujours à l'arrière.

Personne ne contesta cette initiative, surtout pas Grimm qui emboîta le pas à ses collègues comme si un ordre lui avait été donné.

Ermeline décida de s'installer avec Blanchard à l'arrière de la voiture, tandis que Grimm, docile et silencieux, s'installait à la place du passager.

— L'adresse ? demanda Jarry en mettant le contact.

Grimm la lui donna. Et Jarry appuya sur la pédale d'accélérateur en s'exclamant :

— Avanti !

Ermeline cria :

— Vamos !

Et Blanchard, qui avait compris la visée thérapeutique de ces interventions, s'exclama :

— Let's go !

Grimm regarda Jarry qui changeait les vitesses avec détermination, puis il se retourna brièvement vers Ermeline et Blanchard. Il marmonna, étonné :

— Ben vous, au moins, ça vous coupe pas le moral.

Aucun de ses trois équipiers n'aurait avoué que si, certainement ça leur coupait tout autant le moral, mais que c'était encore pire de voir leur chef dans cet état, comme si celui-ci les abandonnait. Et qu'ils le considéraient au moment présent comme un homme en train de tomber au bord d'une falaise, qu'ils venaient de rattraper *in extremis* et tentaient de remonter sur la terre ferme.

Et Jarry, qui décidément menait cette opération de sauvetage, questionna Grimm, l'obligeant à se concentrer sur les faits et non sur le désastre de l'enquête :

— Comment ça s'est passé ?

Grimm parut d'abord chercher dans sa mémoire pour récupérer les informations que le commissaire divisionnaire lui avait données.

— Franchement, ce que m'a dit Babut est tout sauf clair. Selon lui, il n'y a aucun doute que Kerdegat ait été assassiné, mais son corps n'était pas identifiable. Il m'a dit qu'il avait été écrasé.

— Par une voiture ?

— Non, pas par une voiture, mais je n'ai pas bien compris. D'ailleurs, Babut, il n'était pas encore sur place et ce qu'on lui a raconté au téléphone n'était peut-être pas très clair non plus.

La voiture roulait dans un nouveau quartier en construction, hérissé de grues et de palissades. Blanchard précisa :

— Ils refont tout ici. Le quartier a été rasé, ou presque, et ça construit à fond.

— Tu veux dire : ça bétonne à fond, lui répondit Jarry.

À la surprise générale, la voix de Grimm se fit tout à coup entendre :

— Mouais… Ils font des cubes, quoi ! Comme d'hab !

Certaines obsessions de Grimm refaisaient surface, mais, pour une fois, c'était plutôt bon signe, car sa voix était plus ferme et plus combative. Il sortait de la torpeur causée par le choc initial.

Ils n'eurent pas à chercher l'endroit exact du meurtre. Deux voitures de gendarmerie, le fourgon de la police scientifique et plusieurs autres véhicules étaient stationnés devant un chantier dont deux gendarmes gardaient l'entrée.

Derrière de hautes palissades en taule se dressaient une grue et une ébauche de bâtiment en béton qui n'en était qu'à ses premiers étages. Le chantier proprement dit n'était pas visible de la rue et on y accédait par un large portail provisoire, suffisamment large pour permettre le passage des camions et des engins de terrassement.

Ils déclinèrent leur identité auprès des deux gendarmes, carte de police à l'appui, et pénétrèrent dans l'enceinte où le drame s'était produit. Sur la gauche du bâtiment en construction, ils aperçurent les rubalises jaunes qui délimitaient la scène de crime, gelée et quadrillée par l'unité de la police scientifique, six personnes revêtues de leur combinaison blanche avec leur masque bien ajusté sur le visage.

Alors qu'ils s'étaient arrêtés par réflexe en voyant au loin la scène de crime, Grimm fut hélé par le commissaire Babut qui arrivait vers eux à grands pas. Il était dans tous ses états, agité et pâle comme un linge.

— Ah, Grimm, c'est affreux ! Affreux !

Il paraissait vraiment remué et serra la main de Grimm machinalement, les yeux fuyants, puis, encore plus brièvement, celles d'Ermeline, de Blanchard et de Jarry.

— J'en suis tout retourné... J'ai jamais vu un truc pareil... Et pourtant, j'en ai vu des horreurs au cours de ma carrière.

Au lieu de se lancer dans des explications, il se retourna, appela un gendarme en uniforme et lui fit signe de venir.

— Regardez Grimm, là-bas, à côté de la scène de crime, la voiture entourée de rubalises, c'est celle de M. Kerdegat. Bon, je vous laisse avec le capitaine de gendarmerie. Le procureur arrive et je vais aller l'accueillir à l'entrée.

Il s'éloigna aussitôt, secouant la tête de droite à gauche, et en marmonnant des phrases incompréhensibles d'où ressortaient quelques mots comme « effrayant », « horreur pareille » et « belle saloperie ».

Dès que le gendarme fut auprès d'eux, Grimm eut un mouvement de surprise.

— Ah, c'est vous !?

Puis, il ébaucha un salut militaire et précisa :

— Capitaine Beaulieu. On s'est rencontrés le jour où M. Koprotkieff nous avait appelés à la rescousse. Vous me reconnaissez ?

Oui, Grimm reconnaissait la face rubiconde et le visage carré du capitaine qui leur avait fait perdre du temps chez le détective. Il ne lui en voulait pas, le capitaine ne faisant ce jour-là que son travail. Il lui serra la main en souriant.

— Dites-moi ce qui s'est passé, capitaine. Le commissaire Babut a l'air bien secoué.

Le capitaine Beaulieu opina du chef, prenant une mine dégoûtée.

— Faut dire que c'est pas très ragoûtant comme vision. C'est même dégueulasse. Il y a un de mes hommes qui a vomi en voyant cela. Faut avoir le cœur bien accroché.

Grimm jeta un coup d'œil inquiet vers Ermeline. Celle-ci ne broncha pas. Le capitaine reprit :

— Ce sont les ouvriers du chantier, ce matin, qui ont découvert le crime. Ou les crimes, plutôt.

— Les crimes !?

— Oui, les crimes. Il y a deux victimes. Incomplètes, difficiles à identifier, mais deux victimes. Un homme et une femme.

Grimm était stupéfait que le commissaire Babut n'ait mentionné que l'assassinat de Kerdegat au téléphone. Une deuxième victime ? Une femme ? Qui ? Mme Kerdegat ? Non, impossible, Babut n'aurait pas pu omettre de le signaler. Sabine Mourot ? Avait-elle aussi été assassinée ?

— Qui sont-ils ?

— D'après les premières constatations, qui ne sont pas faciles, l'homme serait un certain M. Kerdegat. La femme ? Je ne sais pas. Vous savez, je vais faire un rapport à ma hiérarchie, mais votre commissaire divisionnaire m'a dit que c'était une affaire sur laquelle la PJ travaillait déjà depuis plusieurs semaines. Le procureur est nommé, l'enquête en cours, etc. Moi et mes hommes, nous avons fait les premières constatations. Mais je sais que je n'aurai pas la main.

Il avait l'air de le regretter fortement, le capitaine Beaulieu, mais il semblait néanmoins s'être fait une raison.

Grimm regardait la scène de crime et, de loin, reconnut la silhouette du Dr Pointcarré.

— Merci, capitaine, je vous revois tout à l'heure. Nous allons inspecter cela de plus près.

— Bon courage.

Une quinzaine de mètres les séparaient des rubalises derrière lesquelles les hommes et les femmes de la police scientifique quadrillaient la scène de crime. Outre cette zone où devaient se trouver les deux cadavres, d'autres rubans de signalisation entouraient aussi la voiture de Kerdegat et, un peu à l'écart, un engin de chantier.

En s'approchant, la première chose que Grimm aperçut fut une tête posée par terre au milieu de la zone. Ses yeux restèrent fixés dessus, longtemps, car ce type d'horreur suscite deux réactions : la fuite ou l'hypnose.

Mais quand il chercha le second cadavre, ou tout simplement le corps appartenant à cette tête, il ne vit rien. Si bien qu'il restait immobile, croyant que les quelques informations que Babut ou le capitaine Beaulieu lui avaient données jusqu'à présent étaient en fait si confuses qu'il ne les avait pas comprises.

Il sursauta quand il entendit une voix l'interpeller à côté de lui.

— Hubert, bonjour. J'attendais votre arrivée.

Et sans attendre que Grimm ne lui réponde, le Dr Pointcarré baissait furtivement son masque et, par-dessus les rubalises, faisait la bise à Ermeline. En le réajustant sur son visage, elle saluait d'un signe de tête Blanchard et Jarry.

— Bonjour Irène, reprit Grimm revenu de sa surprise. Écoutez, je n'y comprends rien. Le capitaine Beaulieu m'annonce deux cadavres et, la seule chose que je vois, c'est une tête au milieu de la zone.

— C'est que, hélas, d'où vous êtes, vous ne voyez pas tout.

— Qu'est-ce que nous devrions voir ?

— Une chose vraiment dégueu, à gerber, que je n'avais encore jamais rencontrée et qui ne va pas me faciliter la tâche.

— Quoi, bon sang !?

Le Dr Pointcarré marqua un silence et, désignant d'un geste vague la tête sur le sol, déclara :

— La tête est posée sur le corps de la seconde victime.

Grimm regarda le Dr Pointcarré comme si celle-ci venait de se permettre une plaisanterie de très mauvais goût.

— Vous vous foutez de moi ?

— Non, pas du tout, Hubert. D'ici, vous ne voyez pas le corps parce qu'il a été écrasé par ce rouleau compresseur que vous voyez là-bas.

Elle montrait à présent l'engin de chantier, un rouleau compresseur motorisé, avec une cabine de conducteur en son milieu, et équipé, à l'avant et à l'arrière, de deux énormes cylindres en guise de roues.

— Attendez, vous voulez dire qu'on ne le voit pas d'ici parce que…

— Oui, c'est ça, parce que les deux rouleaux lui sont passés dessus, l'ont totalement écrasé et qu'il est maintenant plat comme une galette.

— Bretonne… compléta Jarry, mais son visage était lugubre.

— Nom de Dieu… lâcha Grimm.

Ermeline était livide et, anticipant ce qu'elle découvrirait en s'approchant, sentait le souffle lui manquer.

Seul Blanchard, dont la tête s'élevait bien au-dessus du groupe, semblait conserver son impassibilité.

— Et la tête, c'est qui ? Kerdegat ? demanda Grimm.

— Non, c'est une femme.

Grimm tapa brusquement ses deux mains l'une contre l'autre.

— Eh oui, bien sûr ! Nous avons eu un corps sans tête, voici maintenant une tête sans corps ! En toute logique, nous venons de retrouver la tête de Rebecca Hoppman !

— C'est plus que probable, acquiesça le Dr Pointcarré. L'ADN le confirmera.

— La tête est abîmée ?

— Non.

— Même pas besoin d'ADN. Nous avons des photos d'elle. On va être fixés tout de suite.

Puis, après un temps d'arrêt :

— Bon, allons-y !

— Attendez, je vous amène des masques et des protections pour les chaussures.

Dès qu'ils furent équipés, ils franchirent les rubalises et s'approchèrent. Ils fixèrent la tête en silence. Vision d'horreur. Grimm jeta un nouveau coup d'œil inquiet vers Ermeline, mais celle-ci tenait le coup.

— Ermeline, montre-nous les photos de Rebecca Hoppman.

Ermeline manipula son portable, puis le fit circuler. Il passa de main en main et chacun regardait alternativement les photos et la tête.

— Aucun doute, c'est elle, confirma Grimm. Comment peut-elle être aussi bien conservée ? Rebecca Hoppman est morte depuis un moment déjà.

— Elle a été congelée, précisa le Dr Pointcarré. Elle est encore froide, mais, vous voyez cette flaque à sa base, la tête goutte et s'affaisse. Elle fond.

— Mouais, c'est vraiment bien dégueulasse, en effet.

— Et, comme je vous le disais, la tête est posée sur le corps.

C'était pire peut-être. De fait, le corps écrasé était aussi plat qu'une galette. Grâce au manteau et au costume qui avaient bien résisté à l'écrasement, bien que donnant l'impression d'avoir été repassés au fer, on reconnaissait une silhouette avec le buste et les membres. Les boutons de la chemise, en revanche, avaient cédé en même temps que la peau et une immonde pellicule constituée de lambeaux de chair visqueuse recouvrait la veste et les pans du manteau. Mais ce qui était plus insoutenable encore, c'était la bouillie d'être humain – de sang, d'os broyé, de chair et de viscères –, qui avait giclé des vêtements par les manches de la veste et les extrémités du pantalon. Le sang s'était ensuite écoulé doucement dessinant une grande tache brunâtre entourant le cadavre.

Une chaussure intacte d'où dépassait la chaussette traînait au bout d'une jambe. C'était si étrange que Grimm demanda :

— Il a perdu une chaussure avant d'être écrasé ?

— Non. Vous ne le voyez pas, mais, dans la chaussure, il y a le pied. En fait, c'est la seule partie du corps qui n'a pas été broyée par le rouleau.

La tête était une pure horreur. Aplatie, elle présentait une surface ovale démesurée, où il était difficile de reconnaître quoi que ce soit. Deux mètres en avant du corps, Grimm désigna un autre débris écrasé de petite dimension.

— Qu'est-ce que c'est ça ?

— Quand le rouleau est passé dessus, la tête a éclaté comme une noix et une partie de la boîte crânienne, explosée, a été catapultée en avant. Le rouleau lui a roulé dessus après.

Ermeline se prit la tête entre les mains et ferma les yeux. Elle avait envie de vomir. Grimm, qui depuis le début s'inquiétait de sa réaction, lui murmura à l'oreille avec bienveillance :

— Si c'est trop dur, tu peux aller faire un tour.

— Non, je reste ! s'écria-t-elle en se redressant et en lançant à Grimm un regard de défi.

Et, soudain, on vit Jarry qui se précipitait hors de la zone, franchissait les rubalises en les arrachant à moitié et, pliant le buste à l'horizontale, se mit à vomir ses tripes et ses boyaux.

— Je me demande si je ne vais pas me sentir mal moi aussi, dit Grimm.

Après avoir respiré profondément à trois ou quatre reprises, il interrogea le Dr Pointcarré :

— Comment est-on certain qu'il s'agit bien de monsieur Kerdegat ? Parce qu'avec ce que je vois devant moi…

— En tant que légiste, je n'en suis pas certaine. L'ADN, encore une fois, nous le confirmera par comparaison avec ses proches. Il avait des enfants ?

— Oui, deux.

— Il suffira de prélever leur ADN.

— Donc, en fait, vous n'en êtes pas sûre du tout ? réagit Grimm.

— Indirectement, si, par tout un faisceau d'éléments recueillis sur place.

Jarry venait de reprendre sa place dans le groupe. Le Dr Pointcarré le regarda un bref instant avant de poursuivre.

— D'abord, les gendarmes affirment que la voiture là-bas est la sienne.

— C'est vrai.

— Ensuite, j'ai récupéré un portefeuille dans une des poches de la veste. C'est ce qui a le mieux résisté à l'écrasement. À vrai dire, il est intact et, à l'intérieur, il y avait une carte bleue à son nom ainsi que sa carte d'identité et sa carte vitale.

— Carte vitale… Vitale, tu parles d'un mot pour un macchabée… lâcha Jarry.

On sentait qu'il luttait pour ne pas perdre pied et que sa meilleure arme étant l'humour, il s'y accrochait. Négligeant cette interruption, Grimm restait concentré. Il reprit à l'adresse de la légiste :

— OK. C'est tout ?

— Non. Au niveau de sa main gauche… Enfin… de sa main gauche… de la purée qu'était sa main gauche… j'ai retrouvé une alliance en or avec deux initiales gravées dessus : YK et GK. Les premières collent bien avec la carte d'identité : Yann Kerdegat.

— Et la seconde avec celle de sa femme : Geneviève Kerdegat.

— Bon, vous voyez ! Et avec l'ADN, je le confirmerai.

Alignés sur un rang, quatre membres de la police scientifique avançaient très lentement, le buste plié en avant, scrutant le sol à la recherche du moindre indice. Grimm les observa quelques secondes, puis se tourna de nouveau vers le Dr Pointcarré.

— Il me vient une idée affreuse…

— Dites, au point où on en est.

— Il est mort de quoi ?

Ni Blanchard, ni Jarry, ni Ermeline ne comprirent de suite le sens de la question. Seule le Dr Pointcarré, qui avait examiné le cadavre, fit une mine si expressive qu'il était clair que le calice de l'horreur n'avait pas encore été bu jusqu'à la lie.

— De la pire des manières, je le crains. Comme le corps est écrasé, je fais l'autopsie ici, car je ne verrai rien de plus au centre médico-légal. Je n'ai rien à découper, tout est à plat, si je puis dire. Regardez ici, le bas du pantalon, au niveau des chevilles.

Ils se penchèrent pour mieux voir.

— Ce sont les restes d'une corde qui entravait ses jambes.

— Il était ligoté ?

— Oui.

— Donc, vous supposez…

— J'ai un autre argument, hélas. Au niveau des genoux, j'ai retrouvé deux balles, bien écrasées certes, mais reconnaissables quand même.

— On lui avait tiré dessus ?

— Oui. Donc, il ne pouvait plus marcher et il devait déjà souffrir atrocement. Il était facile de ligoter ses jambes pour l'immobiliser totalement. Et après…

Pendant le silence qui suivit, chacun prit conscience de l'horreur de cet assassinat. Ligoté sur le sol, incapable de bouger, souffrant déjà de deux balles logées dans les genoux, Kerdegat avait dû voir le rouleau compresseur se mettre en marche et, dans l'épouvante la plus absolue, s'approcher lentement avant de l'écraser.

— C'est horrible. C'est du pur sadisme, lâcha Grimm entre les dents.

— Je ne vous le fais pas dire.

Ermeline, dont l'imagination et la sensibilité étaient vives, crut entendre les hurlements de la victime. Elle le voyait ramper désespérément sur le sol pour échapper au monstre de dix tonnes qui le visait. Elle se sentit mal. Sans dire un mot, elle quitta la scène pour aller s'asseoir non loin sur une palette de chantier. Jarry n'en menait pas large non plus et, de nouveau, déglutissait de manière anormale. Tel un chêne dominant des arbustes, Blanchard gardait les mains dans les poches et son visage restait inexpressif.

— Y a-t-il quelque chose d'autre que nous devrions savoir ? demanda Grimm, pressé d'en finir.

— Non, je vous ai dit tout ce que je savais.

— Bien, merci, Irène. Vous nous téléphonez dès que votre rapport sera terminé ?

— Bien entendu. Mais mon problème du moment, c'est comment on va ramasser ce pauvre M. Kerdegat. Il faudrait une gigantesque pelle à tarte…

Grimm jeta un regard ambigu au Dr Pointcarré. Cette forme d'humour noir, qu'il avait déjà remarquée chez la légiste à plusieurs reprises, devait lui être habituelle et constituer sa défense naturelle pour supporter certaines atrocités de son métier.

Après un sourire un peu forcé, Grimm entraîna Ermeline, Jarry et Blanchard avec lui. Quelques mètres plus loin, ils tombèrent sur le commissaire Babut et le procureur Lestanger qui se dirigeaient d'un pas vif vers la scène de crime.

— Ah, Grimm, vous voilà ! s'exclama Babut. Je viens d'expliquer à monsieur le procureur l'horreur de la situation. Vous en avez appris plus ?

Grimm serra la main du procureur. Celui-ci manifesta une gêne dont Grimm saisit parfaitement l'origine. Incapable de se retenir, il attaqua d'emblée :

— Nous aurions dû mettre M. Kerdegat sur écoute !

— Sur écoute !? réagit le procureur que son sentiment de culpabilité n'empêchait pas de trouver cette proposition inconcevable.

— Oui, sur écoute ! La tête trouvée ici est celle de Rebecca Hoppman, la femme du sac poubelle découpée en morceaux. Avec le meurtre de M. Kerdegat, le lien entre les deux affaires est démontré, ce que j'ai toujours pensé.

— Oui, bon, d'accord ! Vous aviez raison ! répondit sèchement le procureur. Mais il n'y avait guère d'arguments pour le prouver à l'époque.

— Si, il y en avait, mais personne n'a voulu les entendre !

Dans sa colère, Grimm oubliait les formes et le respect de la hiérarchie. Le commissaire Babut, qui dansait d'un pied sur l'autre, s'alarmait des conséquences. Mais le procureur, conscient de sa faute bien que la niant, et désirant surtout qu'on cessât d'en parler, tenta une diversion :

— Vous avez un suspect ?

Par cette question, il voulait peut-être rééquilibrer la balance en montrant à Grimm que son enquête piétinait. Mal lui en prit.

— Oui, absolument, un suspect que je voulais mettre en garde à vue hier, mais je n'ai pas pu le faire parce que le commissaire n'a pas réussi à vous joindre.

— J'étais au tribunal, s'offusqua le procureur.

— Oui, sans doute, tout le monde travaille, mais peut-être que Kerdegat serait vivant aujourd'hui si j'avais coffré cette personne hier.

Excédé par tant d'insolence, le procureur Lestanger répliqua d'une manière cinglante :

— Alors, qu'est-ce que vous faites ici au lieu d'aller interpeller cet individu ?

— J'y allais, monsieur le procureur, j'y allais.

Et, sans saluer ni le commissaire ni le procureur, Grimm s'élança vers la sortie du chantier, suivi avec un temps de retard par ses équipiers.

Demeurés seuls, Babut et Lestanger restèrent un moment silencieux. Furieux, le procureur finit par lâcher :

— Je n'aime pas du tout ce genre de comportements de la part d'un officier de la police judiciaire.

13

À l'approche de la voiture, Grimm lança à la cantonade :

— Je vais conduire !

Jarry lui passa les clés et reprit sagement sa place à l'arrière au côté de Blanchard. Grimm claqua sa portière assez violemment, preuve qu'il ne parvenait pas à calmer son irritation. Pour ses équipiers, cette colère était la bienvenue. Fini cet état de prostration et d'autoflagellation consécutif au meurtre de Kerdegat. Il avait quitté cette apathie et retrouvait une combativité de bon aloi, absolument nécessaire pour la poursuite de l'enquête.

— L'adresse de l'entreprise de Sabine Mourot, s'il te plaît Ermeline, on y va tout de suite ! demanda-t-il en mettant le contact.

Grimm roulait assez vite, pressé d'interpeller le suspect numéro un. Il freinait brutalement et tardivement aux feux rouges, prenait ses virages trop à la corde, martyrisait l'embrayage. Ermeline, qui l'avait un jour taquiné à propos du respect de l'environnement pour l'inciter à ralentir, avait encore l'esprit trop lourdement encombré par les visions d'horreur entrevues au chantier pour lui faire une quelconque réflexion à ce sujet. Elle se taisait, le visage inexpressif, les yeux vagues.

Du reste, chacun devait y penser en son for intérieur, car l'atmosphère dans l'habitacle de la voiture était pesante, quelques respirations appuyées ou soupirs se faisant entendre par moments. L'esprit de Grimm aussi flottait encore en partie du côté de la scène de crime puisqu'il questionna tout à coup :

— Ça va mieux, Corentin ?

— Oui, merci. Un petit moment de faiblesse…

— … qui arrive à tout le monde. J'ai connu cela aussi.

S'étant tu à nouveau après avoir été brièvement tiré de ses pensées par Grimm, on aurait pu croire que Jarry n'allait rien ajouter, pourtant il reprit la parole une minute plus tard :

— Je pense depuis longtemps que l'Homme est un animal malfaisant. Ce n'est pas cette matinée qui va modifier mon opinion.

Par prudence ou étonnement, personne ne répondit, si bien que Jarry poursuivit son idée :

— Depuis qu'il se trouve sur cette Terre, l'histoire de l'Homme n'est qu'une litanie d'horreurs, de meurtres et de massacres. Quand on regarde en arrière, on ne voit que ténèbres et désolation. Et l'avenir promet d'être pire encore avec le développement de technologies qui semblent parfois ne viser que la capacité de massacrer mieux et plus vite.

Ni Ermeline ni Blanchard ne réagirent à cette sombre présentation de l'humanité. Ils ne partageaient pas ce point de vue, trop pessimiste pour leur nature. En revanche, Jarry trouva un écho auprès de Grimm qui y découvrait des points de contact avec son opinion.

— L'Homme, un animal malfaisant ? C'est exactement ce que je pense, Corentin ! La Terre existe depuis quatre milliards et demi d'années, la vie y est apparue il y a un peu plus de trois milliards sept cents millions d'années et l'Homme, en moins de deux siècles seulement, par le développement de ses technologies et son mode de vie, est sur le point de détruire la planète. Tout à fait ! Un animal malfaisant ! Voilà ce qu'il est, l'Homme !

— Fallait tourner à droite ici… dit Ermeline qui jetait de fréquents coups d'œil sur le GPS depuis que Grimm, emporté par ses obsessions, avait cessé de le consulter.

— Ah, merde ! Bon, on va se concentrer sur ce qu'on a à faire, ce sera mieux.

L'incident mit un terme à cet échange de perspectives désespérées entre Grimm et Jarry et le reste du trajet s'effectua en silence. La voiture roulait désormais dans une zone industrielle, au plan en damier, et Ermeline assurait son rôle de copilote.

— C'est là, au quarante-deux. L'entreprise Tiptop-Zip.

— C'est une entreprise de quoi ? demanda Grimm qui quittait la route pour s'engager sur un parking jouxtant un vaste hangar en taule.

— Tu as dit à Éric que tu t'en foutais de l'entreprise.

— Oui, d'accord, mais maintenant je veux savoir.

— Pas contrariant, toi… Tiptop-Zip est une entreprise de fabrication de fermetures éclair pour tout type de vêtements, pour homme et femme. Fabricant et distributeur.

— Ça me dit rien.

— Moi non plus.

Attenant au hangar, le bâtiment administratif attira tout de suite leur attention. Il était bien identifiable par une structure plus basse, en parpaing, et d'apparence plus robuste que le hangar en taule dont on avait l'impression qu'une grosse tempête pouvait le souffler comme un château de cartes.

— Elle est secrétaire de direction, si je ne me trompe ? s'informa Grimm.

— Oui.

— Donc, si elle bosse aujourd'hui, elle est dans ce petit bâtiment.

— Oui.

La manière dont Ermeline répondait à ses questions intrigua Grimm. Il se tourna vers elle et l'observa quelques secondes avant de demander :

— Il y a quelque chose qui ne va pas ?

— Ça ne me met pas très à l'aise de savoir qu'elle va me revoir… là, aujourd'hui… me revoir en…

— Te revoir en flic qui vient l'arrêter, c'est ça ?

— Oui.

— Je comprends, mais il faut bien qu'on l'arrête.

— Évidemment.

Dans le hall, il y avait un premier bureau qui s'ouvrait sur une sorte de guichet derrière lequel se trouvait une secrétaire assise et affairée, tête penchée sur des paperasses, un écran d'ordinateur sur sa droite, la main droite posée sur la souris. Grimm n'hésita pas une seconde à sortir sa carte de police.

— Commandant Grimm de la police judiciaire. Nous souhaiterions voir Mme Sabine Mourot.

La secrétaire releva la tête et resta les yeux ronds et la bouche ouverte pendant de longues secondes.

— La police ? articula-t-elle finalement avec difficulté.

— Oui, la police judiciaire. S'il vous plaît, indiquez-nous le bureau de Mme Mourot.

On ne sut si c'était en raison de sa surprise ou de son inquiétude, mais elle tarda à désigner un petit escalier collé contre le mur et qui montait à l'étage.

— C'est le bureau attenant à celui de M. Tachet. Son nom est sur la porte.

— Qui est M. Tachet ?

— Le directeur de l'établissement, monsieur.

— Corentin, tu restes là. Nous, on y va. Non, madame, raccrochez s'il vous plaît, vous ne téléphonez à personne…

Grimm grimpa les marches à grandes enjambées, suivi par Ermeline, dont le malaise s'accentuait et, beaucoup plus lentement, par Blanchard. Ils débouchèrent sur un petit couloir et virent presque immédiatement une porte fermée sur laquelle était inscrit :

Sabine Mourot
Secrétariat de direction

Grimm frappa aussitôt, par réflexe, mais ouvrit sans attendre de réponse.

Sabine était face à lui, assise derrière un bureau, le corps et la tête de profil tournés vers un ordinateur et, les doigts survolant le clavier, tapant avec vivacité. Elle s'interrompit brusquement, surprise par cette soudaine intrusion, et son regard d'aigle croisa celui de Grimm.

Il eut du mal à soutenir ses yeux froids et contempteurs, qui le rejetaient avant même qu'il ait ouvert la bouche, au point qu'un frisson lui parcourut l'échine.

— Qui êtes-vous ? Qui vous a autorisé à venir ici ? s'exclama-t-elle d'un ton sec, où l'intention de congédier prestement l'intrus apparaissait clairement.

— Police judiciaire, commandant Grimm. Vous êtes Sabine Mourot ?

— Oui, c'est écrit sur la porte ! Et alors ?

— Vous êtes en garde à vue dans le cadre de l'affaire touchant à l'assassinat de M. Kerdegat et de Mlle Rebecca Hoppman.

Sabine resta parfaitement immobile, pas un muscle de son visage ne tressaillit à l'énoncé des motifs relatifs à sa garde à vue. Elle fixait Grimm, le buste bien vertical sur son siège, dans une attitude qui ne laissait rien deviner de ses pensées. Grimm remarqua qu'elle avait les traits tirés, ce qui creusait encore plus son visage émacié, des cernes qui témoignaient d'un manque de sommeil, et un teint cireux synonyme de fatigue.

Elle finit par dire avec une nuance de lassitude ou d'émotion contenue :

— De quoi parlez-vous ?

— Veuillez nous suivre, s'il vous plaît, je vous lirai vos droits dès que nous serons arrivés à l'hôtel de police.

Sachant de quoi Sabine Mourot était capable, Grimm se tenait sur ses gardes, mais l'interpellation se fit en douceur. Elle ne tenta pas de se rebeller. Elle se leva, presque majestueusement, très droite, et Grimm fut saisi par sa taille. Sabine, qui portait des talons hauts, le dépassait allégrement. Sans talons, elle devait mesurer environ un mètre quatre-vingts, comme lui.

Comme il s'écartait pour la laisser passer, Ermeline apparut dans l'encadrement de la porte et ce n'est qu'au dernier moment que Sabine la reconnut. Elle asséna, sans élever la voix, mais avec une puissante pointe de mépris :

— Petite garce.

Ermeline baissa les yeux avec, chevillé au cœur et lui nouant le ventre, l'étrange sentiment d'avoir commis une infamie. Sabine releva la tête et ne lui accorda plus un regard, comme si Ermeline ne méritait pas plus d'attention qu'une crotte de chien sur un trottoir.

Pourtant, une fois dans le couloir, elle se retourna vers Grimm.

— Il faut prévenir le directeur, M. Tachet.

— Je m'en charge.

Sabine le toisa.

— C'est une belle saloperie de venir arrêter des innocents sur leur lieu de travail.

— C'est à nous d'en juger.

En répondant cela, Grimm se souvint que Blanchard s'était inquiété d'une interpellation au travail qu'il avait jugée « un peu trash ». Sur le coup, Grimm en avait convenu, mais les circonstances avaient changé depuis. Kerdegat était mort dans des conditions atroces et la tête de Rebecca Hoppman avait été retrouvée. L'arrestation de Sabine Mourot était devenue une urgence qui ne pouvait supporter aucun délai.

Il confia la prévenue à Ermeline, mais surtout à Blanchard dont il savait que l'imposante stature tuait dans l'œuf la moindre velléité de révolte, et frappa à la porte du directeur.

Il ne s'attarda pas. Sous le regard éberlué de M. Tachet, trop abasourdi par ce qu'il apprenait pour réagir, il l'informa que sa secrétaire était en garde à vue dans le cadre d'une affaire de double assassinat. Que rien ne pouvait encore préjuger de sa culpabilité ou de son innocence et que, dans le meilleur des cas, elle serait libérée dans vingt-quatre heures ou, plus vraisemblablement, quarante-huit heures. Il le laissa debout à côté de son bureau, les bras ballants, aussi sidéré que si on venait de lui annoncer la fin du monde.

Il n'y eut pas un mot échangé dans la voiture pendant le transfert de Sabine Mourot à l'hôtel de police. Assise entre Jarry et Blanchard, elle ne desserrait pas les dents. Ermeline, installée à l'avant, croyait sentir le poids de son regard sur sa nuque et se sentait extrêmement mal à l'aise. Elle avait beau se répéter qu'elle n'avait fait que son travail, et d'une manière efficace, il s'était produit dans leur relation quelque chose de trouble et d'ambigu qui ressurgissait puissamment à son contact. Ermeline aurait préféré ne plus jamais avoir de relations avec cette femme, oublier totalement cette soirée, et poursuivre sa vie comme avant. À l'inverse, la présence de Sabine l'empêchait de tourner cette page étrange de son existence.

Quand Grimm gara la voiture sur le parking de l'hôtel de police, son téléphone vibra dans sa poche. Toujours assis sur son siège, il décrocha.

— Commandant Grimm ?

— Oui.

— Capitaine de gendarmerie Beaulieu. J'ai eu votre numéro de portable par votre commissaire divisionnaire. J'avais besoin de vous appeler. De vous voir à vrai dire, mais vous êtes parti très vite tout à l'heure et c'était trop tard.

— Oui, je comptais vous saluer avant notre départ, mais nous devions partir pour une interpellation urgente.

— C'est dommage, parce que nous avons fait quelques découvertes intéressantes sur le chantier.

— Ah ?

— Est-ce que vous pourriez repasser avant midi ?

Grimm se retourna, vit le regard de Sabine Mourot posé sur lui, hésita, puis ordonna :

— Éric et Corentin, vous vous chargez de Mme Mourot, Ermeline et moi nous retournons sur la scène de crime.

* * *

Quand, de retour sur le chantier, Ermeline et Grimm aperçurent le capitaine Beaulieu, celui-ci faisait les cent pas à côté de la voiture de Kerdegat en consultant sa montre. Ils allèrent rapidement à sa rencontre.

La voiture n'était plus entourée de rubalises et la police scientifique avait levé le siège. Seul le capitaine Beaulieu et trois de ses hommes étaient encore présents sur les lieux.

— Merci d'être revenus, dit le capitaine Beaulieu en les accueillant.

Puis, sans perdre de temps en préambule, pressé sans doute de terminer l'affaire, il attaqua directement :

— Voilà ! Ce matin, avant même que votre police scientifique n'arrive sur les lieux, mes hommes et moi avons fait deux découvertes intéressantes pour votre enquête.

— Je vous écoute.

— Sur le siège avant du conducteur, on a trouvé un téléphone portable. Un beau smartphone, la dernière génération d'un Samsung Galaxy.

— Vous l'avez touché ?

— Non ! Évidemment que non ! On connaît notre métier quand même ! Les gendarmes savent aussi bien mener des enquêtes que les policiers.

Grimm sentit que la moindre maladresse pouvait raviver l'éternelle guerre entre la police et la gendarmerie. Il déclara aussitôt :

— Je n'en doute pas une seconde. Où est-il alors ?

— On l'a signalé à votre police scientifique qui l'a embarqué. Il était posé, comme ça, à plat, sur le siège avant.

— Ah ! Bien ! Donc c'est à mes collègues de la PTS que je dois m'adresser.

— Oui, mais ce n'est pas tout. Près de la roue arrière gauche, par terre, on a trouvé un passeport.

— Un passeport !?

— Oui ! On ne l'a pas ramassé non plus et on a appelé votre police scientifique qui s'en est chargée.

— Quelqu'un l'a ouvert pour connaître le nom du titulaire du passeport ?

— Je ne pense pas. Pas nous en tout cas. Voilà, voilà ! C'est tout. Je tenais à vous en informer personnellement puisque, si j'ai bien compris, une enquête est déjà ouverte par le procureur et que vous en avez la charge.

— Merci beaucoup, capitaine Beaulieu, je vous revaudrai cela si j'en ai l'occasion.

Ermeline regardait du côté de la scène de crime située à une dizaine de mètres de la voiture. Les rubalises avaient également été retirées et toute trace du drame semblait avoir disparu. Elle ne laissait pas deviner le fond de sa pensée, mais Grimm, qui fixait aussi le même endroit, l'exprima très probablement lorsqu'il demanda au capitaine :

— Comment ont-ils fait pour ramasser le cadavre ?

— Oh, mon Dieu ! J'ai assisté à cela. Dégueulasse, pas d'autre mot ! Ils ont raclé le sol terreux avec une sorte de pelle pour retirer par petites plaques rigides des morceaux de la victime. Ça tenait plus ou moins… Quand ils essayaient de décoller les lambeaux plats, ça faisait parfois des plis et des bosses. Ils ont mis le tout dans une grande boîte en plastique. Sûr qu'ils ne pourront rien en tirer de ces débris humains !

Faisant une grimace expressive de dégoût, Ermeline frissonna, tandis que Grimm, qui ne désirait pas en apprendre davantage, serra la main du capitaine en le remerciant derechef pour sa franche coopération.

De nouveau dans la voiture, Grimm évacua les sales images que le capitaine Beaulieu avait suscitées en lui par sa description digne d'un film d'horreur et se concentra sur les éléments nouveaux de l'enquête.

— Il faut que la PTS analyse en priorité le portable pour que nous puissions le récupérer au plus vite. Si c'est celui de Kerdegat, il devrait nous apprendre beaucoup de choses.

— Et si c'est pas le sien, encore plus !

— Oui, c'est vrai ! Mais, si c'est pas le sien, à qui appartient-il ? Et puis le passeport, c'est pareil ! Téléphone-leur !

— À qui ?

— Aux collègues de la PTS ! Avant même qu'ils recherchent les empreintes et l'ADN, qu'ils nous envoient une photo de la page du titulaire. Et si ce n'était pas ceux de Kerdegat !?

— Celui de Sabine Mourot ?

— Peut-être ! Qu'est-ce qu'on en sait ! Celle-là, on ne pourra pas la garder indéfiniment en garde à vue ! On va aller la cuisiner tout de suite. Allez, s'il te plaît, Ermeline, appelle tout de suite la PTS. Nous n'avons que quarante-huit heures devant nous pour réunir le maximum de preuves contre Sabine Mourot afin que le procureur décide de sa mise en examen !

Tandis qu'Ermeline passait plusieurs coups de fil, Grimm rassemblait et synthétisait les éléments nouveaux de l'enquête. Depuis le matin, les événements dramatiques s'étaient précipités. L'assassinat de Kerdegat et la tête de sa maîtresse retrouvée sur son cadavre orientaient l'affaire vers le drame passionnel.

Dans ce drame, Grimm pensait précisément à deux femmes. La première – Sabine Mourot – faisait office de suspect numéro 1. Mais il n'écartait pas l'hypothèse que Mme Kerdegat, en dépit des apparences, pouvait tout aussi bien être l'auteure de ces crimes. Après tout, tuer son mari et sa maîtresse entre dans les schémas classiques de la jalousie meurtrière d'une épouse.

— Où est-elle ? demanda Grimm dès qu'il retrouva Jarry et Blanchard dans leur espace bureau.

— En place. Elle attend qu'on vienne l'interroger, répondit Jarry. On lui a déjà raclé l'intérieur de la joue pour un test ADN.

— Vous lui avez énoncé ses droits ?

— Oui.

— Elle veut un avocat ?

— Pas pour l'instant.

— Tant mieux !

Ce n'est pas que Grimm était partisan d'une restriction des droits de la défense, mais comme tout policier en charge d'un interrogatoire, il avait tendance à voir l'avocat comme une tierce personne, un gêneur, un trouble-fête qui contrôlait ou même bloquait les réponses du suspect, empêchant le face-à-face direct.

— On a récupéré son portable, ajouta Jarry.

— Vous l'avez examiné ?

— Elle a refusé de nous donner son code. Je lui ai dit que c'était idiot, que notre labo lirait les infos comme dans un livre ouvert, mais elle s'est obstinée. Elle n'est pas commode pour tout dire…

— Donc, le portable est au labo ?

— Oui.

— OK, allons l'interroger. Jarry, tu viens avec moi, les deux autres, vous assistez à l'interrogatoire derrière la glace sans tain. Et s'il y a du nouveau, quelque chose d'important, côté portable ou passeport, n'hésitez pas à nous interrompre.

14

Dans la pièce sans fenêtre de l'interrogatoire, Sabine était assise à la table qui en constituait l'unique mobilier. Derrière la glace sans tain, Grimm l'observa d'abord un moment. Elle attendait, patiemment pourrait-on dire, fermée et impénétrable. Nulle émotion ne se lisait sur son visage. Elle avait les bras croisés et regardait droit devant elle.

— Cette femme a des nerfs d'acier, murmura Grimm. Ça ne va pas être facile.

Puis, il fit signe à Jarry.

— On y va !

Ermeline et Blanchard n'avaient pas bougé, debout derrière la glace, scrutant obstinément la prévenue comme s'ils cherchaient à déceler des indices de sa culpabilité dans son comportement.

Sabine ne broncha pas quand la porte s'ouvrit. Grimm s'installa en face d'elle de l'autre côté de la table. Jarry resta debout dans son dos près de la porte.

Pendant près d'une minute, Grimm ne prononça pas une parole et se contenta de soutenir le regard de Sabine Mourot qui, loin d'être déstabilisée, ne se départait pas de son calme apparent.

Enfin, il rapprocha sa chaise de la table, posa ses coudes dessus, bras verticaux joints au niveau des mains, et s'éclaircit la voix avant de parler.

— Madame Mourot, vous êtes ici dans le cadre de l'enquête sur le meurtre de Rebecca Hoppman et de M. Kerdegat.

Sabine n'eut aucune réaction. Grimm enchaîna :

— Connaissiez-vous Rebecca Hoppman ?

Après un temps d'hésitation, Sabine consentit à une réponse minimale :

— Oui.

— Quelle était la nature de vos relations ?

Pour la première fois, Sabine se raidit.

— Ceci est une question d'ordre privé. Je n'ai pas à y répondre.

— Bien sûr que si ! Vous êtes obligée de répondre à toutes les questions posées dans le cadre d'une enquête pour meurtre, vie privée ou pas.

Sabine fixa Grimm, pinça les lèvres, mais continua à se taire.

— Je vais répondre à votre place. Vous et Rebecca aviez l'habitude de vous retrouver au Dragomira, mais aussi chez l'une et l'autre, pour vous livrer à des pratiques sadomasochistes.

Sabine donna brusquement un premier coup de griffe.

— C'est cette petite salope de fliquesse qui vous a raconté ça ?

Grimm ne releva pas. Il poursuivit :

— Connaissiez-vous M. Kerdegat ?

L'hésitation fut sensiblement plus longue que pour Rebecca Hoppman. Grimm vit la fente de ses yeux se rétrécir et un pli sinueux se dessiner au niveau de la lèvre supérieure. Rien que ce flottement avait déjà pour lui valeur de réponse positive. Il était persuadé cependant que, dans un second temps, elle allait nier, et il n'en crut pas ses oreilles quand il l'entendit avouer en un souffle :

— Oui.

— Ah ! Et quelle était la nature de vos relations avec M. Kerdegat ?

Elle haussa les épaules. Grimm s'impatienta.

— Ce qui signifie ?

— Rebecca était la maîtresse de Kerdegat. Forcément, elle m'en parlait.

Sabine semblait avoir soudain changé de tactique, donnant l'impression de vouloir coopérer. Avait-elle pris conscience qu'il en savait beaucoup sur son compte et que nier l'évidence la rendrait plus suspecte encore ? Grimm le pensait, convaincu que Sabine réserverait ses mensonges pour les faits que la police ignorait.

— Quelles étaient les relations entre Rebecca et Kerdegat ?

Elle répondit comme si elle donnait une gifle à Grimm.

— Je vous l'ai dit !

— Certes, mais encore. Elle était amoureuse de lui ?

— Rebecca ? Vous plaisantez !

— Pourquoi était-elle avec lui alors ?

— Pour le fric !

— Que pour ça ?

— Oui, que pour ça ! Rebecca ne foutait rien, elle aimait l'oisiveté et elle avait besoin de fric.

— Il payait bien, Kerdegat ?

— Très bien. C'est lui qui louait l'appartement de Rebecca et il lui donnait en plus dans les quatre mille euros par mois. C'est plus que votre salaire de flic, ça, hein ?

Sabine cherchait-elle, par ce genre de réflexions, à humilier Grimm ? Il en eut fortement l'impression et, tel un joueur de tennis qui effectue au filet une volée réflexe, il répondit du tac au tac :

— Sûrement plus que le vôtre aussi !

Elle encaissa sans broncher.

— Et Kerdegat, reprit-il, il était amoureux d'elle ?

— Kerdegat, amoureux de Rebecca ? C'est le plus drôle ! Non, lui, c'était pour le cul ! Rien que le cul ! Elle était très jolie, il la baisait et, pas farouche, elle faisait tout ce qu'il lui demandait. Une relation parfaite, bien équilibrée, avec dans un plateau, du cul, et dans l'autre, du fric !

Grimm buta sur cette dernière phrase et s'engouffra aussitôt dans la faille potentielle.

— Une relation parfaite, dites-vous... bien équilibrée... Vous en étiez jalouse ?

Sabine se rejeta brusquement en arrière. Elle fusilla Grimm du regard.

— Jalouse, moi ?? Rebecca, elle se foutait autant de Kerdegat que de sa première petite culotte ! Avant de passer à la caisse, elle passait à la casserole. C'est tout ! Mais elle n'en avait rien à cirer de ce gros porc. C'est moi qu'elle préférait et, croyez-moi, ce pauvre type ne soutenait pas la comparaison !

— Donc, vous aviez développé avec Rebecca une relation amoureuse.

Sabine gloussa avec un mépris qui horripila Grimm et faillit le faire sortir de ses gonds. Il serra les dents et attendit qu'elle cesse son rire grinçant pour écouter sa réponse.

— Une relation amoureuse ! On peut appelez cela comme ça, si vous voulez...

— En effet, ce n'est peut-être pas la bonne expression pour une fille que vous fouettiez jusqu'au sang ?

Grimm suivait son idée, il se rapprochait par cercles concentriques. Elle sentit la menace et se rebiffa.

— Qu'est-ce que vous insinuez ?

— Que Rebecca en avait peut-être assez de votre violence ?

— Ma violence !? Je n'ai jamais rien fait sans son consentement !

— J'en doute. Jusqu'au sang… Et vous ne deviez pas vous arrêter là, je suppose. Fouet, bondage, étranglement, et toutes sortes de tortures que j'ignore. Ça, vous aimiez, n'est-ce pas, mais elle ?

Cette fois-ci, Grimm vit qu'il avait touché une corde sensible. Sabine s'agitait sur sa chaise, animée par un mélange de haine et de colère, ses yeux lançaient des éclairs et elle se contenait pour ne pas exploser de rage. Dans son dos, Jarry se tenait prêt à intervenir, car il avait l'impression qu'elle allait soudain se jeter sur Grimm et le frapper.

Il n'en fut rien. Elle se calma peu à peu et retourna sa fureur en froide provocation. Elle lâcha avec un rare dédain :

— Vous, un flic, vous êtes trop primitif pour comprendre ces choses-là.

— Ah oui ? Trop primitif ! C'est en effet très civilisé de torturer un partenaire sexuel… Trop primitif, décidément, on aura tout entendu. Eh bien, expliquez-moi.

Alors que Grimm pensait que Sabine allait poursuivre sur le registre de l'insulte ou du mépris, il fut surpris de la voir répondre sérieusement et avec passion. En dépit de son air mauvais, de son regard venimeux, de son ton agressif, elle argumentait avec un sérieux et une franchise qui ne trompaient pas.

— Jamais celui qui domine ne fera quoi que ce soit sans le consentement du soumis ! Jamais ! Les coups, on les dose ! Et on les dose en fonction du désir de l'autre. On est à l'écoute de ce désir. À tout moment ! Si c'est trop fort, une dominatrice le devine et elle baisse aussitôt d'intensité. Si c'est l'inverse, elle frappe un peu plus fort. C'est un échange, un lien très fort qui forge la relation. Il n'y a pas, comme vous l'imaginez avec votre cerveau étroit…

— Merci.

— … une brute qui frappe et un martyr qui souffre. La relation est fondée sur la bienveillance du premier envers le second. Et, en définitive, puisque les coups ou les humiliations sont dosés en fonction du désir du soumis, c'est lui qui contrôle vraiment la relation. Il y a beaucoup plus de respect, d'amour et de raffinement dans cette relation que quand vous, le flic, vous tringlez une secrétaire sur un coin de bureau !

D'un coup, Grimm se renversa en arrière sur sa chaise, abasourdi par la chute sous-entendant qu'il baisait à la va-vite des secrétaires.

Derrière la glace sans tain, Ermeline avait écouté ce discours avec une gêne croissante. Elle ne pouvait détacher son regard du visage de Sabine, fascinée de nouveau par cette femme, honteuse de l'attirance qu'elle ressentait au fond d'elle. Sa respiration était devenue heurtée et elle enlaçait nerveusement les mains dans son dos.

Sabine s'était tue, ayant dévidé en une fois toute une pelote que Grimm n'attendait pas. Il restait un peu secoué par l'accusation qui avait clos ce discours, mais il n'eut pas le temps de réagir que Sabine reprit avec force :

— Eh bien, oui ! Il m'est arrivé de fouetter Rebecca jusqu'au sang, mais c'est parce qu'elle le voulait ! Elle le voulait, vous entendez !?

— Elle n'est plus là pour vous contredire.

— Salaud !

La réplique avait fusé. Nette, instantanée, incontrôlée. Elle provoqua un silence tendu, pendant lequel Grimm se demandait s'il devait tolérer d'être insulté de la sorte. Renonçant à perdre du temps en vaine remontrance, il changea de tactique et prit l'offensive :

— Où étiez-vous et que faisiez-vous la nuit dernière ?

— Pourquoi ?

— Répondez, s'il vous plaît.

Grimm avait une grande expérience pour interpréter les hésitations des prévenus. Dans le face-à-face, les yeux dans les yeux, ils savaient que ceux qui répondaient trop vite mentaient le plus souvent, car l'alibi avait été préparé. À l'inverse, ceux qui tardaient à répondre au point qu'on devait leur répéter la question mentaient aussi, cherchant désespérément un alibi plausible, mais faux.

Or, Sabine répondit vite, très vite, trop vite.

— Je suis passée au Dragomira, puis je suis rentrée chez moi.

— À quelle heure êtes-vous rentrée chez vous ?

— Un peu après minuit.

— Seule ?

— Oui.

— Je ne voudrais pas donner l'impression d'encourager le vice, mais c'est fâcheux que vous soyez rentrée seule.

— Connard.

Cette insulte, Grimm ne l'avait pas volée. Il en sourit presque. Il reprit, pour enfoncer le clou :

— Ainsi, personne ne peut témoigner que vous étiez bien chez vous cette nuit après minuit ?

— Personne, confirma Sabine, les dents serrées. Voilà qui fait vos affaires, n'est-ce pas ? Les choses sont simples et vont aller vite. Allez, hop ! Pas d'alibi, embarquez-la !

— Pourquoi dites-vous cela ?

— Parce que la police ne cherche jamais la vérité, mais un coupable.

Grimm éclata de rire. Celle-là, on ne la lui avait encore jamais faite ! Et le pire, c'est qu'il y avait un fond de vrai dans cette accusation. Combien de fois la police s'était-elle contentée de tenir un coupable, plutôt que de chercher la vérité qui aurait pu le disculper ?

Renonçant de nouveau à entrer dans le jeu de la provocation, Grimm sonda les dernières défenses de Sabine :

— Comment avez-vous appris l'assassinat de Rebecca ?

— Je ne le savais pas. C'est vous qui me l'avez appris ce matin.

Sur ce point, elle ne pouvait que mentir. Rebecca avait disparu au moment où un cadavre avait été retrouvé dans un sac poubelle au domicile des Kerdegat. De plus, *Ouest-France* avait évoqué l'affaire.

— Et ça ne vous inquiétait pas de ne plus la voir ?

— Nous avions rompu.

— Quoi !?

— Nous avions rompu depuis quelque temps quand elle a disparu. Je ne me souciais plus d'elle.

Parbleu ! Elle avait rompu. La même défense que Kerdegat ! À croire que cette pauvre Rebecca, personne n'en voulait plus ! Ni Kerdegat, ni Sabine ! Rejetée, abandonnée, délaissée, et pourtant, sauvagement assassinée.

On frappa à la porte, qui s'ouvrit, et la tête d'Ermeline apparut dans l'entrebâillement. Elle fit signe à Grimm, lui faisant comprendre qu'elle avait du nouveau. Il se leva aussitôt.

— Madame Mourot, nous allons faire une petite pause. Si vous avez besoin d'un verre d'eau ou d'aller aux toilettes, adressez-vous à mon collègue.

* * *

Grimm suivit Ermeline dans la salle attenante d'où, par la glace sans tain, on pouvait observer Sabine Mourot. Ermeline ramassa plusieurs feuilles posées sur la table.

— Qu'est-ce qui se passe ? demanda Grimm.

— Je viens de recevoir une analyse complète de son portable.

— Ah, bien ! Ils ont fait vite. Alors ?

— Attends-toi à du lourd.

— Faut que je sois assis ?

En riant, Ermeline brandit les feuilles de papier.

— Dans ce document, il y a, pour les dix derniers jours, l'impression de ses SMS et des coups de téléphone qu'elle a donnés ou reçus. C'est beaucoup de contacts avec des inconnus, mais dont la plupart semblent liés, vu la teneur des messages, à son activité au Dragomira, rendez-vous, propositions, etc. Mais il y en a un, hier soir, qui n'a rien à voir et qui vraiment sort du lot.

— Un quoi ?

— Un SMS.

— De qui ?

— Kerdegat !

Fou d'excitation, Grimm sauta presque sur Ermeline, lui saisit le bras et le secoua. Blanchard assistait à la scène, impassible, les mains dans les poches.

— Tu es sûre ?

— Aucun doute ! Elle l'a effacé de son portable et elle doit ignorer que nous avons les moyens de le retrouver à partir de la puce.

— Et il dit quoi, ce SMS ?

Ermeline tendit une des pages à Grimm.

— C'est le dernier message en bas de la feuille.

En raison du manque de luminosité dans la pièce, Grimm dut approcher la feuille très près de ses yeux. Il lut à haute voix :

Sabine, il faut absolument que je vous parle maintenant au sujet de Rebecca. Je vous attends, rue des Rosiers. C'est en banlieue. Vous trouverez sans problème avec un GPS. Je suis à l'intérieur du chantier situé au début de la rue, reconnaissable à ses palissades en taule verte et à la grande grue jaune qui le domine. J'ai appris des choses stupéfiantes sur Rebecca et qui nous concernent. Je prends des précautions, parce que je suis surveillé pendant la journée. Mais je dois impérativement vous mettre au courant le plus vite possible. Merci de venir me rejoindre. Yann Kerdegat.

Grimm resta un moment sans rien dire, puis il relut silencieusement le message. À vrai dire, il n'en revenait pas de la tournure que prenait l'affaire. Kerdegat aurait fait venir Sabine au chantier ! Il consulta l'heure du SMS : 1 h 03.

— Elle a répondu ?

— Oui, juste en dessous, décalé vers la droite.

— Ah oui ! 1 h 17. « *Je viens.* » Putain, c'est dingue ! Je comprends qu'elle ne voulait pas donner le mot de passe de son portable !

— Attends, c'est pas tout !

— Quoi encore ?

— Par triangulation, le labo a mis en évidence que son portable avait borné vers 1 h 30 dans une zone à l'intérieur de laquelle se trouve le chantier.

Muet, aussi surpris qu'un chasseur qui voit un faisan s'avancer sans crainte vers le canon de son fusil, le regard de Grimm allait alternativement d'Ermeline, au comble de l'excitation, à Blanchard, qui dodelinait de la tête pour montrer son intérêt.

Puis, il frappa violemment dans ses mains.

— Cette fois, on la tient !

* * *

Muni des précieuses impressions, il retourna dans la pièce où attendait Sabine Mourot. Il s'assit, mais se releva aussitôt et retrouva Ermeline et Blanchard qui avaient repris leur position devant la glace sans tain.

— Vérifiez si le téléphone qui a envoyé le SMS est bien celui de Kerdegat !

Il revint sur ses pas et s'assit de nouveau face à Sabine Mourot. Il la tenait, certes – les nouvelles découvertes étaient accablantes –, mais encore fallait-il réussir à la faire avouer et il la savait coriace. Elle attendait sans broncher, mais la fatigue se lisait sur son visage par un affaissement des paupières et par les cernes sombres que la luminosité blanchâtre de la salle soulignait.

— Je crois, madame Mourot, que vous connaissiez mieux M. Kerdegat que vous ne le prétendez.

Elle ne répondit pas, mais son regard flotta sous ce premier coup qui en annonçait fatalement d'autres plus puissants.

— Nous savons que M. Kerdegat possédait le numéro de votre portable. Pour donner son numéro à quelqu'un, il faut une occasion particulière et une bonne raison.

Elle continua à se taire.

— Vous niez que M. Kerdegat connaissait votre numéro ?

— Oui.

Elle avait parlé faiblement, comme si elle hésitait à se défendre de cette manière, convaincue sans doute que dire la vérité se solderait pour elle par une catastrophe. Grimm sentait très bien la lutte pour la survie qui faisait rage en cet instant sous son crâne. Dans le but de la faire craquer, il lâcha calmement :

— Ce n'est pas une bonne idée de mentir dans une enquête sur un double meurtre.

— Je ne mens pas.

Comme souvent, quand le mensonge est lancé, il est trop tard pour revenir en arrière. Sabine ne dérogeait pas à la règle. Elle s'enferrait. Grimm décida donc de dynamiter dans la foulée cette défense inutile. Il poussa vers Sabine la retranscription du SMS de Kerdegat.

— Nous avons retrouvé le texto qu'il vous a envoyé hier soir vous demandant de le rejoindre sur le chantier. Vous l'avez effacé, mais vous savez, à notre époque, les moyens technologiques à notre disposition…

Le visage de Sabine se décomposa instantanément. Ses yeux erraient à la surface de la feuille et se brouillaient. Son corps même parut ne plus avoir la même fermeté.

Elle mit près d'une minute à se ressaisir – Grimm l'étudiait attentivement – quand, repoussant d'un geste brusque la feuille, elle releva la tête et s'écria avec force sur un ton qui exprimait une rage désespérée :

— Je n'ai tué personne !

— Il faudra le prouver.

— Je n'ai tué personne !

Grimm leva les deux mains pour la faire taire.

— Nous allons reprendre point par point. Pourquoi M. Kerdegat a-t-il votre numéro de téléphone dans son carnet d'adresses ?

— C'est très simple !

Grimm haussa les sourcils d'étonnement. Elle avait récupéré toute sa combativité, alors qu'il aurait préféré la voir s'effondrer et avouer rapidement.

— Vraiment ?

— Rebecca avait parlé à Kerdegat du Dragomira et des séances sadomasos qu'elle y pratiquait. Il a tenu absolument à s'y rendre un soir avec elle pour voir. Voir ! Vous voyez le genre ? Se rincer l'œil, en somme ! Rebecca avait parlé de moi aussi, de notre relation, et, forcément, elle me l'a présenté et nous avons passé la soirée ensemble. Il a beaucoup regardé en effet ! Ça avait l'air de l'émoustiller, ce con ! Et puis, lubie de bourgeois en mal de sensation, il a affirmé qu'il voulait revenir et participer. Pour y subir ma loi pendant une soirée entière, disait-il ! Ma loi ! Ça l'excitait, je vous dis ! C'est à ce moment-là, parce qu'il insistait et disait qu'il m'appellerait le jour où il pourrait se libérer, que je lui ai donné mon numéro de téléphone.

— Il a appelé ?

— Jamais ! Et heureusement ! Il n'a aucune aptitude pour jouer les soumis. Je ne sais pas quelle mouche l'a piqué ce soir-là ! Moi, je le sens tout de suite quand quelqu'un a les qualités requises pour jouer ce rôle. À la limite, il aurait pu jouer les dominateurs, il aurait été plus à l'aise dans ce rôle. Encore qu'il m'ait paru d'une nature trop brutale pour le jouer correctement.

L'explication était plausible. En tout cas, Grimm n'avait pas de biscuit pour la contredire. Agacé par cette facilité inattendue qu'elle avait eue pour se remettre en selle, il décida d'attaquer plus frontalement :

— Vous n'aimez guère Kerdegat.

— Non.

— Racontez-moi ce qui s'est passé hier soir dans ce chantier pour que vous le tuiez.

— Je ne l'ai pas tué !

— Racontez-moi ce qui s'est passé, bordel !

Il avait haussé le ton sans prévenir et elle parut un instant impressionnée. Il y eut un silence. Jarry toussa et changea de position. Il commençait à être fatigué de rester debout dans le dos de Sabine.

— Et d'abord, reprit Grimm, pourquoi y êtes-vous allée dans ce chantier ?

— Parce qu'il a parlé de Rebecca. Je voulais savoir qui l'avait assassinée et pourquoi ?

— Vous avez prétendu tout à l'heure que vous n'étiez pas au courant de l'assassinat de Rebecca.

— J'ai menti !

D'une voix forte, claire et nette, Sabine n'avait pas hésité un instant à avouer ce mensonge. Grimm n'aimait pas ces revirements au cours d'un interrogatoire, synonymes généralement d'un changement de tactique de la part du suspect, le premier résultat étant de tout embrouiller. Il se tendit comme un arc.

— Donc vous n'aviez pas rompu avec Rebecca et vous saviez qu'elle avait été assassinée !

— Oui !

— Bien, continuez !

Sabine respira profondément. Pour la première fois, Grimm vit son front se plisser et son visage se rétracter comme si l'évocation de la soirée lui faisait mal. Elle commença à voix basse :

— Je suis venue tout de suite après le SMS, comme une conne…

— Plus fort, s'il vous plaît !

— Comme une conne ! Je suis entrée par le portail. Le chantier était éclairé par le lampadaire de la rue qui s'élevait au-dessus de la palissade. J'ai vu une grosse voiture…

— Une Mercedes ?

— Je sais pas, j'ai pas fait gaffe… J'ai cru qu'il m'attendait dans la voiture, mais il n'y avait personne. J'ai appelé, mais personne n'a répondu. Je me suis écartée et c'est alors que je l'ai vue…

— Qui ?

Sabine ne regardait pas Grimm. Elle fixait sur sa droite un point du mur. Sa mâchoire inférieure se mit à trembler. Elle avait les poings fermés et le corps si raide qu'il paraissait sur le point de se rompre. Puis, ce fut avec stupéfaction que Grimm vit une larme rouler sur sa joue. D'une main maladroite, elle tenta de l'effacer. Elle craquait. Cette femme si forte, si dure en apparence, craquait. Grimm n'en revenait pas. Il était impressionné, mais il ne fallait pas manquer l'opportunité de la faire parler puisque toutes ses défenses étaient momentanément détruites.

— Qui avez-vous vu ?

Ses lèvres s'ouvrirent à plusieurs reprises, mais aucun son ne sortait de sa bouche, à l'image d'un poisson jeté sur la berge. Enfin, elle parvint à articuler d'une voix presque inaudible :

— La tête de Rebecca…

Grimm et Jarry échangèrent un regard. La décence aurait été de faire une pause pour lui permettre de se reprendre. Mais le métier de flic n'autorise pas ce type de bienveillance. Grimm devait aller jusqu'au bout.

— Et après ?

Sur un ton monocorde, brisé, elle raconta machinalement :

— Je suis tombée à genoux. Sa tête était là, devant moi, à trois mètres. C'était affreux. Je crois que j'ai eu un malaise. Me remettre debout fut un calvaire. J'avais peur, j'avais froid. Je me suis relevée et je me suis enfuie.

— C'est tout ?

— Oui.

Mentait-elle ? Grimm pianotait sur la table du bout des doigts. Il était surprenant vu sa force de caractère de voir Sabine s'effondrer de cette manière. C'était d'autant plus étonnant que l'interrogatoire avait connu deux étapes bien différentes. La première où elle avait été à la hauteur de sa réputation, si on peut dire, et une seconde où, prenant le contrepied de certaines de ses déclarations antérieures, elle avait montré un tout autre visage, plus sensible, plus humain en un mot. Confirmant ce virage, ou pour le justifier, elle ajouta en un souffle :

— Je l'aimais.

Indécis, Grimm hochait la tête. Soudain, il poussa vers elle l'une des feuilles et un stylo bille.

— Écrivez-moi quelque chose, s'il vous plaît.

Elle sembla mettre un certain temps à comprendre ce qu'il lui demandait.

— Quelque chose ? Quoi ?

— Écrivez : *le petit lapin blanc.*

— *Le petit lapin blanc* ?

— Oui.

Elle s'exécuta, saisit le stylo et écrivit d'une main légèrement tremblante. Grimm l'observait attentivement, puis il récupéra la feuille et la glissa dans sa poche.

— Merci.

Il se leva.

— On va faire une seconde pause et vous apporter un sandwich. Vous voulez quoi comme boisson : café, thé, coca, bière ?

— De l'eau.

15

Laissant Sabine Mourot aux mains d'autres policiers dévolus à la garde et à la surveillance des suspects, ils décidèrent de faire le point au calme dans l'open space. Personne ne souhaitant être le premier ou la première à donner son opinion sur ce début de garde à vue, le silence qui s'était imposé reflétait la difficulté à tirer une conclusion définitive.

Debout face à la grande fenêtre, les mains dans le dos, Grimm regardait le flot de voitures qui s'écoulait dans l'avenue. À deux reprises, il consulta sa montre, nerveusement, et soupira. La garde à vue dure vingt-quatre heures et, selon les circonstances ou la nécessité de l'enquête, peut être prolongée d'une seconde période de même durée.

Il restait du temps. Et même encore beaucoup de temps. Mais ce début d'interrogatoire donnait le ton et la question essentielle se posait dès maintenant de savoir s'il faudrait libérer Sabine Mourot par manque de preuves ou, au contraire, conseiller au procureur une mise en examen pour meurtre. Ce dernier seul déciderait de la suite à donner, mais l'avis et les éléments rassemblés par la police judiciaire seraient évidemment déterminants.

En cas de mise en examen, un juge instruirait l'affaire et la justice suivrait alors son cours, jusqu'au procès, pour décider ou non de la culpabilité de l'accusée.

Or, Sabine Mourot, après quelques tergiversations, avait adopté une ligne de défense. Et tout inclinait à penser qu'elle s'y tiendrait, tout simplement parce que sa version ne pouvait pas être formellement contredite.

À ce moment, Ermeline reçut un appel. Elle prononça peu de paroles, se contentant de « oui » et de « non », puis remercia et raccrocha.

— C'était la PTS. Le portable qui a envoyé le SMS de 1 h 03 à Sabine Mourot est bien celui de Kerdegat. Et c'est celui retrouvé sur le siège avant de sa voiture dans le chantier.

— Ah ! fit Grimm en se retournant vivement. Voilà qui constitue un fait tangible !

Il traversa la pièce et se laissa tomber sur une chaise. Il avait les mains dans les poches, les jambes allongées, croisées au niveau des chevilles et, la tête redressée, il fixait ses équipiers avec insistance.

— Bon, alors ! Vous en pensez quoi de la version de Sabine Mourot ?

Il y eut de l'hésitation, des regards échangés, de l'incertitude révélée par les attitudes. Blanchard fut le premier à se lancer.

— Ça sent pas bon pour elle.

— Développe…

— Soyons franc, tout l'accuse. Elle reçoit un SMS de Kerdegat pour un rendez-vous dans un chantier isolé. Elle y va. Et on le retrouve mort le lendemain, écrasé par un rouleau compresseur avec, en prime, une balle dans chaque genou.

— Donc, pour toi ?

— Un juge en aura suffisamment sous la pédale pour la mettre en examen pour meurtre.

Grimm baissa la tête et contempla un moment le sol partiellement éclairé par un rayon oblique du soleil. Il cligna des yeux et se passa la main dans les cheveux.

— Et toi, Corentin ?

— Moi, moi…

— Oui, toi !

Secoué par cette injonction, Jarry remua la tête et fronça les sourcils comme une personne qu'on bouscule et qui n'aime pas ça.

— Ce que dit Éric est juste. Ça suffira largement pour un juge d'instruction. D'ailleurs, a-t-on un autre suspect ?

Face au silence, il reprit :

— Eh bien non, on n'en a pas d'autre ! C'est le seul coupable qu'on a à se mettre sous la dent.

— C'est très juste, ajouta Blanchard. Qui d'autre autrement ?

Grimm soupira.

— Oui, bien sûr, qui d'autre… Mais vous croyez vraiment qu'elle a fait ça ? Je veux dire : vous en êtes certains ?

— Certains, certains… On tient un coupable en tout cas ! affirma Blanchard.

Cette réponse fit sursauter Grimm. Il s'éjecta de sa chaise et fit face à Blanchard.

— C'est incroyable de dire ça, bordel ! Tu te rappelles ce qu'elle nous a lancé à la figure, Sabine Mourot ?

Blanchard le regardait avec des yeux ronds, surpris par cette soudaine véhémence.

— Elle nous a dit que la police ne cherchait pas la vérité, mais un coupable ! Voilà ce qu'elle a dit ! Tu t'en souviens ?

— Oui…

— Et alors, tu crois qu'on la cherche, la vérité, en ce moment ?

Blanchard, dont le grand corps semblait presque toucher le plafond, mit les mains dans les poches et, contrarié par la remontrance, se ferma comme une huître. Grimm fit volte-face et pointa son menton en direction d'Ermeline.

— Et toi ? Tu ne dis rien ! T'en penses quoi ?

Ermeline qui s'était mise à l'écart, dos contre un mur, se recroquevilla imperceptiblement.

— Oh, Ermeline ! Qu'est-ce qu'il y a ? T'as pas d'opinion ???

— Si, si... j'en ai une, dit-elle comme une première communiante, les yeux baissés.

— Ben alors, dis-la ! T'es pas une stagiaire de passage !

Grimm ne pouvait deviner la tempête qui s'agitait sous le crâne de sa coéquipière et qui s'aggrava encore quand il ajouta :

— En plus, tu la connais, toi ! Tu l'as un peu pratiquée, si je peux dire. Tu nous en as fait une description assez éclairante. C'est pas vraiment une adepte de la non-violence, Sabine Mourot ! Genre fleurs aux lèvres, rameau d'olivier à la main et colombe sur l'épaule ! Hein ! Et donc, la connaissant comme tu la connais, tu la crois capable de tuer Kerdegat en l'écrasant avec un rouleau compresseur ?

Des images passaient furtivement dans la tête d'Ermeline. Cette drôle de soirée, Sabine, le Dragomira. Elle avait des flashs de scènes, certaines qu'elle cherchait à oublier, mais aussi d'autres plus étonnantes qu'elle n'avait pas encore eu le temps d'analyser. Il y en avait une en particulier qui lui revenait, insistante, étrange, mais significative.

Quand, plaquée contre le mur, la tête renversée en arrière jusqu'à étouffer, Sabine lui avait mordu la langue. Elle avait alors éprouvé une douleur vive, mais passagère, et quelques gouttes de sang avaient perlé sur les lèvres de Sabine. Puis Ermeline avait senti les dents de Sabine se refermer sur son cou et tirer sa peau et sa chair comme si elle allait les déchirer. Un acte de vampire. Ou de fauve. Terrifiant.

Elle avait eu peur, s'était débattue, avait crié peut-être, et Sabine avait instantanément arrêté, prise de court par cette réaction, semblant ne pas la comprendre et, plus surprenant encore, prononçant une phrase qui semblait s'adresser à elle-même, comme si elle se reprochait de n'avoir pas eu le dosage approprié. Leurs regards s'étaient croisés à cet instant et Ermeline, après coup, avait l'impression que Sabine, au-delà de sa surprise, manifestait le désir de mieux saisir la manière qui plairait à sa partenaire.

De fait, elle avait relâché son étreinte et changé de registre, moins brutal et plus psychologique, affirmant apprécier la résistance des soumises qu'elle se faisait un plaisir de briser. Et c'est ce changement qui avait permis à Ermeline de se dégager.

Repensant à ce moment, elle n'était pas loin de conclure que, ce soir-là, dans l'atmosphère équivoque de son appartement, Sabine cherchait plus à lui donner du plaisir qu'à la martyriser. Cela n'aurait sans doute pas été compréhensible pour un observateur froid de la scène, mais elle, qui en avait été l'actrice, l'avait ressenti ainsi.

— Décidément, Ermeline est aux abonnés absents aujourd'hui ! Tu as entendu la question au moins ?

Ermeline parut s'extraire d'un rêve lointain. Elle décolla son dos du mur.

— C'est difficile à dire… Elle est violente, mais en certaines circonstances seulement, et encore, sur demande…

— Sur demande !? Mais de quoi tu nous parles, Ermeline ?

— Ce n'est pas ce que je voulais dire… j'ai un peu de mal à m'exprimer.

— En effet !

— Ce que je veux dire, c'est qu'elle ne m'a pas donné l'impression d'être une tueuse.

— Et qu'elle aimait Rebecca, tu le crois, ça ?

— C'est tout à fait possible.

— Hum !

Grimm arpentait la pièce de long en large. Il y mettait une certaine frénésie qui trahissait son irritation. Tout à coup, il s'arrêta face à Ermeline et, levant les deux bras en l'air comme s'il prenait sa collègue à témoin, il s'écria d'une voix furieuse :

— Et la PTS, elle fout quoi ? Elle devait pas nous donner le nom du titulaire du passeport trouvé sur le chantier ? C'est quand même pas compliqué de nous communiquer cette info, merde !

Ermeline réagit aussitôt :

— Je les rappelle.

Grimm reprit ses déplacements de long en large. De temps en temps, il lâchait des bribes de sa réflexion sans s'adresser à personne.

— Si on ne s'attache qu'aux faits, elle est effectivement dans de sales draps, la Sabine Mourot.

Puis :

— Sa version, je veux bien, mais elle a commencé par mentir quand même…

Et :

— Dur à croire en plus comme version ! Elle prétend maintenant aimer Rebecca ! Bloc de glace au début, elle devient une amoureuse transie ! Faut pas nous prendre pour des cons…

Enfin :

— Vu les soupçons qui pèsent sur elle, je vois pas comment on pourrait la remettre en liberté.

Ermeline interrompit soudain ce monologue :

— Ah, ça y est ! Ils m'ont envoyé une photo du passeport.

Grimm se précipita. En une seconde, ils furent tous les quatre penchés sur l'écran de téléphone.

— Fais voir ! disait Grimm.

Nom : Béchu

Prénom : Étienne

Nationalité : Française

Sexe : M

Taille : 1,76 m

Couleur des yeux : Marron

Date de naissance : 12 10 1970

Domicile : 14 rue de Maureillas,
66 000 Perpignan

Il y eut un long silence, tandis que leurs yeux restaient braqués sur l'écran. Puis Grimm se redressa.

— Qui c'est, ce Béchu ?

— Ça n'a peut-être rien à voir avec notre affaire, tenta Blanchard. Un ouvrier du chantier qui a perdu ses papiers ?

— Et qui habite Perpignan ? répliqua Grimm.

— Non, mais qui est ici depuis peu de temps et qui n'a pas fait modifier son passeport.

— Mouais…

— Sur ce type de chantier, c'est plutôt une carte de séjour qu'on s'attendrait à trouver par terre, ironisa Jarry.

Cette remarque n'amena pas le début du commencement d'un sourire sur les lèvres de Grimm.

— Bon, étape suivante : je veux tout savoir sur ce Béchu. Éric, tu t'en charges, s'il te plaît, il faut aller vite.

Blanchard retourna à son bureau et plia son grand corps pour s'asseoir face à son ordinateur. Quant à Grimm, il stupéfia ses adjoints en allant droit sur le tableau blanc, il posa un instant ses deux mains dessus, la tête basse, puis, se retournant, il se laissa glisser le long du mur et s'assit en tailleur sur le sol.

Il récita d'une voix morne :

— Je patauge, tu patauges, il patauge, nous pataugeons, vous…

Tandis que Blanchard tapait sur son ordinateur sans se soucier outre mesure de l'attitude de son chef, Jarry et Ermeline échangeaient des regards navrés. Grimm éclata de rire.

— Ben oui, c'est Perrault qui a raison ! *Hé Grimm, tu pataugеs ?* Oui, je patauge et un petit mail de sa part m'aiderait grandement !

Puis, il se tut, absorbé par ses réflexions. Le silence dura longtemps, au point que Jarry et Ermeline se demandaient ce qu'ils devaient faire, se remettre momentanément sur d'autres affaires – il n'en manquait pas – ou relancer leur patron d'une manière ou d'une autre, quand soudain ce dernier laissa tomber :

— C'est pas elle.

— Sabine Mourot ? reprit Jarry au bond.

— Oui, c'est pas elle.

— Pourquoi ?

Grimm croisa les bras et colla sa nuque contre le mur, fixant droit devant lui un point invisible.

— Si le mobile des deux meurtres est une jalousie pathologique et morbide, tout un pan de l'affaire devient incompréhensible. Les lettres et les coups de téléphone anonymes ne trouvent aucune explication. Aucune. Que devient cette accusation à l'encontre de Kerdegat d'avoir assassiné quatre personnes ? Quelle interprétation donnons-nous pour les coups de téléphone à 0 h 11 ? Et Charles Perrault, qui c'est ?

— C'est peut-être deux affaires distinctes ? proposa Ermeline.

Grimm ne releva pas l'hypothèse, il ajouta simplement :

— En plus, elle est droitière. Nous cherchons un gaucher.

Pendant ce temps, Blanchard tapait sur son ordinateur et passait plusieurs coups de téléphone. Jarry protestait.

— C'est mince comme argument qu'elle ne soit pas gauchère. Ce n'était qu'une déduction, pas un fait établi.

Et qu'est-ce que tu fais de ton portrait-robot génétique : une femme de type européen aux cheveux noirs ?

Grimm haussa les épaules et étira ses lèvres en un sourire désabusé.

— Des femmes de type européen aux cheveux noirs, j'en croise tous les jours dans la rue.

— Évidemment… Dans ce cas, si c'est ce que tu penses, on la libère ?

— On peut pas ! On peut plus ! réagit Grimm avec âpreté.

— Pourquoi on peut plus ?

— Parce que nous devons transmettre au proc les charges qui pèsent sur Sabine Mourot et que ça suffit très largement pour une mise en examen, tiens ! Il ne va pas, comme nous, chercher midi à quatorze heures !

— *Alea jacta est* ! dit Jarry sentencieusement. *No choice* ! De toute façon, tu ne peux pas affirmer avec certitude qu'elle n'est pas coupable. C'est une intuition de ta part, non ?

— Oui, c'est une intuition !

Blanchard releva la tête et jeta un coup d'œil comme s'il voulait se faire une idée de l'évolution du débat et de son issue.

— Je peux vous interrompre ? J'ai des infos sur Étienne Béchu.

Dans un bel ensemble et un silence soudain, tous les regards se tournèrent vers lui. Blanchard parut apprécier l'intérêt nouveau qu'il suscitait. Il frotta l'une contre l'autre ses grandes paluches et se pencha sur les notes qu'il avait griffonnées à la main sur une feuille.

— Étienne Béchu est né à Marseille. Il a quitté l'école à seize ans. Ouvrier mécanicien, il s'est formé sur le tas et a travaillé dans de nombreux garages à Lyon, Valence, Marseille, etc. Marié, mais peu de temps, cinq ans seulement, puis divorcé, sans enfant. Sa femme s'est remariée et vit à Lille. Il n'habite plus au domicile indiqué sur le passeport. Aucune condamnation, donc inconnu de nos services.

— Il habite où ?

— On ne sait pas.

— Comment ça ?

— Il a disparu de la circulation. Son dernier employeur connu est un garage de Perpignan qu'il a quitté le 30 octobre 2014. Personne ne sait où il vit depuis. C'est tout ce que je sais pour l'instant, il va falloir faire des recherches plus poussées. Je n'ai pas eu beaucoup de temps...

— C'est bien, Éric.

Grimm, qui s'ankylosait à rester trop longtemps assis en tailleur, se releva avec difficulté, avec l'impression d'avoir passé des heures coincé sur un siège d'avion. Il déplia les jambes et les étira l'une après l'autre.

— Vous voyez, ce passeport, trouvé sur le chantier près d'une roue de la voiture de Kerdegat, et qui appartient à une personne disparue depuis six ans, ne peut pas être étranger à l'affaire. On ne comprendra rien aux dessous de cette histoire tant qu'on ne saura pas qui est cet Étienne Béchu et le rôle qu'il joue dans tout ça.

⋆ ⋆ ⋆

Il fut décidé de revenir vers Sabine Mourot pour l'interroger sur les lettres et les coups de téléphone anonymes. Elle sembla découvrir cet aspect de l'affaire et déclara tout en ignorer. Sa garde à vue ne menait à rien, sinon de sa part à une ligne de défense finalement simple qu'il était difficile de battre en brèche.

Restait le message de Kerdegat qui intriguait Grimm. Curieux SMS où la victime affirmait à Sabine avoir appris *des choses stupéfiantes sur Rebecca Hoppman* qui les concernaient tous les deux. Qu'est-ce que Kerdegat avait donc découvert qui l'avait poussé à donner rendez-vous à Sabine Mourot dans un lieu désert, propice à toutes les agressions ?

Tandis que Blanchard et Jarry restaient à l'hôtel de police pour cuisiner Sabine dans le maigre espoir de découvrir une faille dans son témoignage, Grimm et Ermeline se rendirent au domicile des Kerdegat pour y conduire une première perquisition. Ils trouvèrent une Mme Kerdegat fatiguée, les yeux rougis même, mais en définitive maîtresse d'elle-même.

Quand ils l'interrogèrent avec tout le tact que les circonstances nécessitaient, Mme Kerdegat eut cette phrase qui sonnait assez juste pour expliquer à la fois son évidente tristesse et son relatif détachement :

— Quand on a vécu tant d'années avec la même personne, même si notre relation s'était dégradée au point que seule une séparation en était l'issue, on ne peut éviter ni une certaine forme de chagrin, ni de l'accablement à l'idée que les enfants, mes enfants, vont souffrir de la disparition de leur père.

Grimm et Ermeline n'apprirent rien qui puisse faire progresser l'enquête. Mme Kerdegat s'était réveillée ce matin et avait constaté la disparition de son mari. Peu de temps après, elle recevait un coup de téléphone du commissaire Babut qui l'informait du drame. C'était tout.

Ils fouillèrent ensuite de fond en comble le bureau de Kerdegat où ils ne trouvèrent rien d'intéressant. Des dossiers divers, des actes notariés, des photos de famille, de la paperasse sans intérêt.

Grimm, qui suivait une intuition précise, la précisa à Ermeline :

— Tu vois, ici, il n'y a rien concernant son passé. De ce côté-là, c'est le désert. Or, on garde tous des choses de notre enfance et de notre jeunesse entassées dans des cartons qu'on a rangés quelque part. Tous ! T'en as sûrement toi aussi.

— Oui.

— Il faut qu'on mette la main là-dessus.

Ils redescendirent au rez-de-chaussée, retrouvèrent Mme Kerdegat qui, interrogée sur la question, donna une réponse des plus simples.

— Il faudrait aller voir au grenier. C'est là que sont déposées toutes les vieilleries qui ne servent jamais. Des cartons, il y en a, et même beaucoup ! Nous avons divisé le grenier en trois parties. Partie droite, les affaires de mon mari, partie gauche, les miennes, et au centre des meubles et de vieux vêtements que nous n'utilisons plus et que nous devrions d'ailleurs donner au Secours catholique.

Le grenier était immense, d'une hauteur démesurée et d'une taille identique à la surface au sol de la maison, soit pas loin de cent cinquante mètres carrés. Il n'était pas isolé et la charpente, bien visible sous le toit en ardoises, était impressionnante avec quelques énormes poutres horizontales qui traversaient l'espace d'un mur à l'autre.

Effectivement, les trois zones évoquées par Mme Kerdegat étaient parfaitement identifiables. Celle concernant son mari était à première vue décourageante, car elle correspondait à un amoncellement de cartons à moitié effondrés recouverts de bricoles de toutes dimensions entassées en position instable, au point qu'on avait peur d'attraper quelque chose et de voir s'effondrer l'ensemble sur sa tête.

— Ça va prendre du temps, dit simplement Grimm.

Au même instant, son téléphone vibra dans sa poche. Il jeta un coup d'œil sur l'écran : Amandine. C'était bien le moment…

Il s'écarta, traversa le grenier jusqu'à la partie occupée par les affaires de Mme Kerdegat, beaucoup mieux rangées que celles de son époux, puis il décrocha et donna le ton d'emblée :

— Amandine, désolé, je suis occupé, j'ai très peu de temps. Fais vite.

Il y eut un petit blanc qui marquait sans doute la surprise d'Amandine devant cette entame un peu brusque.

— Ça peut se faire vite. Voilà, je voudrais venir le week-end prochain chez toi. Est-ce que c'est possible de ton côté ?

— Ta vieille mère est encore malade ?

— Hubert, je croyais que tu étais à la bourre et tu perds du temps avec tes propres conneries... Est-ce que oui ou non je peux débarquer chez toi vendredi soir ?

Le téléphone collé à l'oreille, Grimm regardait Ermeline qui, ayant agrippé un carton pour le sortir de l'édifice, avait déséquilibré un vieux cheval de bois au sommet de la pile. De justesse, elle l'avait rattrapé d'une main avant de le tirer à elle et d'amortir ainsi sa chute sur le vieux parquet, lâchant du même coup le carton qui bascula de moitié.

— Alors, Hubert, c'est possible ou pas ?

— T'es vraiment pressée de me piquer un peu d'ADN. T'as peur que je meure dans les semaines qui viennent ou quoi ?

— C'est possible ou pas ? répéta Amandine en soupirant.

— Oui, c'est possible, mais je ne serai pas très disponible.

— Si tu peux quand même m'accorder un cheveu, ça suffira.

— Très drôle...

— J'arriverai vers 18-19 heures environ.

— OK.

— Merci, Hubert. Je t'embrasse.

— Moi aussi.

De son côté, Ermeline avait tout fait pour montrer qu'elle n'écoutait pas la conversation, même s'il lui était difficile de ne pas l'entendre. Grimm revint vers elle et poussa le cheval de bois sur le côté.

— Il va falloir d'abord enlever tout ce qu'il y a au-dessus sinon, en tirant les cartons, on va tout faire tomber.

Ils se mirent au travail, lequel se révéla vite poussiéreux, soulevant parfois d'épais nuages de saleté ou d'énormes moutons agglomérés, et provoquait de violents éternuements. Ermeline ouvrit toutes les fenêtres du grenier pour aérer et permettre qu'un air plus sain accompagne leur ingrate besogne.

Le contenu des premiers cartons leur fit bien comprendre que la tâche serait vraiment fastidieuse. En effet, le premier renfermait les archives des classes de sixième et de cinquième de Kerdegat. Bulletins de notes, copies d'examen, rédactions et cours étaient entassés pêle-mêle dans le plus grand désordre. Or, même si on pressentait dès l'ouverture du carton qu'il ne s'y trouvait rien d'intéressant, il fallait poursuivre néanmoins au risque autrement de laisser passer un document important. Ils commencèrent donc à tout soulever, tout examiner, tout éplucher, y compris les vieux bouquins de jeunesse et les lettres (à ses parents) qui avaient été glissés verticalement le long des parois du carton pour finir de le remplir.

Le second carton fut encore plus décourageant puisqu'après la sixième et la cinquième ils durent se farcir le CE1-CE2-CM1. Les documents étaient certes plus pittoresques, voire touchants, avec en particulier ses dessins d'enfant, mais l'impression de perdre son temps se ressentait vivement.

Ermeline finit par s'asseoir par terre, les fesses dans la poussière.

— Je ne sais même pas ce qu'on cherche, avoua-t-elle.

Tout à sa tâche, les mains pleines de rédactions et de poésies maladroites du petit Kerdegat, Grimm ne prit pas la peine de lever la tête mais répondit néanmoins :

— On ne sait pas ce qu'on cherche, c'est vrai. Mais ce que j'aimerais, moi, c'est trouver un fil qui relie Étienne Béchu à Yann Kerdegat.

Deux heures plus tard, après avoir ouvert, vidé et rempli une petite dizaine de cartons, il n'avait toujours rien appris de nouveau. Grimm consulta sa montre.

— Il faut qu'on retourne à l'hôtel de police, je dois informer Babut du résultat de la garde à vue de Sabine Mourot et demander une prolongation de vingt-quatre heures.

— Dans quel but ?

— Parce que, dans un de ces cartons, se trouve peut-être quelque chose qui nous fera progresser et qui, soit l'accablera, soit la disculpera.

Au moment de saluer Mme Kerdegat, celle-ci leur apprit que ses deux enfants allaient bientôt arriver, le soir même pour le garçon et dès le lendemain pour la fille.

— Mon fils habite Paris. Avec le TGV, Paris/Rennes, c'est rien à notre époque. En revanche, ma fille vit aux États-Unis. Évidemment, même en avion, avec la distance…

— Quelle est la profession de vos enfants, madame ?

— Mon fils est courtier bancaire. Il s'est fait une belle place dans la profession et il travaille en étroite relation avec les plus grands établissements. Ma fille, c'est l'artiste de la famille, elle dirige une galerie d'art à New York…

— J'enverrai dès ce soir quelqu'un de la police scientifique pour prendre l'ADN de votre fils. Vous… enfin… vous comprenez pour quelle raison… Le commissaire Babut a dû vous dire…

Cette intervention provoqua un silence pesant. Le visage de Mme Kerdegat pâlit et elle déglutit avec difficulté à plusieurs reprises.

— Comme vous le savez, j'ai refusé de me rendre à l'institut médico-légal quand votre commissaire divisionnaire, M. Babut, m'a demandé si je voulais voir le corps

Non, Grimm ignorait ce détail, mais il n'en fit pas état. Mme Kerdegat poursuivait :

— Il m'a avoué, comment dire... ce qu'il en était et l'inutilité de ce déplacement. Mon Dieu, c'est affreux ! Mes pauvres enfants...

Victime d'un retour d'émotion inattendu à l'évocation du drame et de son caractère particulièrement horrible, elle se prit la tête entre les mains et se tourna sur le côté. Gênés, Grimm et Ermeline firent leurs adieux précipitamment – Grimm s'excusant que, dans le cadre de l'enquête, la police scientifique doive aussi prendre son ADN à elle – et ils s'enfuirent littéralement de la maison.

De retour à l'hôtel de police, Blanchard et Jarry les informèrent que Sabine Mourot avait cessé de parler et ne répondait plus désormais aux questions. Elle avait annoncé avoir raconté tout ce qu'elle savait, avait réaffirmé avoir dit la vérité et, en conséquence, n'avoir plus rien à ajouter. Depuis, elle s'était enfermée dans un mutisme dont nulle astuce n'avait permis de l'extraire.

— C'est son droit le plus strict de ne pas parler, avait simplement répondu Grimm. Je vais quand même prolonger la garde à vue de vingt-quatre heures. Peut-être, à l'issue de celle-ci, y verrons-nous plus clair ?

Ils passèrent la fin de la journée à explorer la piste proposée par Jarry, celle d'une vengeance d'un salarié ou de l'un de ses proches à la suite du licenciement de onze personnes vingt ans auparavant.

Jarry avait fait du bon boulot. Il avait retrouvé huit des onze employés qui avaient fait partie de la charrette, ils avaient tous retrouvé du travail. Aucun n'avait de raison, après si longtemps, d'en vouloir à Kerdegat. Les trois autres étaient morts, l'un dans un accident de voiture, l'autre d'un cancer et le dernier d'un arrêt cardiaque. S'étant produit des années plus tard, aucun de ces décès ne pouvait être imputé au licenciement. Interrogés sur la question, femmes, maris et enfants de ces anciens salariés avaient affirmé que ce licenciement, dur à vivre sur le moment, n'avait pas eu sur le long terme l'effet dévastateur quelquefois observé chez les personnes mises à la porte.

Enfin, aucun d'eux ne s'appelait Étienne Béchu.

— Fausse piste, avait conclu Grimm d'une voix lasse.

16

Le lendemain matin, Grimm avait longtemps hésité. En prenant sa douche, il ne savait toujours pas s'il allait y aller ou pas. De fait, il changea ses habitudes puisqu'il se rendit d'abord à l'hôtel de police où il s'informa de l'état de Sabine Mourot qui, stoïque, poursuivait sa grève de la parole.

Considérant que persister à l'interroger était inutile, il avait aussitôt demandé à Blanchard et à Jarry de se rendre au domicile des Kerdegat pour poursuivre l'inventaire du contenu des cartons entamé la veille avec Ermeline.

— Passez tout au peigne fin, avait-il insisté. Rien ne doit vous échapper.

Il avait ensuite réglé les paperasses administratives liées à la prolongation de la garde à vue de Sabine Mourot. Puis il avait pris rendez-vous avec le procureur Lestanger et le commissaire Babut pour une réunion dans l'après-midi qui déciderait certainement du sort de la suspecte : remise en liberté ou mise en examen. Il n'avait guère de doute sur la décision du procureur.

Il avait aussi téléphoné à la PTS pour s'assurer que le prélèvement ADN avait été effectué la veille sur le fils de Kerdegat, ce qui était le cas. On lui promit le résultat en fin de journée, délai qu'il trouva étonnamment rapide.

Il s'en réjouit. Il restait en effet un doute à lever, qui parfois le hantait. Malgré toutes les évidences relevées sur le terrain, le corps écrasé par le rouleau compresseur était-il bien celui de Kerdegat ? Si jamais ce n'était pas le cas, l'enquête changerait d'un coup de direction. Il n'osait dire vers d'autres hypothèses, car, des hypothèses, il n'en avait guère.

Ce n'est qu'après avoir accompli toutes ces tâches qu'il s'éclipsa discrètement pour se rendre à sa séance hebdomadaire avec le Dr Lipsky. Parce que son esprit était en ébullition, entièrement absorbé par l'enquête, il aurait souhaité s'en dispenser. Cependant, à la fin de la précédente séance, le Dr Lipsky avait suscité sa curiosité sur un point qui lui tenait à cœur, mais qu'elle avait refusé de dévoiler.

Cette fois-ci, il la ferait parler ! Et il ne serait pas dit qu'elle lui glisserait entre les mains comme l'insaisissable Sabine Mourot.

Dès qu'il la vit, il eut l'impression que le Dr Lipsky était fatiguée. Moins bondissante qu'à l'ordinaire, elle parlait plus lentement, et ses gestes témoignaient d'un manque d'énergie. Grimm avait déjà observé chez elle ces petites chutes qu'elle contrôlait bien, donnant le change, mais qu'il décelait néanmoins grâce à son sens aigu de l'observation.

Il lui posa directement la question :

— Vous avez été malade ?

— Non.

— Un peu de lassitude, alors ?

— Merci docteur, ça ira, dit-elle avec ironie.

Ajoutant :

— Si vous voulez prendre ma place, il faudra vous asseoir à mon bureau et je n'ai pas l'intention de vous le laisser.

— Ce n'est d'ailleurs pas mon intention.

La page fut ainsi tournée sur l'état de santé ou les problèmes du Dr Lipsky, laquelle avait renvoyé Grimm dans les cordes et refusé toute intrusion dans son intimité. Dans la foulée, elle prit la direction des opérations :

— Je suis certaine que les choses se sont améliorées pour vous cette semaine.

— Pourquoi dites-vous cela ?

— Parce que j'ai lu ce matin dans *Ouest-France* et *Le Télégramme* que M. Kerdegat avait été assassiné. Ils restent évasifs, sans doute par manque d'informations, mais ce qu'ils en disent fait froid dans le dos.

— Et pourquoi irais-je mieux de n'avoir pas pu empêcher l'assassinat d'un homme dont j'assurais en quelque sorte la protection ?

— Certes, mais maintenant vous voilà plongé jusqu'au cou dans une enquête qui ne vous laisse guère de temps pour vous lamenter sur la destruction de la planète.

— Je ne peux pas le nier.

— Ce qui fait que le traitement que je vous ai donné doit vous paraître inutile. En fait, vous l'appliquez sans même vous en rendre compte, n'est-ce pas ?

— C'est vrai.

Le Dr Lipsky regarda Grimm dans les yeux. Il lisait sur son visage toutes sortes d'émotions contradictoires qui l'étonnaient. Elle ne le laissa pas poursuivre son observation :

— Alors, pourquoi êtes-vous venu ce matin ?

On y était. Finalement, sans s'en douter, c'est elle qui l'amenait à aborder le sujet qui lui tenait à cœur et qui constituait bien l'unique raison de sa présence. Il se lança sans prendre le temps de la réflexion.

— J'ai décidé de faire le test ADN pour déterminer la paternité du bébé.

— C'est une excellente initiative.

— Peut-être…

— Sûrement. Et vous êtes venu pour me l'annoncer ?

— Oui.

— Non.

Décidément, il était difficile de rouler le Dr Lipsky dans la farine. Elle était trop fine pour cela. Grimm sourit en secouant la tête.

— Effectivement, non.

— Vous êtes donc venu pour quoi, monsieur Grimm ?

— Je crois que vous le savez très bien.

— C'est vrai !

Ils éclatèrent de rire au même instant, ce qui créa entre eux une soudaine complicité. Elle reprit en le considérant d'un air presque attendri :

— J'ai bien vu la dernière fois à quel point ce que j'ai dit en toute fin de séance avait soulevé chez vous une intense curiosité, bien légitime d'ailleurs. J'ai prétendu que votre réaction dans cette affaire de paternité donnait un éclairage sur un aspect central de votre climato-dépression.

— Exactement ! C'est exactement ce que vous avez dit ! s'écria Grimm en pointant son index vers le visage du Dr Lipsky.

— J'ai dû ajouter, je crois, que ça méritait un peu plus de réflexion et de formalisation de ma part et que, de toute façon, vous n'étiez pas prêt ce jour-là à écouter ce que je pouvais avoir de pertinent à dire sur le sujet.

— C'est possible. Je ne me souviens plus.

— Bien entendu… Mais voilà, je vois bien que les choses ont changé. Elles ont même évolué de manière spectaculaire. À la suite de notre dernière séance – car vous n'allez pas, j'espère, nier que c'est à la suite de cette séance –, vous avez finalement décidé de savoir si vous alliez être père ou non.

Grimm se tut, ne voulant l'avouer. Il se rappelait tout à coup la question d'Amandine lui demandant qui l'avait fait changer d'avis. Personne, avait-il répondu. Par fierté imbécile, sans doute, ne voulant pas reconnaître l'influence que d'autres pouvaient avoir sur lui.

— Eh bien, je vais vous dire ce que je pense.

Grimm se tendit à l'extrême. L'affaire Kerdegat était soudain oubliée. Disparue même. Volatilisée dans le néant. Pas une parcelle de son attention ne manquait pour écouter ce que le Dr Lipsky allait lui confier.

— Vous avez quel âge déjà ?

— Quarante-huit ans.

— Vous avez quarante-huit ans et vous n'avez pas d'enfant. Et, depuis longtemps, vous pensez que vous n'en aurez jamais. Exact ?

— Oui.

— Je crois que votre propension à dramatiser l'état de la planète, à considérer imminente la fin du monde, n'est pas étrangère à votre absence de descendance. Quand vous mourrez, ce sera la fin définitive et sans recours de Hubert Grimm. Rien de vous-même ne vous survivra. Et cette fin de vous-même, douloureuse évidemment, vous la déportez et la projetez sur la fin du monde. C'est votre propre fin que vous voyez dans ce monde qui se dégrade et menace de s'effondrer. Ce n'est peut-être pas la seule cause de votre dépression, mais le choix de l'objet Terre, qui va si mal en effet, pour y transférer votre propre problème et y enfermer votre dépression, est à coup sûr lié à cela. Et c'est pourquoi, monsieur Grimm, j'espère de tout cœur pour vous que vous êtes le père de cet enfant.

Le Dr Lipsky se tut. Peut-être s'attendait-elle à des protestations, à une de ces ripostes épidermiques dont Grimm n'était pas avare ? Mais il restait sans réaction, les yeux vagues, un peu tassé dans son fauteuil.

Il remua un peu, commença à changer de position, ouvrit la bouche pour dire quelque chose quand un appel téléphonique l'interrompit. Machinalement, il tira son portable sans quitter le Dr Lipsky des yeux. Son regard bascula sur l'écran. C'était Jarry.

— Excusez-moi, dit-il.

Il décrocha.

— Oui, Corentin ?

— Hubert, on a trouvé des choses importantes dans un carton de M. Kerdegat !

* * *

Grimm avait aussitôt abrégé la séance avec le Dr Lipsky. Il l'avait brièvement remerciée, avait promis de réfléchir à ce qu'elle lui avait dit, dont il affirma avoir compris les grandes lignes, mais peut-être pas les vrais enjeux ni les conséquences. Et, surtout, tout en lui serrant précipitamment la main, il avait insisté sur le fait qu'il aimerait en reparler très vite avec elle.

Puis, dans la rue, il avait rappelé Jarry pour lui demander de photographier tout ce qui se révélait important pour l'enquête, d'envoyer les clichés sur leur groupe WhatsApp et, s'il ne trouvait plus rien dans l'immédiat, de rappliquer avec Blanchard au plus vite à la PJ.

Après une marche forcée qui le mit en nage, il avait retrouvé Ermeline qui venait de recevoir les photos. Connaissant les habitudes de Grimm, elle avait préparé le vidéoprojecteur pour pouvoir les examiner sur grand écran.

Grimm se positionna debout face à l'écran, les bras croisés, et s'écria :

— Envoie la sauce, Ermeline, qu'on regarde ça tout de suite !

— Tu n'attends pas les autres ?

— Pas la peine, ils arrivent !

Ermeline passa la première image. C'était un texte, écrit à l'encre noire. Les sourcils froncés soulignant leur étonnement, ils le lurent en silence.

La croix solaire des temps anciens

À chaque point cardinal
Un loup Roi

Du cercle qui circonscrit l'espace
Un serment

Au centre le nœud indéfectible
Que rien ne peut défaire

Quatre loups Roi
Un serment

Quiconque aux loups fera obstacle
Par leurs crocs acérés sera déchiqueté

Le loup parjure
à mort sera condamné

NSOE
XXV-XII-MCMXC

De la main, Grimm frottait son menton, perplexe. Il relut le texte une seconde fois, puis jeta un coup d'œil vers Ermeline qui le parcourait à nouveau également.

— Qu'est-ce que c'est que ce charabia ? dit-il lentement.

— Ça parle de croix solaire et c'est bien une croix solaire que Kerdegat a reçue peu de jours avant d'être assassiné.

— Oui, j'ai remarqué, mais le texte reste obscur. Enfin, oui et non… Pas si obscur que ça… Si je comprends bien, la croix solaire est utilisée comme symbole pour représenter l'alliance de quatre loups liés par un serment. Les quatre loups sont disposés aux quatre points cardinaux, donc aux quatre extrémités de la croix. Ce serment est indéfectible, on ne peut le défaire.

— Et ce n'est pas vraiment un serment de paix et d'amitié entre les hommes ! compléta Ermeline non sans ironie, puisque tous ceux qui y feront obstacle seront déchiquetés par les loups.

— Oui, c'est sûr. Ça ne fait pas dans la dentelle... Et si j'interprète correctement la dernière phrase, le loup qui ne respectera pas le serment sera mis à mort.

Grimm s'approcha et colla presque son nez sur l'écran. Il observait attentivement les quatre lettres qui terminaient le texte.

— N, S, O, E... on dirait que c'est écrit en lettres de sang.

— Effectivement, dit une voix derrière lui. C'est du sang !

C'était Jarry. En compagnie de Blanchard, il se trouvait à l'entrée de la pièce et tenait dans la main un sachet plastique à l'intérieur duquel il avait glissé le document.

— Indiscutablement, du sang ! Séché, vieux, sale, mais du sang !

— Le même sang ou quatre sangs différents ? interrogea Ermeline.

Aussitôt, Grimm pointa son index vers sa coéquipière et l'agita avec exaltation.

— Oui, Ermeline ! Oui, bien sûr ! Les quatre loups ont signé le serment chacun avec leur sang ! Voilà quatre ADN qui nous tombent sous la main !

— Et N, S, O, E sont les quatre points cardinaux : Nord, Sud, Ouest et Est ! Mais c'est aussi le nom de chacun des loups ! ajouta Ermeline décidément très en verve.

— Excellent, Ermeline !

L'enthousiasme les gagnait. Pour la première fois, ils déterraient une piste qui liait le passé – ce document trouvé dans un vieux carton – et le présent – la croix solaire envoyée anonymement à Kerdegat.

— Et le document est daté ! En chiffres romains ! fit remarquer Jarry.

— Et ça nous donne quoi ? demanda Grimm qui avait toujours eu du mal à lire les chiffres romains dès qu'on dépassait le chiffre dix.

— 25 décembre 1990, répondit aussitôt Blanchard.

— Ça fait un sacré bail ! s'exclama Grimm. Ce serment ne date pas d'hier !

Grimm adressa à Ermeline un geste impatient.

— Diapo suivante, Ermeline !

C'était une photo représentant quatre jeunes hommes d'une vingtaine d'années, faisant face à l'appareil, debout, épaule contre épaule. Aucun ne souriait. Ils arboraient des airs importants, graves, sérieux. Ils avaient ostensiblement pris une pose censée montrer à quel point ils étaient sûrs d'eux, confiants, dominateurs, et qui soulignait avant tout leur arrogance.

— Les quatre loups Roi, annonça Grimm avec satisfaction. Regardez-moi ces quatre imbéciles !

— Imbéciles, peut-être, mais dans cette affaire on en est déjà à deux meurtres, nuança Ermeline.

— Oui, tu as raison, consentit Grimm dont le visage s'était assombri d'un coup.

Ils étaient jeunes, mais le visage de l'un d'eux était parfaitement reconnaissable.

— C'est Kerdegat, le troisième en partant de la gauche, non ? supposa Jarry.

— Oui ! C'est bien lui !

— Et l'image suivante, poursuivit Jarry, c'est ce qui est inscrit au dos de la photo.

Ermeline la projeta. On voyait le dessin d'une grande croix solaire avec, à ses extrémités correspondant aux quatre points cardinaux, les lettres N, S, O et E.

— Il y a encore un dernier document ?

— Oui, c'est une photo de classe. La promotion HEC 1990, c'est écrit dessus.

Quand le cliché apparut à l'écran, on y retrouvait, un peu perdus au milieu du groupe, mais toujours côte à côte, les quatre jeunes hommes de la photo.

— C'est tout, Corentin ? demanda Grimm.

— Oui.

— Eh bien, bravo les gars, c'est énorme comme découverte !

* * *

Grimm savait que cette découverte était capitale. La croix solaire contenue dans l'enveloppe trouvée par Mme Kerdegat sur le bureau de son mari était-elle un avertissement ? Une menace ? Une condamnation ? Quoi qu'il en soit, elle était survenue après le meurtre de Rebecca Hoppman et avant celui de Kerdegat. La mise en scène dans le chantier, horrible, liait les deux crimes, mais la relation entre ce serment proféré alors que Kerdegat était encore un jeune étudiant et le mobile restait un mystère.

— Nous avons beaucoup de choses à faire ! asséna Grimm, rompant tout à coup le silence qui s'était établi.

Il consulta sa montre. Il avait faim. L'émotion de cette matinée lui avait ouvert l'appétit.

— Il faut déterminer l'identité des quatre types de la photo. Ça ne devrait pas être très compliqué. On en connaît déjà un – Kerdegat – et les autres sont trois camarades de promotion. Corentin, tu t'en charges ?

— OK.

— Ensuite, il faut une analyse ADN des lettres de sang qui se trouvent à la fin du document, avec trois objectifs : 1. Vérifier qu'il s'agit de quatre sangs différents, 2. Confirmer que l'une de ces analyses correspond au corps écrasé par le rouleau compresseur – Kerdegat *a priori* – et 3. Comparer ces quatre ADN avec celui de la larme détectée sur la seconde lettre anonyme envoyée à Kerdegat, c'est-à-dire la lettre qui l'accuse d'avoir tué quatre personnes, un homme et trois femmes. Ermeline, tu t'y mets ?

— Oui.

— Quant à toi, Éric, tu continues à piocher du côté de cet Étienne Béchu. Très bien ! Allons manger, je meurs de faim !

À la brasserie où Grimm déjeunait désormais avec ses adjoints, ils poursuivirent la discussion. Les hypothèses divergeaient diamétralement et elles étaient encore si nombreuses que Grimm refusa au bout d'un moment de les écouter et d'en élaborer lui-même.

— Attendons les résultats ADN. Pour l'instant, je vois trop de coupables possibles et ça m'embrouille !

— Trop de coupables ? C'est mieux que zéro coupable ! répondit Jarry la bouche pleine, mâchant consciencieusement son steak tartare, un plat qu'il affectionnait et qu'il choisissait souvent.

— Oui, trop de coupables, poursuivit Grimm sans relever la remarque de Jarry. Il y a les trois gugus de la photo, Sabine Mourot, Étienne Béchu, Charles Perrault…

— Tu le mets dans le lot, celui-là ? interrogea Ermeline.

— Perrault, tant que je ne sais pas qui c'est… En plus, quelqu'un qui semble connaître l'affaire mieux que nous… Oui, bien sûr, c'est un suspect. Et puis même, M. Kerdegat, je le mets aussi dans le lot.

— Ah bon ?

— Évidemment ! Si le corps écrasé sur le chantier n'est pas le sien.

— Et Mme Kerdegat ? Faut pas l'oublier celle-là non plus, affirma Jarry.

— Non, non, je ne l'oublie pas, opina Grimm. Mais je la mets dans un second groupe. J'y crois peu. C'est comme Koprotkieff…

Il se tut, puis levant vers Blanchard et Jarry des yeux interrogateurs :

— Au fait, le serment lui-même, vous ne l'avez pas trouvé ? Aucune trace ?

— Non.

— Dur de comprendre aussi, tant qu'on ne connaît pas son contenu…

17

Le procureur Lestanger portait un joli costume bleu anthracite, une chemise d'un blanc immaculé et une cravate sombre. Sous sa table de travail apparaissaient de belles chaussures noires, luisantes à souhait, parfaitement cirées. Il était assis, le buste droit, les mains jointes posées sur son bureau, dans une attitude qui se voulait attentive, tandis que Grimm, dont le blouson de cuir à moitié décroché pendait sur le dossier de sa chaise, lui racontait par le menu l'affaire Kerdegat. À ses côtés, le commissaire divisionnaire Babut était un peu lourdement assis sur une chaise, et faisait également face au procureur.

Grimm avait décidé de n'omettre aucun détail, estimant que le cas de Sabine Mourot ne pouvait désormais être isolé du reste de l'affaire dont des ramifications commençaient à peine à émerger. Il savait que le procureur était un homme vif d'esprit, intelligent, normalement honnête, même si l'intérêt de sa carrière le poussait parfois à de petites entorses morales. Rien de grave, cependant. *Il n'avait pas de sang sur les mains*, comme on dit pour désigner ceux qui sont restés propres, malgré les turpitudes, les trahisons et les compromissions habituelles dans les luttes de pouvoir. Il ne devait pas son poste à une trop grande soumission aux gouvernements en place.

Pourtant, Grimm doutait que les tours et détours de l'enquête, qu'il détaillait avec une conscience méthodique, atteignent leur but. L'ensemble était en effet, à ce stade, trop incomplet et manquait de liant pour être véritablement utile dans la décision à prendre. Du reste, le procureur était aussi un homme pratique. Par souci d'efficacité, il n'essayait jamais de résoudre des mystères dont personne n'avait encore trouvé la solution. Et c'était un peu ce type d'affaire que Grimm lui exposait.

Peu à peu, et malgré son désir de ne pas le montrer, son attention déclina, parce qu'il était incapable de remettre bout à bout et dans un ordre logique les informations que son interlocuteur résumait une à une. Il sentait bien que Grimm lui-même n'avait aucune théorie séduisante à lui proposer et, en définitive, une certaine impatience commença à poindre chez lui, qui se manifesta par un mouvement saccadé de son index.

À partir de ce moment, Grimm sut que le sort de Sabine Mourot était scellé. Il acheva son récit et attendit que le procureur prenne la parole.

Celui-ci s'ébroua et soupira, mais d'un air plutôt satisfait, comme une personne longtemps confinée dans un rôle passif et contente de pouvoir enfin s'exprimer.

— Commandant Grimm, je vais, si vous le voulez bien, reprendre les éléments importants de l'affaire qui nous occupe aujourd'hui. *Par ordre d'importance.*

Il avait appuyé sur les mots de cette dernière phrase et, à vrai dire, Grimm avait une idée très claire de la hiérarchie que le procureur allait maintenant donner aux éléments qu'il lui avait fournis.

— Le point capital, reprit-il, est cette relation triangulaire qui relie M. Kerdegat, Rebecca Hoppman et Sabine Mourot. Là est le point de départ de toute l'affaire. L'aboutissement est l'assassinat de deux de ces trois personnes. Vous admettrez que tout converge, du corps démembré de Rebecca Hoppman jeté dans le jardin de M. Kerdegat jusqu'au meurtre atroce de ce dernier avec la tête de sa maîtresse déposée sur son cadavre. Convenez qu'il y a là une variante d'un drame passionnel odieux, mais finalement des plus classiques.

Curieusement, alors que le procureur s'adressait à Grimm, il tourna à ce moment son regard vers le commissaire Babut et chercha son appui :

— N'est-ce pas aussi votre opinion, monsieur le divisionnaire ?

— Certainement, répondit Babut d'une manière assez servile.

— Des faits, par ailleurs indiscutables, viennent corroborer cette interprétation. Commandant Grimm, vous nous avez rappelé, à juste titre, le mot terrible laissé dans cet immonde sac poubelle. *Tu la veux ? J'te la donne !* Si la personne qui a écrit cette horreur n'est pas atteinte d'une jalousie pathologique, le métier de psychiatre n'a plus de raison d'exister. Je crois que Sabine Mourot nécessite de toute façon d'être examinée par quelques experts.

Le procureur Lestanger dut s'apercevoir qu'il venait de livrer sa conclusion au milieu de sa démonstration, car il reprit immédiatement le fil de son propos comme si sa dernière phrase n'avait pas été prononcée :

— Jalousie d'autant plus pathologique qu'elle pousse l'auteur du message et du meurtre à ajouter la lettre S en guise de signature, comme s'il craignait que M. Kerdegat ne comprenne pas d'où l'horrible coup provenait. Or, de fait, comme vous nous le rappelez également, S correspond à l'initiale du prénom de Sabine Mourot.

Le procureur fit une très courte pause avant de poursuivre.

— Évidemment, et c'est un peu ce que vous avez par moments sous-entendu, une machination est toujours possible. On entend parfois des enquêteurs dire : « C'est trop simple pour être la vérité ». N'est-ce pas un peu ce que vous pensez, commandant Grimm ?

— Je vous écoute, monsieur le procureur.

— Alors, pour ne pas nous détourner de l'évidence, nous avons tous les faits qui vont dans le même sens. Est-ce bien M. Kerdegat qui a envoyé un SMS à Sabine Mourot pour lui demander de le rejoindre dans ce chantier ?

— C'est son portable…

— Oui, son portable. Et Sabine Mourot ne nie pas s'y être rendue, dans ce chantier ?

— Non.

— Elle prétend être arrivée sur les lieux peu après le SMS et avoir découvert la même horreur que les ouvriers du chantier le matin. Peu après !? Ça laisse vraiment très peu de temps pour que le crime se soit produit avant son arrivée. Et si, au cours de sa garde à vue, elle n'a pas avoué le meurtre, elle n'a pas caché la haine qu'elle portait à M. Kerdegat. N'est-ce pas ?

— Oui.

— Au point, je le crois, de vouloir le faire souffrir en tuant sa maîtresse, avant de le tuer lui-même pour assouvir complètement sa vengeance et sa jalousie. Je vous le répète, c'est pathologique. Et vous nous avez fort heureusement éclairés sur la personnalité de cette personne. C'est une femme dont les tendances sadiques sont avérées. Tout un club privé – le Dragomira, c'est cela ? – en témoignera. Je crains que ses jeux pervers n'aient finalement plus suffi à la contenir et que sa folie n'ait explosé lorsque M. Kerdegat est devenu l'amant d'une de ses soumises.

La tête penchée en avant, Grimm contemplait ses chaussures un peu fatiguées. Sous le bureau, il apercevait l'extrémité de celles du procureur. Un contraste…

La voix de Lestanger monta un peu en puissance. La conclusion approchait.

— Que penserait l'opinion publique si, avec de telles charges pesant sur elle, nous remettions Mme Mourot en liberté ? Non, ce ne serait pas raisonnable. Ce serait illogique et inconséquent. C'est bien votre opinion, monsieur le divisionnaire ?

— Tout à fait, monsieur le procureur.

— Je vais donc procéder au plus vite à un réquisitoire pour qu'un juge d'instruction soit saisi de l'affaire. Mme Mourot doit être mise en examen. Comme vous le savez, c'est le juge d'instruction qui prend cette décision. Pas moi. Mais il est hors de question de la relâcher, au risque sinon de la voir disparaître dans la nature. Quand s'arrête sa garde à vue ?

— Vous avez autorisé hier une prolongation de vingt-quatre heures, donc demain à midi, répondit Grimm.

— Bien, il faut faire vite. Si le juge d'instruction n'est pas encore désigné demain, le juge des libertés pourra ordonner une prolongation de quarante-huit heures au vu de la gravité des crimes. Je vais m'occuper de tout cela.

Toute cette cuisine administrative et judiciaire n'intéressait guère Grimm. Ce qui le préoccupait était la poursuite de l'enquête, le risque étant que le juge d'instruction ne décide de l'interrompre en estimant suffisantes les preuves en sa possession.

— Puis-je me permettre de vous poser une question ? commença Grimm.

— Je vous en prie.

— Il reste trop de choses que nous ne comprenons pas encore. Nous tenons un coupable plausible, j'en conviens et je comprends tout à fait votre décision, mais il faudrait pouvoir éclaircir les points obscurs.

Tous ces faits obscurs que le procureur, par souci d'efficacité, avait volontairement écartés ! Il s'agaçait que Grimm les lui rappelle.

— Oui, oui, bien sûr, tout n'est pas très clair ! Le procès de Mme Mourot fera certainement la lumière sur tout cela. Je l'espère en tout cas.

— Mais, tout de même…

— Oui ? dit le procureur en haussant les sourcils.

— Avant d'inculper Sabine Mourot du meurtre de M. Kerdegat et de Rebecca Hoppman, il faudrait attendre le résultat des analyses d'ADN pour être certain que le cadavre du chantier est bien celui de M. Kerdegat.

— Vous en doutez vraiment ?

— Je n'écarterais pas une telle hypothèse avant qu'elle soit définitivement invalidée.

Le commissaire Babut coupa Grimm pour tenter d'aplanir le différend qui menaçait de se cristalliser. Il savait que Grimm, très conciliant jusque-là, pouvait soudain se rebiffer et devenir désagréable. Éviter un nouvel accrochage entre le procureur et son commandant lui apparut comme une mission de service public.

— À ce sujet, je suis intervenu personnellement auprès de la PTS pour que ces analyses d'ADN soient traitées en priorité. Avant toutes les autres ! Nous devrions les obtenir toutes, je dis bien toutes, dans la journée. On sera certains dès ce soir que le cadavre en question est bien, hélas, celui de M. Kerdegat.

— Parfait, monsieur le divisionnaire. Je vais donc écrire tout de suite mon réquisitoire et vous me téléphonerez dès que vous aurez la confirmation de l'identité du cadavre.

* * *

Quittant le palais de justice, Grimm accepta de monter dans la voiture du commissaire Babut qui au cours du trajet ne fit guère de commentaires sur l'entrevue avec le procureur. Dès qu'il fut de retour à la PJ, Grimm se précipita pour retrouver ses adjoints, espérant que les analyses ADN étaient déjà en leur possession. Ce n'était pas le cas.

En revanche, Blanchard avait achevé en un temps record la petite enquête qu'il lui avait confiée avant le déjeuner.

— Il me manque encore quelques données, mais des bricoles, avertit-il avant de commencer son rapport.

Ermeline avait allumé le vidéoprojecteur pour afficher la photo des quatre jeunes gens, les loups Roi, ainsi qu'ils se désignaient eux-mêmes dans le serment de la croix solaire.

— Tous les trois sont bien des condisciples de Kerdegat pendant leurs études à HEC. Le premier à gauche est Benjamin Jurgenssen. Il est né à Roubaix, Français fils de Français, mais ses grands-parents paternels étaient danois de naissance. C'est sans doute pour cette raison qu'il a monté une entreprise d'import-export au Danemark.

— C'est N ! s'écria Ermeline.

— Quoi ? fit Grimm surpris par cette intervention.

— Le premier sur la gauche de la photo, petit-fils de Danois, c'est N, le Nord.

— Astucieux comme hypothèse, Ermeline. Sur la photo, ils seraient donc disposés de gauche à droite selon les quatre points cardinaux N, S, O et E, le même ordre qu'au bas du document. Donc Kerdegat, le troisième, serait l'Ouest. Et qu'est-ce qu'il devient ce Jurgenssen ?

— Il est mort.

Silence et échanges de regard. Encore un meurtre ? Mais Blanchard les détrompa aussitôt :

— Il est mort d'une rupture d'anévrisme à la descente d'un avion il y a huit ans.

— Il n'a donc probablement pas participé aux récents développements de notre affaire, dit Jarry imperturbable.

— OK, suivant ! fit Grimm.

Blanchard changea de feuille.

— Le deuxième, toujours en partant de la gauche, est Vincent Lamaury. Il est né à Marseille. Il a monté une entreprise d'exportation de bois exotique en Côte d'Ivoire qui a fait faillite l'année dernière.

— Attends, attends, Éric… Ça me dit quelque chose ce nom…

— Je pense bien ! s'exclama Blanchard qui força sa voix avec une vivacité qu'on ne lui connaissait pas. C'est le type qui est soupçonné d'avoir assassiné toute sa famille en décembre à Abidjan.

— Nom de Dieu !

— Et qu'on n'a pas retrouvé ! C'est celui que certains journaux ont appelé le Dupont de Ligonnès ivoirien !

— Putain, la vache !

Grimm n'en revenait pas. Ce n'était plus un fil qu'ils étaient en train de tirer de la pelote, mais une véritable corde !

— Et on n'a vraiment aucune trace de lui depuis le massacre ?

— Aucune.

— Et lui, c'est bien le Sud, parce qu'il est né à Marseille, ajouta Ermeline. En plus, il est parti en Afrique !

— Nom de Dieu de nom de Dieu, répétait Grimm, abasourdi par les conséquences de cette découverte.

Comme son patron se taisait, Blanchard enchaîna :

— Le troisième, c'est Kerdegat, né à Brest. Je n'ai pas grand-chose à vous apprendre de plus sur lui.

— Pour un mec né à Brest et installé à Rennes, ça fait sens d'être l'Ouest, remarqua Jarry. Et le dernier à droite, c'est qui ?

— Frank Laveraud. Né à Strasbourg et qui a monté une entreprise de fabrication de chaussures en Pologne. Fabricant et distributeur, une société prospère. Et alors là, tenez-vous bien…

Blanchard ménagea le suspense en se taisant pendant plusieurs secondes qui parurent bien longues à l'assistance.

— Il a été tué en Pologne d'une balle dans la tête le 23 février dernier. Son assassin n'a jamais été retrouvé.

— Putain, quelle hécatombe… lâcha Jarry.

— L'Est, murmura Ermeline.

Grimm renversait sa tête en arrière et se massait le visage avec les mains. La difficulté consistait à interpréter ses stupéfiantes révélations, à l'évidence capitales, pour les agencer avec celles plus récentes de l'affaire. Il fallait partir du serment de la croix solaire, écrit en 1990, et relire sa formulation à l'aune des développements récents.

— Jurgenssen est hors jeu, affirma-t-il. Il est décédé il y a huit ans de mort naturelle. Mais l'assassinat de Laveraud révèle sans doute que le serment n'a pas été tenu. Souvenez-vous de cette terrible phrase : « Le loup parjure à mort sera condamné ». Le problème, c'est qu'on ne sait pas si Lamaury est mort ou vivant et je dirais aussi que, tant que nous n'avons pas reçu ces putains d'analyses ADN, nous ne savons pas non plus pour Kerdegat.

— Tu veux dire qu'on ne sait pas encore qui a tué qui ? Est-ce que Lamaury a tué Kerdegat, ou l'inverse ? précisa Jarry.

— C'est exactement ça !

— Vous allez un peu vite en besogne, protesta Blanchard. Que viennent faire Rebecca Hoppman et Sabine Mourot dans le serment de la croix solaire ? Je suis preneur d'une explication, mais je n'en vois pas.

C'était l'os. Le noyau dur de l'enquête, qu'on ne parvenait pas à diluer dans cette nouvelle interprétation en cours d'élaboration. Y avait-il deux affaires distinctes, selon une hypothèse déjà formulée ? Pourtant, l'imbrication, l'inextricable imbrication de tous les faits, paraissait trop forte pour devoir les dissocier. Tous devaient recevoir une explication dans le cadre d'une théorie unifiée.

— Qu'est-ce que tu sais du massacre d'Abidjan, Éric ? demanda Grimm qui cherchait de nouveaux points d'appui.

Éric reprit ses feuilles qu'il relut.

— On sait que toute la famille a été assassinée d'une balle dans la tête avec un révolver.

— Toute la famille, ça veut dire quoi, Éric ? Soit précis, s'il te plaît !

— La mère et les deux enfants.

Blanchard allait poursuivre quand Grimm l'arrêta en levant le bras d'une manière impérieuse.

— Attends ! La mère et les deux enfants, dis-tu. Les deux enfants, ce sont des filles ?

— Euh... hésita Blanchard en se penchant de nouveau sur sa feuille. Deux filles... Voyons... Oui, deux filles, tu as raison. Comment tu le sais ?

Grimm jeta un regard circulaire qui engloba ses trois adjoints. Il dit lentement :

— Parce que, si Lamaury est mort aussi, ce qu'on ne sait pas encore, cette famille, ça fait quatre personnes.

— Et alors ?

— Et alors ? Kerdegat a été accusé par deux lettres anonymes d'être un assassin et, dans la seconde, d'avoir tué quatre personnes, un homme et trois femmes. C'est troublant, non ? Et le prénom masculin dans la lettre anonyme, c'est comment ?

— Vincent.

— Et vlan ! Vincent Lamaury ! Cette fois-ci, je crois qu'on avance à grands pas. Je ne sais pas exactement où on va, mais on y va à toute allure ! Éric, tu as le prénom de la femme et des enfants de Lamaury ?

— Non.

— Trouve-moi ça !

Ermeline n'avait pas l'air tout à fait convaincue.

— Il y a quand même quelque chose qui me chiffonne.
— Quoi ?
— Y a pas de Béchu dans tout ça.
— Et si c'était Béchu, l'auteur des lettres anonymes ?

* * *

Après toutes ces révélations et les immenses perspectives qu'elles paraissaient ouvrir pour l'enquête, Grimm se sentit soudain épuisé. Comme les analyses ADN tardaient, il décida de prendre l'air et d'aller boire une bière dans un café. Il avait aussi terriblement envie de fumer une cigarette. En quittant ses adjoints, il leur demanda de l'appeler dès que les résultats seraient disponibles. Il rappliquerait aussitôt.

À peine fut-il dehors que Grimm eut une curieuse impression. Une sensation à vrai dire très désagréable, celle d'être regardé, ou même espionné. Elle ne reposait sur rien, une intuition, un avertissement de son instinct, que ne confirma pas l'examen de la rue, des trottoirs et des passants qui allaient et venaient.

Étonné, vaguement contrarié, il traversa la chaussée et s'assit à la terrasse du premier bistrot. Il tenait à être à l'extérieur afin de fumer tout à son aise, même si ça soufflait fort. Il ferma son blouson, pivota la chaise pour avoir le vent dans le dos plutôt que de face, et commanda une pression au serveur qui se présenta à lui.

En attendant que le serveur lui amène sa pinte, Grimm eut de nouveau l'impression qu'il était observé. Il se retourna à plusieurs reprises, mais les clients assis à la même terrasse ne paraissaient pas se préoccuper de sa personne outre mesure. Il fouilla une nouvelle fois des yeux le trottoir, porta son regard au-delà de la chaussée, sur les magasins, les autres cafés, les arbres. Rien. Il ne détectait rien. Pourtant l'impression persistait.

Il but une longue gorgée de bière avant d'allumer une cigarette. Il fuma avec un certain plaisir, car les derniers développements de l'affaire étaient plus qu'encourageants. La vraie solution semblait tout à coup à portée de main. Finis les fausses pistes, les mauvaises déductions, les rapprochements erronés. C'était grisant, d'autant plus que les résultats ADN se révéleraient peut-être décisifs. Grimm n'aimait rien tant que ces moments où son esprit se consacrait entièrement à une activité, une seule activité, unique, bien identifiée, où il pouvait donner toute sa mesure.

Brusquement, il se retourna à nouveau, averti par son instinct. L'homme qui était dans son dos, trois tables en arrière, avait-il baissé les yeux au moment où il avait pivoté le buste ? Grimm n'aurait pu en jurer, mais c'était possible. L'homme avait la tête inclinée. Son crâne, trop penché en avant, dissimulait les traits de son visage.

Perturbé, Grimm but d'un trait la moitié de la pinte. Il pompa plus vite que d'ordinaire sur sa cigarette. Était-il vraiment espionné par cet inconnu ? Ou par quelqu'un d'autre ?

— Puis-je m'asseoir à votre table, cher monsieur ?

Grimm releva la tête. Ermeline était face à lui, debout, la main posée sur le dossier d'une chaise.

— Certainement, mademoiselle, ce serait avec grand plaisir…

Ermeline s'assit en souriant.

— C'était trop long. Ces résultats ADN n'arrivent pas et je me suis dit que j'allais aussi boire un café.

Aussitôt, Grimm se retourna, héla le serveur et commanda pour sa coéquipière. Puis, il se frotta les mains, heureux de ce tête-à-tête.

— Au fait, tout occupés que nous sommes par l'affaire Kerdegat, j'ai oublié de te demander ce que devenait l'affaire de l'adolescente violée en réunion par une bande de jeunes.

— C'est vrai. Ça avance pourtant aussi. Nous avons procédé à l'audition de ces cinq salopards. En fait, l'affaire est plus complexe que nous le pensions. Ce fut un viol de représailles. Pour mettre la fille au pas.

— Ah bon ? C'est-à-dire ?

— Dans ce quartier, ils sont une petite dizaine d'une vingtaine d'années – le plus jeune a dix-sept ans, le plus vieux vingt-quatre –, qui ont monté leur petite entreprise de prostitution.

Le serveur déposait le café devant Ermeline, qui le remercia avant de poursuivre :

— Ce sont des filles très jeunes, elles ont toutes moins de vingt ans. Ils les maintiennent sous leur domination et les forcent à se prostituer.

Grimm hochait tristement la tête et allumait une seconde cigarette.

— Sais-tu, Hubert, combien ça rapporte de faire ça ?

— Non.

— Tiens-toi bien ! Cinq à dix filles rapportent environ un million d'euros par an. Un million d'euros par an ! Tu te rends compte ? Ils sont dix, ça leur fait cent mille euros par an à ces petites ordures ! Plus de huit mille euros par mois, net d'impôt ! De l'argent de poche… Tu devrais changer de métier, Hubert !

— C'est sûr que, nous, fonctionnaires de police, à côté de sommes pareilles, on est des vrais losers… Eh bien, je te propose qu'on s'associe. Tu aurais peut-être du talent en mère maquerelle, qui sait ?

Ermeline saisit sa tasse de café et, parce qu'elle riait, en renversa un peu sur la table. Elle la porta à ses lèvres en continuant de donner des précisions sur le sujet :

— C'est par ailleurs un investissement très rapide et peu coûteux. Et, en plus, le blanchiment du fric n'est pas nécessaire. Que du cash en petites coupures directement dans ta poche !

— Tu me fais vraiment envie, Ermeline…

— OK, tope là ! Après l'enquête Kerdegat, on reprend le réseau de ces ordures et on fait du fric !

Elle leva la main bien à plat vers lui et Grimm alla y frapper la sienne. Au même instant, il sentit le téléphone vibrer dans sa poche. Il fit un clin d'œil à Ermeline et décrocha.

— Hubert, c'est Corentin. On a tous les résultats ADN.

Grimm se leva d'un bond.

— Je suis au café avec Ermeline. On arrive !

18

En moins de cinq minutes, remontant l'escalier de l'hôtel de police au pas de charge, Ermeline et Grimm déboulèrent dans l'open space où Blanchard et Jarry les attendaient. Essoufflé, mais bouillant d'impatience, Grimm posa une seule fesse sur une table.

— Éric, on t'écoute !

Blanchard se sentit un peu bousculé par tant d'excitation. Se précipiter, voilà qui allait à l'encontre de sa nature. Son grand corps eut comme une longue ondulation qui se convertit *in fine* par un basculement du buste en avant pour que son regard tombe sur les documents qu'il tenait à la main.

Cette lenteur exaspérait Grimm, lequel s'était toujours demandé si, à la naissance, entre le voltage et l'ampérage, il n'y avait pas eu chez son coéquipier un petit défaut de réglage. Il eut le temps de respirer profondément cinq fois avant que la voix de Blanchard ne s'élève dans un silence de cathédrale :

— L'un des points les plus importants concerne la comparaison de l'ADN du cadavre passé sous le rouleau compresseur avec celui du fils de Kerdegat.

Il releva la tête comme s'il quémandait l'approbation de l'assistance.

— Accouche, bordel !! hurla Grimm.

— Sur ce point, donc, il n'y a aucun doute que l'un est le fils du second.

— Kerdegat est bien mort ! s'écria Grimm.

— Et le fils peut hériter de sa fortune, l'enquête est terminée, compléta Jarry, les sourcils plissés comme s'il réfléchissait avec intensité, l'air pénétré.

— Continue, Éric. N'écoute pas les conneries de Corentin.

Blanchard se pencha de nouveau sur sa feuille.

— Ensuite, une analyse ADN a été effectuée sur chacune des lettres N, S, O et E. Le sang de la lettre O est bien celui de M. Kerdegat.

— Bravo, Ermeline ! dit Grimm en se tournant vers la jeune femme. C'était l'une de tes déductions ! Et les autres lettres, ça a donné quoi ?

— Trois autres ADN. Qui doivent être les ADN des trois autres mecs de la photo. On pourra vérifier avec les ascendants ou les descendants de Laveraud et de Jurgenssen.

— Je n'ai guère de doutes là-dessus. En attendant, ces trois ADN ont-ils une correspondance avec les ADN d'autres protagonistes de l'affaire ?

— C'est-à-dire ?

— Sabine Mourot, par exemple ?

— Aucun rapport.

— Rebecca Hoppman ?

— Aucun rapport.

— Mme Kerdegat ?

— Aucun rapport.

Grimm cherchait à établir d'autres connexions, mais il croyait avoir fait le tour des possibilités. Ermeline le regardait avec étonnement. Constatant qu'il se taisait, elle demanda :

— Et avec la larme retrouvée sur la lettre anonyme ?

Grimm se frappa le front comme s'il était un imbécile.

— Oui, c'est juste ! Alors, Éric ?

— L'ADN de la larme ne correspond à aucun des huit autres ADN analysés.

— Huit autres ? s'exclama Grimm, un peu surpris par le chiffre.

— Oui, huit. Les quatre de la photo dont Kerdegat, plus sa femme, son fils, Sabine Mourot et Rebecca Hoppman.

Revenant à l'information précédente, Grimm tapa du plat de la main sur la table.

— Qui donc a pleuré en écrivant cette lettre anonyme !?

— Une femme qu'on peut croiser dans la rue… affirma Jarry.

— Pardon ?

— Tu nous as dit toi-même que des femmes de type européen aux cheveux noirs, tu en croisais tous les jours dans la rue.

Sans répondre, Grimm tourna le dos à Jarry pour s'adresser de nouveau à Blanchard :

— Et sur le passeport d'Étienne Béchu ?

— Très souillé. Des empreintes partout, de l'ADN en vrac en veux-tu en voilà, mais impossible à dépatouiller. Ce passeport a passé les frontières et il a été trop manipulé par toutes sortes de gens. Cependant…

— Ah !

— Cependant, on retrouve les empreintes d'Étienne Béchu que l'on a dans le fichier TES[1] puisque c'est un passeport biométrique.

— C'est tout ? fit Grimm, dépité.

— C'est tout, confirma Blanchard.

Grimm fit le tour de la pièce les mains dans le dos. À un moment, il lâcha :

— Je suis un peu déçu. Cela ne nous fait pas énormément progresser.

— On sait tout de même que c'est bien Kerdegat qui a été écrasé par le rouleau compresseur, contesta Jarry. Ce n'est pas rien.

1. Fichier des titres électroniques sécurisés.

— Non, c'est vrai, ce n'est pas rien, répéta Grimm très lentement en détachant chaque syllabe. Bon, il faut avancer ! Corentin, tu avais commencé à t'occuper de monter un dossier Kerdegat retraçant les hauts et les bas de son entreprise. Je voudrais maintenant que tu ailles à la pêche de toutes les informations qui le concernent. Toutes ! Je veux que tu passes toute sa vie au peigne fin. On doit tout savoir de lui. Tout ! Et ce serait bien que tu fasses cela assez vite. Assez vite… enfin… Très vite, je veux dire.

— D'accord, mais on est quand même vendredi soir.

— Je sais, on est vendredi soir. Mais tu vas commencer dès maintenant, n'est-ce pas ?

— Oui, chef !

Et Jarry alla s'asseoir à son bureau en murmurant :

— L'esclavage moderne, quand donc cessera-t-il…

Blanchard, qui depuis quelque temps avait penché son énorme tête à une dizaine de centimètres de son écran d'ordinateur, lisait attentivement un mail qu'il venait de recevoir. D'une seule phrase, il relança l'attention de tous :

— J'ai du nouveau sur Étienne Béchu.

— Dis !

— Étienne Béchu est parti vivre en Afrique en novembre 2014. On perd un peu sa trace, il a dû bourlinguer, aller un peu partout, vivant de rien, et il a échoué à Bouaké.

— Pourquoi dis-tu « échoué » ?

— Parce qu'il est devenu clochard. Il est très connu à Bouaké sous le nom du *SDF blanc*.

— Le *SDF blanc* ?

— Oui. Il fait un peu tache dans le paysage, mais il aurait été accepté par la population.

— En fait, il n'a pas la couleur de la misère locale, précisa Jarry. Il est le seul de sa catégorie.

— On peut dire cela comme ça. Mais il paraît, d'après les notes que j'ai reçues, que c'est une véritable institution là-bas. Il est vraiment très connu.

— Et que faisait son passeport sur un chantier de cette bonne vieille ville de Rennes ? demanda Grimm.

Blanchard leva les bras en l'air comme si on l'empêchait de s'exprimer.

— Attends, j'ai pas tout dit ! Il a disparu de Bouaké. On ne sait plus où il est.

— Il a disparu quand ?

— À la fin de l'année dernière.

— Et qu'est-ce que tu as d'autre comme info ?

— Rien d'autre.

— Excusez-moi, dit Ermeline d'une voix un peu gênée, ça se trouve où, Bouaké ?

— En Côte d'Ivoire.

— Ah ? Comme Lamaury. C'était bien en Côte d'ivoire cette horrible affaire, non ?

Un silence tomba sur l'assistance. Avant Ermeline, dans son for intérieur, Grimm avait déjà fait le rapprochement, mais il n'en avait tiré aucune conclusion, trop occupé à poser de nouvelles questions. L'intervention de sa coéquipière le poussait à tenter des déductions. Il démarra lentement :

— Oui, comme Lamaury… Et Béchu a disparu à la même époque que le triple assassinat de la femme et des enfants de Lamaury. Il y a là un lien à nouer, mais je ne sais pas trop dans quel sens.

Il y eut un assez long silence pendant lequel chacun élaborait une ou plusieurs théories plus ou moins bancales, faute d'arguments ou de preuves. Cependant, l'hypothèse qui, à ce stade, paraissait la plus logique fut amenée par Jarry :

— Dans l'affaire du triple assassinat d'Abidjan, on sait que Lamaury avait loué une voiture. Et qu'on a retrouvé cette voiture abandonnée à Bouaké. Pas un hasard.

— Non, Corentin, pas un hasard et, dites-moi si je me trompe, mais Lamaury, il est né où ?

— Marseille, répondit Blanchard.

— Et Béchu ?

— Marseille aussi.

— Je crois que c'est clair. Ils se connaissaient. Et si on retrouve le passeport de Béchu en France, j'ai bien peur que ce Béchu n'ait tué Lamaury et sa famille après que celui-ci lui a révélé un secret lié au serment de la croix solaire.

— Ça tient la route, conclut Jarry.

Le portable de Grimm venait de vibrer. Agacé d'être dérangé pendant ce moment crucial, il le tira rageusement de sa poche. Un SMS. Amandine. Qu'est-ce qu'elle lui voulait encore ? Il lut :

Suis devant ta porte et t'es pas là.
T'as oublié que je venais ?

Merde ! De fait, il avait oublié ! Amandine devait débarquer vendredi soir et on était vendredi soir. Il répondit précipitamment :

Excuse-moi. J'arrive.

Grimm quitta en vitesse ses coéquipiers, leur souhaitant le meilleur week-end possible et formulant le vœu que les jours suivants seraient décisifs pour résoudre l'affaire.

Dès qu'il eut disparu, Blanchard déplora ce départ précipité.

— Il se tire alors que j'avais pas fini.

— Si tu parlais plus vite aussi… décocha Jarry à la volée.

— Peut-être, mais j'avais aussi les prénoms de la femme de Lamaury et de ses enfants. Il me l'avait demandé.

— Ah bon ! Et ça donne quoi ?

— Eh bien, c'est pas les mêmes que ceux de la lettre anonyme. Mme Lamaury, c'est Fabienne, et les deux filles, c'est Justine et Léa.

Jarry poussa un grand soupir.

— Merde alors ! Preuve qu'on n'a pas encore tout compris.

— On a bien avancé quand même, tempéra Ermeline.

— Sûr ! On n'a jamais été aussi proches de la solution !

* * *

Dévalant l'escalier de l'hôtel de police quatre à quatre, Grimm se précipita chez lui, se reprochant de laisser une femme enceinte à sa porte et, dans le métro, ayant presque envie d'aller voir le conducteur pour lui demander d'accélérer.

Quand il fut sur le trottoir à vingt mètres de son immeuble, il entendit Amandine l'appeler dans son dos. Elle sortait précipitamment du café où elle patientait. Il se confondit de nouveau en excuses. Elle le dévisagea, lui fit la bise et dit simplement :

— Toi, tu es sur une affaire qui te prend la tête, non ?

Dans l'ascenseur, elle eut le malheur d'exprimer un banal ressenti :

— Il fait moins chaud qu'à Montpellier.

À quoi, Grimm répondit aussitôt :

— Encore qu'avec le réchauffement climatique, Rennes…

— Oh, Hubert, tu ne vas pas recommencer ! Aujourd'hui, comme souvent je suppose, il fait moins chaud à Rennes qu'à Montpellier. Point barre !

Il se tut, contrarié d'être repris de la sorte. Alors, son regard détailla la silhouette d'Amandine. Son ventre avait encore poussé et formait une belle boule proéminente, tendue et lisse. Grimm songea qu'un bébé s'y développait, non pas doucement, mais au contraire très rapidement. Un bébé qui bientôt quitterait son refuge… Quel bébé ?

Amandine venait pour savoir. Il avait donné son accord. Et lui aussi, désormais, il devait l'avouer, avait envie de savoir. Il ouvrit la porte de l'appartement en constatant également que le visage d'Amandine s'était arrondi, mais d'une manière assez gracieuse, comme si sa face était devenue un peu lunaire, pleine et douce. Cependant, il avait déjà vérifié qu'elle conservait son caractère tranché, ne mâchant pas ses mots, disant ce qu'elle pensait et réagissant au quart de tour.

Grimm posa le sac d'Amandine dans la salle de séjour, tandis qu'elle s'asseyait sur le canapé – le clic-clac sur lequel elle dormirait cette nuit – et manifestait son contentement.

— Je suis bien fatiguée tout de même. Si tu pouvais me faire un thé, ce serait sympa.

Elle le but assez vite et, quand elle reposa la tasse vide sur la table basse, elle examina Grimm qui était assis face à elle et lui fit aussitôt part de ses craintes :

— Je ne me suis pas trompée, tu es bien sur une affaire ?

— Oui.

— Ce qui veut dire qu'on peut t'appeler à n'importe quel moment et que, hop, tu repartirais et me laisserais seule.

— C'est toujours possible.

— Bien. Alors, tu sais ce qu'on va faire, Hubert ?

— Non.

— On va tout de suite régler cette histoire d'ADN.

Sans sourciller, Grimm arracha un de ses cheveux et le tendit à Amandine. Elle éclata de rire.

— Mais non, gros bêta, ça ne se passe pas comme ça !

Elle farfouilla dans son sac, en sortit une boîte assez plate qui contenait deux petits tubes à essai et deux cotons-tiges sous plastique. Il y avait aussi des enveloppes qu'elle mit de côté.

— Viens t'asseoir à côté de moi, Hubert.

Il se déplaça.

— C'est très simple. On le fait deux fois. Avec le premier coton-tige je vais faire un frottis de ta joue, la gauche par exemple.

Grimm se laissa faire tandis qu'Amandine frottait l'intérieur de sa joue. Puis, elle introduisit délicatement dans un tube à essai le bout du coton-tige et le cassa, de sorte que le coton reste emprisonné dans le tube, qu'elle reboucha. Elle recommença la même opération avec le second coton-tige et l'intérieur de la joue droite.

— Voilà, c'est fini !

— Tu sais, tout à l'heure, avec mon cheveu, je plaisantais. Tu te doutes bien que j'ai vu faire cela cent fois avec mon boulot.

— Mais oui, commandant, je le sais.

Elle se pencha vers lui et posa brièvement ses lèvres sur les siennes.

— Ah, Hubert, comme la vie est compliquée alors qu'elle pourrait être si simple.

— Tu crois ?

* * *

Ermeline avait quitté la PJ peu de temps après Grimm. Elle avait repris sa voiture, non sans une pensée pour son patron qui était allé jusqu'à vendre la sienne pour ne plus polluer la planète. Admirable, certes. Mais comment pourrait-elle vivre sans véhicule ? C'était pour elle, qui habitait un village à quelques kilomètres de Rennes, tout à fait inenvisageable.

Grimm, pour les mêmes raisons, ne mangeait plus de viande.

— Ça, c'est quelque chose que je pourrais faire, avait-elle murmuré en franchissant la barrière du parking. D'ailleurs, j'en mange de moins en moins.

Elle avait roulé doucement, comme à l'ordinaire, instruite à l'éco-conduite par son compagnon. Elle avait ri d'ailleurs à ce sujet.

— Hubert, tu roules trop vite ! De ce point de vue-là, t'es pas un champion de l'écologie ! Heureusement que tu n'as pas de voiture !

Puis, elle eut une chute de moral en se rappelant que son compagnon était de nouveau à Paris pour une formation. Elle serait seule ce soir chez elle. Ce n'était pas la première fois, mais elle n'aimait pas beaucoup la solitude.

Elle avait échappé aux embouteillages, fréquents au sud de Rennes parce que c'est aussi l'accès vers la ville de Nantes. Les ducs de Bretagne, s'ils avaient conservé Rennes comme capitale, avaient préféré s'établir à Nantes, la grande rivale, où le climat est indiscutablement meilleur. En cela, ils avaient été les précurseurs des riches Parisiens qui, des siècles plus tard, avaient choisi la Côte d'Azur pour leur villégiature.

À plusieurs reprises, elle avait remarqué une voiture noire derrière la sienne. Était-ce la même à chaque fois d'ailleurs ? Elle n'en avait pas été certaine, d'autant plus que, parfois, levant ses yeux vers le rétroviseur, elle en avait vu d'autres de couleur différente.

Enfin, elle s'était garée sur le trottoir face à la maisonnette qu'elle louait avec son compagnon. Une voiture noire l'avait encore dépassée à ce moment-là. Pressée de rentrer chez elle, elle avait couru jusqu'à la porte et introduit la clé dans la serrure. Elle était entrée, avait refermé la porte et poussé le verrou.

Sans savoir pourquoi, elle s'était sentie soulagée. Bien au chaud chez elle, au cœur de son petit univers, elle avait mis de la musique et, dans la cuisine, avait tranquillement préparé son repas. Dehors, la nuit tombait peu à peu.

Puis, elle s'était assise sur son canapé face à la télévision qu'elle avait allumée. Elle était d'abord tombée sur une émission évoquant la fonte des glaces au pôle Nord et elle avait vu un ours blanc, perdu et apeuré, seul sur un îlot de glace dérivant vers nulle part.

— Pauvre bête…

Elle avait zappé.

— C'est une émission pour Hubert, ça, pas pour moi.

N'ayant rien trouvé d'intéressant, elle avait éteint le poste tout en restant sur le canapé pour finir son assiette. Quand elle s'était levée, il faisait tout à fait nuit et elle avait tiré les rideaux de la baie vitrée qui donnait sur le jardinet.

Ce coin de terre, où elle et son compagnon mangeaient en été sur une terrasse en bois ménagée au ras de la maison, constituait un regret. Elle avait voulu au début faire un petit potager, modeste, pas grand-chose, quelques tomates et quelques courgettes, mais elle s'était vite rendu compte qu'elle n'avait pas le temps de s'en occuper et elle avait abandonné. Dans une vie future, dans très longtemps, à la retraite, elle s'était juré de recommencer.

Délaissant le lave-vaisselle, elle avait courageusement lavé son assiette dans l'évier, les couverts et son verre, et posé l'ensemble sur l'égouttoir. Elle s'essuyait les mains avec le torchon quand la sonnette de la porte d'entrée avait retenti.

C'était tellement étrange à cette heure déjà tardive que son cœur se serra et qu'elle hésita à aller ouvrir. Elle aurait tant aimé que son compagnon fût là.

* * *

Amandine s'était permis de boire un verre de vin rouge au cours du dîner que Grimm avait préparé en catastrophe. Déjà, la dernière fois, pris de court par sa visite impromptue, il avait improvisé un plat de nouilles à la va-vite. Cette fois-ci, il s'était rabattu sur du riz, s'excusant de son incapacité à la recevoir dignement.

Le verre de vin avait égayé Amandine qui était devenue volubile.

— Un verre de rouge par semaine, franchement, je ne crois pas que cela fasse du mal au bébé…

— Je ne crois pas non plus.

— C'est vrai, je te disais tout à l'heure, la vie est compliquée alors qu'elle pourrait être si simple… J'ai vu l'autre jour un reportage sur les bonobos. Ce sont des singes qui ressemblent à des chimpanzés, en plus petit.

— Je connais.

Grimm se levait pour prendre son paquet, ouvrir la porte vitrée et allumer une cigarette sur le balcon tout en restant face à Amandine.

— Eh bien, Hubert, ces espèces de petits chimpanzés, ils sont extraordinaires ! Chez les chimpanzés, les vrais, il y a un mâle dominant qui casse la gueule à tout le monde, qui asservit les femelles, et qui est entouré d'autres mâles qui ne songent qu'à le renverser à la première occasion pour prendre sa place. Tous ces mâles se livrant des batailles féroces parfois jusqu'à la mort. On dirait des hommes, n'est-ce pas ?

— C'est pas faux.

— Du pareil au même ! C'est dommage que nous descendions d'un ancêtre commun aux chimpanzés et qu'on ait hérité de cette méchanceté. Parce que, vois-tu, les bonobos, eux, ils sont tout à fait différents. Le moindre conflit, hop, il est résolu par la baise. Et quand je dis la baise, ça englobe toutes les pratiques sexuelles qu'on connaît. Leur relation sociale, c'est la baise, et tout est permis, tout.

— C'est rigolo…

— Oui, tout est permis. Aucun tabou. Sauf l'inceste. C'est une société sans violence. Ils ont poussé jusqu'à l'extrême l'adage « Faites l'amour, pas la guerre ». Je les ai trouvés géniaux, ces petits chimpanzés. Tu te rends compte, Hubert, si nous avions été comme eux, comme l'humanité se porterait mieux. Comme nous serions plus heureux !

— J'en doute pas, souriait Grimm en jetant sa cigarette dans le pot rempli de sable destiné à cet effet.

Il rentra et ferma consciencieusement la porte-fenêtre. Puis, il s'assit sur le fauteuil face à Amandine.

— Tu sais ce que je pense ? reprenait Amandine.

— Non.

— Que tu dois être bien malheureux en ce moment avec ton obsession climatique.

— Pourquoi ?

— Parce que tout va à l'inverse de ce que tu souhaiterais.

— C'est-à-dire ?

— Au niveau des gouvernants, nous sommes entrés dans une nouvelle période : celle de l'homme-à-grosses-couilles. L'homme-à-grosses-couilles prend le pouvoir un peu partout sur la planète.

Disant cela, Amandine mettait ses mains à plat devant elle, paumes tournées vers le haut, et elle faisait semblant de soupeser deux énormes testicules.

— Ils débarquent en nombre, on ne voit plus qu'eux : Trump, Poutine, Xi Jinping, Bolsonaro, Erdogan, Salvini, Orban, etc., etc., etc., je pourrais les citer tous, mais on y serait encore demain matin ! L'homme-à-grosse-couilles est là ! Or, l'homme-à-grosses-couilles n'en a rien à faire de la planète. Rien du tout ! Il la détruit parce que sa destruction augmente sa puissance ! Et il n'y a que ça qui compte pour lui : le pouvoir et l'argent ! L'homme-à-grosses-couilles n'a qu'une perspective : sa propre jouissance. Et il est convaincu que la planète tiendra bien encore un peu, au moins jusqu'à ce qu'il meure. C'est tout ce qui lui importe. Ce qui adviendra après sa mort, il s'en contrefout, l'homme-à-grosses-couilles ! Voilà pourquoi tu as perdu, toi, le petit Grimm, recroquevillé sur ton étroit lopin de terre qui se dégrade inéluctablement !

Les yeux ronds, Grimm écoutait cet étrange discours. Il se demandait si Amandine avait perdu l'habitude de boire au point qu'un seul verre de rouge puisse l'amener à brosser une telle vision du monde. Il n'avait encore rien entendu, car Amandine poursuivait sur la même lancée.

— Tu vois, l'homme-à-grosses-couilles, c'est que de la haine, que du pur macho violent ! Tu enfermes Greta Thunberg avec Trump, Poutine et Xi Jinping dans une pièce, je suis sûre qu'ils lui font subir une tournante avant de la pendre au plafond à un croc de boucher !

Grimm eut soudain une série de flashs : la petite et frêle Greta Thunberg violée par Trump, Poutine et Xi Jinping, puis se balançant au bout d'une corde, la tête cassée sur le côté au-dessus du nœud coulant. Vision d'horreur. Il eut un haut-le-cœur.

— Eh bien, dis donc, Amandine, je savais que tu n'avais pas la langue dans ta poche, mais là, vraiment, tu m'épates. Tu te surpasses !

— Ce que j'en disais, c'était juste pour te montrer que tu n'avais rien à attendre de positif dans les années qui viennent sur la question qui te préoccupe.

— Merci.

Amandine se tut et son visage prit une expression très différente.

— Je peux te poser une question, Hubert ?

— Oui.

— Ce bébé que je porte, tu souhaiterais qu'il soit de toi ?

La réponse se fit attendre. Grimm baissa les yeux et regarda longuement le tapis.

— Je ne sais pas. Et toi ?

— Moi ? Moi, je sais très bien.

— Ah ? Et alors ?

— J'aimerais qu'il soit de toi.

Grimm se leva et passa sur le balcon pour fumer une nouvelle cigarette. Il s'accouda à la rambarde, dos à Amandine, et observa les voitures qui passaient dans la rue.

* * *

Grimm avait préparé le lit d'Amandine après avoir déplié le canapé-lit. Tout habillée mais déchaussée, elle s'était allongée sur le dos et sa main caressait son ventre proéminent.

— Il me donne des coups de pied de temps en temps. Il doit commencer à se sentir à l'étroit…

— Sûr que c'est pas très grand comme niche, dit Grimm en souriant.

Elle ferma les yeux et Grimm crut qu'elle allait s'endormir. Sans faire de bruit, il sortit son portable pour consulter ses mails. Il fut brusquement tétanisé. Sur les trois mails non lus, l'un était de Charles Perrault.

— Nom de Dieu… murmura-t-il.

Il afficha le message :

Hé Grimm
Je tiens ta ravissante petite protégée.
Alors, écoute-moi bien, mon vieux.
Tu vas te débrouiller pour récupérer mon passeport. Et tu me l'amèneras à Saint-Lunaire.
Reste cool, ne préviens pas tes collègues.

Sinon, tu ne la reverras jamais.
Comme tu sais, je suis le roi du rouleau compresseur.
Ce serait vraiment dommage que les jolies formes de ta petite fliquesse, son petit cul rebondi, ses petits seins pointés en avant, soient écrasés et réduits à l'état de carpette.
Va à Saint-Lunaire, vite, les instructions suivront.
Charles Perrault

19

Amandine releva les paupières. Elle vit Grimm, assis dans le fauteuil, le visage penché sur l'écran de son portable, immobile comme une statue, les yeux exorbités, la mâchoire crispée et les lèvres animées de mouvements convulsifs.

— Qu'est-ce qui se passe ?

Grimm n'eut aucune réaction, comme s'il était coupé du monde qui l'entourait.

— Qu'est-ce qui se passe, Hubert ?

Il redressa la tête d'une manière mécanique, comme une machine, un automate, et fixa Amandine. Son regard exprimait l'angoisse et le désespoir.

— Il l'a enlevée.

— Qui a enlevé qui ?

— Béchu. Il a enlevé Ermeline.

Grimm était bien conscient que ce qu'il disait était pour Amandine absolument incompréhensible, mais il ne parvenait pas à calmer son esprit pour lui fournir une explication. Amandine se redressa et s'assit au bord du lit. Elle dit doucement :

— Je vois bien que c'est grave, Hubert, mais essaye d'être plus clair.

Puis, soudain, Grimm s'éjecta d'un bond du fauteuil, en hurlant :

— Merde, bon Dieu ! C'est pas vrai !

Et il donna un grand coup de pied dans la table.

— Saloperie de putain de bordel de merde !

— Hubert, calme-toi, s'il te plaît. Dis-moi ce qui se passe.

Grimm s'arrêta au milieu de la pièce et pivota comme une toupie vers Amandine.

— Nous traquons un criminel ! Très dangereux ! Un vrai sadique ! Et il vient d'enlever Ermeline !

— Qui est Ermeline ?

— Un membre de mon équipe. Une jeune femme d'une trentaine d'années ! Lieutenant de la PJ !

— Pourquoi il a fait ça ?

— Pour récupérer son passeport que nous avons retrouvé sur les lieux d'un de ses crimes.

Grimm ramassa son portable, qui avait roulé sur le tapis, et le tendit à Amandine.

— Tiens, lis ça !

Amandine resta un moment les yeux fixés sur l'écran.

— Le roi du rouleau compresseur ?

— Oui, il a écrasé sa dernière victime sous un engin de chantier. C'était dégueulasse, je te prie de me croire ! Il fera pareil avec Ermeline si je ne lui apporte pas son passeport.

Amandine relut le mail. Elle eut un instant d'hésitation avant de demander :

— Ermeline, c'est... *ta petite protégée* ?

— Ma petite protégée ? répéta Grimm.

Puis, il comprit.

— Amandine, s'il te plaît, c'est pas le moment ! Ermeline, je l'aime bien, mais je ne couche pas avec, OK ?

— OK, Hubert, excuse-moi. Mais c'était pas par jalousie, c'était juste pour savoir.

— Eh bien, voilà, tu sais ! J'ai pas de copine et je couche avec personne !

Puis, Grimm lui tourna le dos, saisit compulsivement son paquet et mit aussitôt une cigarette à ses lèvres en sortant son briquet.

— Hubert, je suis enceinte…

Grimm ouvrit en grand la porte-fenêtre du balcon. Son front était couvert de sueur.

— Putain, qu'est-ce qu'il faut faire ? Qu'est-ce que je dois faire ?

— C'est où Saint-Lunaire ?

— Je sais pas.

Amandine lâcha le portable de Grimm et s'empara du sien. Elle tapa le nom dans Google.

— C'est sur la côte. À quatre-vingts kilomètres au nord de Rennes. Entre Saint-Briac-sur-Mer et Dinard.

— Je connais pas ces bleds-là.

— Pas très loin de Saint-Malo.

— Saint-Malo ? Ah ça, je connais ! C'est connu Saint-Malo !

— Oui, moi aussi, j'y suis allée petite avec mes parents. Je me rappelle le tour des remparts face à la mer, en plein vent, sous la pluie.

Grimm se laissa tomber sur le lit à côté d'Amandine.

— Faut que je réfléchisse… Faut que j'aie les idées claires, bon Dieu…

— Tu vas prévenir tes collègues ?

C'était en effet la première question à se poser. Décisive. Et même à celle-là, Grimm avait du mal à répondre. Il se tourna vers Amandine ; son regard reprenait de l'acuité.

— Ce salaud est malin, très malin. Il nous a baladés depuis le début de l'affaire. On a peut-être été cons, pas à sa hauteur, mais je crois qu'il est vraiment très intelligent. Je n'ai jamais rencontré un type pareil depuis que j'enquête sur des affaires criminelles. Il n'a fait qu'une erreur, une seule erreur, sinon on n'aurait jamais été mis sur sa piste.

— Laquelle ?

— Il a perdu son passeport là où il a commis son dernier crime. C'est bête, hein ?

— Ça tient parfois à peu de chose, le crime parfait...

— Je ne peux pas prendre de risque. Si je préviens la PJ, ça va être un grand déploiement de force. Il le saura et il la tuera.

— Tu n'as même pas un collègue de confiance que tu pourrais prévenir ?

— Si, Jarry. Jarry serait le meilleur.

— Jarry, tu dis ? Appelle-le.

— Non, je te le répète : c'est trop risqué. Ce type ne fera aucun cadeau. Il faut que je récupère ce putain de passeport et que j'aille à Saint-Lunaire.

— Et tu sais où il est, ce passeport ?

— Oui, mais ça veut dire que je cambriole les locaux de la PJ. Ensuite, seulement, je vais à Saint-Lunaire.

— Seul ?

— Oui.

Amandine prenait soudain conscience que Grimm allait probablement jouer sa peau. Le danger était resté abstrait, tant qu'il ne concernait que la seule Ermeline. Tout à coup, il se matérialisait sur un homme qu'elle aimait. Elle eut un frisson en songeant que, peut-être, le père de son enfant allait disparaître avant même sa naissance.

Elle eut ce cri du cœur :

— N'y va pas, Hubert ! Il va te tuer !

Outre qu'il s'apprêtait à commettre une grave faute professionnelle, Grimm connaissait parfaitement les risques encourus dans une telle équipée solitaire. Mais ce rappel inutile lui provoqua une bouffée d'angoisse. Il se leva en effectuant un mouvement sec du bras et de la main, comme s'il jetait quelque chose par-dessus son épaule, pour indiquer qu'il n'avait pas besoin de stress supplémentaire.

* * *

Grimm s'était servi de son badge pour rentrer dans l'hôtel de police. Dans le hall, d'un simple mouvement de tête, il avait salué le planton en montrant sa carte. L'autre n'avait rien dit et l'avait regardé prendre l'ascenseur.

Si les couloirs de l'immense bâtiment étaient déserts, certains bureaux étaient cependant allumés, signalant que des agents travaillaient pour des urgences. Par ailleurs, l'hôtel de police assumait aussi la nuit son rôle de commissariat, quoique fermé au public, et plusieurs gardiens de la paix y stationnaient jusqu'au petit matin. Certaines patrouilles motorisées qui parcouraient la ville seraient aussi susceptibles de revenir à toute heure. Grimm se devait d'être extrêmement prudent.

Il savait qu'une faute comme celle qu'il allait commettre le ferait passer devant une commission de discipline. Il risquait gros. Le blâme serait le moindre mal, mais la sanction pouvait aller jusqu'à la rétrogradation, ou même l'exclusion de la police judiciaire.

Pourtant, il avait le sentiment de ne pas avoir le choix. Rien que de penser à Ermeline, et de l'imaginer entre les griffes de ce monstre, le faisait trembler de rage et d'impuissance. Peut-être lui faisait-il du mal en ce moment même ? Peut-être l'avait-il violée ? À cette pensée, il s'arrêta net au milieu d'un couloir, tétanisé. Il fallait qu'il se reprenne. Surtout, ne pas penser au sort d'Ermeline, mais uniquement au moyen de la tirer de là. S'il n'était pas trop tard. Là encore, cette réflexion le liquéfia. Il s'injuria :

— Merde, concentre-toi, bordel !

Il passa d'abord à son bureau, ouvrit le tiroir de droite et prit son arme de service. Prêt à tout, il se devait de l'être, y compris tuer ce salaud si c'était le seul moyen de sauver Ermeline.

Puis, il descendit d'un étage par l'escalier, longea un nouveau couloir, sans allumer, se dirigeant grâce à la seule lumière de son portable. Enfin, il s'immobilisa devant la porte du local où étaient entreposées les pièces à conviction des enquêtes en cours. Fermé, évidemment.

Il sortit de sa poche son kit de crochetage. C'était plus compliqué que chez Rebecca Hoppman, mais Grimm avait acquis beaucoup d'habileté pour ouvrir toutes sortes de serrures. Il fourrageait avec le palpeur à l'intérieur du cylindre en répétant à voix basse :

— Une mexicaine dans mes propres locaux... Si tu avais su qu'un jour...

Il réussit à faire tourner le barillet. La porte s'ouvrit. Au même moment, la lumière du couloir s'alluma. Il se précipita dans le local et referma derrière lui. Le cœur battant, il attendit, l'oreille aux aguets. S'il échouait dans le vol du passeport de Béchu – car c'était un vol, le vol d'une pièce à conviction dans le cadre d'une enquête criminelle –, c'en était fait des espoirs de retrouver Ermeline saine et sauve.

Il y eut un bruit de pas, lointain d'abord, plus fort ensuite – la personne devait se rapprocher de la porte – puis qui décrut finalement. L'alerte était passée. Il entendit ensuite le déclic de la lumière automatique. Le couloir devait de nouveau être plongé dans l'obscurité.

Il prit le risque d'allumer. Mais, constatant que le local possédait une fenêtre qui donnait sur la rue, il préféra éteindre aussitôt. Il avait eu le temps cependant de repérer les casiers où se trouvaient les pièces à conviction.

Il les examina un à un à la lumière de son portable. Une étiquette : *Affaire Hoppman*. Là encore, il dut user de son kit de crochetage pour ouvrir. Il repéra tout de suite le sachet plastique contenant le passeport. Il s'en saisit en se reprochant de ne pas avoir mis de gants. L'instant d'après, il haussait les épaules. Au point où il en était, de toute façon...

20

Le temps s'était dégradé. La douceur restait de mise, mais la pluie tombait par averses successives, orchestrée par un vent en rafales qui apportait, évacuait, puis convoyait encore des paquets de nuages sombres chargés d'eau. Par moments, à la faveur d'une éclaircie, des étoiles scintillaient dans un coin de ciel, en un instant fugace où la nuit se faisait moins épaisse. Alors, en levant les yeux, on pouvait voir des masses noires poussées vers l'est refermer à vive allure cette étroite lucarne de ciel.

Grimm avait pris la voiture de service. Il avait posé le sachet plastique contenant le passeport d'Étienne Béchu et son arme de service sur le siège avant du véhicule. Il conduisait un œil sur la route mouillée, l'autre sur le GPS.

Contournant d'abord le centre-ville en empruntant la rocade, il avait pris la direction de Saint-Malo en suivant une quatre-voies assez dégagée où, malgré sa nervosité, il s'efforçait de ne pas dépasser la limite autorisée des cent dix kilomètres/heure. Parfois, la pluie redoublait jusqu'à atteindre sur de courtes durées une rare intensité et il était obligé d'utiliser les essuie-glaces à leur vitesse maximale et de ralentir. Il appuyait de nouveau sur la pédale d'accélérateur dès que le déluge faiblissait.

Quatre-vingts kilomètres depuis Rennes, avait affirmé Amandine. Et même un peu moins d'après le GPS. Grimm avait devant lui un peu de répit pour réfléchir à la manière dont il pouvait intervenir. Le problème était qu'il n'avait aucune carte en main, sinon le passeport que Béchu voulait récupérer. Mais cette carte ne pouvait être monnayée avant que ce malade ne l'ait recontacté pour lui donner de nouvelles instructions. En attendant, il en était réduit à une passivité angoissante, incapable de deviner la tactique de son adversaire. Et sur ce plan, il pouvait s'attendre au pire.

Il suivit la même route plein nord et divergea soudain vers l'ouest, laissant l'indication *Saint-Malo* sur sa droite et poursuivant vers Dinard. Il franchit le large estuaire d'une rivière par une route aménagée sur un barrage qui, à la faveur de la nuit, lui parut particulièrement long et massif. Il roula toujours plein ouest sur une nouvelle quatre-voies, dépassa la ville de Dinard sans y pénétrer, et aperçut enfin un panneau indiquant Saint-Lunaire.

Il expira et inspira bruyamment pour se débarrasser de cette anxiété qui oppressait ses poumons. Son regard fouillait les rues et les trottoirs du village qu'il pénétrait par le sud. Il le remonta lentement, contournant l'église par la droite, crut s'éloigner du centre-bourg, puis longea des terrains de tennis, se demandant où il devait s'arrêter. Le silence, la pluie, personne dans les rues. Inquiétant. Il consulta l'heure au tableau de bord : 1 h 12 du matin.

Il poursuivit sa route et déboucha sur un boulevard où il fut saisi par l'apparition soudaine de la mer. Il ne la croyait pas si proche et rien ne l'avait annoncée. Remontant ce boulevard, son regard accrocha quelques belles demeures anciennes jusqu'à un vieil hôtel aux dimensions spectaculaires. Grimm ne put réprimer une exclamation d'admiration devant l'imposante bâtisse de style Belle Époque. Il décida de se garer à proximité.

Certainement, il touchait ici au cœur de ce qui était non pas un petit village perdu, comme il l'avait cru, mais une très ancienne station balnéaire haut de gamme.

Grimm éteignit le moteur de sa voiture. En quelques secondes, son pare-brise et les vitres latérales furent recouvertes d'une eau abondante, qui s'écoulait continument, masquant la visibilité extérieure. Parce que rien ne permettait d'affirmer que son arrivée n'avait pas été repérée par Béchu, caché quelque part, il eut le réflexe de saisir son pistolet et de le poser sur ses genoux.

Instructions suivront. Ainsi se terminait le message de Béchu, alias Charles Perrault. Il consulta ses mails. Rien. Ce silence avait quelque chose de rassurant, car il indiquait probablement que Béchu ne savait pas que Grimm était garé à cet endroit.

Il patienta d'abord dix bonnes minutes pour s'en convaincre définitivement. Alors, il décida de prendre l'initiative. C'était comme au jeu d'échecs. Après une période d'observation, où tout était encore possible, il décidait d'attaquer. Surtout parce que c'était son unique chance de gagner le duel à mort qu'il engageait avec le criminel. Il n'avait en effet aucun doute sur le fait que Béchu, s'il rentrait en possession du passeport, tuerait Ermeline. Et lui avec.

Il tapa sur son portable un mail très court en réponse à celui de Perrault.

J'ai le passeport
Je suis seul et garé à côté de l'église

C'était une première ruse. Grimm voulait lui faire croire qu'il s'était garé à un endroit différent de celui où il se trouvait réellement. Ce stratagème permettrait peut-être de le surprendre. Il appuya sur la touche *envoyer* et attendit. La réponse ne se fit pas tarder.

Va te garer sur le boulevard du Décollé

Première défaite. En se déplaçant et en allant là où Béchu le souhaitait, il serait fatalement repéré. Il consulta attentivement la carte affichée sur le GPS de son portable. La pointe du Décollé n'était pas loin. En poursuivant le boulevard où il se trouvait, c'était la première rue à droite. Ce boulevard où Béchu voulait l'attirer aboutissait à une pointe du même nom qui s'avançait dans la mer, limitant à l'ouest la grande plage face à laquelle l'hôtel se dressait et dont il voyait le sable et le rivage sur sa droite.

Grimm devait prendre une décision. Vite. Obéir à Béchu revenait à se livrer. Ou presque. S'il voulait conserver une chance, même minime, de sauver Ermeline et de sortir lui aussi vivant de cette histoire, il devait tenter de reprendre l'avantage.

Grimm saisit le passeport et le glissa sous le siège du passager. Il serait intouchable tant que Béchu ne saurait pas où ses papiers se trouvent. Puis, il mit le révolver dans l'étui de sa ceinture.

Il ouvrit la portière de la voiture. Trop mollement, une rafale de vent la rabattit sur lui.

— Et, en plus, un temps de merde…

En fin de compte, c'était peut-être une chance, songea-t-il ensuite. La pluie, les bourrasques, autant de conditions météorologiques qui limitaient la visibilité, rendaient difficiles les déplacements et se prêtaient à la dissimulation.

Il força sur la portière, réussit à s'extraire de la voiture et, une fois debout, il la lâcha et elle claqua d'elle-même sans qu'il eût à la refermer.

Il remonta d'abord le boulevard qui longeait le grand hôtel de style Belle Époque, jetant parfois de brefs coups d'œil vers la plage où grondait la mer agitée. Les vagues déferlaient sur le sable en un fracas continuel et obsédant. Quand il parvint à l'embranchement avec le boulevard du Décollé, n'osant s'y engager, il se dissimula d'abord, plaqué contre un mur, et l'inspecta avec attention.

C'était une rue plutôt étroite pour mériter la dénomination de boulevard. Il y avait des voitures garées du côté gauche. Il fut saisi par la première maison qu'il avait face à lui, une sorte de château miniature avec des échauguettes à chaque angle surmontées de toits d'ardoise en forme de chapeau pointu. C'était une bâtisse fin XIXe, emblématique de la richesse de la station balnéaire à cette époque. Grimm comprit vite que cette rue, construite sur la pointe rocheuse qui s'avançait dans la mer et dominait le versant ouest de la plage, était probablement la plus recherchée, la plus huppée et, par conséquent, la plus chère de toute la station.

Grimm s'était imaginé que Béchu, pour récupérer son passeport et le tuer ensuite, l'attirerait dans un endroit sordide, isolé, à l'image du chantier où il avait écrasé Kerdegat sous un rouleau compresseur. Ce n'était pas le cas. Il était difficile de comprendre sa stratégie, car il paraissait plus délicat d'assassiner deux personnes au cœur d'un bourg de ce type que sur une lande déserte à l'écart de tout.

Plié en deux, il traversa la rue en courant et s'accroupit entre deux voitures. Il sortit son portable. À présent, il fallait à la fois jouer juste et prendre des risques. Il tapa le message suivant :

Je suis garé dans la rue
Que dois-je faire ?

C'était une tactique hasardeuse et périlleuse. Rien ne permettait de dire qu'il n'avait pas été repéré dès son apparition à l'extrémité de la rue. Mais que faire d'autre, sinon de tenter de garder la main en avançant un pion sur l'échiquier ?

Cette fois-ci, la réponse tardait, ce qui mettait Grimm dans une situation de plus en plus inconfortable, l'obligeant à relever la tête et à regarder autour de lui pour prévenir une éventuelle attaque surprise. Inquiet de cette attente, il sortit son arme de l'étui et retira la sécurité.

Il était là, accroupi entre les deux voitures, les bras tendus vers l'avant, la main droite tenant la crosse du pistolet, la gauche enserrant la droite, et le canon dirigé vers le macadam. Il supposait que l'absence de réponse indiquait que Béchu savait parfaitement qu'il n'était pas venu en voiture et que sa position était désormais connue.

Grimm pensait se remettre debout et traverser la rue pour sauter par-dessus le mur qui lui faisait face et se cacher dans le jardin d'une propriété. Il n'eut pas le temps de mettre ce plan à exécution que son portable vibrait. Avec d'infinies précautions, il posa le pistolet par terre et prit connaissance du mail.

Un petit jeu, Grimm
Regarde le nom des propriétaires sur les boîtes aux lettres de ces belles maisons
Quand tu auras trouvé la bonne, entre, je t'attends

Grimm dut relire plusieurs fois. Une bouffée d'angoisse le submergea. Il sentit la sueur couler sous ses aisselles. Il avait chaud, malgré la pluie persistante.

— Putain, à quoi est-ce qu'il joue, ce salaud !?

D'abord, se calmer et raisonner. Raisonner du mieux possible, c'est-à-dire rationaliser, faire des hypothèses et prendre la meilleure décision.

Béchu ne semblait pas s'être aperçu que Grimm n'était pas venu en voiture. En tout cas, il ne le lui reprochait pas. Hypothèse : peut-être, donc, ne savait-il pas où Grimm se trouvait en ce moment précis ?

Béchu lui demandait de chercher une maison à l'intérieur de laquelle il prétendait l'attendre. Si l'hypothèse précédente était exacte, ce psychopathe se cachait effectivement dans une maison, il ne pouvait pas voir Grimm et il ne le pourrait pas avant qu'il y pénètre. C'est à partir de ce moment-là que Grimm serait en danger de mort.

Le reste paraissait relever du délire. Quel nom de propriétaire inciterait Grimm à pénétrer dans le jardin d'une de ces belles demeures ?

C'était un risque à prendre, mais Grimm décida de faire confiance à son raisonnement et à son intuition. Il enclencha la sécurité de son pistolet, le remit dans son étui et se releva lentement. Longeant les grilles et les murs des maisons, il s'arrêtait au niveau des boîtes aux lettres et lisait des noms qui ne lui évoquaient rien.

Lassé de ce jeu pervers, il décida brusquement de changer de trottoir, traversant la rue pour aller regarder d'autres boîtes aux lettres. La première portait un nom tout aussi inconnu que les précédentes. Il marcha encore une vingtaine de mètres et se pencha sur l'étiquette suivante. Il reçut un véritable choc. Tapé à la machine, en lettres claires et aérées, était écrit :

Monsieur et Madame Kerdegat et leurs enfants

Grimm se plaqua instantanément contre la grille. Les battements de son cœur s'étaient accélérés, au point qu'il avait du mal à respirer. Kerdegat ! C'était tellement inattendu qu'il eut besoin de longues secondes pour mettre de l'ordre dans son esprit. Il n'y avait qu'une seule explication, simple au demeurant. Les Kerdegat possédaient une résidence secondaire à Saint-Lunaire et Béchu désirait l'attirer dans celle-ci.

Pourquoi ? Était-ce la planque où il se cachait ? Là encore, c'était tellement improbable que personne n'aurait songé à aller le dénicher en cet endroit.

Le festonnage de la grille empêchait de voir le jardin et la maison, dont on ne distinguait que le toit. Grimm traversa de nouveau la rue pour prendre du recul et se dissimuler derrière une voiture. De là, le second étage apparaissait. Une bâtisse ancienne, certes grande mais moins monumentale que la maison de Rennes. Grimm se fit la réflexion que le patrimoine immobilier des Kerdegat s'élevait à plusieurs millions d'euros. Quatre ? Plus ?

La pluie avait cessé. Le vent restait fort et soufflait en rafales tourbillonnantes. Il n'y avait aucune lumière aux fenêtres de la façade principale. Le calme était inquiétant. Et puis cette terrible question : Béchu l'avait-il déjà vu ?

Entrer par le portail, dont Grimm ne doutait pas qu'il fût ouvert, présentait le risque de se jeter directement dans la gueule du loup. Il évalua la hauteur du mur de part et d'autre de la grille. Environ deux mètres. Pas très élevé, donc. Franchissable en tout cas.

Par ailleurs, pour le peu qu'il pouvait en voir, il y avait beaucoup de végétation dans le jardin. Des arbres, des arbustes, des haies aussi. C'était l'assurance qu'il ne se trouverait pas en terrain découvert une fois le mur franchi. Or, il était impératif de pouvoir se cacher d'abord dans le jardin avant d'aller plus loin.

Grimm choisit le mur de gauche, là où les branches qui dépassaient paraissaient les plus fournies. Il se recroquevilla pour prendre son élan et démarra d'un seul coup, courant vers le mur pour se jeter contre lui. À la manière d'un chat, profitant de sa vitesse, il se retrouva à la hauteur de l'arête du mur, qu'il accrocha et, balançant les jambes sur le côté, il s'enroula sur le faîte de la construction pour basculer de l'autre côté. Il tomba assez lourdement, mais sans se faire mal. Il se releva aussitôt et courut se mettre à l'abri d'un gros bosquet d'arbustes, dont les cimes s'élevaient à une bonne hauteur et s'agitaient sous le vent.

Dans sa course, il glissa deux fois en raison de l'herbe trempée de la pelouse et, se jetant violemment contre le bosquet, il reçut sur la tête une gerbe d'eau froide libérée par les feuilles. À genoux sur la terre boueuse, trempé jusqu'aux os, sa position était très inconfortable, mais le point de vue sur la maison était idéal.

Cette fois-ci, il pouvait observer non seulement la façade principale, mais aussi le pignon gauche de la maison. Aucune lumière. Un silence absolu. Qu'Ermeline puisse être détenue derrière ces murs le révoltait. Et ce doute qui le minait depuis le début de sa folle entreprise : était-elle seulement encore de ce monde ? Il écarta brutalement cette pensée qui ne pouvait que nuire à son efficacité. Ne pas penser à cela, se concentrer sur l'essentiel, le vital : pénétrer dans la maison en évitant le piège tendu par son ravisseur.

Comme pour le jardin, entrer par la porte principale était inconcevable. Béchu connaissait la maison, son organisation spatiale, ses recoins. Il fallait y accéder par une autre issue qui laisserait à Grimm une chance de surprendre le criminel.

Malgré l'obscurité, Grimm remarqua deux soupiraux à l'extrême base de la bâtisse, l'un sur la façade principale, l'autre sur le pignon gauche, qui devaient donner sur la cave, laquelle devait probablement, comme c'est souvent le cas dans ces demeures anciennes, s'étendre sur toute la superficie de la maison.

Béchu ne pouvait être partout. Qu'il soit dans la cave lui parut peu probable. Grimm l'imaginait plutôt dans l'ombre d'un couloir, derrière une porte, à l'étage de préférence pour avoir l'avantage d'une position dominante. Il examina plus attentivement le soupirail du pignon qui avait une forme ovale. Si la largeur ne posait pas de problème, la hauteur n'excédait pas une quarantaine de centimètres. Ceci ménageait un passage très étroit, à ras de terre, protégé en outre par un volet intérieur.

Il y avait aussi plusieurs fenêtres au rez-de-chaussée mais se jeter ainsi dans la maison et tomber en un lieu dont la disposition spatiale lui était totalement inconnue, sans compter le bruit de son intrusion qui le ferait repérer d'emblée, lui parut une mauvaise option. Il se décida pour le soupirail.

Il s'élança et traversa la pelouse comme une flèche. Parvenu au soupirail, il s'accroupit et donna un violent coup de talon dans le volet qui céda et s'ouvrit en grand. Il s'allongea sur le ventre et s'engagea dans l'ouverture les pieds en avant. Tant que ses jambes s'agitaient dans le vide, il eut peur que la cave soit très profonde et d'avoir à sauter avec toute l'incertitude d'une chute non contrôlée. Dans l'obscurité de surcroît.

Par bonheur, alors que ses mains s'accrochaient au rebord du soupirail et que ses bras étaient entièrement tendus, l'extrémité de son pied droit toucha le sol. Il se laissa alors glisser. Entraîné par son propre poids, il se réceptionna accroupi, mais en douceur.

Il faisait un noir d'encre dans la cave où une forte odeur d'humidité s'exhalait des murs recouverts de salpêtre. Grimm resta un moment à genoux le temps que ses yeux s'habituent à l'obscurité. Peu à peu, il distingua des formes, de vieux meubles probablement, des tables, des chaises, une armoire.

La cave était compartimentée en plusieurs pièces. S'éclairant avec son portable, Grimm passa une première porte et aperçut dans le fond de la seconde salle un escalier qui devait accéder au rez-de-chaussée.

Avant de poser le pied sur la première marche, la tête levée vers le plafond, il resta aux aguets, tentant de percer le silence, à l'affût du moindre bruit susceptible de l'aider à localiser son adversaire. Rien.

Un chat miaula longuement dans le jardin. Un cri de mâle, lugubre, effrayant, auquel lui répondit un autre hurlement tout aussi glaçant. Puis un bruit de course effrénée dans le jardin. L'un des félins prenait temporairement l'avantage et poursuivait son rival. Grimm sursauta ensuite quand une chauve-souris pénétra soudain dans la cave par le soupirail, tourbillonna autour de lui en le frôlant de son vol saccadé, avant de ressortir. Mais à l'étage supérieur, le silence restait total.

Grimm monta lentement et, parvenu à la porte, il sortit son pistolet et en retira la sécurité. De la main gauche, le plus doucement possible, il abaissa la poignée de la porte. Elle résista à la poussée. Fermée à clé.

Grimm n'avait pas prévu cet obstacle. C'était beaucoup plus qu'un contretemps. Se servir de son kit de crochetage ferait fatalement du bruit, durerait longtemps, et attirerait l'attention de Béchu. Grimm serait alors en grand danger au moment d'ouvrir. Il pensa rebrousser chemin et chercher une autre manière de pénétrer dans la maison. Mais il visualisa les murs extérieurs, la grande porte d'entrée, les fenêtres du rez-de-chaussée, et se persuada que toute autre tentative présentait de plus grands risques que de forcer la porte.

Il fallait le réussir d'un seul coup, et espérer bénéficier ainsi d'un effet de surprise en surgissant par la cave dans le vestibule de la maison. La plus grande difficulté résidait dans l'absence de recul. Grimm ne pouvait prendre de l'élan puisqu'il se trouvait en haut d'un escalier. Il espéra qu'il s'agissait d'un simple verrou d'intérieur. C'était sa seule chance.

Il descendit néanmoins les marches. Même un élan imparfait se révélait indispensable pour que la poussée soit efficace. Après deux grandes inspirations pour se concentrer, il remonta en courant et percuta la porte de l'épaule le plus violemment possible. Elle céda. Elle céda même sans résistance, et Grimm fut projeté dans le vestibule et tomba sur les genoux. Il se releva dans le même mouvement et se plaqua contre le mur le plus proche, bras tendus à l'horizontale, pointant successivement le pistolet dans toutes les directions.

Silence, et clarté diffuse provenant du lampadaire de la rue. L'ennemi était invisible et ne se montrait pas.

Désormais, le combat changeait de perspective. Béchu ne pouvait pas ignorer que Grimm se trouvait dans la maison. Où se cachait-il ? Un jeu mortel du chat et de la souris commençait, où l'un et l'autre étaient à la fois le prédateur et la proie. Comme les deux chats qui s'affrontaient auparavant dans le jardin.

Le pistolet tenu à deux mains, bras tendus, le canon orienté droit devant lui, Grimm s'avança précautionneusement, passa dans un salon, puis dans une salle à manger, une cuisine, une buanderie. À chaque fois, les jambes fléchies, il fouillait du regard les recoins de chaque pièce, le pistolet prêt à tirer au moindre mouvement.

Le silence était irrespirable et les nerfs de Grimm s'érodaient peu à peu. Ses bras, constamment à l'horizontale, tétanisés par l'effort produit, tremblaient légèrement. Pour récupérer, il se dissimula derrière un meuble et abaissa son arme vers le sol. Il expira à plusieurs reprises.

Personne au rez-de-chaussée, il allait falloir monter. Or, monter un escalier avec un ennemi caché à l'étage était la pire des initiatives. La position en surplomb, par exemple allongé sur le ventre au sommet des marches, permettait de viser l'adversaire en toute sécurité. C'était une position inexpugnable et forcément gagnante. Grimm n'avait aucune chance de déloger Béchu dans ces conditions et l'issue ne pouvait être que fatale.

Conscient de la faiblesse de sa situation, Grimm décida de temporiser. Béchu ne se manifestait pas, attendant peut-être qu'il emprunte l'escalier pour l'ajuster en toute tranquillité. Il fallait renoncer à cette folie et le forcer à descendre. Grimm aurait pu tenter de l'appeler pour entamer une négociation, mais l'incertitude du lieu exact où Béchu se cachait le poussait à se taire. Aussi insupportable que l'attente puisse paraître, elle valait mieux que d'aller droit vers une mort certaine.

Grimm se laissa glisser lentement derrière le meuble et s'accroupit, sans lâcher son arme qu'il tenait entre ses jambes repliées. Il fallait une grande patience, des nerfs solides, mais la tactique consistait à obliger Béchu à reprendre contact avec lui. Se fiant à son ouïe dans le silence de la nuit, Grimm ferma les yeux et attendit.

Le temps s'éternisa. Régulièrement, Grimm consultait l'heure. 2 h 21. Puis, 2 h 36. Cette attente était épuisante et Grimm s'interrogeait sur sa stratégie quand son portable vibra dans sa poche.

Enfin !

Il posa l'arme devant lui, sortit son téléphone et lut :

Hé Grimm, tu t'amuses bien dans la maison de Kerdegat ?
Tu as mis tes empreintes un peu partout ?
À présent, retourne à ta voiture, installe-toi tranquillement au volant et attends mes nouvelles instructions.

21

Grimm lut plusieurs fois le message. Outre le fait que Béchu affirmait à présent ne pas se trouver dans la maison, l'allusion aux empreintes semblait cacher une stratégie à plus long terme dont Grimm était incapable de dévoiler la ligne. Dans quel but était-il manipulé ? Retour dans la voiture, donc à la case départ. Soit ! Pour aller où cette fois-ci ?

Grimm avait aussi conscience que la tension accumulée depuis plusieurs heures l'épuisait peu à peu. Depuis le rapt d'Ermeline, n'avait-il pas cambriolé la PJ pour récupérer le passeport de Béchu, roulé sur une route inondée par la pluie et battue par les vents, pénétré dans une maison inconnue et subi la menace permanente d'une agression armée ?

Cet épuisement, auquel participait naturellement le manque de sommeil, faisait-il partie de la stratégie adverse ? Il fallait tenir coûte que coûte, conserver la même vigilance, ne pas se relâcher un instant, éviter les ruses et les pièges.

Grimm se releva, mais décida de garder son pistolet à la main. Béchu venait encore de démontrer son aptitude à mentir et à manipuler, et rien ne prouvait qu'il n'était pas dans la maison, même si l'imposant silence paraissait confirmer l'impression que Grimm avait depuis le début.

Par prudence, Grimm décida de quitter la maison par le même chemin. Il descendit à la cave le plus doucement possible. À regret, il dut remettre le pistolet dans son étui pour sauter et accrocher le rebord du soupirail. Se hisser à la force des bras lui demanda un effort qui le laissa pantelant, un instant allongé et essoufflé au pied du mur de la maison.

Il gagna ensuite le bosquet où il s'était précédemment abrité. Il épia dans la nuit. Rien d'anormal. Le vent soufflait toujours aussi fort, mais la pluie n'avait pas repris. Sauter par-dessus le mur du jardin lui parut inutile. Ayant de nouveau sorti son pistolet, il s'approcha de la grille et l'entrebâilla. La rue était déserte. Il se glissa sur la chaussée et, longeant les murs des demeures, il prit la direction du boulevard où sa voiture était garée.

Il rangea son pistolet de peur qu'un insomniaque, cherchant le sommeil debout à la fenêtre de sa chambre ou de sa cuisine, ne l'aperçoive dans la rue une arme à la main. Qu'un habitant du village appelle la police ruinerait l'espoir qu'il conservait malgré tout de libérer Ermeline.

Quand il fut sur le boulevard qui bordait la mer, il prit la précaution de marcher sur le trottoir opposé à celui où se trouvait sa voiture. Il avait ainsi une meilleure perspective du danger et il était mieux à même de repérer quelque chose d'anormal. Sur le qui-vive, il se retournait fréquemment pour vérifier que personne ne le suivait.

De loin, il aperçut son véhicule qui n'avait pas bougé. Le boulevard était toujours aussi désert, ce qui n'avait rien d'étonnant en pleine nuit, par mauvais temps et hors saison touristique.

Quand il parvint au niveau de la voiture, il observa de nouveau longuement tous les recoins possibles où un homme pouvait éventuellement se dissimuler. Il ne vit strictement rien qui attirât son attention. Alors, il décida de traverser.

Grimm avait à cet instant le désir de se mettre à l'abri, de retrouver l'intérieur rassurant de l'habitacle et d'attendre le nouveau message de Béchu.

Au milieu de la rue, il cliqua sur la télécommande pour déverrouiller sa voiture. Il s'y engouffra comme dans un refuge, et dans le même mouvement, claqua la porte avec détermination.

* * *

Il se trouvait assis de nouveau face au volant, non loin du grand hôtel à la facture architecturale Belle Époque, la mer sur sa droite, une rue transversale un peu plus haut sur sa gauche. À l'angle, un ancien théâtre apparemment transformé en restaurant capta son regard et son attention pendant quelques secondes.

— Et maintenant, c'est quoi le programme… murmura-t-il.

Au même moment, il sentit le canon froid d'un révolver appuyer sur sa nuque. Il sursauta aussi violemment que si son cœur avait reçu une décharge électrique.

— Bouge pas, Grimm, calmos… ou t'es mort.

Derrière lui, une forme se redressait. Grimm vit le visage d'un homme barbu apparaître dans le rétroviseur.

— Tu vas retirer délicatement ton flingue de son étui et, sans te retourner, me le donner en le tenant par le canon. À la moindre tentative, je t'explose la tête. Vas-y, je te regarde.

Il n'était plus temps pour Grimm de regretter de s'être fait piéger aussi bêtement. En attendant qu'il revienne de la maison des Kerdegat, Béchu s'était tout simplement allongé à l'arrière de la voiture au pied de la banquette. Quant à ouvrir une voiture fermée à clé, c'était un jeu d'enfant pour qui avait un peu d'expérience en la matière.

Grimm sortit le pistolet de son étui et le tendit à Béchu. Il devina que celui-ci le posait à côté de lui sur le siège. Si le plan de Béchu était de le supprimer après avoir récupéré son passeport, Grimm avait à présent très peu de chances de sortir vivant de cette histoire. Malgré sa situation désespérée, et parce qu'on ne peut pas empêcher son cerveau de poursuivre malgré soi ses réflexions erratiques, il s'étonna en lui-même qu'une affaire qui avait démarré par une banale histoire de lettres anonymes puisse se terminer pour lui par une balle dans la tête.

Grimm joua son va-tout. Il déclara soudain :

— J'ai laissé ton passeport à Rennes. Ne compte pas sur moi pour te dire où il est.

Cette tentative d'échapper au pire se solda par le rire du criminel. Béchu s'esclaffait comme si Grimm venait de faire une bonne plaisanterie. C'était un rire grinçant, cruel, insupportable.

— Décidément tu n'es pas à la hauteur, mon petit Grimm. Que tu sois devenu commandant à la police judiciaire illustre tristement le niveau médiocre de cette institution. C'est navrant.

Par le rétroviseur, Grimm vit la main libre de Béchu chercher quelque chose à l'intérieur de son blouson qu'il sortit en disant avec ironie :

— Le voilà, j'ai cru l'avoir perdu de nouveau…

Grimm tourna la tête. La main qui s'agitait, à la manière d'un mouchoir pour dire *Adieu*, tenait le passeport. Il ferma les yeux. Son dernier espoir de négociation s'envolait.

Effondré, il écouta à peine ce que Béchu racontait.

— En bon petit flic, le petit Grimm, il se dit qu'il ne faut pas avoir le passeport sur soi, que c'est sa seule cartouche. Et il le cache dans la voiture. Pas bien, du reste. Je n'ai pas mis longtemps à le trouver. C'est à peine une cachette sous le siège du passager... Hélas, tu n'auras pas la chance de faire mieux une prochaine fois.

— Où est Ermeline, cria Grimm. Tu l'as tuée ?

— Non, elle est encore vivante, ta petite fliquesse. Le passeport, c'était ton atout. La fille, c'était le mien. Si je la tue avant de récupérer le passeport, c'est une erreur, n'est-ce pas ? Mais, comme tu vois, je l'ai retrouvé le passeport. Tu n'as plus d'atout et je vais pouvoir la tuer.

— Où est-elle ?

— Pas loin. Ma voiture se trouve trente mètres en arrière de la tienne. Ta petite fliquesse est dans le coffre. C'est une berline, ma voiture. Le coffre, c'est petit et hermétique. Ça ne doit pas être agréable d'être enfermée là-dedans dans le noir complet, sous une lourde bâche, ficelée et bâillonnée. Sans compter qu'il a fallu la convaincre d'être raisonnable. J'ai dû me fâcher un peu. C'est qu'elle mord quand on la touche, la petite salope.

En dépit du canon du révolver qui s'enfonçait dans sa nuque, Grimm voulait s'assurer que Béchu disait la vérité. En savoir le plus possible, au cas où, était le seul moyen de conserver un infime espoir de s'en tirer. Le faire parler gagnait aussi du temps et retardait l'échéance.

— Comment t'as fait pour trouver ma voiture ?

— Pas compliqué, je te suis depuis Rennes.

— Depuis Rennes ?

— Après avoir délicatement déposé ta fliquesse dans le coffre de ma voiture, je suis venu attendre à côté de la PJ que tu viennes voler le passeport. J'avais confiance en toi et, cette fois-ci, tu ne m'as pas déçu. Tu as démarré plein pot pour aller à Saint-Lunaire. Je n'avais pas besoin de te coller puisque je savais où tu allais. J'ai roulé doucement, pépère, surtout qu'avec ce vent et cette flotte, un accident aurait été trop bête. Je me suis garé à l'entrée du bled, sachant que tu allais me contacter. Alors, je t'ai éloigné de ta voiture en te demandant d'aller visiter la maison des Kerdegat. Belle demeure par ailleurs. Il a du pognon, le mec… Bon, là, tu m'as un peu agacé quand, en passant naturellement par le boulevard où nous nous trouvons pour aller à celui du Décollé, j'ai vu ta voiture. Tes petits mensonges, Grimm, c'est minable… La suite, tu la connais. Tu n'as plus le passeport et tu es dans ta voiture avec le canon d'un flingue sur la nuque. Désagréable, non ?

Fatal surtout. Pas très loin de la panique, les dents serrées, redoutant que Béchu n'appuie à l'instant même sur la détente, Grimm prenait conscience de la propension de ce dingue à parler, à se vanter, à savourer son pouvoir où pointait un sadisme qui, par nature, cherchait à faire durer le moment pour en jouir davantage.

Il cria pour montrer que sa combativité restait intacte :

— Tu ne t'en tireras pas, Béchu ! Tu vas avoir toutes les polices du monde à tes trousses ! Aucune chance de leur échapper !

Ce fut un nouveau rire qui accueillit ces paroles. Un rire joyeux, satisfait et qui, dans la situation présente, s'avérait plus terrifiant encore que le précédent.

— Béchu ! Parce que tu crois que je suis Béchu !? T'es vraiment trop con, Grimm !

Stupéfié, Grimm ne répliqua pas. L'homme reprit avec une évidente jubilation :

— Et comme vous constituez une belle bande de crétins, toute les polices vont le croire aussi. Et tu ne seras plus là pour les contredire ! Il est mort, ce pauvre crétin de Béchu ! Son corps pourrit quelque part dans une forêt autour de Bouaké, à un endroit où nul ne le retrouvera jamais. À l'heure qu'il est, il ne doit plus en rester grand-chose avec les bêtes féroces… Les polices des frontières vont vouloir arrêter Béchu, elles peuvent toujours l'attendre. Ce passeport ne servira qu'une fois, et avant que ton corps soit retrouvé et que l'alerte soit donnée. Ce matin, je file à Londres à partir de l'aéroport de Rennes sous l'identité de Béchu. Là, j'ai réservé un vol dans la même journée pour Rio de Janeiro. Au Brésil, le passeport de Béchu sera retrouvé, mais pas de Béchu. Envolé, disparu, volatilisé, le Béchu !

Grimm avait compris. Tout. Ou presque. L'affaire prenait un coup de projecteur qui l'éclairait presque entièrement.

— T'es Vincent Lamaury, c'est ça ?

— Ah, bien... Bravo ! Une petite lueur d'intelligence à la Rantanplan dans le cerveau de Grimm... Je suis en effet Vincent Lamaury, tu sais, l'infâme Lamaury qui a massacré toute sa famille.

— Parce que tu faisais faillite.

— J'ai voulu leur éviter la déchéance, la chute, la pauvreté, la misère. C'eût été trop dur pour eux qui avaient toujours vécu dans le luxe à Abidjan, dans une grande maison avec des boys, des femmes de chambre, et tout le fric voulu. Je leur ai évité cela, c'est un acte d'amour, Grimm.

— Tu es fou, Lamaury. Tu es un fou pervers, un malade, un psychopathe.

— Des compliments ? Merci Grimm, mais cela ne te sauvera pas de me lécher les bottes de cette manière.

Par le rétroviseur, Grimm accrocha le regard de Lamaury. Ses yeux avaient une étrange lueur, une fixité inquiétante, celle d'un fauve qui s'apprête à se jeter sur sa proie. Sa tête était agitée de tout petits mouvements saccadés qu'il ne semblait pas contrôler. C'était bien un fou sanguinaire qui se tenait derrière lui.

Les lèvres de Lamaury s'étirèrent en un rictus qui découvrit des dents carnassières.

— Tu as trouvé le serment de la croix solaire ? dit-il soudain.

Grimm ne répondit pas. Il fallait que Lamaury parle, parle encore, parle longtemps, le plus longtemps possible pour lui laisser la possibilité de trouver une issue qui lui permettrait de sauver sa peau.

— C'est le serment qu'il y a bien longtemps quatre étudiants ont scellé entre eux pour s'assurer le partage du monde et leur avenir. Un peu comme dans *Les Trois Mousquetaires*, une sorte de *tous pour un, un pour tous*. Dans nos affaires, celui qui éprouverait des difficultés financières devait être soutenu aussitôt par les autres. Une sorte d'entraide mutuelle et indéfectible. C'est moi qui ai pensé ce serment et c'est moi qui l'ai écrit. C'est mon œuvre ! Et c'est moi encore, quand Kerdegat a été au bord de la faillite, qui l'ai renfloué il y a vingt ans. Je suis le seul qui ai appliqué le serment de la croix solaire. Le seul !

Au dernier mot, sa voix était montée d'un cran. Une haine féroce transparaissait tout à coup.

— J'ai appliqué le serment, notre serment ! Moi seul ! Et eux, ces salauds, ces sangsues, ces parasites, quand j'ai eu besoin d'eux, silence ! J'ai appelé à l'aide, envoyé des centaines de mails, j'ai téléphoné : silence !

Il hurla :

— Silence ! Ils ont répondu par le silence !

Grimm ne pouvait détacher son regard du rétroviseur. Il voyait Lamaury s'agiter derrière lui et le canon du révolver appuyait encore plus sur l'arrière de son crâne, glissant parfois sur son cou, le haut du buste et remontant au niveau de la nuque. Grimm avait peur que dans ses gestes incontrôlés Lamaury ne tire sans le vouloir.

— Ce sont eux qui ont tué ma famille ! Eux, les vrais coupables, qui m'ont obligé à prendre la décision ! Mais ils ont payé ensuite ! Payé ma ruine, payé ma chute ! Le prix du serment ! C'était écrit ! *Le loup parjure à mort sera condamné* ! D'abord, cette lopette de Laveraud. Un vrai plaisir de le voir à genoux, chier dans son froc, supplier et implorer ! Qu'est-ce qui m'a fait choisir ce pauvre type pour intégrer notre groupe ? Une erreur de casting… Hein, Grimm, ça arrive, une erreur de casting, non ?… Oh, Grimm, réponds nom de Dieu !

— Oui.

— Jurgenssen, lui, c'était différent, il m'aurait aidé. J'en suis sûr. Il était dur, mais droit. Seulement, voilà, il était déjà crevé, Jurgenssen. Pas de bol ! Il restait cette vipère de Kerdegat. Ah, Kerdegat ! L'homme qui écrase tout sur son passage ! Le Caterpillar des affaires ! Mépris, arrogance, fourberie, cynisme ! Une petite balle dans chaque genou, puis écrasé comme il a écrasé les autres toute sa vie ! Il l'a vue en face la mort, Kerdegat, on peut le dire ! Sous la forme d'un monstrueux rouleau compresseur ! Tu l'aurais vu, à plat ventre, redressé sur ses coudes, rampant comme un infirme pour échapper au rouleau…

Lamaury se tut une seconde et reprit d'une voix plus calme :

— Ah, il y a quand même quelques bons moments dans la vie…

À cet instant, Grimm vit une voiture dans le rétroviseur extérieur qui remontait le boulevard. Était-ce le moment de tenter quelque chose ? Ouvrir la portière peu avant que la voiture passe, se jeter dans la rue en roulant pour atteindre le trottoir opposé, obligeant la voiture à freiner, et profiter de la confusion pour détaler et se mettre hors de portée du révolver. C'était jouable. Ou n'étaient-ce que des images de films d'action qu'il avait vus à la télévision ?

Il hésitait, le cœur frappant violement sa poitrine, quand il entendit Lamaury dire :

— N'y pense même pas, Grimm. Tu fais le moindre geste pour ouvrir cette portière et je t'abats comme un chien malade. Allez, mets tes deux mains sur le volant, position dix heures dix, comme à l'auto-école.

La voiture passa. Tournant la tête à gauche, Grimm ne vit que deux roues qui projetaient latéralement des gerbes de flotte. La voiture était passée. Lamaury ricanait.

— Le voyage s'achève pour toi, Grimm. Ça fait quel effet de savoir qu'on va mourir et qu'on ne peut rien faire pour l'empêcher ? Vas-y, dis-moi tout, j'aime bien recueillir les confidences des condamnés.

Grimm ferma les yeux. L'exécution approchait. Son corps se liquéfiait peu à peu. Il fallait trouver quelque chose pour le relancer, qu'il parle à nouveau. Gagner du temps encore, grappiller quelques minutes de vie supplémentaires...

— Pourquoi as-tu assassiné Rebecca Hoppman ?

— La petite gouine maso ? Pas de chance pour elle. C'est un dégât collatéral. De votre faute.

— De notre faute ?

— Je tue ce crétin de Laveraud, tout se passe bien. Je quitte dare-dare la Pologne et je vais à Rennes pour Kerdegat. Et là, avant même d'entrer en contact avec lui, je m'aperçois qu'il est suivi. Un homme sur un scooter. Étrange... Je piste ce gars et je découvre que c'est un détective privé. Koprotkieff. Moi, les histoires de cul de Kerdegat, ça ne m'intéresse pas. J'espionne cette vipère pour savoir quand, où et comment je vais l'exécuter, et je m'aperçois que la police l'espionne aussi. Bon Dieu ! Qu'est-ce que vous foutez tous à me gêner dans cette affaire !? Qu'est-ce que c'est que ce binz !? C'est que c'est difficile de tuer un homme que la police surveille déjà... Contretemps fâcheux. Qui me fait changer d'avis.

— Sur quoi ?

— Au départ, j'avais décidé qu'après la disparition de ma famille et la mort de ces deux salopards, je me suiciderais. Et puis, de revoir cette face de rat de Kerdegat, je me dis que je peux en tirer du pognon. Beaucoup de pognon, avant de le tuer. Et que je peux refaire ma vie en Amérique du Sud. Tout recommencer à zéro. Après tout, avec du pognon, une affaire, ça se remonte ! Une femme, ça se retrouve ! Et des enfants, ça se refait ! Et elles sont belles, les Brésiliennes ! Bon, c'est bien joli de penser à son avenir, mais la police est déjà présente sur les lieux avant même le crime. Faut jouer serré. Heureusement, les flics, c'est pas très malin. Là, j'ai une idée de génie, j'ai toujours eu des idées… Une idée que les flics sont trop cons pour comprendre. Ah, ah ! Et, de fait, vous n'avez rien compris !

Lamaury prenait plaisir à humilier Grimm et à se glorifier lui-même. Il allait ensuite le tuer, point d'orgue d'une pure séance sadique, appuyer sur la détente et faire exploser la tête du flic, la balle sortant du canon, la jouissance enfin, terme du plaisir, comme une éjaculation.

— Remarque bien que Kerdegat ne sait toujours pas que je suis à Rennes alors que je l'espionne. Koprotkieff, sans le savoir, me fait découvrir la maîtresse de Kerdegat, la petite Rebecca. Puis le Dragomira. Je creuse un peu et je vois que Rebecca couche avec une certaine Sabine et que, toutes les deux, elles s'adonnent à de gentils simulacres sadomasos. Est-ce que ce n'est pas charmant ?

Lamaury riait tout seul et Grimm, par intermittence, le regardait dans le rétroviseur. En dépit de l'inutilité d'une telle observation, son cerveau notait que Lamaury tenait son révolver dans la main gauche. Un gaucher, bien entendu. Ne le savait-on pas depuis le début ?

— Alors, puisque vous êtes si sots, vous les flics, quoi de plus simple que de vous lancer sur une fausse piste. Vous faire perdre du temps et de l'énergie à démêler une fausse affaire. Je passe à l'action. J'étrangle la petite Rebecca. J'espère qu'elle en a bien profité, un vrai cadeau que je lui offrais là avec ses fantasmes masos. L'expérience ultime en quelque sorte…

Écouter les horreurs de Lamaury provoquait chez Grimm la nausée. Il suffoquait. Fallait-il supporter cela avant de mourir ? Ne valait-il pas mieux en finir tout de suite ? L'instinct de survie, cependant, l'empêchait de hurler et de se retourner en une action désespérée qui se solderait par une balle dans la tête.

— Je la découpe aussitôt. Travail ingrat et rebutant, Grimm, tu peux me croire. Ensuite, je la dépose encore toute fraîche dans le jardin de son vieil amant. Avec un mot ! Que je signe S. Une signature à double sens. Pour la police, S, ce sera Sabine, la meurtrière. Meurtre par jalousie. Parfait ! Pour Kerdegat, S devait signifier le Sud de la croix solaire, moi, Vincent Lamaury. Qui pour la première fois se rappelait à son bon souvenir depuis son refus de m'aider quelques mois auparavant. Et voilà que ce con de Kerdegat ne comprend pas ! Il croit aussi que c'est Sabine. Dingue ! Ramolli du bulbe, Kerdegat ! Je suis obligé de lui envoyer un dessin de la croix solaire pour qu'il finisse par comprendre que j'étais là pour solder les comptes.

Grimm jetait toujours des coups d'œil dans le rétroviseur pour observer Lamaury. Il nota que les extrémités de ses doigts étaient recouvertes de plastique fin et souple. Vivait-il ainsi depuis son retour en France, en tout lieu et à tout moment, pour éviter que ses empreintes ne soient découvertes quelque part et que la présence de Lamaury – et non de Béchu – ne soit identifiée sur le sol de France ?

— Quant à vous, les flics, quelle bande de gros nazes ! C'est lent, ça piétine, ça patauge… Incapable de remonter jusqu'à Sabine. Il faut que je me déguise en Charles Perrault pour vous donner un coup de main et vous livrer Koprotkieff. On croit rêver…

— Non, ton message n'a servi à rien. Ce jour-là, on avait mis la main sur Koprotkieff.

— Ah, c'est beau la défense corporatiste… Mais je vous ai vus à l'œuvre ! Ils ne sont pas bien protégés les citoyens de ce pays avec des abrutis de votre espèce. Tiens, vous êtes même plus bêtes que des gendarmes, c'est pas peu dire. Enfin, bref, pendant que péniblement vous vous orientez vers Sabine, moi, j'entre pour la première fois en contact direct avec Kerdegat. Je lui dis que je le tue s'il ne me donne pas quatre cent mille euros en liquide. Je lui parle de ce pauvre Laveraud dont il ignorait la mort. Je le mets en condition et, finalement, il accepte. Tu connais la suite, Grimm, non ?

— Oui.

— Le traquenard dans un chantier. Et dire qu'il a essayé de m'avoir avec son révolver. Faut être con de vouloir baiser un mec qu'a déjà tué toute sa famille, un obscur SDF qui ne demandait rien à personne, un ancien camarade étudiant et une pauvre fille qui traînait par mégarde dans le marigot. Faut être con ! Je te dis pas l'extase quand il a craqué et giclé sous le rouleau…

— Tais-toi, Lamaury ! Tais-toi, nom de Dieu !

— Oh, la chochotte ! Ce sont des petites natures, les flics, je l'ai toujours dit. Bon, on va se dire adieu ? Ça m'a fait plaisir de travailler avec toi. Mais toutes les collaborations ont une fin, n'est-ce pas ?

Ce fut un flash horrible. Grimm vit sa cervelle répandue et glissant sur le pare-brise. Alors qu'il en devinait à présent la réponse, il trouva une nouvelle question pour retarder l'issue fatale :

— Et pourquoi Kerdegat a-t-il demandé à Sabine Mourot de venir au chantier ?

— Toujours aussi con, Grimm ! Un mec, qui a déjà une balle dans chaque genou, il ne se fait pas vraiment prier pour donner le code de son portable. Après sa mort, avec son portable, j'envoie un SMS à la grande prêtresse, la maniaque du fouet, pour qu'elle vienne se compromettre sur le chantier. Sabine, c'est l'os à ronger que je jette à la police ! Pour l'occuper, la police, la retarder, il faut toujours lui donner un os à ronger !

Lamaury se tut. Allait-il tirer ? Paniqué, cherchant désespérément autre chose, Grimm eut encore ce cri pour surseoir à l'exécution :

— Et Béchu ? Pourquoi Béchu ? Tu le connaissais depuis Marseille ?

— Ah, tu sais cela ? Oui, j'étais au collège avec ce demeuré de Béchu. Pas une lumière celui-là. Et un jour, à Bouaké, je le rencontre sur une place en train de faire la manche. Béchu, à Bouaké, affublé d'un sobriquet ridicule, *le SDF blanc*. Trop drôle. Je discute avec lui. Toujours aussi con, Béchu. C'est plus tard, quand j'ai décidé d'éviter à mes proches la déchéance de la misère, que j'ai repensé à Béchu. Une couverture idéale. Après ce moment pénible, où le jour de Noël j'ai quand même dû tuer trois innocents, je suis allé à Bouaké. J'ai retrouvé Béchu, je l'ai emmené en forêt sous un prétexte burlesque et je l'ai liquidé. J'ai pris son passeport. Je me suis habillé en pouilleux, me suis fait pousser la barbe, comme lui, et j'ai attendu de lui ressembler pour me faire la malle. J'étais devenu Béchu. Plutôt simple comme subterfuge, non ? Ah, au fait, tu m'y fais penser, puisque tu veux tout savoir !

— Quoi ?

— Je l'ai pas perdu sur le chantier, le passeport. Je l'ai laissé volontairement pour que vous le trouviez. C'était une manière de faire entrer Béchu dans la ronde. Béchu, devenu par ce biais coupable de meurtres obscurs dont le mobile ne sera jamais percé, mais qui restera recherché pour l'éternité par toutes les polices du monde. J'espère que tu apprécies l'esthétique de la machination. Qu'est-ce que tu veux savoir d'autre avant de mourir, le flic ?

L'esprit de Grimm se vidait. Durer, durer encore, un petit peu, un rien, quelques poussières de vie encore.

— Pourquoi m'as-tu fait aller dans la maison de Kerdegat aujourd'hui ?

— Eh, pardi, d'abord pour te surprendre dans ta voiture ! Mais pas que !

Lamaury sortit de son blouson une petite statuette et l'agita au niveau de sa tête.

— J'ai pris cela dans la maison l'autre jour. On retrouvera tes empreintes dessus. Car, même mort, tu peux encore coller tes empreintes sur un objet. Tu le savais cela ? Tes collègues vont chercher à savoir pourquoi tu as volé cette statuette dans la maison de Kerdegat. Ça va les occuper, ils vont encore perdre du temps. Et je te dis pas le casse-tête pour eux quand ils vont voir que c'est ton arme qui a tué ta petite fliquesse et que c'est le révolver de Kerdegat qui t'a explosé la tête. Quelle histoire… Même moi, je finirais par ne plus rien y comprendre. Dis donc, Grimm, tu serais pas en train de gagner du temps, par hasard ? Je te croyais plus raisonnable. Quand l'heure a sonné, on s'honore de l'accepter avec courage.

Lamaury appuyait de plus en plus fort sur la nuque de Grimm.

— Attention, souriez, le petit oiseau va sortir !

Grimm cria :

— Et les lettres anonymes à Kerdegat ? Et les coups de téléphone ? Dis tout ou rien, Lamaury ! Dis tout !

Il y eut un long silence. La pression du révolver se relâcha même un peu.

— Quelles lettres anonymes ?

— Celles que Kerdegat a reçues l'accusant d'être un assassin ! Dont l'une en écriture spéculaire ! Et ces coups de téléphone à heure fixe avec personne au bout du fil ! C'était toi ?

— De quoi tu me parles ? Qu'est-ce que c'est que cette ruse d'enfant de dix ans ?

— C'est pas toi !? Tu dis que c'est pas toi !?

— Non, c'est pas moi ! Je sais pas de quoi tu causes ! Je t'ai tout dit et, franchement, je ne vois pas pourquoi je te cacherais quelque chose ! Ça suffit maintenant cette grosse ficelle pour échapper à son destin. Tu vas crever, Grimm ! Et juste après, ce sera ta petite fliquesse !

À la voix de Lamaury qui s'amplifiait et paraissait au comble de l'excitation, Grimm comprit que tout était perdu désormais et qu'il allait mourir dans cette voiture. Il cessa de lutter. Sa tête s'inclina, ses épaules s'affaissèrent.

Pour une totale jouissance, Lamaury avait besoin d'un dernier jeu sadique :

— Récite le *Notre Père*, Grimm ! Allez, à haute voix ! Tu t'en souviens du *Notre Père* ?

22

La voix métallique de Lamaury montait dans les aigus. Grimm sentait le plaisir affreux qui s'emparait de lui devant la perspective imminente d'un nouveau crime.

— Le *Notre Père*, nom de Dieu ! beuglait-il comme un animal. Le *Notre Père* ! *Notre Père, qui es aux cieux, que ton nom soit sanctifié*… récite jusqu'à *délivre-nous du mal*. J'aime bien cette fin… Et, moi, Lamaury, je te délivrerai du mal ! Allez, je t'écoute !

Il écrasait la pointe du canon de son pistolet dans le cou de Grimm.

— Vas-y, ou j'tire maintenant !

Parce que la volonté et l'espoir l'abandonnaient, Grimm s'entendit réciter d'une voix monocorde :

— *Notre Père, qui es aux cieux*…

— Plus fort, j'entends rien !

— *Que ton nom soit sanctifié*…

— Que c'est mou, putain ! Ça pue la trouille ! J'pensais qu'au moment de crever, tu montrerais plus de cran ! Mais t'as pas de couilles, Grimm ! Pas de couilles ! Fais un effort, tu gâches tout ! Allez, reprends depuis le début, et mets-y du cœur cette fois-ci !

Grimm ne pouvait plus parler. Sa gorge s'était asséchée et la salive lui manquait. Il avait envie de vomir. Son rythme cardiaque ralentissait et devenait si lent qu'il réduisait son corps à une masse amorphe d'une écrasante faiblesse.

Incapable de faire un seul mouvement, il pensa tout à coup au Dr Lipsky. Comment avait-elle expliqué cela ? Les trois F : *Fight, Flight* et *Freeze*. Grimm était dans le *Freeze*, c'est ce qu'elle avait prétendu. Le *Freeze*, en réalité, il était en train de l'expérimenter. Le vrai. Celui de l'impuissance physique. Il ne pouvait pas combattre, il ne pouvait pas fuir. Restait l'inhibition et la paralysie.

Puis, il vit le ventre rond d'Amandine. Un bébé. Le sien, peut-être. Il ne le saurait jamais. C'était sa dernière pensée et elle était insupportable. Si bien que quand Lamaury le relança une nouvelle fois pour qu'il récite le *Notre Père*, il hurla de désespoir, de toutes ses forces, libérant en une fois l'air vicié qui stagnait dans ses poumons :

— Tire, nom de Dieu ! Tire !

Il y eut une déflagration. Violente. Unique. Grimm crut que Lamaury avait tiré. Il perçut sans comprendre le bruit d'une vitre qui se brisait. C'était la vitre arrière gauche, celle du côté de la rue. Puis un cri perçant, derrière lui. Lamaury avait hurlé et, par le rétroviseur, Grimm l'aperçut basculer sur le côté et disparaître de son champ de vision.

Il se retourna et vit Lamaury couché sur la banquette arrière, une tache rouge au niveau de son épaule gauche, laquelle était anormalement repliée contre son buste. Avec sa main droite, il tentait de saisir le pistolet encore accroché à sa main gauche.

Sans réfléchir même une demi-seconde, par instinct de survie, Grimm se jeta par-dessus les sièges avant et tomba sur Lamaury. Il attrapa son poignet et écarta son arme en la maintenant vers le haut.

La portière arrière s'ouvrit et une masse s'engouffra dans l'habitacle. Elle arracha le pistolet et pointa le canon d'un révolver sur la tempe de Lamaury.

— Bouge pas !

Lamaury avait cessé de lutter. Sous la douleur de la balle qu'il avait reçue dans l'épaule, ses traits se contractaient. Il regardait l'homme qui venait de mettre fin à son jeu. Son regard exprimait surtout la surprise et l'incompréhension.

Grimm avait basculé à l'arrière, mais comme ses jambes reposaient encore sur le dossier des sièges avant de la voiture, pointant vers le haut et touchant le plafond, il tombait à présent la tête la première et, d'une main, ouvrit l'autre portière, celle donnant sur le trottoir. Il rampa pour s'extraire de la voiture et se releva.

Il eut la présence d'esprit de crier :

— Attention, sous lui, il y a mon feu !

Et, se baissant aussitôt au niveau de l'habitacle, il glissa sa main sous le dos de Lamaury et en retira son arme de service. Ce n'est qu'à ce moment-là qu'il découvrit l'identité de l'homme qui venait de le sauver.

— Corentin !

Jarry sortait des menottes et les refermait sur les poignets de Lamaury qui geignait en raison des mouvements imposés à son épaule blessée.

— Putain, qu'est-ce que tu fous là, Corentin !?

Jarry le considéra avec surprise.

— Je croyais que tu m'avais repéré depuis un moment.

— Non, pas du tout ! Comment ?

— Tu m'as bien demandé de tirer. Tu as hurlé : « Tire nom de Dieu ! Tire ! » J'ai tiré !

À peine croyable. Grimm devait son salut au fait d'avoir hurlé à Lamaury d'en finir avec son jeu sadique et de le tuer tout de suite. Sa vie n'avait tenu qu'à ces deux fils improbables du paradoxe et du quiproquo.

Il y avait plus urgent que de comprendre pourquoi et comment Jarry se trouvait à Saint-Lunaire. L'empoignant sans ménagement, Grimm redressa Lamaury sur son siège.

— Où est la clé de ta bagnole, salopard !?

Lamaury se taisait. Grimm n'avait pas l'intention de perdre du temps. Il fouilla toutes les poches de son blouson et en retira un trousseau de clés dont l'une était celle d'une voiture.

— Ermeline est dans le coffre de sa voiture ! Surveille-le ! lança-t-il à l'adresse de Jarry en remontant la file de voitures et en cliquant continuellement sur la télécommande.

Vingt mètres en arrière, il se produisit un déclic et une voiture noire s'éclaira. Une berline, plutôt ancienne. Grimm se précipita à l'arrière pour ouvrir le coffre. Dans la précipitation, ses mains cherchaient en vain le mécanisme, glissant latéralement à la base du couvercle supérieur en d'inutiles allers-retours. Il s'énervait et pestait contre sa maladresse.

Enfin, sa main droite accrocha un relief dissimulé, sur lequel il appuya, et le coffre se releva. Il tira une grosse bâche verte, lourde et épaisse, et la jeta sur la chaussée. Ermeline était là, recroquevillée dans la position du fœtus, entravée par des liens si serrés que tout mouvement lui était impossible, un chiffon enfoncé profondément dans la bouche et maintenu par une cordelette qui passait derrière son crâne.

Grimm parvint d'abord à retirer le bâillon, mais les nœuds de la corde étaient compliqués à défaire et il s'inquiétait de l'absence de réaction d'Ermeline. Ses yeux le fixaient, mais elle ne parvenait pas à parler.

Après avoir enfin enlevé les liens qui entravaient la jeune femme, Grimm déplia lentement les jambes d'Ermeline à l'extérieur du coffre et l'empoigna par le buste et les épaules pour la redresser et l'extraire de ce cercueil. Dans un espace si exigu, la longue immobilité avait contracté les membres de la jeune femme qui en avait perdu le contrôle. Quand Grimm la mit debout sur le macadam, ses jambes refusèrent de la porter et Ermeline tomba dans ses bras. Grimm la serra contre lui.

— Bon Dieu, si tu savais comme j'ai eu peur pour toi, murmura-t-il à son oreille d'une voix presque inaudible.

— Ça va… Ça va… répondit-elle alors que l'évidence montrait le contraire.

Le plus délicatement possible, il l'assit sur le sol pour lui permettre de récupérer. À ce moment-là, il découvrit le visage tuméfié de la jeune femme, comprenant soudain que sa difficulté à parler venait probablement de sa mâchoire douloureuse.

— Putain, le salaud, il t'a cognée dur.

— Oui, il m'a pas loupée, réussit-elle à répondre avec un demi-sourire qui provoqua une grimace de souffrance.

— Jarry l'a eu. Sans lui, on était morts tous les deux.

Puis, accroupi à côté d'Ermeline, Grimm chercha nerveusement son paquet dans son blouson, en sortit une cigarette froissée qu'il alluma en pompant dessus comme un forcené.

— Celle-là, elle fait vraiment du bien…

Il entendit Ermeline qui, d'une voix lente, articulait avec toutes les peines du monde :

— Tu crois vraiment que celle-là, elle ne donne pas le cancer ?

* * *

Quand Grimm retourna auprès de Jarry en compagnie d'Ermeline qu'il tenait par le bras, Lamaury était toujours assis à la même place à l'arrière de la voiture. Il avait le visage sans expression, la tête droite, le regard fixe et lointain. Jarry était debout à côté de la portière ouverte, côté trottoir, et son pistolet pendait au bout de son bras.

— Il est calme, l'autre ordure ? demanda Grimm en le désignant de l'index.

— Tu parles qu'il est calme ! Avec une balle dans l'épaule et des menottes aux poignets, il risque pas de nous causer des ennuis.

Jarry s'inquiéta de l'état d'Ermeline, mais celle-ci le rassura. Certes, elle souffrait de la mâchoire, la pommette gauche aussi était tuméfiée, mais l'œil avait été épargné et rien n'était cassé. Ce serait l'affaire de quelques semaines seulement pour qu'il n'y paraisse plus.

Pendant ce temps, Grimm appelait le commissaire Babut sans se préoccuper de le réveiller à 4 heures du matin. Il fallait envoyer une ambulance d'urgence et des renforts pour prendre en charge le prisonnier. Grimm avait hâte de s'en débarrasser. Le moment passé avec Lamaury, le canon du pistolet enfoncé dans la nuque avec l'horrible certitude de vivre les dernières minutes de sa vie, l'avait non seulement épuisé, mais aussi traumatisé. Sans doute durablement, car il en avait encore les mains tremblantes et des suées chaudes qui mouillaient et collaient sa chemise à la peau, alors que tout danger était désormais écarté.

Il l'avoua sans ambages à Jarry et à Ermeline :

— Je n'ai jamais eu aussi peur de ma vie. Ça a été affreux… je peux pas raconter un enfer pareil… ce type est un malade, un fou sadique… Vous ne pouvez pas imaginer…

— C'est le fameux Béchu ? interrogea Jarry.

Grimm prit conscience de tout ce que ses équipiers ignoraient encore.

— Non, Béchu est mort depuis longtemps. Lui, c'est Lamaury, Vincent Lamaury, qui a commencé son parcours meurtrier en assassinant sa femme et ses deux petites filles. Je vous raconterai tout ça en détail.

— Tu peux tout expliquer ?

— Presque ! Avant de me tuer, il était si fier de lui et de son délire meurtrier qu'il voulait que je sache tout. Il reste encore des choses que je ne comprends pas. Mais, toi, Corentin, comment tu as fait pour me retrouver ici, à Saint-Lunaire, et me sauver la vie ?

Ermeline ouvrit la portière avant de la voiture et s'installa sur le siège passager. Mais la proximité de Lamaury, assis à l'arrière, l'indisposa. Elle se sentit nauséeuse, se releva et préféra s'asseoir sur le muret qui bordait le trottoir.

— Ça va, Ermeline ? demanda Grimm qui ne la perdait pas de vue.

— Oui, oui, ça va. Raconte, Corentin !

— C'est assez curieux comme histoire. J'ai travaillé assez tard à la PJ hier soir sur le dossier Kerdegat parce que tu le voulais le plus vite possible. Puis, j'ai continué chez moi avec mon ordi perso. Et, très tard, il était minuit passé, mais je bossais toujours, il y a eu un appel. Sur mon fixe. Une femme. Que je ne connaissais pas et qui…

— Une femme ? coupa Grimm.

— Oui, qui m'a demandé si j'étais ton collègue. J'ai répondu par l'affirmative. Elle avait l'air affolé, très nerveuse, et j'ai eu du mal à comprendre au début… Elle m'a dit que tu étais parti à Saint-Lunaire parce que notre collègue Ermeline avait été enlevée par l'assassin. Ça avait tout l'air d'une mauvaise plaisanterie, j'ai failli raccrocher.

— Et alors ?

— Elle a insisté, elle a dit qu'elle te connaissait depuis des années, à Montpellier, qu'elle était… qu'elle était… enfin, qu'elle était…

— Qu'elle était quoi ?

— Qu'elle était chez toi !

— Amandine ! C'est Amandine qui t'a téléphoné !?

— Oui, c'est le prénom qu'elle m'a donné. Elle a dit que j'étais celui que tu avais cité comme étant la personne de confiance qui pouvait t'aider.

— C'est vrai, je lui ai donné ton nom… Elle est incroyable, Amandine ! Personne ne peut la contrôler ! Personne ! Je lui avais dit que je ne pouvais pas avertir mes collègues ! Que c'était trop risqué ! Et elle n'en a pas tenu compte !

— Maintenant, grâce à elle, t'es vivant, Hubert ! coupa Ermeline.

— C'est vrai. Vivant !

Dans le silence qui suivit, Grimm prenait peu à peu la mesure de cette décision d'Amandine qui, désobéissant à son ordre, avait téléphoné à tous les Jarry de Rennes avant de tomber sur Corentin. Une décision capitale qui avait empêché que deux nouveaux cadavres soient retrouvés au petit matin.

— Amandine, osait Jarry, elle… comment dire… je crois qu'elle t'aime beaucoup… vraiment beaucoup.

Grimm ne laissa pas la conversation dévier sur ce terrain.

— Et comment as-tu fait, toi, pour arriver jusqu'ici ?

Jarry éclata de rire.

— Un jeu d'enfant, cher collègue !

Et Jarry s'approcha de Grimm, ouvrit d'un coup le blouson de ce dernier et, retournant le côté gauche, il fit apparaître une petite poche intérieure au niveau du cœur. Il tira sur la fermeture éclair horizontale et introduisit sa main dans la poche pour en retirer, du bout des doigts, un petit objet, qu'il exhiba sous les yeux de Grimm.

— L'autre jour, chez Koprotkieff, pour une raison que je n'ai pas comprise, tu as mis ce traceur GPS dans cette poche après qu'Ermeline l'a enlevé du scooter. Pourquoi as-tu fait ça ?

— Je ne sais pas. Sur le coup, ce petit bidule m'avait bluffé, mais je ne me souvenais pas de l'avoir mis là.

— Eh bien, moi, je m'en souvenais ! J'ai vérifié que tu l'avais toujours sur toi et, tout en roulant depuis Rennes, je te voyais bouger à Saint-Lunaire. T'as fait des choses bizarres : tu es allé dans une maison, tu y es resté un moment, puis t'es ressorti.

— Je vous raconterai tout ça.

— Et quand je suis arrivé à Saint-Lunaire, tu étais de nouveau dans ta voiture. Je suis passé à côté…

— La voiture, c'était toi !?

— Et là, j'ai vu que tu étais en mauvais posture. Je me suis garé dans une artère latérale et je suis revenu à pied. Je me suis posté à l'angle de la rue, là-bas, et j'attendais, un genou à terre, avec mon pistolet pointé sur Lamaury, ne sachant que faire, car c'était vraiment risqué de tirer de si loin.

— Tu as toujours été un excellent tireur.

— Oui, mais quand même… Rien à voir avec une cible au stand de tir. En plus, de nuit avec cette lumière trompeuse des lampadaires, la pluie, le vent, l'intérieur d'une voiture… Je crois que je n'aurais jamais osé tirer si je ne t'avais pas entendu me crier de toutes tes forces « Tire, nom de Dieu ! Tire ! ». Alors, j'ai tiré. Je visais la tête, j'ai eu l'épaule. Un coup de bol que je l'ai pas raté.

De repenser aux circonstances qui l'avaient sauvé, Grimm se sentait chancelant sur ses jambes et il serra Jarry dans ses bras pour masquer son émotion.

— Merci vieux, sans toi…

Puis, il alluma une nouvelle cigarette qui tremblait au bout de ses doigts. Il aspirait à plein poumon et rejetait nerveusement la fumée. Son regard croisa celui d'Ermeline et la terreur qu'ils avaient vécue tous les deux cette nuit créait une expérience commune unique, insurpassable, qui ne pourrait jamais s'oublier.

Soudain, jetant au loin sa cigarette à peine entamée, il s'engouffra à l'arrière de la voiture et, par le col, saisit Lamaury qui laissa échapper un cri de douleur.

— Toi, ordure, j'aimerais pas être ton avocat au procès, parce que je vois vraiment pas ce qu'on peut inventer pour te défendre !

Lamaury tourna lentement les yeux vers Grimm. Son visage n'exprimait aucune émotion. Ni celle d'avoir perdu la partie, ni la colère, ni même la haine.

Il dit avec un détachement glacial :

— Il n'y aura pas de procès, Grimm.

— Pas de procès !? Et pourquoi ? Tu as des amis haut placés qui vont te tirer de là ?

— Tu verras, il n'y aura pas de procès.

— Crois pas t'en tirer en jouant le fou, le dément, l'irresponsable ! Ça ne marchera pas !

— Il n'y aura pas de procès.

Excédé, Grimm le repoussa et bondit hors de la voiture. Il consulta sa montre. Bientôt, l'ambulance serait là, les collègues de la PJ aussi. La fin du cauchemar, enfin ! Il ne verrait plus la face sinistre et terrifiante de Lamaury.

⋆ ⋆ ⋆

Grimm abandonna la voiture administrative à Saint-Lunaire et préféra se faire reconduire à Rennes avec Ermeline dans la voiture de Jarry. Il s'assit à l'arrière. Ermeline avait refusé d'aller à l'hôpital pour se faire soigner, jurant qu'elle s'y rendrait dès le lendemain matin. Elle put ainsi écouter les longues explications de Grimm qui levaient le voile sur tant de mystères et d'incohérences qu'ils avaient été incapables de percer jusqu'à présent.

Quand il termina son récit, Jarry, qui conduisait lentement car la pluie avait repris, hocha plusieurs fois la tête.

— On s'est fait sacrément manipuler. En fait, il a toujours eu plusieurs coups d'avance sur nous.

— Exactement, plusieurs coups d'avance ! Je ne suis pas sûr qu'on pouvait faire mieux. Finalement, il est allé trop loin en laissant le passeport de Béchu sur le chantier. Je ne dis pas que l'idée était mauvaise, au contraire, c'est même une idée de génie, mais Lamaury ne pouvait pas prévoir l'impondérable qui l'a finalement perdu.

— Quel impondérable ?

— Qu'Amandine serait chez moi ce soir-là. Si j'avais été seul, Lamaury serait en ce moment dans l'avion pour Londres, laissant derrière lui nos deux cadavres. Et dès le lendemain, il était au Brésil, abandonnant le passeport de Béchu à l'aéroport au meilleur endroit possible pour que la police le retrouve. Mais voilà, Amandine était là et a tout fait rater.

— Cette Amandine, il faudrait que je puisse la remercier de vive voix, dit finement Jarry.

Grimm ne répondit pas. Il s'interrogeait sur le hasard, sur le déroulement des faits et gestes des uns et des autres qui faisaient qu'un matin on vivait encore ou, qu'à l'inverse, la mort vous avait sorti du jeu. Il était encore sur l'échiquier de la vie, un peu par miracle, et il pouvait se déplacer, décider d'aller dans une direction ou une autre.

— Mais les lettres anonymes envoyées à Kerdegat, les coups de téléphone à minuit onze, c'est qui, si c'est pas Lamaury ? demanda soudain Ermeline.

— Je ne sais pas, avoua Grimm. Ce n'est pas le plus important pour nous. Nous devions trouver l'assassin de Rebecca Hoppman et de Kerdegat. C'est fait. On est même allés beaucoup plus loin avec la résolution du triple assassinat d'Abidjan, la disparition du *SDF blanc* de Bouaké et le meurtre de Laveraud en Pologne. Le reste, est-ce important ?

— Si, c'est important ! se rebella Ermeline. Ça veut dire qu'on n'a pas tout compris !

— Dans la vie, il y a toujours des choses qu'on ne comprend pas, non ?

Ce fatalisme, si dissonant par rapport au tempérament habituel de son patron, agaçait Ermeline. Elle le mettait sur le compte de l'épuisement, de l'effondrement de nerfs mis à rude épreuve, d'un trou d'air après les péripéties épouvantables où ils avaient failli mourir. Pourtant, elle, sa volonté de savoir restait intacte.

À mi-parcours, alors que le silence régnait dans la voiture, Jarry s'exclama soudain :

— C'est quand même dingue que Lamaury t'ait donné rendez-vous à Saint-Lunaire, toi, Hubert Grimm, le plus écolo des officiers de la police judiciaire !

Relevant lentement la tête, Grimm émergea de ses pensées.

— Pourquoi tu dis ça ?

— Tu ne sais pas ?

— Je ne sais pas quoi ?

— Que Nicolas Hulot vit à Saint-Lunaire, et précisément dans la rue où se trouve la maison des Kerdegat !

Grimm ne répondit rien. Il baissa la tête et le silence s'installa à nouveau dans l'habitacle de la voiture.

Au moment où il pénétrait dans les faubourgs de Rennes, Jarry se retourna vers Grimm, assis à l'arrière, et dit :

— Le dossier Kerdegat, je l'ai bien avancé hier soir. Je sais tout sur lui jusqu'à l'âge de trente-cinq ans. Après, j'ai pas eu le temps. Je te refile le dossier incomplet demain ?

— Regarde devant toi, Corentin, tu me fais peur.

MAI

1

Après une fin avril très pluvieuse, le mois de mai démarra avec des températures élevées, largement au-dessus des moyennes de saison, provoquant la fuite énigmatique des nuages qui semblaient avoir abandonné la partie face à un soleil dominateur. Un bel anticyclone – *des Açores*, selon les présentateurs météo – imposait sur la France tout entière un ciel bleu qui régnait sans partage.

Les terrasses des cafés avaient gagné les trottoirs et des foules en tenue d'été, jambes et bras à l'air, s'attardaient en soirée, sirotant doucement des cocktails élaborés ou sifflant bière sur bière.

Grimm était dans l'attente.

Quand Sabine Mourot avait été libérée, le lendemain de l'arrestation de Lamaury, il avait tenu à lui présenter ses excuses. Insistant sur l'aspect machiavélique du plan de Lamaury, il avait maladroitement tenté de minimiser l'erreur commise, allant jusqu'à affirmer que toutes les polices du monde l'auraient aussi arrêtée avec de tels éléments à charge qui, à l'époque, paraissaient la désigner sans ambigüité. Sabine Mourot resta hautaine, impassible et muette, face aux contorsions de Grimm.

En une phrase, une seule, elle contesta l'interprétation des faits qui, selon Grimm, incitait à la penser coupable, en revenant sur sa critique principale de la police :

— De toute façon, vous cherchiez un coupable, pas la vérité, et je faisais l'affaire.

Et, intraitable, elle ajouta :

— Pour la police, dans le doute, mieux vaut un innocent en prison qu'un coupable en liberté.

La trouvant injuste, Grimm eut beau répondre que c'était précisément parce qu'il était un flic qui cherchait la vérité que, très vite, il l'avait considérée innocente, rien n'y fit. Elle s'enferma dans un silence méprisant et, sans le saluer, lui tourna le dos et quitta les locaux de la PJ.

L'affaire Kerdegat-Hoppman était désormais dans les mains d'un juge d'instruction, très heureux que le coupable lui ait été livré sans délai. Un coupable certes blessé, mais vivant, et qui ne niait pas être l'auteur des sept meurtres qui lui étaient reprochés. Pour le juge d'instruction, c'était du pain bénit de détenir un coupable en acier trempé dans une affaire aussi retentissante qui, en atteignant des sommets d'horreur, faisait les choux gras des journaux. La notoriété de ce magistrat, jusque-là inconnu, subit une envolée spectaculaire, au point que le grand public n'ignorait désormais ni son nom ni son visage.

Hélas pour ce juge, dont la jeunesse allait de pair avec l'ambition, un grain de sable inattendu grippa soudain la belle machine médiatique dont il profitait avec un plaisir évident. Le coupable se déroba. Il le fit avec une détermination sans faille et sans mettre quiconque au courant de ses sournoises intentions.

Un matin que Lamaury était interrogé par le juge au sixième étage d'un bâtiment pourtant sécurisé, et alors qu'on venait de lui faire la fleur de lui retirer ses menottes, il se rua soudain vers la large fenêtre fermée qui donnait sur la rue et, la tête la première, dans un plongeon digne d'un champion de natation, il la brisa et la traversa pour atterrir quinze mètres plus bas sur le bitume où il s'écrasa, tué net.

Ce suicide spectaculaire fut abondamment commenté dans les journaux et les télévisions, mais ce fut un peu l'apogée de l'affaire, car la disparition du coupable mit fin aussi, et en peu de temps, à la médiatisation de l'affaire. Déçu, le juge d'instruction retourna à son obscur labeur dans la tiédeur de son petit bureau, méditant sur l'ingratitude des coupables qui refusent d'assumer leur crime et trouvent les moyens les plus lâches pour se soustraire à la justice.

Ce fut le commissaire Babut qui apprit à Grimm la mort prématurée de Lamaury. Il le fit à l'improviste, dans un couloir de la PJ où il se heurta à son subordonné, juste après en avoir pris lui-même connaissance par téléphone. Babut fut étonné du peu de surprise manifesté par Grimm. Celui-ci laissa errer son regard sur les murs du couloir pendant quelques secondes et affirma simplement :

— Il me l'avait dit.

— Qu'il se suiciderait ?

— Qu'il n'y aurait pas de procès.

Ce fut tout. Grimm retourna dans son bureau sans aucun autre commentaire. Pourtant, la nouvelle le marqua plus qu'il ne le laissa paraître. La disparition de cet être abject le travailla pendant plusieurs jours.

D'abord, ce suicide le privait du moment où il aurait été appelé à la barre pour témoigner au procès de Lamaury. Or, il lui semblait qu'il avait envie d'y aller pour parler de la folie de cet assassin, car la séance subie dans sa voiture à Saint-Lunaire le hantait encore. Certaines nuits, elle provoquait en lui des bouffées d'angoisse qui l'obligeaient à se lever pour aller fumer sur le balcon plusieurs cigarettes d'affilée.

Privé du procès qu'il envisageait comme une catharsis, Grimm se reporta sur le Dr Lipsky à qui il raconta en détail la terreur – c'était le mot qu'il utilisait à présent – vécue au moment où ce psychopathe s'apprêtait à le tuer. La psychiatre écouta avec patience et bienveillance et l'invita à ne pas hésiter à en reparler avec elle autant de fois qu'il le jugerait nécessaire.

Mais la mort de Lamaury avait une autre conséquence. Elle privait les enquêteurs du témoin principal de l'affaire, celui qui seul pouvait donner les détails sur la préparation et la mise en œuvre de ses crimes. Cependant, son horrible parcours criminel était à présent connu…

Peu à peu, certains éléments se précisèrent et confirmèrent ce que Lamaury avait révélé à Grimm avant l'intervention salutaire de Jarry. Par exemple, on retrouva une mallette contenant quatre cent mille euros en liquide sur le siège arrière de la voiture de Lamaury. Il ne fut pas difficile d'établir que cet argent appartenait à Kerdegat qui s'était fié à la fausse promesse de le laisser en vie.

De même, on découvrit dans le blouson de Lamaury deux billets d'avion : un Rennes-Londres et un Londres-Rio de Janeiro. Fuir en Amérique latine et y refaire sa vie était bien le plan de Lamaury. Enfin, un squelette d'homme, dont les os étaient à moitié dispersés et rongés par des bêtes, fut retrouvé dans les environs de Bouaké. Les dents de la mâchoire supérieure ainsi que son chapeau permirent d'identifier Étienne Béchu. Lamaury avait donc raconté à Grimm la stricte vérité quand il le tenait à sa merci.

Et c'était bien ce qui posait problème à Grimm. Narcissique de sa folie, habité par un sentiment de toute-puissance qui lui conférait l'invincibilité, Lamaury avait pris du plaisir à se vanter de tout ce qu'il avait fait. Les pires horreurs étaient à mettre à son crédit, il les revendiquait haut et fort avec une évidente fierté. Pourquoi donc aurait-il menti à propos des lettres et des coups de téléphone ? Par ailleurs, comme Blanchard l'avait montré, les prénoms de la famille Lamaury ne correspondaient pas à ceux de la lettre anonyme. Conclusion logique : le psychopathe était étranger aux accusations portées contre Kerdegat dans ces lettres.

Le dossier incomplet que Jarry avait monté sur Kerdegat se trouvait sur le coin droit du bureau de Grimm. Il ne l'avait pas encore ouvert, doutant d'y trouver la pièce du puzzle qui manquait encore pour lever les dernières zones d'ombre de l'affaire.

Grimm était dans l'attente.

* * *

Les fils commencèrent à se dénouer pour lui, un soir, alors qu'il venait de terminer son dîner dans son petit appartement. Il s'apprêtait à allumer son ordinateur pour poursuivre une partie d'échecs, à vrai dire mal entamée et qu'il songeait à abandonner, quand il reçut un appel sur son mobile.

Il eut aussitôt le pressentiment que c'était elle. Il avait raison, mais cette juste intuition résultait avant tout du temps écoulé, dont son cerveau tenait à son insu une rigoureuse comptabilité. Neuf mois, à quelques jours près, et Amandine l'appelait. C'était fait.

Il fut tout à coup d'une fébrilité inaccoutumée et, en saisissant son portable d'une main trop nerveuse, ce dernier lui échappa, tombant par terre. Il le ramassa précipitamment.

— Oui, Amandine, je suis là ! annonça-t-il d'une voix en tension.

— Hubert, je le tiens dans mes bras. C'est un garçon.

Ce fut à ce moment précis que Grimm compris que cette naissance, qu'il attendait, allait se révéler décisive pour le meilleur ou pour le pire. Il resta muet, incapable d'exprimer ses émotions, tant celles-ci, nombreuses et confuses, étaient chargées d'ambigüités.

— Il pèse trois kilos six et mesure quarante-neuf centimètres. Il est né ce matin à 9 h 31.

Ces précisions cliniques qu'Amandine avait cru devoir annoncer furent suivies par un long et terrible silence que Grimm finit par rompre d'une voix hésitante :

— Tu as la réponse ?

— Non, Hubert, pas encore… Comment veux-tu ?… Je vais attendre d'être rentrée à la maison pour faire le test.

Au ton d'Amandine, Grimm comprit qu'elle n'avait plus la même détermination. Toute urgence pour connaître la vérité semblait avoir disparu. Il demanda, inquiet :

— Tu vas le faire, Amandine ? Dis-moi que tu vas vraiment le faire…

— Oui, je vais le faire. Mais…

— Mais quoi ?

— Ce n'est pas facile, Hubert. Cette après-midi, Fabien était là, il berçait le petit dans ses bras… Il avait l'air heureux…

— Le bébé ?

— Non, Fabien. Pour lui, c'est son fils, tu comprends ?

— …

— J'ai un peu honte de ce que j'ai fait, de ce que je fais… C'est dur tout ça…

C'était dur pour elle. Certes. Et pour lui, alors ? Il se fit plus rude.

— D'abord, c'est peut-être son fils ! On n'en sait rien ! Et puis, tu es venue chez moi, tu as insisté et j'ai cédé ! Tu n'as pas le droit de me faire ça maintenant !

— Te faire quoi ?

Faisait-elle semblant de ne pas comprendre ? Haussant le ton, Grimm mit les points sur les i :

— De ne pas faire le test pour savoir qui est le père du bébé !

— …

— Tu entends ce que je te dis, Amandine !?

— Oui, j'entends. Ne t'énerve pas, Hubert, je suis fatiguée.

Bien sûr, elle était fatiguée, mais c'était elle qui avait appelé, bon sang ! Et pourquoi, en fin de compte ? Pour lui faire part de ses doutes ! De son désarroi ! Grimm tenta de se calmer.

— Excuse-moi. Mais jure-moi que tu vas faire ce test et que tu ne m'as pas appelé pour me dire que tu renonçais.

— Je te jure, Hubert, que je le ferai. J'ai envie de savoir aussi. C'est important, je le sais. Je t'appelais surtout parce que je voulais t'annoncer sa naissance, mais aussi parce que j'avais besoin de… d'un peu de réconfort.

— Tu t'y es mal prise.

— Sans doute.

Sa voix était triste soudain. Grimm eut honte.

— Comment s'appelle-t-il ?

— Louis. On l'a appelé Louis.

— On ?

— Fabien et moi.

Ce dernier échange révéla cruellement à Grimm que, si jamais il était le père de l'enfant, il en était dès sa naissance clairement dépossédé. Ce bébé s'appelait Louis Moncorgan et non pas Louis Grimm. Les décisions se prenaient sans lui.

Pour cette raison, fallait-il souhaiter que le test ADN se révèle négatif ? Après tout, ces tourments lui seraient épargnés s'il n'était pas le père de l'enfant.

2

Ce fut trois semaines plus tard, lassé de voir tous les jours le dossier de Kerdegat immobile au coin de son bureau, témoin irritant d'une affaire inachevée, que Grimm finit par l'empoigner, le soulever et le laisser retomber lourdement devant lui.

Après réflexion, il l'ouvrit et commença à l'éplucher. Grimm partait d'une conclusion assez simple dont la logique était sans faille. Lamaury avait affirmé que lors de son arrivée à Rennes il avait eu la désagréable surprise de constater qu'un scooter et la police espionnaient déjà Kerdegat.

Grimm possédait la chronologie de ces deux faits. Koprotkieff avait été le premier à suivre Kerdegat. Il l'avait fait parce que son épouse voulait connaître l'identité de sa maîtresse. Cette partie de l'affaire, dont Lamaury s'était servi pour élaborer son plan meurtrier, était *a priori* sans zone d'ombre. Il ne servait à rien de fouiner encore de ce côté.

Ce n'est que dans un second temps, alors que Koprotkieff était déjà en action, que Grimm et ses adjoints avaient espionné Kerdegat en raison des lettres et des coups de téléphone anonymes dont celui-ci s'était plaint lui-même auprès de la police. Puisque Lamaury n'était entré dans la danse que postérieurement, et sans comprendre, il fallait détacher l'affaire des lettres et des coups de téléphone de celle du serment de la croix solaire dont Lamaury avait été le messager de mort.

Grimm se souvenait qu'Ermeline avait suggéré cette hypothèse lors des nombreux brainstormings qui avaient jalonné l'enquête. Elle avait eu raison. Aussi était-il à la recherche d'un fait ancien dans la vie de Kerdegat qui pourrait expliquer les lettres et les coups de téléphone. Un fait qui leur aurait jusque-là échappé, parce que la tournure de l'affaire avait longtemps conduit le commissaire Babut et le procureur Lestanger à bloquer toute investigation dans cette direction, par souci d'éviter la moindre vague dans le microcosme bourgeois fréquenté par Kerdegat et auquel ils appartenaient aussi.

Il y passa l'après-midi. Le travail de Jarry était sérieux, mais ennuyeux, car il avait compilé sans faire le tri tout ce qu'il avait trouvé sur cet homme depuis sa naissance à Brest dans un milieu aisé et conservateur, sa scolarité, ses études à Paris – là où le serment de la croix solaire avait été scellé –, son mariage, la création de son entreprise, la naissance de ses enfants, et ainsi de suite jusqu'à l'âge de ses trente-cinq ans, comme Jarry l'avait averti.

Outre que l'événement s'était peut-être produit après les trente-cinq ans de Kerdegat, Grimm, à la première lecture, ne vit rien qui attira son attention. Il alla chercher un café à la machine, passant devant son équipe sans un mot, le visage las et contrarié.

À la seconde lecture, il s'arrêta sur un entrefilet dans une ancienne édition de *Ouest-France* faisant état d'un accident de voiture meurtrier qui avait impliqué Kerdegat. Peu de détails étaient fournis, sinon que les enquêteurs cherchaient à déterminer les responsabilités respectives des deux conducteurs, M. Kerdegat et un certain Lannouët, mort sur le coup. L'accident s'était produit à Brest en 1988. C'était vieux. Si vieux que

Grimm doutait détenir là une clé capable de résoudre son problème.

Il passa le reste de l'après-midi à chercher sur Internet d'autres informations et donna plusieurs coups de téléphone à la mairie de Brest et aux gendarmeries locales. Il examina ensuite longuement la copie de la lettre anonyme écrite en miroir. À l'endroit, c'était une écriture très reconnaissable avec des caractéristiques qui confondraient vite son auteur si on pouvait identifier un autre courrier émanant de sa personne.

Le soir, les yeux absents, il mâcha machinalement un plat tout préparé, acheté à la va-vite au petit supermarché non loin de chez lui, un plat trop salé dont il aurait été incapable de préciser le contenu. Puis, il déplia la copie de la lettre et l'examina à nouveau. Ensuite, presque certain de la justesse de ses observations, il se rendit dans sa chambre pour une ultime vérification. Elle se révéla positive.

Son opinion était faite. Il s'assit sur le rebord du lit et, pensif, il mordillait ses ongles sans même s'en rendre compte.

* * *

Le même soir, quand Ermeline quitta la PJ, elle l'aperçut immédiatement qui attendait de l'autre côté de la rue. Elle aurait voulu l'éviter. Faire semblant de ne pas la voir. Prendre la direction opposée et marcher si vite qu'elle n'aurait pas été rattrapée. Dans la vie, on n'en est pas à une petite lâcheté près…

Pourtant, elle s'immobilisa, saisie par une sorte de paralysie anxieuse qui avait pris naissance dans sa poitrine et qui s'était propagée dans tout le corps jusqu'à l'extrémité de ses membres.

Au fond, il fallait en finir. Lui dire son fait, puisqu'elle avait décidé de revenir pour lui demander des comptes.

Ou même l'injurier, qui sait ? Ermeline n'avait fait que son boulot de flic. C'était une mission que son supérieur lui avait confiée et qu'elle avait accomplie le plus professionnellement qui fût. Elle ne méritait aucun reproche !

Ermeline ne manquait pas de courage. Elle respira profondément et traversa soudain la rue. L'autre la regardait venir à elle sans broncher.

Quand Ermeline lui fit face, elle fut de nouveau impressionnée par la différence de taille. Sabine la dominait et souriait, comme satisfaite que l'explication ait lieu.

Remontée, pressée d'en finir, Ermeline attaqua bille en tête :

— Nous n'avons rien à nous dire. J'ai fait mon job, point barre !

Sabine rejeta la tête en arrière, siffla et rit sans agressivité.

— Holà ! Que de peurs et de craintes dans cette entrée en matière.

— Qu'est-ce que vous me voulez et qu'est-ce que vous cherchez en venant m'attendre à la sortie de mon boulot ?

— C'est mieux que de faire la sortie des écoles…

— Ce qui veut dire ?

Sabine haussa les épaules.

— Tu comprends très bien ce que ça veut dire. Ne te fais pas plus idiote que tu n'es.

— Non, je ne comprends pas !

— C'est pas beau de mentir…

— Je ne vous permets pas !

— Tais-toi un peu et laisse-moi parler, s'il te plaît.

C'était dit calmement et même avec gentillesse. Ermeline se tut. Elle se disait en même temps qu'elle avait tort de ne pas partir, qu'elle devrait décamper au plus vite, qu'elle n'avait rien à gagner à écouter Sabine. Elle resta, pourtant.

— Tu es venue avec l'intention de faire ton job, comme tu dis. OK. Cependant, vois-tu, j'ai une certaine expérience des hommes et des femmes. Et ce que tu as fait ce soir-là, tu ne l'as pas fait sous la contrainte et, je le sais parce que je sens ces choses-là, tu y as pris du plaisir.

— Ce n'est pas vrai !

— Oh que si, c'est vrai, et tu le sais très bien.

— Croyez ce que vous voulez, je n'en ai rien à foutre !

Sabine posa soudain sa main sur l'épaule d'Ermeline. Elle en eut un frisson.

— Surtout, ne pas s'énerver, petite colombe. La colère, ça vous brouille la lucidité. Voici ce qu'on va faire.

Ermeline n'en croyait pas ses oreilles. Sabine lui parlait comme à une vieille amie avec laquelle elle résoudrait un désaccord.

— Tu sais où j'habite. C'est déjà beaucoup. Mais quand tu viendras, je préfère que tu me préviennes avant. C'est mieux. Voici mon numéro de portable.

Elle tendit à Ermeline un bout de papier sur lequel étaient écrits son prénom et un numéro. Puis, elle lui caressa la joue du bout des doigts en disant :

— Tu es très mignonne, tu sais…

Et, avec un clin d'œil :

— Je t'apprendrai beaucoup de choses sur tes fantasmes, aussi enfouis soient-ils…

Enfin, sans attendre de réponse, elle s'éloigna avec un sourire affectueux et un geste amical de la main.

Pétrifiée, Ermeline regarda Sabine s'éloigner et ne sortit de sa torpeur que lorsque celle-ci eut disparu de son champ de vision.

Alors, elle fourra le bout de papier dans sa poche et, dans l'extrême confusion de ses pensées, elle tenta de se rappeler où elle avait garé sa voiture.

3

On était le vendredi matin. Grimm aurait pu décider de ne pas y aller, de téléphoner pour annuler la séance (et les suivantes ?), mais il n'était pas dans sa nature de renoncer. Certes, il connaissait les tourments de l'hésitation, il faisait face parfois à des choix difficiles qui exigeaient temps et réflexion, mais quand une décision était prise, il mettait un point d'honneur à s'y tenir.

C'était le cas ce matin en poussant la baie vitrée de l'immeuble du Dr Lipsky. Délaissant l'ascenseur, il monta par l'escalier, mais plus lentement qu'à l'ordinaire, refusant de gaspiller son énergie, dont il jugeait avoir besoin, en grimpant les marches quatre à quatre.

Dans la salle d'attente qui dégageait son habituelle sérénité, il ressentait pourtant une certaine nervosité, peut-être aussi de la tristesse, en tout cas un vague malaise qui circulait dans ses veines et le maintenait en tension.

Le Dr Lipsky avait enfin ouvert la porte, lui avait serré la main en souriant, et Grimm l'avait suivie alors que, toujours aussi vive, elle sautillait dans le couloir pour gagner son bureau. Assise face à Grimm, la table de travail les séparant, elle dit aussitôt :

— J'avais peur de ne plus vous voir.

Il y avait eu dans cette phrase un fond d'angoisse que Grimm avait parfaitement saisi. Ne plus venir, en effet, il pourrait ne plus venir. N'y avait-il pas songé à plusieurs reprises depuis quelques jours ? Et d'ailleurs, pas plus tard que ce matin encore. Quoi qu'il en soit, il était là, et il avait de bonnes raisons. Il la regarda droit dans les yeux.

— Pourquoi ?

Elle plaisanta.

— Mais parce que le malade et le soignant forment une sorte de couple où chacun a besoin de l'autre !

— Vous auriez besoin de moi ?

— Plus que vous ne le pensez !

Puis, elle eut un geste du bras qui balayait son bureau comme si elle désirait s'écarter de ce terrain où elle avait elle-même entraîné Grimm.

— Vos angoisses ? Ce moment affreux que vous revivez parfois ?

— Ça va. Dans la journée, je n'y pense guère. Pendant la nuit, j'y pense moins.

— Il faut du temps. C'est en bonne voie, je crois. Je vous sens solide.

— Merci. Vous l'êtes aussi.

— Pardon ?

— C'est une opinion personnelle que j'exprime. Je n'aurais peut-être pas dû, ne m'en veuillez pas.

Le Dr Lipsky le considéra d'un drôle d'air, surprise par ce que Grimm venait de dire qui paraissait receler un mystère. Elle haussa les sourcils, hésita, ouvrit la bouche, la referma, puis changea de sujet :

— Où en êtes-vous sur la question de votre paternité ?

— Nulle part. J'attends. Je me demande à présent si elle va faire ce test.

— Ce serait triste après ce qu'elle a éveillé en vous.

— Sans doute, mais je ne me vois pas surgir chez eux et exiger ce test. Foutre le bordel dans leur couple, quoi !

Je peux être impulsif, parfois abrupt, mais je ne suis pas de ceux qui font ce genre de choses.

— Je sais.

— Le mieux serait que je ne sois pas le père.

— Vous le pensez vraiment ?

Grimm lui jeta un regard un rien désespéré.

— Je ne sais pas, je ne sais plus. Pour tout dire, ça me mine un peu, cette histoire.

— Appelez-la ! Relancez-la !

— On voit que vous ne la connaissez pas ! Elle n'est pas vraiment du genre influençable.

— Tentez le coup quand même.

Grimm fit une moue sceptique. Certes, il pourrait tenter de convaincre Amandine. Pourquoi pas ? Il y songerait si la situation perdurait. Mais il savait déjà qu'Amandine seule détenait la décision, dans la mesure où Grimm n'avait absolument pas l'intention de prévenir le mari, ce qui aurait été l'unique solution pour que le test ADN devienne incontournable.

— Vous me tiendrez au courant ? demanda le Dr Lipsky avec beaucoup de gentillesse.

— Bien sûr.

Le Dr Lipsky marqua une courte pause avant de reprendre :

— J'ai un peu peur aussi…

— Dites.

— … que la fin de votre enquête, dont vous m'avez parfois parlé…

— Heureusement, vous êtes tenue par le secret professionnel !

— Oui, bien sûr ! Absolument ! Rassurez-vous, rien de ce que vous me racontez ne filtre à l'extérieur de ce bureau. Je vous le jure solennellement.

En affirmant cela, le Dr Lipsky leva la main droite comme si elle se trouvait au tribunal.

— … que la fin de votre enquête, disais-je, ne relance un peu vos obsessions.

— C'est un risque.

— Qui se vérifie ?

— Pas encore.

— Ah, je m'en réjouis. Et vous savez pourquoi ?

Grimm savait parfaitement pour quelle raison ses obsessions écologiques restaient encore tapies dans l'ombre de sa conscience sans se manifester. Il lança un regard aigu au Dr Lipsky.

— Parce que l'enquête n'est pas terminée.

— Ah bon ? Mais vous avez arrêté le meurtrier pourtant. Il s'est même suicidé depuis !

— Le meurtrier, oui. Cependant, puisque j'ai parfois évoqué l'affaire avec vous, vous savez donc que son point de départ reste inexpliqué.

Le Dr Lipsky posa l'index sur ses lèvres en fronçant les sourcils, puis s'exclama tout à coup :

— Ah oui ! Ces lettres anonymes, vous ne savez toujours pas qui les a écrites, ni pourquoi.

— Voilà ! Je ne le sais toujours pas, mais je cherche.

Le Dr Lipsky se renversa dans son fauteuil.

— À mon avis, vous avez tort.

— De continuer à chercher ?

— Oui, tout à fait.

— Pourquoi ai-je tort selon vous ?

Ne répondant pas tout de suite à la question, le Dr Lipsky promena son regard sur le plafond avant de pointer son menton vers Grimm.

— Connaissez-vous Feyerabend ?

— Qui ça ?

— Paul Feyerabend. C'est un épistémologiste très connu.

— Quelqu'un qui s'occupe des insectes ?

Le Dr Lipsky éclata de rire.

— Non, pas des insectes, vous confondez avec entomologiste.

— Ah oui, pardon ! Et vous parliez de ?

— D'épistémologie. C'est l'étude critique des sciences, les fondations des théories, les paradigmes, les méthodes, la subjectivité des faits, etc. Vous voyez ?

— À peu près. Et ce monsieur, donc ?

— Ce monsieur, qui est mort à présent, était autrichien de naissance, naturalisé américain, il a vécu un peu partout en Europe, finissant sa vie en Suisse, je crois.

— D'accord ! dit Grimm avec un certain agacement. Et qu'a dit ce monsieur qui pourrait me concerner ?

Le Dr Lipsky leva les paumes de ses mains face à Grimm pour indiquer qu'elle avait compris son agacement et son impatience et qu'elle irait droit au but.

— Feyerabend a remarqué qu'une théorie scientifique n'expliquait jamais tous les faits qu'elle était censée expliquer, seulement la majorité d'entre eux. Surtout, elle en explique davantage et mieux que la théorie précédente, raison pour laquelle cette dernière était remplacée par la nouvelle. Mais il y a toujours des faits qui résistent, qu'on ne comprend pas. C'est le cœur même de la science, sinon celle-ci mourrait. Chaque jour, la science grignote notre ignorance, nous découvrons de nouvelles choses, stupéfiantes parfois, mais il reste toujours autant à découvrir. Le processus est infini.

Le Dr Lipsky jeta un coup d'œil furtif à Grimm avant de conclure :

— Donc, il ne faut pas s'étonner que dans une enquête criminelle, il subsiste des points obscurs, non élucidés, comme vos lettres et vos coups de téléphone anonymes, par exemple.

Assis sur son fauteuil, Grimm ne bougeait pas. Le sourcil levé, fixant le Dr Lipsky de ses yeux bleus, il hochait imperceptiblement la tête. Le silence se prolongea.

Puis, d'une voix étrange, Grimm laissa tomber :

— Vous êtes vraiment très forte. Ce discours sur Feyermachin, vraiment, c'est impressionnant… Tout ça pour me suggérer d'abandonner mes recherches. Il fallait y penser. J'admire votre sang-froid et votre présence d'esprit. Et ce n'est pas pour vous flatter que je dis ça, c'est sincère.

Le Dr Lipsky se taisait, faisant signe qu'elle ne comprenait pas ces remarques.

Alors, Grimm dit distinctement et très calmement :

— Vous ne voyez pas ce que je veux dire, madame Lipsky, née Gwenaëlle Lannouët.

Le Dr Lipsky se figea et pâlit. Son regard erra dans la pièce sans pouvoir se fixer. Elle s'affaissa ensuite sur son siège et, finalement, baissa les yeux.

— Vous savez ? dit-elle d'une voix blanche.

— Je sais tout.

— Depuis quand ?

— Depuis quelques jours. Le temps d'effectuer toutes les vérifications nécessaires.

Le Dr Lipsky se taisait. Elle gardait les yeux baissés et ses lèvres tremblaient légèrement. Grimm reprit :

— Je sais qu'en 1988, votre père, Vincent Lannouët, conduisait la petite voiture familiale, votre mère Odile à ses côtés et ses trois petites filles à l'arrière, Armelle, Julie et vous. Qu'il a été percuté de plein fouet par une voiture surpuissante, un 4×4, conduite par M. Kerdegat, très jeune à l'époque. C'était la voiture de son père. Le choc a été effroyable et toute votre famille est morte dans l'accident, sauf vous. Votre place à l'arrière, au milieu, vous a protégée de la destruction de la voiture. Vous n'aviez que quatre ans.

— Quatre ans, oui… balbutia le Dr Lipsky.

Une larme coula lentement sur sa joue qu'elle ne tenta pas de retenir. Un long moment s'écoula avant que Grimm ne demande à voix basse :

— Qu'est-ce qui vous a pris, Gwenaëlle ?

Le Dr Lipsky releva enfin les yeux et les posa sur Grimm. Embués de larmes qui les recouvraient d'un voile translucide, ils brillaient sous la lumière. Elle sortit un mouchoir de sa poche et les tamponna pour les sécher. Elle murmura, en matière d'excuse :

— Je ne devrais pas me mettre dans des états pareils...

— Ne dites pas cela.

Elle remit le mouchoir dans sa poche.

— Cette histoire, c'est le drame de ma vie... qui ne sera jamais surmonté tout à fait.

— Je comprends.

— Est-ce que vous savez vraiment tout ?

— C'est à vous de me le dire.

Le Dr Lipsky soupira, montrant qu'il lui était difficile d'en parler. Elle le fit, pourtant, en luttant pour affermir sa voix :

— M. Kerdegat était saoul. Vous le saviez cela ?

— Non.

— Il revenait d'une soirée très arrosée. Il avait plus de deux grammes d'alcool dans le sang. Il a perdu le contrôle de son véhicule en pleine ligne droite, parce qu'il roulait comme un fou. Il n'y a pas eu de procès. Rien, pas une sanction.

— C'était une autre époque. Ça ne se passerait pas comme ça maintenant.

Elle haussa les épaules.

— Peut-être, je n'en sais rien... Son père est intervenu. Il était très connu à Brest. L'affaire a été étouffée. Les journaux en ont à peine parlé et on est passés à autre chose. Et moi, j'ai tout perdu cette nuit-là. À minuit onze.

— Comment savez-vous l'heure aussi précisément ?

— Parce que l'horloge de la voiture s'est bloquée au moment du choc. L'heure a été notée par les pompiers qui ont retiré de la voiture les corps sans vie de mes parents et de mes sœurs. Moi, j'étais inconsciente, dans le coma. J'y suis restée quinze jours.

— Qui vous a élevée ?

— Le frère de mon père. J'ai grandi dans une autre famille, avec un autre père, une autre mère et d'autres frères et sœurs.

Grimm attendit presque une minute avant de reposer tout doucement la même question :

— Qu'est-ce qui vous a pris ?

Le Dr Lipsky fit plusieurs mouvements erratiques de la tête.

— Je ne sais pas... Cette histoire, j'ai passé ma vie à essayer de l'oublier. Faut croire que je n'ai pas réussi... Quand je suis arrivée à Rennes, j'ai découvert que ce monstre vivait là. Tranquillement. Riche, sûr de lui, sans remords. Pendant six ans, j'ai tenté de ne pas y penser. Mais c'est la naissance de ma fille qui a tout changé. Surtout quand elle a eu quatre ans...

Le Dr Lipsky eut à ce moment-là un brusque regain d'émotion. Les larmes de nouveau affluèrent, mais elle les balaya d'un geste sec de la main.

— Quatre ans.. Ça a remis la plaie à vif. Tout ce qui était enfoui est remonté à la surface, et la haine a surgi, une haine incontrôlable. Absolument incontrôlable. Moi qui suis incapable de faire du mal à une mouche... J'ai lutté, et puis j'ai craqué. Je voulais lui cracher à la figure le dégoût que j'avais de lui. Me soulager peut-être. Et j'ai commencé à appeler chez lui à minuit onze, pour qu'il comprenne bien que les morts ne sont jamais tout à fait morts, qu'ils peuvent vous poursuivre, vous hanter, vous accuser.

— Et il a changé de numéro.

— Oui. Alors j'ai écrit deux lettres.

Immobile depuis trop longtemps, Grimm sentit que ses jambes s'ankylosaient. Il changea de position et affirma :

— Vous savez qu'il n'a pas compris le sens de ces appels téléphoniques anonymes, ni la première lettre.

— Je m'en suis rendu compte plus tard quand vous m'avez dit qu'il était venu voir la police pour que vous trouviez la personne qui le harcelait. Le harcelait ! Ce monstre vivait à ce point la conscience tranquille qu'il a été incapable de comprendre, ni les appels à minuit onze, ni la lettre l'accusant d'être un assassin ! C'est incroyable !

— Par contre, quand j'ai déchiffré votre lettre en écriture spéculaire, avec les prénoms de votre famille, il a compris tout de suite. Pourquoi avoir écrit ainsi ?

— J'ai ce don depuis toute petite. Comme parfois certains gauchers. C'est au moment de l'apprentissage de l'écriture que ça se joue. Pourquoi j'ai fait ça ? Une idiotie, j'étais perdue… J'ai conçu la lettre comme une accusation directe de mes parents et de mes sœurs. L'écriture spéculaire, c'était comme si ce n'était pas moi qui écrivais. Une sorte de message venu d'outre-tombe.

D'outre-tombe ! Grimm se souvenait que Jarry avait émis cette hypothèse sous la forme d'une plaisanterie. Il avait touché juste, sans le savoir.

— Et puis vous avez arrêté.

— Bien sûr, j'ai arrêté. Quand j'ai compris qu'un commandant de la police judiciaire, que je recevais tous les vendredis matin dans mon bureau, cherchait l'auteur de ces lettres, j'ai pris peur. J'ai eu honte aussi. Et puis, un jour, j'ai appris par le journal qu'un cadavre coupé en morceaux avait été retrouvé dans le jardin de Kerdegat. Ça m'a effrayée ! J'étais mêlée malgré moi à une histoire horrible que je ne comprenais pas.

Le Dr Lipsky cessa de parler. Elle avait tout dit. Son visage se détendait, seule une inconsolable tristesse subsistait sur ses traits.

— Vous savez, commença Grimm, que depuis le début de nos séances, j'avais deviné qu'il y avait un secret chez vous. Un secret, une faille contre laquelle vous luttiez, qui vous rendait malheureuse.

— C'est vrai ?

— Oui, je vous assure, c'est vrai.

— Vous devriez être psychiatre…

— Nos métiers ont quelque chose en commun.

— Vraiment ?

— La recherche de la vérité.

— La vérité… la vérité… d'une certaine vérité, dirons-nous. La vérité, elle est multiforme, elle varie selon les êtres.

— Vous croyez ?

— J'en suis sûre.

Le Dr Lipsky soupira deux fois de suite, sourit amèrement et lâcha :

— Je suppose que j'ai des comptes à rendre à la justice pour ce que j'ai fait. Que le dossier Kerdegat ne pourra être officiellement refermé sans que mon nom y soit mentionné et qu'un juge ne prononce une sanction à mon égard.

Grimm dit vivement :

— Je suis le seul à savoir.

— Et alors ?

Leurs regards se croisèrent. L'inquiétude se lisait dans les yeux du Dr Lipsky. Ému, Grimm affirma d'une voix nette :

— Mon métier est d'arrêter les coupables, pas les victimes.

— Vous voulez dire que vous n'allez pas en parler, que vous allez clore cette enquête en y laissant cette zone d'ombre ?

— C'est déjà fait. Je suis seulement venu vous dire que je savais. Par orgueil, peut-être. Pour montrer que je suis un bon flic. Que la vérité, je la découvre. Parfois avec du retard, mais que je la découvre. Après avoir constaté que la rescapée de l'accident, la petite Gwenaëlle Lannouët, s'était mariée en prenant le nom de Lipsky, j'ai comparé vos ordonnances à la seconde lettre anonyme comme preuve ultime. Oui, c'est par orgueil si je suis là aujourd'hui.

— Par orgueil ? Non, pas du tout. Vous savez que c'est une bonne chose pour moi de parler de cette histoire ? Je n'en parle jamais. À personne. Humblement, je vous remercie. D'être venu, c'est bien.

Embarrassé, Grimm se leva.

— Je vais vous laisser.

— Vous reviendrez ? Vendredi prochain ?

— Oui, je reviendrai.

— Attendez.

Le Dr Lipsky prit une feuille vierge, saisit son stylo et écrivit dessus deux phrases. Elle tendit la feuille à Grimm.

— Ce n'est pas exactement une ordonnance. Vous lirez cela plus tard.

Grimm jeta un coup d'œil sur la feuille. C'était de l'écriture spéculaire. Il sourit, la plia en quatre et la glissa dans sa poche. Au moment où ils se serrèrent la main, elle le remercia de nouveau avec chaleur.

Dans le hall de l'immeuble, Grimm s'arrêta au niveau d'une grande glace fixée au-dessus des boîtes aux lettres. Il déplia la feuille, l'approcha et lut :

Vous êtes un type bien, Monsieur Grimm
Votre présence me fait du bien

* * *

Grimm marchait dans la rue, perdu dans ses pensées. Le courage du Dr Lipsky l'impressionnait. Il se demandait ce qu'il aurait fait s'il avait vécu un tel drame et s'était retrouvé par hasard dans la ville où vivait

Kerdegat. Peut-être aurait-il craqué et aurait-il surgi un jour chez lui pour lui casser la gueule ? Sans doute pas la meilleure méthode pour que ce type prenne conscience de la gravité de ses actes...

Son portable vibra dans sa poche. La tête ailleurs, il jeta un coup d'œil sur l'écran et sursauta : Amandine.

— Oui, Amandine ?

— Hubert, j'ai une nouvelle importante à t'apprendre.

Grimm sentit son rythme cardiaque s'accélérer. Il retint instinctivement sa respiration.

— Oui ?

— C'est ton fils.

Du centre du trottoir où il se trouvait, Grimm s'écarta et se rapprocha du mur d'un immeuble contre lequel il s'adossa.

— Tu es sûre ?

— Il n'y a absolument pas l'ombre d'un doute.

Grimm bredouilla :

— C'est pas possible...

— Si c'est possible.

— Louis, c'est mon fils ?

— Oui.

Grimm eut une sorte d'éclipse de la pensée. Brève. Il émergea aussitôt du néant pour dire :

— Tu pourras m'envoyer des photos ?

— Oui, bien sûr, je vais t'envoyer des photos. Plein de photos, si tu veux.

— Ça me ferait plaisir.

Amandine n'ajoutait rien. Elle devait être aussi troublée que Grimm. Ce dernier tenta d'évacuer son émotion :

— Tu l'as dit à ton mari ?

— Non.

— Tu vas lui dire ?

— Je ne sais pas... C'est trop tôt. Je ne peux pas lui dire pour le moment. Je n'en ai ni la volonté ni le courage.

— Il faudra bien.

— Je sais, Hubert, il faudra bien. Mais il faut me donner du temps. Tout est flou et compliqué dans ma tête. Mais je voulais que tu le saches, vite. Très vite.

— Avant que tu n'aies plus la force de me l'annoncer ?

Amandine ne répondit pas, ce qui revenait à acquiescer.

— Merci, Amandine.

— Je... Je te rappelle demain, OK ?

— OK.

Elle raccrocha. Grimm resta longtemps sans bouger. Il éprouvait des difficultés à s'assurer de la réalité. Il répéta à plusieurs reprises, à voix basse :

— J'ai un fils... Bordel, j'ai un fils...

Puis, il se mit à marcher, lentement, au hasard. Il vit un café, une terrasse. Il s'assit, les yeux dans le vague, sortit machinalement son paquet de la poche et, sans en tirer de cigarettes, il le tripotait dans les mains.

— Monsieur ?

C'était le serveur. Grimm leva les yeux vers lui.

— Une coupe de champagne, s'il vous plaît.

Et parce que le serveur manifestait un certain étonnement, surpris qu'on lui commandât du champagne à cette heure-là, Grimm, comme pour s'excuser, ajouta :

— J'ai un événement à fêter.

Composition et mise en pages
Nord Compo à Villeneuve-d'Ascq

Achevé d'imprimer sur Roto-Page
par l'Imprimerie Floch à Mayenne
en mars 2021

N° d'édition : 4548/02 – N° d'impression : 98058
Dépôt légal : janvier 2021

Imprimé en France